GRRM
: A RRetrospective

GRRM: A RRetrospective

4 The Heirs of Turtle Castle
5 Hybrids and Horrors

Copyright ⓒ2003 by George R. R. Martin
Translated by Kim, Sang-hoon
Korean edition ⓒ2017 by EunHaeng NaMu Publishing Co., Ltd.
All rights reserved.
Published by agreement with The Lotts Agency, Ltd.
through Danny Hong Agency, Seoul.
이 책의 한국어판 저작권은 Danny Hong Agency를 통한 The Lotts Agency, Ltd.와의 독점계약으로
(주)은행나무 출판사가 소유합니다.
저작권법에 의해 한국 내에서 보호를 받는 저작물이므로 무단전재와 무단복제를 금합니다.

이 도서의 국립중앙도서관 출판시도서목록(CIP)은 서지정보유통지원시스템 홈페이지(http://seoji.nl.go.kr)와
국가자료공동목록시스템(http://www.nl.go.kr/kolisnet)에서 이용하실 수 있습니다. (CIP제어번호: CIP2017011751)

GEORGE R. R. MARTIN

GRRM
: A RRetrospective

조지 R. R. 마틴 걸작선

꿈의 노래 2

하이브리드와 호러

김상훈 옮김

은행나무

차례

거북이 성의 후예

9	서문
27	라렌 도르의 외로운 노래
61	아이스 드래곤
95	잃어버린 땅에서

하이브리드와 호러	129	서문
	149	샌드킹
	225	멜로디의 추억
	257	원숭이 다이어트
	307	나이트플라이어
	469	미트하우스 맨
	523	서양배처럼 생긴 사내
	579	해설—그림자와 씨앗
	586	조지 R. R. 마틴 저작 목록

일러두기
1. 본문의 주는 모두 옮긴이의 주입니다.
2. 작가가 만든 고유명사는 〈 〉로 표시했습니다.

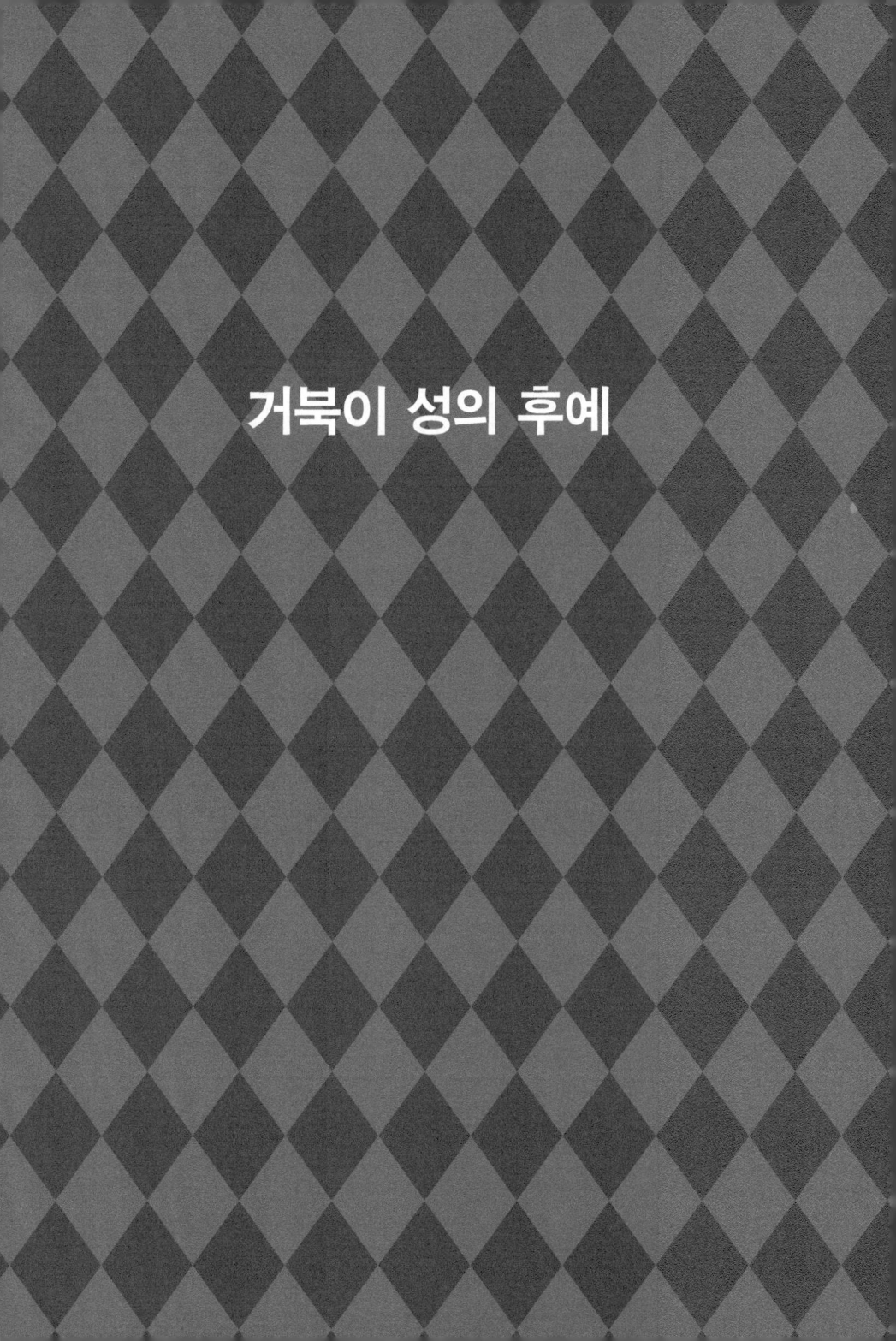

서문

나와 판타지와의 인연은 먼 옛날까지 거슬러 올라간다.

말 나온 김에 처음부터 확실히 해 두는 편이 낫겠다. 이 부분과 관련해서 나는 여기저기서 묘한 오해를 받고 있는 것처럼 보이기 때문이다. 《왕좌의 게임》을 집어 들기 전까지 내 이름을 들어 본 적도 없는 독자들은 내가 에픽[大河] 판타지밖에는 쓴 적이 없는 판타지 작가라고 착각하는 일이 적지 않다. 그런 반면, 나의 옛 작품들을 모두 읽었음에도 불구하고 내가 (모종의 파렴치한 동기에서) 친정인 SF에 등을 돌리고 판타지 진영으로 '전향'한 작가라는 잘못된 선입견을 여전히 고집하는 독자들도 있다.

그러나 사실을 말하자면, 베이온에 살던 어린 시절부터 나는 판타지를 읽고, 쓰고 있었다. 호러의 경우도 마찬가지다. 가장 처음 팔린 단편은 SF였을지도 모르지만 두 번째 단편인 〈샌브레타로 나가는 출구〉는 유령이 등장하는 괴담이었으니까 말이다. 거기서 빌어먹을 호버 트럭들이 쌩쌩 질주한다는 점은 전혀 중요하지 않다.

게다가 〈샌브레타로 나가는 출구〉는 내가 처음으로 쓴 판타지도 아니다. 화성의 자룬과 그가 이끄는 외계인 우주 해적 일당에 관한 이야기를 쓰기도 전부터, 나는 심심할 때면 거대한 성과 그곳에 사는 용감한 왕과 기사들에 관한 이야기를 끼적이는 버릇이 있었기 때문이다. 특이한 것이 있다면 그들이 모두 거북이였다는 점이지만.

우리 가족이 살던 아파트 단지의 주민들은 개나 고양이를 기를 수 없다는 규칙을 지켜야 했지만 조그만 애완동물을 기르는 것은 가능했다. 그래서 나는 구피를 길렀고, 잉꼬도 길러 보았다. 거북이의 경우는 수도 없이 길렀다. 거북이는 균일가 잡화점의 애완동물 코너에서 흔히 볼 수 있는 종류였고, 그걸 사면 중간에 칸막이가 있어서 한쪽에는 물을 채우고 다른 쪽에는 자갈을 깔 수 있게 되어 있는 조그만 플라스틱 수조가 딸려 왔다. 수조 한복판에는 플라스틱제 가짜 야자수가 한 그루 자라 있었다.

나는 장난감 기사들이 딸린 장난감 성도 하나 가지고 있었다. (모델명은 기억나지 않지만 마르크스 사에서 나온 양철제 성이었다.) 내가 책상 대용으로 쓰던 탁자 위에 놓여 있던 그 성의 안뜰은 잡화점에서 사 온 거북이 수조 두 개가 딱 들어가는 크기였다. 그래서 내가 기르던 거북이들은 거기서 살았다……. 그런 연유로, 성안에 사는 그들은 왕이나 기사나 왕자여야 한다는 생각이 들었다. (나는 마르크스 사의 아파치 요새도 가지고 있었지만, 카우보이 거북이라니 가당치도 않은 생각이다.)

첫 번째 거북 왕의 이름은 빅펠로(Big Fellow)였는데, 함께 살던 녹색의 조그만 붉은귀거북들보다 덩치가 두 배는 크고 색깔도 갈색이었던 것을 생각하면 종이 달랐던 것 같다. 그러나 어느 날 나는 빅펠로가 죽어 있는 것을 발견했다. 필시 인근 왕국에 사는 뿔두꺼비들과 카멜레온들이 꾸민 사악한 음모의 희생양이 되었던 것이리라. 빅펠로의 자리를 이어받은 거북이는 선하지만 불운했고, 얼마 지나지도 않아 선왕의 전철을 밟았다. 그러나 상황이 도저히 어떻게 할 수도 없을 정도로 암울해졌다고 느꼈을 때, 프리스키와 페피는 영원한 우정을 맹세하고 거북 기사들의 원탁회의를 열었다. 훗날 페피 1세는 거북 왕들 중에서도 가장 위대한 왕으로 간주되기에 이르렀다. 그러나 나이를 먹은 뒤에는…….

〈거북이 성〉에는 시작도 끝도 없었지만 중간에 해당하는 부분은 잔뜩 있었다. 실제로 글로 쓴 부분은 극히 일부에 불과하지만, 칼싸움이나 전투나 배신 같은 가장 멋진 장면들은 모두 머릿속에서 한 번씩은 연출해 보았다. 적어도 열두 마리의 거북 왕들이 차례로 통치했는데, 나의 이 위대한 군주들은 마르크스 사의 성을 탈출해서 모르도르의 거북이 버전에 해당하는 냉장고 곁에서 시체로 발견되는 당혹스러운 버릇을 가지고 있었다.

자, 이제는 이해하셨으리라고 믿는다. 내가 옛날부터 판타지 작가였다는 사실을.

그러나 언제나 판타지 작가였다고는 할 수 없는데, 이유는 단순하다. 1950년대와 60년대에는 읽고 싶어도 읽을 수 있는 판타지소설이 그리 많지 않기 때문이다. 그런 이유에서 내 소싯적의 책장을 채운 것은 SF와 살인 미스터리와 웨스턴과 고딕소설과 역사소설이었다. 위아래로 살살이 훑어보아도 판타지는 전혀 찾아볼 수 없었다. 사이언스픽션 북클럽에 가입하기는 했지만 (가입하면 단돈 10센트에 하드커버 세 권을 보내준다니 어찌 거부할 수 있겠는가) 당시에는 어디까지나 **사이언스픽션만을**

다루는 북클럽이었기 때문에 판타지는 애당초 끼어들 자리가 없었다.

  내가 처음으로 판타지의 참맛을 알게 된 것은 《우주복 있음, 출장 가능》을 읽은 지 5년 뒤에 우연히 마주친 피라미드 사의 얇은 앤솔러지를 통해서였다. 제목은 《검과 마법(Swords & Sorcery)》이었고, L. 스프레이그 디캠프[1]가 편찬하고 1963년 12월에 출간되었다. 실로 맛있었다고 해야 할 것이다. 그 책에는 폴 앤더슨, 헨리 커트너, 클라크 애슈턴 스미스, 로드 던세이니, 그리고 H. P. 러브크래프트의 작품에 C. L. 무어의 〈조어리의 지렐〉 시리즈 단편과 프리츠 라이버의 〈휘후드와 그레이 마우저〉 단편…… 그리고 로버트 E. 하워드가 쓴 〈달밤의 그림자〉라는 단편이 실려 있었다.

  "오, 왕자여, 진실을 알라." 〈달밤의 그림자〉의 말머리는 이렇게 시작되고 있었다. "대양이 아틀란티스와 광휘에 찬 도시들을 집어삼켰을 때와 아리아의 자식들이 융성하기 시작했던 시기 사이에, 그대가 꿈에서조차 상상 못 할 시대가 존재했다는 사실을. 별빛 아래의 파란 장막처럼 펼쳐진 대지 위에서는 네메디아, 오피르, 브리투니아, 하이퍼보리아를 위시해서, 거미가 출몰하는 미지의 첨탑들과 흑발의 미녀들로 알려진 자모라, 기사도의 징가라, 셈의 초원과 국경을 맞댄 코스, 그림자들이 지키는 영묘(靈廟)의 나라 스타이지아, 강철과 비단 천과 금을 두른 기수들이 질주하는 히르카니아 등의 강대한 왕국들이 치열하게 각축을 벌였지만, 그 세계에서 가장 존귀했던 왕국은 꿈꾸는 서방(西方)의 패자 아퀼로

---

1 L. Sprague de Camp(1907~2000). 미국의 SF, 판타지 작가. 〈코난〉 시리즈로 대표되는 '검과 마법' 장르의 연구자 및 앤솔러지 편찬자로도 유명하며, 톨킨식의 에픽[大河] 판타지와 대비되는 개념으로서의 '히로익[英雄] 판타지'라는 용어를 창시했다.

니아였다. 킴메리아의 코난이 활보한 땅은 바로 그런 곳이었다. 흑발에 음울한 눈을 하고 장검을 휘두르는 도적, 약탈자, 살육자이자 내면에 거대한 우수와 거대한 홍소를 간직한 이 야만인 영웅은 샌들을 신은 발로 옛 지구의 여러 옥좌 위를 지르밟았던 것이다."

이 '자모라'라는 단어 하나만으로 나는 하워드에 푹 빠졌다. 1963년 당시 나는 열다섯 살이었지만 '거미가 출몰하는 미지의 첨탑'이라는 표현만으로도 충분히 낚였을 것이다. 예의 '흑발의 미녀들'에게도 상당한 홍미를 느꼈다. 킴메리아 인 코난을 소개받는 데 열다섯이란 나이는 안성맞춤이었다.《검과 마법》을 읽은 뒤에 내가 과거에《우주복 있음, 출장 가능》을 읽고 SF소설을 닥치는 대로 샀던 것처럼 판타지소설을 사들이지 못했던 것은 히로익 판타지든 무슨 판타지든 간에 판타지소설 자체를 거의 찾을 수 없다는 단순한 이유에서였다.

1960년대와 70년대에 판타지와 SF는 곧잘 같은 분야로 간주되었다. 분야 자체의 명칭은 '사이언스픽션'으로 통일되어 있었지만 말이다. 한 작가가 양쪽 장르에 다리를 걸치는 일도 흔했다. 소싯적에 내가 가장 좋아하는 작가였던 로버트 A. 하인라인과 안드레 노튼과 에릭 프랭크 러셀은 SF 작가로 일가를 이뤘지만 이들 모두가 판타지소설도 썼다. 폴 앤더슨은 니컬러스 반 라인 시리즈와 도미닉 플랜드리 연작을 쓰면서 짬짬이 판타지 장편인《부러진 검》과《세 개의 심장과 세 마리의 사자》를 썼다. 잭 밴스는《거대 행성》뿐만 아니라〈죽어가는 지구(The Dying Earth)〉시리즈의 창조자로도 유명하다. 프리츠 라이버의〈거미〉와〈뱀〉들이 치열한 시간 전쟁을 벌이고 있을 때 같은 작가의 훠후드와 그레이마우저는 퀴몰의 군주들과 한판 혈전을 치르고 있었다.

일류 작가들 모두가 판타지를 쓴 것은 사실이지만, 작품의 절대 수는 그리 많지 않았다. 다들 집세를 내고 식비를 대야 했기 때문이다. 당시는 SF 쪽이 훨씬 더 인기가 있고, 상업적으로도 성공한 장르였다. SF 잡지들은 오직 SF만을 요구했고, 아무리 훌륭한 작품이라 할지라도 판타지를 실어 주지는 않았다. 새 판타지 잡지가 이따금 출범하곤 했지만 대부분 오래가지 못했다. SF 잡지인 〈어스타운딩〉은 몇십 년 뒤에 〈아날로그〉로 변신할 정도로 오랫동안 존속했지만, 〈언노운〉은 제2차 세계대전 중의 종이 부족 사태로부터 결국 살아남지 못했다. 〈갤럭시〉와 〈이프〉의 출판사는 〈판타지의 세계(World of Fantasy)〉라는 잡지를 창간했다가 곧 접었다. 〈판타스틱〉은 몇십 년을 견뎠지만, 대중의 각광을 받으며 돈을 벌어 오는 것은 자매지인 〈어메이징 스토리즈〉였다. 편집자인 바우처와 맥코머스는 〈매거진 오브 판타지〉를 세상에 내놓았지만 2호부터는 잡지 이름을 〈매거진 오브 판타지 앤드 사이언스픽션〉으로 바꿔야 했다.

물론 이런 일은 곧잘 순환적인 양상을 띠곤 한다. 그런 와중에도 거대한 변화가 목전에 닥쳐오고 있었기 때문이다. 1965년에 에이스북스는 저작권법상의 허점을 이용, J. R. R. 톨킨 작 〈반지의 제왕〉을 페이퍼백판으로 무단 복각(復刻)한다. 톨킨과 밸런타인북스가 황급히 정식판을 내서 대처하기 전까지 에이스는 이 페이퍼백판을 몇십만 부나 파는 데 성공했다. 1966년, 랜서북스는 톨킨을 둘러싼 에이스와 밸런타인의 성공에 자극받았는지 거장 프랭크 프라제타[2]의 표지화가 딸린 〈코난〉 전

---

2 Frank Frazetta(1928~2010). 미국의 화가, 만화가. 〈타잔〉 시리즈를 위시해서, 거의 나체에 가까운 근육질의 남녀가 등장하는 SF 및 판타지의 표지화로 미국 독자들에게 절대적인 인기를 누렸다.

작을 페이퍼백 시리즈로 출간한다. 1969년이 되자 작가로서는 영 아니 었지만 편집자로서는 일류였던 린 카터[3]는 〈밸런타인 어덜트 판타지 시리즈〉의 출간을 개시, 몇십 권에 이르는 고전 판타지소설을 복간하기에 이른다. 그러나 이런 일들은 내가 디캠프의 《검과 마법》을 탐독하고 다른 판타지들을 찾아보던 1963년에는 미래에나 일어날 예정이었다.

그리고 나는 가장 있을 법하지 않은 곳에서 내가 원하던 것을 찾아냈다. 어떤 코믹스 팬진[4]에서 말이다.

초기의 코믹스 팬덤은 SF 팬덤에서 나고 자랐지만, 몇 년 지나지도 않아 너무나도 거대하고 독자적인 세계를 이룬 탓에 대다수의 신참 독자들은 이 팬덤의 모체였던 SF 팬덤에 관해서는 아예 알지도 못하는 지경에 이르렀다. 그와 동시에, 주요 독자층인 남자 중고등학생들도 머리가 굵어지면서 관심 분야가 점점 넓어졌고, 슈퍼히어로가 등장하는 코믹스 이외의 것들로도 눈을 돌리기 시작했다. 음악이나 자동차, 걸프렌드…… 그리고 그림이 없는 책들 따위로 말이다. 그런 그들이 주도하는 팬진들의 관심 분야가 덩달아 넓어진 것은 지극히 당연한 일이었다. 익숙한 재발견 과정이 되풀이되었고, 얼마 지나지 않아 세분화된 팬진들이 여기저기서 선을 보이기 시작했다. 코믹스 만화의 슈퍼히어로가 아니라 비밀 첩보원, 사립탐정, 오래된 펄프 잡지라든지, 에드거 라이스 버러스의 〈화성(Barsoom)〉 시리즈라든지…… 히로익 판타지를 전문으로 하는.

---

3 Lin Carter(1930~1988). 히로익 판타지 〈레무리아의 쏜거(Thonger)〉 시리즈로 알려져 있다.
4 fanzine. fan과 magazine을 합친 조어. 동인지.

상술한 《검과 마법》의 팬들을 위한 이 팬진의 이름은 〈코타나(Cortana)〉였다. 훗날 창조적 아나크로니즘 협회의 창설자 중 한 명으로 이름을 올리는 클린트 비글스톤의 편집으로 3개월에 한 번씩 (헐!) 출간되는 이 동인지는 1964년에 샌프란시스코 만안(灣岸) 지역에서 출현했다. 흔히 볼 수 있었던 디토[5]의 빛바랜 보라색 글자로 인쇄된 〈코타나〉는 딱히 폼 나지는 않아도 '읽을거리'로서는 정말로 최고였다. 코난과 그 경쟁자들에 관한 기사나 뉴스뿐만 아니라 60년대의 코믹스 팬덤에 소속된 최상급의 작가들이 쓴 오리지널 히로익 판타지소설로 가득 차 있었기 때문이다. 폴 모스랜더와 빅터 배런(이 두 사람은 동일 인물이다)을 위시해서, 나와는 펜팔 친구 사이였던 하워드 월드롭[6](이 경우는 한 인물이다), 스티브 페린[7] 그리고 비글스톤 본인이 주요 작가진을 이루고 있었다. 월드롭이 쓴 단편들은 단지 〈방랑자〉라는 이름으로만 알려진 모험가를 주인공으로 하는 시리즈였고, 《침웨즐의 찬가》라는 책에 남겨진 기록이라는 설정이었다. 그뿐 아니라 하워드는 〈코타나〉의 표지화들을 그리고 내부 삽화 일부도 담당했다.

〈스타 스터디드 코믹스〉를 위시한 대다수 코믹스 팬진에서 소설은 못생긴 자매 취급을 받았고, 각광을 받는 것은 언제나 연재 만화였다. 그러나 예외는 있었다. 〈코타나〉에서는 그림이 아닌 글로 쓴 소설이 왕이었던 것이다. 나는 이 동인지를 읽자마자 흥분에 찬 팬레터를 보냈지만, 이

---

5 ditto. 1970년대까지 소규모 인쇄물 등에 흔히 쓰인 액체 전사식(轉寫式) 스피릿 인쇄기의 미국 상품명.
6 Howard Waldrop(1946~). SF 작가.
7 Steve Perrin(1946~). RPG 게임 디자이너.

끝내주는 신작 팬진에서 좀 더 큰 역할을 맡고 싶다는 욕구를 느꼈다. 그래서 만화 주인공인 만타 레이와 닥터 위어드를 제쳐 두고 자리에 앉아 〈거북이 성〉 이래 처음으로 판타지를 쓰기 시작했던 것이다.

내가 붙인 제목은 〈코르-유반의 검은 신들〉이었는데, 나 자신의 모르도르인 이 장소가 무슨 커피 이름처럼 들린다는 건 나도 안다. 내 주인공들은 흔히 볼 수 있는 상충되는 성격을 가진 모험가 한 쌍이었다. 추방된 왕자인 라우그의 릴로르는 언제나 우수에 차 있었지만, 그의 동료인 '오만한 자' 아질랙은 활기차고 과시하기를 좋아하는 버릇이 있었다. 〈코르-유반의 검은 신들〉은 내가 시도한 소설 중에서는 가장 길었고 (5천 단어[8]쯤 되었다) 아질랙이 제목에 나오는 검은 신들에게 잡아먹힌다는 비극적인 결말로 끝났다. 당시 마리스트 고등학교의 수업에서 셰익스피어를 읽고 비극에 관해 배우고 있던 나는 아질랙에게 오만함이라는 비극적인 결함을 부여하기로 했고, 이것은 그의 몰락으로 이어졌다. 릴로르는 살아남아 다른 사람들에게 그 이야기를 전했고…… 언젠가는 다시 싸울 수 있는 기회를 얻게 되리라는 것이 내 희망이었다. 다 쓴 다음에는 샌프란시스코로 우송했고, 클린트 비글스톤은 그것을 받아 본 즉시 〈코타나〉의 다음 호에 실어 주겠다고 약속했다.

다음 호는 영영 발간되지 못했지만 말이다.

나는 고등학교의 최고 학년이었을 무렵에는 카본지로 복사 원고를 만드는 방법쯤은 물론 알고 있었다. 정말이다. 단지 너무 게을러서 그러지 않았을 뿐이다. 그 결과 〈코르-유반의 검은 신들〉은 내가 잃어버린 원고

---

8 한글 200자 원고지로는 약 90매에 해당한다.

들의 일원이 되고 말았다. (그러나 원고를 잃어버린 것은 그때가 마지막이었다. 대학에 입학한 뒤로는 내가 타이프 친 모든 소설의 카본 복사본을 만들어 놓는 습관을 지킨 덕이다.) 빛바랜 보라색 천막을 접기 전에 〈코타나〉는 내게 은혜를 하나 더 베풀어 주었다. 통권 3호에서 비글스톤은 「호비트에 빠지지는 맙시다」[9]라는 제목의 기사를 실었던 것이다. 내가 J. R. R. 톨킨과 그가 쓴 판타지 3부작인 〈반지의 제왕〉 이야기를 들은 것은 그때가 처음이었다. 소개 글만으로도 충분히 흥미진진했기 때문에, 몇 달 뒤에 잡지 가판대에서 에이스에서 낸 《반지 원정대》 해적판의 페이퍼백을 우연히 발견하자마자 주저 없이 샀다.

집으로 돌아가는 버스 안에서 두꺼운 빨간색 페이퍼백을 읽고 있던 중에 혹시 실수한 것이 아닌가 하는 생각이 들기 시작했다. 《반지 원정대》는 전혀 정통적인 히로익 판타지라는 느낌이 나지 않았다. 도대체 이 관초[10]가 어쩌고 하는 얘긴 뭐지? 로버트 E. 하워드가 쓴 소설은 거대한 뱀이 스르르 곁을 지나간다든지 전투용 도끼로 누군가의 머리를 박살내는 광경으로 시작되는 것이 보통이었다. 그런데 톨킨은 자기 책을 생일 파티의 묘사로 시작했다. 게다가 발에 털이 숭숭 나고 감자를 즐겨 먹는 이 호비트들은 피터 래빗 동화책에서 탈출한 것 같은 느낌이었다. 코난이었다면 샤이어의 끝에서 끝까지 피에 물든 길을 만들어 냈을걸. 그때 이렇게 생각했던 것을 기억한다. 도대체 거대한 우수와 거대한 홍소는 어디 간 거야?

그래도 계속 읽었다. 톰 봄바딜이 등장하면서, "헤이! 여기 와, 데리

---

9 원제는 「Don't Make a Hobbit of It」이며, '습관이 안 되게 하라'(Don't make a habit of it)라는 영어 표현을 비튼 제목이다.
10 pipe-weed. 담배.

돌! 톰 봄바딜로!"라는 노래가 나오는 대목에서는 거의 포기할 뻔했지만 말이다. 그러나 원정대가 고분의 언덕에 들어서자 좀 더 흥미로워졌고, 브리에서 스트라이더가 성큼성큼 나타났을 때는 한층 더 재미를 느꼈다. 바람마루에 도달했을 무렵에는 나는 톨킨의 포로가 되어 있었다. "길 갈라드는 엘프의 왕이었네. 수금을 켜는 시인들이 슬프게 노래했지." 샘 갬지가 이렇게 읊는 대목에서는 소름이 돋았다. 코난이나 컬[11]을 읽었을 때는 결코 느낄 수 없었던 감정이었다.

그로부터 40여 년이 지난 지금 나는 나 자신의 하이 판타지[12] 시리즈인 〈얼음과 불의 노래〉를 쓰는 일에 매진하고 있다. 이 시리즈는 엄청나게 길 뿐만 아니라 엄청나게 복잡하고, 한 편을 쓰는 데만도 몇 년이나 걸리는 물건이다. 신작을 출간할 때면 나는 며칠 안에 속편은 언제 낼 것인지를 문의하는 독자들의 이메일을 받기 시작한다. "속편 나올 때까지 기다리는 게 얼마나 힘든지 이해 못 하실 거예요." 독자들 일부는 이렇게 하소연하곤 한다. 이해합니다만. 그 질문에 나는 이렇게 대답하고 싶다. 그게 얼마나 힘든 일인지 잘 압니다. 나도 기다려 봤으니까요. 내가 〈반지〉 시리즈 1편인 《반지 원정대》를 모두 읽었을 무렵 페이퍼백으로 출간된 것은 그것뿐이었다. 따라서 에이스가 2편인 《두 개의 탑》 그리고 3편인 《왕의 귀환》을 내 줄 때까지 마냥 기다리는 수밖에 없었다. 물론 그리 오래 기다리지 않았다는 점은 인정해야 하겠지만, 당시는 왠지 몇 년이나 기다린 것처럼 느꼈던 것이다. 2편을 손에 넣었을 때 나는 모든 것을 미

---

11 King Kull. 로버트 E. 하워드의 히로익 판타지 주인공 중 한 사람.
12 High Fantasy. 대부분의 경우 앞서 마틴이 언급한 대하(Epic) 판타지와 동의어로 쓰인다.

둬 두고 그것을 읽는 일에만 몰두했다……. 하지만 《왕의 귀환》을 반쯤 독파했을 때 나는 읽는 속도를 늦췄다. 결말까지 불과 몇백 쪽밖에는 남아 있지 않았고, 일단 그것을 읽는다면 두 번 다시 〈반지의 제왕〉을 난생처음 읽어 보지는 못할 것이기 때문이다. 결말이 엄청나게 궁금하기는 했지만, 그 책을 읽는다는 경험이 끝나는 것을 나는 원하지 않았다.

나는 그 정도로 이 작품을 사랑했던 것이다. 독자로서.

그러나 작가 입장에서는 톨킨의 존재에 잔뜩 기가 죽어 있었다. 로버트 E. 하워드를 읽을 때면 언젠가는 나도 하워드만큼 잘 쓸 수 있을 거야라고 생각했다. 린 카터나 존 제이크스[13]를 읽을 때면 지금 당장이라도 더 나은 걸 쓸 수 있어라고 생각했다. 그러나 톨킨을 읽었을 때는 절망했다. 내가 그와 같은 업적을 쌓는 것은 절대로 불가능해. 그에 근접하는 작품을 쓰는 것조차도 무리야라는 생각밖에는 안 들었기 때문이다. 나도 훗날 판타지에 손을 대기는 했지만, 대다수는 톨킨보다는 하워드의 작풍에 근접한 작품들이었다. 거장과 맞먹으려고 작심할 정도로 용감하지는 않았으므로.

나는 노스웨스턴 대학 1학년이었을 때 두 번째 릴로르 이야기를 썼다. 〈코타나〉는 출간이 지연되었을 뿐이지 죽지는 않았고, 〈코르-유반의 검은 신들〉도 조금만 기다리면 선보일 수 있으리라는 착각에 아직도 사로잡혀 있던 시절의 일이다. 속편에서 주인공인 추방된 왕자는 도스랙 제국에서 '피 묻은 검'의 바론과 합류해서 후자의 조부인 '담력왕' 바

---

[13] John Jakes(1932~). 미국의 역사소설 작가. 〈코난〉과 유사한 주인공이 활약하는 〈야만인 브랙〉 시리즈를 썼다.

리스탄을 살해한 날개 달린 악귀들과 싸운다. 23쪽쯤 썼을 때, 학교 친구 하나가 내 책상 위에 놓여 있던 원고를 발견했다. 그는 미문(美文)으로 점철된 나의 문장을 읽고 너무나도 즐거워했고, 나는 그 사실이 유감스러웠던 나머지 집필을 중단하기에 이르렀다. (여전히 그 원고를 가지고 있는데, 사실 미사여구가 좀 과한 것은 사실이다. 읽는 사람이 민망해질 정도로 말이다.)

대학 시절에는 더 이상 판타지를 쓰지 않았다. 하이 판타지도 아니고 히로익 판타지도 아닌 〈샌브레타로 나가는 출구〉를 제외하면, 풋내기 프로였던 나는 거의 판타지에 손을 대지 않았다. SF보다 덜 좋아해서가 아니다. 그보다 더 실제적인 이유가 있었다. 집세를 벌어야 했던 것이다.

1970년대 초반은 작가업에 처음으로 발을 들여놓은 젊은 SF 작가에게는 실로 근사한 시대였다. 〈버텍스〉, 〈코스모스〉, 〈오디세이〉, 〈갈릴레오〉, 〈아시모프스 사이언스픽션〉 따위의 새로운 SF 잡지가 매년 창간되었다. (새로 창간되는 판타지 잡지는 전무했다.) 기존 잡지에서 판타지를 사주는 곳은 〈판타스틱〉과 〈판타지 앤드 사이언스픽션 매거진〉밖에는 없었고, 후자의 경우는 톨킨이나 하워드보다는 쏜 스미스[14]나 제럴드 커시[15] 풍의 기묘한 느낌을 앞세운 모던 판타지 쪽을 더 선호하는 경향이 있었다. 역사가 길든 짧든 간에 SF 잡지들은 창작 앤솔러지 시리즈라는 유능한 라이벌들과도 경쟁해야 했다. 〈오비트〉, 〈뉴 디멘션〉, 〈유니버스〉, 〈인피니티〉, 〈쿼크〉, 〈얼터니티즈〉, 〈안드로메다〉, 〈노바〉, 〈스텔러〉, 〈크리

---

14 Thorne Smith(1892~1934). 초자연적 판타지 작가.
15 Gerald Kersh(1911~1968). 영국 출신의 유대계 미국인 작가.

설리스〉 따위와 말이다. (그러나 판타지를 엮은 오리지널 앤솔러지는 나오지 않았다.) 당시는 여성에게 음모(陰毛)가 있다는 사실을 갓 발견한 남성 잡지들이 융성하고 있었는데, 이런 잡지들은 사진들 사이를 SF 단편으로 채우기를 원했다. (호러도 사 주었지만 하이 판타지나 히로익 판타지는 처음부터 아예 논외였다.)

출판사 수도 현재보다 더 많았다. 밴텀, 더블데이, 델, 랜덤하우스, 밸런타인, 포셋은 하나의 출판 그룹에 소속된 것이 아니라 독립된 여섯 개의 출판사였고, 이들 대다수가 SF 전문 임프린트를 가지고 있었다. (판타지를 지속적으로 출간한 주요 임프린트는 상술한 〈밸런타인 어덜트 판타지 시리즈〉였지만 대부분 고전의 복각이었다. 랜서는 로버트 E. 하워드를 복간한 것으로 알려져 있지만…… 솔직히 말해서 가장 격이 떨어지는 3류 출판사였던 데다가 워낙 고료가 짠 탓에 대다수의 작가들은 다른 출판사에 작품이 팔리는 즉시 그곳을 떠나곤 했다.) 세계 판타지 컨벤션은 아직 존재하지 않았고, 세계 SF 컨벤션에서 수여되는 휴고상 후보에 판타지가 오르는 일은 극히 드물었다. 정식 명칭에 아직 '판타지'를 덧붙이지 않은 전미 SF 작가 협회 소속의 프로들이 뽑는 네뷸러상 역시 사정은 마찬가지였다.

알기 쉽게 말해서, 판타지 작가로서는 입신양명이 불가능했던 것이다. 아직은 때가 아니었다. 아직은. 그래서 나는 모든 선배 작가들이 했던 일을 그대로 답습했다. 잭 윌리엄슨이 했던 일, 폴 앤더슨과 안드레 노튼과 잭 밴스와 하인라인과 커트너와 러셀과 디캠프와 C. L. 무어와 기타 모든 작가들이 했던 일을 말이다. 즉, 과학소설을 썼던 것이다……. 그리고 이따금 애정을 담아 판타지 한두 편을 슬쩍 끼워 넣었다.

〈라렌 도르의 외로운 노래〉는 프로로 데뷔한 후 처음으로 쓴 순수 판타지며, 1976년에 〈판타스틱〉에 실렸다. 예리한 독자들은 이 단편에 등장하는 몇몇 이름과 모티프가 〈어둠이 두려운 아이들〉의 그것들로까지 거슬러 올라가며, 내가 어떤 작품에 등장하는 고유명사나 모티프를 나중에 다른 작품에서 다시 활용한다는 사실을 깨달았을 것이다. 소설을 쓸 때 나는 실생활에서 그러는 것과 마찬가지로 그 어느 것도 내버리는 법이 없다. 훗날 어떤 식으로든 쓸모가 있을지도 모르는 일이니까 말이다. 샤아라와 그녀의 검은 왕관은 본디 하워드 켈트너의 의뢰를 받고 쓸 예정이었던 〈닥터 위어드〉 동인지의 원고에서 사용할 예정이었다. 그러나 팬진 활동을 그만둔 지 10년 가까이 된 데다가 〈닥터 위어드〉도 폐간된 1976년의 시점에서는 옛 아이디어를 자유롭게 활용해서 다른 종류의 이야기를 자아내도 하등 문제될 것이 없었다.

한때는 '세계들 사이를 오가는 소녀'인 샤아라가 재등장하는 〈라렌 도르〉의 속편을 쓸 생각도 했지만, 결국은 쓰지 않았다……. 그러나 이 캐치프레이즈는 여전히 내 마음속에 머물러 있었다. 영화와 TV 시나리오를 다룬 뒤쪽 권으로 가면 훗날 그것이 어떻게 쓰였는지를 알 수 있을 것이다.

〈아이스 드래곤〉은 앞의 《머나먼 별빛의 노래》의 서문에서 언급했듯이 1978년 말과 1979년 초에 걸친 크리스마스 휴가 때 내가 썼던 세 단편 중 두 번째에 해당한다. 듀뷰크의 겨울은 얼음과 눈과 매서운 추위에 관한 이야기를 촉발하는 경향이 있는 듯하다. 작품 자체가 "그냥 자연스럽게 나왔다"고 말하는 일은 드물지만, 〈아이스 드래곤〉의 경우는 사실이다. 집필을 한다기보다는 그냥 단어가 술술 흘러나오는 느낌이었고, 완성시켰을 때는 아마 내가 쓴 가장 뛰어난 단편 중 하나, 아니 최고 걸

작일지도 모른다는 확신이 있었다.

이 단편을 탈고하기가 무섭게 오슨 스콧 카드[16]가《빛과 어둠의 드래곤들》이라는 제목의 오리지널 앤솔러지에 쓸 작품을 모집하고 있다는 단신 기사가 우연히 눈에 들어왔다. 더할 나위 없는 타이밍이었고, 나는 거기서 운명의 손길을 느꼈다. 그래서 나는 카드에게 〈아이스 드래곤〉을 우송했다. 이 단편은《빛과 어둠의 드래곤들》에 수록되었고, 그러자마자 흔적조차도 남기지 않고 사라져 버렸다. 앤솔러지에 실리는 단편들은 곧잘 그런 식의 운명에 처하곤 한다. 아마 다른 드래곤 이야기들 사이에 〈아이스 드래곤〉을 끼워 넣는다는 생각은 내가 생각했던 것만큼의 명안(名案)이 아니었는지도 모르겠다.

아이스 드래곤은 내가 동명의 단편을 쓰고 나서 20여 년이 지난 지금 많은 판타지소설과 게임의 단골 요소가 되었지만, 내가 가장 먼저 사용했다고 생각한다. 게다가 다른 작가의 이른바 '아이스 드래곤'들은 추운 지방에 사는 흰 드래곤인 경우가 대부분이다. 그러나 아다라의 친구인 아이스 드래곤은 몸 자체가 얼음으로 만들어진 데다가 화염 대신에 냉기를 내뿜는다. 이런 드래곤은 내가 아는 한은 유일무이하다. 판타지의 짐승 목록에 대해 내가 기여한 것들 중에서는 유일하게 독창적인 존재라고나 할까.

《거북이 성의 후예》에서 선보이는 세 단편들 중 마지막 작품에 해당하는 〈잃어버린 땅에서〉는 DAW의 제시카 어맨더 샐먼슨이 편찬한 앤

---

16 Orson Scott Card (1951~). 미국의 SF 및 판타지 작가, 평론가. 대표작은《엔더의 게임》(1985)이다.

솔러지《아마존들》(1979)에 처음 실렸다. ("그 여잔 도대체 무슨 수를 써서 자네 단편을 얻었어?" 이 책이 나온 뒤에 다른 앤솔러지 편찬자가 약이 오른 투로 내게 물었다. 나의 대답은 이랬다. "흐음, 하나 써 달라고 하더군.") 〈라렌 도르의 외로운 노래〉와 마찬가지로 이 단편은 새로운 시리즈를 여는 첫 번째 작품이 될 예정이었다. 훗날 나는 속편에 해당하는 〈시든 손〉을 몇 쪽 썼지만, 역시나 완성하지는 못했다. 내가 다시 속편에 착수하는 날이 (만에 하나) 올 때까지, 〈잃어버린 땅에서〉는 나의 특기인 단편 하나짜리 시리즈의 좋은 예 중 하나로 남아 있을 것이다.

말이 나온 김에, 〈잃어버린 땅에서〉는 어떤 노래에서 영감을 얻었다는 사실을 밝혀야 할지도 모르겠다. 어떤 노래냐고? 다 알려 주면 재미가 없지 않은가. 어차피 뻔해 보이기도 하고 말이다. 그런 수수께끼에 흥미를 가지는 독자를 위해 말해 두자면 실마리는 첫 번째 줄에 있다.

샤아라와 라렌 도르, 아다라와 그녀의 아이스 드래곤, 그레이 앨리스와 보이스 그리고 블루 저레이스……. 이들 모두가 〈거북이 성〉의 후예이자 〈얼음과 불〉의 조상이다. 본서는 이들의 존재 없이는 완전하지 않았을 것이다.

내가 왜 판타지를 사랑하느냐고? 1996년에 패티 페렛이 출간한 사진집《판타지의 얼굴들》에 실린 내 인물 사진에 곁들이기 위해 내가 쓴 짧은 글로 대답을 대신하겠다.

최상의 판타지는 꿈의 언어로 쓰인 것들이다. 그것들은 꿈과 마찬가지로 살아 있고, (적어도 한순간은) 현실보다 더 현실적이다……. 잠에서 깨기 직전의 그 긴 순간처럼.

판타지는 은색과 심홍색, 남색과 심청색, 금과 청금색 줄무늬가 있는 흑요석이다. 현실은 우중충한 갈색과 녹황색으로 칠해진 합판과 플라스틱이다. 판타지에서는 하바네로와 꿀, 계피와 정향, 희귀한 붉은 육류, 여름처럼 달콤한 와인의 맛이 난다. 현실에서는 콩과 두부와 종말의 재 맛이 난다. 현실은 버뱅크의 번화가이고, 클리블랜드의 높은 굴뚝들이고, 뉴어크의 주차장이다. 판타지는 미나스 티리스의 탑이고, 고멘가스트[17]의 고색창연한 돌벽이며, 캐멀롯의 궁정이다. 판타지는 이카로스의 날개를 달고 비상하지만 현실은 사우스웨스트 에어라인을 이용한다. 우리가 가진 꿈은 현실이 되면 왜 그토록 왜소해지는 것일까?

우리는 꿈의 색채를 되찾기 위해 판타지를 읽는다고 생각한다. 강한 향료를 맛보고 사이렌의 노래를 듣기 위해서 말이다. 판타지에 깃든 오래되고 진실한 무엇인가는 우리들 자신의 마음속 깊은 곳에 있는 무엇인가에 호소하며, 언젠가는 밤의 숲을 활보하고, 움푹한 언덕 기슭에서 잔치를 벌이며, 오즈의 남쪽 어딘가와 샹그릴라의 북쪽 어딘가에서 영원한 사랑을 찾기를 꿈꾸는 아이의 마음에 호소한다.

천국에 가고 싶은 사람은 얼마든지 그러시기를. 그러나 나는 죽으면 천국보다는 미들어스에 가고 싶다.

---

17 영국 작가 머빈 피크(1911~1968)가 쓴 고딕 판타지 3부작.

라렌 도르의
외로운 노래

The Lonely Songs of
Laren Dorr

여기, 세계들 사이를 오가는 여자가 있다.

전해 오는 바에 따르면 그녀의 눈은 잿빛이고 살갗은 하얗다고 한다. 폭포수처럼 흘러내리는 칠흑의 머리카락은 이따금 불그스름하게 번득일 때가 있다. 이마에는 매끄럽게 연마된 금속제의 관(冠)을 쓰고 있다. 머리카락을 고정한 이 검은 금속 관은 이따금 그녀의 눈을 그늘지게 한다. 여자의 이름은 샤아라다. 그리고 그녀는 〈문〉들에 관해서 안다.

그녀 이야기의 시초는 그녀를 낳은 세계의 기억과 함께 잊혔다. 그럼 결말은? 결말은 아직 나지 않았다. 그리고 설령 그런 일이 일어나더라도 우리가 그것을 알게 되는 일은 없다.

우리는 단지 그 중간 부분을 알 수 있을 뿐이다. 정확하게 말하자면 중간 부분의 일부이며, 그녀의 탐색의 파편에 불과하다. 이것은 더 거대한 이야기 안의 조그만 이야기이자 샤아라가 잠시 머물렀던 세계에 관한 이야기, 고독하게 노래하는 라렌 도르 그리고 이 두 사람이 잠시나마 어떻게 교류했는지에 관한 이야기다.

● ○

　처음에는 어스름한 박명(薄明)의 빛에 휩싸인 골짜기가 있었을 뿐이었다. 골짜기 위의 산마루에 걸린 거대한 보라색 태양이 지고 있었다. 스러져 가는 햇살이 검게 반들거리는 줄기와 무채색의 유령처럼 희미한 잎사귀를 가진 나무들이 밀생한 숲 속을 비스듬하게 비추고 있다. 유일하게 들리는 것이라고는 밤이 되자 모습을 드러낸 탄식조(歎息鳥)들의 구슬픈 울음과 숲을 가로지르는 바위투성이의 개울에서 콸콸 물이 흐르는 소리뿐이었다.
　그러나 다음 순간, 눈에 보이지 않는 〈문〉을 통해 지치고 피투성이가 된 샤아라가 이 라렌 도르의 세계로 들어왔다. 몸에 두른 수수한 흰 드레스는 얼룩지고 땀에 젖어 있었다. 그 위에 걸친 두터운 모피 망토의 등 부분은 반쯤 뜯겨나가고 없었다. 맨살이 드러난 왼쪽 팔의 길게 찢어진 세 개의 상처에서는 아직도 피가 흐르고 있었다. 개울가에 처음 출현한 그녀는 몸을 떨면서 경계하듯이 재빨리 주위를 둘러본 다음 무릎을 꿇고 상처를 돌보기 시작했다. 빠른 흐름에도 불구하고 개울물은 거무스름하고 탁한 녹색을 띠고 있었다. 마셔도 안전한지 확인할 방도는 없었지만 그런 데까지 신경을 쓰기에는 너무 목이 마르고 쇠약한 상태였다. 샤아라는 목을 축이고, 기이하고 미심쩍은 개울물로 다친 팔을 가능한 한 깨끗하게 씻은 다음 옷을 찢어 만든 붕대로 팔을 싸맸다. 얼마 후 보라색 태양이 산마루 뒤로 넘어가려고 하자 그녀는 개울가를 떠나 나무들 사이의 으슥한 곳으로 기어갔고, 피로에 지쳐 잠들었다.

누군가의 팔이 자신을 껴안았을 때 잠에서 깼다. 힘센 팔로 가볍게 그녀를 들어 올리고 어딘가로 가고 있었다. 깨어나자마자 몸부림을 쳤지만 더 세게 껴안는 통에 옴짝달싹도 할 수 없었다. "안심해." 부드러운 목소리가 말했다. 점점 짙어지는 안개를 통해 사내의 얼굴이 희미하게 보였다. 길쭉하고, 어딘가 상냥해 보이는 얼굴이.

"많이 쇠약해져 있어." 사내가 말했다. "게다가 곧 밤이 될 거야. 어둠이 깔리기 전에 안으로 들어가야 해."

샤아라는 저항하지 않았다. 그때는. 저항해야 한다는 것을 알고는 있었지만 말이다. 너무 오랫동안 고투(苦鬪)를 거듭한 탓에 녹초가 되어 있었다. 그러나 그녀는 당혹한 표정으로 그를 바라보며 이렇게 물었다. "왜?" 그러고는 대답을 듣기도 전에 이어 말했다. "당신은 누구야? 지금 우리는 어디로 가고 있지?"

"안전한 곳으로." 사내가 대답했다.

"당신 집?" 그녀는 졸린 목소리로 물었다.

"아니." 거의 들리지 않을 정도로 나직한 목소리. "아니, 우리 집은 아냐. 절대로 집은 될 수 없어. 하지만 쓸모는 있지." 다음 순간 마치 그녀를 안고 개울을 건너는 듯한 철벅거리는 소리를 들었다. 앞쪽 산등성이에 삭막하고 일그러진 건물의 윤곽이 흘끗 보였다. 석양을 배경으로 탑이 세 개 있는 성의 검고 날카로운 윤곽이 드러난다. 묘하네, 그녀는 생각했다. 아까는 저기 없었는데.

그녀는 잠들었다.

잠에서 깨었을 때 그는 그녀를 바라보고 있었다. 샤아라는 장막과 천개가 딸린 침대 위에서 부드럽고 따뜻한 담요를 여러 겹 덮고 누워 있었다. 그러나 장막은 걷혀 있었기 때문에 방 건너편의 그늘진 곳에 자리 잡은 거대한 의자에 앉아 있는 사내의 모습이 보였다. 사내의 눈이 촛불을 반사하며 번득였다. 턱을 가지런히 깍지 낀 손에 괴고 앉아 있다. "좀 기분이 나아졌어?" 사내는 움직이지 않고 물었다.

샤아라는 상체를 일으키려다가 자신이 알몸임을 깨달았다. 의심이 솟구치며 무의식중에 머리에 손을 갖다 댔다. 그러나 검은 금속으로 만들어진 왕관은 제자리에 있었다. 이마에 닿는 금속의 서늘한 감촉을 느끼며 그녀는 긴장을 풀었다. 베개에 등을 기대고 담요를 끌어올려 몸을 가린다. "훨씬 나아졌어." 그녀는 대꾸했고, 그제야 상처가 모두 사라졌다는 사실을 깨달았다.

사내는 그녀를 보며 미소 지었다. 동경하는 듯한 슬픈 느낌의 미소였다. 매우 인상적인 용모의 사내. 묘하게 커다란 검은 눈 위로 곱슬거리며 흘러내리는 석탄처럼 새까만 머리카락. 의자에 앉은 상태에서도 키가 크고 호리호리해 보인다. 부드러운 회색 가죽으로 만들어진 듯한 옷과 케이프를 걸치고 있었다. 그리고 그 모든 것을 망토처럼 감싸고 있는 것은 깊은 우수였다. "발톱 자국이라." 사내는 미소 지으며 생각에 잠긴 투로 중얼거렸다. "한쪽 팔에 발톱에 찢긴 상처들이 있었고, 옷도 등 쪽은 거의 찢겨 나가고 없었어. 누군가가 당신을 마음에 들어 하지 않았던 모양이로군."

"무엇인가라고 해야겠지." 샤아라는 말했다. "문지기, 〈문〉을 지키는 문지기였어." 그녀는 한숨을 쉬었다. "〈문〉에는 언제나 문지기가 있어. 〈일곱〉은 우리 같은 존재가 세계와 세계 사이를 돌아다니는 걸 싫어해. 그중에서도 나를 제일 싫어하고."

사내는 턱을 괴고 있던 손을 풀고 조각으로 장식된 목제 의자의 팔걸이에 내려놓았다. 그녀의 말에 수긍하듯이 고개를 끄덕였지만 동경하는 듯한 미소는 여전히 남아 있었다. "그렇군. 〈일곱〉을 알고, 〈문〉들의 존재에 관해서도 안다는 이야기로군." 그의 시선이 그녀의 이마를 향했다. "아, 왕관을 쓰고 있었지. 진작 알아차렸어야 했어."

샤아라는 그를 보며 씩 웃었다. "알아차렸으면서. 아니, 알고 있었다는 쪽이 더 정확하지 않아? 당신 누구야? 여긴 어떤 세계지?"

"나의 세계야." 사내는 침착한 어조로 말했다. "수없이 이름을 붙여 보려고 했지만 어떤 이름을 붙여도 이거다 싶은 것이 없더군. 내 마음에 들고 딱 맞는다는 생각이 든 이름이 하나 있긴 했지만 잊어버렸어. 워낙 오래전 얘기라서. 내 이름에 관해서 말하자면, 라렌 도르라고 해. 적어도 그런 것에 연연했던 시절에는 그게 내 이름이었지. 하지만 지금 여기서는 하찮게 느껴지는군. 적어도 그것까지 잊어버리지는 않았지만 말이야."

"당신의 세계라." 샤아라는 말했다. "그럼 당신이 여기 왕이야? 신?"

"응." 라렌 도르는 싱긋 웃으며 대답했다. "그 이상도 될 수 있어. 난 내가 원하는 어떤 존재도 될 수 있거든. 거기 이의를 제기할 수 있는 사람이 없으니."

"내 상처는 어떻게 한 거야?"

"내가 낫게 했어." 그러면서 양해를 구하는 듯이 어깨를 으쓱해 보인다. "여긴 내 세계니까 내겐 모종의 힘들이 있어. 내가 정말로 갖고 싶은 힘들은 아니지만, 힘이라는 데는 변함이 없지."

"아." 그러나 그녀는 믿는 눈치가 아니었다.

라렌은 성마르게 손을 흔들어 보였다. "그런 일은 불가능하다고 생각하는군. 아, 그 왕관 때문이라는 거지. 흐음, 그 생각은 반만 옳아. 예의 힘을 쓰더라도 당신이 그걸 머리에 쓰고 있는 동안에는 해칠 수 없으니까 말이야. 하지만 도와줄 수는 있지." 그는 또다시 미소를 떠올렸다. 두 눈에 부드럽고 꿈꾸는 듯한 빛이 깃들었다. "하지만 그런 건 뭐래도 좋아. 설령 당신을 해칠 수 있었다고 해도 절대로 안 그랬을 테니까 말이야. 샤아라, 믿어 줘. 정말이지 오랫동안 당신을 기다렸어."

샤아라는 깜짝 놀랐다. "내 이름을 아는군. 어떻게?"

그는 미소 지으며 일어섰고, 방을 가로질러 그녀의 침대 가장자리로 와서 앉았다. 대답하기 전에 그녀의 손을 살포시 덮으며 엄지손가락으로 쓰다듬었다. "응, 난 당신 이름을 알아. 세계들 사이를 오가는 샤아라. 오래전에, 산들이 지금과는 다른 모양을 하고 있었고 주기(週期)를 갓 시작한 보라색 태양이 심홍색으로 타오르던 시절에, 그들이 찾아오더니 당신이 올 거라고 하더군. 난 그자들을, 〈일곱〉 모두를 증오했어. 앞으로도 영원히 증오하겠지만, 그날 밤만은 그들이 내게 보여 준 비전[啓示]을 환영했지. 그자들은 단지 당신 이름을 가르쳐 주고 당신이 여기, 나의 이 세계로 올 거라는 얘기밖에는 안 해 줬지만 말이야. 한 가지 더 가르쳐 주긴 했지. 하지만 난 그것만으로도 충분했어. 그건 약속, 변화가 끝나거나 시작될 거라는 약속이었으니까 말이야. 그리고 이 세계에서는 그 어떤 변화도 선(善)이야. 난 여기서 천 번에 달하는 태양 주기를 홀로 보냈어, 샤아라. 하나하나가 몇십 세기에 달하는 주기를 말이야. 이런 곳에서 시간의 죽음을 표시해 줄 사건은 거의 일어나지 않아."

샤아라의 미간에 주름이 잡혔다. 긴 흑발이 흔들리며 희미한 촛불 빛 아래에서 불그스름한 광채를 발한다. "그자들이 그렇게까지 나보다 앞서 있다는 뜻이야? 앞으로 무슨 일이 일어날지를 알고 있을 정도로?" 동요한 듯한 목소리였다. 샤아라는 그를 올려다보았다. "한 가지 더 가르쳐 줬다는 건 뭔데?"

라렌은 손아귀에 살그머니 힘을 주고 말했다. "내가 당신을 사랑하게 될 거라더군." 여전히 슬픈 목소리였다. "하지만 그건 그리 엄청난 예언이라고는 할 수 없어. 그 정도는 나도 알고 있었으니까 말이야. 이미 오래전에—아마 저 태양이 아직 노랬던 시절에—내 목소리의 메아리만 아니라면 그 어떤 목소리와도 사랑에 빠질 거라는 걸 깨달았거든."

●○●

샤아라는 새벽에 깼다. 어젯밤에는 존재하지 않았던 높은 아치형 창문에서 밝은 보라색 빛줄기들이 방 안으로 쏟아져 내린다. 옷이 준비되어 있었다. 헐렁한 노란색 로브와 보석으로 장식된 선홍색 드레스 그리고 심녹색의 수트였다. 수트를 집어 들고 재빨리 입는다. 방에서 나가려다가 잠깐 멈춰 서서 창밖을 내다보았다.

그녀가 있는 곳은 다 무너져 가는 홍벽과 먼지투성이의 삼각형 안뜰을 내려다보는 탑 안이었다. 뾰족한 원뿔을 얹은, 뒤틀린 성냥개비 같은 두 개의 탑이 삼각형의 나머지 꼭짓점을 이루고 있었다. 성벽을 따라 줄

줄이 꽂혀 있는 잿빛 삼각기들이 강풍에 날려 펄럭거리고 있었지만, 그것들을 제외하면 움직이는 것은 전혀 없었다.

그리고 성벽 너머에 어제 본 골짜기는 없었다. 아무것도 없다. 안뜰과 뒤틀린 탑들이 딸린 성은 산꼭대기에 자리 잡고 있었기 때문이다. 어느 방향을 조망해도 높고 먼 산들이 끝없이 이어질 뿐이었고, 검은 바위 절벽과 뾰죽뾰죽한 암벽과 자줏빛으로 번들거리는 매끄러운 얼음 첨탑들이 장관을 이루고 있었다. 창문은 단단히 밀폐되어 있었지만 성 밖에서 몰아치는 바람은 추워 보였다.

침실 문은 열려 있었다. 샤아라는 재빨리 뒤틀린 돌계단을 내려갔고, 안뜰을 가로질러 본채로 들어갔다. 성벽에 맞닿아 있는 낮은 목재 건물이었다. 그녀는 수없이 많은 방을 통과했다. 먼지가 잔뜩 쌓인 춥고 텅 빈 방도 있었고, 호화로운 가구로 가득 찬 방도 있었다. 마침내 그녀는 어떤 방에서 아침 식사 중인 라렌 도르와 마주쳤다.

그의 옆자리는 비어 있었다. 식탁 위에는 음식과 마실 것이 잔뜩 놓여 있었다. 샤아라는 의자에 앉아 뜨거운 비스킷을 집어 들면서 자기도 모르게 웃음 지었다. 라렌도 그런 그녀를 향해 씩 웃었다.

"오늘 떠나야 해." 그녀는 비스킷을 씹으며 말했다. "미안해, 라렌. 하지만 난 반드시 〈문〉을 찾아내야 해."

라렌은 여전히 절망적일 정도로 우울한 분위기를 두르고 있었다. 그 기분은 결코 그를 떠나가지 않는 듯했다. "어젯밤에도 당신은 그랬지." 그는 한숨을 쉬며 대꾸했다. "이토록 오래 기다렸건만 아무래도 헛수고로 끝날 것 같군."

식탁 위에 놓인 음식은 고기와 몇 종류의 비스킷과 과일과 치즈와 우유 따위였다. 샤아라는 적당한 음식을 골라 접시에 담았다. 조금 고개를 숙이고 라렌의 시선을 피하고 있었다. "미안해." 그녀는 같은 말을 되풀이했다.

"조금만 더 머무르면 어떨까? 짧은 기간만 말이야. 그 정도는 가능하다는 생각이 드는데. 그러면 내 세계에 관해 보여 줄 수 있는 걸 보여 줄게. 노래도 불러 주고." 무척 지쳐 보이는 검고 커다란 눈이 묻는 듯이 그녀를 바라보았다.

샤아라는 주저했다. "흐음…… 〈문〉을 찾아내려면 좀 시간이 걸리긴 할 거야."

"그럼 잠시 나와 함께 여기 있어 줘."

"하지만 라렌, 결국은 떠나야 해. 난 서약을 했어. 그건 이해하지?"

그는 미소 짓고 어쩔 수 없다는 듯이 어깨를 으쓱했다. "응. 하지만 난 〈문〉이 어디 있는지를 알아. 내가 그걸 알려 줄 테니까 일부러 찾아다닐 필요는 없어. 대신에, 흐음, 한 달쯤 나와 함께 있어 줘. 당신이 한 달이라고 간주하는 시간 동안 말이야. 그런 다음엔 내가 〈문〉으로 데려다 줄게." 그는 그녀를 찬찬히 훑어보았다. "샤아라, 당신은 정말로 오랜 세월을 찾아다녔잖아. 그러니까 좀 쉴 필요가 있지 않을까?"

샤아라는 생각할 시간을 벌리는 듯이 느릿느릿하게 과일 조각을 먹었다. 그에게서 한 번도 시선을 떼지 않은 채로. "그럴지도 몰라." 이윽고 그녀는 생각에 잠긴 투로 말했다. "물론 〈문〉에는 그걸 지키는 문지기가 있겠지. 그럼 날 도와줘. 한 달은…… 그리 긴 시간은 아니니까. 한 달보다 훨씬 더 오래 머물렀던 세계들도 있었고." 그녀는 고개를 끄덕였다. 얼굴에 천천히 웃음기가 번진다. "그래." 그녀는 고개를 계속 끄덕이며 말을 이었다. "그 정도는 괜찮을 거야."

그는 그녀의 손에 자기 손을 살짝 갖다댔다. 아침을 먹은 뒤에 그는 그들이 그에게 남겨준 세계를 그녀에게 보여 주었다.

그들은 세 탑 중 가장 높은 탑 꼭대기에 있는 작은 발코니 위에 나란히 서 있었다. 샤아라는 암녹색 옷, 장신의 라렌은 부드러운 회색 옷 차림으로 미동도 않고 우뚝 서 있다. 라렌이 주위 세계를 움직이기 시작했다. 성이 거칠게 출렁이는 바다 위를 날아가자 검고 거대한 뱀들이 해면에서 긴 머리를 내밀고 올려다보았다. 라렌은 지하의 광막한 공간으로 성을 움직였다. 부드러운 녹색 빛으로 환하게 밝혀진 지하 동굴에서는 물을 뚝뚝 흘리는 종유석들이 탑들을 스쳐 갔고, 눈먼 흰색 산양들이 흙벽 밖에서 신음하듯이 울어 댔다. 그가 손뼉을 치고 웃음 짓자 자욱한 김이 피어오르는 밀림이 그들 주위를 에워쌌다. 고무 사다리처럼 엉키며 하늘을 찌를 듯이 올라가는 거목들, 흐드러지게 핀 색색가지 거대한 꽃들, 성벽에 매달려 날카로운 송곳니를 드러내며 찍찍거리는 원숭이들. 그가 다시 손뼉을 치자 성벽 주위가 씻은 듯이 사라지더니 안뜰의 흙이 갑자기 모래로 변했다. 그들은 스산한 잿빛 바다에 면한 끝없는 해변에 와 있었다. 종이처럼 얇은 날개를 펼치고 천천히 상공을 선회 중인 파란색의 거대한 새를 제외하면 움직이는 것은 전혀 눈에 들어오지 않았다. 이런 광경을 보여 준 뒤에도 그는 수없이 많은 풍경 속으로 그녀를 데려갔고, 급기야는 어느 장소에 가더라도 어둠이 깔리기 시작했다. 그러자 그는 골짜기를 내려다보는 산등성이로 되돌아갔다. 샤아라는 그와 조우했던 검은 껍질을 가진 나무들이 밀생한 숲을 내려다보았고, 그 투명한 잎사귀들 사이에서 탄식조들이 훌쩍이며 흐느끼는 소리를 들었다.

"여긴 나쁜 세계는 아냐." 그녀는 발코니 위에서 그를 돌아보며 말했다.

"응." 라렌은 대꾸했다. 두 손을 차가운 석조 난간에 얹고 성 아래에 펼쳐진 골짜기를 바라보고 있었다. "완전히 나쁘진 않지. 한번은 장검하고 지팡이만 지니고 걸어서 탐험해 본 적도 있어. 그땐 즐거웠고, 진짜로 흥분하기까지 했지. 산을 넘을 때마다 새로운 수수께끼가 기다리고 있었으니까 말이야." 그는 쿡쿡거리며 웃었다. "하지만 그랬던 것도 이미 오래전의 얘기야. 이제는 모든 산을 넘으면 뭐가 나오는지 알아. 또 다른 텅 빈 지평선이지."

라렌은 샤아라를 쳐다보며 이제는 낯익은 동작으로 또 어깨를 으쓱해 보였다. "아마 다른 지옥들보다는 좀 낫겠지. 하지만 지옥이라는 데는 변함이 없어."

"그럼 나하고 함께 가. 나하고 함께 〈문〉을 찾아서 여길 떠나는 거야. 여기 말고도 다른 세계들은 얼마든지 있어. 여기보다는 덜 기이하고 덜 아름다울지도 모르지만, 적어도 혼자 있지는 않아도 될 거야."

그는 또다시 어깨를 으쓱했다. "아주 쉽게 말하는군." 포기한 듯한 목소리였다. "샤아라, 난 그 〈문〉을 찾아내서 수도 없이 들어가 봤어. 문지기가 가로막는 일도 없었어. 단지 그 안으로 들어가서 다른 세계를 흘끗 보고, 다음 순간엔 또 저 안뜰로 돌아와 있는 거야. 안 돼. 난 여길 떠나지 못해."

샤아라는 양손으로 그의 손을 잡았다. "정말 슬퍼. 그토록 오랫동안 혼자였다니. 라렌, 당신은 정말로 강한 사람이라는 생각이 들어. 나라면 몇 년 지나지도 않아 미쳐 버렸을 거야."

그는 웃음을 터뜨렸다. 쓰디쓴 느낌으로. "오, 샤아라, 나도 천 번은 광기에 빠졌을 거야. 하지만 그자들은 나를 제정신으로 돌려놓았어. 언제나 제정신으로 돌려놓지." 또 어깨를 으쓱하고는 그녀의 몸에 팔을 두른다. 바람은 차가웠고 점점 세차게 불어오기 시작했다. "이제 가자. 완전히 어두워지기 전에는 안으로 들어가야 해."

그들은 그녀의 침실이 있는 탑을 올라가서 침대 위에 함께 앉아 라렌이 가져온 음식을 먹었다. 겉은 새까맣게 탔지만 안은 붉게 익은 고깃덩어리에 뜨거운 빵과 와인을 곁들여서. 음식을 먹으며 그들은 얘기를 나눴다.

"당신은 왜 여기서 살아?" 그녀는 음식을 베어 물며 물었고, 와인으로 방금 한 말을 넘겼다. "어떻게 해서 그자들의 노여움을 샀는데? 예전의 당신은 누구였지?"

"꿈꿀 때를 제외하면 거의 기억이 나지 않아. 꿈속에서도— 너무나도 오래전의 일들이라서 어느 것이 사실이고 어느 것이 광기에서 비롯된 망상인지 이젠 구별이 안 돼." 그는 한숨을 쉬었다. "이따금 내가 왕이었다는 꿈을 꿀 때가 있어. 난 이곳이 아닌 다른 세계의 위대한 왕이었는데, 내 죄목은 백성들을 행복하게 해 줬다는 거였지. 행복에 겨운 나머지 그들은 〈일곱〉에게 등을 돌렸고, 신전들도 신도들이 사라져서 한산해졌어. 그러던 어느 날 내 성 안에 있는 내 방에서 잠에서 깼는데, 하인들이 모두 사라져 있더군. 밖으로 나가 보니 백성들도, 내 세계도 모조리 사라져 있었어. 내 곁에서 자고 있던 여자까지도.

하지만 다른 꿈들을 꿀 때도 있어. 내가 신이었다는 모호한 기억이 떠오를 때도 곧잘 있지. 그러니까, 거의 신에 가까운 존재였다는 기억 말이야. 힘도 가지고 있었고, 가르침도 가지고 있었어. 〈일곱〉의 가르침이 아닌 것을. 그래서 그들 모두 나를 두려워했지. 일대일로는 당당히 맞설 수 있었으니까 말이야. 하지만 〈일곱〉 모두를 상대로 이길 수는 없었고, 그자들이 내게 강요한 건 바로 그거였어. 그 뒤에는 내 원래 힘의 극히 일부만을 갖게 하고 나를 여기로 보냈던 거야. 잔인한 아이러니였지. 신이었던 나는 인간들에게 서로를 의지해야 하고, 사랑과 웃음과 대화로 어둠을 물리칠 수 있다고 가르쳤거든. 〈일곱〉이 내게서 박탈해 간 건 바로 그것들이었어.

그조차도 최악이라고는 할 수 없었어. 나는 언제나 여기 있었고, 가늠할 수 없을 정도의 태곳적에 여기서 태어난 거라는 생각이 들 때도 있으니까 말이야. 내 기억들은 모두 나를 더 괴롭게 만들기 위해 보내진 가짜 기억이라는 식이지."

샤아라는 말하는 그를 관찰했다. 그의 시선은 그녀가 아니라 먼 곳을 향해 있었고, 안개와 꿈과 반쯤 죽은 기억의 경험들로 가득했다. 그리고 그는 아주 느리게 말했다. 정처 없이 흘러가다가 소용돌이치면서 사물을 감추는 안개를 방불케 하는 목소리로. 어딘가에 수수께끼가, 보일락말락한 곳에서 진행 중인 사건들과 결코 도달할 수 없는 빛들이 존재한다는 듯이.

라렌이 말을 멈추자 눈빛이 다시 깨어났다. "아, 샤아라. 신중하게 움직여야 해. 그자들이 당신과 직접 적대하는 쪽을 택한다면 그 왕관조차도 당신을 지켜 줄 수는 없어. 하얀 아이 바칼론은 당신을 갈기갈기 찢을 거고, 나아-슬라스는 당신의 고통을 양식으로 삼고, 사가엘은 당신의 영혼을 먹을 거야."

샤아라는 몸을 떨고 고기를 한 점 더 베어 물고 씹으려고 했지만 너무 차갑고 질겼다. 갑자기 그녀는 양초들이 거의 밑동까지 타들어 갔다는 사실을 깨달았다. 얼마나 오래 그의 말에 귀를 기울이고 있었던 것일까?

그러자 그는 "기다려"라고 말하더니 창문 근처의 문을 통해 방에서 나갔다. 창문이 있던 자리에는 거친 잿빛 석재가 있을 뿐이었다. 해가 완전히 스러지면서 모두 견고한 돌로 변화한 듯했다. 잠시 후 라렌은 부드럽게 반짝이는 검은 나무로 만들어진 악기를 가죽끈으로 목에 걸고 돌아왔다. 샤아라는 난생 처음 보는 악기였다. 각기 다른 색깔의 현이 열여섯 개 있고, 반질반질하게 연마된 목재 표면의 끝에서 끝까지 밝은 빛을 발하는 선들이 상감되어 있다. 라렌은 의자에 앉았다. 악기 아랫부분을 바닥에 대자 머리 부분은 그의 어깨보다 조금 높이 올라왔다. 그가 생각에 잠긴 표정으로 가볍게 악기를 퉁기자 상감된 빛들이 한층 더 밝아졌다. 갑자기 방 전체가 빠르게 스러져 가는 선율로 가득 찼다.

"내 반려야." 라렌은 미소 지으며 말했다. 그가 다시 손을 대자 음악이 되살아나더니 죽었다. 음정이 없는 선율이 흐른다. 그가 반짝이는 선들을 훑자 공기 자체가 어른거리며 다른 빛을 띠었다. 그는 노래하기 시작했다.

나는 고독의 왕
나의 왕국은 공허하고…….

……낮고 달콤한 가사 첫 부분이 라렌의 부드럽고 아득한 안개 같은 목소리에 실려 흘러간다. 샤아라는 이어지는 노래를 움켜잡고, 단어 하

나하나를 귀담아들으며 기억에 각인하려고 했지만 결국 모두 잃어버렸다. 단어들은 그녀를 살짝 스치고 지나갔다가 다시 안개 속으로 녹아들었다. 오는가 싶으면 너무나도 빠르게 가 버리는 탓에 정확히 무엇이었는지를 기억할 수가 없었다. 가사와 함께 들려오는 아련하고 우울하고 비밀로 가득 차 있는 선율이 그녀를 끌어당기며 흐느껴 울고, 무수히 많은 미지의 이야기를 들려주겠다는 약속을 속삭인다. 방 전체에서 양초 불꽃들이 더 밝게 타올랐다. 빛의 구(球)들이 점점 커지면서 춤을 추며 함께 흘러갔다. 공기는 색채로 가득 찬다.

단어, 선율, 빛. 라렌 도르는 이 모든 것을 하나로 뭉쳐서 그녀를 위한 비전을 자아냈다.

그러자 그가 꿈에서 보았다는 그의 모습이 보였다. 강하고 위풍당당하며 여전히 긍지를 잊지 않은 왕의 모습이. 그녀만큼이나 새까만 머리카락을 한 날카로운 눈매의 사내. 어렴풋하게 빛나는 흰색 일색의 복장을 하고 있다. 밀착하는 바지와 소매가 부풀어 오른 셔츠, 바람에 나부끼며 출렁거리는, 새하얗고 거대한 망토. 머리에는 반짝이는 은제 왕관을 얹고, 허리춤에 찬 가늘고 곧은 장검은 왕관 못지않게 반짝인다. 꿈속의 계시에서 보는 라렌, 지금보다 젊은 라렌은 침울한 기색 없이 움직였고, 아름다운 상아색 첨탑과 나른하게 흐르는 파란 운하의 세계를 활보했다. 세계도 그를 중심으로 움직였다. 친구들과 연인들 그리고 라렌이 활활 타오르는 언어와 빛들로 묘사한 특별한 여인이 있었다. 안온한 나날과 웃음소리가 영원히 계속되었다.

다음 순간, 돌연히 어둠이 찾아왔다. 그는 이곳에 와 있었다.

음악이 신음했다. 빛들도 희미해졌다. 단어들은 슬프고 황망해지기 시작했다. 샤아라는 라렌이 낯익지만 인적이 없는 성안에서 깨어나는 광경을 보았다. 그가 모든 방을 하나씩 돌아다니고, 성 밖으로 나가서 한 번도 본 적이 없는 세계와 대면하는 광경을 목격했다. 그가 성 밖으로 나가 먼 지평선 위에 모여드는 아지랑이를 향해 걸어가는 모습을 보았다. 아지랑이가 연기일지도 모른다는 희망을 품고 걷고 또 걷는다. 매일 새로운 지평선을 밟으며 거대한 태양의 색채가 빨강에서 주황으로, 뒤이어 노랑으로 바뀌는 것을 목격했지만, 그의 세계는 여전히 텅 비어 있었다. 그는 그녀에게 보여 줬던 모든 장소들 그리고 그 이외의 곳들까지 주파했다. 마침내 완전히 길을 잃고 집을 갈구하자, 성이 그에게로 왔다.

그 무렵 그의 흰 옷은 흐린 잿빛으로 변해 있었다. 그러나 노래는 계속 이어졌다. 날이 가고 해가 바뀌고 수없이 많은 세기가 흐르면서 라렌은 피로를 느끼고 미쳐 갔지만 결코 나이를 먹지는 않았다. 태양은 녹색에서 자줏빛으로 변했다가 눈부신 청백색으로 처절하게 불타올랐지만, 주기가 바뀔 때마다 그의 세계는 점점 색채를 잃어 갔다. 그래서 라렌은 노래를 불렀다. 끝없이 공허한 낮들과 밤들을 보낸 그를 제정신으로 있게 해 준 것은 음악과 기억뿐이었다. 샤아라는 그의 노래를 통해 이 모든 것을 느꼈다.

비전이 사라지고 음악이 스러지고 그의 나직한 목소리도 마침내 녹아내렸다. 라렌은 연주를 멈추고 미소 지으며 그녀를 쳐다보았다. 샤아라는 자신이 떨고 있다는 사실을 깨달았다.

"고마워." 그는 어깨를 으쓱하며 나직하게 말했고, 악기를 챙기더니 그녀를 두고 떠났다.

다음 날 동이 텄을 때는 춥고 구름이 끼어 있었지만 라렌은 사냥을 하자며 그녀를 데리고 숲으로 갔다. 사냥감은 반은 고양이를 닮고 반은 가젤을 닮은 희고 날씬한 짐승이었다. 쉽게 따라잡기에는 너무 빠르고, 쉽게 죽이기에는 너무 이빨이 많았다. 샤아라는 개의치 않았다. 사냥감을 죽이는 것보다는 사냥 자체가 좋았기 때문이다. 한 번도 써 본 적이 없는 활을 쥐고 주위를 에워싼 음침한 나무들과 같은 재질의 검은 목제 화살이 가득한 화살통을 찬 채로 어스레한 숲 속을 누비는 행위에서 형언할 수 없는 강렬한 기쁨을 느꼈던 것이다. 두 사람 모두 잿빛 모피로 단단히 무장하고 있었다. 라렌의 눈이 늑대 머리로 만든 두건 밑에서 그녀를 향해 미소 짓는다. 그들이 질주하자 부츠에 밟힌 유리처럼 투명하고 얇은 낙엽들이 바스라지고, 산산이 깨졌다.

결국 아무 사냥감도 잡지 못한 채 그들은 녹초가 되어 성으로 돌아왔다. 라렌은 주(主) 연회장에 호화로운 만찬을 차려 놓았다. 두 사람은 길이가 15미터에 달하는 식탁의 양쪽 끝머리에 앉아서 서로를 바라보며 미소 지었다. 샤아라는 라렌의 머리 뒤로 보이는 창문 너머에서 구름이 흘러가는 것을 보았고, 나중에 그 창문이 돌로 변하는 것을 목격했다.

"왜 저렇게 되는 거야?" 그녀가 물었다. "그리고 왜 밤에는 절대로 밖에 안 나가는 거지?"

라렌은 어깨를 으쓱했다. "아, 그럴 만한 이유가 있어서야. 이 세계의 밤은 뭐랄까, 안전하지 않거든." 그는 보석으로 장식된 대배(大杯)에 담긴, 향료를 넣어 데운 와인을 홀짝였다. "샤아라, 당신의 고향 세계, 당신이 처음 있었던 장소 말인데— 거긴 별들이 보였어?"

그녀는 고개를 끄덕였다. "응. 워낙 오래전의 일이지만 아직도 기억해. 밤은 칠흑처럼 어두웠고, 별빛은 딱딱하고 차갑고 머나먼 광점들이었지. 이따금 거기서 패턴을 읽을 수도 있었어. 내 고향 세계에 사는 사람들은 젊은 시절 그런 패턴에 각각 이름을 붙이고 장려한 이야기를 갖다 붙이곤 했지."

라렌은 고개를 끄덕였다. "난 당신 세계가 마음에 들 것 같아. 내 세계도 그걸 좀 닮아 있었거든. 하지만 우리 세계의 별들은 수많은 색으로 반짝였고, 밤에는 흐릿한 초롱불처럼 너울거리곤 했어. 이따금 자기 주위에 빛을 가리는 베일을 드리우기 때문에 그럴 때 우리 밤하늘은 마치 엷은 아지랑이로 가득 차서 반짝이는 것처럼 보였지. 별들이 뜨면 곧잘 내가 사랑하던 여자와 함께 돛단배를 타고 바다로 나가곤 했어. 단지 함께 별들을 바라보기 위해서 말이야. 그럴 때면 노래가 절로 나왔어." 그의 목소리에 또다시 슬픔이 깃들었다.

어둠이 방으로 스며들어 왔다. 어둠과 고요함이. 음식은 식어 있었고 15미터 떨어진 곳에 앉아 있는 라렌의 얼굴은 거의 보이지 않았다. 그래서 그녀는 일어서서 그의 곁으로 갔고, 거대한 식탁 위에 살짝 앉았다. 라렌은 고개를 끄덕이며 웃음 지었다. 그러자마자 쉭 하는 소리와 함께 긴 연회장 벽 가의 모든 횃불에 한꺼번에 불이 붙었다. 그는 그녀에게 와인을 더 권했다. 와인 잔을 받아 들던 그녀의 손가락이 잠시 그의 손 위에 머물렀다.

"내 경우도 그랬어." 샤아라가 말했다. "바람이 충분히 따뜻하고 다른 사람들 눈이 없다면 열린 장소에서 함께 누워 있기를 좋아했지. 케이다하고." 그녀는 잠시 주저하다가 그를 쳐다보았다.

그는 묻는 듯한 눈으로 그녀를 보았다.

"케이다?"

"만났으면 당신도 그이가 마음에 들었을 거야. 그쪽에서도 라렌 당신을 좋아했을 거라고 생각해. 키가 큰 빨간 머리 사내였는데 불타는 듯한 눈을 가지고 있었지. 케이다도 나처럼 마력을 가지고 있었지만, 나보다 훨씬 더 강했어. 게다가 의지력이 정말 엄청났지. 그자들은 어느 날 밤 그이를 데려갔어. 죽였던 게 아니라, 단지 내게서 빼앗아서 다른 세계로 보냈던 거야. 그 이래 난 줄곧 그이를 찾아 헤매고 있어. 〈문〉에 관해서 잘 알고, 검은 왕관을 쓰고 있으니 그자들도 나를 쉽게 막지는 못해."

라렌은 자기 와인을 마시고 와인 잔의 금속 부분에 반사된 횃불 빛을 응시했다. "세계의 수는 무한해, 샤아라."

"내겐 그럴 시간이 얼마든지 있어. 난 나이를 먹지 않아, 라렌. 당신이 나이를 먹지 않는 것처럼 말이야. 언젠가는 반드시 찾아낼 거야."

"그렇게까지 깊이 사랑했던 거야?"

샤아라는 애정 어린 미소가 설핏 떠오르려는 것을 참으려다가 결국 웃음 지었다. "응." 이번에는 그녀가 조금 막막한 목소리를 낼 차례였다. "응, 라렌, 정말로 사랑했어. 그이는 나를 정말로 행복하게 해 줬거든. 함께 지냈던 건 짧은 시간에 불과하지만, 그땐 정말로 행복했어. 〈일곱〉은 거기엔 손을 대지 못해. 그냥 그이를 바라보기만 해도, 그이가 내게 팔을 두르고 미소 짓는 걸 보기만 해도 난 기뻤어."

"아."

그는 이렇게 말하고 미소 지었지만 그의 이런 반응에서는 진한 패배감이 묻어났다. 침묵은 점점 더 깊어만 갔다.

마침내 샤아라는 그를 돌아보고 말했다. "하지만 지금은 우리 두 사람 모두 출발점에서 까마득하게 먼 곳으로 와 있군. 밤이 되면 저 창문들이 절로 밀폐되는 이유를 당신은 아직 얘기 안 해 줬어."

"샤아라, 당신은 아주 먼 곳에서 왔어. 세계들 사이를 오가면서. 별이 없는 세계를 본 적이 있어?"

"응. 라렌, 그런 세계는 많았어. 잉걸불처럼 타다 남은 태양 하나에 단 하나의 행성만 있는 우주도 봤는데, 밤에 하늘을 보아도 광막한 허공밖에는 없었지. 찌푸린 어릿광대들의 땅에도 가 보았는데, 거기선 하늘이 없고 태양들은 쉭쉭거리면서 바다 밑에서 불타오르고 있었어. 카라다인의 황야를 걸으면서 검은 마법사들이 태양이 아예 없는 그 땅을 밝히기 위해서 무지개에 불을 붙이는 것도 보았지."

"이 세계에는 별이 없어." 라렌이 말했다.

"밤에 성안에 틀어박힐 정도로 그게 두려운 거야?"

"아니. 하지만 그 대신 뭔가 다른 게 있지." 그는 그녀를 쳐다보았다. "보고 싶어?"

그녀는 고개를 끄덕였다.

벽 가의 횃불들이 처음에 불이 붙었을 때만큼이나 느닷없이 꺼졌다. 방 안은 칠흑 같은 어둠에 휩싸였다. 샤아라는 식탁 위에서 자세를 바꿔 라렌의 어깨 너머를 보려고 했다. 라렌은 움직이지 않았지만, 그의 뒤쪽에서 벽의 창문을 밀봉하고 있던 석재가 먼지처럼 쏟아져 내렸다. 창밖의 빛이 쏟아져 들어왔다.

하늘은 아주 어두웠지만 어둠을 배경으로 무엇인가가 움직이고 있는 탓에 뚜렷하게 볼 수 있었다. 빛을 쏟아 내고 있는 것은 그 존재였고, 안뜰의 땅과 흙벽의 석재들과 잿빛 삼각기들도 그 빛 아래에서 선명하게 보였다. 샤아라는 의아한 표정으로 하늘을 올려다보았다.

무엇인가가 뒤를 돌아보았다. 산들보다 키가 커서 하늘의 반을 가득 채우고 있는 그 존재는 성 전체를 비출 정도의 빛을 발하고 있었다. 그러나 샤아라는 그것이 암흑보다 더 새까맣다는 사실을 깨달았다. 대략 사람 모양을 하고 있었고, 긴 케이프와 두건으로 상체를 감싸고 있다. 그 아래에는 다른 부분보다 한층 더 부정(不淨)한 암흑이 이어지고 있었다. 귀에 들리는 소리라고는 라렌의 나직한 숨소리와 그녀의 심장이 고동치는 소리와 멀리서 들려오는 탄식조의 흐느끼는 듯한 울음소리뿐이었지만, 샤아라는 머릿속에서 그 존재의 악마적인 홍소가 울려 퍼지는 것을 들었다.

하늘을 가로막은 존재는 그녀를 내려다보았고, 그녀 내부를 보았다. 그녀는 영혼 속에서 차가운 암흑을 느꼈다. 얼어붙은 탓에 눈동자가 움직이지 않았지만 그 존재가 움직이는 것을 보았다. 그것은 몸을 돌리더니 한 손을 들어 올렸다. 빈손이 아니었고, 무엇인가가 그곳에 있었다. 사람 모양을 한, 불타오르는 눈을 가진 조그만 사내가 몸부림치며 절규하고, 그녀 이름을 부른다.

샤아라는 비명을 올리고 고개를 돌렸다. 가까스로 흘끗 시선을 되돌리자 창문은 사라져 있었다. 방 안에는 단지 안전하고 견고한 돌벽과, 벽가에서 타오르는 햇불들과, 힘센 팔로 그녀를 껴안고 있는 라렌이 있을 뿐이었다.

"그건 계시에 불과했어."

그는 이렇게 말하고 그녀를 꼭 안은 채로 그녀의 머리카락을 쓰다듬었다. "밤이면 나도 그렇게 나 자신을 시험해 보던 시절이 있었지." 대화한다기보다는 독백에 가까운 말투였다. "하지만 그럴 필요는 없었어. 그자들은, 〈일곱〉은, 한 명씩 교대로 나를 감시하고 있어. 맑고 검은 밤하늘을 배경으로 내가 사랑하는 사람들을 인질로 잡은 채로 까맣게 불타오르는 그자들의 모습을 난 너무 자주 보아 왔어. 그래서 이젠 보려고 하지도 않아. 그냥 이 안에 머물러서 노래를 부를 뿐이야. 밤의 돌로 창을 가로막고."

"난…… 더럽혀진 기분이야."

그녀는 아직도 조금 몸을 떨고 있었다.

"따라와." 그는 말했다. "위층 욕실로 가서 냉기를 씻어 내면 돼. 그런 다음엔 노래를 불러 줄게." 그는 그녀의 손을 잡고 탑 위쪽으로 이끌었다.

샤아라가 뜨거운 욕조에 몸을 담그고 있는 동안 라렌은 침실에서 악기를 꺼내서 조율했다. 전신을 거대하고 보드라운 갈색 타월로 감싼 그녀가 돌아갔을 때는 준비가 끝나 있었다. 샤아라는 침대 위에 앉아서 머리를 말리며 기다렸다.

그러자 라렌은 그녀에게 비전을 보여 주었다.

이번에는 다른 꿈들이었다. 그가 신이며, 〈일곱〉에게 적대하는 꿈 말이다. 그가 연주하는 음악은 번개와 전율로 점철된 맹렬한 타악(打樂)이었다. 빛들이 하나로 녹아들며 시뻘건 전장을 형성했고, 그곳에서 눈이 아플 정도로 새하얀 라렌은 그림자들과 악몽 같은 적들을 상대로 싸웠다. 그 수는 일곱이었다. 그들은 라렌 주위를 둥글게 에워싸고 다가왔다가 물러나는 것을 반복하며 칠흑의 장창으로 그를 공격했다. 라렌은 불과 폭풍으로 반격했지만 결국은 중과부적으로 제압당하고 말았다. 빛이

스러지며 그의 노래는 다시 부드럽고 슬픈 것으로 바뀌었고, 고독한 꿈으로 이루어진 세기들이 휙휙 흘러가면서 비전도 스러졌다.

공중에서 마지막 선율이 추락하고 최후의 빛들이 스러지기도 전에 라렌은 다시 노래하기 시작했다. 이번에는 새로운 노래였지만, 그리 익숙하지 않은 듯했다. 가늘고 우아한 그의 손가락들은 종종 주저하다가 다시 예전 움직임을 되풀이했고, 목소리 또한 안정적이지 않았다. 연주를 하면서 가사 일부를 지어내고 있었기 때문이다. 샤아라는 그 이유를 알고 있었다. 지금 그는 그녀에 관한 노래, 그녀의 탐색에 관한 노래를 부르고 있었기 때문이다. 불타는 사랑과 끝없는 탐색, 무수히 많은 세계들, 검은 왕관과 〈문〉을 지키며 날카로운 발톱과 속임수와 거짓으로 싸우는 문지기들에 관한 노래를. 라렌은 그녀가 했던 모든 말을 썼고, 그 모든 말을 변용(變容)시켰다. 영원한 대양 밑에서 불타오르며 쉭쉭거리면서 수증기를 내뿜는 백열한 태양들과, 어둠을 쫓기 위해 눈부신 무지개에 불을 붙인 영원에 가까운 생을 살아온 인간들이 자아내는 찬란한 파노라마가 침실 안에서 펼쳐졌다. 그리고 그는 케이다에 관해서도 노래했다. 어떻게 그랬는지는 모르겠지만 그는 샤아라의 연인이었던 그 불꽃같은 사내를 되살려내서 그녀에게 새로운 믿음을 가져다주었다.

그러나 이 노래는 의문부호로 끝을 맺었고, 그가 연주하는 마지막 선율은 공중에서 주저하며 메아리치고, 메아리쳤다. 두 사람 모두 나머지 부분을 고대했지만 그런 것은 없다는 사실을 알고 있었다. 아직은.

샤아라는 울고 있었다. "이젠 알아, 라렌." 그리고 조금 뒤에 이렇게 말한다. "고마워, 케이다를 내게 돌려줘서."

"그냥 노래였을 뿐이야." 그는 어깨를 으쓱했다. "이렇게 새로운 노래를 부를 수 있었던 건 정말 오랜만이었지만."

그는 또다시 그녀를 두고 자리를 떴다. 담요를 몸에 두르고 서 있는 그녀의 뺨에 살짝 손을 대고 문간을 나선다. 그러자 샤아라는 그의 등 뒤에서 문을 잠그고 촛불들을 하나씩 불어 끄며 빛을 어둠으로 바꿨다. 그런 다음 의자 위에 타월을 던져 놓았고, 침대로 가서 담요를 덮고 누웠다. 마침내 잠에 빠져들기까지는 오랜 시간이 걸렸다.

잠에서 깼을 때는 아직도 어두웠다. 왜 깼는지는 알 수 없었다. 눈을 뜬 채로 가만히 누워 방 주위를 둘러본다. 아무것도 없었고, 아무것도 달라 보이지 않았다. 아니, 그럴까?

그의 모습이 눈에 들어온 것은 바로 그때였다. 처음 만났을 때처럼 깍지 낀 손으로 턱을 괴고 있다. 침착하고 전혀 감정을 엿볼 수 없는 두 눈은 밤의 어둠으로 가득 찬 방 안에서도 커다랗고 검어 보였다. 그는 꼼짝도 않고 앉아 있었다.

"라렌?"

그녀는 나직하게 말했다. 저 검은 그림자가 아직도 그가 맞는지 확신이 없었다.

"응." 그는 움직이지 않았다. "밤새도록 당신이 자는 모습을 보고 있었어. 난 당신이 상상할 수도 없을 정도로 오랜 세월을 여기서 혼자 지내왔는데, 조금 있으면 또 혼자가 돼. 자고 있을 때조차도 당신은 경이로움 그 자체였어."

"아아, 라렌."

그녀는 말했다. 정적, 그리고 짧은 침묵이 찾아왔다. 내심의 저울질 그리고 결코 입 밖에 내지 않은 대화가. 그런 다음 그녀는 담요를 휙 걷어

냈다. 그러자 라렌은 그녀에게 왔다.

●○

두 사람 모두 몇 세기나 되는 세월이 흐르는 것을 목격해 왔다. 한 달이든 한순간이든 마찬가지였다.

그들은 매일 밤 함께 잤다. 매일 밤 라렌은 노래를 불렀고, 매일 밤 샤아라는 그 노래에 귀를 기울였다. 어둠이 지배하는 시간 내내 대화를 나눴고, 낮이 되면 찬란한 보랏빛 햇살을 반사하는 수정처럼 투명한 물에서 알몸으로 헤엄을 쳤다. 곱고 새하얀 모래가 깔린 해변에서 사랑을 나눴고, 사랑에 관해서도 많은 이야기를 했다.

그러나 바뀐 것은 아무것도 없었고, 마침내 때가 다가오기 시작했다. 마지막 날이 되기 바로 전날의 해가 지기 시작했을 때, 그가 그녀를 찾아낸 어둑어둑한 숲을 함께 걸었다.

라렌은 샤아라와 보낸 한 달 동안 웃는 법을 배웠지만, 지금은 또다시 침묵하고 있었다. 그는 그녀의 손을 꼭 잡은 채로 천천히 걸었다. 그의 기분은 그가 걸친 부드러운 비단 셔츠보다 더 잿빛이었다. 마침내 골짜기의 개울가로 오자 그는 둑에 앉더니 그녀를 곁으로 끌어당겼다. 그들은 부츠를 벗고 차가운 개울물에 발을 담갔다. 약한 바람이 쉴 새 없이 불어오는 무더운 저녁이었다. 이미 탄식조들의 울음소리가 들리기 시작했다.

"가야 하는군."

그는 여전히 그녀의 손을 잡고 있었지만 결코 그녀 쪽을 바라보려고 하지 않았다. 방금 한 말은 질문이 아니라 선언이었다.

"응." 그녀는 말했다. 그러자 그녀도 침울한 기분에 사로잡혔다. 목소리도 무거웠다.

"내 마음속의 말들은 모두 떠나가 버렸어, 샤아라." 라렌이 말했다. "노래를 불러서 당신한테 계시를 보여 줄 수만 있었다면 기꺼이 그랬겠지. 과거에는 공허했지만, 우리 두 사람과 우리들의 아이들로 가득 찬 세계의 모습을. 그걸 당신한테 줄 수 있어. 나의 이 세계는 충분히 아름답고 경이롭고 신비스러워. 그걸 볼 눈들이 있다면 말이야. 설령 어둡고 사악한 밤이 찾아온다 하더라도, 흐음, 그건 다른 세계와 다른 시대의 인간들도 이미 경험했던 일이야. 난 전심전력을 다해 당신을 사랑하겠어. 당신을 행복하게 해 줄 수 있어."

"라렌……." 그녀가 대답하려고 하자 그는 흘끗 바라보며 그녀의 말을 가로막았다.

"아냐. 그렇게 말할 수는 있겠지. 하지만 난 그러지 않을 거야. 내게 그럴 권리는 없으니까 말이야. 당신을 행복하게 해 주는 건 케이다야. 이기적인 멍청이가 아닌 이상 그런 행복을 버리고 비참함을 함께 해 달라고 하진 않을 거야. 케이다는 불 그리고 웃음으로 가득 차 있는 반면, 내겐 흐릿한 연기와 노래와 슬픔밖에는 없으니까 말이야. 난 너무 오랫동안 혼자였어, 샤아라. 그래서 그런 우중충한 잿빛 부분이 이젠 내 영혼의 일부가 되어 버렸지. 그런 걸로 당신까지 어둡게 할 수는 없어. 하지만……."

샤아라는 양손으로 그의 손을 잡고 끌어올린 다음 재빨리 입을 맞췄다. 그런 다음 손을 놓고 꿈쩍도 않는 그의 어깨에 머리를 기댔다. "나하고 함께 와 줘, 라렌." 그녀는 말했다. "그〈문〉을 지날 때 내 손을 잡고 있으면 이 검은 왕관이 당신을 지켜 줄지도 몰라."

"뭐든 당신이 하라는 대로 할 용의가 있어. 하지만 성공할 거라고는 하지 말아 줘." 그는 한숨을 쉬었다. "당신 앞에는 수없이 많은 세계들이 가로놓여 있어, 샤아라. 당신의 탐색이 어디서 끝날지도 모르겠고. 하지만 여기가 아니라는 것만은 나도 알아. 아마 그래서 다행이라는 생각도 드는군. 더 이상은 모르겠어. 애당초 알고 있었다면 얘기지만. 사랑이 뭔지는 희미하게나마 기억이 나고, 그게 어떤 것이었는지도 떠올릴 수 있을 것 같아. 사랑이 영원히 계속되지는 않는다는 것도. 변하지도 않고 영원한 생명을 가진 우리 두 사람이 여기서 계속 함께 있다면 결국은 따분해지지 않을 리가 없잖아? 그럼 우린 서로를 미워하게 될까? 난 그렇게 되는 걸 원하지 않아." 이렇게 말한 그는 그녀를 쳐다보았고, 보는 사람의 가슴이 아려 올 정도로 침울한 미소를 떠올렸다. "케이다를 그토록 깊이 사랑하는 걸 보면 아주 짧게밖에는 함께 있지 못했는가 보군. 결국은 나도 속이 검은 걸까. 케이다를 찾는 걸 도우면 당신은 결국 그를 잃게 될지도 모르니까 말이야. 내 사랑, 가슴속에 타오르던 불길이 스러지면 마법도 언젠가는 사라지기 마련이고, 그 뒤에는 당신도 이 라렌 도르를 기억해 줄지도."

샤아라는 나직하게 흐느끼기 시작했다. 라렌은 그녀를 끌어당기고 입을 맞춘 다음 상냥한 목소리로 "됐어"라고 속삭였다. 그녀는 그의 입맞춤에 응했다. 두 사람은 말없이 서로를 껴안았다.

자줏빛 어둠이 거의 칠흑으로 변하자 그들은 부츠를 다시 신고 일어섰다. 라렌은 그녀를 껴안고 미소 지었다.

"이제 가야 해." 샤아라가 말했다. "무조건. 하지만 떠나는 건 너무 힘들어, 라렌. 그것만은 꼭 믿어 줘."

"믿어. 내가 당신을 사랑하는 이유는 당신이 떠나기 때문이라고 생각해. 당신이 케이다를 잊지 못하고, 당신이 한 약속을 결코 잊지 않을 걸 알기 때문이기도 하고. 당신은 세계들 사이를 오가는 존재야, 샤아라. 과거에 내가 어떤 신이었든 간에 〈일곱〉은 나보다 당신을 훨씬 더 두려워하고 있다는 생각이 들어. 당신이 지금의 당신이 아니었다면 나도 이처럼 당신에게 깊이 빠지지도 않았겠고."

"아, 당신 목소리의 메아리만 아니라면 당신은 그 어떤 목소리와도 사랑에 빠질 거라고 얘기한 적이 있었잖아."

라렌은 어깨를 으쓱했다. "여러 번 말했듯이, 그건 아주 오래전의 일이야."

어둠이 깔리기 전에 그들은 성으로 돌아왔다. 마지막 만찬을, 마지막 밤을, 마지막 노래를 나누기 위해서. 그날 밤은 뜬눈으로 지새웠다. 라렌은 새벽이 오기 직전에 그녀를 위해 다시 노래를 불러 주었다. 하지만 아주 좋은 노래라고는 할 수 없었다. 딱히 특징이 없는 세계를 방랑하는 음유시인에 관한 두서없고 산만하기까지 한 노래였다. 이 음유시인에게 흥미로운 일은 아예 일어나지 않는 듯했다. 샤아라는 이 노래의 취지가 무엇인지 꼬집어 말할 수가 없었고, 노래를 부르는 본인에게서도 열의를 느낄 수 없었다. 작별 인사치고는 묘했고, 두 사람 모두 뒤숭숭한 기색을 감추지 못했다.

동이 트자 그는 옷을 갈아입고 안뜰에서 만나자면서 자리를 떴다. 그녀가 안뜰로 가자 약속대로 그가 기다리고 있었다. 침착하고 자신감에 찬 미소를 띤 채로. 그는 새하얀 정장 차림이었다. 몸에 밀착하는 바지와 소매가 부풀어 오른 셔츠와 점점 더 세차게 불어오는 바람에 펄럭이며 물결치는 육중한 망토로 이루어진. 그러나 자줏빛 태양이 발하는 거무스름한 햇살 탓에 얼룩진 것처럼 보인다.

샤아라는 안뜰을 가로질러 가서 그의 손을 잡았다. 질긴 가죽옷을 입고, 허리춤에는 문지기와 맞닥뜨릴 경우에 대비해서 나이프를 찼다. 빛을 반사하면 이따금 금빛과 자줏빛으로 번득이는 칠흑의 머리카락은 그의 망토처럼 바람에 휘날렸지만, 검은 왕관을 머리에 쓰고 있었다. "안녕, 라렌. 당신한테 더 많은 걸 줄 수 있으면 좋았을 텐데."

"이미 충분히 줬어. 앞으로 몇십 세기가 흘러도, 태양이 몇천 주기를 거듭하더라도, 난 기억할 거야. 샤아라, 난 당신을 기준으로 시간을 세겠어. 어느 날 뜬 해가 파란 불처럼 이글거린다면 난 그걸 보고 '그래, 저건 샤아라가 온 뒤로 처음 뜬 파란 해야'라고 말하게 되겠지."

그녀는 고개를 끄덕였다. "그럼 난 새로운 약속을 하나 할게. 난 언젠가는 케이다를 찾겠어. 그이를 해방한 뒤에, 함께 당신을 데리러 오겠어. 그런 다음, 내 머리에 쓴 관과 케이다의 불을 써서 〈일곱〉이 보내오는 모든 어둠에 대항할 거야."

라렌은 어깨를 으쓱해 보였다. "좋아. 혹시 그때 내가 여기 없다면 꼭 전갈을 남겨 두라고." 이렇게 말하고는 씩 웃었다.

"자, 그 〈문〉 차례야. 나한테 〈문〉을 보여 준다고 했잖아."

라렌은 몸을 돌려 가장 낮은 탑을 가리켰다. 샤아라는 한 번도 들어가 보지 않은 거무스름한 석조 건물이었다. 그 밑동에는 폭이 넓은 나무 문이 하나 있었다. 라렌은 열쇠를 하나 꺼냈다.

"여기라고?" 샤아라는 의아한 얼굴로 말했다. "성안에 있단 말이야?"
"여기야."

라렌은 대꾸했다. 그들은 안뜰을 가로질러 문 앞으로 갔다. 라렌은 육중한 금속 열쇠를 끼워 넣고 자물쇠를 더듬었다. 그가 그러는 동안 샤아라는 마지막으로 주위를 둘러보았고, 슬픔이 무겁게 영혼을 짓누르는 것을 자각했다. 다른 탑들은 황량하고 우중충했고, 안뜰은 적막했으며, 얼어붙은 높은 산맥들 너머로는 텅 빈 지평선만이 펼쳐져 있을 뿐이었다. 라렌의 손에 닿은 자물쇠가 덜컥거리는 소리를 제외하면 아무 소리도 들리지 않았고, 계속 불어오며 안뜰에서 흙먼지를 일으키고 각 성벽마다 일곱 개씩 꽂혀 있는 삼각기를 펄럭이게 하는 끈질긴 바람을 제외하면 아무런 움직임도 없었다. 샤아라는 갑자기 고독감이 밀려오는 것을 느끼고 몸을 떨었다.

라렌이 문을 열었다. 방은 없었다. 단지 움직이는 안개의 벽이 있을 뿐이었다. 아무 색채도 없고, 소리도 빛도 발하지 않는 안개가. "들어가십시오, 레이디 샤아라." 라렌이 말했다.

샤아라는 지금까지 수없이 그래 왔던 것처럼 그 벽을 바라보았다. 저 너머에는 어떤 세계가 기다리고 있을까? 그녀는 생각했다. 미리 알아차린 적은 한 번도 없었다. 그러나 다음번 세계에서 케이다를 찾을 수 있을지도 모른다.

라렌의 손이 어깨에 닿는 것을 느꼈다. "망설이는군." 나직한 목소리였다.

샤아라의 손이 나이프 자루로 갔다. "문지기." 그녀는 갑자기 말했다. "문에는 언제나 그걸 지키는 문지기가 있어." 그러면서 재빨리 안뜰 주위를 훑어본다.

라렌은 한숨을 쉬었다. "맞아. 언제나 있지. 날카로운 발톱으로 당신을 갈가리 찢으려는 자도 있고, 길을 잃게 만들려는 자도 있고, 속임수를 써서 엉뚱한 문으로 들어가게 하려는 자도 있지. 무기를 써서 당신을 잡아 두려는 자들도 있고, 쇠사슬이나 거짓말로 그러려는 자들도 있어. 그리고 적어도 한 명은 사랑으로 당신이 가는 걸 막으려고 했지. 그렇지만 그는 어디까지나 진심이었고, 결코 당신을 위해 거짓 노래를 부르지도 않았어."

그런 다음 절망적이면서도 애정이 담긴 동작으로 어깨를 으쓱하고는, 라렌은 〈문〉을 향해 그녀를 밀쳤다.

● ○

마침내 그녀는 불처럼 이글거리는 눈을 가진 연인을 찾아냈을까? 아니면 아직도 찾아 헤매고 있는 것일까? 다음번에 그녀가 대면할 문지기는 어떤 존재일까?

그녀가 외로운 땅의 이방인이 되어 밤의 대지 위를 걸을 때, 밤하늘에는 별이 보일까?

나는 모른다. 그도 모른다. 〈일곱〉조차도 모를 수 있다. 그들이 강력한 것은 사실이지만, 그렇다고 모든 권능을 소유하고 있는 것은 아니기 때문이다. 그리고 세계들의 수는 그들조차 모두 셀 수 없을 정도로 많다.

여기, 세계들 사이를 오가는 여자가 있다. 그러나 그녀가 걸어간 길은 이제 전설 속에서 잊혔다. 아마 지금은 죽었을지도 모르고, 안 죽었을지도 모른다. 지식은 세계에서 다른 세계로 느리게밖에는 전달되지 않고, 그조차도 모두 진실은 아니다.

그러나 이것만은 안다. 보라색 태양 아래에 자리 잡은 텅 빈 성안에서, 고독한 음유시인이 그녀를 기다리며, 그녀의 노래를 부르고 있다는 사실을.

아이스 드래곤

The Ice Dragon

아다라는 모든 계절 중에서 겨울이 제일 좋았다. 세계가 차가워지면 아이스 드래곤이 찾아오기 때문이다.

추위가 아이스 드래곤을 오게 하는 것인지, 아니면 아이스 드래곤이 추위를 몰고 오는 것인지는 그녀도 확실히는 몰랐다. 이것은 밑도 끝도 없는 호기심 덩어리인 두 살 위의 오빠 제프를 곧잘 고민에 빠뜨리는 종류의 의문이었지만, 아다라는 그런 일에는 신경을 쓰지 않았다. 추위와 눈과 아이스 드래곤이 모두 예정대로 도착해 주기만 하면 그것으로 충분히 만족했기 때문이다.

그것들이 언제 오는지는 생일 덕택에 정확히 알 수 있었다. 아다라는 겨울에 태어났다. 그것도 사상 최악의 한파 와중에 태어났다. 현재 존명 중인 사람들이 태어나기도 전에 일어났던 일들까지 기억하고 있는 이웃 농장의 로라 할머니조차도 처음 겪는 지독한 추위였다고 한다. 지금도 사람들은 그 한파 얘기를 화제에 올릴 정도다. 아다라도 여러 번 그 얘기를 들었다.

다른 얘기들도 들었다. 사람들은 아다라의 어머니가 죽은 것은 바로 그 끔찍한 한파 탓이라고 했다. 아다라의 어머니가 산통에 시달리던 그 긴 겨울밤, 아다라의 아버지가 활활 불을 땠음에도 불구하고 침대를 덮은 몇 겹이나 되는 담요 안으로 슬그머니 냉기가 침입했고, 어머니 배 속에 있던 아다라의 몸으로까지 스며들었다고 한다. 태어났을 때 아다라의 살갗은 푸르스름했고 만지면 얼음처럼 차가웠으며, 몇 년이 지난 지금까지도 아직 온기를 되찾지 못했다고 한다. 겨울이 그녀를 만짐으로써 그녀에게 그 흔적을 남겼고, 결국 자기 것으로 만들었다는 얘기였다.

아다라가 다른 아이들에 비해 튀어 보인다는 사실에는 의심의 여지가 없었다. 어릴 적부터 매우 진지했고, 다른 아이들과는 거의 노는 법이 없었다. 정말 아름다운 아이야, 하고 사람들은 말하곤 했다. 창백한 피부와 금발과 커다랗고 맑은 파란 눈이 자아내는 어딘가 초연한 느낌의 아름다움이라는 단서가 붙었지만 말이다. 그녀는 웃었지만, 자주 그러지는 않았다. 그녀가 우는 것을 본 사람은 아무도 없었다. 다섯 살이었을 때 눈 더미 속에 묻혀 있던 판자에 박힌 못을 모르고 밟아 버린 적이 있었다. 못은 그대로 그녀의 발을 관통해 버렸지만, 그때조차도 아다라는 울거나 비명을 지르지 않았다. 그러는 대신 못에서 발을 뽑고 눈 위에 긴 핏자국을 남기며 집까지 걸어갔던 것이다. 집에 들어갔을 때도 단지 "아버지, 나 다쳤어요"라고 말했을 뿐이었다. 보통 어린애답게 토라진다든가 화를 낸다든가 울음을 터뜨리는 법이 없었다.

가족들조차도 아다라가 별난 아이라는 사실을 알고 있었다. 그녀의 아버지는 곰처럼 덩치가 큰 무뚝뚝한 사내였고 남과 어울리는 것을 싫어하는 성격이었지만, 제프가 이런저런 질문을 성가시게 늘어놓을 때는 파안일소했고, 테리의 경우는 툭하면 껴안고 웃음을 터뜨리기까지 했다. 아다라의 언니인 테리는 금발에 주근깨가 있는 쾌활한 소녀였고, 마을의 모든 소년들과 노골적으로 시시덕거렸다. 아버지는 취해 있을 때가 많은 긴 겨울 동안에는 가끔 아다라도 껴안아 주었다. 그러나 그러면서 미소 짓거나 하지는 않았고, 단지 억센 팔로 딸의 조그만 몸을 으스러져라 껴안고 가슴속 깊은 곳에서 솟구치는 굵은 흐느낌을 발하며 불그레한 뺨 위로 커다란 눈물방울을 떨구곤 했다. 여름에는 결코 딸을 껴안아 주지 않았다. 여름에는 눈코 뜰 새 없이 바빴기 때문이다.

여름에는 아다라를 제외한 모든 가족이 바빴다. 제프는 밭에서 아버지와 함께 일하며 이런저런 질문을 끊임없이 쏟아 내면서 농부가 알아야 할 모든 것을 습득했다. 일하지 않는 시간에는 친구들과 함께 강으로 달려가서 신나게 놀았다. 테리는 집안일을 맡아 요리를 하고, 십자로에 있는 여관 성수기에는 그곳에서도 잠시 일했다. 여관 주인의 딸과는 친구 사이였고, 그 집 막내아들과는 친구 이상의 사이였다. 여관에서 일한 뒤에 돌아온 테리는 여행자들과 병사들과 왕의 전령들에게서 들은 풍문과 소식 따위를 킥킥거리며 늘어놓곤 했다. 테리와 제프에게 여름은 최고의 계절이었고, 두 사람 모두 너무 바쁜 나머지 아다라에게 신경을 쓸 겨를이 없었다.

가장 바쁜 사람은 아버지였다. 매일 해야 할 일은 수도 없이 많았다. 그는 그 일들을 모두 묵묵히 수행했고, 그런 뒤에도 또 수없이 많은 할 일을 찾아냈다. 새벽에서 황혼 녘까지 일만 하는 탓에 여름이 되면 온몸의 근육이 돌처럼 단단해졌고, 밤이 되어 밭에서 돌아올 때는 언제나 진한 땀 냄새를 풍기곤 했다. 그러나 그럴 때 그의 얼굴에는 언제나 미소가 떠올라 있었다. 저녁을 먹은 뒤에는 제프 곁에 앉아 이야기를 해 주거나 그의 질문에 대답해 주었고, 테리에게 새로운 요리 방법을 가르쳐 주거나 여관으로 산책을 가곤 했다. 정말이지 여름에 걸맞은 사내였다.

여름에는 술을 마시고 취하는 법이 없었다. 기껏해야 동생이 멀리서 찾아왔을 때 와인으로 축배를 드는 것이 고작이었다.

테리와 제프가 여름을 좋아하는 또 다른 이유는 바로 그것이었다. 아버지의 동생인 할 아저씨는 초록이 무성해지고 햇살이 뜨거워지며 생명으로 가득 차는 여름에만 농장에 들렀기 때문이다. 날씬하고 키가 크고 귀족적인 얼굴을 가진 할 아저씨는 국왕 폐하를 섬기는 용기사였다. 드래곤들은 추위를 견디지 못하기 때문에 겨울이 오면 할과 그가 소속된 용기사 편대는 남쪽으로 날아가서 머문다. 그러나 여름이 될 때마다 그는 왕가의 색인 녹색과 금색의 화려한 제복을 입고 북서쪽에 있는 전쟁터로 귀환했고, 그럴 때마다 고향에 들렀다. 전쟁은 아다라가 태어났을 때부터 줄곧 이어지고 있었다.

할은 북쪽에 있는 고향에 올 때마다 국왕이 사는 수도에서 사 온 장난감, 수정이나 금으로 된 보석 장신구, 사탕 따위를 가지고 왔다. 형과 나눠 마실 고가의 와인 한 병도 잊지 않았다. 씩 웃으며 더 예뻐졌다고 하는 할 아저씨의 말에 테리는 얼굴을 붉혔고, 제프는 그가 들려주는 전쟁과 성과 드래곤 이야기에 넋을 잃곤 했다. 할은 아다라도 선물이나 농담이나 포옹으로 어떻게든 웃겨 보려고 했다. 그러나 그가 성공하는 일은 드물었다.

호인임에도 불구하고 아다라는 할 아저씨가 싫었다. 할이 왔다는 것은 겨울이 되려면 아직 멀었다는 뜻이었기 때문이다.

게다가 그녀가 불과 네 살이었을 때, 그녀가 이미 오래전에 곯아떨어졌다고 생각한 어른들이 와인을 마시며 나누는 이야기를 엿들은 적이 있었다. "정말이지 엄숙하기 짝이 없는 아이야." 할은 말했다. "더 살갑게 대해 주라고, 존 형. 설마 저 아이 탓을 할 수는 없잖아."

"그러면 안 돼?" 와인에 취했는지 아버지의 목소리는 느렸다. "맞아, 아마 네 말이 옳겠지. 하지만 그러기가 쉽지 않아. 베스하고 판박이지만, 베스의 따스함은 전혀 찾아볼 수가 없거든. 저 아이 안에는 겨울이 있다는 거 알잖아. 손을 댈 때마다 냉기가 느껴지고, 그러면 베스가 바로 저 아이 때문에 죽었다는 기억이 자꾸 떠오르는 거야."

"내가 봐도 차갑게 대하더군. 다른 아이들만큼 사랑하지 않는 것 같아."

그러자 아버지 입에서 어떤 웃음소리가 흘러나왔는지를 아다라는 기억하고 있다. "사랑하라고? 아, 할. 내가 가장 사랑하는 자식은 바로 저 작은 겨울 아이야. 하지만 아무리 사랑해도 결코 그걸 돌려주는 법이 없어. 나나 너나 다른 아이들에게도 아무런 감정을 갖고 있지 않은 거야. 정말이지 차가운 아이야." 그러더니 그는 여름이었음에도 불구하고 동생 앞에서 흐느껴 울기 시작했다. 침대 위에서 아다라는 이 대화에 귀를 기울였고, 할 아저씨가 드래곤을 타고 빨리 떠나 줬으면 좋겠다고 생각했다. 방금 들은 말들을 완전히 이해한 것은 아니었지만 이 대화는 기억에 각인되었다. 완전히 이해할 수 있게 된 것은 좀 더 나이를 먹은 뒤의 일이었다.

아다라는 울지 않았다. 네 살에 불과했으니 무리가 아니다. 여섯 살이 되자 마침내 이해했지만, 그때도 울지 않았다. 할은 며칠 뒤에 부하들과 함께 떠났다. 서른 마리의 드래곤으로 이루어진 편대가 여름 하늘을 가로지르는 광경은 장관이었다. 제프와 테리는 머리 위를 지나가는 할 아저씨를 향해 흥분해서 마구 손을 흔들었다. 아다라는 조그만 손을 떨군 채로 말없이 바라보았다.

그 뒤의 여름에도 할 아저씨는 방문을 계속했지만, 무슨 선물을 가져다주어도 아다라를 미소 짓게 하지는 못했다.

아다라는 미소를 은밀한 곳에 쟁여 두고 오직 겨울에만 그것을 썼다. 그녀는 생일날, 그리고 그것에 수반된 추위가 빨리 오기를 학수고대했다. 겨울이 되면 그녀는 특별한 아이가 되었기 때문이다.

아주 어릴 적부터 알고 있었다. 다른 아이들과 눈밭에서 놀 때도 제프나 테리나 그 친구들과는 달리 아다라는 전혀 추위를 타지 않았던 것이다. 다른 아이들이 추운 나머지 따뜻한 곳을 찾아가거나 아이들에게 곧잘 뜨거운 야채수프를 끓여 주는 로라 할머니의 집으로 가 버린 뒤에도 아다라는 몇 시간이나 집 밖에서 놀곤 했다. 경작지에서도 한참 후미진 곳이 그녀의 은신처였고, 겨울이 될 때마다 새로 그런 곳을 찾아내서 높고 흰 성을 지으며 놀았다. 장갑도 끼지 않은 조그만 손으로 일일이 눈을 다져서, 할 아저씨의 이야기에 곧잘 등장하곤 하는 수도 왕성의 탑과 흙벽을 만들었던 것이다. 나무의 아래쪽 가지에서 떼어 온 고드름으로 성 주위를 빙 둘러서 첨탑과 망루와 방어용 쇠못 들을 표현했다. 한겨울에는 잠시 날이 풀리는가 싶었다가 갑자기 한파가 밀어닥치는 일이 종종 있었는데, 그럴 때면 이 눈으로 만든 성은 하룻밤 만에 얼어붙어 아다라가 상상하는 진짜 성만큼이나 단단하고 튼튼하게 변했다. 겨울 내내 계속 성을 쌓아도 눈치채는 사람은 아무도 없었다. 그러나 봄은 언제나 찾아왔다. 날이 따스해지고 한파가 물러나면 그녀의 성루와 성벽은 모두 녹아 버린다. 그러면 아다라는 다시 다음 생일날을 손꼽아 기다리는 식이었다.

그녀의 겨울 성은 거의 비어 있는 법이 없었다. 매년 첫서리가 내리면 굴속에서 땅을 파고 나온 얼음도마뱀들이 고개를 내밀기 때문이다. 그러면 설원은 발을 땅에 거의 대지도 않고 눈 위를 지치며 이쪽저쪽으로 민첩하게 움직이는 조그맣고 파란 도마뱀들 차지가 된다. 아이들은 모두 얼음도마뱀을 잡으며 놀았다. 그러나 다루는 법이 서투르고 무지막지한 탓에 손가락으로 잡은 이 약하고 조그만 동물들을 지붕에 매달린 고드름을 뜯는 것처럼 두 동강 내곤 했다. 워낙 착해서 그런 짓과는 인연이 먼 제프도 가끔 호기심을 느끼고 얼음도마뱀을 잡아 관찰하려고 했지만, 너무 오랫동안 붙잡고 있는 탓에 도마뱀은 사람의 뜨거운 손에 화상을 입고 몸이 녹아 결국 죽어 버리곤 했다.

아다라의 손은 차고 섬세했기 때문에 얼음도마뱀들이 다치는 일 없이 마음 내킬 때까지 쥐고 있을 수 있었다. 이것을 보면 제프는 언제나 토라져서 화난 어조로 질문하곤 했다. 아다라는 가끔 차갑고 축축한 눈밭 위에 누워 얼음도마뱀들이 그녀의 몸 위를 마음대로 타고 넘도록 놓아두곤 했다. 얼굴 위를 조그만 다리들이 슬쩍 스치는 감촉은 정말 기분이 좋았다. 가끔은 머리카락 속에 숨겨 놓고 돌아다니기도 했지만, 결코 그 상태로 집 안에 들어가지는 않았다. 난로의 열로 금세 죽어 버릴 게 뻔했기 때문이다. 가족들이 식사를 한 뒤에는 남은 음식 부스러기를 모아서 건조 중인 그녀의 성이 있는 은신처로 가지고 가서 뿌렸다. 겨울마다 완성

되는 새로운 성안이 왕과 신하들로 가득 차는 것을 보고 싶었기 때문이다. 숲에서 살금살금 나타나곤 하는 털로 뒤덮인 조그만 동물들, 희끄무레한 깃털을 가진 겨울새들 그리고 몇백 마리씩 떼를 지어 꼼지락거리고 옥신각신하는 차갑고 민첩하고 통통한 얼음도마뱀들 따위로 말이다. 아다라는 가족이 지금까지 키운 그 어떤 애완동물보다도 얼음도마뱀이 더 좋았다.

하지만 그녀가 사랑한 것은 아이스 드래곤이었다.

처음 그것을 본 것이 언제인지는 모른다. 하지만 그것은 언제나 그녀 삶의 일부였다는 생각이 든다. 한겨울에 장중하고 파란 날개로 얼어붙은 하늘을 활공하는 모습을 홀낏 본 이래 줄곧. 그녀가 살던 시절에도 아이스 드래곤은 희귀한 존재였다. 그것이 목격될 때마다 아이들은 놀라 손가락으로 가리켰고, 노인들은 작게 중얼거리며 고개를 절레절레 젓곤 했다. 아이스 드래곤의 출현은 길고 매서운 겨울이 올 것이라는 징조였다. 아다라가 태어났던 밤, 달 앞을 아이스 드래곤 한 마리가 가로지르는 것이 목격되었다고 한다. 그리고 그 이래 아이스 드래곤은 겨울이 될 때마다 모습을 드러냈다. 그때부터 겨울은 지독하게 매서워졌고, 봄의 도래도 매년 늦어지기만 했다. 그래서 사람들은 불을 피우고 기도하며 아이스 드래곤이 오지 않기를 기원했다. 아다라는 그럴 때마다 두려움이 몰려오는 것을 느꼈다.

그러나 기도는 아무 소용도 없었다. 아이스 드래곤은 매년 돌아왔기 때문이다. 자신을 만나기 위해서라는 사실을 아다라는 알고 있었다.

아이스 드래곤은 거대했다. 할 아저씨와 그 동료들이 타는 녹색 비늘로 뒤덮인 전쟁 드래곤들보다 몸집이 적어도 한 배 반은 더 컸다. 아다라는 산에 가면 그보다 더 큰 야생 드래곤들이 산다는 옛날이야기를 들은 적이 있었지만, 직접 본 적은 한 번도 없었다. 말보다 다섯 배는 큰 할아저씨의 녹색 드래곤도 물론 충분히 크다. 하지만 아이스 드래곤에 비하면 작은 데다가 못생겼다.

아이스 드래곤의 몸은 수정처럼 투명한 흰색이었다. 너무나도 딱딱하고 차가운 탓에 거의 파랗게 보일 정도의 흰색 말이다. 아이스 드래곤이 움직이면 온몸을 살갗처럼 뒤덮은 서리의 일부에 금이 가면서, 부츠로 눈을 밟은 것처럼 뽀드득하는 소리와 함께 얇은 얼음 조각이 떨어져 나온다.

그 눈은 맑고 깊었고 얼음처럼 차가웠다.

그 날개는 거대하며 박쥐를 닮았고 반투명한 엷은 청색이었다. 아다라는 그 날개 너머로 구름을 본 적이 있었다. 아이스 드래곤이 얼어붙은 밤하늘에서 선회할 때는 얇은 날개를 통해 종종 달과 별들이 보이곤 했다.

그 이빨은 고드름 같았고 삼중으로 삐쭉삐쭉하게 창처럼 박혀 있었다. 심청색 아가리 안에서 하얗게 번득이는.

아이스 드래곤이 날갯짓하며 날면 차가운 바람이 불어오고 눈보라가 몰아친다. 그러면 세계는 오그라들고 부들부들 떠는 것처럼 보인다. 이따금 추운 한겨울에 현관문이 마치 돌풍을 맞은 것처럼 절로 홱 열리면 사람들은 달려가 문단속을 하며 "아이스 드래곤이 날아다니는군"이라고 말하곤 한다.

그리고 아이스 드래곤이 거대한 입을 열고 숨을 내뿜을 때 흘러나오는 것은 그보다 작은 드래곤들이 뿜어내는 유황의 악취를 풍기는 불길이 아니다.

아이스 드래곤은 냉기를 뿜는다.

그것이 숨을 쉴 때면 주위는 얼어붙는다. 온기는 달아나고, 불은 한기에 밀려 쪼그라들고 펄럭거리다가 꺼진다. 나무는 느리고 은밀한 영혼 부분까지 얼어붙고, 나뭇가지는 약해지고 자기 무게를 못 이겨 부러진다. 동물들은 파랗게 질려 훌쩍이다가 죽는다. 눈은 튀어나오고 털가죽은 온통 하얀 서리에 뒤덮인 채로.

아이스 드래곤은 세계를 향해 죽음의 숨결을 내뿜는다. 죽음과 정적과 냉기를. 그러나 아다라는 두렵지 않았다. 그녀는 겨울의 아이였고, 아이스 드래곤은 그런 그녀의 비밀이었다.

그것이 하늘을 나는 광경도 이미 수없이 목격했다. 네 살배기였을 때는 지면에 내려앉은 것과도 조우했다.

눈으로 성을 짓고 있었을 때 날아와서 그녀 근처의 텅 빈 설원에 내려앉았던 것이다. 얼음도마뱀들이 황급히 도망쳤다. 아다라는 그냥 그 자리에 서 있었다. 아이스 드래곤은 심장이 열 번 뛰는 오랜 시간 동안 그녀를 응시했고, 다시 하늘로 날아올랐다. 그것이 날갯짓을 하며 상승하면서 아다라 주위로 강풍이 몰아치며 절규했지만, 그녀는 기묘한 고양감을 느꼈다.

그해 겨울, 나중에 그것이 또 왔을 때 아다라는 그것을 만졌다. 그 살갗은 지극히 차가웠지만 그녀는 개의치 않고 장갑을 벗었다. 그것이 옳은 방식이었기 때문이다. 손을 대면 화상을 입고 녹아 버리지는 않을까 걱정되었지만 그런 일은 일어나지 않았다. 아이스 드래곤이 얼음도마뱀들보다 한층 더 열에 민감하다는 사실을 아다라는 직감했다. 그러나 그녀는 특별한 겨울의 아이였고, 보통 사람보다 체온이 낮았다. 그녀는 그 몸통을 쓰다듬었다. 마침내 그 날개에 입을 맞추자 입술이 쓰렸다. 그녀가 아이스 드래곤을 만진 것은 네 번째 생일을 맞았던 겨울의 일이었다.

그녀가 처음으로 아이스 드래곤을 탔던 것은 다섯 번째 생일을 앞둔 겨울이었다.

아이스 드래곤은 들판의 다른 곳에서 혼자서 다른 성을 짓던 아다라를 또다시 찾아냈다. 그녀는 그것이 날아오는 것을 보았고, 그것이 착륙하자 그곳으로 달려가서 꼭 껴안았다. 여름에 찾아온 할 아저씨와 아버지가 예의 이야기를 나눴던 바로 그해의 일이었다.

아이스 드래곤과 함께 한참을 그렇게 서 있던 아다라는 용기사인 할 아저씨를 머리에 떠올리고 조그만 손을 뻗어 드래곤의 날개를 잡아당겼다. 그러자 드래곤은 거대한 날개를 한 번 펄럭이더니 눈밭 위로 납작하게 펼쳤다. 아다라는 그 날개를 타고 재빨리 드래곤의 등 위로 올라가서 그 차갑고 하얀 목에 팔을 둘렀다.

그들은 처음으로 함께 하늘을 날았다.

국왕 폐하의 용기사들이 쓰는 고정 띠나 채찍을 가지고 있지는 않았기 때문에 날갯짓을 할 때면 떨어지기 직전까지 갈 때도 있었다. 게다가 드래곤의 몸에서 전해 오는 냉기가 옷을 통해 어린 그녀의 살까지 사무쳤다. 그러나 아다라는 두렵지 않았다.

아버지의 농장 위를 날아갔을 때 아주 조그만 제프의 모습이 보였다. 깜짝 놀라고 두려워하는 기색이었지만 그녀를 볼 수 없다는 사실을 알고 있었다. 아다라는 얼음 방울이 울리는 듯한 웃음소리를 냈다. 겨울 공기만큼이나 청명한 웃음소리를.

그들이 십자로의 여관 위를 날자 사람들이 달려 나와 그들의 비행을 올려다보았다.

그들은 하얗고 푸르고 조용한 숲 위를 날았다.

그들은 하늘 높이 날아올랐다. 너무나도 높이 올라간 탓에 지면이 거의 보이지 않을 정도였다. 멀리서 날고 있는 다른 아이스 드래곤을 흘끗 본 듯했지만, 그것은 그녀의 아이스 드래곤의 반도 채 되지 않았다.

거의 하루 종일을 그렇게 날다가, 아이스 드래곤은 단단하게 반짝이는 날개를 펼치고 커다란 나선을 그리며 하강하기 시작했다. 드래곤이 그녀를 태워 준 들판 위에 그녀를 내려 준 것은 일몰 직후의 일이었다.

아버지는 그곳에 있는 딸을 발견하고 안도한 나머지 눈물을 흘리며 으스러지게 껴안았다. 아다라는 아버지가 왜 그러는지 영문을 알 수 없었고, 왜 집에 돌아간 뒤에 그렇게 자기를 때렸는지도 이해하지 못했다. 그러나 아이들이 잠자리에 든 뒤에 옆의 침대에서 제프가 빠져나오더니 귀에 대고 이렇게 속삭였다. "넌 모르지, 아이스 드래곤이 나타나서 사람들이 얼마나 무서워했는지? 아빠는 그게 널 잡아먹었을지도 모른다고 제정신이 아니었어."

아다라는 어둠 속에서 미소 지었지만 아무 말도 하지 않았다.

그해 겨울에 아다라는 아이스 드래곤을 타고 네 번을 더 날았고, 그 뒤로는 겨울이 될 때마다 줄곧 그렇게 날았다. 매년 겨울마다 그녀는 지난해보다 더 멀리, 더 자주 날았다. 아이스 드래곤이 농장 상공에 나타나는 빈도도 늘어났다.

매년 겨울은 지난번 겨울보다 한층 더 추웠고, 한층 더 오래 지속되었다.

매년 눈이 녹는 시기도 늦어지기만 했다.

지면 이곳저곳에서 완전히 녹지 않는 부분이 남아 있는 경우도 잦아졌다. 아이스 드래곤이 쉬려고 내려앉은 곳이다.

여섯 살이 되던 해에는 마을에서도 점점 우려의 목소리가 높아져 갔다. 국왕 폐하에게 탄원서를 보냈을 정도였다. 그러나 답장은 한 번도 오지 않았다.

"아이스 드래곤들은 골칫거리야." 여름에 농장을 방문한 할 아저씨가 말했다. "진짜 드래곤하고는 다르거든. 길들이거나 훈련을 시키는 건 아예 불가능해. 시도해 본 사람들이야 있었지만, 나중에 가 보니 손에 채찍하고 고정 띠를 든 채로 얼어붙어 있었다더군. 그냥 만지려고 했다가 손이나 손가락을 잃었다는 얘기도 들었어. 동상으로 말이야. 정말이지 골치 아픈 녀석들이야."

"그런데도 왜 국왕 폐하는 아무 일도 하지 않는 거지?" 아버지가 힐문했다. "우리가 보낸 탄원서를 받았을 거 아냐. 그놈들을 죽이거나 쫓아내지 않는다면, 일이 년 뒤에는 밭에 파종하는 것 자체가 불가능해질 거야."

할은 음울한 미소를 떠올렸다. "폐하에겐 다른 골칫거리들이 많아서 그래. 형도 알다시피 전황이 아주 안 좋아. 적군은 매년 여름마다 점점 더 우리 전선을 잠식하고, 놈들의 용기사 수는 우리보다 두 배는 더 많아. 존 형, 우리끼리만 얘긴데, 우리나라는 정말 상황이 안 좋아. 언젠가는 나도 못 돌아올지 모르고. 그런 마당에 아이스 드래곤을 쫓아 줄 병력을 보내 주는 건 논외야." 그는 웃음을 터뜨렸다. "게다가 그 녀석들을 죽이는 데 성공했다는 얘긴 들어 본 적이 없어. 그냥 이 지방을 적군한테 넘겨주는 편이 나을지도 모르겠군. 그럼 아이스 드래곤은 그 녀석들 문제가 될 테니까 말이야."

하지만 그렇겐 되지 않을 거야. 아다라는 어른들의 대화에 귀를 기울이며 생각했다. 누가 이 땅을 다스리든 간에, 그건 언제나 그녀의 아이스 드래곤일 것이기에.

할 아저씨가 떠났고, 여름은 절정을 맞았다가 후퇴하기 시작했다. 아다라는 생일날이 오기를 손꼽아 기다렸다. 할 아저씨는 그해 가을 첫 번째 한파가 오기 전에 그의 못생긴 드래곤을 데리고 남쪽으로 피한(避寒)하기 위해 한 번 더 농장을 거쳐 갔다. 그러나 숲 위로 날아온 그의 드래곤 편대는 예전보다 작아져 있었다. 할 아저씨는 오래 머물지 않았다. 아버지와 큰 소리로 다투다가 문을 박차고 떠나갔기 때문이다.

"적군은 겨울에는 진격해 오지 않을 거야." 그때 할 아저씨는 이렇게 말했다. "겨울에는 워낙 길이 험해지는 데다가, 상공에서 엄호해 주는 용기사들 없이는 위험을 무릅쓰고 이쪽과 맞붙을 생각이 없는 거지. 하지만 봄이 오면 더 이상 우리 힘으로는 막을 길이 없어. 국왕 폐하는 아예 반격조차 시도하지 않을 가능성도 있어. 그러니까 아직 좋은 값을 받을 수 있을 때 이 농장을 팔라고. 남쪽으로 가서 다시 토지를 사면 되잖아."

"이건 내 땅이야." 아버지는 이렇게 대꾸했다. "나 그리고 네가 태어난 땅. 넌 그걸 잊은 것 같지만 말이야. 부모님은 여기 묻혀 계셔. 베스도. 나도 갈 때가 되면 베스 곁에 묻힐 거야."

"내 말에 귀를 기울이지 않는다면 형은 훨씬 더 빨리 가게 될걸." 할 아저씨는 화난 어조로 대꾸했다. "제발 바보같이 굴지 마, 존 형. 이 땅이 형한테 얼마나 중요한 건진 나도 잘 알지만 목숨을 버릴 가치까지는 없어." 할 아저씨는 이런 식으로 설득을 계속했지만 아버지는 아예 들으려고 하지 않았다. 그날 저녁 그들은 서로를 향해 욕설을 내뱉는 데까지 갔고, 할 아저씨는 결국 한밤중에 문을 박차고 떠났다.

이 모든 것에 귀를 기울인 아다라는 한 가지 결심을 했다. 아버지가 무엇을 하든 안 하든 상관하지 않고 그녀는 이곳에 머물 작정이었다. 그녀가 이곳을 떠난다면 겨울에 그녀의 아이스 드래곤은 어디서 그녀를 찾아야 한단 말인가. 게다가 너무 남쪽으로 가면 아예 못 올 가능성조차 있었다.

그러나 일곱 번째 생일을 맞은 직후 아이스 드래곤은 여전히 그녀에게 왔다. 그해 겨울은 가장 추웠다. 너무나도 자주, 너무나도 멀리까지 아이스 드래곤을 타고 날아다닌 탓에 얼음 성을 지을 틈조차 없을 정도였다.

할 아저씨는 봄이 되자 또다시 찾아왔다. 그의 편대에는 이제 열두 마리의 드래곤밖에는 남아 있지 않았다. 선물도 없었다. 할 아저씨와 아버지는 또 논쟁을 벌였다. 할은 분통을 터뜨리고, 간원하고, 위협하기조차 했지만 아버지는 목석처럼 응하지 않았다. 마침내 할은 단념하고 전쟁터로 떠나갔다.

국왕의 군대의 전선이 와해된 것은 바로 그해의 일이었다. 아다라는 도저히 발음할 수 없는 긴 이름을 가진 북방의 어떤 도시에서의 일이다.

가장 먼저 그 소식을 들은 사람은 테리였다. 어느 날 밤 흥분해서 빨간 얼굴을 하고 여관에서 돌아온 그녀는 이렇게 말했다. "국왕 폐하한테 가던 전령이 여관에 들렀을 때 들었어요. 적이 큰 전투에서 승리했고, 원군을 요청하려고 가는 중이라고 했어요. 우리 군대는 지금 후퇴하는 중이라네요."

아버지는 걱정스러운 표정으로 미간을 찌푸렸다. "국왕 폐하의 용기사들에 관해서는 아무 얘기도 않던?" 말싸움을 벌였든 안 벌였든 간에 할은 피를 나눈 가족이었기 때문이다.

"그것도 물어봤어요." 테리가 말했다. "용기사들은 후위를 맡고 있다고 했어요. 적을 기습하고 곡물을 불태워서 우리 군대가 안전하게 후퇴할 때까지 적군의 진격을 지연시키는 임무를 맡았대요. 아아, 할 아저씨가 무사해야 할 텐데!"

"할 아저씨는 놈들한테 본때를 보여 줄 거야." 제프가 말했다. "할 아저씨하고 브림스톤이 놈들을 몽땅 불태워 버릴걸!"

아버지는 미소 지었다. "할은 자기 몸은 충분히 지킬 수 있어. 하여튼 우리가 할 수 있는 일은 없구나. 테리, 그런 전령들이 또 오거든 전황이 어떤지 꼭 물어보렴."

테리는 고개를 끄덕였다. 걱정스러운 표정이면서도 내심의 흥분을 완전히 감추지는 못하고 있었다. 실로 스릴 넘치는 일이었기 때문이다.

그러나 몇 주가 흐른 뒤에는 이런 스릴도 스러졌다. 이곳 사람들도 그들의 군대가 북쪽에서 겪은 재앙의 심각성을 이해하기 시작했기 때문이다. 국도(國道)는 점점 더 사람들로 붐비기 시작했다. 모든 움직임은 북쪽에서 남쪽을 향하고 있었다. 여행자들은 녹색과 금색의 제복을 입은 장병이었다. 그래도 처음에는 황금색 투구를 쓴 장교의 지휘하에 열을 지어 행군했지만, 그들조차도 믿음직스럽다고 하기는 힘들었다. 기진맥진한 기색이 역력했고, 군복은 여기저기가 찢어지고 더러웠다. 그들이 지닌 장검과 파이크와 전투용 도끼는 이가 빠지고 얼룩이 져 있었다. 무기를 잃고 아예 맨손인 병사들은 절뚝거리며 무작정 동료들의 뒤를 따랐다. 그 뒤로 이어지는 부상자들을 실은 마차의 열은 행군 중인 군인들보다 더 긴 경우가 부지기수였다. 국도 가장자리의 풀밭에 서서 그들이 지나가는 광경을 바라보던 아다라는 두 눈을 잃은 병사가 다리가 하나 밖에 없는 병사를 부축하면서 함께 터벅터벅 걸어가는 것을 보았다. 다리나 팔이 아예 없거나 팔다리를 모두 잃은 병사까지 보았다. 도끼를 맞고 머리가 깨진 병사도 있었다. 많은 부상병들이 피와 먼지로 범벅이 된 채로 낮은 신음을 흘리며 걸어갔다. 녹색을 띠고 퉁퉁 부풀어 오른 끔찍한 몸을 가진 부상병들은 냄새를 풍겼다. 그러다가 죽은 한 명은 그대로 길가에 방치되었다. 아다라가 아버지에게 가서 그 얘기를 하자 몇몇 마을 사람이 가서 시체를 묻어 주었다.

그러나 아다라의 시선을 가장 잡아끈 것은 화상을 입은 병사들이었다. 줄지어 지나가는 부대에는 드래곤의 뜨거운 숨결을 맞고 살갗이 새까맣게 그슬려서 떨어져 나가거나 팔다리나 얼굴 반쪽을 잃은 사내들이 십여 명은 꼭 끼어 있었다. 테리는 목을 축이고 쉬기 위해 여관에 들른 장교들이 했던 말을 가족에게 전했다. 적군에게는 수를 셀 수도 없이 많은 드래곤이 있다고 했다.

패잔병들의 대열은 거의 한 달 동안이나 마을 옆을 통과했다. 날이 갈수록 그 수가 늘어나고 있었다. 이제는 로라 할머니조차도 이토록 많은 사람이 국도를 지나가는 것을 본 적이 없다고 시인했을 정도였다. 이따금 이런 물결을 거슬러 올라가며 북쪽을 향해 말을 달리는 전령이 있긴 했지만, 언제나 혼자였다. 얼마 지나지 않아 원군은 오지 않는다는 사실을 모두가 알게 되었다.

마지막 대열에 끼어 지나가던 장교 한 사람은 마을 사람들에게 최대한 짐을 꾸려서 남쪽으로 피난을 가라고 충고했다. "적군이 오고 있어."

그는 경고했다. 몇몇 사람은 이 충고에 따랐다. 장교의 말대로 향후 1주 동안 국도는 더 북쪽에 위치한 도시에서 온 피난민으로 메워지다시피 했다. 그중 몇몇은 마을 사람들에게 무시무시한 이야기를 전했다. 그들이 떠나자 더 많은 고향 사람들이 그 뒤를 따랐다.

그러나 대다수는 그대로 머물렀다. 아버지와 마찬가지로 고향 땅을 버리지 못하는 사람들이었다.

마지막으로 대열을 갖추고 국도를 지나간 부대는 만신창이가 된 기병대였다. 해골처럼 피골이 상접한 기수들은 비틀거리며 거품을 뿜는 말들을 몰고 한밤중에 천둥 같은 말발굽 소리를 내며 지나갔다. 멈춰 선 사람은 창백한 얼굴을 한 젊은 장교가 유일했다. 그는 잠시 고삐를 잡아당기고 외쳤다. "모두 도망쳐! 적이 오면 몽땅 불태워 버릴 거야!" 그러자마자 그는 부하들 뒤를 따라 말을 달렸다.

그 뒤로 지나간 소수의 패잔병들은 혼자이거나 작은 무리를 이루고 있었다. 언제나 국도를 따라 움직이는 것은 아니었고, 돈도 내지 않고 물자를 강탈해 갔다. 장검을 찬 어떤 병사가 읍내 반대편에 살던 농부를 죽인 다음 그의 아내를 강간하고 돈을 빼앗아 도망쳤다. 그가 입은 너덜너덜한 제복은 녹색과 금색이었다.

그 뒤로는 아무도 오지 않았다. 국도는 텅 비었다.

여관 주인은 북풍이 불어올 때 실려 온 재의 냄새를 맡았다고 주장했다. 그는 짐을 싸서 가족과 함께 남쪽으로 떠났다. 테리는 괴로워했다. 제프는 놀라고 불안한 기색이었지만 크게 두려워하는 눈치는 아니었다. 그는 적군에 관해 수없이 많은 질문 공세를 폈고, 전사가 되는 연습을 했다. 아버지는 평소와 마찬가지로 눈코 뜰 새 없이 바쁘게 농장 일에만 매달렸다. 전쟁이든 아니든 밭에서 작물이 자라고 있었기 때문이다. 그러나 평소에 비해 미소 짓는 횟수가 줄어들었고, 술까지 마시기 시작했다. 아다라는 아버지가 밭에서 일하면서 자꾸 하늘을 흘끗흘끗 올려다보는 것을 보았다.

아다라는 혼자서 들판을 돌아다니며 찌는 듯한 여름의 열기에도 아랑곳 않고 혼자 놀았고, 아버지가 혹시 데리러 올 경우에 대비해서 숨을 곳을 물색했다.

마지막으로 국왕의 용기사들이 왔다. 할 아저씨와 함께.

단 네 명이 전부였다. 아다라는 첫 번째 드래곤을 목격하고 아버지에게 가서 그 사실을 고했다. 그는 아다라의 어깨에 손을 얹었다. 그들은 드래곤이 날아가는 것을 함께 바라보았다. 어딘가 너덜너덜한 인상을 주는 녹색 드래곤 한 마리였다. 드래곤은 그들 곁에 내려앉지 않고 그냥 상공을 통과했다.

이틀 뒤에 편대를 지어 비행하는 세 마리의 드래곤이 눈에 들어왔다. 그중 한 마리가 동료들로부터 떨어져 나오더니 선회하며 농장을 향해 하강했다. 다른 두 마리는 그대로 남쪽을 향해 갔다.

할 아저씨는 비쩍 말랐고, 음울하고 핏기 없는 얼굴을 하고 있었다. 그가 타고 온 드래곤은 병색이 완연했다. 눈에서는 눈물이 계속 흘렀고, 날개 한쪽이 부분적으로 타 버린 탓에 육중하고 힘겹게 비행했다. "자, 이젠 떠날 용의가 있어?" 할 아저씨는 아이들 앞에서 형에게 힐문했다.

"아니. 변한 건 아무것도 없어."

할은 욕설을 내뱉었다. "적군은 사흘 안에 여기로 올 거야. 놈들의 용기사들은 그보다 더 빨리 올지도 몰라."

"아빠, 나 무서워요." 테리가 말했다.

아버지는 딸을 보고, 그 얼굴에 떠오른 공포를 보았고, 잠시 주저하다가 결국 동생에게 등을 돌렸다. "난 여기 머물겠어. 하지만 아이들은 데려가고 싶으면 데려가."

이번에는 할이 주저할 차례였다. 그는 잠시 생각에 잠겼고, 곧 고개를 가로저었다. "그럴 수가 없어, 존. 가능하다면 기꺼이 그랬을 거야. 하지만 불가능해. 브림스톤은 부상을 입은 탓에 나 혼자를 태우고 나는 것만도 벅차. 거기에 다른 사람들 무게를 더한다면 아예 날아오르지도 못할 거야."

테리는 흐느끼기 시작했다.

"정말 미안해." 할은 그녀에게 말했다. "정말로 미안해." 그는 무력한 표정으로 주먹을 꽉 쥐었다.

"테리는 거의 어른 못지않게 자랐어." 아버지가 말했다. "테리가 너무 무겁다면 다른 아이들 중 하나를 데려가 줘."

형과 동생은 절망에 찬 눈으로 서로를 바라보았다. 할은 몸을 떨다가 마침내 "아다라"라고 말했다. "작고 가벼우니까 가능할 거야." 그는 억지웃음을 지었다. "거의 무게가 없는 거나 마찬가지겠군. 아다라를 데려갈게. 다른 사람들은 말이나 마차, 아니면 걷는 한이 있더라도 여길 떠나야 해. 빌어먹을, 무조건 가야 한다고."

"그건 그때 가서." 아버지는 모호하게 말했다. "넌 아다라를 안전한 데로 데려가기만 하면 돼."

"응." 할은 동의했고, 아다라를 보며 미소 지었다. "자, 이리 오렴. 이 할 아저씨가 널 브림스톤에 태우고 하늘 구경을 시켜 줄게."

아다라는 지극히 심각한 표정으로 할을 바라보더니 "싫어요"라고 말했다. 그러자마자 몸을 돌려 집 밖으로 뛰쳐나가 달리기 시작했다.

물론 그들은 아다라 뒤를 쫓아왔다. 할과 아버지, 제프조차도. 하지만 아버지는 문간에 서서 딸더러 돌아오라고 소리치면서 시간을 허비했다. 그도 결국은 딸을 쫓아 달리기 시작했지만 동작이 굼뜬 탓에 작고 가벼운 데다가 걸음이 빠른 아다라를 따라잡는 것은 무리였다. 할과 제프는 좀 더 오랫동안 그녀 뒤를 쫓았지만 할은 몸이 쇠약해진 상태였고, 제프는 잠깐 동안은 그녀 뒤를 바싹 쫓아오기는 했지만 결국 숨을 헐떡이며 멈춰 서야 했다. 아다라가 가장 가까운 곳에 있던 밀밭에 도달했을 무렵 세 사람은 훨씬 뒤로 처져 있었다. 아다라는 재빨리 곡식 사이로 몸을 숨겼다. 그들이 몇 시간 동안이나 헛된 수색을 계속하는 동안 그녀는 조심스레 숲을 향해 갔다.

날이 저물자 그들은 램프와 횃불을 들고 나와서 수색을 계속했다. 아다라는 이따금 아버지가 욕설을 내뱉거나 할 아저씨가 그녀를 부르는 소리를 들었다. 참나무의 높은 가지 위로 올라간 아다라는 밭을 왔다 갔다 하는 불빛들을 내려다보며 미소 지었다. 그러던 중에 잠들었고, 꿈속에서 다가오는 겨울을 고대하며 생일날까지 어떻게 살아갈지를 궁리했다. 아직도 겨울이 되려면 멀었다.

새벽에 잠이 깼다. 새벽빛과, 하늘에서 들려온 소음 탓이었다.

아다라가 하품을 하고 눈을 깜박였을 때 또 그 소리가 들렸다. 그녀의 체중을 받쳐 줄 수 있는 가장 높은 나뭇가지까지 기어올라 가서 나뭇잎들을 옆으로 밀쳐 낸다.

하늘에서 드래곤들이 날고 있었다.

난생 처음 보는 종류의 드래곤이었다. 할 아저씨가 타는 드래곤과는 딴판으로 녹색이 아니라 어둡고 거무스름한 느낌의 비늘로 뒤덮여 있었다. 각각 녹이 슨 듯한 적갈색, 말라붙은 핏빛, 숯처럼 새까만 빛을 하고 있었다. 이들 모두가 이글거리는 숯불 같은 눈을 가지고 있었고, 콧구멍에서 뜨거운 증기를 뿜었다. 검고 가죽처럼 질긴 날개를 펄럭이며 꼬리를 위아래로 흔든다. 적갈색 드래곤이 입을 열고 도전의 포효를 발하자 숲 전체가 진동했다. 아다라가 앉아 있는 나뭇가지조차 조금 떨렸을 정도였다. 칠흑의 드래곤도 포효하더니 거대한 아가리를 열고 불길을 일직선으로 쏟아 냈다. 주황색과 파란색의 불길이 하계의 나무들을 훑었다. 나뭇잎들이 오그라들며 새까맣게 탔고, 드래곤의 입김을 맞은 곳에서는 연기가 피어오르기 시작했다. 핏빛 드래곤이 팽팽한 날개를 삐걱이며 입을 반쯤 연 채로 머리 위 가까운 곳으로 날아왔다. 누렇게 변색한 드래곤의 이빨들 사이에 검댕과 숯 찌기가 박혀 있는 것을 아다라는 보았다. 그것이 지나가며 일으킨 바람은 불처럼 뜨겁고 초석 냄새를 풍겼고, 아다라의 살갗을 줄처럼 쓸었다. 아다라는 공포에 질려 몸을 움츠렸다.
　드래곤들 위에는 검은색과 주황색 군복을 입고 검은 투구로 얼굴을 가린 사내들이 채찍과 장창을 쥐고 앉아 있었다. 적갈색 드래곤 위에 탄 사내가 장창을 들더니 들판 너머에 보이는 농장 건물들을 가리켰다. 아다라도 그쪽을 보았다.
　할 아저씨가 그들을 향해 날아올랐다.
　그의 드래곤은 적군의 드래곤 못지않게 컸지만, 농장에서 하늘로 날아오르는 녹색 드래곤의 모습은 아다라의 눈에는 어쩐지 작아 보였다. 완전히 날개를 펼치고 있는 탓에 얼마나 심한 부상을 입었는지 한눈에 알 수 있었다. 오른쪽 날개 끝이 새까맣게 탔고, 비행 중에는 한쪽으로 몸을 심하게 기울이고 있었다. 그 등에 올라탄 할 아저씨는 몇 년 전에 아이들에게 선물로 가져다준 조그만 장난감 병정처럼 보였다.

적의 용기사들은 산개해서 세 방향에서 몰려왔다. 할 아저씨는 적들의 움직임을 간파하고 방향을 틀어 두 마리의 적 드래곤을 피하는 동시에 검은 드래곤을 향해 돌진하려고 했다. 분노에 차서 필사적으로 채찍을 휘두른다. 그의 녹색 드래곤이 입을 열고 약하게 도전의 울음소리를 발했다. 그러나 그것이 뿜어낸 불길은 희미하고 짧았던 탓에 돌진해 오는 적들에게는 미치지 못했다.

적 드래곤들은 불을 뿜지 않고 기다렸지만, 잠시 후 신호와 함께 일제히 불을 뿜었다. 할 아저씨의 몸이 불길에 휩싸였다.

그의 드래곤이 높다랗게 흐느끼는 듯한 소리를 냈다. 아다라는 그 드래곤이 불타고 있는 것을 보았다. 할 아저씨도 불타고 있었다. 드래곤도, 기수도 함께 불타고 있었던 것이다. 그들은 아버지의 밀밭 한복판에 추락했고, 연기를 뿜으며 꼼짝도 하지 않았다.

대기는 재로 가득 찼다.

고개를 내밀고 반대편을 보자 숲과 강 너머에서 여러 줄기의 연기가 피어오르는 것이 보였다. 로라 할머니가 손자 손녀들과 그 아이들과 함께 살던 농장이다.

다시 고개를 돌리자 세 마리의 거무스름한 드래곤들은 선회를 거듭하며 아다라의 농장으로 강하해서 한 마리씩 착륙했다. 기수 한 사람이 드래곤에서 내려와서 현관문을 향해 어슬렁어슬렁 걸어가는 것이 보였다.

아다라는 두렵고 혼란스러웠다. 일곱 살밖에는 안 되었으니 이상할 것도 없다. 게다가 여름의 후덥지근한 공기가 그녀의 가슴을 무겁게 짓누르며 무력감을 불러일으켰고 공포를 가중시켰다. 그래서 아다라는 아무 생각도 하지 않고 그녀가 알고 있는 유일한 일을, 가장 먼저 머리에 떠오른 일을 했다. 나무에서 내려와서 도망쳤던 것이다. 경작지를 가로지르고 나무들 사이를 지나 농장과 가족들과 드래곤들을 뒤로했다. 모든 것들로부터 도망쳤던 것이다. 두 발이 욱신거릴 때까지 강 쪽으로 무작정 달려가서, 그녀가 아는 가장 추운 장소인 강가의 절벽 아래에 있는 깊은 동굴로 갔다. 차갑고 어두우며 안전한 은신처로.

그곳의 냉기 속에 몸을 숨겼다. 아다라는 겨울의 아이였으므로 추위는 전혀 신경 쓰이지 않았다. 그러나 그곳에 숨은 그녀는 여전히 몸을 떨었다.

낮이 밤으로 변했다. 아다라는 동굴을 떠나지 않았다.

자려고 했지만 꿈속은 불타는 드래곤들로 가득 차 있었다.

어둠 속에 누워서 최대한 몸을 웅크리고, 생일날까지 며칠이 남아 있는지 세어 보려고 했다. 동굴은 시원하고 쾌적했다. 여름이 아니라 겨울, 아니면 적어도 겨울에 가까운 계절이라고 거의 상상할 수 있을 정도였다. 곧 그녀의 아이스 드래곤이 올 것이다. 그러면 그 등에 올라타고 언제나 겨울인 땅으로 가자. 끝없이 이어지는 하얀 설원 위에 거대한 얼음 성과 눈으로 된 대가람들이 영원히 서 있는 곳으로. 완전한 정적과 침묵이 지배하는 곳으로.

그곳에 누워 있자 거의 겨울이 온 듯한 느낌이었다. 동굴은 점점 더 추워지는 것처럼 느껴졌다. 아다라는 그 사실에 안심했다. 잠깐 눈을 붙였다. 눈을 뜨자 한층 더 추웠다. 동굴 벽은 하얀 서리에 뒤덮여 있었고, 그녀는 얼음 침대 위에 앉아 있었다. 아다라는 벌떡 일어나서 희미한 여명의 빛에 가득 찬 동굴 입구를 올려다보았다. 차가운 바람이 그녀를 쓰다듬었다. 그러나 바람은 밖에서 불어왔다. 동굴 깊은 곳에서가 아니라 여름이 지배하는 바깥 세계에서.

그녀는 작게 환성을 올리고 얼음으로 뒤덮인 바위들 위로 기어올라갔다.

밖으로 나가자 아이스 드래곤이 기다리고 있었다.

수면 위에 냉기를 뿜어 놓은 탓에 강, 적어도 그 일부는 얼어 있었다. 여름의 태양이 뜨면서 얼음은 빠르게 녹기 시작했지만 말이다. 아이스 드래곤은 강둑에 자란 아다라의 키만큼이나 큰 수풀 위에도 냉기를 뿜어 놓았기 때문에 풀잎은 모두 하얗고 딱딱하게 얼어붙어 있었다. 아이스 드래곤이 날갯짓을 하자 풀잎들은 모두 반으로 뚝 부러졌다. 마치 큰 낫으로 베어 낸 것처럼.

드래곤의 얼음 같은 눈이 아다라의 눈과 마주쳤다. 그녀는 달려가서 그 날개를 타고 올라갔고, 그 목에 매달렸다. 서둘러야 한다는 사실을 알고 있었다. 아이스 드래곤이 이렇게 작아 보이는 것은 처음이었고, 이것이 여름의 뜨거운 햇살 탓이라는 사실을 그녀도 알고 있었기 때문이다.

"서둘러야 해, 드래곤." 그녀는 속삭였다. "나를 데려가 줘. 언제나 겨울인 땅으로. 그럼 우린 다시는 여기로 돌아오지 않아도 돼. 난 최고의 성을 쌓고 너를 돌봐 줄 거고, 매일 너를 타고 날 거야. 그러니까 그냥 나를 데려가 줘. 네 고향으로 나를 데려가 줘."

아이스 드래곤은 그녀의 말에 귀를 기울이고, 이해했다. 폭이 넓은 반투명한 날개가 펼쳐지며 펄럭이자 여름 들판 위로 극북(極北)의 차가운 바람이 불어왔다. 그들은 상승했고, 동굴을 떠났다. 강을 떠나, 숲의 상공으로 올라갔다. 위로, 위로. 아이스 드래곤은 북쪽으로 몸을 돌렸다. 아다라는 아버지의 농장을 흘끗 보았지만, 아주 작았고, 지금도 점점 작아지고 있었다. 그들은 그쪽에 등을 돌리고 하늘 높이 날아올랐다.

그러자 어떤 소리가 들려왔다. 믿기 힘든 소리였다. 너무 작고 너무 멀어서 들렸을 리가 없는 소리였다. 특히 아이스 드래곤의 우렁찬 날갯짓 소리를 뚫고 들렸을 리가 없었다. 그러나 들렸다. 아버지의 비명 소리가.

뜨거운 눈물이 그녀의 뺨을 흘러내렸고, 아이스 드래곤의 등에 떨어져 서리 위에 조그만 구멍들을 냈다. 갑자기 손바닥이 아릴 정도로 차가워졌다. 손을 떼어 내자 드래곤의 목에 손자국이 생겨 있는 것을 볼 수 있었다. 두려웠지만, 그녀는 여전히 드래곤의 목에 매달렸다. "돌아가." 그녀는 속삭였다. "정말, 부탁이야, 드래곤. 아까 거기로 돌아가 줘."

아이스 드래곤의 눈을 볼 수는 없었지만 어떤 눈인지는 잘 알고 있었다. 드래곤의 입이 열리며 차갑고 푸르스름한 김이 뻗어 나가더니 공중에 머물렀다. 아무 소리도 나지 않았다. 아이스 드래곤은 조용하기에. 그러나 마음속에서 아다라는 그것이 내는 처절하고 비통한 울음소리를 들었다.

"부탁이야." 그녀는 또다시 속삭였다. "도와줘." 약하고 조그만 목소리였다.

아이스 드래곤은 방향을 틀었다.

아다라가 돌아갔을 때 세 마리의 거무스름한 드래곤들은 헛간 밖에 앉아서 새까맣게 탄 아버지의 말을 게걸스럽게 먹고 있었다. 용기사 한 명이 근처에서 장창에 기대고 서서 이따금 자기 드래곤을 쿡쿡 찌르고 있었다.

 차가운 돌풍이 들판을 가로질러 불어오자 그는 고개를 들었고, 뭐라고 외치고는 검은 드래곤을 향해 달려갔다. 검은 드래곤은 마지막으로 말고기를 한입 더 떼어 먹고 삼키더니 내키지 않는 투로 날아올랐다. 용기사가 채찍을 휘둘렀다.

 아다라는 농가의 현관문이 홱 열리는 것을 보았다. 다른 두 용기사들이 튀어나와 자기 드래곤들을 향해 달려갔다. 그중 한 사람은 허겁지겁 바지를 추어올리고 있었다. 웃통을 벗고 있다.

 검은 드래곤이 포효했다. 그것이 뿜은 불길이 아다라와 아이스 드래곤 쪽을 향해 올라왔다. 아다라는 그 열기를 느꼈고, 아이스 드래곤이 자기 배를 핥은 불길을 느끼고 부르르 떠는 것을 느꼈다. 다음 순간 아이스 드래곤은 목을 뒤로 돌려 흉포하고 투명한 눈으로 적을 쏘아보았고, 서리로 뒤덮인 입을 열었다. 아이스 드래곤은 얼음처럼 차가운 이빨 사이에서 숨을 뿜어냈다. 새하얗고 차가운 숨결을.

 숨결은 아래쪽에 있는 새까만 드래곤의 왼쪽 날개를 훑었다. 검은 드래곤은 날카롭고 고통스러운 비명을 발했다. 그것이 다시 날갯짓을 하려던 순간, 서리로 덮인 날개가 두 동강이 났다. 검은 드래곤과 용기사는 함께 추락하기 시작했다.

 아이스 드래곤은 다시 숨을 뿜었다.

 드래곤과 용기사는 지면에 닿기 전에 숨이 끊어져 있었다.

 적갈색 드래곤과 웃통을 벗은 기수가 탄 핏빛 드래곤이 돌진해 왔다. 그들의 분노에 찬 포효는 아다라의 귀를 먹먹하게 만들었다. 그녀는 그들이 뿜는 뜨거운 입김이 몸을 감싸는 것을 느꼈고, 대기가 열로 어른거리는 것을 보았고, 코를 찌르는 유황 냄새를 맡았다.

두 개의 기다란 불의 검이 공중에서 교차했지만 양쪽 모두 아이스 드래곤에 도달하지는 못했다. 아이스 드래곤은 그 열기에 몸을 떨고, 날개는 펄럭일 때마다 비처럼 물방울을 튕겼지만 말이다.

핏빛 드래곤이 너무 가까이 접근했다가, 그 위에 탄 기사가 아이스 드래곤의 입김을 정통으로 맞았다. 아다라는 그 기사의 맨가슴이 파랗게 얼어붙는 것을 보았다. 온몸의 수분이 순식간에 얼어붙으며 서리로 변했다. 그는 절규하며 숨이 끊겼고, 자기 드래곤의 목에서 떨어졌다. 고정 띠는 그의 드래곤의 목에 얼어붙은 채로 고스란히 남아 있었지만 말이다. 아이스 드래곤은 주인을 잃은 핏빛 드래곤에게 육박했다. 푸르스름한 날개가 겨울의 은밀한 찬가를 불렀고, 불길과 냉기가 교차했다. 아이스 드래곤은 다시 한 번 부르르 떨었고, 물을 뚝뚝 흘리며 몸을 돌렸다. 핏빛 드래곤은 죽었다.

그러나 마지막 적이 그들 뒤로 바싹 접근하고 있었다. 전신에 갑옷을 두른 기사와 녹이 슨 듯한 갈색 비늘로 뒤덮인 그의 드래곤이. 아다라는 비명을 질렀고, 그러는 동안에도 불길이 아이스 드래곤의 한쪽 날개를 감쌌다. 불길은 순식간에 사라졌지만, 아이스 드래곤의 한쪽 날개도 녹아서 사라져 있었다.

아이스 드래곤은 남은 한쪽 날개를 미친 듯이 펄럭이며 추락 속도를 늦추려고 했지만, 엄청난 굉음을 울리며 지면에 격돌했다. 네 다리가 박살났고, 남은 날개도 세 조각이 났다. 그 충격으로 아다라는 그 목에서 튕겨 나갔다. 그녀는 밭의 부드러운 지면 위에 떨어졌다가 몸을 굴려 가까스로 일어섰다. 타박상을 입긴 했지만 멀쩡했다.

몸 여기저기가 부러지고 많이 오그라든 것처럼 보이는 아이스 드래곤은 기진맥진한 기색으로 지면 위에 긴 목을 내려놓았다. 머리는 밀밭 한복판에 힘없이 놓여 있었다.

적의 용기사가 승리의 함성을 올리며 급강하했다. 그가 탄 드래곤의 눈이 이글이글 불타고 있었다. 용기사는 장창을 휘두르며 소리를 질렀다.

아이스 드래곤은 다시 한 번 고통스럽게 고개를 치켜들었고, 아다라가 아는 한 처음으로 소리를 발했다. 상동(常冬)의 땅에 서 있는 텅 빈 흰색 성의 첨탑과 흉벽 주위로 몰아치는 북풍 소리를 연상시키는, 우수로 가득한 약하고 처절한 울음소리였다.

울음소리가 스러지자 아이스 드래곤은 세상을 향해 마지막 냉기를 내뿜었다. 눈과 정적과 살아 있는 모든 것들의 종언으로 가득 찬 푸르스름한 냉기의 흐름이 길게 꼬리를 끌며 공중으로 뻗어 나갔다. 아직도 채찍과 장창을 휘두르던 용기사는 정면에서 그 냉기 속으로 돌입했다. 아다라는 그가 추락하는 광경을 보았다.

다음 순간 그녀는 들판을 가로질러 가족들이 있는 집을 향해 전력으로 질주하고 있었다. 일곱 살의 어린아이처럼 헐떡이고, 엉엉 울면서.

아버지는 침실의 벽에 못 박혀 있었다. 용기사들은 자기들이 차례로 테리를 유린하는 광경을 그가 보기를 원했기 때문이다. 아다라는 어찌할 바를 몰라 하다가 테리의 결박을 풀었다. 그 무렵에는 테리의 눈물도 말라 있었다. 둘이 힘을 합쳐 제프를 풀어 주었고, 그런 다음 아버지의 손에 박힌 못을 빼고 아래로 내려 주었다. 테리가 그를 보듬고 상처를 씻어 주었다. 눈을 뜬 아버지는 아다라를 보고는 미소 지었다. 아다라는 아버지를 꼭 껴안고 울었다.

밤이 될 무렵 아버지는 자신이 이제 길을 떠날 수 있을 만큼 기력을 회복했다고 선언했다. 그들은 야음을 틈타 농장을 빠져나왔고 국도를 따라 남쪽을 향했다.

어둠 속에서 두려움에 질려 도망치는 가족들은 아다라에게 자초지종을 캐묻지 않았다. 그러나 일단 안전한 남방에 도착하자 끝없는 질문이 시작되었다. 아다라는 가급적 최선을 다해 대답했다. 그러나 그녀의 설명을 믿어 주는 사람은 제프를 제외하고는 아무도 없었다. 제프조차도 나이를 먹은 뒤에는 더 이상 믿지 않았다. 당시 아다라는 일곱 살에 불과했고, 여름에 아이스 드래곤이 출현하는 일은 결코 없으며, 그녀는 그것을 길들이거나 타는 것이 불가능하다는 사실을 이해 못 할 정도로 어렸다는 식으로 설명했던 것이다.

게다가 그날 밤 집을 떠났을 때도 주위에 아이스 드래곤의 흔적 따위는 남아 있지 않았다. 단지 전투 드래곤 세 마리의 거무스름하고 거대한 시체와, 그에 비하면 조그맣게 보이는 검정색과 주황색 군복을 입은 세 용기사의 시체가 널려 있었을 뿐이었다. 그것들을 제외하면 예전에는 본 적이 없던 연못이 하나 생겨 있었다. 작고 잔잔한 이 연못의 물은 얼음처럼 차가웠다. 그들은 조심스레 연못을 우회해서 국도를 향해 갔다.

아버지는 남쪽 지방에서 3년 동안 다른 농부 밑에서 일했다. 침실 벽에 못 박혔던 양손은 예전만큼은 강하지 않았지만, 그는 억센 어깨와 팔뚝 그리고 결연한 의지로 이런 약점을 극복했다. 그렇게 일하며 가능한 한 저축을 했고, 만족한 것처럼 보였다. "할은 죽었고, 내 땅도 잃어버렸어." 그는 아다라에게 이렇게 말하곤 했다. "슬픈 일이지. 하지만 이젠 괜찮아. 잃었던 딸을 되찾았으니까." 그가 이렇게 느끼는 것은 아다라 안에서 겨울이 사라졌기 때문이다. 그녀는 이제 다른 소녀들처럼 미소 짓고, 웃음을 터뜨리고, 엉엉 울기까지 한다.

고향에서 도망친 지 3년째가 되는 해에 국왕의 군대가 큰 전투에서 적군을 궤멸시켰고, 국왕의 드래곤들은 적국의 수도를 불태웠다. 그 뒤로 평화로운 시기가 이어지면서 북쪽 주들은 다시 원래 주인들에게 돌아갔다. 테리는 밝은 성격을 되찾고 젊은 상인과 결혼했기 때문에 그냥 남쪽에 남았다. 제프와 아다라는 아버지와 함께 고향의 농장으로 돌아갔다.

첫 번째 서리가 내리자 얼음도마뱀들이 예전처럼 여기저기서 고개를 내밀었다. 아다라는 미소 띤 얼굴로 옛날 일을 회상하며 그 광경을 바라보았다. 그러나 그것들을 만지려고 하지는 않았다. 얼음도마뱀은 차갑고 섬약한 생물이었고, 만지면 그녀 손의 온기로 인해 녹아 버리기 때문이다.

잃어버린 땅에서

In the Lost Lands

그레이 알리스에게 청한다면 무엇이든 원하는 것을 살 수 있다.
하지만 그러지 않는 편이 낫다.

●○

　레이디 멜란지는 직접 그레이[灰色] 알리스를 만나러 오지는 않았다. 그 젊은 귀부인은 지극히 아름다울뿐더러 현명하고 신중한 것으로 알려져 있었고, 떠도는 소문에 관해서도 알고 있었기 때문이다. 그레이 알리스와 거래를 하면 악운이 닥친다는 소문 말이다. 그레이 알리스는 오는 사람을 막는 법이 없었고, 언제나 상대가 소망하는 것을 가져다준다. 그럼에도 불구하고, 그레이 알리스와 거래한 사람들은 그 결과에 대해 결코 만족하지 못한다고 했다. 그들이 그토록 소망하던 것에 대해서 말이다. 산등성이에 자리 잡은 높은 성채에서 하계를 통치하는 레이디 멜란지는 이런 소문에 관해 잘 알고 있었다. 아마 그녀가 직접 행차하지 않은 것은 바로 그 때문일지도 모르겠다.

그날 그녀 대신 그레이 알리스를 방문한 인물은 저레이스였다. 레이디 멜란지의 챔피언이자 성의 수비 및 전쟁을 지휘하는 장수고, 그녀 자신의 채위대(彩衛隊) 대장이기도 한 블루[靑色] 저레이스 말이다. 그는 심청색의 법랑으로 장식된 판금 갑옷 아래에 담청색 비단옷을 받쳐 입고 있었다. 손에 든 방패의 문장은 백 가지는 되는 색조의 청색으로 이루어진 소용돌이 무늬였고, 허리에 찬 장검 자루에는 독수리의 눈만큼이나 큰 사파이어가 박혀 있었다. 그레이 알리스의 거처로 들어와서 투구를 벗자 장검에 박힌 보석과 완전히 동일한 새파란 눈이 드러났다. 그러나 엉뚱하게도 머리카락만은 깜짝 놀랄 정도로 붉었다.

저레이스가 방문한 그레이 알리스의 집은 산기슭 아래에 펼쳐진 성시(城市)의 우중충한 심장부에 자리 잡은 조그만 석조 고옥(古屋)이었다. 그레이 알리스는 창문이 없고 먼지와 곰팡내 가득한 방 안에서 그를 맞았다. 그녀가 앉아 있는 낡아 빠진 등 높은 의자에 비해 그녀의 작고 마른 몸은 정말로 볼품없어 보였다. 무릎 위에는 작은 개만 한 크기의 잿빛 쥐를 얹고 있다. 저레이스가 방으로 들어와서 투구를 벗고 새파란 눈이 어둑어둑한 실내에 익숙해지는 것을 기다리는 동안 알리스는 나른한 동작으로 그 쥐를 쓰다듬고 있었다.

"무슨 용건이신지?" 이윽고 그레이 알리스가 물었다.

"자네가 그레이 알리스라고 불리는 인물이로군." 저레이스가 말했다.

"예."

"난 저레이스라고 하네. 레이디 멜란지의 명을 받고 왔네."

"현명하고 아름답기로 이름난 레이디 멜란지 말씀이로군요." 그레이 알리스가 말했다. 그녀의 길고 창백한 손가락이 쓰다듬는 쥐의 모피는 벨벳만큼이나 부드러웠다. "왜 그런 고귀한 분께서 저처럼 가난하고 우중충한 여자에게 자기 챔피언을 보내신 겁니까?"

"성채에서조차도 자네 소문이 자자하다네." 저레이스가 말했다.

"그렇군요."

"적절한 대가를 지불하면 자네는 기이하고 경이로운 것들을 팔아 준다고 하더군."

"레이디 멜란지께서 뭔가 사고 싶어 하십니까?"

"그레이 알리스, 자네에게는 마력이 있다는 얘기도 들었어. 언제나 지금의 자네, 온통 잿빛 옷을 두르고 내 앞에 앉아 있는 연령 미상의 마른 여자가 아니라고 하더군. 자네는 원하는 대로 젊어지거나 늙어질 수도 있고, 가끔은 사내가 될 때도, 노파가 될 때도, 어린아이가 될 때조차 있다고 했어. 변신의 비밀을 알고 있기 때문에 거대한 고양잇과 맹수나 곰이나 새가 되어 돌아다닐 수 있는 데다가, 〈잃어버린 땅〉에서 달의 노예로 살아가는 짐승 인간들과는 달리 자유롭게 살갗을 바꾼다고 했어."

"그런 풍문이 돌고 있지요." 그레이 알리스는 시인했다.

저레이스는 허리띠에 찬 작은 가죽 주머니를 끄르며 그레이 알리스가 앉아 있는 의자로 다가왔다. 주둥이의 끈을 풀고 그녀 곁의 탁자 위에 내용물을 쏟아 냈다. 다채로운 십여 개의 보석이었다. 그레이 알리스는 보석 하나를 집어 올리고 눈앞으로 들어 올렸다. 그것을 통해 촛불을 바라본다. 보석들 사이에 그것을 다시 내려놓은 다음 그녀는 저레이스를 향해 고개를 끄덕이고 말했다. "레이디 멜란지는 제게서 무엇을 사고 싶어

하시는지?"

"자네의 비밀." 저레이스는 미소 지으며 말했다. "레이디 멜란지는 변신하고 싶어 하시네."

"젊고 아름다우시다고 들었습니다만." 그레이 알리스가 대꾸했다. "성채에서 멀리 떨어진 이곳에서조차도 많은 이야기를 듣곤 합니다. 정해진 반려자가 없는 대신 애인을 여럿 두고 계신 것으로 알고 있습니다. 채위대의 기사들 모두가 그녀와 사랑에 빠졌고, 당신도 그중 한 명이라고 하더군요. 그런데 왜 변신할 필요가 있다는 걸까요?"

"오해하지 말게. 레이디 멜란지가 원하시는 건 젊음이나 아름다움이 아니라네. 어떻게 변신하든 지금보다 더 아름다워질 수는 없을 테니까 말이야. 그녀가 자네에게 받고 싶어 하는 건 짐승이 될 수 있는 능력이라네. 늑대."

"무슨 이유에서?" 그레이 알리스가 물었다.

"그건 자네가 알 바 아냐. 그 선물을 팔 용의가 있나?"

"저는 그 누구의 간청도 거부하지 않습니다. 보석을 두고 가십시오. 한 달 뒤에 돌아오시면 레이디 멜란지가 원하시는 걸 드리겠습니다."

저레이스는 고개를 끄덕였다. 생각에 잠긴 듯한 표정이었다. "그 누구의 간청도 거부하지 않는다고?"

"그렇습니다."

사내는 일그러진 미소를 떠올리며 다시 허리춤에 손을 넣더니 그녀에게 내밀었다. 장갑을 낀 손바닥 위에 놓인 것은 주름이 잡힌 부드러운 벨벳 천이었다. 그리고 그 위에서는 그가 찬 장검 자루에 박힌 것보다 한층 더 큰 사파이어 하나가 반짝이고 있었다. "괜찮다면 보수로 이걸 받아

줘. 나도 사고 싶은 게 있어서 말이야."

그레이 앨리스는 사내의 손바닥 위에서 사파이어를 집어 올렸고, 엄지와 검지 사이에 끼우고 촛불에 비춰 보았다. 그녀는 고개를 끄덕이고 다른 보석들 위에 그것을 떨어뜨렸다. "당신이 원하는 건 뭡니까, 저레이스?"

사내의 미소가 한층 더 커졌다. "자네가 실패하는 거. 나는 레이디 멜란지가 그런 능력을 손에 넣는 걸 원하지 않는다네."

그레이 앨리스는 사내를 찬찬히 바라보았다. 침착한 잿빛 눈은 사내의 차갑고 파란 눈에 못 박혀 있었다. "잘못된 색을 입고 있군요, 저레이스." 마침내 그녀는 운을 뗐다. "청색은 충성의 색이건만, 자기 주군과 그 명령에 등을 돌릴 작정입니까?"

"내 충성심에는 변함이 없어." 저레이스가 항의했다. "본인에게 좋은 일이 무엇인지를 본인보다 더 잘 알고 있을 뿐이야. 멜란지는 젊고 어리석어. 그런 능력을 찾아낸 다음에는 그걸 비밀로 할 수 있을 거라고 믿고 있으니까 말이야. 그건 오산이야. 다른 사람들이 그걸 알아낸다면 그녀를 처단하겠지. 낮에는 통치하면서 밤이면 자기 백성들의 목을 물어 죽이는 식으로 살아갈 수는 없어."

그레이 앨리스는 무릎 위의 거대한 쥐를 쓰다듬으며 한동안 침묵하면서 생각에 잠겼다. "저레이스, 당신 말은 거짓말입니다." 그녀는 입을 열자마자 대뜸 말했다. "방금 댄 이유는 진짜 이유가 아니니까요."

저레이스는 이마를 찌푸리고 장갑을 낀 손을 거의 무의식적으로 장검 자루에 갖다 댔다. 엄지손가락으로 자루에 박힌 거대한 사파이어를 쓰다듬는다. "자네하고 언쟁을 벌일 생각은 없네." 그는 무뚝뚝하게 말했다. "나한테는 못 팔겠다면 그 보석을 돌려줘, 빌어먹을!"

"그 누구도 거절하지 않는다고 하지 않았습니까." 그레이 앨리스가 대답했다.

저레이스는 혼란스러운 표정으로 얼굴을 찌푸렸다. "그럼 내 소원을 들어주겠다는 건가?"

"소원을 들어 드리겠습니다."

"아주 좋아." 저레이스는 다시 씩 웃으며 말했다. "그럼 한 달 뒤에 보자고!"

"한 달 뒤에." 그레이 앨리스가 동의했다.

● ○

그런 연유로, 그레이 앨리스는 오직 그레이 앨리스만이 아는 방법으로 전갈을 보냈다. 전갈은 성시의 음지와 뒷골목과 비밀 하수도를 통해 입에서 입으로 전해졌다. 전갈은 귀족과 부자 들이 거주하는 색색가지 유리로 장식된 진홍색의 높은 저택들도 지나갔다. 인간과 똑같은 조그만 손을 가진 보드라운 잿빛 쥐들이 잠자는 어린아이들의 귓가에 대고 속삭였고, 그 어린아이들은 친구들에게 그것을 전했고, 밖에서 줄넘기를 하고 놀면서 기묘한 노래를 합창하기 시작했다. 그 노랫말은 동방의 군대 전초들로까지 전해졌고, 대규모 대상(隊商)과 함께 오래된 제국—산기슭의 성시는 이 제국의 극히 작은 일부에 불과했다—의 중심부로까지 전파되었다. 가죽 같은 날개와 원숭이의 교활한 얼굴을 가진 거대한 새들은 숲과 강 상공을 넘어 남방에 자리 잡은 십여 개의 왕국들로 날아갔고, 첨탑 속에 틀어박혀 사는, 그레이 앨리스만큼이나 창백하고 무시무시한 남녀들에게 전갈을 보냈다. 북방조차도 예외가 아니어서 산맥을 넘어 〈잃어버린 땅〉으로까지 전갈이 갔다.

오래 걸리지는 않았다. 2주도 채 되지 않아 사내 하나가 그녀에게 왔던 것이다. "당신이 원하는 것이 있는 곳으로 안내해 줄 수 있어." 사내가 말했다. "내가 늑대인간을 찾아 주지."

호리호리하고 수염도 기르지 않은 젊은 사내였다. 산맥 너머에 있는, 강풍이 몰아치는 황량한 땅에서 사냥으로 먹고사는 야인 특유의 닳아 빠진 가죽옷을 입고 있었다. 피부는 태어나서 줄곧 야외에서 살아온 사내답게 적동색으로 그을려 있었지만, 머리카락만은 산에 내린 눈처럼 새하얀 빛깔이었다. 전혀 손질을 안 한 탓에 제멋대로 헝클어진 긴 머리카락은 어깨 아래로까지 자라 있었다. 갑옷은 입지 않았고, 장검 대신 긴 나이프를 차고 있다. 동작은 신중하고 우아했다. 이마를 덮은 희고 긴 머리카락 아래로 보이는 눈은 검었고, 졸린 듯한 느낌이었다. 얼굴에는 개방적이고 붙임성 있는 미소를 떠올리고 있지만, 전체적으로 묘하게 나른한 인상을 준다. 아무도 자신을 보고 있지 않다고 생각할 때는 입가의 표정이 몽상적이고 관능적으로 변한다. 이름은 보이스라고 했다.

그레이 앨리스는 사내를 바라보고 그가 하는 말에 귀를 기울인 다음에야 입을 열었다. "어디로?"

"북쪽으로 일주일 가야 해." 보이스가 대꾸했다. "〈잃어버린 땅〉으로."

"당신이 〈잃어버린 땅〉에 산다는 거야?" 그레이 앨리스가 물었다.

"아니, 살지는 않아. 사람이 살아갈 곳이 못 되니까. 집은 여기 성시에 있어. 하지만 자주 산맥을 넘어서 거기로 가지. 그레이 앨리스, 난 사냥꾼이고 〈잃어버린 땅〉에 관해 속속들이 알고 있어. 그곳에 사는 것들에 관해서도 잘 알지. 당신은 늑대처럼 네발로 걷는 인간을 찾고 있잖아. 그자가 있는 곳으로 내가 안내해 줄게. 하지만 보름달이 차기 전에 도착하려면 지금 당장 출발해야 해."

그레이 앨리스는 일어섰다. "마차에 필요한 건 모두 실어 놓았고, 말들도 여물을 먹이고 편자를 신겨 놓았어. 지금 출발하기로 해."

보이스는 눈을 가린 백발을 밀어내며 나른한 미소를 떠올렸다.

● ○

산길은 높고 가파른 데다가 바위투성이였고, 몇몇 장소에서는 그레이 앨리스의 마차가 겨우 지나갈 수 있을 정도의 폭밖에는 없었다. 그녀의 마차는 길고 육중하며 완전히 밀폐된 거추장스러운 물건이었다. 예전에는 여러 색깔로 칠해져 있었지만 오랫동안 풍상에 시달린 탓에 이제 그 목재의 측면은 모두 우중충한 잿빛이었다. 시끄럽게 덜그럭거리는 무쇠 바퀴가 여섯 개 달려 있다. 마차를 끄는 두 마리의 말은 보통 말보다 5할은 더 덩치가 큰 괴물들이었지만, 마차의 무게를 감안하면 당연한 것인지도 모른다. 그럼에도 불구하고 산길을 나아가는 말들의 발길은 느렸다. 말이 없는 보이스는 앞서 걷거나 마차 옆에서 따라왔다. 이따금 그레이 앨리스와 함께 마차 안에 앉아서 갈 때도 있었다. 마차는 신음하듯이 삐걱거렸다. 가장 높은 고개에 도착하기까지는 사흘이 걸렸다. 그들은 산허리에 난 균열을 통해 넓고 황량한 〈잃어버린 땅〉을 조망했다. 그곳까지 내려가는 데는 또 사흘이 걸렸다.

"이제는 더 빨리 움직일 수 있어." 〈잃어버린 땅〉에 도달하자 보이스가 장담했다. "여기서부터는 편평하고 트인 공간밖에는 없으니까 전진하는 것도 쉬워질 거야. 하루, 아니면 이틀 뒤에는 당신이 원하는 걸 손에 넣을 수 있어."

"그래." 그레이 알리스가 말했다.

산에서 완전히 나오기 전에 모든 물통에 물을 채웠다. 보이스는 산기슭으로 사냥을 하러 갔고, 토끼 세 마리와 묘하게 조그만 사슴의 묘하게 뒤틀린 사체를 가지고 돌아왔다. 달랑 나이프 한 자루만 가지고 어떻게 잡아 왔느냐고 그레이 알리스가 묻자, 보이스는 미소 짓더니 물매를 꺼내 들고 돌멩이 몇 개를 공중으로 날려 보냈다. 그레이 알리스는 고개를 끄덕였다. 그들은 작은 모닥불을 피우고 토끼 두 마리를 요리했고, 나머지 고기는 모두 소금에 재웠다. 다음 날 아침 동이 트자마자 그들은 〈잃어버린 땅〉으로 진입했다.

그다음부터는 일사천리였다. 〈잃어버린 땅〉은 차갑고 공허한 장소였고, 산맥 너머에 있는 제국의 영토를 종횡무진으로 누비는 국도 못지않게 단단한 흙길로 이루어져 있었기 때문이다. 좌우로 조금씩 흔들리는 마차는 삐걱거리고 덜그럭거리며 빠르게 굴러갔다. 〈잃어버린 땅〉에서는 돌파해야 할 덤불이나 건너야 할 강 자체가 존재하지 않는다. 일견 끝없이 계속되는 듯한 황야가 사방팔방에 펼쳐져 있을 뿐이다. 이따금 옹이투성이의 뒤틀린 나무들이 한 군데 모여 있는 조그만 숲이 눈에 들어왔다. 나뭇가지에는 새파랗게 번들거리는 커다란 과일들이 주렁주렁 매달려 있었다. 이따금 바위투성이의 시내와 마주쳤지만 수심은 겨우 발목까지 오는 정도였기 때문에 마차 바퀴가 덜그럭거리기는 해도 장애물은 되지 못했다. 흰 이끼가 황량한 잿빛 대지를 광범위하게 뒤덮은 곳과 마주칠 때도 있었다. 그러나 이런 장소는 극히 드물었고, 대부분의 경우 그들을 에워싸고 있는 것은 몸서리가 칠 정도로 공허하고 죽은 들판 그리고 강풍밖에는 없었다. 〈잃어버린 땅〉에서 부는 바람은 끔찍했다. 끊임없이 몰아쳐 오는 데다가 살을 에는 듯이 차가웠기 때문이다. 바람에서는 이따금 재 냄새가 났다. 지옥에 떨어진 가련한 영혼처럼 포효하고 절규하는 듯한 소리를 낼 때도 있었다.

마침내 〈잃어버린 땅〉이 끝나는 지점이 보일 정도로 먼 곳까지 왔다. 북쪽의 먼 지평선 위에 흐릿하게 보이는 청백색의 선은 다른 산맥이었다. 그러나 지금 있는 곳에서 몇 주를 더 간다 한들 멀리 보이는 봉우리까지 도달하지는 못하리라는 사실을 그레이 알리스는 알고 있었다. 〈잃어버린 땅〉 자체가 너무나도 편평하고 공허한 탓에 이곳에서조차도 희미하게나마 보이는 것에 불과하다.

땅거미가 질 무렵, 그레이 알리스와 보이스는 북쪽을 향하면서 흘끗 보았던 묘하게 뒤틀린 나무들이 자란 작은 숲을 지나친 지점에서 야영하기로 했다. 뒤틀린 나무들은 맹렬하게 불어오는 강풍을 부분적으로 막아 주었지만, 흐느끼듯이 윙윙거리며 몰아치는 바람 소리는 여전했다. 바람에 휘날린 모닥불의 불길이 기괴한 모양을 취하며 너울거린다.

"왜 〈잃어버린 땅〉이라고 부르는지 알 것 같아." 그레이 알리스는 저녁을 먹던 중에 말했다.

"그래도 나름 아름답잖아." 보이스가 대꾸했다. 긴 나이프 끝으로 고깃덩어리 하나를 꿰어 모닥불 위에서 돌린다. "오늘 밤에 구름이 걷혀 준다면 북쪽 산맥 위에서 물결치는 광채들을 볼 수 있을지도 몰라. 보라색, 회색, 밤색 불빛 따위가 이 끝없는 바람에 나부끼는 장막처럼 뒤틀리는 광경을 말이야."

"예전에도 본 적이 있어." 그레이 알리스가 말했다.

"난 수도 없이 봤지." 보이스는 이렇게 대꾸하고 고기를 한 점 베어 물었다. 가느다란 육즙 한 줄기가 입가에서 턱으로 흐른다. 그는 미소 지었다.

"〈잃어버린 땅〉으로 자주 오는 모양이네." 그레이 알리스가 말했다.

보이스는 어깨를 으쓱했다. "사냥하러."

"여기서도 생물이 살아? 이런 황량한 곳에서도?"

"물론 살아. 물론 보는 눈이 있어야 하고 〈잃어버린 땅〉에 관해 잘 알아야 하지만 말이야. 하지만 정말로 있어. 산맥 너머에서는 결코 볼 수 없는 기괴하게 뒤틀린 짐승들, 전설이나 악몽에서 빠져나온 것 같은 존재들, 마법의 존재, 저주받은 존재, 워낙 희귀해서 맛본 사람은 거의 없지만 믿기 힘들 정도로 맛있는 고기를 가진 존재들이. 인간들도 있어. 적어도 거의 인간에 가까운 존재들이. 짐승으로 변신하는 인간에, 요괴에 가까운 것들, 황혼 녘에만 활보하는 잿빛의 존재, 반만 살아 있고 반은 죽어 있는 것들." 보이스는 상냥하면서도 조롱하는 듯한 미소를 떠올렸다. "하지만 당신은 그레이 알리스니까 이미 다 알고 있지 않나? 당신도 오래전에 바로 이곳, 〈잃어버린 땅〉에서 바깥세상으로 나왔다는 얘기를 들었는데."

"그런 얘기가 있지." 그레이 알리스는 대꾸했다.

"우린 서로를 닮았어. 당신하고 나 말이야." 보이스는 대꾸했다. "난 성시를, 거기 사는 사람들을, 그들의 노래와 웃음과 소문을 좋아해. 아늑한 집에서 살면서 좋은 음식을 먹고 좋은 술을 마시는 것도. 가을이 되면 성채로 와서 레이디 멜란지를 위해 노래를 불러 주는 광대들도 좋아하지. 멋진 옷, 보석, 부드럽고 예쁜 여자들도 좋아해. 하지만 나의 일부는 오로지 여기, 이 〈잃어버린 땅〉에서만 안식을 느껴. 바람 소리에 귀를 기울이고, 땅거미가 질 때마다 그림자들을 찬찬히 바라보고, 성시 주민들은 꿈에도 생각 못 하는 것들을 꿈꾸는 거지." 이 무렵 주위는 완전히 어두워져 있었다. 보이스는 산맥을 배경으로 희미한 불빛들이 빛을 발하기 시작한 북쪽을 칼끝으로 가리켰다. "저길 봐, 그레이 알리스. 저 불빛들이 어른거리고 변하는 광경을 보라고. 계속 바라보다 보면 거기서 어떤 모양들을 볼 수 있을 거야. 남자나 여자나 그 어느 쪽도 아닌 것들이 어둠 속에서 꿈틀거리는 걸 말이야. 그자들의 목소리가 바람에 실려 오기도 하지. 그러니까 저걸 보고, 귀를 기울여. 저 불빛들 안에서는 위대한 연극이 펼쳐지고 있어. 레이디 멜란지의 무대에서 상연된 그 어떤 연극보다 더 장엄하고 기이한 연극들이 말이야. 그 소리가 들려? 그걸 볼 수 있어?"

책상다리를 하고 딱딱한 지면 위에 앉아 있던 그레이 알리스는 표정을 읽을 수 없는 잿빛 눈으로 말없이 그쪽을 바라보았다. 마침내 그녀가 입을 열었다. "응." 더 이상은 아무 말도 없었다.

보이스는 긴 나이프를 칼집에 집어넣고 이제는 사그라들어 불그스름한 잉걸불로 변한 모닥불 주위를 돌아 그레이 알리스 곁으로 와서 앉았다. "당신이 볼 걸 알고 있었어. 우린 서로 닮았어. 당신하고 난. 겉에는 도시의 살을 두르고 있지만 우리 핏속에서는 언제나 〈잃어버린 땅〉의 차가운 바람이 불고 있어. 당신 눈을 보면 알아, 그레이 알리스."

그녀는 아무 말도 하지 않았고, 앉은 채로 먼 광채들을 응시하며 곁에 있는 보이스의 따스한 체온을 느꼈다. 잠시 후 그는 그녀의 어깨에 팔을 둘렀다. 그레이 알리스는 저항하지 않았다. 나중에, 훨씬 나중에 모닥불이 완전히 꺼지고 밤의 냉기가 스며들기 시작했을 때, 보이스는 손을 뻗어 그녀의 턱 끝을 잡고 자기 쪽으로 그녀의 얼굴을 돌렸다. 그리고 정면에서 그녀의 엷은 입술에 부드럽게 입을 맞췄다.

그러자 그레이 알리스는 마치 꿈에서 깨어난 사람처럼 몸을 일으키고 그의 몸을 지면에 밀어붙였다. 절도 있는 동작으로 재빨리 그의 옷을 벗기더니 그 자리에서 몸을 섞었다. 보이스는 그런 그녀가 하는 대로 보고만 있었다. 차갑게 식은 딱딱한 지면에서 팔베개를 하고 누워, 꿈꾸는 눈을 하고, 나른하고 만족한 미소를 떠올린 채로. 그의 몸에 올라탄 그레이 알리스는 처음에는 천천히, 나중에는 점점 더 빠르게 움직이다가 경련하며 절정에 도달했다. 그녀의 몸이 경직한 순간, 그녀는 뒤로 목을 홱 젖히고 마치 절규하려는 듯이 입을 열었지만 아무 소리도 내지 않았다. 들리는 것이라고는 바람 소리, 차갑고 맹렬한 바람 소리뿐이었지만, 그것이 발한 절규는 쾌락의 절규가 아니었다.

●○

다음 날, 춥고 구름 낀 새벽이 찾아왔다. 하늘은 일그러진 모양을 한 엷은 잿빛 구름으로 완전히 뒤덮여 있었지만, 이것은 구름이라고는 믿기 힘들 정도의 속도로 빠르게 흘러갔다. 그나마 새어 나오는 햇빛은 희미했고 아무 색채도 띠고 있지 않았다. 보이스는 그레이 알리스가 느긋한 속도로 전진시키는 마차 곁에서 함께 걸었다. "이제 가까워졌어." 보이스가 말했다. "아주 가까워."

"응."

보이스는 그녀를 올려다보며 미소 지었다. 연인 사이가 된 뒤로 그는 예전과는 달리 애정 어린 알 듯 말 듯한 미소를 보이는 일이 잦았다. 적 잖이 관대한 느낌조차 있었다. 자신감에 차 있다고나 할까. "오늘 밤이야." 그가 말했다.

"오늘 밤에는 보름달이 차오르겠지." 그레이 알리스가 말했다.

보이스는 다시 미소 지으며 눈가를 가리는 머리카락을 걷어 올렸다. 아무 말 없이.

● ○

땅거미가 지기 훨씬 전에 그들은 〈잃어버린 땅〉의 주민들조차도 그 이름을 망각한 지 오래인 어떤 이름 없는 성읍의 폐허 한복판에서 멈춰 섰다. 그곳에서조차도 광막한 공허의 균형을 깨는 것은 거의 없었다. 단지 적막하고 처량한 느낌을 주는 박살난 석재 몇 개가 널려 있을 뿐이다. 아직 희미하게나마 옛 성벽의 윤곽을 알아볼 수는 있었다. 거의 박살난 굴뚝 한두 개는 아직도 우뚝 서서 검게 썩은 이처럼 지평선을 갉아 먹고 있다. 강풍을 피할 곳은 없었고, 생명의 징후도 없었다. 그레이 알리스는 말들에게 여물을 주고 폐허 안을 둘러보았지만 아무것도 찾아내지 못했다. 깨진 도기 조각도, 녹슨 검의 파편도, 책의 단편도 없다. 오래된 뼈조차 없다. 과거 이곳에 사람들—그들이 사람이었다면 말이지만—이 존재했던 흔적은 전혀 없었다.

〈잃어버린 땅〉이 이 장소의 생명을 빨아들이고 유령들까지 날려 보내서 기억의 단편조차 남아 있지 않는 것일까? 오그라든 태양은 지평선에 가까운 낮은 곳에 있었지만 질주하는 구름에 가려 거의 보이지 않았다. 그녀 눈앞에 펼쳐진 풍경이 바람의 목소리로 고독과 절망의 절규를 내지른다. 그레이 알리스는 낡은 망토를 뒤로 나부끼며 오랫동안 홀로 서서 해가 지는 광경을 바라보고 있었다. 차가운 바람이 그녀의 영혼을 비집고 들어온다. 마침내 그녀는 몸을 돌리고 마차 쪽으로 돌아갔다.

보이스는 모닥불을 피워 놓고 그 앞에 앉아 구리 냄비로 와인을 데우며 이따금 향신료를 집어넣고 있었다. 그는 그레이 알리스의 시선을 느끼고 예의 새로운 미소를 지어 보였다. "바람이 차갑군. 그래서 뜨거운 음료가 있으면 저녁 식사도 좀 더 즐거워질 거라고 생각했어."

그레이 알리스는 석양 쪽을 흘끗 보았고, 다시 보이스에게 눈을 돌리고 말했다. "즐거움을 느낄 때도, 장소도 아냐, 보이스. 이제 거의 해가 졌으니 곧 보름달이 뜰 거야."

"응." 그는 국자로 자기 잔에 뜨거운 와인을 조금 따른 다음 한 모금 맛보았다. "그렇다고 지금 당장 사냥을 시작할 필요는 없어." 그는 나른하게 미소 지으며 말했다. "늑대 쪽에서 우리한테 올 거야. 우리 몸의 냄새는 이런 허허벌판에서는 강풍에 실려서 아주 멀리까지 갈 거니까, 그쪽에서는 신선한 고기 냄새를 맡고 부리나케 달려올 게 뻔해."

그레이 알리스는 말없이 등을 돌렸고, 마차 안으로 이어지는 삼단식 목제 계단을 올라갔다. 안에 들어간 그녀는 조심스레 등잔에 불을 붙였다. 닳아서 잿빛이 된 마차 안쪽의 벽판과 잠을 잘 때 눕는 모피 더미 위로 등잔불이 어른거리고 깜박이는 광경을 바라본다. 흔들리던 불꽃이 안정되자 그레이 알리스는 미닫이식 벽판을 열고 좁은 옷장 안의 못걸이들에 줄줄이 걸린 다채로운 옷들을 응시했다. 망토와 어깨 망토, 헐렁한 셔츠, 묘하게 재단된 가운, 머리에서 발끝까지 제2의 피부처럼 딱 들어맞는 수트, 가죽과 모피와 깃털로 된 외투들. 잠시 망설이다가 손을 뻗어 무수히 많은 긴 은빛 깃털로 만들어진 커다란 망토를 골라냈다. 개개의 깃털 끄트머리는 검은색으로 물들어 있었다. 그레이 알리스는 천으로 만든 투박한 망토를 벗고 흐르는 듯한 깃털 옷을 몸에 두른 다음 목 부분에서 조였다. 몸을 돌리자 망토가 물결친다. 마차 안의 정체된 공기가 들썩이며 한순간 생기를 되찾는 것처럼 보였지만 깃털들이 내려앉으면서 다시 조용해졌다. 그러자 그레이 알리스는 허리를 굽히고 무쇠와 가죽으로 보강된 커다란 참나무 궤짝을 열었다. 궤짝 안에서 그녀는 작은 상자를 끄집어냈다. 상자 안에 들어 있던 것은 닳아 해진 잿빛 펠트 쿠션 위에 끼워진 열 개의 반지였다. 반지에는 보석 대신 길게 만곡한 은빛 발톱이 박혀 있었다. 그레이 알리스는 차분한 동작으로 반지를 끼기 시작했다. 손가락 하나에 반지 하나씩을. 그녀는 허리를 펴고 주먹을 쥐어 보았다. 은빛 발톱들이 등잔 불길을 반사하며 섬뜩하게 번들거린다.

마차 밖으로 나가니 주위는 이미 어스름했다. 모닥불을 끼고 덥힌 와인을 꿀꺽꿀꺽 마시고 있는 백발의 사냥꾼 너머에 앉았을 때, 그레이 알리스는 보이스가 저녁거리를 준비해 놓지 않았다는 사실을 깨달았다.

"실로 아름다운 망토로군." 보이스가 온화하게 말했다.

"응." 그레이 알리스는 말했다.

"하지만 무슨 망토를 걸친들 그자가 오면 아무 도움도 안 될걸."

그레이 알리스는 한 손을 들어 올리고 주먹을 쥐어 보였다. 은빛 발톱들이 모닥불 빛을 받고 번들거린다.

"아." 보이스가 말했다. "은이로군."

"은이야." 그레이 알리스는 맞장구치며 손을 내렸다.

"글쎄." 보이스가 말했다. "은으로 무장하고 그자에게 대항하려고 한 자들은 많아. 은제 장검, 은제 나이프, 은제 촉이 달린 화살 따위로 말이야. 그렇게 은을 좋아하던 전사들도 지금은 모두 먼지가 되었어. 그자는 그들 고기로 포식했고."

그레이 알리스는 어깨를 으쓱해 보였다.

보이스는 생각에 잠긴 눈으로 잠시 그녀를 응시하다가 이내 미소 짓고는 다시 와인을 마시기 시작했다. 그레이 알리스는 차가운 바람을 피하기 위해 망토를 좀 더 단단히 몸에 둘렀다. 잠시 후 먼 곳을 바라보던 그녀는 북쪽 산맥을 향해 움직이는 광채들을 목격했다. 그곳에서 목격한 이야기들을 그녀는 머리에 떠올렸다. 다채로운 그림자의 난무를 예로 들며 보이스가 그녀의 마음속에 불러일으킨 이야기들을. 끔찍하고 소름 끼치는 이야기였다. 〈잃어버린 땅〉에서는 오로지 그런 이야기들밖에는 없다.

이윽고 다른 빛이 그녀의 주의를 끌었다. 동쪽 밤하늘을 흐릿하게 뒤덮기 시작한 희미하고 불길한 빛. 달이 떠오르고 있다.

그레이 알리스는 시선을 돌려 사그라드는 모닥불 너머를 응시했다. 보이스는 변신을 시작하고 있었다.

몸 내부의 뼈와 근육이 변화하며 몸이 뒤틀리고, 흰 머리카락이 점점, 점점 더 길어지고, 나른한 미소가 얼굴의 반을 차지하는 크고 새빨간 히죽거림으로 바뀌고, 견치가 늘어나며 긴 혀가 입 밖으로 비어져 나오고,

두 손의 손가락들이 융합되면서 와인 잔을 떨어뜨리고 꿈틀거리는 앞발로 변하는 광경을 바라본다. 그는 뭔가 말하려고 했지만 말을 하지는 못했다. 단지 반은 인간의 것이고 반은 짐승의 것 같은 낮고 거친 위협음 같은 웃음소리가 새어 나왔을 뿐이었다. 다음 순간 그는 고개를 젖히고 포효했고 자기 옷을 갈가리 찢어 대기 시작했다. 눈앞의 존재는 더 이상 보이스가 아니었다. 모닥불을 사이에 두고 늑대는 몸을 일으켰다. 길고 흰 털로 뒤덮인, 보통 늑대보다 반은 더 커 보이는 거대한 짐승이었다. 소름 끼치는 빨간 아가리와 이글거리는 진홍색 눈. 그레이 알리스는 그 눈을 똑바로 응시하며 일어섰고, 깃털로 된 망토에 묻은 흙먼지를 털었다. 늑대의 눈은 빈틈없이 교활했고, 현명했다. 그 눈빛 안에서 그녀는 미소, 자신감에 찬 미소를 보았다.

과도한 자신감에 찬 미소를.

늑대는 다시 한 번 울부짖었다. 길게 꼬리를 끄는 격한 포효가 바람 속으로 녹아들어 간다. 다음 순간 늑대는 자기가 피워 놓은 모닥불의 잔재 위로 껑충 도약했다.

그레이 알리스는 망토를 움켜잡은 채로 양팔을 홱 펼쳤고, 변신했다.

그녀의 변신은 보이스보다 더 빨랐고, 시작한 순간에 거의 완료되었을 정도였다. 그러나 그레이 알리스에게는 영원과도 같은 긴 시간이었다. 처음에 찾아온 것은 망토가 살갗에 들러붙는, 몸을 옥죄는 듯한 묘한 느낌이었다. 그다음에는 몸이 녹아내리는 듯한 기이한 탈력감이 엄습하더니 전신의 근육이 약동하고, 흐르면서, 스스로 모양을 바꿨다. 마지막으로 찾아온 것은 고양감이었다. 전신으로 강대한 힘이 흘러들어 오며 혈관을 따라 질주했다. 보이스가 모닥불로 데운 조잡한 와인과는 상대가 되지 않을 정도로 뜨겁고 강렬한 미주(美酒)였다.

그녀는 끄트머리가 검은 은빛 깃털로 이루어진 거대한 날개를 퍼덕였다. 그녀가 달빛을 향해 날아오르자 먼지가 일며 소용돌이쳤다. 그녀는 흰 늑대의 도약이 미치지 않는 안전한 상공까지 올라갔고, 폐허가 장난감처럼 보일 정도의 까마득한 고공에 도달했다. 바람이 그녀를 사로잡고 얼음처럼 차가운 떨리는 손으로 그녀의 몸을 어루만졌다. 그녀는 그것에 몸을 맡기고 비상했다. 〈잃어버린 땅〉의 불길한 선율로 가득 찬 거대한 두 날개가 그녀를 점점 더 높은 곳으로 데려간다. 섬뜩할 정도로 날카롭게 만곡한 부리가 열렸다가, 닫혔다가, 다시 열렸지만, 아무 소리도 터져 나오지 않는다. 비행의 감각에 도취된 그녀는 하늘을 계속 가로질렀다. 그 어떤 인간의 눈보다도 예리하고 먼 곳을 볼 수 있는 두 눈이 먼 지상을 훑으며 모든 그림자의 비밀을 캐냈고, 꿈틀거리고 비틀거리며 〈잃어버린 땅〉의 황량한 표토를 가로지르는 죽어 가거나 반쯤 죽은 존재들을 하나도 빠짐없이 포착했다. 북쪽 하늘에 깔린 다채로운 빛의 장막이 전방에서 난무했다. 예전에 그녀가 그레이 앨리스라는 왜소한 존재에게 주어진 흐릿한 눈으로 보았을 때에 비해 천 배는 더 밝고 화려한 빛이었다. 그쪽으로 날아가고 싶었다. 북쪽으로, 북쪽으로 계속 날아올라 저 불빛들 사이에서 춤을 추며, 날카로운 발톱으로 갈가리 찢어 주고 싶었다.

마치 도전하듯이 발톱을 홱 치켜든다. 길고 흉악하게 만곡한 새의 발톱은 면도날처럼 날카로웠다. 창백한 달빛이 은빛 발을 훑는다. 그제야 그녀는 기억을 떠올리고 주저하듯이 큰 원을 그리며 선회했고, 북쪽에서 그녀를 유혹하는 빛들에게 등을 돌렸다. 날개가 재차, 삼차 펄럭이면서 그녀는 고도를 낮추기 시작했다. 세차게 밤공기를 가르며, 먹잇감을 향해 급강하한다.

까마득한 지상 위에 있는 마차 옆에서 쏜살같이 떨어져 나가는 희끄무레한 물체가 보였다. 모닥불에서 떨어져서 안전한 그림자와 음지에 몸을 숨기려는 심산인 듯하다. 그러나 〈잃어버린 땅〉에 안전한 장소 따위는 없었다. 그는 강하고 피로를 모르는 데다가 길고 강인한 다리로 빠르고 안정된 속도를 유지하며 이미 상당히 먼 곳까지 가 있었다. 그러나 아무리 빨라도 그녀 쪽이 더 빨랐다. 그는 결국 늑대에 지나지 않지만, 그녀는 바람 그 자체가 아니던가.

그녀는 죽음과 같은 침묵을 지키며 급강하했다. 은빛 발톱을 펼친 채로 칼처럼 바람을 가른다. 그러나 늑대도 희뿌연 달빛을 배경으로 뚜렷하게 각인된 상공의 그림자를 감지했음이 틀림없었다. 그녀가 접근하자 미친 듯이 질주하기 시작했기 때문이다. 두려움이 동기를 제공한 듯하지만, 결국은 아무 소용도 없었다. 그녀는 전력으로 질주하는 늑대 위를 가볍게 통과하며 발톱으로 세차게 할퀴었기 때문이다. 발톱은 열 개의 반짝이는 은제 장검처럼 털가죽을 관통해서 살을 짓이겼다. 늑대는 질주를 멈추고 비틀거리다가 픽 쓰러졌다.

그녀는 날개를 펄럭이며 다시 한 번 공격하기 위해 상공을 선회했다. 그러자 늑대는 몸을 일으키고 달을 배경으로 검게 떠오른 그녀의 소름 끼치는 모습을 올려다보았다. 두 눈이 예전보다 한층 더 밝게 이글거리는 것은 두려움으로 열이 오른 탓일까. 늑대는 고개를 뒤로 젖히고 마치 자비를 구하는 듯이 단속적이고 처절한 포효를 발했다.

그녀에게 자비 따위는 없었다. 피에 물든 발톱을 쭉 뻗고, 갈가리 찢으려는 듯이 부리를 벌린 채로 또다시 급강하한다. 늑대는 그런 그녀가 다가온 순간 기다렸다는 듯이 껑충 뛰어오르며 아가리를 딱 부딪쳤다. 그러나 그녀와는 상대가 되지 않았다.

늑대 위를 통과하며 발톱으로 그었고, 상대방의 반격을 슬쩍 피했다. 늑대 몸에 생겨난 다섯 개의 긴 열상(裂傷)에서 순식간에 피가 솟구친다.

다음번에 다시 접근했을 때 늑대는 도망치기에 너무 쇠약해져 있었고, 일어서서 반격하지도 못했다. 그러나 늑대는 그녀가 선회하며 강하하는 광경을 줄곧 응시하고 있었다. 그녀가 발톱을 박아 넣기 직전, 털로 뒤덮인 거대한 몸통이 경련했다.

● ○

마침내 그는 눈을 떴지만 초점이 맞지 않고 흐리멍덩했다. 신음을 흘리며 힘없이 몸을 뒤척인다. 낮 시간이었고, 그는 야영지의 모닥불 곁에 누워 있었다. 그가 뒤척이는 소리를 들은 그레이 앨리스가 다가오더니 한쪽 무릎을 꿇고 그의 머리를 들어 주었다. 와인 잔을 그의 입술에 갖다 대고, 그가 모두 마실 때까지 기다렸다.

다시 누운 보이스의 눈에서 그녀는 곤혹스러운 기색을 읽었다. 자신이 여전히 살아 있다는 사실에 놀란 것이다. "알고 있었군." 그는 쉰 목소리로 말했다. "알고 있었어……. 내가 누군지를."

"응." 그레이 앨리스가 말했다. 다시 예전의 그녀로, 마르고 왜소한 몸에 빛바랜 망토를 걸친, 커다란 잿빛 눈을 가진 연령 미상의 여인 모습으로 돌아와 있었다. 깃털로 된 망토는 다시 마차 안에 걸려 있었고, 은제 발톱이 박힌 반지들도 더 이상 끼고 있지 않았다.

보이스는 상체를 일으켜 앉으려다가 고통으로 움찔했고, 그녀가 깔아 놓은 담요 위에 다시 누웠다. "난…… 난 죽었다고 생각했어." 그는 말했다.

"거의 죽기 직전까지 갔어." 그레이 알리스가 대꾸했다.

"은." 그는 쓰디쓴 어조로 말했다. "은은 내 몸을 찢고, 내 몸에 화상을 입혀."

"응."

"그런데도 당신은 나를 살려 줬어." 그는 당혹한 어조로 말했다.

"다시 원래의 나로 돌아와서 여기까지 데려온 다음에 치료했어."

보이스는 미소 지었다. 예전에 곧잘 떠올리던 미소의 희미한 유령에 불과하긴 했지만 말이다. "자기 마음대로 변신하는 게 가능하다는 얘기로군." 그는 감탄한 듯이 말했다. "아, 나도 그런 능력을 손에 넣을 수만 있다면 무슨 짓이라도 할 텐데!"

그녀는 아무 말도 하지 않았다.

"여긴 너무 사방이 트여 있었어." 그는 말했다. "난 당신을 여기가 아니라 다른 데로 데리고 갔어야 했어. 몸을 숨길 곳─ 건물이라든지 숲 따위만 있었어도……. 그럴 경우에는 그렇게 쉽게 당하지 않았을 거야."

"다른 가죽들도 갖고 있어." 그레이 알리스가 대꾸했다. "곰, 고양잇과 맹수. 어디로 갔든 간에 결과는 달라지지 않았을 거야."

"아." 보이스가 말했다. 눈을 감는다. 다시 눈을 떴을 때 그는 가까스로 일그러진 웃음을 떠올렸다. "그레이 알리스, 정말 아름답더군. 난 당신이 하늘을 나는 걸 넋을 잃고 한참 지켜보다가 뒤늦게 정신을 차리고 도망치기 시작했어. 그 정도로 당신에게서 눈을 떼기 힘들었다는 얘기야. 당신이 내 숨통을 끊으리라는 걸 알고 있었지만, 그래도 눈을 뗄 수가 없었어. 그토록 아름다울 줄이야. 연기와 은으로 된 몸에 불타는 듯한 눈. 마지막에 당신이 나를 향해 활공해 오는 걸 보았을 때는 거의 기쁨에 가까운 감정을 느꼈어. 끝이 뾰족한 은 작대기를 가진 구질구질한 검객 나부랭이한테 당하는 것보다는 당신처럼 무시무시하고 아름다운 존재의 손에 죽는 게 훨씬 낫다고 생각했거든."

"미안해." 그레이 앨리스가 말했다.

"아니, 미안해할 거 없어." 보이스는 재빨리 말했다. "나를 살려 줘서 기뻐. 상처는 금세 나을 거니까 두고 보라고. 은에 찔린 상처조차도 출혈은 금세 멎어. 그런 다음 우린 함께 있을 수 있어."

"아직도 많이 쇠약한 상태야." 그레이 앨리스가 말했다. "좀 자 둬."

"응." 보이스는 그녀를 향해 미소 짓고는 눈을 감았다.

● ○

보이스가 마침내 다시 눈을 뜬 것은 몇 시간이나 지난 뒤의 일이었다. 힘도 훨씬 더 강해졌다. 상처는 거의 다 아문 것이나 마찬가지였다. 그러나 몸을 일으키려고 하자 그럴 수가 없다는 사실을 깨달았다. 지면 위에 큰대 자로 결박되어 있었던 것이다. 그의 손과 발은 딱딱한 잿빛 땅바닥에 박아 놓은 말뚝에 단단히 고정되어 있었다.

그레이 앨리스는 그제야 상황을 깨닫고 놀라 소리를 지르는 보이스를 바라보았다. 다가가서 그의 머리를 들어 올리고 와인을 더 마시게 했다.

그녀가 뒤로 물러서자 보이스는 목을 돌려 황급히 여기저기를 보며 자신을 결박한 밧줄을 응시했고, 그녀에게 시선을 돌렸다. "무슨 짓을 한 거야?" 그는 외쳤다.

그레이 알리스는 아무 말도 하지 않았다.

"왜?" 그가 물었다. "이해할 수 없어, 그레이 알리스. 도대체 **왜**? 내 목숨을 구하고 치료해 줬잖아. 그런데 왜 묶어 놓은 거지?"

"내 대답은 당신 마음에 들지 않을 거야, 보이스."

"달 때문이로군!" 그는 황망한 어조로 말했다. "오늘 밤 내가 또 변신하면 무슨 일이 일어날지 두려웠던 거야." 그는 미소 지었다. 마침내 진상을 깨닫고 만족했다는 듯이. "그건 말도 안 되는 걱정이야. 당신을 해칠 생각은 없어. 우린 이제 그런 사이가 아니고, 이젠 나도 알아. 우린 동류잖아. 그레이 알리스, 우린 서로 닮았어. 당신과 나는. 우린 산맥 위에서 춤추는 빛들을 함께 바라보았고, 난 당신이 하늘을 나는 것도 봤어! 이젠 서로를 신뢰해야 해! 자, 풀어 줘."

그레이 알리스는 미간을 찡그리며 한숨을 쉬었고, 더 이상 대꾸하지 않았다.

보이스는 도저히 이해 못 하겠다는 표정으로 그녀를 응시했다. "왜?" 그는 다시 물었다. "풀어 줘, 알리스. 내 말이 거짓이 아니라는 걸 증명하게 해 줘. 나를 두려워할 필요는 없어."

"난 당신이 두렵지 않아, 보이스." 그녀는 슬픈 어조로 말했다.

"좋아." 그는 열심히 말했다. "그럼 풀어 줘. 함께 변신하는 거야. 오늘 밤에는 거대한 고양이로 변신해서 나와 함께 달리면서 사냥을 하자고. 당신이 꿈에도 상상한 적이 없는 사냥감으로 당신을 이끌어 줄게. 우린 정말로 많은 걸 공유할 수 있어. 당신은 변신하는 게 어떤 건지 몸으로 느껴 봤고, 그 진실을 알잖아. 그 힘과 자유를 만끽하고, 짐승의 눈으로 저 빛들을 바라보고, 신선한 피 냄새를 맡고, 사냥감을 죽이면서 희열에 빠져 봤잖아. 당신은 알아……. 그 자유로움을…… 도취감을…… 모든 걸…… 알고…….”

"알아." 그레이 알리스는 시인했다.

"그러니까 풀어 줘! 우린 서로에게 딱 어울리는 상대야. 당신하고 난. 지금부터 함께 살면서 사랑을 나누고, 함께 사냥을 하는 거야."

그레이 알리스는 고개를 가로저었다.

"이해 못 하겠어." 보이스는 지면에서 등을 떼고 결박에서 벗어나려고 용을 썼고, 욕설을 내뱉으며 다시 털썩 누웠다. "내가 추악해서 그런 거야? 사악한 데다가 매력이 없어서?"

"아냐."

"그럼 뭐야?" 그는 쓰디쓴 어조로 내뱉었다. "나와 사랑에 빠지고, 잘생겼다고 칭찬한 여자들은 많아. 부유하고 아름답고 가장 우아한 귀부인들 말이야. 그들 모두가 나를 원했어. 진상을 깨달은 뒤에조차도 그랬어."

"하지만 보이스, 당신은 그 사랑을 결코 되돌려주지 않았어."

"응." 그는 시인했다. "나도 나름대로 그 여자들을 사랑하기는 했지만 말이야. 혹시 내가 그 여자들을 배신했는지 의심하고 있다면, 그건 오해야. 난 이곳 〈잃어버린 땅〉에서 먹잇감을 찾지, 결코 나를 사랑하는 사람들 사이에서 그러지는 않아." 보이스는 그레이 알리스의 시선의 무게를 느꼈고, 말을 이었다. "그 이상 어떻게 더 사랑해 주란 말이지?" 그는 열정적인 어조로 말했다. "그 여자들은 단지 나의 반쪽만을 알 수 있었을 뿐이야. 도시에 살고, 와인에 노래에 향수를 뿌린 침대 시트를 사랑하는 나의 반쪽만을 말이야. 나머지 반은 여기, 이 〈잃어버린 땅〉에 살면서 그 가련하고 부드러운 존재들은 결코 알 수 없는 것들을 경험하고 있는 거야. 그럼에도 나를 압박해 오는 여자들에게는 이렇게 말했지. 나와 완전히 하나가 되려면 내 곁에서 함께 달리고 함께 사냥을 해야 한다고 말이야. 당신처럼 말이야. 이제 나를 풀어 줘, 그레이 앨리스. 나를 위해 하늘로 날아올라서, 내가 질주하는 걸 바라보고, 나와 함께 사냥을 하는 거야."

그레이 앨리스는 일어서더니 한숨을 쉬었다. "미안해, 보이스. 가능하다면 나도 당신을 살려 주고 싶지만, 일어나야 할 일은 일어나야 해. 어젯밤 죽었다면 당신은 아무 쓸모도 없었을 거야. 죽은 것들은 아무 마력도 갖고 있지 않으니까 말이야. 밤과 낮, 흑과 백, 그것들은 약해. 모든 힘은 그것들 사이에 존재하는 황혼, 그림자, 삶과 죽음 사이의 무시무시한 장소에서 오는 법이지. 회색 말이야, 보이스. 회색 지대에서 오는 거야."

보이스는 또다시 결박을 끊으려고 미친 듯이 몸부림쳤고, 흐느끼고 욕설을 내뱉으며 이를 북북 갈았다. 그레이 앨리스는 그런 그에게 등을 돌리고 마차 안에서 안식을 찾았다. 그녀는 어둠 속에서 몇 시간이나 홀로 앉아 보이스가 욕설을 내뱉으며 그녀를 위협하고, 그녀에게 간원하고, 영원한 사랑을 약속하는 소리에 귀를 기울였다. 그레이 앨리스는 달이 뜬 뒤에도 한참 동안 마차 안에 머물렀다. 그가 변신하는 광경을, 마지막으로 그의 인간성이 사라지는 광경을 보고 싶지 않았기 때문이다.

마침내 그의 외침이 짐승의 포효로 바뀌었다. 버림받고 고통에 가득 찬 존재의 울부짖음. 그레이 앨리스가 마차에서 다시 나온 것은 바로 그때였다. 보름달이 마차 주위를 희미하게 밝히고 있었다. 거대한 흰 늑대는 딱딱한 지면에 결박된 채로 꿈틀거리고, 포효하고, 몸부림쳤고, 굶주린 진홍색 눈으로 그녀를 뚫어지게 응시했다.

그레이 앨리스는 그런 그를 향해 침착하게 걸어갔다. 한 손에 가죽 벗길 때 쓰는 긴 은제 나이프를 쥐고 있었다. 그 칼날에는 정묘하고 우아한 룬 문자가 새겨져 있었다.

● ○

　그가 마침내 몸부림치는 것을 멈춘 뒤로는 좀 더 빨리 작업을 진행할 수 있었지만, 여전히 길고 피에 물든 밤을 보내야 했다는 사실에는 변함이 없었다. 작업이 끝나자마자 지체하지 않고 그를 죽였다. 새벽이 와서 다시 인간으로 돌아간다면 인간 목소리로 지르는 단말마의 비명을 들어야 하기 때문이다. 그런 다음 그레이 앨리스는 털가죽을 걸어 놓고 연장을 꺼내서 딱딱하고 차가운 대지에 깊고 깊은 무덤을 파기 시작했다. 시체를 묻은 다음에는 그 위에 돌과 박살난 석재 조각들을 쌓아 놓았다. 〈잃어버린 땅〉을 활보하는 식인귀와 까마귀를 위시해서 썩은 고기를 마다 않는 존재들로부터 그를 지키기 위해서였다. 지면이 워낙 딱딱한 탓에 거의 하루 종일 일했다. 그러면서도 이것이 헛된 노력이라는 사실을 알고 있었다.
　마침내 작업이 끝나고 땅거미가 지기 시작하자 그녀는 다시 한 번 마차 안으로 들어갔고, 무수히 많은, 끝이 검은 은빛 깃털로 만들어진 망토를 입고 나왔다. 다음 순간 그녀는 변신해서 하늘로 날아올랐다. 어둠 속에서 기괴한 광채에 휩싸인 채로, 지치지도 않고 무작정 날고 또 날았다. 밤새도록 조롱하는 듯한 보름달 아래를 날다가, 새벽이 오기 직전에 딱 한 번 울음소리를 발했다. 사방에 울려 퍼진 절망과 고뇌로 가득 찬 날카로운 절규는 몰아치는 강풍의 예리한 선단(先端)과 어우러지며 바람 소리를 영원히 바꿔 놓았다.

●○

저레이스는 그녀가 무엇을 건넬지 두려워하고 있었던 듯하다. 다시 그레이 알리스를 만나러 왔을 때는 혼자가 아니었고, 기사 두 명을 대동하고 있었기 때문이다. 한 명은 온통 흰색으로 치장한 거구의 사내였고, 그 방패에는 얼음을 깎아 낸 듯한 느낌의 두개골 문장이 그려져 있었다. 다른 한 사람의 방패 문장은 불타는 인간을 형상화한 것이었다. 그들이 투구를 쓴 채로 말없이 문간에 서 있는 동안, 저레이스는 조심스레 그레이 알리스에게 다가왔다. "어떻게 됐지?" 그는 힐문했다.

그녀의 무릎 위에는 늑대 가죽이 놓여 있었다. 거대한 늑대의 털가죽처럼 보이는 그것은 산에 내린 신설(新雪)처럼 새하얀 색이었다. 그레이 알리스는 일어서서 블루 저레이스가 내민 팔에 그것을 걸어 주었다. "칼로 상처를 내서 자기 피를 이 가죽에 떨구라고 레이디 멜란지에게 전하십시오. 달이 차는 밤, 보름달이 뜰 때 그러면 마력은 그녀 것이 될 거라고 말입니다. 그다음부터는 이 가죽을 망토처럼 입고 마음속에서 변신하고 싶다고 생각하기만 하면 됩니다. 낮이든 밤이든, 보름달이 떴든 안 떴든 간에 상관없이."

저레이스는 육중한 흰 털가죽을 보고 차가운 미소를 떠올렸다.

"늑대 가죽을 가져왔다 이건가? 설마 이런 것일 줄은 몰랐어. 영약(靈藥)이나 주문 따위를 예상하고 있었는데."

"아닙니다." 그레이 알리스가 말했다. "이건 늑대인간의 가죽입니다."

"늑대인간이라고?" 저레이스의 입이 묘하게 뒤틀렸다. 깊은 사파이어 빛 눈동자에서 불꽃이 튕긴다. "흐음, 그레이 알리스, 자넨 레이디 멜란지의 소원을 들어줬지만, 내 소원을 이루어 주는 데는 실패했어. 이렇게 성공하라고 보수를 준 게 아냐. 내 보석을 돌려줘."

"아니. 저는 그 보수를 받을 수 있습니다."

"자넨 내가 원하는 걸 손에 넣지 못했잖나."

"당신은 당신이 원하는 것을 손에 넣었습니다. 저도 그렇게 약속했고." 그녀의 눈이 전혀 두려워하는 기색 없이 저레이스의 눈을 똑바로 바라보았다. "당신은 제가 실패해야 당신이 정말로 원하는 걸 손에 넣을 수 있고, 제가 성공한다면 그게 물거품이 될 거라고 생각했지요. 그 생각은 틀렸습니다."

저레이스는 재미있다는 표정을 지었다. "그럼 내가 정말로 원하던 게 뭔데?"

"레이디 멜란지." 그레이 알리스가 말했다. "당신은 여럿 있는 애인들 중 한 명이었지만 그보다 더 많은 걸 원했지요. 모든 걸 말입니다. 하지만 그녀의 애정을 독차지할 가망이 없다는 걸 알고 있었습니다. 저는 그런 상황을 바꿔 놓았습니다. 이제 그녀에게 가서, 그녀가 산 물건을 가져다주기만 하면 됩니다."

・●・

그날, 블루 저레이스가 레이디 멜란지 앞에서 무릎을 꿇고 하얀 늑대

가죽을 바치자 높은 산의 성채에서는 비통한 울음소리가 그치지 않았다. 그러나 비명과 흐느낌과 비탄이 일단락되자 그녀는 희고 거대한 망토를 받아 들고 그 위에 자기 피를 흘림으로써 변신 방법을 터득했다. 그녀가 원했던 결합은 아니었지만, 일종의 결합임에는 틀림없었다. 이제 매일 밤 그녀는 흉벽 위와 산 중턱을 활보하곤 한다. 성시의 주민들은 그녀의 절규와도 같은 포효가 비탄으로 가득 차 있다고 말한다.

그리고 그레이 알리스가 〈잃어버린 땅〉에서 돌아온 지 한 달 뒤에 레이디 멜란지와 혼인한 블루 저레이스는 궁정의 중앙 홀에서 매일처럼 광기에 빠진 귀부인 곁에 앉아 시간을 보내고, 밤이 되면 아내의 뜨겁고 붉은 눈이 두려워 자기 방의 자물쇠를 잠근다고 한다. 그는 더 이상 사냥을 하거나, 웃거나, 육욕을 느끼지 않는다.

● ○

그레이 알리스에게 청한다면 무엇이든 원하는 것을 살 수 있다.

하지만 그러지 않는 편이 낫다.

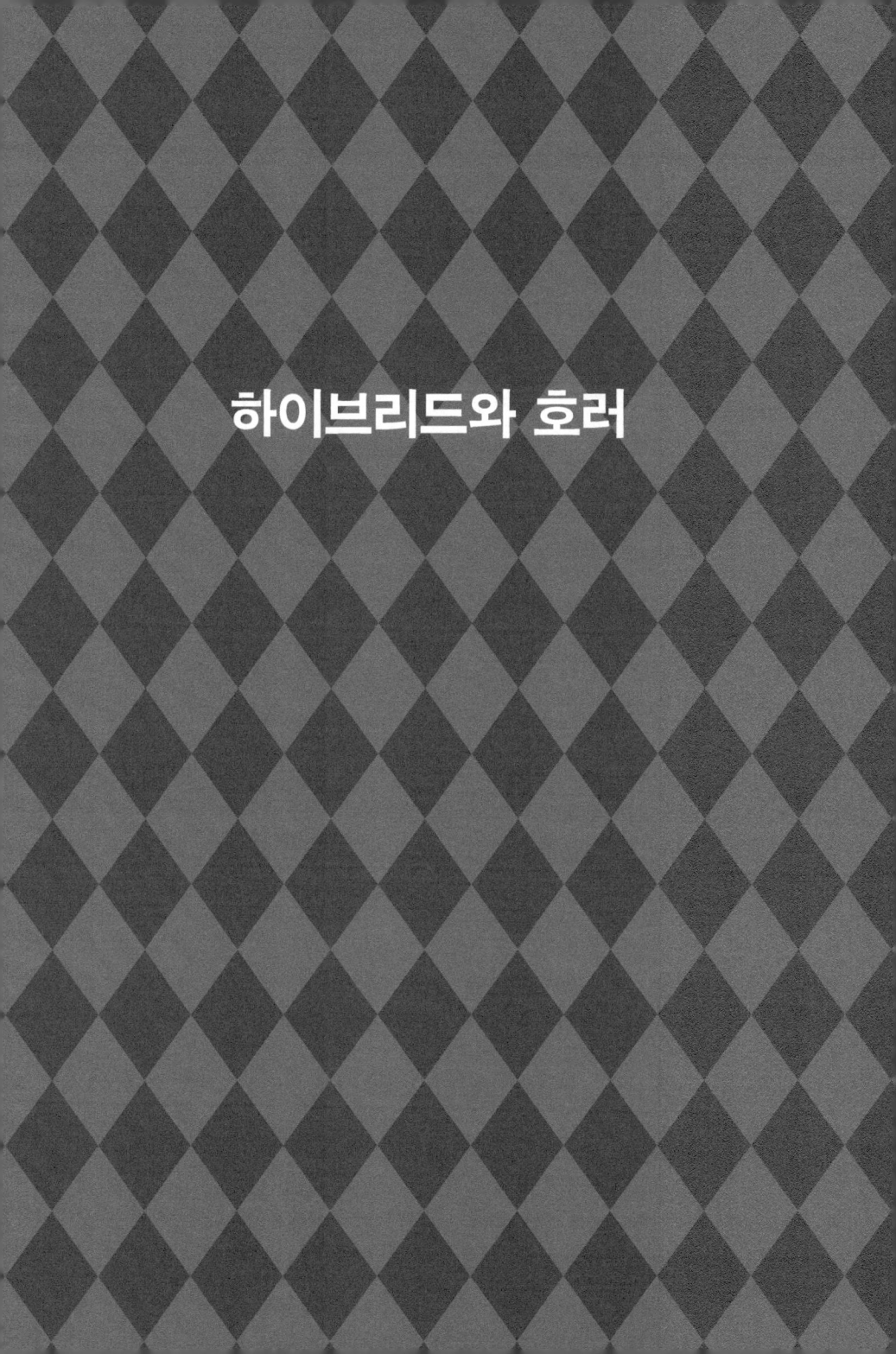

서문

소싯적에 나는 공포소설(horror)을 전혀 읽은 적이 없다. 설령 읽었다고 해도 공포소설이라고는 부르지 않았다. 하지만 괴물(monster)이 나오는 소설이라면…… 아주 좋아했다. 핼러윈에 과자를 안 주면 장난칠 테야'라고 떠들며 돌아다녔을 때는 언제나 유령이나 괴물 분장을 하고 싶어 했고, 카우보이나 부랑자나 어릿광대 따위는 안중에도 없었다.

〈더 플라자〉는 내 고향인 뉴저지 주의 베이온에 있는 세 개의 영화관 중 가장 우중충했지만, 나는 그곳에서 토요일 오후마다 상영되는 괴물 영화를 하나도 놓치지 않고 보았다. 입장료는 단돈 25센트였다. 그보다 더 고급스러운 〈디위트〉와 〈라이시엄〉 극장에서는 윌리엄 캐슬의 특촬물인 〈더 팅글러〉와 〈열세 번째 유령〉을 보았다. 한번은 베이온의 쇠락

---

1 Trick or Treat. 핼러윈 때 아이들이 이웃집들을 방문하며 하는 말.

해 가는 거대한 오페라 극장인 〈빅토리〉에 (내 어린 시절에는 거의 언제나 폐쇄되어 있었다) 발을 들여놓은 적도 있다. 그때도 괴물 영화를 보기 위해서였다. 극장 좌석은 퀴퀴하고 먼지투성이였을 뿐만 아니라, 알고 보니 불청객들까지 살고 있었다. 집으로 돌아왔을 때 내 몸은 온통 빈대 물린 자국투성이였다. 그로부터 얼마 되지도 않아 〈빅토리〉는 다시 문을 닫았다.

텔레비전에서도 무서운 영화들을 해 주었다. 밤늦게까지 깨어 있는 것을 엄마가 허락해 준다면 유니버설 사의 오래된 공포 영화들을 곧잘 볼 수 있었다. 거기서 내가 가장 좋아하는 괴물은 울프맨이었지만, 드라큘라 백작이나 프랑켄슈타인도 (우리 같은 아이들에게 후자는 언제나 프랑켄슈타인이었고, '프랑켄슈타인의 괴물'이라든지 '괴물'이라는 호칭으로는 결코 불린 적이 없었다) 꽤 좋아했다. 〈검은 산호초의 괴물〉(1954)이나 〈투명인간〉은 이 빅 스리에 비하면 상대가 되지 않았고, 〈미라〉 시리즈는 단지 멍청하다는 생각밖에는 안 들었다. 이런 오래된 영화들 말고도 TV에서는 가끔 〈환상특급(Twilight Zone)〉(1959~1964)이나 〈앨프리드 히치콕 아워〉의 오리지널 시리즈를 볼 수 있었지만…… 보리스 칼로프[2]가 호스트 역할을 맡은 〈스릴러〉는 이것 두 가지를 합친 것보다 훨씬 더 무시무시했다. 이 쇼에서 영상화된 로버트 E. 하워드의 단편 〈비둘기들은 지옥에서 온다〉(1938)는 베트남전쟁이 일어나기까지는 내가 TV 화면으로 본 그 어떤 것보다도 극심한 공포에 나를 빠뜨렸다……. 그리고 베트남전쟁에서조차도 머리에 도끼가 박힌 사내가 계단을 내려오는 일은 벌

---

2 Boris Karloff(1887~1969). 미국의 저명한 괴기물 배우. 영국 출신.

어지지 않았다.

　괴물이 등장하는 만화도 닥치는 대로 읽었다. 〈지하 묘지 이야기(Tales From the Crypt)〉(1950~1955) 시리즈를 위시한 EC코믹스의 썩어 가는 괴물들 이야기처럼 정말로 끝내주는 것들을 이해하기에는 아직 너무 어렸지만 말이다. 그런 것들에 관해서는 나중에 팬진[3]에서 읽었지만 해당 만화책을 갖고 있던 적은 없었다. 집 근처의 이발소에서, 당시 내가 사던 만화책들보다 훨씬 더 무시무시한 낡아 빠진 만화책을 잠깐 훑어본 적이 있다. 그것은 이발사가 읽고 그대로 내버려 둔 오래된 EC코믹스였을 공산이 크다. (그것 말고도 이발소에는 DC코믹스로 옮겨 오기 전의 〈블랙호크〉 만화책들도 잔뜩 쌓여 있었다.) 마블은 지금의 마블코믹스 자리에 오르기 전에 외계에서 온 얼빠진 이름을 가진 괴물들이 등장하는 딱히 무섭지는 않은 만화를 대량으로 출간했다. 그것들은 나도 가지고 있었지만 대부분 뜨뜻미지근한 물건들이었고, 슈퍼히어로가 등장하는 만화의 반도 매력적이지 못했다.

　만화책, 영화, 텔레비전 시리즈 따위는 내게는 씨앗 역할을 했다. 그것들은 괴물로 점철된 씨앗이었지만, 공포소설에 대한 나의 애정이 정말로 뿌리를 내린 것은 1965년에 무려 50센트라는 거금을 투척해서 (당시 책값은 정말 말도 안 되게 올라 있었다) 에이번(Avon) 사에서 낸 《보리스 칼로프의 공포소설 특선》(1965)이라는 페이퍼백 앤솔러지를 구입했을 때의 일이었다. 거기서 나는 H. P. 러브크래프트의 〈어둠 속에 출몰하는 자(The Haunter of the Dark)〉(1935)를 처음 읽었다. 그 책에는 포, 콘블

---

[3] fanzine. 팬이 발행한 잡지. 동인지.

루스, 로버트 블록 등의 작가들이 쓴 멋진 작품들도 포함되어 있었지만, 내 목덜미를 다짜고짜 움켜잡고 지금까지도 놓아주지 않는 작가는 오직 러브크래프트뿐이다. 그날 밤에는 잠자리에 드는 것이 두려웠을 정도였다. 다음 날이 되자 나는 HPL이 쓴 다른 작품들이 실린 책이 있는지 찾아보기 시작했다. 러브크래프트는 눈 깜짝할 새에 나 자신의 개인적 히트 차트의 정상에 올라섰고, RAH와 JRRT[4]와 더불어 오랫동안 그 자리에 머무는 영광을 누렸다.

작가란 모름지기 자기가 읽은 것을 쓰기 마련이다. 자라면서 나는 제인 그레이[5]의 책을 한 권도 읽은 적이 없고, 지금까지 웨스턴소설을 쓴 적도 없다. 그러는 대신 나는 하인라인과 톨킨과 러브크래프트를 읽었다. 따라서 언젠가는 나 자신의 괴물들을 창조하려고 하는 것은 피할 수 없는 일이었다. 하이브리드에 관해 말하자면…….

……H. P. 러브크래프트가 내 인생에 들어오기 훨씬 전에 나는 거실의 크리스마스트리 아래에서 나를 기다리던 화학 실험 세트를 발견했다.

화학 실험 세트는 1950년대에는 엄청난 인기를 누렸고, 라이오널 사의 철도 모형이나 카우보이 배우 로이 로저스의 건 벨트가 딸린 6연발 쌍권총만큼이나 자주 트리 아래에서 발견할 수 있었던 선물이었다. (그러니까, 사내아이인 경우에는 그랬다는 얘기고, 여자애들의 경우는 화학 실험 세트 대신 로이 로저스의 아내였던 데일 에번스 세트라든지 베티 크로커 과자 굽기 세트를 선물받았다.) 나의 어린 시절은 스푸트니크의 시대였고, 찰스

---

4 각각 로버트 A. 하인라인과 J. R. R. 톨킨의 머리글자들을 딴 애칭이다.
5 Zane Grey(1872~1939). 미국의 저명한 모험소설 및 웨스턴소설 작가.

밴 도렌[6]의 시대였으며, 원자력의 발흥기였다. 미국은 자국의 소년들 모두가 로켓 과학자로 성장해서, 빌어먹을 러시아인들보다 먼저 달로 갈 수 있기를 원했다.

당시 팔리던 화학 실험 세트는 (여태껏 팔리고 있어도 이상할 것은 없다) 경첩으로 여닫는 식의 커다란 금속 상자였다. 상자를 열어 보면 화공 약품이 든 조그만 유리병들이 받침대에 줄줄이 끼워져 있었다. 거기에 시험관과 비커 몇 개 그리고 어린이가 이것들을 써서 실행할 수 있는 다양한 교육적 실험에 관해 묘사한 설명용 소책자가 포함되어 있는 식이었다. 상자 뚜껑에는 보통 흰색 실험용 가운을 입은 말쑥한 소년이 (소녀인 경우는 결코 없다) 시험관을 들어 올리고 다양한 교육적 실험 중 하나를 시행하는 모습을 찍은 사진이 붙어 있었다. (흰색 실험용 가운은 세트에 포함되어 있지 않았다.) 넓은 세상 어딘가에는 바로 이런 어린이들이 있었을 것이라는 점에는 의심의 여지가 없다. 책자의 설명을 충실하게 답습해서 여러 교육적 실험을 해 보고, 과학적으로 가치 있는 여러 가지 일을 습득하고, 커서는 결국 화학자가 된 착한 어린이들 말이다.

하지만 실제로 그런 아이들과 알고 지낸 적은 없었다. 크리스마스 선물로 화학 실험 세트를 선물받은 내 지인들은 모두 화공 약품을 폭발시키는 쪽에 더 큰 관심을 보였기 때문이다. 그게 아니라면 괴상한 색깔을 낸다든지, 부글거리는 거품이나 연기를 발생시키는 쪽에 말이다. "요것하고 저것을 섞으면 어떻게 되는지 보자고." 슈퍼히어로로 변신하거나

---

[6] Charles van Doren(1926~). 미국의 지식인. TV의 퀴즈 쇼에 참가해서 부정을 저지른 것으로 악명이 높다.

아니면 적어도 하이드 씨로 변신할 수 있는 비밀 화학식을 찾아내는 것을 꿈꾸며 우리는 이렇게 말하곤 했다. 부모님들은 화학 실험 세트가 자식들에게 조너스 소크[7]라든지 베르너 폰 브라운 같은 인물로 자라날 수 있는 계기를 제공해 줄 거라고 생각했을지도 모르지만, 정작 우리들은 위대한 빅터— 즉, 빅터 폰 프랑켄슈타인이라든지 빅터 폰 둠[8] 같은 매드 사이언티스트가 되는 쪽에 더 흥미가 있었던 것이다.

요것하고 저것을 섞어도 대부분의 경우는 아무 쓸모도 없는 쓰레기만 나오는 것이 고작이었다. 그랬기에 오히려 다행일지도 모르겠다. 괴상한 색깔로 변해서 부글거리며 연기를 뿜는 물질을 정말로 만들어 냈다면 마셔 보려고 했을지도 모른다……. 그게 아니라면, 적어도 그걸 마셔 보라고 아무것도 모르는 어린 여동생을 설득할 수 있는지 알아보려고 했을 것이 뻔하기 때문이다.

내가 받은 화학 실험 세트는 곧 벽장 안쪽에 처박혀서 버리지 않고 모아 둔 〈TV 가이드〉들 뒤에서 먼지를 뒤집어쓰게 되었지만, 나이를 먹어도 요것과 저것을 섞어 보고 싶은 나의 열망은 고스란히 남았고, 내가 쓰는 소설들을 통해 표현되었다. 현대의 출판사들은 작가가 자아내는 이야기들을 고정된 카테고리에 집어넣기를 좋아한다. 화학 실험 세트에 들어 있던 조그만 유리병들처럼 미스터리, 로맨스, 웨스턴, 역사소설, SF, 청소년소설 따위의 깔끔한 레이블을 붙여서 선반에 진열하는 식으로.

흥. 이것이 그런 그들에 대한 나의 대답이다. 요것하고 저것을 섞어서

---

7 Jonas Salk(1914~1995). 최초의 소아마비 백신을 개발한 미국의 바이러스학자.
8 Victor von Doom. 마블코믹스의 슈퍼 악당. 닥터 둠.

어떻게 되는지 보자고. 몇몇 장르의 범주를 뛰어넘고 몇몇 경계를 뛰어넘어 여러 장르이면서도 딱히 어느 장르에도 들어맞지 않는 소설을 써보는 거야. 때로는 쓰레기밖에 안 나온다는 건 나도 인정한다……. 하지만 제대로 쓰기만 한다면, 정말로 폭발하는 조합을 만들어 내지 말라는 법이 어디 있는가!

이런 신념을 가지고 있었으니 내 작가 인생에서 몇몇 묘한 하이브리드 작품이 생산되었다 해도 하등 이상할 것이 없다. 《피버드림》이 바로 그런 소설이었다. 대부분의 경우 호러로 분류되지만, 흡혈귀 못지않게 증기선에 관한 소설이기도 하다. 《아마겟돈 래그》는 그보다 한층 더 분류하기 힘들다. 판타지인 동시에 호러, 살인 미스터리, 로큰롤소설, 정치소설이자 1960년대를 다룬 세태소설이기 때문이다. 심지어는 프로기 더 그레믈린[9]까지 등장하는 판이니 알 만하지 않는가. 나의 대표 판타지 시리즈인 〈얼음과 불의 노래〉조차도 일종의 하이브리드라고 할 수 있고, 톨킨과 하워드와 프리츠 라이버가 쓴 판타지 못지않게 토머스 B. 코스테인[10]과 나이절 트랜터[11]의 역사소설의 영향을 받았다.

그러나 내가 가장 즐겨 섞은 두 가지 장르는 호러와 과학소설이었다. 두 번째로 단편을 팔았을 때부터 이미 그러고 있었다. 배경은 SF이지만, 〈샌브레타로 나가는 출구〉[12]는 기본적으로는 유령 이야기다. 그리 무섭지는 않다는 점은 인정해야겠지만 말이다. 〈시체 조작원〉 시리즈의

---

9 Froggy the Gremlin. 1940년대와 1950년대의 라디오 및 TV 쇼에 등장하는 사고뭉치 캐릭터.
10 Thomas B. Costain(1885~1965). 캐나다의 저널리스트, 작가.
11 Nigel Tranter(1909~2000). 스코틀랜드의 역사가, 작가.
12 《조지 R. R. 마틴 걸작선: 꿈의 노래》(이하 《꿈의 노래》) 1권에 수록.

처음 두 단편인 〈그 누구도 뉴피츠버그를 떠나지 않는다〉와 〈오버라이드〉는 다시 그런 식의 교잡수분(交雜受粉)을 서투르게나마 시도함으로써 호러 장르의 단골손님인 좀비를 SF적인 관점에서 바라볼 수 있도록 한 작품들이었다. 〈어둡고 어두운 터널〉에서도 역시 오싹한 느낌을 내보려고 했고, 그 뒤에 공을 들여 쓴 중편 〈구더기의 저택에서〉에 이르러서는 훨씬 더 성공적으로 그럴 수 있었다.

일부 평론가들은 호러와 과학소설이 실제로는 상극이라고 주장하기도 한다. 그들이 설득력이 있는 논거를 댈 수 있다는 점은 부인할 수 없다. 특히 러브크래프트적 호러의 경우가 좋은 예다. SF는 우리를 둘러싼 우주가 아무리 신비롭거나 무시무시해 보이더라도 궁극적으로는 이해 가능한 것이라고 상정하지만, 러브크래프트는 현실의 진정한 성질을 흘끗 보기만 하는 것만으로도 인간은 광기에 빠질 수 있다고 경고하지 않는가. 캠벨적인 우주관과 이만큼 동떨어진 관점도 찾아보기 힘들다. 과학소설의 역사를 깊이 있게 통찰한 평론서 《10억 년의 잔치》에서 저자 브라이언 W. 올디스는 〈어스타운딩〉의 편집장이었던 존 W. 캠벨 Jr.를 SF 장르의 '사고(思考)의 극(極)' 자리에 놓았고, H. P. 러브크래프트를 문학적 우주를 가로지른 곳 정반대편에 자리 잡은 '몽상의 극'의 대표주자로 보았다.

그러나 이 두 사람 모두 SF와 호러를 섞은 하이브리드 작품이라고 해도 무방한 작품들을 썼다. 사실, 러브크래프트의 〈광기의 산맥에서〉(1936)와 캠벨의 〈거기 누구냐?〉(1938)[13] 사이에는 깜짝 놀랄 정도의 유

---

13 원제는 'Who Goes There?', 존 카펜터 감독의 호러 영화 〈괴물(The Thing)〉(1982)의 원작.

사성이 존재한다. 두 중편 모두 잘 쓴 호러지만, 양쪽 모두 과학소설로서도 기능한다. 게다가 〈거기 누구냐?〉가 아마 캠벨의 최고 걸작이라면, 〈광기의 산맥에서〉 또한 러브크래프트가 쓴 작품 중 다섯 손가락 안에 들어가는 걸작이지 않는가. 내가 보기에는 하이브리드 특유의 활력이 작용한 결과다.

이 서문 뒤에는 내가 쓴 하이브리드와 호러소설 몇 편이 실려 있다.

그중 가장 오래된 작품인 단편 〈미트하우스 맨〉은 〈시체 조작원〉 시리즈의 제3작이며, 결국 시리즈의 마지막 작품이 되었다. 여기서 공포는 원초적이라기보다는 성적이며 심리적인 것이지만, SF와 호러의 하이브리드라는 점에는 변함이 없다. 나도 음울한 이야기를 쓰는 데는 일가견이 있다고 자부하지만, 그중에서도 가장 음울한 이야기일지도 모르겠다. 원래 이 단편은 《최후의 위험한 비전(The Last Dangerous Visions)》이라는 앤솔러지에 실릴 예정이었다. SF 작가 할런 엘리슨의 기념비적인 뉴웨이브 SF[14] 앤솔러지인 《위험한 비전》(1967)과 《또다시, 위험한 비전》(1972)은 나를 위시한 동세대 독자들 대다수에게 지대한 영향을 끼친 책이다. 1972년에 뉴욕 시의 연례 SF 대회인 루나컨(Lunacon)이 열린 호텔 복도에서 할런을 처음 만났을 때, 나는 인사도 하는 둥 마는 둥 하고 다짜고짜 《최후의 위험한 비전》에 내 작품을 보내도 되느냐고 물었다. 할런은 이미 작품들을 다 받았기 때문에 안 된다고 거절했다.

그러나 1년 뒤에 투고 기회가 다시 열렸다. 적어도 내 경우에는 말이

---

14 1960년대 중반에 영미권 SF를 휩쓴 문예사조. SF의 전통적 무대인 우주로 대표되는 외적 세계뿐만 아니라 인간 심리나 문화 등의 내우주(內宇宙)에 천착한 실험적이고 전위적인 걸작들을 많이 배출함으로써 과학소설의 문학적 성숙에 결정적인 영향을 끼쳤다.

다. 그 무렵에는 공통의 지인인 리사 터틀을 통해 할런과도 꽤 친해져 있었던 데다가 잡지에 발표한 작품 수도 늘어나 있었다. 그 덕에 할런은 나도 자기 앤솔러지에 끼워 줄 만한 가치가 있는 작가임을 확신한 것인지도 모르겠다. 사실, 그 책이야말로 같은 분야의 모든 경쟁자를 제치고 SF 역사에 길이 남을 작품집이 아니었던가[15]. 할런이 마음을 바꾼 이유가 무엇이었든 간에, 하여튼 바꾼 것만은 사실이다. 1973년에 그가 내게 투고를 의뢰했기 때문이다. 나는 정말 기뻤고…… 극도로 불안했다.《최후의 위험한 비전》에는 중량급 거물들의 작품이 잔뜩 실릴 예정이었다. 그런 그들을 신인인 내가 따라갈 수는 있을까? 책에 걸맞을 정도로 위험한 작품을 쓰는 것이 정말로 가능하기는 할까?

나는 몇 달 동안 이 단편과 씨름했고, 1974년 초에 마침내 할런에게 결정고를 우송했다. 제목은 〈미트하우스 맨〉이었지만, 약간의 배경과 등장인물의 이름을 공유한 것을 제외하고는 나중에 쓴 〈미트하우스 맨〉과는 거의 관련이 없다. 그 단편은 이 책에 실린 〈미트하우스 맨〉의 3분의 1밖에 안 되는 짧은 길이였고, 훨씬 더 피상적이었다. 나는 위험해지기 위해 죽어라고 노력했지만, 〈미트하우스 맨〉의 이 첫 번째 버전은 두뇌의 체조 이상도 이하도 아니었다.

할런은 1974년 3월 30일에 원고 불채용을 통고하는 편지와 함께 내게 원고를 되돌려 보냈다. 편지는 이렇게 시작되고 있었다. "작품의 핵심을 이루는 소재에 따르는 책임을 작가가 모조리 기피했다는 점을 제

---

[15] 여러 가지 트러블로 인해 엘리슨은 《최후의 위험한 비전》을 결국 출간하지 못했다. 이 사건은 미국 SF계의 가장 악명 높은 스캔들 중 하나로 남아 있다.

외하면, 그리 나쁘지 않군." 그런 다음 그는 내 글을 무자비하게 비판했고, 단편의 오장육부를 완전히 들어내고 첫 문단부터 다시 써 보라고 나를 도발했다. 나는 욕설을 내뱉고 씩씩거리며 벽을 걷어찼지만, 할런의 지적들은 구구절절 옳았기 때문에 도저히 반론할 수가 없었다. 그래서 나는 다시 책상을 마주하고 앉아 단편의 오장육부를 들어내고 첫 문단부터 완전히 새로 쓰기 시작했다. 오장육부만 들어낸 것이 아니라, 정맥까지 절개해서 종이 위에 뚝뚝 핏방울이 떨어지도록 내버려 두었다. 내게 1973년과 1974년은 작가적으로는 아주 좋은 해였지만, 행복한 것과는 거리가 멀었다. 작가업 쪽은 지극히 순조로웠지만, 나의 삶은 전혀 그렇지 못했다. 나는 마음에 깊은 상처를 입고 큰 고통에 시달리고 있었다. 그 모든 것을 쏟아부어 〈미트하우스 맨〉을 개고한 다음 할런에게 돌려보냈던 것이다.

여전히 마음에 들지 않는다는 반응이 돌아왔다. 할런의 답장은 처음에 비해 훨씬 더 상냥했지만, 아무리 상냥했어도 거부당했다는 점에는 변함이 없다.

그 뒤로는 〈미트하우스 맨〉을 그냥 포기하려고 생각했다. 30년이 지난 지금에 와서조차 다시 읽기가 고통스러운 작품이기 때문이다. 그러나 그냥 버리기에는 너무 많은 노력을 기울인 작품이었기 때문에 마지막에 가서는 다른 곳들로 보내 보았고, 결국 데이먼 나이트가 편찬하는 〈오비트(Orbit)〉에 팔 수 있었다. 내가 이 명망 있는 SF 앤솔러지 시리즈에 성공적으로 끼어든 것은 이때가 처음이자 마지막이다. 〈미트하우스 맨〉은 1976년의 〈오비트 18〉에 실렸다.

그로부터 3년쯤 뒤에 쓴 〈멜로디의 추억〉은 내가 쓴 첫 번째 현대 호러 단편이다. 원흉은 리사 터틀이었다. 1979년에 함께 〈윈드헤이븐〉 시리즈를 쓰기 시작했을 때, 나는 텍사스 주 오스틴에 살던 리사에게 날아가서 몇 주 동안이나 논의를 거듭하며 중편 〈추락〉의 집필에 착수했다. 교대로 타이프라이터 앞에 앉아 자기 파트를 쓰는 식이었다. 리사가 타이프의 키를 두들기는 동안 나는 곁에 죽치고 앉아서 그녀가 최근 탈고한 단편들의 카본 카피를 읽곤 했다. 당시 리사는 상당한 분량의 현대 호러물을 써 놓은 상태였는데, 오싹하게 재미있는 그런 작품들을 읽던 중에 어느새 나도 그런 분야의 글을 쓰고 싶다는 욕구를 느꼈던 것이다.

그 결과 나온 것이 〈멜로디의 추억〉이다. 내 저작권 대리인은 높은 발간 부수를 자랑하고 고액의 고료를 주는 몇몇 유명 남성 잡지에 이 단편을 팔려고 시도했지만 실패했고, 결국 〈멜로디의 추억〉은 두말 않고 내 원고를 받아 준 〈트와일라잇 존 매거진〉의 1981년 4월호에 실렸다.

할리우드와 호러소설 사이의 애정 행각은 F. W. 무르나우 감독이 〈노스페라투〉(1922)를 찍은 무성영화 시대로까지 거슬러 올라가기 때문에, 이 책에 포함된 여섯 편의 중단편 중 무려 세 편이 영화나 TV 드라마로 제작된 것도 하등 신기한 일이 아니다. 그러나 〈멜로디의 추억〉은 촬영 무대에 선 나의 첫 번째 작품일 뿐만 아니라 두 번이나 영상화되었다는 점에서 특별하다. 처음에는 (기럭지가 짧은 학생들이 잔뜩 출연하는) 짧은 학생 영화 작품으로, 나중에는 케이블 채널 HBO의 연작 단막극인 〈히치하이커〉의 한 에피소드로서 말이다.

내 작품 세계에 관해 조금이라도 알고 있는 독자라면 〈샌드킹〉(1979)에 관해 적어도 들어 본 적은 있을 것이다. 〈얼음과 불의 노래〉를 발표하기 전에는 가장 잘 알려진 나의 대표작이었고, 뭐니 뭐니 해도 가장 인기가 높은 작품이었기 때문이다.

〈샌드킹〉은 1978년과 79년 겨울의 크리스마스 휴가 때 내가 쓴 세 단편 중 마지막 작품에 해당하는데, 이 이야기의 힌트는 대학 시절 토요일 밤마다 괴물 영화를 틀어 주는 파티를 개최했던 사내에게서 얻었다. 그는 큰 수조에 피라니아를 잔뜩 기르고 있었는데, 첫 번째 영화와 두 번째 영화 사이의 막간에 관객들을 즐겁게 해 주기 위한 여흥으로 수조에 금붕어를 한 마리 던져 넣는 괴벽이 있었다.

〈샌드킹〉은 새로운 시리즈의 첫 작품이 될 예정이기도 했다. 뒷골목 으슥한 곳에 자리 잡은, 괴상하고 위험천만한 아이템들을 파는 작고 기묘한 가게는 판타지에서는 워낙 오래되고 익숙한 설정이므로 이것을 과학소설에 대입해 보면 재미있겠다고 생각했던 것이다. 나의 이 '작고 기묘한 가게'는 실제로는 몇십, 몇백 광년에 걸쳐 흩어져 있는 여러 행성에 지점을 둔 프랜차이즈가 될 예정이었다. 이 프랜차이즈의 정체불명의 소유주인 워와 셰이드는 이 시리즈의 모든 작품에서 얼굴을 내밀지만, 사이먼 크레스 같은 주인공은 매번 바뀌는 식이다. (사실을 말하자면 나 자신의 미래 역사 연작에서도 곧잘 입에 오르지만 작중에서는 한 번도 등장한 적이 없는 행성 아이-에메럴을 배경으로 하는 〈워 & 셰이드〉 시리즈의 제2작도 쓰기 시작했다. 〈보호(Protection)〉라는 제목을 붙이고 18쪽까지 썼다가 결국 그만두었는데, 그 이유가 무엇이었는지는 이제 기억이 나지 않는다.) 1979년 1월의 나에게 갓 탈고한 세 단편에 관해 질문했더라면 나는 〈아이스 드래곤〉이야말로 사람들을 깜짝 놀라게 할 회심작이라고 주저 없이 대답했을 것이다. 그때까지 내가 쓴 최고의 작품들과 가히 비견할 만하다고 자신했던 것이다. 〈십자가와 용의 길〉 또한 아주 괜찮은 작품이라서 상을 탈 가능성조차 있다고 느꼈다[16]. 그럼 〈샌드킹〉은? 나쁘지 않은 수작이었다. 물론 다른 두 단편에 비해 충격력이 좀 떨어지는 것은 사실이지만, 흐음, 매 타석마다 홈런을 칠 수는 없는 노릇이 아닌가.

내가 쓴 글에 대한 예상이 이토록 크게 빗나간 적은 없었다. 〈샌드킹〉은 SF계에서 고료가 후하기로 유명한 〈옴니(Omni)〉에 팔렸고, 이 잡지에 게재된 역대 작품 중 최고의 인기작 자리에 올랐을 뿐만 아니라 같은 해의 휴고상과 네뷸러상을 모두 수상하기까지 했다. 내 단편이 양대 SF상을 동시 수상한 것은 그때가 유일하다. 하도 자주 재간되고 이런저런 앤솔로지에 실린 탓에 정확한 발표 횟수는 잊었지만, 이 단편은 내게 장편소설 두 편, 또는 대부분의 TV 대본이나 각본 한 편보다 더 많은 돈을 벌어다 주었다. DC코믹스에서는 그래픽노블로도 각색되어 나왔고, 가까운 시일 내에 컴퓨터게임으로도 발매될 예정이다. 할리우드의 프로듀서들은 앞다투어 이 단편에 몰려들었다. 나는 반 다스의 영상화 옵션을 팔았고, 반 다스에 이르는 각양각색의 각본 및 초기 대본 들을 검토했다. 결국 〈샌드킹〉은 내 친구이기도 한 멜린다 S. 스노드그라스의 각본으로 〈제3의 눈〉[17]의 제1 작인 두 시간짜리 에피소드로서 영상화되었다.

그렇다면 〈샌드킹〉은 정말로 내가 쓴 최고의 작품일까? 그 판단은 독자에게 맡기겠다.

〈샌드킹〉의 성공에 자극받은 나는 SF/호러 하이브리드 작품을 더 시

---

16 두 작품 모두 《꿈의 노래》 1권에 수록.
17 원제는 'The Outer Limits'. 원래는 1963~1965년에 ABC TV에서 방영된 SF 단막극 시리즈이며, 1995~2002년에 케이블 TV용으로 리메이크되었다. 영상화된 〈샌드킹〉이 포함된 후자는 1990년대 말에 국내 공중파 TV에서 방영되었다.

도해 보았고, 유령이 출몰하는 우주선 이야기를 다룬 〈나이트플라이어〉는 그중에서 가장 잘 알려진 작품이다.

나는 이미 초기작인 〈샌브레타로 나가는 출구〉에서 미래적인 배경에 유령을 등장시키는 수법을 썼지만, 그런 유령은 죽은 사람의 실제 영혼이라는 설정이었다. 그러나 〈나이트플라이어〉의 경우에는 그런 현상에 SF적으로 타당한 설명을 부여하는 것이 가능한지 알아보고 싶었다.

폴 레어의 멋진 표지화와 함께 〈아날로그〉지에 게재된 오리지널 중편 버전의 길이는 2만 3천 단어에 달했지만, 여전히 너무 짧게 압축되었다는 느낌을 금할 수가 없었다. 특히 부차적인 등장인물들을 다루는 대목이 만족스럽지 못했다. (이들은 이름조차도 없고, 단지 직종으로만 불릴 뿐이다.) 그런 연유로, 델북스의 짐 프렌켈이 신생 〈바이너리 스타(Binary Star)〉 시리즈—이것은 옛 에이스더블[18] 문고를 새로이 부활시키려는 시도였다—에 넣을 〈나이트플라이어〉의 확장 버전을 사겠다는 제안을 해오자 나는 두말 않고 수락했다. 따라서 이 책에서 독자 여러분이 읽게 될 중편은 〈바이너리 스타〉에 들어간 긴 버전이다.

〈나이트플라이어〉는 〈로커스〉지의 독자 설문에서 1980년도의 최우수 중편상을 받았지만, 1981년에 콜로라도 주 덴버에서 열린 세계 SF 대회에서는 고든 R. 딕슨의 중편 〈사라진 도사이(Lost Dorsai)〉에게 져서 휴고상을 타지 못했다. 영화화 판권은 곧 할리우드에 팔렸고, 내가 쓴 작품으로는 처음으로 극장용 영화로 제작되었다. 캐서린 메리 스튜어트

---

[18] Ace Doubles. 각기 다른 SF 작가가 쓴 중편을 상하로 뒤집어 한 권의 페이퍼백으로 제본한 포맷으로 악명이 높았다.

와 마이클 프레이드 주연으로 개봉한 영화 〈나이트플라이어〉(1987)는 워낙 훌륭한 걸작이었던 나머지 감독이 크레디트에서 자기 본명을 빼 버렸을 정도였다. 영화에서도 원작의 많은 요소가 알아볼 수 있을 정도로 남아 있지만, 모종의 불가해한 이유로 인해 중편에서 가장 소름 끼치는 중요한 대목이 고스란히 빠져 있다.

〈원숭이 다이어트〉와 〈서양배처럼 생긴 사내〉 두 작품은 내가 제럴드 커시(Gerald Kersh)에 심취했던 시절의 산물이다. 커시는 1940년대와 50년대의 유명 작가였고, 〈밤과 도시(Night and the City)〉 같은 뛰어난 주류 소설뿐만 아니라 기괴하고 불온하며 매혹적인 단편들을 다수 발표했다. 이것들은 〈묘한 느낌으로〉, 〈나이트셰이즈〉, 〈저주〉, 〈뼈가 없는 사내〉 등의 작품집에 수록되어 있다. 커시는 자기가 쓴 단편들을 〈위어드 테일즈〉나 〈판타스틱 스토리즈〉 같은 장르 잡지가 아니라 〈콜리어즈〉라든지 〈새터데이 이브닝 포스트〉 같은 일반 잡지에 주로 싣는 경향이 있었기 때문에 왕성하게 활동하던 당시에도 판타지 독자들에게는 거의 알려져 있지 않았고, 특히 오늘날에 와서는 거의 잊힌 느낌조차 있다. 이것은 실로 안타까운 일이다. 커시는 독창적인 작풍을 갖춘 뛰어난 작가였고, 툭하면 기묘하고 불온한 사건들이 다발하는 이질적인 세계의 일각으로 독자들을 이끌어 가는 타고난 재능을 가지고 있었기 때문이다. 커시를 모르는 세대를 위해서, 어딘가의 소규모 출판사라도 좋으니 그가 쓴 환상적인 소설들을 몽땅 모아서 딱 본서만큼 두꺼운 전집으로 복간해 주면 정말 좋겠다.

먼저 쓴 〈원숭이 다이어트〉는 쓰기는 쉬웠어도 정말이지 죽도록 팔기 힘들었던 단편이다. 좀 더 일반적인 독자층에게 어필할 종류의 작품이라는 느낌을 받았기 때문에 메이저 잡지, 이를테면 〈플레이보이〉나 〈펜트하우스〉나 〈옴니〉 따위에 보내 보았지만 좌절의 연속이었다. 어디로 보내든 호의적인 평가 일색이었지만, 그 어떤 곳에서도 "우리에게 딱 맞는" 작품이라면서 무릎을 친 편집자는 없는 듯하다. 너무 기괴하다거나 너무 불온하다는 평은 실컷 들었지만 말이다. "아니 뭐가 이리 괴상망측해." 〈옴니〉 편집부의 엘렌 대틀로는 답장에서 대놓고 이렇게 썼다. 이토록 좋은 작품을 채택 못 해서 정말 유감이라고 운을 떼 놓고 말이다.

차선책으로 〈콜리어즈〉나 〈새터데이 이브닝 포스트〉의 문을 두드려 보고 싶었지만, 1981년 당시 이 잡지들은 이미 휴간한 지 오래였다. 그래서 나는 평소의 장르 시장 쪽으로 눈을 돌렸고, 결국 〈매거진 오브 판타지 앤드 사이언스픽션〉에 팔았다. 괴상망측하든 말든 간에 〈원숭이 다이어트〉는 네뷸러와 휴고상 후보 자리를 꿰차기까지 했다. 양쪽 모두 수상에는 실패했지만 말이다.

〈서양배처럼 생긴 사내〉의 운명은 그보다는 순조로웠다. 아마 〈원숭이 다이어트〉가 마중물 역할을 해 준 덕인지도 모르겠다. 엘렌 대틀로는 〈원숭이 다이어트〉에 퇴짜를 놓은 SF 작가 로버트 셰클리가 〈옴니〉지의 편집장으로 있던 당시에는 편집 보조에 불과했지만, 내가 〈서양배처럼 생긴 사내〉를 썼을 무렵에는 소설 부문 편집자로 승진해 있었고, 두말 않고 이 단편을 받아 주었다. 〈서양배처럼 생긴 사내〉는 1987년에 〈옴니〉에 실렸고, 갓 결성된 HWA[19]가 수여하는 브램 스토커상의 해당 분야를 수상하는 영예를 얻었다.

---

19 Horror Writers of America. 전미 호러 작가 협회.

HWA가 설립된 시기는 (원래는 '호러 및 오컬트 작가 연맹'의 약자인 HOWL[20]이라는 훨씬 더 쿨한 약칭으로 불릴 예정이었지만, 주류 문학 측의 존경을 못 받는 것이 아쉬워서 안달하던 멤버들이 절대 불가하다고 아우성을 친 탓에 부결되었다는 뒷이야기가 있다) 1980년대의 엄청난 양산형 호러소설 출간 붐과 일치한다. 그러다가 너무 막나간 탓에 한층 더 화려하게 망해 버렸지만 말이다. 최근 출판계에서 호러는 죽었다고 단언하는 (그러면서 "자업자득이었지"라고 덧붙이는) 사람들이 꽤 된다.

상업적 출판 장르로서? 맞다. 호러는 죽었다.

그러나 괴물이 나오는 소설은 결코 죽지 않는다. 두렵다는 느낌이 무엇인지를 우리가 기억하고 있는 한은.

1986년에 나는 다크하비스트 출판사를 위해 호러 앤솔러지인 《나이트 비전 3》을 편찬한 적이 있는데, 서문에서 이렇게 썼다. "우리가 롤러코스터를 타는 것과 같은 이유에서 호러소설을 읽는다고 주장하는 사람들은 가장 중요한 점을 놓친 것이나 마찬가지다. 아무리 롤러코스터 타기가 즐겁다 한들 결국은 아드레날린에 의한 단순한 흥분으로 귀결되기 마련이지만, 픽션[小說]의 목적은 그런 것이 아니다. 진짜 저질 호러소설은 롤러코스터와 마찬가지로 사람을 구역질 나게 할 가능성이 있지만, 그런 식의 비교가 성립하는 것은 딱 거기까지다. 우리는 유원지에서 얻을 수 있는 것들 이상의 무엇인가를 찾기 위해 픽션을 추구하기 때문이다.

좋은 호러소설은 물론 우리를 오싹하게 한다. 밤잠을 못 이루게 하고, 살갗에 소름이 돋게 만들고, 꿈속으로까지 슬금슬금 침입해서 어둠이라

---

[20] 영어로 '포효하다', '아우성을 치다'라는 뜻이 된다.

는 단어에 새로운 의미를 부여한다. 두려움, 공포, 오싹함, 기타 무슨 명칭으로 불러도 무방하다. 호러는 이런 잔들을 모두 들이켜니까. 하지만 부디 그런 느낌을 단순한 현기증과 혼동하지는 말아 달라. 위대한 이야기, 우리 기억에 오랫동안 남아서 인생 자체를 바꿔 놓는 이야기들의 목적이 겉에 드러나는 경우는 결코 없으므로.

나쁜 호러소설은 흡혈귀를 죽이는 여섯 가지 방법이라든지, 쥐들이 등장인물 빌리의 생식기를 뜯어 먹는 장면에 관한 노골적인 묘사 따위에 주력한다. 반면 좋은 호러소설은 그보다 훨씬 더 큰 것들을 다룬다. 희망과 절망. 사랑과 증오. 육욕과 질투를. 우정과 청춘과 성(性)과 분노, 고독과 고립과 정신병, 용기와 비겁함, 격렬한 긴장과 고통에 시달리는 인간의 마음과 몸과 영혼, 자기 자신과 끊임없이 갈등을 겪는 인간의 마음을. 좋은 호러소설은 우리로 하여금 어둡고 일그러진 거울에 비친 자화상을 바라보게 만든다. 그 거울을 통해 우리를 불안하게 하는 것, 전혀 보고 싶지 않았던 것들을 흘끗 보는 것이다. 호러는 인간 영혼의 그림자 부분을 바라보고, 우리 모두의 내면에 서식하는 공포와 분노를 들여다본다.

그러나 빛 없는 어둠이 무의미하듯이 아름다움을 결여한 호러 또한 의미가 없다. 최상의 호러소설은 호러에 앞서서 소설을 최우선시한다. 아무리 무시무시하다고 해도 그 이상의 것이 존재한다는 뜻이다. 진정한 호러소설에는 절규뿐만 아니라 웃음이 들어갈 자리가 있으며, 비극뿐만 아니라 승리와 온유함이 공존할 여유가 있다. 단지 공포에만 천착하는 대신 무한한 다양성을 가진 우리의 삶—사랑과 죽음과 탄생과 희망과 육욕과 초월, 인간의 조건을 규정하는 모든 종류의 경험과 감정에 주목하는 것이다. 그리고 그런 소설에는 진짜 인간이 등장한다. 우리의 상상력을 자극하며 실제로 우리 주위에서 찾아볼 수 있는 사람들, 오로지 본문 4장에서 처참한 살육의 대상이 되기 위해 존재하는 것이 아닌, 살아 숨 쉬는 사람들이. 최상의 호러소설은 우리에게 진실을 말해 준다."

거의 20년 전에 했던 말이지만, 나의 이런 신념은 지금도 전혀 변하지 않았다.

샌드킹

Sandkings

사이먼 크레스는 도시에서 50킬로미터 떨어진 건조한 바위투성이의 언덕에 혼자 살고 있었다. 그는 넓고 휑뎅그렁한 저택에서 애완동물들을 키웠지만, 사업상 갑자기 집을 비워야 할 때는 그것들을 떠맡길 이웃이 없었다. 독수리의 경우에는 아무런 문제가 없었다. 지금은 쓰이지 않는 종탑에 제 스스로 둥지를 틀고 썩은 고기를 곧잘 찾아 먹기 때문이다. 그러나 샘블러는 그냥 현관 밖으로 쫓아내 버렸다. 이 조그만 괴물은 느려 빠진 동물이나 새, 바위굼벵이 따위를 잡아먹으며 어떻게든 살아갈 것이다. 문제는 진짜 지구산(産) 피라니아로 가득 차 있는 수조였다. 생각다 못해 크레스는 우둔살 한 덩어리를 커다란 수조에 던져 넣었다. 예상했던 것보다 출장이 길어지면 서로를 잡아먹으면 그만이다. 예전에도 실제로 그런 일이 일어나서 크레스를 즐겁게 했던 적이 있었다.

불행하게도 이번 출장은 예상했던 것보다 훨씬 더 길어졌다. 마침내 그가 집으로 돌아왔을 때 물고기들은 죄다 죽어 있었다. 독수리도 마찬가지였다. 종탑 위까지 기어 올라간 샘블러에게 잡아먹혔던 것이다. 사이먼 크레스는 짜증을 냈다.

다음 날 그는 에어카를 타고 아스가르드로 향했다. 편도 2백 킬로미터의 여행이었다. 아스가르드는 행성 발두르 최대의 도시이자 가장 오래되고 규모가 큰 우주항이 있는 곳이기도 했다. 크레스는 파티를 열어 친구들을 불러다 놓고 재미있고 희귀하며 비싼 애완동물들을 자랑하는 것이 취미였다. 그런 것을 사려면 역시 아스가르드가 가장 좋다.

그러나 이번에는 일진이 안 좋았다. 〈외계 애완동물 상점〉의 문은 이미 닫혀 있었던 것이다. 다음으로 들른 〈테서레인 애완동물 판매점〉은 전에 길렀던 놈과 똑같은 독수리 한 마리를 억지로 떠맡기려 했고, 〈신기한 수서생물〉에서 이국적인 동물이랍시고 보여 준 것은 고작 피라니아나 발광상어, 거미오징어 정도였다. 모두 크레스가 한 번씩은 길러 보았던 것들이다. 그는 좀 더 신기한 것을 원했다.

땅거미가 지기 시작할 무렵, 그는 아직 단골이 되어 본 적이 없는 새로운 가게를 찾아 레인보우 대로를 어슬렁거리고 있었다. 우주항에 가까운 구역으로 왔기 때문에 거리에는 수입 상점들이 빽빽이 늘어서 있었다. 대형 백화점 건물들의 긴 진열창에는 펠트제 쿠션에 올려놓은 희귀한 고가의 외계 공예품들이 상점 내부를 신비스럽게 보이게 하는 칠흑의 커튼을 배경으로 전시되어 있었다. 백화점들 사이에는 싸구려 물건들을 파는 구멍가게들도 자리 잡고 있었다. 좁고 지저분한 이런 장소의 진열대에는 외계의 온갖 잡동사니와 골동품 들이 빽빽이 들어차 있었다. 크레스는 이 두 종류의 상점들을 샅샅이 둘러보았지만 만족할 만한 물건을 찾지는 못했다.

그러던 중에 눈길을 끄는 색다른 가게를 발견했다.

그 가게는 우주항과 매우 가까운 곳에 자리 잡고 있었다. 크레스는 들어가 본 적이 한 번도 없는 곳이었다. 작고 아담한 단층 건물 하나를 차지하고 있었고, 마약 바와 〈비밀 여승단〉의 매춘 사원 사이에 끼어 있었다. 이런 변두리까지 오니 레인보우 대로도 볼품이 없었지만, 이 상점만은 어딘가 범상치 않은 데가 있었다. 그를 끌어당기는 매력이라고나 할까.

가게 진열창에는 안개가 가득 차 있었다. 한순간 불그스름한 빛깔이었다가 어느새 진짜 안개를 연상시키는 잿빛으로 변하고, 다음 순간에는 반짝이는 황금빛으로 변한다. 천천히 소용돌이치는 안개는 내부에서 희미하게 빛을 발하는 듯한 느낌을 주었다. 그 사이로 진열된 상품들이 언뜻언뜻 보인다. 기계, 미술품, 그 밖의 알 수 없는 물건들— 그러나 어느 것 하나도 뚜렷하게 볼 수가 없었다. 안개는 이 물건들을 계속 관능적으로 휘감으며 한 부분을 보여 주고, 이내 다른 부분을 보여 주다가, 다시 완전히 뒤덮어 버리는 식으로 움직였기 때문이다. 호기심을 자극하는 데는 아주 효과적인 장치였다.

그가 진열창을 들여다보던 중에 안개가 글자를 형성하기 시작했다. 한 번에 한 단어씩. 크레스는 그 자리에 서서 글자를 읽었다.

워 앤드 셰이드 수입 상점. 공예품, 미술품, 생명체 및 기타 잡화

이윽고 글자는 사라졌다. 다시 소용돌이치기 시작한 안개 너머로 뭔가가 움직이고 있었지만 잘 보이지 않았다. 아무튼 이것과 광고 문안의 '생명체'란 단어만으로도 그의 주의를 끌기에는 충분했다. 크레스는 외출용 망토를 어깨 뒤로 넘기고 가게 안으로 들어갔다.
 가게 안으로 들어서자마자 그는 방향감각을 잃었다. 비교적 아담한 가게 정면만 보아서는 상상하기 힘들 정도로 드넓은 공간이었다. 조명은 어둡고 아늑한 느낌이었다. 천장에는 별이 빛나는 우주 공간이 투영되어 있었다. 소용돌이 성운까지 완벽하게 재현해 놓았다. 칠흑의 우주 공간은 매우 사실적으로 보이는 데다가 무척 아름다웠다. 안에 진열된 상품들을 손님이 잘 볼 수 있도록 투명한 카운터는 모두 희미한 빛을 발하고 있었다. 진열대 사이의 바닥에는 안개가 양탄자처럼 깔려 있었다. 그가 걸어가자 안개는 때때로 그의 무릎까지 차올라 발치를 휘감기까지 했다.
 "무엇을 도와 드릴까요?"
 여자는 마치 안개 속에서 솟아오른 것처럼 갑자기 나타났다. 큰 키에 야위고 안색은 창백했다. 실용적으로 보이는 회색 점프 수트 차림에, 거의 뒤통수로 넘어간 기묘한 모양의 모자를 쓰고 있었다.
 "당신은 워야 아니면 셰이드야?" 크레스가 물었다. "아니면 그냥 점원?"
 "저는 잘라 워라고 합니다. 뭐든지 물어보십시오." 여자가 대답했다. "셰이드는 직접 손님을 상대하지 않습니다. 따로 고용한 점원도 없습니다."
 "상당히 큰 가게로군." 크레스는 말했다. "내가 여태껏 이 가게에 대해 모르고 있었다는 게 이상하구먼."
 "저희가 발두르에 새 점포를 연 것은 극히 최근의 일입니다. 다른 몇몇 행성에는 가맹점들을 두고 있습니다만. 그런데 무엇을 원하시는지요? 미술품? 손님은 수집가 같은 분위기를 풍기시는군요. 저희는 노르 탈러시산의 훌륭한 수정 조각을 여러 점 갖추고 있습니다."

"아니 아니, 수정 조각이라면 충분히 가지고 있어. 내가 찾는 것은 애완동물이야."

"생물체를 말하시는 겁니까?"

"그래."

"외계의?"

"물론 그렇지."

"마침 의태(擬態) 동물이 한 마리 있습니다. 셀리아의 세계에서 가져온 작고 영리한 유인원이죠. 이 동물은 단순히 말하는 것만 배우는 것이 아니라 주인의 목소리, 억양, 몸짓, 심지어는 얼굴 표정까지도 그대로 흉내 낸답니다."

"귀엽군." 크레스가 말했다. "그리고 평범해. 두 가지 모두 난 관심 없어, 워. 난 뭔가 이국적인 것을 원해. 뭔가 괴상하고, 귀엽지 않은 것을. 난 귀여운 동물을 혐오하거든. 지금 난 코소에서 직수입한 섐블러를 기르고 있어. 꽤 비쌌지. 이따금 이놈에게 난 누가 버린 고양이 새끼들을 먹이지. 내가 '귀엽다'고 느끼는 것은 바로 그런 놈이란 말이야. 이제 이해하겠어?"

워는 수수께끼 같은 미소를 떠올렸다.

"손님께선 손님을 숭배하는 동물을 길러 보신 적이 있습니까?"

크레스는 씩 웃었다. "그래, 한때는 그런 것도 길러 보았지. 하지만 지금 난 애완동물한테 숭배 따위를 받고 싶지는 않아, 워. 난 단지 재미있는 것을 원할 뿐이야."

"제 말을 잘못 이해하셨군요." 워는 여전히 그 기묘한 미소를 입가에

뗜 채로 말했다. "제가 말한 '숭배'란 글자 그대로의 '숭배'를 의미하는 겁니다."

"도대체 무슨 소리를 하는 거지?"

"마침 손님의 취향에 딱 들어맞을 만한 것이 있군요." 위가 말했다. "이쪽으로 오십시오."

그녀는 반짝거리는 카운터들 사이를 빠져나와, 인공 별빛 아래의 안개로 뒤덮여 있는 긴 통로로 크레스를 이끌었다. 두 사람은 안개의 벽을 통과해서 가게의 다른 구획으로 갔다. 이윽고 그녀는 커다란 플라스틱 용기 앞에서 멈춰 섰다. 크레스는 수조로군, 하고 생각했다.

위가 가까이 손짓으로 와서 보라는 시늉을 했다. 용기로 가까이 다가가서 내부를 들여다본 크레스는 자신의 생각이 틀렸음을 알았다. 수조가 아니라 육생 동물을 사육하기 위한 테라리엄이었다. 내부는 가로세로 2미터의 조그만 사막을 이루고 있었다. 흰 모래는 희미한 붉은 조명을 받고 진홍색으로 물들어 있다. 현무암, 석영, 화강암 따위의 바위 조각들이 널려 있다. 용기의 네 귀퉁이에는 성이 하나씩 서 있다.

크레스는 눈을 깜박거리고는 다시 한 번 용기를 들여다본 다음 처음에 받은 인상을 수정했다. 실제로 서 있는 성은 세 개뿐이었고, 네 번째 성은 기울고 허물어져 거의 폐허가 되어 있었다. 돌과 모래를 써서 만든 다른 세 개의 성은 조잡했지만 원형을 그대로 유지하고 있었다. 성의 흉벽과 둥근 주랑(柱廊) 현관을 조그만 생물들이 기어오르거나 기어 다니고 있다. 크레스는 플라스틱 표면에 얼굴을 바싹 갖다 대며 물었다.

"곤충의 일종인가?"

"아닙니다. 훨씬 더 복잡한 생물 형태입니다. 지능도 곤충보다 높습니다. 손님의 섐블러보다는 훨씬 더 영리하지요. 샌드킹이라는 동물입니다."

"곤충이야." 크레스는 용기에서 얼굴을 떼며 말했다. "이것들이 얼마나 복잡하든 난 상관하지 않아." 그는 얼굴을 찌푸렸다. "부탁이니 지능 운운하면서 나를 현혹할 생각은 하지 마. 이렇게 작은 몸집에는 가장 원시적인 뇌밖에 들어갈 수 없잖아."

"이들은 집단의식을 공유합니다. 좀 더 정확히 말하자면 성(城) 의식이라고 할 수도 있겠지요. 사실 이 용기 안에 있는 유기체는 세 마리뿐입니다. 네 번째 놈은 죽었습니다. 파괴된 성이 하나 보이시죠?"

크레스는 다시 테라리엄을 들여다보았다. "집단의식이라고? 흥미롭군." 그러고는 또다시 얼굴을 찌푸렸다. "그래 봤자 결국 특대 사이즈의 개미 농장에 불과해. 난 이보다는 나은 걸 기대하고 있었어."

"서로 전쟁을 한답니다."

"전쟁? 흐으음……." 크레스는 다시 한 번 용기 안을 바라보았다.

"이것들의 색깔을 주의해서 보십시오." 워가 말했다. 그녀는 제일 가까운 쪽의 성에서 우글거리는 샌드킹들을 가리켰다. 그중 한 마리가 용기의 벽을 기어오르고 있었다. 크레스는 가까이서 그것을 자세히 관찰했다. 그의 눈에는 여전히 곤충으로밖에 보이지 않았다. 크기는 기껏해야 손톱만 했고, 여섯 개의 다리와 몸통 전체를 둘러싼 여섯 개의 조그만 눈을 가지고 있었다. 위협적으로 생긴 큰 턱을 딱 닫고는, 가늘고 긴 한 쌍의 더듬이를 허공에서 휘젓고 있다. 더듬이, 턱, 눈, 다리는 칠흑에 가까웠지만, 몸 전체를 뒤덮고 있는 갑각은 칙칙한 주황색이었다.

"이건 곤충이야."

크레스는 같은 말을 되풀이했다.

"곤충이 아닙니다." 워는 침착하지만 단호한 어조로 말했다. "샌드킹의 몸집이 더 커지면 갑각으로 된 외골격은 허물처럼 벗겨집니다. 더 크게 자란다면 말입니다. 이 정도 크기의 용기 안에서 키우면 현재 상태보다 더 커지지는 않습니다." 그녀는 크레스의 팔을 잡고 용기 주위를 돌아 이웃하는 성이 있는 곳으로 이끌었다. "이 성에 있는 것들의 색깔을 살펴보십시오."

크레스는 용기를 들여다보았다. 아까와는 확실히 다르다. 이곳의 샌드킹들은 죄다 새빨간 갑각을 가지고 있었다. 더듬이와 턱, 눈과 다리는 노란색이었다. 크레스는 용기 너머를 흘끗 보았다. 아직 건재한 세 번째 성에 사는 놈들은 희끄무레한 갑각에 붉은색의 부속기관을 가지고 있었다.

"흐으음……."

"아까 말씀드렸듯이 이들은 전쟁을 합니다." 워가 말했다. "심지어는 휴전을 하거나 서로 동맹을 맺기도 하지요. 저 네 번째 성이 파괴된 것도 다른 세 성의 놈들이 동맹을 맺은 결과입니다. 검은색 샌드킹들의 수가 너무 많아지게 되자 다른 세 세력이 동맹을 맺고 그들을 멸망시킨 겁니다."

크레스는 아직도 미덥지 않다는 투였다.

"재미있기야 하겠지. 하지만 곤충들도 서로 싸우잖아."

"곤충들은 사람을 숭배하지는 않습니다."

워가 말했다.

"뭐라고?"

워는 미소 지으며 성 하나를 가리켰다. 크레스는 그것을 쳐다보았다. 성의 가장 높은 탑의 벽면에 얼굴이 하나 새겨져 있었다. 크레스는 그것을 알아보았다. 잘라 워의 얼굴이었다.

"어떻게……?"

"제 얼굴의 홀로그램 영상을 용기 내부에 투사했습니다. 그렇게 며칠 동안 놓아두었죠. 신의 얼굴입니다. 무슨 뜻인지 아시겠습니까? 저는 이들에게 먹이를 줍니다. 그리고 언제나 이들 가까이에 있습니다. 샌드킹은 초보적인 초감각을 가지고 있습니다. 일종의 근접 텔레파시라고나 할까요. 가까이 있는 저의 존재를 느끼고, 제 얼굴로 자기들의 성을 치장함으로써 저를 숭배하고 있는 것입니다. 보시다시피 모든 성에는 제 얼굴이 새겨져 있습니다." 사실이었다.

성벽에 조각된 잘라 워의 모습은 차분하고 온화했으며 마치 살아 있는 것처럼 생생했다. 크레스는 그 세공술에 경탄했다.

"어떻게 저런 일을 할 수 있는 거지?"

"앞발 두 개를 팔처럼 쓰는 겁니다. 게다가 앞발 끝에는 일종의 손가락이라고 할 만한 세 개의 작고 유연한 덩굴손이 달려 있습니다. 건물을 지을 때든 전투를 벌일 때든 서로 협동도 잘합니다. 같은 빛깔의 모빌(mobile)들은 모두 하나의 집단의식을 공유하고 있다는 사실을 명심하십시오."

"좀 더 자세하게 설명해 줘."

크레스가 이렇게 말하자 워는 미소 지었다. "저 성 안에는 〈모(maw)〉가 살고 있습니다. 〈모〉라는 이름은 제가 붙인 겁니다. 일종의 말장난이라고 할 수 있죠. 〈모〉는 글자 그대로 모체인 동시에 위장 역할을 하니까요. 〈모〉는 암컷이고 크기는 주먹만 하고 스스로는 움직이지 못합니다. 사실 이 샌드킹이란 이름은 정확하다고는 할 수 없습니다. 밖에서 돌아다니는 모빌들은 인간의 계급으로 치면 농노나 전사에 해당하는 존재이고, 진짜 지배자는 여왕 격인 〈모〉이지요. 하지만 이런 식의 비유도 사실은 오류입니다. 전체적으로 보았을 때, 각 성이 하나의 자웅동체 생물을 이루고 있다고 보는 것이 가장 적절한 견해입니다."

"뭘 먹고 사는데?"

"모빌의 경우에는 죽처럼 반쯤 소화된 것을 성안에서 받아먹고 삽니다. 〈모〉가 며칠 동안 소화시킨 것을 받아먹는 겁니다. 모빌의 위장은 그 죽 이외엔 어떤 것도 소화할 수 없기 때문에, 만약 〈모〉가 죽기라도 한다면 그들도 며칠 못 가 죄다 죽어 버리게 되죠. 〈모〉는…… 〈모〉는 아무것이나 먹습니다. 따로 먹이 값이 들지 않을 겁니다. 음식 쓰레기라도 〈모〉에겐 훌륭한 먹이가 되니까요."

"산 것도 먹나?"

크레스가 묻자 워는 어깨를 으쓱했다. "〈모〉는 다른 성의 모빌들을 먹으니까, 산 먹이도 물론 먹습니다."

"실로 흥미롭군." 그가 말했다. "이놈들이 이렇게 작지만 않다면 좋을 텐데."

"더 자라게 할 수도 있습니다. 여기 있는 샌드킹들이 작은 이유는 용기가 작기 때문입니다. 자기들이 활동할 수 있는 공간의 크기에 맞춰 성장하는 것 같습니다. 이것들을 더 큰 사육기로 옮긴다면 몸집도 그에 따라 커지기 시작할 겁니다."

"흐흠, 내 피라니아 수조는 이보다 두 배는 더 크고 마침 비어 있어. 그걸 깨끗이 청소하고 모래를 채운다면……."

"저희 점포에서는 설치나 시공도 책임지고 해 드립니다. 기꺼이 도와 드리겠습니다."

"그럼 그렇게 해 줘." 크레스가 말했다. "난 손상되지 않은 네 개의 성을 원해."

"물론입니다."

워는 말했다.

그들은 가격을 흥정하기 시작했다.

● ○

사흘 뒤에 잘라 워는 휴면 상태의 샌드킹과 설치를 맡을 일꾼들을 데리고 크레스의 저택으로 왔다. 워의 조수들은 크레스가 지금까지 전혀 본 적이 없는 외계인이었다. 땅딸막하고 폭이 넓은 몸을 가진 두 발 생물이었고, 네 개의 팔과 튀어나온 복안(複眼)을 가지고 있었다. 피부는 두꺼운 가죽 같은 느낌이었고, 뜻밖의 장소에서 뒤틀려 뿔이나 가시나 돌기로 변해 있었다. 그러나 그들은 매우 힘세고 유능한 일꾼들이었다. 워는 크레스가 들어 본 적이 없는 음악적인 언어로 그들에게 지시를 내리거나 감독했다.

작업은 하루 만에 다 끝났다. 그들은 크레스의 피라니아 수조를 널찍한 거실 한복판으로 옮겨다 놓은 뒤에 구경하기 좋도록 양쪽에 소파를 가져다 놓았다. 수조 안을 깨끗이 청소한 다음 용기 높이의 3분의 2 되는 곳까지 모래와 바위를 채웠다. 그다음에는 특수한 조명 시스템을 설치할 차례였다. 이것은 샌드킹들이 좋아하는 은은한 붉은빛을 비추는 동시에 수조 안에 홀로그램을 투사하기 위한 것이었다. 수조 윗부분에는 사료 공급 장치가 내장된 튼튼한 플라스틱 덮개를 씌웠다.

"이렇게 하면 덮개를 벗기지 않고도 샌드킹들에게 먹이를 줄 수 있습니다." 워가 설명했다. "모빌이 달아나도록 놓아둘 수는 없으니까요."

덮개에는 용기 안의 공기를 알맞은 습도로 유지하기 위한 기후 조절 장치도 달려 있었다. "평상시에는 약간 건조한 상태가 좋습니다만, 너무 건조해서도 안 됩니다." 워가 말했다.

마지막으로 네 개의 팔을 가진 일꾼들 중 한 명이 수조 안으로 내려간 뒤, 네 귀퉁이에 깊은 구멍을 하나씩 팠다. 그의 동료 한 명이 냉동 수송 케이스 안에서 동면 중인 〈모〉들을 차례로 꺼내 그에게 넘겨주었다. 그것들은 매우 볼품이 없었다. 크레스의 눈에는 얼룩덜룩한, 반쯤 상한 날고기 조각으로밖에는 보이지 않았다. 입이 하나씩 달렸지만 말이다.

외계인 일꾼은 그것들을 용기 귀퉁이에 한 개씩 묻었다. 그들은 용기를 밀봉한 뒤 방에서 나갔다.

"온도가 상승하면 〈모〉들은 동면에서 깨어납니다." 워가 말했다. "모빌들은 1주일 안에 부화해서 굴을 파고 모래 위로 나오기 시작할 겁니다. 먹이를 충분히 주는 것을 잊지 마십시오. 완전히 자리 잡기까지 많은 에너지를 소비할 테니까요. 약 3주 뒤엔 성을 쌓기 시작할 겁니다."

"얼굴은? 언제쯤 내 얼굴을 조각하게 되는 거지?"

"한 달쯤 지난 뒤부터 홀로그램을 켜 놓으시면 됩니다." 워는 충고했다. "인내심을 가지고 기다려야 합니다. 궁금하신 일이 생기면 연락 주십시오. 언제든 친절하게 도와 드리겠습니다." 그녀는 고개를 숙여 인사한 뒤에 일꾼들을 데리고 크레스의 저택에서 떠났다.

크레스는 용기가 있는 곳으로 어슬렁어슬렁 돌아온 뒤 마약 담배에 불을 붙였다. 텅 빈 작은 사막에서는 정적이 감돌았다. 그는 초조한 기색으로 수조의 플라스틱 표면을 손가락으로 툭툭 두들긴 뒤, 얼굴을 찡그렸다.

●○

나흘째 되던 날, 모래 밑에서 작은 꿈틀거림을 흘끗 본 것 같았다.

닷새째 되던 날, 최초의 모빌이 나타났다. 흰색의 모빌 한 마리였다.

엿새째 되던 날, 한 다스가량의 모빌들이 나와 있었다. 흰색과 붉은색과 검정색. 주황색의 경우에는 아직도 지하에서 꾸물거리고 있는 듯했다. 크레스는 반쯤 썩은 음식 찌꺼기 한 사발을 급여 장치를 통해 공급해 줬다. 모빌들은 즉시 먹이를 감지하고 달려들어 음식 조각을 각자의 보금자리 쪽으로 끌고 가기 시작했다. 같은 색깔을 가진 집단은 자기들끼리 매우 조직적으로 움직였지만, 다른 집단과 싸움을 벌이지는 않았다. 크레스는 약간 실망했지만 조금 더 시간을 두고 기다려 보기로 했다.

주황색 모빌은 여드레째가 되어서야 모습을 드러냈다. 그 무렵 다른 색깔의 샌드킹들은 이미 작은 돌 조각들을 운반해 엉성한 요새를 짓는 중이었다. 전쟁은 아직 발발하지 않았다. 모빌들의 크기는 아직 〈워 앤드 셰이드〉에서 본 것들의 절반 크기밖에는 되지 않았지만, 크레스는 이것들이 매우 빠른 속도로 자라고 있다는 느낌을 받았다.

2주일째가 끝나 갈 무렵에는 성들이 제법 모습을 갖추기 시작했다. 잘 조직된 모빌의 대부대들이 무거운 사암과 화강암 조각들을 각자의 귀퉁이로 운반했고, 건설 현장에서 일하고 있는 다른 모빌들은 좌우의 턱과 덩굴손을 이용해서 정해진 위치에 모래를 밀어 넣고 있었다. 크레스는 모빌들이 용기 안의 어떤 위치에 있더라도 그들이 움직이는 것을 관찰할 수 있도록 확대 안경을 구입했다. 그는 높다란 플라스틱 벽 주위를 돌아다니며 관찰을 계속했고, 그 광경에 매료되었다. 성의 모습은 크레스의 취향에 비하면 좀 평범했지만, 곧 좋은 해결책이 떠올랐다. 다음 날 그는 급식 장치를 통해 먹이와 함께 약간의 흑요석과 색유리 박편(薄片)들을 넣어 주었다. 이것들은 몇 시간 내에 성벽의 일부분이 되었다.

제일 먼저 검은 모빌들의 성이 완성되었고, 흰 모빌과 붉은 모빌의 성이 그 뒤를 이었다. 가장 늦게 성을 완성시킨 것은 역시 주황색 샌드킹들이었다. 크레스는 관찰을 중단할 필요가 없도록 식사 시에는 음식을 거실까지 가지고 나와서 소파에 앉은 채로 먹었다. 언제 전쟁이 터질지 몰랐기 때문이다.

그러나 그는 실망감을 느껴야만 했다. 별일 없이 며칠이 지나면서 성들은 더 높아지고 웅장해졌다. 크레스는 생리적 욕구를 해결하거나 사업상 중요한 전화를 받을 때를 제외하고는 거의 자리를 뜨지 않았지만, 샌드킹들은 여전히 전쟁을 벌이지 않았다. 크레스는 점점 화가 치밀기 시작했다.

마침내 그는 먹이의 공급을 중단했다.

사막의 하늘에서 음식 찌꺼기가 떨어지는 일이 중단된 지 이틀 뒤, 네 마리의 검은 모빌이 한 마리의 주황색 모빌을 포위하여 붙잡고는 자신들의 〈모〉가 있는 성으로 끌고 가기 시작했다. 먼저 그들은 포로의 턱과 더듬이 그리고 팔다리를 뜯어 내서 움직이지 못하게 한 뒤, 자신들의 조그만 성의 어두침침한 정문을 통해 안으로 끌고 들어갔다. 포로가 된 모빌은 다시는 모습을 보이지 않았다. 한 시간이 채 지나기도 전에 마흔 마리 이상의 주황색 모빌들이 사막을 가로질러 진격해 와서 검은 모빌들의 성을 공격했다. 그러나 그들은 성의 깊숙한 지하에서 쏟아져 나온 검은 모빌들에게 수적으로 압도당했다. 전투가 끝났을 때 공격 측은 전멸해 있었다. 이미 죽었거나 죽어 가는 놈들은 검은 〈모〉의 밥이 되기 위해 줄줄이 성 아래로 운반되어 갔다.

크레스는 희열을 느끼며 자신의 천재적인 수완을 자화자찬했다.

다음 날 용기에 먹이를 넣어 주자, 그것을 차지하기 위한 삼파전이 벌어졌다. 이번에는 흰색 모빌이 대승리를 거두었다.

그 뒤로는 전투가 꼬리에 꼬리를 물고 일어났다.

○●

잘라 워가 샌드킹들을 배달한 지 거의 한 달이 지났을 무렵, 크레스는 홀로그램 투사기를 작동시켜 자기 얼굴을 용기 내부에 투영하기 시작했다. 영상은 천천히 회전하며 네 개의 성을 향해 고루 시선을 보냈다. 크레스는 이 입체 영상이 실물을 잘 반영하고 있다고 생각했다. 장난기 어린 미소와 큰 입, 통통한 볼. 푸른 눈이 반짝거리고, 반백의 머리카락은 요즘 유행에 맞춰 단정하게 한쪽으로 빗어 넘겼다. 눈썹은 가늘고 세련된 느낌이다.

얼마 지나지 않아 샌드킹들은 작업을 개시했다. 크레스는 그의 얼굴이 하늘에서 그들을 향해 미소 짓고 있는 동안에는 아낌없이 먹이를 주었다. 전쟁은 일시적으로 중단되었고, 모든 행동은 숭배 행위에 집중되었다.

그의 얼굴이 성벽에 모습을 드러내기 시작했다.

네 개의 성에 새겨진 얼굴들은 처음에는 전부 똑같아 보였다. 그러나 작업이 진척됨에 따라 이것들을 관찰하던 크레스는 각자의 기교와 완성도에 미묘한 차이가 있다는 사실을 발견했다. 붉은색 모빌들이 가장 독창적이었다. 미세한 슬레이트 부스러기를 이용해서 그의 머리카락이 희끗희끗해진 부분까지 섬세하게 표현해 놓았다. 흰색 모빌들의 우상은 젊고 장난스러워 보였다. 반면에 검은 모빌들이 새긴 얼굴은—실질적으로는 주름 하나하나에 이르기까지 다른 것과 동일했는데도—어딘가 현명하고 자애로운 느낌을 주었다. 주황색 샌드킹들 것은 여느 때처럼 제일 늦었고 또 제일 볼품이 없었다. 전쟁을 치르며 상황이 더 불리해진 탓에 그들의 성은 다른 것들에 비하면 비참할 정도였다. 그들이 새긴 크레스의 얼굴은 조잡하고 만화 같은 인상인 데다가 앞으로도 계속 그런 상태로 내버려 둘 작정인 것처럼 보였다. 그들이 얼굴을 새기는 작업을 중단했을 때 크레스는 매우 불쾌한 기분을 느꼈지만, 달리 어쩔 도리가 없었다.

샌드킹들 모두가 크레스의 얼굴 조각을 완성하자, 크레스는 홀로그램을 껐다. 이제 슬슬 파티를 열 때가 됐다. 친구들은 깜짝 놀랄 것이 틀림없다. 아예 내가 직접 전쟁을 연출할 수도 있겠군, 하고 그는 생각했다. 크레스는 흥겹게 콧노래를 부르며 초청객의 명단을 작성하기 시작했.

파티는 대성공이었다.

크레스는 서른 명을 초대했다. 그와 비슷한 취향을 가진 가까운 친구 몇 명과 옛 애인 서너 명 그리고 그의 초청을 거절 못 할 입장에 있는 사업상, 사교상의 라이벌들. 그들 중 일부는 샌드킹 때문에 당혹스러워하고 기분을 상하기까지 할 것이라는 점을 크레스는 잘 알고 있었다. 사실 그렇게 되기를 은근히 기대하고 있었다. 사이먼 크레스는 손님 중 최소한 한 사람이 분노를 못 이겨 자리를 박차고 나가지 않는 한, 그 파티는 실패인 것으로 간주했던 것이다.

그는 충동적으로 잘라 워의 이름을 초청객 리스트에 집어넣었다. "원한다면 셰이드를 데려와도 좋아." 초청장을 작성할 때 그는 이렇게 덧붙였다.

그녀가 초청을 수락한다는 답장을 보내왔을 때 그는 적잖이 놀랐다. "유감스럽게도 셰이드 씨는 참석하지 못합니다. 그는 사교 모임에 나가지 않기 때문입니다." 초청 수락 답장에서 워는 이렇게 덧붙였다. "크레스 씨의 샌드킹들이 어떻게 지내고 있는지 궁금하기 때문에 기꺼이 참석하겠습니다."

크레스는 손님들을 위해 호화로운 식사를 준비했다. 떠들썩한 대화가 일단락되고 손님 대다수가 와인과 마약 담배에 절어 나른한 상태에 빠져 있었을 때, 그는 각자가 남긴 음식물들을 손수 큰 사발에 쓸어 담아 방문객들을 깜짝 놀라게 했다.

"모두 이쪽으로 오시죠." 크레스는 말했다. "여러분께 나의 새로운 애완동물을 소개하고 싶습니다." 그는 사발을 들고 그들을 거실로 안내했다.

샌드킹들은 그가 기대했던 대로의 상태가 되어 있었다. 오늘을 위해 이틀 동안 굶겨 놓았기 때문에 매우 전투적인 기분이 되어 있었다. 손님들이 용기 주위를 둘러싸고 크레스가 용의주도하게 준비해 놓은 확대 안경을 쓰고 그 안을 지켜보는 동안, 샌드킹들은 음식 찌꺼기를 놓고 실로 멋진 사투를 벌였다. 치열한 전투가 끝났을 때 죽어 있는 모빌은 거의 육십 마리에 달했다. 최근 동맹을 맺은 붉은색과 하얀색이 먹이의 대부분을 획득하는 데 성공했다.

"크레스, 당신은 정말 구역질 나는 인간이야." 캐스 믈레인이 내뱉었다. 2년 전, 짧은 기간 동안 같이 산 적이 있는 여자였다. 크레스는 그녀의 싸구려 감상벽을 견뎌 내지 못하고 결국 헤어졌던 것이다. "당신의 초대에 응한 내가 바보였어. 혹시나 당신이 생각을 바꿔 사과하려는 줄 알았는데." 그녀가 무척이나 좋아하던 귀여운 강아지를 크레스의 샘블러가 먹어 치운 뒤로 그녀는 결코 크레스를 용서하려 들지 않았다. "다시는 나를 초대하지 마, 사이먼." 그녀는 사람들의 한바탕 폭소를 뒤로 하고 함께 왔던 새 애인과 함께 저택 밖으로 걸어 나가 버렸다.

다른 손님들은 그에게 쉴 새 없이 질문을 퍼부어 댔다.

그들은 샌드킹들을 어디서 구했는지 가장 궁금해했다. "〈워 앤드 셰이드 수입 상점〉에서 구입했어." 그는 정중한 동작으로 잘라 워를 가리켰다. 그녀는 저녁 시간의 대부분을 다른 사람들과 떨어져 조용히 보내고 있었다.

왜 자기들의 성을 크레스의 초상으로 장식하는가? "왜냐하면 나는 모든 선한 일들의 원천이기 때문이지. 무슨 말인지 알겠나?¹" 이 말에 손님들은 또다시 껄껄 웃었다.

또 싸울 것인가? "물론이지, 하지만 오늘은 안 돼. 걱정하지는 말게. 또 파티를 열 테니까."

아마추어 외계생물학자인 재드 라키스가 다른 군집성 곤충과 그들이

---

1 신약성서에 '모든 선한 일들은 하나님에게서 비롯된다'라는 구절이 있다.

행하는 전쟁에 대한 두서없는 얘기를 하기 시작했다. "샌드킹이라는 놈들은 꽤 재미있군그래. 하지만 알고 보면 별것 아니야. 예를 들자면 지구산 병정개미들도 아주 멋진 전쟁을 벌이지."

"샌드킹은 곤충이 아닙니다." 잘라 워가 날카로운 어조로 부정했다. 그러나 재드는 혼자서 계속 떠들어 대고 있었고 그녀의 말에 귀를 기울이는 사람은 없었다. 크레스는 그녀에게 씩 웃어 보이며 어깨를 으쓱했다.

말라다 블레인이 다음번에 전쟁을 구경하려고 모일 때는 돈을 걸고 내기를 하자고 제안했다. 모든 사람이 이구동성으로 이 아이디어에 찬성했다. 내기의 규칙과 승률에 관해 활발한 토론이 시작되었고, 거의 한 시간 가까이 계속되었다. 그제야 손님들은 하나둘씩 자리를 뜨기 시작했다.

마지막까지 남아 있던 사람은 잘라 워였다.

"보시다시피." 둘만 남게 되자 크레스가 말했다. "내 샌드킹은 대히트였던 것 같군."

"잘 자라고 있는 것 같군요." 워가 대답했다. "벌써 저희 가게에 있는 것들보다 커졌습니다."

"그래. 주황색들을 제외하면."

"저도 그 점을 깨달았습니다. 수도 제일 적고, 성은 초라하군요."

"흐음, 어차피 누군가는 져야 하는 것 아닌가? 주황색들은 모래 안에서 나오는 것도, 성을 짓는 것도 제일 늦더군. 그 때문에 계속 어려움을 겪고 있는 거지."

"실례지만—." 워가 말했다. "샌드킹들에게 충분히 먹이를 주고 계신가요?"

크레스는 어깨를 으쓱했다. "가끔은 다이어트를 시킬 때도 있어. 그래야 더 사나워지니까."

그녀는 미간을 찌푸렸다. "굶길 필요는 없습니다. 그들이 원하는 시기에, 그들 자신의 이유로 전쟁을 하도록 내버려 두십시오. 그게 그들의 본성이고, 그렇게 함으로써 당신도 그들의 미묘하고 복잡한 전쟁을 즐길 수 있을 겁니다. 그들을 굶겨서 계속 싸우게 한다는 것은 유치하고 질이 낮은 방법입니다."

사이먼 크레스는 워의 찡그린 얼굴을 재미있다는 듯이 바라보았다. "여기는 내 집이야, 워. 이곳에서 질이 좋은지 나쁜지를 결정하는 사람은 바로 나이기도 하고. 당신 충고대로 먹이를 잘 주니까 전혀 싸움을 시작하지 않더군."

"좀 더 인내심을 가지시죠."

"싫어." 크레스가 말했다. "누가 뭐래도 난 그들의 주인이자 신이야. 내가 왜 그놈들이 충동적으로 전쟁을 일으킬 때까지 기다려야 한단 말이지? 그놈들은 내가 만족할 만큼 자주 전쟁을 벌이지 않았어. 그래서 난 상황을 개선했던 거야."

"알겠습니다. 그 문제에 관해 다시 한 번 셰이드와 상의해 보죠."

"이건 당신이나 셰이드가 관여할 문제가 아냐."

크레스는 단호하게 말했다.

"그럼, 작별 인사를 드려야겠군요." 워는 체념한 듯이 말했다. 그러나 그녀는 코트를 입으며 못마땅한 눈길로 한 번 더 크레스를 바라보았다. "얼굴을 보시죠, 사이먼 크레스 씨." 경고하는 듯한 말투였다. "당신의 얼굴 말입니다." 그러고는 방에서 나갔다.

이 말에 당혹감을 느낀 그는 용기가 있는 곳으로 돌아가서 각각의 성들을 관찰했다. 얼굴들은 예전과 다름없이 그곳에 있었다. 하지만…… 그는 확대 안경을 재빨리 찾아 썼다. 확대 렌즈를 통해서도 뚜렷하게 알아보기는 힘들었다. 그러나 성벽에 새겨진 그의 얼굴 표정들은 조금 변한 것처럼 보였다. 미소가 약간 일그러져서 일종의 악의를 머금고 있는 것 같은 느낌이랄까. 그러나 이것은 매우 미묘한 변화에 지나지 않았다, 실제로 변화했다면 말이다. 결국 크레스는 그것을 자신의 암시를 받기 쉬운 성격 탓으로 돌렸고, 앞으로는 더 이상 잘라 워를 파티에 초청하지 않겠다고 결심했다.

○●

향후 몇 달 동안, 크레스와 열 명 안팎의 친한 친구들은 매주 모여서 샌드킹들을 가지고 '워 게임'을 즐겼다. 샌드킹에 대한 초기의 열정이 많이 사그라진 크레스는 이제 사육기 옆에서 지내는 것보다 사업이나 사교에 더 많은 시간을 할애하고 있었다. 그러나 이따금 몇몇 친구들을 불러 샌드킹들의 전투를 즐기는 일은 계속했다. 그 탓에 샌드킹들은 언제나 굶어 죽기 직전의 날이 선 상태에 놓여 있었다. 이런 상황은 특히 주황색 샌드킹에게는 심각한 악영향을 끼쳤다. 눈에 띌 정도로 머릿수가 줄었기 때문에 크레스는 그들의 〈모〉가 죽었는지 의심했을 정도였다. 그러나 다른 놈들은 아직 건재했다.

때때로 잠 못 이루는 밤이면 크레스는 와인 한 병을 들고 어두운 거실로 갔다. 미니 사막을 비추는 불그스레한 빛만이 유일한 조명이었다. 그는 혼자서 술을 마시며 몇 시간 동안이나 계속 샌드킹들을 지켜보곤 했다. 용기 안에서는 어딘가에서 언제나 전투가 벌어지고 있었다. 또 드물게 조용한 경우라도 작은 음식 조각을 떨어뜨리면 손쉽게 전투를 유발할 수 있었다.

말라다 블레인이 제안한 대로 그들은 매주 벌어지는 전투에 돈을 걸며 놀았다. 크레스는 흰 샌드킹에 돈을 걸어서 상당한 액수를 벌었다. 흰 놈들은 사육기 안에서 가장 강하고 수적으로도 우세한 세력으로 자라났고, 성 또한 가장 크고 거창했다. 어느 날 그는 용기 뚜껑을 옆으로 조금 밀치고, 평소에 하던 것처럼 전장 한가운데가 아니라 흰 샌드킹의 성 가까운 곳에 먹이를 떨어뜨렸다. 이렇게 하면, 먹이를 조금이라도 차지하고 싶다면 다른 놈들은 흰 모빌들의 요새를 공격할 필요가 있다. 그들은 예상대로 습격을 감행했지만, 흰 놈들은 방어에도 뛰어났다. 그날 크레스는 재드 라키스한테서 백 스탠더드를 땄다.

사실 이 샌드킹 탓에 거의 매주 많은 돈을 잃는 사람은 라키스였다. 그는 파티에서 처음 샌드킹을 본 뒤로 연구를 많이 했다면서 이 생물과 그 생태에 관해 방대한 지식을 가진 척하고 있었다. 그러나 실제로 돈을 걸 때면 번번이 불운을 맛보곤 했다. 크레스는 재드의 주장이 내심 허풍이라고 생각하고 있었다. 크레스 본인도 막연한 호기심에 끌려 샌드킹에 대해 조금 연구해 보려고 한 적이 있었기 때문이다. 하루 종일 도서관에 틀어박혀 그의 애완동물들의 원산지를 알아내려고 했지만, 샌드킹이라는 이름이 실려 있는 자료의 목록을 하나도 구해 볼 수 없었다. 나중에 워한테 연락을 해서 물어볼 생각이었지만, 다른 일들에 정신이 팔린 탓에 결국 잊었다.

한 달 동안 천 스탠더드 이상을 잃은 재드 라키스는, 어느 날 옆구리에 플라스틱 상자를 끼고 전쟁놀이에 참가했다. 상자 안에는 미세한 금빛 털로 뒤덮인 거미 비슷한 생물이 들어 있었다.

"모래거미야." 라키스가 설명했다. "캐서데이산(産)이지. 오늘 오후에 〈테서레인 애완동물 판매점〉에서 구입했어. 모래거미는 보통 독주머니가 제거되어 있지만 이놈만은 자연 상태 그대로인 걸 가져왔지. 어때, 사이먼, 내기를 해 볼 텐가? 그동안 잃었던 돈을 되찾아야겠어. 난 모래거미가 샌드킹을 이긴다는 데 천 스탠더드 걸겠어."

크레스는 플라스틱 감옥에 갇혀 있는 거미를 찬찬히 살펴보았다. 그의 샌드킹은 많이 성장해 있었다. 워가 예언했듯이 그녀의 가게에 있는 것들에 비해 몸집이 거의 두 배에 달해 있었다. 하지만 그놈들은 이 모래거미라는 괴물에 비하면 난쟁이나 다름없었다. 또 모래거미는 독을 가지고 있지만 샌드킹은 그렇지 않았다. 물론 수적으로는 샌드킹이 압도적인 우위에 서 있었다. 사실 크레스는 최근 들어 샌드킹끼리만 벌이는 전쟁에 좀 싫증을 느끼고 있었다. 이 새로운 전쟁의 참신함이 그를 사로잡았다.

"좋아." 크레스가 말했다. "재드, 자넨 바보야. 샌드킹은 자네의 이 추한 괴물이 죽을 때까지 끊임없이 달려들 거야."

"바보는 바로 자네야, 사이먼." 라키스는 미소를 띠며 응수했다. "캐써데이산 모래거미는 주로 바위틈이나 땅속에 숨어 사는 작은 생물을 잡아먹고 산다네. 이제 보면 알겠지만, 이놈은 저 성들로 곧장 돌진해서 〈모〉를 전부 먹어 치울 거야."

일동은 웃음을 터뜨렸고 크레스는 오만상을 찌푸렸다. 그 점까지는 미처 계산에 넣지 못했다. "그럼 빨리 시작해 보는 게 어때?" 그는 짜증스러운 어조로 내뱉고는 마실 것을 더 가지러 갔다.

거미는 사료 공급 장치를 통해 집어넣기에는 몸집이 너무 컸다. 손님 중 두 명이 라키스를 도와 용기 덮개를 한쪽으로 조금 밀쳐놓고, 말라다 블레인이 옆에서 그에게 상자를 건네주었다. 라키스는 상자를 흔들어 거미를 밑으로 떨어뜨렸다. 거미는 붉은 성 정면의 미니 사구(砂丘) 위에 가볍게 내려앉았고, 잠시 어리둥절한 듯이 그 자리에 멈춰 서서 위협적으로 아가리를 움직이고, 다리를 꿈틀거렸다.

"자, 빨리 시작해라." 라키스가 재촉했다. 사람들은 사육기 주위로 모여들었다. 사이먼 크레스는 확대 안경을 찾아 꼈다. 설령 여기서 천 스탠더드를 잃더라도 좋은 구경거리만은 놓치고 싶지 않았다.

마침내 샌드킹들이 침입자를 발견했다. 붉은 성을 중심으로 한 모든 활동이 완전히 중단되었다. 조그만 진홍색 모빌들은 얼어붙은 듯이 꼼짝 않고 서서 낯선 침입자를 지켜보고 있었다.

거미는 어두운 기대감을 내포한 성의 입구를 향해 움직이기 시작했다. 성벽 위에서는 사이먼 크레스의 얼굴이 무표정하게 그 광경을 내려다보고 있었다.

그러자마자 일제히 행동이 개시되었다. 가장 가까운 곳에 있던 붉은 모빌들이 두 개의 쐐기 대형을 이루고 모래언덕을 넘어 거미를 향해 밀물처럼 진군했다. 성안에서는 전투 요원들이 더 몰려나와 〈모〉가 사는 지하실로의 접근을 저지하기 위해 방어선을 세 겹으로 둘러쳤다. 전투를 돕기 위해 소환된 척후 모빌들이 모래언덕을 넘어 급히 성으로 달려왔다.

전투가 시작되었다.

샌드킹 군단은 거미를 향해 노도처럼 몰려갔다. 그들은 강력한 턱으로 적의 다리와 배를 물고 늘어졌다. 붉은 모빌 중 어떤 것들은 황금빛 다리를 타고 침입자의 등으로 기어 올라갔다. 그들은 모래거미의 몸을 깨물고 찢어발겼다. 모빌 한 마리는 조그만 노란 덩굴손으로 적의 눈알 하나를 잡아 뜯어 덜렁거리게 만들었다. 크레스는 씩 웃으며 그 장면을 가리켰다.

그러나 샌드킹들은 너무 작았고 독을 갖고 있지도 않았기 때문에 거미의 진격을 막기에는 역부족이었다. 모래거미의 다리들은 샌드킹을 사방으로 튕겨 냈고, 독액이 뚝뚝 흐르는 턱은 먹잇감들을 포착해서 박살 내고 딱딱하게 굳은 시체로 만들었다. 이미 한 다스가 넘는 붉은 모빌이 쓰러진 채로 죽어 가고 있었다. 모래거미는 끈질기게 전진을 계속했고, 마침내 성 앞에 도열한 삼중 방어선으로 돌진했다. 방어선은 거미를 에워쌌고, 곧 완전히 뒤덮었다. 필사적인 전투가 시작되었다. 크레스는 샌드킹들 한 무리가 거미의 다리 하나를 턱으로 물고 뜯어내는 광경을 목격했다. 성탑 꼭대기에서는 샌드킹 측 방어자들이 경련하며 꿈틀거리는 거대한 침입자의 몸을 향해 계속 뛰어내리고 있었다.

수많은 샌드킹들에 뒤덮여 몸체가 시야에서 완전히 사라져 버린 거미는 휘청하다가 곧 성의 어두운 구멍 속으로 파고들었다.

재드 라키스는 깊게 숨을 들이쉬었다. 창백한 안색이었다. "정말 대단하군." 누군가가 감탄한 듯이 말했다. 말라다 블레인은 낮고 깊은 웃음소리를 냈다.

"저것 좀 봐."

이디 노레디안이 크레스의 팔을 잡아당기며 말했다.

일동은 한쪽 구석에서 벌어진 격전에만 정신이 팔려 있었기 때문에 사육기의 다른 장소에서 벌어지고 있는 일에 대해서는 아무도 신경을 쓰지 않았다. 그러나 붉은 샌드킹들의 성도 조용해지고, 사막도 붉은 샌드킹의 시체를 제외하고는 텅 비어 있었다. 그제야 그들은 알아차렸다.

붉은 성 앞에 세 군대가 정렬해 있었다. 질서정연하게 대열을 짠 주황색, 흰색, 검은색 샌드킹들의 대부대였다. 땅속에서 무엇이 나타나는지를 확인하기 위해 기다리고 있는 것이다.

크레스는 씩 웃었다. "방역선(防疫線)이로구먼." 그는 촌평했다. "이봐, 재드. 다른 성들을 보라고."

라키스는 시선을 돌려 사육기의 다른 모퉁이들을 둘러보고는 욕설을 내뱉었다. 모빌의 무리가 각자의 성문을 모래와 돌로 완전히 봉쇄하고 있었다. 설령 모래거미가 붉은 샌드킹들과의 싸움에서 살아남는다 하더라도, 다른 성으로 침입하는 것은 결코 쉽지 않을 것이다.

"모래거미를 네 마리 가져왔어야 하는 건데." 라키스가 말했다. "그래도 내가 이겼어. 지금 저 땅속에서 내 모래거미는 자네의 그 빌어먹을 〈모〉를 먹어 치우고 있을걸."

크레스는 대꾸하지 않고 잠자코 기다렸다. 그늘진 곳에서 어떤 움직임을 본 듯했다.

느닷없이 붉은 모빌들이 성문 밖으로 쏟아져 나오기 시작했다. 그들은 성 여기저기로 흩어져서 거미가 파괴한 장소를 수리하기 시작했다. 밖에 정렬해 있던 다른 세 무리의 군대는 각자의 성을 향해 철군하기 시작했다.

"재드, 아무래도 자넨 누가 누굴 잡아먹었는지에 관해 좀 착각했던 것 같아."

●○

다음 주에 라키스는 네 마리의 가느다란 은빛 뱀을 가지고 왔다. 샌드킹은 별로 힘들이지 않고 그것들을 처치했다. 그다음 번에는 커다란 검은 새가 등장했다. 새는 서른 마리 이상의 흰 모빌들을 먹어 치웠고, 날개를 퍼덕이며 좌충우돌하면서 그들의 성을 거의 파괴해 버렸다. 그러나 날갯짓도 결국은 피로로 인해 잦아들었고, 사막에 내려앉으면 샌드킹 군단의 집중 공격을 피할 수 없었다.

다음에 재드가 가져온 것은 곤충이었다. 샌드킹과 얼마간 닮은 구석이 없지 않은, 갑각으로 뒤덮인 딱정벌레의 무리였다. 그러나 곤충의 두뇌로 샌드킹을 상대하기엔 역부족이었다. 주황색과 검정색의 연합군이 딱정벌레의 진형 가운데를 돌파하여 양분한 뒤에, 손쉽게 몰살시켜 버렸던 것이다.

그즈음부터 라키스는 크레스에게 약속어음을 써 주기 시작했다.

크레스가 우연히 캐스 블레인과 재회한 것은 그 무렵이었다. 그가 즐겨 찾는 아스가르드의 한 레스토랑에서 어느 날 저녁 식사를 하고 있을 때였다. 크레스는 잠깐 그녀의 테이블에 들러 예의 '워 게임'에 관해 언급하면서 파티에 참가할 것을 권했다. 그녀의 얼굴은 곧 분노로 붉게 물들었지만, 이내 냉정을 되찾고는 얼음장 같은 어조로 말했다. "누군가가 당신에게 반드시 제동을 걸어야만 해, 사이먼. 그리고 그 역할은 아마 내가 떠맡아야 할 것 같아."

크레스는 어깨를 으쓱해 보이고 자기 자리로 돌아가 맛있는 식사를 즐겼다. 그녀의 위협 따위는 안중에도 없었다.

그로부터 1주일 뒤, 작지만 다부진 몸집의 여자 하나가 크레스의 저택을 찾아왔다. 그녀는 팔목에 찬 경찰 기장을 보여 주며 말했다. "경찰에 신고가 들어왔습니다. 위험한 곤충으로 가득 찬 용기를 집 안에 두고 계시다면서요?"

"곤충이 아니오." 크레스는 분개하며 말했다. "따라오시오. 직접 보여 줄 테니까."

샌드킹을 본 경관은 고개를 가로저었다. "이건 절대로 안 됩니다. 당신은 이 생물에 관해 도대체 뭘 알고 있습니까? 원산지가 어느 행성인지는 알고 있나요? 검역 위원회의 심의는 통과했습니까? 이런 것들을 소유해도 좋다는 허가증은 갖고 계시나요? 우리에겐 이 생물이 육식성이고 위험할 수도 있다는 보고가 접수되었습니다. 또 상당한 수준의 지각력을 가지고 있다는 얘기도 들었죠. 이런 생물을 도대체 어디서 구했습니까?"

"〈워 앤드 셰이드 수입 상점〉이오."

"전혀 들어 본 적이 없는 곳이군요." 여자는 미심쩍은 표정으로 말했다. "아마 검역 위원회 생태학자들의 승인이 나올 가능성이 전무하다는 걸 알고 밀수했을 겁니다. 크레스 씨, 이것들을 용인할 수는 없습니다. 용기째로 압수해서 파괴해야 합니다. 더불어 약간의 벌금도 각오해야 할 겁니다."

크레스는 그와 샌드킹들에 관한 것을 모두 잊어 주는 대가로 그녀에게 백 스탠더드를 제시했다.

여자는 쯧쯧 하고 혀를 찼다. "이젠 뇌물 공여 미수죄까지 추가해야겠군요."

크레스가 2천 스탠더드까지 액수를 올리고 나서야 그녀는 겨우 그의 제안을 받아들였다. "아시다시피 이건 이렇게 간단한 일이 아녜요." 그녀는 경고했다. "서류를 위조하고 기록을 말소한다고 해도 말입니다. 생태학자들한테 위조 허가증을 얻어 내는 데도 많은 시간이 걸리고, 처음에 신고한 사람 문제도 골칫거리로군요. 만약에 그 여자가 또 신고하면 어쩔 셈이죠?"

"그녀 일은 내게 맡기시오." 크레스는 말했다. "그냥 나한테 맡겨 두면 되오."

● ○

크레스는 잠시 그 문제에 관해 생각해 보았다. 그는 그날 저녁 몇 군데에 TV 전화를 걸었다.

먼저 그는 〈테서레인 애완동물 판매점〉을 불러냈다. "개를 사고 싶어. 강아지 한 마리를."

둥글둥글한 얼굴의 테서레인 주인은 깜짝 놀란 듯이 그를 쳐다보았다. "강아지? 당신답지 않군요, 사이먼. 한번 직접 와 보시지 않겠습니까? 당신이 좋아할 만한 신상품이 여러 개 들어왔거든요."

"내가 원하는 건 상당히 특별한 강아지야. 받아 적게. 어떤 놈을 원하는지 지금부터 설명을 해 줄 테니까."

그다음에 불러낸 사람은 이디 노레디안이었다. "이디, 오늘 홀로그램 녹화 장치를 가지고 우리 집에 와 주지 않겠어? 샌드킹들의 전투를 녹화하고 싶어서 그래. 그걸 친구한테 선물할 생각이야."

전투 장면을 녹화했던 그다음 날 밤, 사이먼 크레스는 늦게까지 잠을 자지 않았다. 그는 감각 유희 장치를 통해 사람들 사이에서 요즘 화제가 되고 있는 새 드라마를 즐긴 다음, 가벼운 식사를 하고 마약 담배를 한두 대 태운 뒤에 와인 병의 마개를 땄다. 아주 좋은 기분으로 술잔을 들고 거실로 갔다.

조명은 꺼져 있었고, 사육기가 발하는 불그스름한 빛 탓에 어둠은 붉고 열에 들뜬 것 같은 느낌을 주었다. 크레스는 그의 왕국을 관찰하기 위해 다가갔다. 검은 샌드킹들이 성을 얼마나 수리해 놓았는지 궁금했다. 강아지는 최후까지 발악을 하며 그들의 성을 폐허로 만들어 놓았기 때문이다.

복구 작업은 순조롭게 진행되고 있었다. 확대 안경을 끼고 작업을 관찰하던 크레스는 무심코 벽에 조각된 자신의 얼굴을 들여다보고 경악했다.

그는 무의식중에 뒤로 물러서서 눈을 깜박였고, 와인을 벌컥 들이켜고는 다시 쳐다보았다.

성벽에 새겨진 얼굴은 여전히 그의 것이었지만 예전과는 전혀 달랐다. 완전히 일그러져 있었다. 볼은 돼지처럼 부풀어 오르고, 입가의 미소도 음흉하기 그지없다. 믿을 수 없을 정도로 악의에 가득 찬 표정이었다.

그는 불안한 표정으로 사육기 주위를 돌며 다른 성들도 살펴보았다. 모두 조금씩 다르기는 했지만 기괴하고 끔찍하게 일그러졌다는 점에서는 똑같았다.

주황색 샌드킹의 성에 새겨진 것은 언제나 그렇듯 세부 묘사가 빠져 있었지만 여전히 괴물 같고 조야한 인상을 주었다— 잔인하게 일그러진 입과 지성이라고는 전혀 찾아볼 수 없는 퀭한 눈동자.

붉은 샌드킹들은 악마적이고 경련하는 듯한 미소를 표현해 놓고 있었다. 입술 끄트머리가 기묘하게 야비한 느낌으로 일그러져 있다. 크레스가 각별히 편애하는 흰 놈들조차도 잔인하고 우매한 신의 얼굴을 새겨놓고 있었다.

사이먼 크레스는 격분을 못 이긴 나머지 술잔을 집어 던졌다.

"네깟 놈들이 감히!" 그는 작은 목소리로 중얼거렸다. "한 1주일쯤 굶어 봐. 이 빌어먹을 버러지 놈들……." 이제는 쇳소리를 내고 있었다. "따끔한 맛을 보여 주겠어." 그러자 좋은 생각이 떠올랐다. 그는 방에서 성큼성큼 걸어 나갔다. 잠시 뒤에 돌아왔을 때는 골동품인 철제 투척 검을 쥐고 있었다. 칼날의 길이는 1미터에 달했고, 칼끝은 아직도 날카로웠다. 크레스는 미소 지었다. 용기 위로 기어 올라가서 덮개를 옆으로 조금 밀쳐 냈다. 사막의 한쪽 구석을 개방하는 동시에 그 자신이 움직이는 데 필요한 만큼의 공간을 확보한 뒤에, 몸을 아래로 기울여 하얀 샌드킹의 성을 칼로 쿡 찔렀다. 칼을 앞뒤로 마구 휘저으며 탑과 누벽과 내벽을 파괴한다. 모래와 돌이 무너져 내리며 기어오르던 모빌들을 묻어 버렸다. 샌드킹들이 만든 오만하고 모욕적인 캐리커처는 그가 손목을 한 번 놀리는 것만으로 흔적도 없이 사라졌다. 그런 다음 그는 〈모〉의 지하 방으로 통해 있는 어두운 성문 입구에 칼끝을 들이대고 힘껏 찔러 넣었다. 작게 철퍽거리는 소리가 나며 칼끝에 저항이 느껴졌다. 다음 순간 하얀색 모빌들은 한 마리도 빠짐없이 몸을 부르르 떨더니 쓰러져 버렸다. 크레스는 비로소 만족감을 느끼고 칼을 잡아 뺐다.

〈모〉가 정말로 죽었는지 궁금해서 잠시 지켜보고 있었다. 칼끝에는 축축하고 끈적이는 것이 묻어 있었다. 그러나 그가 지켜보는 중에 하얀 샌드킹들은 마침내 다시 움직이기 시작했다. 약하고, 완만하게. 그러나 분명히 움직이고는 있다.

크레스는 덮개를 원위치로 밀어 놓고 다음 성을 향해 가려다가 무엇인가가 손을 기어오르는 것을 느꼈다.

그는 비명을 지르며 칼을 떨어뜨렸다. 그러고는 마구 팔을 흔들며 기어오르는 샌드킹을 털어 냈다. 그것이 융단 위로 떨어지자 구두 뒤꿈치로 마구 밟아 으깼고, 모빌이 완전히 죽은 뒤에도 한참 동안을 그렇게 짓이기고 있었다. 아까 밟았을 때는 우두둑 소리가 났다. 크레스는 몸을 떨며 황급히 용기를 밀봉했고, 곧장 샤워실로 달려가 몸을 자세히 검사했다. 벗어 던진 옷은 삶아서 소독했다.

와인을 연거푸 몇 잔 들이킨 뒤에 그는 거실로 돌아왔다. 기껏 샌드킹 한 마리에 놀라 자빠진 자신의 행동이 좀 창피하기도 했다. 그러나 또다시 사육기의 뚜껑을 열고 싶은 마음은 없었다. 앞으로 그 덮개는 영구히 닫힌 채로 있을 것이다. 그러나 다른 놈들에게도 벌을 내릴 필요가 있다…….

그는 와인을 한 잔 더 마시며 머리의 회전을 원활하게 하려고 마음먹었다. 마지막 한 모금을 마셨을 때 영감이 떠올랐다. 그는 히죽 웃으며 사육기로 다가가 습도 조절 장치를 조금 손보았다.

그가 와인 잔을 든 채로 소파에서 곯아떨어졌을 때, 샌드킹의 모래성들은 폭우로 인해 무참하게 녹아내리고 있었다.

　　　　　　● ○

거칠게 문을 두들기는 소리에 크레스는 눈을 떴다.

일어나 앉기는 했지만 몸을 제대로 가눌 수가 없었고, 머리는 욱신욱신 쑤셨다. 와인을 폭음한 다음 날의 숙취는 언제나 최악이다. 그는 비틀거리며 현관을 향해 갔다.

캐스 플레인이 현관 밖에 서 있었다. "이 괴물." 그녀는 말했다. 퉁퉁 부어오른 얼굴에는 눈물 자국이 가득했다. "밤새 울었어, 이 못된 자식. 하지만 이젠 더 못 참아, 사이먼. 이젠 절대로 그냥 놓아둘 수 없어."

"이봐, 진정해." 크레스는 머리를 쥐어 싸며 말했다. "어젯밤 과음한 탓에 죽을 지경이라고."

그녀는 욕설을 내뱉으며 크레스를 옆으로 밀치고 집 안으로 들어왔다. 소란스런 소리를 들은 섐블러가 무슨 소동인지 알아보려고 복도 모퉁이를 돌아 다가왔다. 그녀는 섐블러를 향해 침을 뱉은 뒤 거실로 쳐들어갔다. 크레스는 속수무책으로 겨우 그녀 뒤를 쫓았을 뿐이었다.

"기다려. 당신 지금 어디로…… 그러면 안 돼……." 갑작스런 공포가 그를 사로잡았다. 그녀는 왼손에 육중한 해머를 들고 있었다. "안 돼!"

그녀는 곧장 샌드킹 사육기를 향해 다가갔다.

"이 작은 괴물들을 무척이나 좋아하지, 사이먼? 그렇다면 아예 함께 살게 해 줄게!"

"캐스!"

크레스는 절규했다.

해머를 양손에 쥔 그녀는 혼신의 힘을 쥐어짜서 용기의 옆면을 가격했다. 엄청난 충격음으로 크레스의 머리가 쾅쾅 울렸다. 절망 섞인 낮은 신음 소리가 그의 입에서 흘러나왔다. 그러나 플라스틱은 타격을 견뎌냈다.

캐스가 또다시 해머를 휘둘렀다. 이번에는 쫙 하는 소리와 함께 그물 같은 미세한 금들이 생겨났다.

크레스는 그녀가 세 번째 타격을 가하기 위해 해머를 들어 올린 순간 몸을 날려 그녀를 덮쳤다. 그들은 허우적거리며 바닥에 함께 나뒹굴었다. 해머를 놓친 그녀는 크레스의 목을 조르려고 했다. 그러나 크레스는 그녀를 뿌리치고 그녀의 팔을 깨물었다. 피가 흘렀다. 두 사람은 숨을 헐떡이며 비틀비틀 일어섰다.

"거울로 가서 네 모습을 봐, 사이먼." 그녀는 음울한 어조로 말했다. "입에서 피가 흐르고 있어. 당신의 그 애완동물들하고 똑같은 모습이군. 내 피 맛은 어때?"

"나가!" 그는 어젯밤 쓰던 투척 검이 바닥에 떨어져 있는 것을 발견하고는 재빨리 집어 들었다. "꺼지란 말이야!" 그는 자기 말을 강조하듯이 칼을 휘두르며 위협했다. "다시는 사육기 가까이로 가지 마."

캐스는 조롱하듯이 웃었다. "당신이 나를 막을 수 있어?" 이렇게 말하고는 다시 해머를 집으려고 허리를 굽혔다.

크레스는 절규하며 그녀를 향해 돌진했다. 무슨 일이 일어나고 있는지 미처 깨닫기도 전에 긴 철제 칼날은 그녀의 복부를 완전히 꿰뚫고 있었다. 캐스 믈레인은 믿기지 않는다는 표정으로 그를 쳐다보았고, 그러고는 칼을 내려다보았다. 크레스는 훌쩍이며 뒤로 물러섰다. "이럴 생각이 아니었어……. 난 단지……."

캐스는 칼에 꿰뚫린 채로 피를 흘리며 죽어 가고 있었다. 그러나 안간힘을 쓰며 어떻게든 넘어지지 않고 서 있었다.

"이 괴물."

입이 피로 가득 차 있었지만 그녀는 간신히 이렇게 내뱉었다. 믿을 수 없게도, 그녀는 칼이 꽂힌 채로 몸을 홱 돌려 마지막 힘을 쥐어짜서 사육기로 돌진했다. 이미 금이 가 있던 벽이 마침내 박살이 났고, 캐스 플레인은 쏟아져 내리는 플라스틱과 모래와 진흙 밑에 파묻혀 버렸다.

크레스는 히스테릭한 신음을 내뱉으며 소파 위로 뛰어 올라갔다.

거실의 흙더미 속에서 샌드킹들이 모습을 드러내기 시작했다. 그들은 캐스의 몸 위로 기어오르기 시작했다. 다른 놈들은 주저하면서도 카펫 밖으로 나가려고 했다. 몇 마리가 또 그 뒤를 따르기 시작했다.

그러던 중에 샌드킹이 집결하는 광경을 보았다. 살아 꿈틀거리는 듯한 사각 대형을 이루고 무엇인가를 운반하고 있었다— 형태를 알아볼 수 없는 번들거리는 물체를. 인간의 머리통만 한 날고기 덩어리. 그들은 그것을 사육기에서 꺼내 다른 곳으로 옮기려 하고 있었다. 그것은 맥박 치고 있었다.

크레스는 거실에서 뛰쳐나와 도망쳤다.

● ○

늦은 오후가 되어서야 겨우 집으로 다시 돌아갈 용기를 불러일으킬 수 있었다.

에어카를 타고 50킬로미터가량 떨어진 인접 도시로 도망쳤던 것이다. 공포로 몸을 가누지 못할 지경이었다. 그러나 일단 안전한 곳에 도달한 뒤에는, 작은 레스토랑으로 찾아 들어가서 커피를 연거푸 몇 잔 마시고, 숙취 제거제 두 알을 삼켰다. 아침을 든든히 먹고 나서는 서서히 평정을 되찾을 수 있었다.

정말 끔찍한 아침이었다. 그러나 이렇게 계속 고민한다고 문제가 해결되는 것은 아니다. 그는 커피를 더 주문한 뒤 자신이 처한 상황을 냉정하고 이성적으로 분석하기 시작했다.

캐스 플레인이 그의 손에 의해 죽었다. 경찰에 신고해서 사고였다고 설득할 수 있을까? 불가능해 보였다. 어쨌든 그녀를 칼로 찌른 사람은 크레스 자신이었고, 그의 저택을 찾아왔던 여자 경찰에게는 그녀 일은 내가 알아서 처리하겠다는 말까지 했던 것이다. 모든 증거를 인멸해 버리고, 캐스가 오늘 아침 아무에게도 행선지를 밝히지 않고 집을 나왔기를 비는 수밖에 없었다. 아마 그럴 확률이 높을 것이다. 어젯밤 늦게야 그의 선물을 받아 보았을 테니까 말이다. 그녀는 밤새 울었다고 했고, 저택으로 왔을 때는 혼자였다. 좋아, 그가 처분해야 할 것은 시체 한 구와 에어카 한 대뿐이다.

그리고 샌드킹들이 남아 있다. 사실 그놈들이 더 문제일지도 모르겠다. 지금쯤 모두 탈출했을 것이 뻔하니까 말이다. 놈들이 그의 집 주위와 침대와 옷 속에서 버글거리며 먹이를 찾아 돌아다니고 있을 것을 생각하니 온몸에 소름이 끼쳤다. 사이먼 크레스는 몸서리를 치고는 혐오감을 극복하려고 노력했고, 사실 샌드킹들을 죽이는 일은 그다지 힘들지 않을 것이라고 생각하며 마음을 고쳐먹었다. 모빌들을 빠짐없이 찾아낼 필요는 없는 것이다. 단지 네 마리의 〈모〉를 죽이기만 하면 된다. 그 일이라면 할 수 있을 것이다. 그가 목격했듯이 놈들은 이미 크게 자랐기 때문에 찾아내서 죽이는 것은 어렵지 않다.

에어카를 몰고 집으로 돌아가기 전에 몇 가지 물품들을 구입했다. 머리끝에서 발끝까지 뒤집어쓸 수 있는, 몸에 착 달라붙는 방호용 외피 한 벌과, 바위굼벵이 퇴치용 독약 펠릿이 든 주머니 몇 개 그리고 무허가로 유통되는 강력한 살충제가 든 분무기를 구입했다. 자석식 견인 장치도 하나 샀다.

그날 오후 저택에 착륙한 뒤 그는 차근차근 작업에 착수했다. 먼저 견인 장치를 써서 캐스의 에어카를 자기 것에 연결했다. 그는 캐스의 에어카 안을 뒤지다가 첫 번째 행운과 맞닥뜨렸다. 이디 노레디안이 샌드킹들의 전투를 녹화해 둔 입체 영상 크리스털 칩을 앞좌석에서 발견했던 것이다. 내내 마음에 걸렸는데 다행이다.

에어카를 견인해 갈 준비가 끝난 뒤 그는 외피를 입고 캐스의 시체를 찾기 위해 집 안으로 들어갔다.

시체는 없었다.

빨리 굳는 성질을 가진 모래 더미 사이를 조심스레 살펴보았지만, 시체가 사라지고 없다는 점에는 의심의 여지가 없었다. 혹시 다시 살아나서 자기 힘으로 기어 나간 것일까? 그럴 가능성은 거의 없다. 그러나 일단 조사해 보기로 했다. 저택 내부를 대충 돌아보았지만 시체도, 샌드킹의 흔적도 발견할 수 없었다. 더 이상 자세히 조사해 볼 여유는 없었다. 현관문 밖에 범죄 증거가 될 수 있는 에어카가 주차되어 있는 것이다. 결국 시체는 나중에 찾기로 마음먹었다.

크레스의 저택에서 70킬로미터쯤 북쪽으로 간 곳에는 활화산 지대가 있다. 그는 캐스의 에어카를 끌고 그곳으로 날아갔다. 붉게 번쩍이는 가장 큰 분화구의 상공에 다다른 크레스는 견인 장치의 록을 풀고 캐스의 에어카가 용암 속으로 사라지는 광경을 지켜보았다.

집으로 돌아왔을 무렵에는 땅거미가 지고 있었다. 그는 잠시 주저했다. 한순간 도시로 돌아가 그곳에서 밤을 지낼까 하는 생각이 떠올랐다. 그러나 그는 곧 생각을 고쳐먹었다. 해야 할 일이 남아 있다. 아직 안전하지는 않은 것이다.

그는 저택 주변에 독약 펠릿을 뿌렸다. 아무도 이것을 수상하게 여기지는 않을 것이다. 크레스는 언제나 바위굼벵이 문제로 골머리를 썩이고 있었기 때문이다. 작업이 모두 끝나자 그는 살충제 분무기를 꺼내 들고 다시 집 안으로 들어갔다.

크레스는 집 안을 샅샅이 뒤졌다. 방마다 돌아다니며 불을 켜자, 환한 인공조명으로 저택 전체가 마치 불타고 있는 것처럼 보였다. 거실에서 일단 수색을 중단하고 청소를 하기 시작했다. 삽을 써서 모래와 플라스틱 파편을 부서진 사육기 안에 다시 퍼 담았다. 우려했던 대로 샌드킹들은 모두 사라지고 없었다. 성들은 어젯밤 크레스가 습도 장치를 조작해서 폭우를 퍼부은 탓에 쪼그라들고 일그러진 잔해 정도밖에는 남아 있지 않았다. 그나마 남아 있던 부분도 물이 마르면서 무너져 내리고 있었다.

그는 얼굴을 찌푸리고 살충제 통을 어깨에 맨 채로 수색을 재개했다.

지하의 와인 저장고에서 마침내 캐스 믈레인의 시체를 발견했다.

그녀는 가파른 계단 밑에 큰 대자로 누워 있었다. 마치 높은 곳에서 추락한 것처럼 사지가 뒤틀려 있다. 흰 모빌들이 시체의 전신을 뒤덮고 있었고, 크레스가 지켜보는 사이에도 시체는 잘 다져진 흙바닥 위를 조금

씩 움찔거리면서 이동하고 있었다.

크레스는 웃음을 터뜨리고 조명의 밝기를 최대한으로 올렸다. 멀리 떨어진 저장고 구석에 있는 두 개의 와인 선반 사이에 흙을 다져 만든 작고 낮은 성과 어두운 구멍이 보인다. 지하실 벽에 그의 얼굴의 간단한 윤곽이 새겨져 있는 것도 볼 수 있었다.

시체가 그 성을 향해 몇 센티미터인가 더 이동했다. 갑자기 허기진 하얀 〈모〉가 먹이를 기다리고 있는 광경이 머리에 떠올랐다. 놈은 시체의 발 정도라면 어떻게든 입에 넣을 수 있겠지만, 그 이상은 무리다. 시체를 통째로 가져가서 어쩌겠다는 건지. 그는 다시 한 번 웃음을 터뜨리고는 지하 저장고로 내려가기 시작했다. 계단을 내려가면서 오른팔에 감겨 있는 살충제 호스의 방아쇠에 손가락을 댔다. 샌드킹은 시체를 내팽개치고는 수백 마리가 일체가 되어 전투대형을 짜기 시작했다. 크레스와 〈모〉 사이에 흰색의 거대한 대열이 출현했다.

갑자기 크레스에게 영감이 떠올랐다. 그는 씩 웃고 나서 방아쇠에 댔던 손을 밑으로 내렸다.

"캐스 탓에 난 언제나 소화불량이 되곤 했지." 이렇게 말하면서 자신의 이런 위트에 만족감을 느꼈다. "특히 너희들 같은 크기의 놈들에겐 문제가 더 심각할걸. 좋아, 내가 도와주지. 신이라는 건 바로 이럴 때 쓰라고 있는 거 아니겠어?"

그는 계단을 다시 올라가서 고기를 저밀 때 쓰는 큰 부엌칼을 가지고 돌아왔다. 샌드킹들은 크레스가 캐스 플레인의 시체를 소화하기 쉬운 작은 조각으로 자르는 광경을 참을성 있게 지켜보면서 기다리고 있었다.

• ○

사이먼 크레스는 그날 밤 외피를 입은 채 살충제를 곁에 두고 잤지만, 그것을 쓸 필요는 없었다. 하얀색 샌드킹들은 충분히 만족한 듯 지하실에 머무른 채로 별다른 움직임을 보이지 않았고, 다른 샌드킹들이 나타난 징후도 없었다.

아침이 되자 그는 거실 청소를 끝마쳤다. 다 깨끗하게 치우고 나니 깨진 사육기를 제외하면 싸운 흔적은 조금도 남아 있지 않았다.

간단하게 점심을 먹은 다음 사라져 버린 샌드킹들을 다시 찾아 나섰다. 훤한 대낮에 그들을 찾아내는 것은 그다지 어려운 일이 아니었다. 검정색 샌드킹들은 크레스의 바위 정원에 자리를 잡고 흑요석과 수정을 잔뜩 사용한 성을 구축해 놓고 있었다. 붉은색들은 오랫동안 쓴 적이 없는 수영장 바닥에서 발견되었다. 바람이 날라다 놓은 모래가 수영장 바닥을 뒤덮고 있었던 것이다. 이미 두 색깔의 모빌들 다수가 집 근처를 돌아다니며 땅 위에 떨어져 있는 독약 펠릿을 자기들의 〈모〉에게 가져가고 있었다. 그렇다면 살충제는 쓰지 않아도 된다. 어차피 독약이 그가 할 일을 대신해 주는데 위험을 무릅쓸 필요는 없으니까. 저녁때까지 두 〈모〉는 모두 죽을 것이다.

아직도 찾지 못한 것은 칙칙한 주황색의 샌드킹들뿐이었다. 크레스는 저택 부지를 중심으로 점점 큰 나선을 그리며 수색을 계속했지만 아무런 흔적도 찾을 수가 없었다. 뒤집어쓴 외피 탓에 땀이 나기 시작하자—오늘은 매우 덥고 건조했다—그는 이 수색이 결국 그다지 중요하지 않다는 결론을 내렸다. 놈들이 바깥쪽 어딘가에 있다면, 붉은색이나 검정색과 마찬가지로 독약을 먹었을 테니까 말이다.

크레스는 저택으로 돌아가는 길에 샌드킹 몇 마리를 밟아 으깨면서 약간의 만족감을 맛보았다. 집 안에 들어간 그는 외피를 벗어 던지고 맛있는 요리를 먹었다. 그제야 긴장이 좀 풀리는 것을 느꼈다. 모든 일이 잘 풀리고 있다. 〈모〉 두 마리는 곧 죽을 것이고, 하얀색 샌드킹들은 크레스 자신의 목적 달성을 돕게 한 뒤 언제든지 처분해 버릴 수 있다. 주황색 놈들도 곧 찾을 수 있을 것이라는 확신이 있었다. 캐스가 이 집을 방문했던 흔적은 깨끗이 사라져 있었다.

TV 전화 화면이 반짝이며 그의 몽상을 방해했다. 재드 라키스였다. 오늘 밤 있을 전쟁놀이에 가져올 식육충에 관해 자랑하고 싶은 듯했다.

크레스는 그 일을 까맣게 잊고 있었지만, 곧 침착함을 되찾았다. "아, 재드, 미안해. 미리 연락한다는 걸 깜빡 잊고 있었어. 이젠 그 짓에도 싫증이 나서 말이야, 그 추한 놈들은 몽땅 처분해 버렸다네. 미안하지만 오늘 밤 파티는 없어."

라키스는 이 말에 분통을 터뜨렸다. "그럼 내 벌레는 어디다 쓰란 말인가?"

"과일 바구니에 넣어서 애인한테나 보내면 어때?"

이렇게 말하고는 화면을 껐다. 그러고는 서둘러 다른 사람들에게도 전화를 걸기 시작했다. 샌드킹들이 살아서 집 안팎에서 우글거리는 동안 누군가가 현관문을 두드리는 일은 없어야 하니까 말이다.

그러나 이디 노레디안의 번호를 누르려다가 골치 아픈 문제가 하나 남아 있다는 사실을 떠올렸다. 상대방이 전화를 받아서 화면이 막 밝아지려는 것을 보고, 크레스는 급히 전화를 꺼 버렸다.

이디는 예정대로 약 한 시간 뒤에 도착했다. 그녀는 파티가 취소된 것을 알고 놀랐지만, 크레스와 단둘이서 오늘 밤을 즐길 수 있게 된 데 대해서는 완전히 만족하고 있는 것 같았다. 지난밤에 두 사람이 찍어 보낸 입체 영상에 대해 캐스가 어떤 반응을 보였는지 얘기해 주자 그녀는 무척이나 기뻐했다. 크레스는 그녀와 이런 대화를 나누면서 이디가 그들의 장난에 대해 아무에게도 발설하지 않았다는 사실을 가까스로 확인했다. 크레스는 고개를 끄덕였고, 만족한 표정으로 와인을 잔에 따랐다. 병에는 몇 방울밖에 남아 있지 않았다.

"새것을 한 병 가져와야겠군." 크레스는 말했다. "함께 저장고로 가서 좋은 것을 고르는 걸 도와주지 않겠어? 당신 미각은 언제나 나보다 나았으니까 말이야."

이디는 기꺼이 그를 따라왔지만, 크레스가 지하의 와인 저장고 문을 열고 먼저 들어가라는 시늉을 하자 주저하는 기색을 보였다.

"전등은 어디 있어? 그리고 이 냄새, 이 이상한 냄새는 뭐지, 사이먼?"

크레스가 그녀의 등을 떠밀자 그녀는 깜짝 놀란 표정을 지었고, 비명을 지르며 계단에서 굴러떨어졌다. 크레스는 문을 닫고 미리 준비해 두었던 널빤지와 공기 해머로 문에 단단히 못질을 하기 시작했다. 그 일을 거의 다 끝냈을 때 이디의 신음 소리가 들려왔다.

"나 다쳤어. 사이먼, 도대체 지금 뭘 하고 있는 거야?"

이렇게 말하던 중에 그녀는 느닷없이 새된 비명을 질렀고, 이것은 곧 끊임없는 절규로 바뀌었다.

절규는 몇 시간 동안이나 이어졌다. 그것을 머릿속에서 쫓아 버리기 위해 크레스는 감각 유희 장치를 켜고 코미디 프로그램에 다이얼을 고정시켰다.

이디가 죽었다고 확신한 크레스는 그녀의 에어카를 북쪽 화산으로 끌고 가서 처분했다. 자석식 견인 장치를 산 것은 결과적으로 매우 유용한 투자였다고 할 수 있었다.

●○

다음 날 아침, 확인을 위해 지하실로 내려간 크레스의 귀에 지하 와인 저장고의 문 안쪽에서 뭔가 긁는 듯한 기묘한 소음이 들려왔다. 혹시 이디 노레디안이 아직도 살아 있어서 밖으로 나오기 위해 문을 긁고 있는 걸까? 그는 한동안 불안한 마음으로 귀를 기울였다. 그러나 그럴 가능성은 거의 없다는 생각이 들었다. 아마 샌드킹들이 내는 소리일 것이다. 이 사실이 의미하는 바가 마음에 들지 않았다. 적어도 당분간은 저 문을 봉인해 두는 편이 나을 것이다. 크레스는 지금쯤이면 성 안에서 죽어 있을 붉은 〈모〉와 검은 〈모〉를 묻기 위해 삽을 가지고 저택 밖으로 나갔다.

그러나 크레스의 예상은 완전히 빗나갔다. 그들은 아직도 원기왕성하게 살아 움직이고 있었던 것이다.

검은 샌드킹들의 성에서는 흑요석이 반짝였고, 모빌들은 그 주위에서 우글대며 수리와 증축 작업을 계속하고 있었다. 가장 높은 탑은 크레스의 허리께까지 이르렀고, 그 표면에는 소름 끼치는 표정을 한 그의 얼굴이 새겨져 있었다. 그가 접근하자 검은 모빌들은 재빨리 작업을 중단하고 위협적인 태도로 두 개의 밀집대형을 짰다. 뒤를 흘깃 돌아다보니 다른 놈들이 그의 퇴로를 차단하려 하고 있었다. 그는 기겁하며 삽을 떨어뜨리고는 몇 마리의 모빌들을 구두로 밟아 으깨며 전속력으로 그 함정에서 빠져나왔다. 붉은 샌드킹들의 성은 수영장 벽을 타고 뻗어 올라 있었다. 〈모〉는 모래와 콘크리트의 성벽으로 둘러싸인 자신의 구멍 속에 안전하게 들어앉아 있는 것 같았다. 크레스는 그들이 바위굼벵이와 커다란 도마뱀을 성 안으로 운반하는 광경을 보았다. 공포에 질린 그가 수영장으로 가자 무엇인가 바스락거리는 느낌이 왔다. 밑을 내려다보니 모빌 세 마리가 그의 다리를 기어오르고 있었다. 그는 기겁하며 그것들을 손으로 떨쳐 낸 뒤 짓밟아 죽였지만, 다른 놈들이 계속 빠른 속도로 다가오고 있었다. 다들 그가 기억했던 것보다 훨씬 크기가 컸고, 어떤 놈들은 거의 그의 엄지손가락만 한 크기까지 자라 있었다. 그는 도망쳤다. 가까스로 안전한 집 안으로 들어왔을 때는 가슴이 마구 뛰고 있었다. 그는 가쁜 숨을 몰아쉬며 등 뒤로 문을 닫고 서둘러 자물쇠를 잠갔다. 이 집은 해충 방지 처리가 되어 있기 때문에 안에 머물러 있는 한 안전할 것이다.

독한 술을 한 잔 마시자 신경이 좀 가라앉았다. 그래, 독약도 그놈들에겐 아무 소용이 없단 말이지. 그 정도는 예상했어야 했다. 잘라 위는 그에게 〈모〉는 아무거나 먹는다고 경고하지 않았던가? 역시 살충제를 써야 할 것 같았다. 크레스는 술을 한 잔 더 넉넉히 따라 단숨에 들이켰다. 그러고는 외피를 입고, 살충제 통을 등에 둘러맨 뒤 현관문을 열었다.

밖에서는 샌드킹이 기다리고 있었다.

두 색깔의 군대가 그와 대치했다. 공동의 적에 대처하기 위해 동맹을 맺은 것이다. 그가 예상했던 것보다 훨씬 많았다. 그 빌어먹을 〈모〉들은 바위굼벵이처럼 새끼를 까고 있는 것이 틀림없다. 놈들은 어디에나 있었다. 저택 주위는 꿈틀거리는 모빌의 바다였다.

크레스는 호스를 들어 올리고 방아쇠를 당겼다. 잿빛 안개가 제일 가까운 곳에 도열해 있던 샌드킹의 일단을 뒤덮었다. 호스를 쥔 손을 한쪽 끝에서 반대쪽 끝까지 움직였다.

살충제 안개가 내려앉을 때마다 샌드킹들은 심하게 몸부림치더니 발작적인 경련을 일으키며 죽어 갔다. 크레스는 씩 웃었다. 역시 그의 상대가 못 되는 것이다. 그는 호스를 호(弧)를 그리듯이 움직이며 앞으로 나아갔다. 검정색과 붉은색 모빌들의 시체 더미를 넘고 자신 있게 발을 계속 내딛었다. 샌드킹 군단은 후퇴하기 시작했다. 크레스는 그들 사이를 헤치고 지나가 〈모〉를 향해 전진을 계속했다.

갑자기 후퇴가 멈췄다. 천여 마리의 샌드킹이 한 떼가 되어 노도처럼 그를 향해 몰려왔다.

물론 이 반격은 예상하고 있었다. 그는 그 자리에 그대로 멈춰 서서 전방을 향해 크게 원을 그리듯이 살충제의 검을 휘둘렀다. 그들은 그에게 계속 달려들었고, 차례로 죽어 갔다. 그러나 그중 몇 마리는 안개의 벽을 돌파했다. 동시에 모든 곳에다 살충제를 뿌릴 수는 없기 때문이다. 모빌들이 그의 다리로 기어 올라와서 강화 플라스틱제 외피를 물어뜯고 있었다. 그래 보았자 아무 소용도 없다. 그는 기어오르는 샌드킹들을 무시하고 계속 살충제를 뿌려 댔다.

그때 어깨와 머리 위에 가벼운 충격이 왔다.

크레스는 경련하듯이 몸을 돌려 위쪽을 쳐다보았다. 저택 정면이 샌드킹들로 넘쳐흐르고 있었다. 수백 마리가 넘는 검정색과 붉은색의 모빌들이었다. 그놈들이 공중으로 몸을 던져 그의 머리 위에 비 오듯이 쏟아져 내리고 있었다. 한 마리가 플라스틱제 안면 덮개 위에 내려앉았다. 그것을 미친 듯이 떼어 내 버리기 직전, 그놈의 아가리가 크레스의 눈을 할퀴려는 듯이 딱딱거렸다.

크레스는 마구 호스를 휘두르며 공중으로, 집으로 살충제를 난사했다. 이제 집 앞에 붙어 있던 샌드킹은 전부 죽어 가고 있었다. 그러나 그도 상당한 양의 살충제 안개를 들이켜고 심하게 기침을 했다. 그는 계속 쿨럭거리면서도 살포를 멈추지 않았다. 저택 앞쪽을 일소한 뒤에야 크레스는 등 뒤로 주의를 돌렸다. 놈들은 아직 그의 주위에, 그의 몸 위에 달라붙어 있었다. 수십 마리의 모빌들이 몸 위를 기어 다녔고, 수백 마리 이상이 동료와 합류하기 위해서 계속 다가오고 있었다. 하는 수 없이 그는 자기 몸에도 살충제를 뿌려야 했다. 바로 그때, 호스의 분사가 갑자기 멈췄다. 크레스의 귀에 쉬익 하는 소리가 들렸다. 그러자마자 그의 어깨뼈 사이에서 독성을 가득 품은 안개가 구름처럼 솟아올라 전신을 감싸고 숨을 막히게 했다. 눈이 타는 듯이 아파 오며 흐릿해지기 시작했다. 손으로 호스를 더듬자 죽은 샌드킹들이 가득 잡혔다. 호스는 잘려 있었다. 놈들이 찢어발긴 것이다. 살충제의 장막에 에워싸인 탓에 이제는 아무것도 볼 수 없었다. 그는 비틀거리며 비명을 지르다가 샌드킹을 몸에서 마구 털어 내며 집으로 뛰어들어 갔다.

실내로 들어온 그는 문을 잠그고 양탄자 위로 무너지듯이 쓰러졌고, 몸에 달라붙은 샌드킹들을 전부 으깼다는 확신이 들 때까지 계속 바닥을 뒹굴었다. 이미 살충제 통은 거의 비어 있었고 약하게 바람 빠지는 소리만이 새어 나올 뿐이었다. 크레스는 외피를 벗어 던지고 샤워를 했다. 뜨거운 물줄기에 데어 피부가 살짝 벗겨지고 얼얼해졌지만, 온몸이 근질거리는 듯한 감각은 사라졌다.

옷장을 뒤져 가장 두꺼운 옷을 꺼냈다. 작업복 바지와 가죽 재킷을 집어 들고 신경질적으로 한참을 털어 낸 다음 입었다.

"염병할." 그는 중얼거렸다. "염병할." 목이 칼칼했다. 현관홀을 샅샅이 살펴 아무것도 없다는 것을 확인한 뒤에야 자리에 앉아 술을 따를 여유가 생겼다. "염병할." 그는 계속 중얼거렸다. 손이 떨리는 통에 따르던 술이 양탄자 위에 엎질러졌다.

알코올 기운을 빌려 좀 진정은 됐지만, 공포를 완전히 씻어 내지는 못했다. 두 잔째를 들이킨 후 슬금슬금 창가로 다가갔다. 두꺼운 플라스틱제 창문 표면을 샌드킹이 가로지르고 있었다. 도움을 청해야만 해. 그는 반광란 상태에 빠져 있었다. 당국에 구조 요청을 하면 경찰이 화염방사기를 가지고 달려올 것이다…….

사이먼 크레스는 번호를 누르다가 낮은 신음 소리를 내며 그만두었다. 경찰을 부를 수는 없다. 그런 짓을 한다면 경찰에게 지하실에 있는 흰 샌드킹에 대해 설명해야 할 것이고, 그들은 그곳에서 시체를 찾아낼 것이다. 아마 〈모〉는 지금쯤 캐스 플레인을 다 먹어 치웠겠지만, 이디 노레디안은 아직 남아 있을 것이다. 게다가 이디의 시체는 토막 내지도 않았다. 뼈도 남아 있을 것이다. 그래, 역시 경찰을 부르는 건 최후의 수단으로 남겨 둬야 한다.

그는 통신 콘솔 앞에 앉아 얼굴을 찡그렸다. 통신 장비는 한쪽 벽을 완전히 차지하고 있었다. 여기 앉아서 그는 발두르에 있는 누구에게라도 연락을 취할 수 있다. 돈은 얼마든지 있고, 머리를 잘 굴린다면 이번에도 어떻게든 문제를 해결할 수 있을 것이다. 사이먼 크레스는 언제나 자신의 지략을 자랑스럽게 여기고 있었다. 한순간 잘라 워를 부를까 하는 생각이 떠올랐지만, 곧 포기했다. 워는 너무 많은 것을 알고 있었고, 보나 마나 꼬치꼬치 캐물을 것이다. 그녀는 신뢰할 수 없다. 그렇다. 아무 질문도 하지 않고 그의 요청을 실행에 옮겨 줄 사람이 필요하다. 그런 사람은……

크레스의 찌푸렸던 얼굴에 천천히 미소가 피어나기 시작했다. 사이먼 크레스는 교우 범위가 넓었다. 그는 아주 오랫동안 쓰지 않았던 번호를 눌렀다.

한 여자의 모습이 화면에 나타났다. 긴 매부리코, 은발에 무표정한 얼굴, 그녀의 목소리는 언제나처럼 싹싹하면서 자신감에 차 있었다.

"사이먼, 사업은 잘되어 가?"

"나쁘지 않아, 리산드라."

크레스는 잠시 주저하다가 말을 꺼냈다.

"의뢰하고 싶은 일이 하나 있는데."

"제거? 지난번 이후로 가격이 좀 올랐어, 사이먼. 벌써 10년이 됐으니까 말이야."

"보수는 충분히 줄 수 있어. 내가 인심이 후하다는 건 알고 있잖아? 해충을 박멸하고 싶어."

리산드라는 차갑게 미소 지었다.

"그렇게 빙빙 돌려 말할 필요는 없어, 사이먼. 이 회선에는 도청 방지 처리가 되어 있거든."

"아니, 농담이 아냐. 진짜 해충 때문에 문제가 생겼어. 아주 위험한 해충들이야. 그걸 좀 처리해 줬으면 좋겠어. 질문은 하지 말고. 무슨 뜻인지 알겠지?"

"알았어."

"좋아, 아마…… 서너 명은 필요할 거야. 내열 처리가 된 외피를 입고, 화염방사기나 레이저포, 아니면 그 정도 파괴력을 가진 무기를 가져와야 해. 어쨌든 직접 여기 와서 보면 뭐가 문제인지 알 수 있을 거야. 벌레야. 그것도 셀 수 없을 정도로 많은 벌레들이지. 내 바위 정원하고 오래된 수영장에 가면 성이 두 개 서 있는데, 그것들을 완전히 파괴하고 그 안에 있는 걸 몽땅 죽여야 해. 그 일이 끝나면 현관문을 두드리라고. 그럼 그다음에 할 일을 알려 줄게. 빨리 와 줄 수 있어?"

리산드라의 얼굴은 무표정했다.

"한 시간 안에 출발할게."

●○

리산드라는 약속 시간을 정확하게 지켰다. 그녀는 세 명의 전투 요원들과 함께 날렵한 검정색 에어카를 타고 도착했다. 크레스는 안전한 2층 창가에 서서 그들을 내려다보고 있었다. 네 명 모두 검정색 플라스틱제 외피를 착용하고 있었기 때문에 이목구비를 알아볼 수는 없었다. 전투 요원들 중 두 명은 휴대용 화염방사기를 등에 메고 있었고, 나머지 한 명은 레이저와 폭탄을 가지고 왔다. 리산드라는 빈손이었다. 크레스는 명령을 내리는 사람이 그녀임을 알아볼 수 있었다.

처음에 에어카는 상황을 파악하기 위해 저택 상공을 낮게 통과했다. 샌드킹들은 광분했다. 진홍색과 칠흑의 모빌들이 미친 듯이 저택 주위를 배회하고 있었다. 크레스는 높은 곳에 있었기 때문에 바위 정원에 자리 잡은 성이 잘 보였다. 그것은 이미 어른 남자의 키만큼이나 높아져 있었다. 성벽에는 검은 수비병들이 득실대고 있었고, 모빌의 대군이 성 깊숙한 곳을 향해 끊임없이 흘러들어 가고 있었다.

리산드라의 에어카는 크레스 바로 옆에 내려앉았다. 전투 요원들은 기체에서 뛰어내려 무기를 준비했다. 가까이서 보니 외계인인 듯했다.

검은 샌드킹 군단은 전투 요원들과 성 사이의 지점에 도열했다. 그리고 붉은 샌드킹들은…… 크레스는 갑자기 붉은 모빌들이 사라진 것을 깨닫고 눈을 깜빡였다. 어디로 간 것일까?

리산드라가 손가락으로 가리키며 뭐라고 지시를 내렸다. 두 명의 화염방사기 사수는 좌우로 산개해서 검은 샌드킹을 향해 포문을 열었다. 화염방사기는 낮게 기침하는 듯한 소리를 내다가 이내 포효하기 시작했다. 새파랗고 새빨간 불의 혓바닥이 길게 뻗어 나와 앞에 있는 것들을 남김없이 핥았다. 샌드킹들은 순식간에 바삭바삭하게 구워져 새까맣게 그을린 채로 죽어 갔다. 사수들은 불길을 앞으로 움직이며 효율적으로 목표물을 불태우고 있었다. 그들은 신중하게 보조를 맞춰 전진하기 시작했다.

검은 군단은 불타며 차츰 허물어졌고, 모빌들은 사방으로 도망쳤다. 어떤 놈들은 성을 향해 도망쳤고, 다른 놈들은 적을 향해 돌진해 오기도 했다. 그러나 화염방사기 사수들에게 도달한 모빌은 한 마리도 없었다. 리산드라의 부하들은 완벽한 프로였다.

그때 한 명이 휘청거렸다.

아니, 휘청거린 것처럼 보였다. 다시 한 번 그 장면을 응시한 크레스는 그 전투 요원의 발치에서 땅이 꺼진 것을 보았다. 터널이다. 크레스는 전율했다—터널, 함정이다. 화염방사기 사수는 허리까지 모래 속에 파묻혔다. 그와 동시에 그 주위의 땅이 갑자기 폭발하듯이 솟아올랐고, 그는 진홍색의 샌드킹들 밑에 파묻혀 버렸다. 그는 화염방사기를 내팽개치고 미친 듯이 자기 몸을 쥐어뜯기 시작했다. 소름 끼치는 절규가 길게 들려왔다.

그의 동료는 잠시 망설였지만, 이내 화염방사기를 돌려 그를 향해 발사했다. 불덩이가 전투 요원과 샌드킹들 양쪽을 집어삼켰다. 절규가 뚝 그쳤다. 이에 만족한 두 번째 사수는 성을 향해 몸을 돌리고 한 걸음 더 앞으로 나아갔다. 그러자마자 그의 한쪽 발은 땅을 뚫고 들어가 발목까지 파묻혔다. 깜짝 놀란 사수가 뒤로 발을 빼고 후퇴하려고 한 순간 주위의 모래땅이 한꺼번에 꺼졌다. 사방팔방에서 쏟아져 나온 샌드킹의 대군이 몸부림치며 데굴데굴 구르고 있는 사수의 몸을 뒤덮었다. 아무 쓸모도 없게 된 화염방사기는 땅바닥에 내팽개쳐져 있었다.

크레스는 주의를 끌기 위해 창문을 쾅쾅 두들기며 큰 소리로 말했다. "성이야! 그 성을 없애!"

타고 온 에어카 옆에 서 있던 리산드라는 이 말을 듣고 손짓으로 명령을 내렸다. 세 번째 전투 요원이 레이저를 발사했다. 광선은 눈 깜짝할 새에 땅 위를 가로질러 성의 윗부분을 절단했다. 그는 총구를 밑으로 내려 모래와 바위로 된 흉벽을 갈랐다. 탑이 붕괴됐다. 크레스의 얼굴도 무너져 내렸다. 레이저는 지면을 꿰뚫었고 원을 그리며 그 주위를 훑었다. 성은 완전히 무너졌다. 이제 그것은 모래 더미에 불과했다. 그러나 검은 모빌들은 계속 움직이고 있었다. 〈모〉가 너무 깊은 곳에 묻혀 있는 탓에,

레이저광선도 그곳까지는 미치지 못하는 것이다.

리산드라가 다시 명령을 내렸다. 전투 요원은 레이저포를 내려놓고 폭탄을 준비한 뒤 앞으로 돌진했다. 아직도 연기가 피어오르는 첫 번째 전투 요원의 시체를 뛰어넘은 그는 바위 정원 안의 딱딱한 지면 위에 서서 폭탄을 던졌다. 둥그런 폭탄이 이미 폐허가 된 검은 성 위로 떨어졌다. 폭탄이 터진 순간 크레스는 눈앞이 새하얘지는 것을 느꼈다. 모래와 바위와 모빌 들이 하늘로 날아올랐다가 비 오듯 쏟아지기 시작했다.

드디어 크레스는 검은 모빌들이 죄다 쓰러져 움직이지 않는 것을 확인했다.

"수영장이야!" 그는 창문 너머로 소리쳤다. "수영장 안에 있는 성도 없애 버려!"

리산드라는 금세 그 말을 알아들었다. 지면에는 꼼짝도 않는 검은 모빌들이 어지럽게 널려 있었지만, 붉은 모빌들은 서둘러 후퇴하며 전열을 재정비하고 있었다. 한 명 남은 전투 요원은 어정쩡하게 서 있다가 곧 손을 뻗쳐 폭탄을 하나 더 꺼내 들었다. 그러고는 한 발짝 앞으로 나아갔지만, 리산드라의 명령을 듣고 곧 그녀를 향해 뛰어갔다.

생각해 보면 무척 간단한 일이었다. 그가 에어카를 향해 달려가자, 리산드라는 그를 태우고 상승했다. 크레스는 다른 방으로 달려가 창가에서 그 광경을 지켜보았다. 에어카는 수영장 상공으로 날아온 뒤, 안전하게 거리를 두고 붉은 성을 향해 폭탄을 투하했다. 연거푸 네 번 폭격을 당한 성은 형체를 알아볼 수 없을 정도로 파괴됐고, 붉은 샌드킹들은 동작을 멈췄다.

리산드라는 철저했다. 부하에게 명해 두 개의 성을 몇 번이나 추가로

폭격한 다음 레이저를 써서 조직적으로 그 부근을 소사했다. 너무나도 좁은 구역이었기 때문에 크레스는 더 이상 그곳에 생물이 살아 있지 않을 것이라고 확신했다.

그런 다음 그들은 현관문을 두드렸다. 문을 열어 주면서 크레스는 환희의 표정을 감추지 못했다.

"훌륭해. 정말 멋졌어."

리산드라는 외피의 복면을 벗었다.

"이번 일은 비싸게 먹힐 거야, 사이먼. 전투 요원이 두 명이나 죽은 데다가, 내 목숨조차도 위험했으니까 말이야."

"알아." 크레스는 황급히 대답했다. "두둑한 보수를 약속하지, 리산드라. 아무리 비싸도 괜찮아. 이제 남은 일을 완전히 끝내 주기만 하면 돼."

"무슨 일이 남았는데?"

"지하실의 와인 저장고를 청소해 줘." 크레스는 말했다. "그곳에 성이 하나 더 있어. 이번엔 폭탄을 쓰지 말고. 내 집이 눈앞에서 무너져 내리는 걸 보고 싶지는 않으니까 말이야."

리산드라는 부하에게 손짓을 했다. "밖으로 나가서 라즈크의 화염방사기를 가져와. 아직 쓸 수 있을 거야."

그는 무기를 메고 돌아와서 언제든 사용할 수 있도록 준비를 갖췄다. 크레스는 그들을 와인 저장고로 안내했다.

육중한 문은 크레스가 떠났을 때와 마찬가지로 못질이 되어 있었다. 그러나 문은 바깥쪽을 향해 약간 부풀어 올라 있었다. 마치 내부에서 굉장한 압력을 받고 있는 것 같았다. 그 광경은 주위를 뒤덮고 있는 정적과 마찬가지로 크레스를 불안하게 만들었다. 그는 문에서 충분히 떨어진 곳에 서서 리산드라의 부하가 못과 판자를 뜯어내는 장면을 보고 있었다.

"여기서 써도 안전한 거야?" 크레스는 화염방사기를 가리키며 말했다. "불이 나면 좀 곤란한데……."

"여기 레이저가 있어." 리산드라가 대답했다. "놈들을 죽일 때는 이걸 쓸 작정이니까, 아마 화염방사기는 필요하지 않겠지. 만일의 사태에 대비해서 가져왔을 뿐이야. 화재보다 더 나쁜 사태가 일어날 수 있다는 사실을 알아야 해, 사이먼."

이 말에는 고개를 끄떡이는 수밖에 없었다.

지하 저장고의 문에서 마지막 판자가 뜯겨 나갔다. 아래쪽에서는 아직 아무런 소리도 들리지 않는다. 리산드라가 명령을 내리자 그녀의 부하는 뒤로 물러나서 자리를 잡고 문을 향해 화염방사기를 겨눴다. 리산드라는 이마의 안면 덮개를 내리고 레이저를 들어 올렸다. 그러고는 앞으로 한 발자국 내딛은 뒤 문을 잡아당겼다.

어떤 움직임도, 소리도 없었다. 아래쪽은 칠흑처럼 껌껌했다.

"전등은 없어?"

리산드라가 물었다.

"문 바로 안쪽에 있어. 오른쪽에 말이야. 계단 내려갈 때는 조심해. 상당히 가파르니까."

그녀는 안으로 걸어 들어가 레이저를 왼손에 바꿔 잡은 뒤 오른손을 뻗어 벽을 더듬었다. 아무 일도 일어나지 않았다.

"손에 뭔가 잡히기는 해." 리산드라가 말했다. "하지만 이건……."

그러자마자 그녀는 비명을 질렀고, 비틀거리며 뒤로 고꾸라졌다. 거대한 흰색 샌드킹이 그녀의 손목을 꽉 깨물고 있었다. 양쪽 턱이 외피를 뚫은 부분에서 피가 솟구치고 있었다. 거의 그녀의 손만큼이나 큰 놈이었다.

리산드라는 공황 상태에서 방 안을 껑충껑충 뛰어다니며 가까운 벽에 대고 손목을 마구 내리쳤다. 그녀는 계속 그 짓을 되풀이했다. 그럴 때마다 철퍽거리며 둔탁한 소리가 났다. 샌드킹이 손에서 겨우 떨어져 나가자 그녀는 흐느끼면서 바닥에 무릎을 꿇었다. "손가락뼈가 부러진 것 같아." 힘없는 목소리였다. 피가 잔뜩 흘러나오고 있었다. 레이저는 지하실로 통하는 문 옆에 떨어져 있었다.

"난 저 아래로는 내려가지 않겠어."

그녀의 부하가 또렷하고 단호한 어조로 말했다.

리산드라는 그를 올려다보았다.

"그래. 문 앞에 서서 전부 태워 버려. 모두 재로 만들어 버리란 말이야. 알았어?"

그는 고개를 끄덕였다.

사이먼 크레스는 신음했다. "내 집." 그는 말했다. 욕지기가 났다. 하얀 샌드킹은 너무도 크게 자라 있었다. 저 아래엔 저런 놈들이 얼마나 더 있을까?

"안 돼." 크레스는 말했다. "그냥 놔둬. 마음이 바뀌었어. 건드리지 말고 그냥 놔둬야 해."

리산드라는 그의 말을 오해했다. 그녀는 손을 내밀어 보였다. 피와 거무스름한 녹색 농즙으로 뒤덮여 있었다.

"당신의 작은 괴물은 이 장갑을 뚫고 나를 물었어. 그놈을 떼어 내는 데 얼마나 힘이 들었는지 직접 봤잖아? 이젠 당신 집이 어떻게 되든 난 상관 안 해, 사이먼. 빨리 저 아래 있는 것들을 모두 죽여야 해."

크레스는 그녀의 말에 거의 귀를 기울이지 않았다. 지하실 문 너머의 어둠 속에서 어떤 움직임을 본 것 같았다. 그는 리산드라를 공격했던 놈만큼 커다랗게 자란 흰 샌드킹들이 떼거지로 몰려나오는 광경을 상상해 보았다. 자기 자신의 몸이 수백 개의 작은 팔에 들어 올려진 채로 〈모〉가 배를 주리며 기다리고 있는 어둠 속으로 끌려가는 광경이 뇌리에 떠오른다. 그는 전율했다. "안 돼."

그들은 그를 무시했다.

크레스는 앞으로 뛰쳐나가서 화염방사기의 방아쇠를 막 당기려고 하는 전투 요원의 등을 어깨로 들이받았다. 상대방은 낮게 비명을 질렀고, 균형을 잃고 어둠 속으로 굴러떨어졌다. 크레스는 그가 계단을 굴러떨어지는 소리에 귀를 기울였다. 잠시 뒤, 다른 소리가 들려왔다— 마구 달려오는 소리, 물어뜯는 소리, 무엇인가가 철퍽거리는 소리.

크레스는 몸을 홱 돌려 리산드라를 마주 보았다. 온몸이 식은땀으로 흠뻑 젖어 있었다. 그는 병적인 흥분에 사로잡혀 있었다. 성적인 흥분에 가깝다.

리산드라의 냉정하고 침착한 눈이 안면 덮개 너머로 그를 응시했다. "지금 무슨 짓을 하는 거야?" 크레스가 지하실 입구에 떨어져 있는 레이저를 집어 들자 그녀는 따지듯이 물었다. **"사이먼!"**

"화해를 하는 거야." 그는 킬킬거리며 말했다. "놈들은 자기들의 신을 해치지는 않을 거야. 그 신이 선하고 자비롭게 행동하는 한은 말이야. 나는 잔인했어. 놈들을 굶겼으니까. 이제 난 속죄를 해야 해. 알겠어?"

"미쳤어."

리산드라가 말했다. 이것은 그녀가 한 마지막 말이었다. 크레스는 레이저로 그녀의 가슴에 사람 팔이 들어갈 만한 크기의 구멍을 냈다. 그런 다음 시체를 끌고 가서 지하실 계단 밑으로 떨어뜨렸다. 소음이 한층 더 심해졌다. 샌드킹의 키틴질 갑옷이 딱딱 부딪치는 소리, 무엇인가를 갉는 소리, 무거운 액체가 출렁이는 소리. 크레스는 다시 한 번 문에 못질을 했다.

그곳에서 도망치면서 달콤한 시럽 같은 것이 마음속의 공포를 감싸는 듯한 깊은 만족감을 느꼈다. 이것이 자신의 감정이라고는 믿기 힘들었지만 말이다.

그는 집에서 나갈 생각을 했다. 도시로 날아가서 하룻밤 지낼 방을 얻는 것이다. 아니, 아마 1년쯤 그러는 편이 좋을지도 모른다. 그러나 그러는 대신 그는 술을 마셨다. 왜 그런 행동을 했는지 그 자신도 정확하게 알 수 없었다. 몇 시간 동안이나 계속해서 술을 퍼마셨고, 급기야는 거실 양탄자 위에 심하게 토해 버리기까지 했다. 그러다가 어느새 잠이 들었다. 깨어나 보니 집 안은 캄캄했다.

그는 긴 소파 위에서 몸을 움츠렸다. 이상한 소리가 들려왔다. 무엇인가가 벽 위에서 돌아다니고 있었다. 그것들은 그를 온통 에워싸고 있었다. 청각이 비정상적으로 예민해져 있었다. 바스락거리는 소리는 모두 샌드킹들의 발자국 소리일 것이다. 그는 눈을 감고 기다렸다. 놈들의 끔찍한 감촉을 느낄 것을 예상하며, 놈들과 몸이 스치는 것이 두려워 움직일 수가 없었다.

크레스는 흐느꼈다. 그리고 꼼짝도 않고 있었다. 그러나 아무 일도 일어나지 않았다.

그는 다시 몸을 떨며 눈을 떠 보았다. 그림자들이 서서히 부드러워지며 녹기 시작했다. 달빛이 높은 창문을 통해 스며들었다. 사물이 조금씩 보이기 시작했다.

거실은 텅 비어 있었다. 그곳엔 아무것도 없었다. 아무것도 없다. 술 취한 자의 두려움에 불과했던 것이다.

크레스는 마음을 굳게 먹고 자리에서 일어나 전등을 켜기 위해 걸어갔다.

아무것도 없었다. 방에는 정적이 감돌고 있었다.

귀를 기울여 보았다. 침묵. 벽에서도 소리는 들리지 않는다. 그의 두려움은 모두 환각이었던 것이다.

리산드라와 지하실에 있던 것들에 대한 기억이 갑자기 떠올랐다. 수치심과 분노가 몰려왔다. 왜 나는 그런 짓을 했을까? 그녀를 도와 그것들을 태워 죽여야 했다. 그런데 왜…… 그는 이유를 알고 있었다. 〈모〉가 그렇게 하도록 시켰던 것이다. 그에게 두려움을 심어 준 것이다. 워는 이 생물이 초감각적 지각력을 가지고 있다고 말한 적이 있다. 작을 때도 그랬는데, 지금은 훨씬 크게, 거대하게 자라 있다. 그놈은 캐스와 이디를 먹어 치웠다. 지하실에는 두 구의 시체가 더 있다. 그놈은 계속 자랄 것이다. 게다가 사람 고기에 맛을 들였다…….

그는 다시금 떨기 시작했지만 곧 자제력을 되찾았다. 떨림이 멎었다. 샌드킹은 그를 해치지는 않을 것이다. 그는 신이었고, 신은 하얀 샌드킹을 언제나 편애하지 않았던가.

그러나 투척 검으로 그들의 성과 〈모〉를 찌른 사실이 머리에 떠올랐다. 캐스가 오기 전의 일이다. 나쁜 것은 그 여자였다.

이곳에 마냥 머무를 수는 없다. 〈모〉는 언젠가 다시 배를 곯을 것이다. 지금 몸집으로 봐선 그리 오래갈 것 같지도 않다. 놈의 식욕은 엄청나다. 그놈이 굶주림을 느끼면 어떤 일이 일어날까? 〈모〉가 아직 와인 저장고 안에 갇혀 있는 동안 안전한 도시로 도망쳐야 한다. 지하실에는 회반죽과 단단한 흙밖에는 없으니까, 모빌들은 언제라도 터널을 팔 수 있을 것이다. 만약 놈들이 자유롭게 밖으로 나와 돌아다닌다면……. 그런 일은 상상하고 싶지도 않았다.

그는 침실로 가서 짐을 꾸렸다. 가방 세 개를 챙겼다. 갈아입을 옷은 한 벌이면 족하다. 남은 자리에는 보석, 미술품, 기타 버리고 갈 수 없는 귀중품 전부를 채워 넣었다. 다시 이곳으로 돌아올 생각은 없었다.

샘블러가 계단 아래까지 그를 따라 나와 표독스럽게 빛나는 새빨간 눈으로 그를 쳐다보았다. 평소에는 제 스스로 먹이를 찾아먹는 놈이지만, 최근에는 먹이 자체가 태부족인 것이다. 다리에 매달리려고 하는 것을 고함을 지르며 발로 차서 쫓아 버렸다. 샘블러는 골을 내며 재빨리 도망쳤다.

가방을 든 크레스는 뒤뚱거리며 밖으로 나온 뒤 문을 닫았다.

그러고는 잠시 동안 현관문에 등을 기대고 서 있었다. 심장이 가슴 속에서 방망이질 치기 시작했다. 그와 에어카 사이의 거리는 단지 몇 미터에 불과했지만, 그 거리를 가로질러 가는 것이 몹시 두려웠다. 달빛은 밝았고, 저택 정면에는 대학살의 현장이 펼쳐져 있었다. 리산드라의 부하 시체 두 구가 뒹굴고 있었다. 한 명은 온몸이 뒤틀린 채로 숯처럼 새까맣게 타 있었고, 다른 한 명은 샌드킹들의 시체 더미 밑에 깔려 있었다. 그리고 모빌들, 검은색과 붉은색 모빌들이 주위를 온통 메우고 있었다. 그놈들이 죽어 있다는 사실을 받아들이는 것은 무척이나 힘이 들었다. 실은 여전히 살아 있고, 다만 과거에 그랬던 것처럼 꼼짝 않고 기다리고 있는 것처럼 보였기 때문이다.

말도 안 돼. 크레스는 혼자서 중얼거렸다. 술을 먹고 취해 있었을 때처럼 또 두려워하는 건가? 성들이 산산조각 나는 장면을 내 눈으로 똑똑히 보지 않았는가. 검정색과 붉은색 〈모〉는 죽었다. 하얀색 〈모〉는 지하실에 갇혀 있다. 그는 몇 번이나 신중하게 심호흡을 한 뒤 주위에 널려 있는 샌드킹들 위로 한 걸음 내딛었다. 발바닥 밑에서 바스라진다. 크레스는 그것들을 우악스럽게 짓밟아 뭉개 버렸다. 샌드킹들은 꼼짝도 하지 않았다.

크레스는 미소를 떠올리고는 주위에 귀를 기울이며 천천히 전쟁터를 가로지르기 시작했다.

안전한 소리.

바삭. 우두둑. 바삭.

그는 가방을 모두 땅에 내려놓고 에어카의 문을 열었다.

어둠 속에 있던 무언가가 달빛 아래에서 움직였다. 앞좌석에 희끄무레한 것이 웅크리고 있었다. 그의 팔뚝만 한 그것은 좌우의 턱을 가볍게 딱딱거렸다. 몸통 전체를 둘러싼 여섯 개의 작은 눈이 그를 올려다보고 있었다.

크레스의 아랫도리가 축축해졌다. 그는 천천히 뒷걸음질 쳤다.

에어카 안에서 또 다른 움직임이 있었다. 문을 연 채로 놓아 둔 것이 실수였다. 그 샌드킹은 에어카에서 나와 그를 향해 천천히 다가오기 시작했다. 다른 놈들이 그 뒤를 따랐다. 좌석의 시트로 파고들어 가 숨어 있다가 이제 모습을 드러낸 것이다. 그들은 들쭉날쭉한 원진을 짜고 에어카를 포위했다.

크레스는 입술을 핥으며 뒤로 돌아서서 재빨리 리산드라의 에어카를 향해 달려갔다.

그러나 그는 반도 채 못 가서 멈춰 섰다. 그쪽에서도 무엇인가가 꿈틀거리고 있었다. 거대한 구더기 같은 것이 달빛을 받고 희미하게 떠올랐다.

크레스는 훌쩍훌쩍 울며 집으로 도망쳤다. 현관 근처에 다다랐을 때 고개를 들어 위를 쳐다보았다.

열 마리 안팎의 길고 흰 것이 건물의 벽 위를 기어 다니고 있었다. 그 중 네 마리는, 예전에는 독수리의 둥지였고 지금은 쓰이지 않는 종탑의 꼭대기 근처에 밀집해 있었다. 무엇인가를 새기고 있다. 얼굴이다. 아주 낯익은 얼굴.

사이먼 크레스는 날카로운 비명을 지르며 집 안으로 뛰어들어 갔다.

●○

술잔을 거듭해서 비운 뒤에야 방금 본 것을 잊고 곯아떨어질 수 있었다. 그러나 결국은 잠에서 깨어났다. 이 모든 것에도 불구하고 그는 깨어났다. 극심한 두통. 악취. 그리고 배가 고팠다. 견딜 수 없을 정도로. 일찍이 이렇게 배가 고팠던 적은 없었다.

그러나 크레스는 이 위장을 도려내는 듯한 허기가 실은 자기 것이 아님을 잘 알고 있었다.

흰 모빌 한 마리가 침실의 경대 위에서 더듬이를 조금 움직이며 그를 보고 있었다. 어젯밤 에어카에서 보았던 놈만큼이나 컸다. 그는 움츠러들지 않으려고 필사적으로 노력했다. "먹이…… 먹이를 줄게." 그는 모빌에게 말했다. "먹이를 줄게." 입안이 지독하게 말라서 사포처럼 까끌까끌했다. 그는 입술을 핥으며 방에서 도망쳤다.

저택 전체가 샌드킹으로 가득 차 있었다. 발을 디딜 때도 밟지 않도록 주의해야 할 정도였다. 모빌들은 죄다 각자의 일에 몰두하고 있는 것처럼 보였다. 저택을 개조하고 있는 것이다. 그들은 벽 안팎을 들락거리며 조각을 하고 있었다. 크레스는 예기치 못했던 장소에서 그를 내려다보고 있는 그 자신의 초상을 두 번이나 보았다. 흉하게 일그러지고, 공포에 질린 나머지 납빛으로 변한 얼굴을.

흰 〈모〉의 굶주림을 어떻게든 달래 주기 위해 그는 정원에서 썩어 가고 있을 두 구의 시체를 가지러 바깥으로 나왔다. 모두 사라지고 없었다. 그는 그제야 모빌들이 아주 무겁고 덩치가 큰 먹이를 얼마나 쉽게 운반하는지를 상기했다.

그는 전율했다. 〈모〉는 그들을 다 먹어 치우고서도 여전히 허기를 느끼고 있는 것이다.

크레스는 집으로 들어서다가 대열을 짠 채 계단을 내려오고 있는 샌드킹들과 맞부닥뜨렸다. 각자 샘블러를 한 조각씩 운반하고 있었다. 샘블러의 머리통이 그를 지나치며 비난하는 듯한 눈초리로 그를 쏘아보았다.

크레스는 냉장고, 찬장, 기타 모든 장소에 저장되어 있는 식량을 죄다 꺼내 부엌 바닥 한가운데에 쌓아 놓았다. 십여 마리의 샌드킹들이 기다리고 있다가 그것을 운반해 갔다. 그들은 냉동식품이 저절로 녹아서 물이 질질 흘러내릴 때까지 방치해 두었고, 다른 것들은 전부 가져갔다.

모든 식량이 사라졌을 무렵에야 크레스는 허기가 조금 누그러진 것을 느꼈다. 그 자신은 아무것도 먹지 않았는데도. 그러나 틀림없이 이 유예 기간은 오래가지 못할 것이다. 〈모〉는 또다시 배고픔을 느낄 것이 뻔했다. 또 먹이를 줄 필요가 있었다.

크레스는 이제 무슨 일을 해야 할지 알고 있었다. 그는 통신 콘솔 앞으로 갔다.

"말라다?" 첫 번째 친구가 나오자 그는 가벼운 어조로 말하기 시작했다. "오늘 밤 작은 파티를 열 작정이야. 너무 급작스런 초대라는 건 나도 잘 알아. 하지만 참석해 줬으면 정말 기쁘겠어, 정말로."

그다음엔 재드 라키스를 불러냈고, 그렇게 다른 사람들도 초대했다. 통화를 모두 끝냈을 때에는 도합 아홉 명이 초대를 수락했다. 크레스는 그걸로 충분하기를 간절히 바라고 있었다.

크레스는 밖에서 손님들을 맞았다. 모빌들은 놀랄 정도로 신속하게 뜰을 치워 놓았고, 정원 바닥은 전투 전과 거의 같은 상태로 돌아가 있었다. 그는 손님들과 함께 걸어 들어와서 먼저 그들을 집 안으로 들여보냈다. 그는 들어가지 않았다.

네 명이 안으로 들어간 뒤, 크레스는 마침내 용기를 쥐어짜서 마지막으로 들어간 손님의 등 뒤에서 현관문을 닫았다. 그는 경악에 찬 외침을 무시했고, 그것이 곧 혼란스럽고 날카로운 비명의 합창으로 바뀌는 것을 들으며 마지막 손님이 타고 온 에어카를 향해 달려갔다. 무사히 조종석에 미끄러져 들어간 그는 시동 스위치를 엄지손가락으로 눌렀다. 다음 순간 그는 욕설을 내뱉었다. 역시 소유자의 지문이 맞을 경우에만 작동하도록 프로그래밍이 되어 있었던 것이다.

그다음에는 재드 라키스가 도착했다. 크레스는 착륙한 에어카에서 내려오는 라키스에게 달려가 팔을 붙잡았다.

"다시 들어가, 빨리." 그는 상대방을 밀었다. "도시로 데려다 줘! 서둘러, 재드. **당장 여기서 빠져나가야 해!**"

그러나 라키스는 그를 쳐다보며 움직이려고 하지 않았다. "왜 그래? 무슨 일이지, 사이먼? 뭐가 뭔지 모르겠군. 파티는 어떻게 된 거야?"

이러면서 시간을 끈 것이 치명적이었다. 그들 주위에서 부드러운 모래가 움직이기 시작했고, 복수심으로 불타는 붉은 눈이 그들을 쏘아보는 것과 동시에 양 턱이 딱딱 마주치는 소리가 들려왔다. 라키스는 금방이라도 숨이 멎을 듯한 소리를 내며 에어카로 돌아가려고 했다. 그러나 그 즉시 모빌의 강력한 좌우 턱이 그의 발목을 물고 늘어졌기 때문에 마침내 견디지 못하고 무릎을 꿇고 말았다. 주위의 모래가 지면 아래의 움직임 때문에 부글부글 끓고 있는 것처럼 보였다. 라키스는 소름 끼치는 비명을 지르며 땅 위를 마구 뒹굴었지만, 금세 찢어발겨져 산산조각이 나고 말았다. 도저히 두 눈 뜨고는 볼 수 없는 광경이었다.

그 일이 있은 뒤, 크레스는 더 이상 도망치려고 하지 않았다. 모든 것이 끝났을 때 그는 주류 캐비닛 안에 들어 있던 술을 전부 마셔 버리고 엉망으로 취했다. 이 사치를 즐길 수 있는 것도 이번이 마지막이라는 사실을 그는 알고 있었다. 이제 집에 남은 술이라고는 와인 저장고에 있는 것들뿐이다.

하루 종일 음식이라고는 전혀 입에 대지 않았음에도 불구하고 크레스는 배가 터질 듯한 포만감을 맛보며 곯아떨어졌다. 그 끔찍한 굶주림도 이제는 사라지고 없었다. 악몽에 빠져들기 전에 그가 마지막으로 했던 생각은, 내일은 누구를 초대할까 하는 것이었다.

아침 날씨는 덥고 건조했다. 눈을 뜬 크레스는 또 경대 위에 흰 샌드킹이 있는 것을 보았다. 그는 꿈이 빨리 사라져 주기를 빌며 다시 눈을 감았다. 그러나 그것은 사라지지 않았다. 다시 잘 수도 없었다. 그놈에게서 눈을 뗄 수가 없었다.

5분 가까이 쳐다보고 나서야 뭔가 이상하다는 것을 깨달았다. 샌드킹이 전혀 움직이지 않고 가만히 있는 경우는 더러 있었다. 그들이 꼼짝 않고 뭔가를 계속 노려보고 있는 광경을 셀 수 없을 만큼 자주 보았던 것이다. 그러나 그럴 때도 조금씩은 몸의 어딘가를 움직이고 있었다. 턱을 딱딱거리거나 다리를 바르르 떨거나 가늘고 긴 더듬이를 움직이거나 휘두르곤 했던 것이다.

그러나 경대 위의 샌드킹은 완전히 정지해 있었다.

크레스는 숨을 죽이고 일어섰다. 큰 기대를 갖고 있지는 않았다. 이놈은 죽은 것일까? 아니면 다른 무엇인가가 이놈을 죽였을까? 그는 방을 가로질러 경대 앞으로 갔다.

샌드킹의 눈들은 마치 검은 유리알 같았다. 몸체가 부풀어 오른 것처럼 보였다. 내부는 썩어서 말랑말랑해지고 안에 가득 찬 가스가 하얀 갑각을 바깥쪽으로 밀어내고 있는 듯한 느낌이었다.

크레스는 떨리는 손을 뻗쳐 그것에 손을 대 보았다.

그것은 따뜻했다. 뜨거울 정도였다. 지금도 계속 뜨거워지고 있었다. 여전히 꼼짝도 않는 채로.

껍데기를 가만히 잡아당겨 보니까 몸체에서 떨어져 나왔다. 그 안의 살은 바깥쪽과 마찬가지로 흰색이었지만 좀 더 부드러운 느낌을 주었고, 부풀어 오른 상태로 열을 내고 있었다. 그것은 마치 맥박 치고 있는 것처럼 보였다.

크레스는 뒷걸음질 치다가 곧 문으로 달려갔다.

현관홀에는 하얀 모빌이 세 마리 더 누워 있었다. 침실에서 본 놈과 동일한 상태였다.

샌드킹들을 뛰어넘으며 그는 계단을 뛰어 내려갔다. 한 놈도 움직이지 않았다. 저택은 그런 놈들로 가득 차 있었지만, 모두 죽었거나 혹은 혼수상태에 빠져 있는 것들뿐이었다. 그는 그들에게 무슨 일이 일어났는지는 전혀 관심이 없었다. 단지 그들이 움직이지 않는다는 사실만으로도 충분했다.

그의 에어카에서 샌드킹을 네 마리 발견했다. 한 놈씩 집어 들고 될 수 있는 한 멀리 던져 버렸다. 빌어먹을 괴물 놈들. 그는 반쯤 뜯어 먹힌 좌석에 자리를 잡고 앉아 시동 스위치를 엄지손가락으로 눌렀다.

아무 일도 일어나지 않았다.

크레스는 다시, 또다시 시도해 보았다. 아무 일도 일어나지 않았다. 이럴 리가 없다. 이것은 내 전용 에어카가 아닌가. 시동이 걸려야 한다. 왜 떠오르지 않는 걸까? 도무지 이해할 수 없었다.

그는 밖으로 나와 최악의 사태를 예상하며 에어카를 점검해 보았다. 이유를 알았다. 샌드킹들이 중력 그리드를 갈가리 물어뜯어 놓은 것이다. 그는 이제 독 안에 든 쥐나 다름없었다. 함정에서 빠져나갈 수는 없다.

크레스는 암울한 기분이 되어 다시 집으로 들어갔다. 미술품 진열실로 가서 고대 검투사용 도끼를 아래로 내렸다. 그러고는 일에 착수했다. 모빌들은 그가 도끼로 찍어 산산조각을 내도 전혀 움직이지 않았다. 그들의 몸은 내리찍히자마자 풍선처럼 터져 버렸다. 그 내부는 차마 쳐다볼 수 없을 정도로 징그러운 모습이었다. 반쯤 형성된 기괴한 내장. 인간의 피와 흡사한, 불그스름하고 걸쭉한 분비액. 그리고 노란 농즙.

크레스는 스무 마리 가까이를 도끼로 찍어 버린 뒤에야 자신이 하고 있는 일이 얼마나 덧없는 짓인지 깨달았다. 모빌은 허수아비에 불과하다. 게다가 너무 수가 많았다. 밤새도록 죽이고 다닌다고 해도 전부 죽이지는 못할 것이다.

와인 저장고로 내려가 〈모〉를 도끼로 내리치는 수밖에 없었다.

단단히 마음을 다져 먹고 지하실로 내려갔다. 문이 보이는 곳까지 다다르자 일단 그 자리에 멈춰 섰다.

그것은 더 이상 '문'이 아니었다. 벽은 다 뜯어 먹혀 버렸고, 입구에는 예전보다 두 배 가까이 큰 둥그런 구멍이 나 있었다. 그 검은 심연에서 못질을 한 문의 흔적은 찾아볼 수조차 없었다.

숨이 막힐 듯한 지독한 악취가 밑에서 올라오고 있었다.

축축한 벽은 피로 끈적거렸고 흰 곰팡이로 군데군데 뒤덮여 있었다.

제일 견딜 수 없는 것은 '그것'이 호흡하고 있는 모습이었다.

반대편에 서 있던 크레스는 그것이 숨을 내쉬었을 때 뜨뜻미지근한 바람이 훅 끼쳐 오는 것을 느꼈다. 어떻게든 질식하지 않고 숨을 쉬려고 했지만 바람의 방향이 바뀌자 그는 참지 못하고 도망쳐 나오고 말았다.

거실로 돌아간 그는 모빌을 세 마리 더 박살낸 다음 그대로 쓰러져 버렸다. 도대체 무슨 일이 일어나고 있는 걸까? 이해할 수 없었다.

그때 그는 이 일을 설명해 줄 수 있을지도 모르는 유일한 인물을 생각해 냈다. 크레스는 다시 한 번 통신 콘솔 쪽으로 갔다. 서두르는 통에 샌드킹을 한 마리 밟아 버렸다. 그는 통신기가 아직 작동하고 있기를 간절히 기원했다.

잘라 워가 응답했을 때, 그는 감정이 북받친 나머지 그때까지의 일을 낱낱이 그녀에게 털어놓았다.

그녀는 그의 고백을 가로막지 않고 끝까지 말하게 놔두었다. 야위고 창백한 얼굴을 약간 찌푸렸던 것을 제외하면 거의 아무런 표정도 보이지 않았다. 크레스가 말을 끝마쳤을 때 그녀는 단지 이렇게 말했을 뿐이다.

"당신을 내버려 두는 게 상책이군요."

크레스는 훌쩍거리기 시작했다.

"그러면 안 돼. 날 살려 줘. 돈이라면 얼마든지……"

"내버려 둬야 마땅하군요." 워가 되풀이했다. "하지만 그러지는 않겠습니다."

"고마워." 크레스는 훌쩍이며 말했다. "정말로 고맙—."

"조용히 하세요." 워는 그의 말을 가로막았다. "지금부터 내가 하는 말을 잘 들어요. 일이 이렇게 된 것은 전부 당신 탓입니다. 샌드킹들을 잘 기르면 그들은 더할 나위 없이 예의 바르게 전쟁을 수행하는 전사가 됩니다. 하지만 당신은 굶주림과 고통으로 그들을 뭔가 다른 것으로 바꿔 버렸어요. 당신은 그들의 신이었습니다. 지금 그들이 그렇게 된 것은 순전히 당신 때문입니다. 지하실에 있는 그 흰색 〈모〉는 병에 걸려 있습니다. 당신이 입힌 상처로 인해 아직도 고통 받고 있는 것입니다. 아마 발광했을지도 몰라요. 행동이…… 정상이 아니니까 말입니다.

될 수 있는 한 빨리 그곳에서 빠져나오세요. 모빌들은 죽은 게 아닙니다, 크레스. 잠시 휴면기에 들었을 뿐입니다. 예전에 외골격을 벗으면 더 커진다고 말해 준 적이 있지요? 보통은 당신 것에 비해 더 일찍 허물을 벗습니다. 또 유사 곤충 단계에 있는 샌드킹이 그렇게 크게 자랐다는 얘기는 들은 적이 없습니다. 이 모든 일은 당신이 백색 〈모〉를 불구로 만들었기 때문입니다. 어쨌든 그건 큰 문제는 아닙니다.

정말 문제인 것은 당신의 샌드킹이 지금 행하고 있는 변태입니다. 〈모〉는 자랄수록 점점 지능이 발달됩니다. 초지각력도 더 강해지고, 의식도 더욱 세련되고 야심적이 되어 갑니다. 갑각으로 덮인 모빌은 〈모〉가 작고 지각력이 완전히 발달하지 않았을 때는 충분히 쓸모가 있지요. 하지만 이제 〈모〉가 필요로 하는 것은 더 유능한, 좀 더 많은 능력을 가진 모빌인 것입니다. 이제 무슨 말인지 알겠습니까? 지금까지 있던 모빌은 모두가 새로운 형태의 샌드킹으로 태어난다는 뜻입니다. 그것의 정확한 모습에 관해선 뭐라고 말할 수가 없습니다. 〈모〉는 각자의 필요와 현재 욕구에 따라 모빌을 디자인하니까요. 하지만 기본적으로 두 발 동물이고, 네 개의 팔과 다른 손가락들과 마주 보는 엄지손가락들을 가지게 됩니다. 고도로 정교한 기계를 만들고 조작하기 위해서입니다. 개개의 샌드킹들에겐 지각이 없습니다. 하지만 〈모〉의 지각은 발달합니다, 정말로."

크레스는 입을 벌리고 화면에 나타난 워의 모습을 멍하게 바라보았다.

"당신의 일꾼." 그는 가까스로 입을 떼었다. "지난번에 여기로 와서⋯⋯ 사육기에 그놈들을 설치했던⋯⋯."

잘라 워는 희미한 미소를 지었다.

"셰이드입니다."

"셰이드는 샌드킹이었어." 크레스는 멍하게 되풀이했다. "그럼 당신은…… 나한테 한 탱크 분량의…… 셰이드 새끼를—."

"바보 같은 소리 마세요." 워가 말했다. "제1 단계의 샌드킹은 새끼라기보다는 정충에 더 가까운 존재입니다. 실제로, 그 수는 전쟁에 의해 조절됩니다. 백 마리 중 약 한 마리만이 제2 단계에 도달합니다. 셰이드처럼 제3 단계인 최종 형태에 도달하는 것은 천 마리에 한 마리 정도일 겁니다. 완전히 성장한 샌드킹은 조그만 〈모〉에 대해서 아무런 감상이나 미련도 가지고 있지 않습니다. 그것들은 얼마든지 있고, 모빌들은 해충이나 마찬가지니까요." 그녀는 한숨을 쉬었다.

"이런 이야기는 시간을 낭비할 뿐입니다. 그 하얀 〈모〉는 곧 완전한 지각력을 가지게 될 겁니다. 그러면 더 이상 당신을 필요로 하지 않아요. 그놈은 당신을 증오하고 있는 데다가, 굶주린 채로 깨어날 겁니다. 변태에는 엄청난 체력이 소모되니까요. 그러니까 빨리 그곳에서 빠져나와야 해요. 알겠어요?"

"그럴 수가 없어." 크레스는 말했다. "내 에어카는 부서졌어. 그리고 다른 사람들의 것은 시동을 걸 수가 없고. 난 그것들을 재프로그래밍하는 방법도 몰라. 나를 데리러 여기로 와 줄 수는 없을까?"

"알겠습니다." 워가 말했다. "셰이드를 데리고 즉시 출발하겠습니다. 하지만 아스가르드에서 그곳까지는 2백 킬로미터가 넘습니다. 그리고 당신이 창조한 그 미친 샌드킹들을 처리하기 위해 필요한 장비도 준비해야 합니다. 그곳에서 기다리면 안 됩니다. 당신에겐 두 발이 있으니까, 걷는 겁니다. 가능한 한 동쪽을 향해 멀리 가십시오. 최대한 빠른 속도로. 그곳은 황폐한 불모지니까 우리가 공중에서 찾는다면 쉽게 발견할 수 있을 거고, 당신도 샌드킹들로부터 안전해질 수 있을 겁니다. 알겠습니까?"

"알았어." 사이먼 크레스는 말했다. "잘 알았어."

통화가 끊어진 뒤 그는 즉각 문을 향해 나갔다. 반쯤 왔을 때 기묘한 소리가 들렸다. 퍽 튀는 소리와 쫙 갈라지는 소리를 섞어 놓은 듯한 소리였다.

모빌 하나가 갈라지며 열렸다. 노란빛이 도는 핑크색의, 피로 물든 네 개의 작은 손이 갈라진 틈에서 나타나 필요 없게 된 껍데기를 옆으로 밀쳐 내기 시작했다.

크레스는 달리기 시작했다.

● ○

더위를 계산에 넣지 않은 것이 화근이었다.

구릉지대는 건조했고, 바위투성이였다. 저택에서 도망쳐 나온 크레스는 가능한 빨리 달렸다. 곧 옆구리가 아파 오고 숨이 턱까지 차오르기 시작했다. 견디지 못할 지경이 되면 천천히 걷다가 호흡이 정상으로 돌아오자마자 다시 달리기 시작했다. 거의 한 시간 동안 그는 땡볕 아래에서 걷다가 뛰었고, 뛰다가 다시 걷곤 했다. 물을 가져오지 않은 것을 후회하면서, 그는 워와 셰이드가 나타나기를 간절히 바라며 하늘을 바라보았다.

자신은 이런 일에는 도저히 걸맞지 않는다고 생각했다. 날씨가 너무 더웠고 건조했다. 도저히 이런 조건을 견뎌 낼 만한 컨디션이 아니었다. 그렇지만 그는 〈모〉가 숨을 쉬는 광경과, 지금쯤 아마 저택에서 버글거리고 있을 새로운 샌드킹들을 상상하며 필사적으로 자신을 채찍질했다.

그는 워와 세이드가 그놈들을 확실히 처리해 주기를 갈망했다.

워와 세이드에 대해서도 계획을 가지고 있었다. 크레스는 이 모든 일이 그들의 책임이라는 결론을 내렸다. 따라서 그들은 응분의 대가를 치러야 한다. 리산드라는 죽었지만 그는 그녀의 동업자들을 알고 있었다. 언젠가 복수할 것이다. 그는 비지땀을 흘리며 동쪽을 향해 필사적으로 전진하면서 백 번 이상 복수를 다짐했다.

적어도 동쪽으로 가고 있다고 생각하고 있었다. 크레스는 그다지 방향감각이 예민한 편이 아니었다. 게다가 처음에 공포에 떨며 뛰쳐나왔을 때 어느 방향으로 달렸는지도 알 수 없었다. 그 뒤에는 워가 지시했던 대로 동쪽으로 오기 위해 갖은 노력을 했지만 말이다.

몇 시간이나 달린 뒤에도 워가 나타날 조짐이 전혀 보이지 않자 혹시 처음부터 방향을 잘못 잡은 것은 아닌가 하는 의구심은 점점 확신으로 변해 가기 시작했다.

그로부터 몇 시간이 지난 뒤, 크레스는 점점 두려움을 느끼기 시작했다. 만약 워와 세이드가 그를 발견하지 못한다면? 그러면 그는 여기서 그냥 죽을 것이다. 이틀 동안 아무것도 먹지 못했고 몸도 쇠약해진 데다가 두려움에 떨고 있었다. 물을 못 마셨기 때문에 입안은 물론 목구멍까지 모래처럼 깔깔했다. 이젠 도저히 더 이상 나아갈 수가 없었다. 해가 지기 시작했으니, 곧 어둠이 닥치면 완전히 길을 잃을 것이다. 도대체 무엇이 잘못된 걸까? 샌드킹들이 워와 세이드를 먹어 치운 걸까? 거기까지 생각이 미친 순간 공포가 그를 엄습했다. 갑자기 지독한 갈증과 끔찍한 허기가 몰려왔다. 크레스는 이를 악물고 전진을 계속했다. 비틀거리며 달리려고 하다가 두 번이나 넘어졌다. 두 번째로 넘어졌을 때는 바위에 손을 긁혀 손이 피투성이가 되었다. 그는 걸음을 옮기면서 행여나 균에 감염되지 않았을까 걱정하며 손의 상처를 입으로 빨았다. 태양은 이제 등 뒤의 지평선에 닿아 있었다. 그나마 기온이 좀 내려가고 서늘해진 것이 정말 고마웠다. 크레스는 완전히 어두워질 때까지 계속 걸어 보다가 밤이 되면 쉬기로 결심했다. 이제 샌드킹으로부터 안전한 곳까지 왔다는 확신이 섰다. 내일 아침이 되면 워와 셰이드가 그를 발견해 줄 것이다.

다음 언덕의 정상에 오르자 앞쪽 멀리 집 같은 것이 보였다.

그의 저택만큼 크지는 않았지만 그것만으로 충분했다. 어쨌든 저곳에 가면 안전하다. 먹고 잘 수도 있고 말이다. 크레스는 환성을 지르며 그곳을 향해 달려가기 시작했다. 음식과 영양분을 보급할 필요가 있다. 이제 맛있는 식사를 할 수 있는 것이다. 배고픔 때문에 위가 몹시 쓰렸다. 그 집을 향해 언덕을 뛰어 내려가던 그는 팔을 마구 휘두르며 주인을 불렀다. 이제 햇빛은 거의 스러져 가고 있었지만, 아직도 대여섯 명의 아이들이 황혼을 등진 채로 놀고 있는 모습을 볼 수 있었다.

"이봐, 거기 너희들." 그는 외치며 달려갔다. "도와줘, 도와줘."

그들도 그를 향해 달려왔다.

크레스는 갑자기 멈춰 섰다. "안 돼." 그가 소리쳤다. "오지 마, 오면 안 돼, **안 돼**." 필사적으로 뒷걸음질 치다가 풀 위에서 미끄러졌다. 다시 일어나 도망치려고 했지만, 그들은 쉽게 그를 붙잡았다. 튀어나온 눈과 거무칙칙한 주황색 피부를 가진, 끔찍한 꼬마들이었다. 크레스는 마구 몸부림쳤지만 아무 소용이 없었다. 그들은 몸집은 작았지만 각자 네 개의 팔을 가지고 있었다. 크레스에겐 팔이 둘뿐이었다.

그들은 그를 집으로 운반해 갔다. 부서지기 쉬운 모래로 지은, 비참할 정도로 초라한 집이었다. 다만 문은 상당히 컸다. 그 내부는 어두웠고, 그곳에서 무엇인가가 숨을 내쉬고 있었다. 소름 끼치는 광경이었다. 그러나 사이먼 크레스를 절규하게 만든 것은 그것이 아니었다. 다른 것들, 집에서 기어 나와 그가 운반되는 광경을 무표정하게 바라보고 있는 작은 주황색 아이들 때문이었다.

그들 모두가 사이먼 크레스의 얼굴을 하고 있었다.

멜로디의 추억

Remembering Melody

초인종이 울렸을 때 테드는 면도를 하는 중이었다. 그러다가 느닷없는 초인종 소리에 화들짝 놀라 면도날에 턱을 베였다. 그의 아파트는 32층에 있었고, 수위인 잭은 손님이 찾아오는 경우는 보통 미리 연락을 해 주지 않는가. 그렇다면 같은 건물에 사는 누구라는 얘기가 된다. 문제는 이 건물에 테드의 지인은 없다는 점이었다. 엘리베이터에서 마주치면 눈웃음을 보내는 수준 이상의 지인은.

"예, 나갑니다." 테드는 외쳤다. 오만상을 찌푸리고 타월을 홱 들어 올려 얼굴의 비누 거품을 닦아 냈고, 뭉친 티슈로 베인 부분을 가볍게 두드렸다. "쌍." 그는 거울에 비친 자기 얼굴을 향해 큰 소리로 말했다. 오늘 오후에도 재판이 있는데, 지난달에 잭을 꼭뒤 질러 아파트 건물로 슬쩍 들어왔던 여호와의 증인 따위를 또 상대해야 한다면 돌아 버릴 것이다.

초인종이 또 울렸다. "빌어먹을, 나간다니까." 테드는 고함을 질렀다. 턱에 묻은 피를 다시 한 번 살짝 훔치고 쓰레기통에 구긴 티슈를 던져 놓은 다음 우묵하게 패인 거실을 성큼성큼 가로질러 현관문으로 갔다. 우선 문구멍을 신중하게 들여다보고, "이런 염병할"이라고 중얼거린다. 그녀가 또 초인종 단추를 누르기 전에 테드는 체인을 벗겨 내고 문을 활짝 열었다. "여어, 멜로디."

멜로디는 힘없는 미소를 떠올렸다. "잘 있었어, 테드?" 한손에 빨갛고 검은, 흉물스러운 격자무늬의 낡아 빠진 천 여행 가방을 들고 있다. 떨어져 나간 손잡이는 밧줄로 대신하고 있었다. 3년 전에 마지막으로 이 여자를 보았을 때도 끔찍한 몰골이라고 생각했지만, 지금은 그보다 더 상태가 안 좋아 보였다. 옷—반바지와 홀치기염색을 한 티셔츠—은 더럽고 꾸깃꾸깃했고, 비쩍 마른 몸을 한층 더 강조하는 역할밖에는 하지 못했다. 갈비뼈가 셔츠의 천 너머로 드러날 정도였고, 두 다리는 수도관처럼 가늘었다. 길고 지저분한 금발은 최근에는 아예 감은 것 같지 않았고, 얼굴은 마치 울고 있었던 것처럼 빨갛고 푸석푸석했다. 놀랄 일은 아니다. 멜로디는 사시사철 신세 한탄을 하며 우는 버릇이 있었기 때문이다. "들어오라고 안 할 거야, 테드?"

테드는 얼굴을 찡그렸다. 들어오라고 하고 싶은 생각은 추호도 없었다. 과거의 경험에서 이 여자를 내보내는 것이 얼마나 힘든지를 절감하고 있었기 때문이다. 그러나 가방을 든 채로 이렇게 복도에 우두커니 서 있게 내버려 둘 수도 없는 일이다. 따지고 보면, 아주 친한 옛 친구니까 말이야. 테드는 쓰디쓴 기분으로 생각했다. "어, 그래." 그는 손짓했다. "들어오라고."

테드는 멜로디의 가방을 받아 현관문 옆에 내려놓고, 그녀를 주방으로 데려온 다음 물 주전자를 불에 올려놓았다. "커피 한 잔 마시고 싶은 얼굴이군." 그는 가급적 친절한 목소리를 내려고 노력했다.

멜로디는 또 미소 지었다. "기억 안 나, 테드? 난 커피 안 마셔. 몸에 안 좋다고 테드, 너한테도 말하곤 했잖아. 기억 안 나?" 멜로디는 식탁에서 일어나 찬장 안을 뒤지기 시작했다. "혹시 코코아 없어? 난 코코아가 좋아."

"난 코코아 안 마셔. 커피만 잔뜩 마시지."

"그러면 안 돼. 몸에 안 좋다니까."

"그래. 그럼 주스라도 줄까? 주스라면 있어."

멜로디는 고개를 끄덕였다. "응."

테드는 그녀에게 오렌지 주스를 한 잔 따라 주고 다시 식탁에 앉았고, 스푼으로 머그잔에 인스턴트커피 가루를 퍼 넣은 다음 주전자에서 삑삑 소리가 나기를 기다렸다. "그건 그렇고, 시카고에는 무슨 일로 왔어?"

멜로디는 울기 시작했다. 테드는 가스레인지를 등지고 그녀를 바라보았다. 멜로디는 아주 시끄럽게 울었고, 그렇게 자주 울면서도 한번 울었다 하면 엄청난 양의 눈물을 쏟아 내는 재주가 있었다. 주전자의 물이 끓기 시작할 때까지 그녀는 고개를 들지 않았다. 테드는 머그잔에 뜨거운 물을 붓고 설탕 한 스푼을 넣고 저었다. 그제야 고개를 든 멜로디의 얼굴은 한층 더 시뻘겋고 푸석푸석하게 변해 있었다. 마치 그를 비난하듯이 노려본다. "정말로 상황이 안 좋았어. 그래서 난 도움이 필요해, 테드. 이젠 살 곳도 없어. 그래서 너희 집에 잠시 머물러 있을까 생각했던 거야. 정말이지 상황이 안 좋아."

"안됐군." 테드는 생각에 잠긴 표정으로 커피를 홀짝거리며 말했다. "멜로디, 원한다면 며칠 머물러도 돼. 하지만 그 이상은 안 돼. 난 룸메이트는 필요 없어." 멜로디는 그를 정말 개자식이 된 듯한 기분으로 만드는 재주가 있었지만, 처음부터 확실하게 해 두는 편이 낫다.

멜로디는 그가 '룸메이트'라는 말을 하자 또 울기 시작했다. "너 내가 좋은 룸메이트라고 말하곤 했잖아. 함께 살면서 얼마나 즐거웠는지 기억 안 나? 우린 좋은 친구였다고."

테드는 머그잔을 내려놓고 주방의 벽시계를 보았다. "지금은 옛날 추억 얘기를 하고 있을 틈이 없어. 네가 초인종을 울렸을 때 난 면도하던 중이었어. 이제 사무소로 출근해야 해." 테드는 미간을 찌푸렸다. "그 주스, 마저 마시고 편하게 있으라고. 옷 갈아입으러 갈게." 그는 식탁에서 흐느끼고 있는 멜로디에게 느닷없이 등을 돌리고 자리를 떴다.

욕실로 돌아와서 면도를 끝마치고 다친 곳을 좀 더 제대로 치료했다. 머릿속은 온통 멜로디 생각뿐이었다. 벌써부터 골치가 아파 온다. 심신이 엉망진창이 되고 비참할 정도로 불행한 멜로디를 동정하는 마음은 있었다. 그러나 그녀의 모든 고뇌를 고스란히 떠맡을 생각은 추호도 없었다. 이번만은 절대 안 된다. 한두 번 당한 것이 아니지 않는가.

침실로 들어가서 수심에 잠긴 표정으로 오랫동안 옷장을 응시하다가 회색 양복을 골랐다. 거울을 보며 신중하게 넥타이를 맸고, 다친 턱을 보며 오만상을 찌푸렸다. 그런 다음 서류 가방에 지금 맡고 있는 신디오 소송에 관한 서류가 모두 들어 있는지를 확인한 다음 고개를 끄덕이고 주방으로 되돌아갔다.

멜로디는 가스레인지를 켜고 팬케이크를 잔뜩 굽고 있었다. 그가 들어가자 고개를 돌리더니 즐거운 듯한 웃음을 떠올렸다. "내가 굽는 팬케이크 생각나, 테드? 내가 구워 주는 팬케이크를 정말 좋아했잖아. 특히 블루베리 팬케이크 말이야. 하지만 블루베리가 없어서 그냥 팬케이크만 구웠어. 괜찮지?"

"맙소사." 테드는 중얼거렸다. "빌어먹을, 누가 그런 걸 구워 달라고 했어, 멜로디? 이제 출근해야 한다고 했잖아. 너하고 함께 먹을 틈은 없어. 벌써 지각이라고. 어차피 난 아침 안 먹어. 다이어트 중이야."

멜로디는 또다시 눈물을 뚝뚝 흘리기 시작했다. "하지만 테드, 이거 정말 특별한 팬케이크인데. 이것들을 다 어떻게 해야 해? 이렇게 많이 구웠는데?"

"먹으라고. 넌 살이 좀 쪄야 해. 망할, 네 모습이 지금 어떤지 알아? 한 달은 굶은 것 같은 몰골이라고."

멜로디의 얼굴이 일그러지며 추하게 변했다. "이 개자식, 그게 친구한테 할 소리야."

테드는 한숨을 쉬었다. "진정해." 그는 이렇게 말하고 손목시계를 흘끗 보았다. "벌써 15분 지각이라서 이제 가 봐야 해. 팬케이크 다 먹고 눈을 좀 붙이라고. 난 여섯 시쯤에 퇴근할 거니까, 그때 저녁 먹으면서 다시 얘기하자고. 그럼 됐지?"

"응, 알았어." 멜로디는 갑자기 후회하는 듯한 표정이 되어 말했다. "그러면 정말 좋을 거야."

●○

"질한테 당장 내 방으로 와 달라고 해 줘." 테드는 사무소에 도착하자마자 비서를 향해 내뱉었다. "우리가 마실 커피도 좀 가져다주고 말이야. 정말이지 난 커피가 필요해."

"알겠습니다."

질은 커피가 도착하고 몇 분 뒤에 방으로 들어왔다. 그녀와 테드는 같은 법률사무소에 소속된 변호사 동료였다. 테드는 의자를 향해 손을 흔들어 보이고 그녀 쪽으로 커피 잔을 밀었다. "자리에 앉아서 들어 줘. 실은 오늘 데이트는 취소야. 골칫거리가 생겼거든."

"그래 보이네. 뭐가 문젠데?"

"옛 친구가 오늘 아침에 집으로 쳐들어왔어."

질은 우아한 곡선을 그린 한쪽 눈썹을 추켜올렸다. "그래서? 옛 친구를 오래간만에 만나면 즐거워해야 하는 거 아냐?"

"멜로디 경우는 아냐. 절대로."

"멜로디? 이름이 예쁘네. 혹시 옛 애인? 아니면 짝사랑 상대라도 되는 거야?"

"아냐. 그런 것하곤 상관이 없어."

"그럼 어떤 건지 얘기해 줘, 테드. 내가 별의별 끔찍한 내막을 듣기 좋아한다는 거 알잖아."

"멜로디는 대학 시절 룸메이트 사이였어. 아, 오해하지 마, 우리 두 명만 있었던 게 아니니까. 모두 네 명이 함께 살았어. 나하고 마이클 잉글하트라는 남학생에, 멜로디하고 앤 케이라는 이름의 여학생이었지. 2년 동안 다 무너져 가는 커다란 저택에 네 명이서 함께 살았던 거야. 모두가 — 친한 친구 사이였지."

"친구 사이?" 질은 회의적인 표정을 지었다.

테드는 그녀를 향해 얼굴을 찌푸렸다. "친구가 맞아. 염병할, 몇 번 멜로디하고 잔 건 사실이야. 앤하고도 잤고. 그리고 두 여자 모두 마이클과 한두 번씩은 잤지. 하지만 그런 일은 뭐랄까— 워낙 친하다 보니까 어쩌다가 그렇게 됐던 거야. 이해해? 우리가 사귀던 애인들은 대부분 밖에서 찾았어. 룸메이트들하고는 고민 상담을 하고, 서로 충고를 해 주고, 서로 푸념을 늘어놓고 위로받곤 했지. 빌어먹을, 괴상하게 들린다는 건 나도 알아. 하지만 그땐 1970년대였잖아. 난 허리에 닿을 정도로 긴 머리를 하고 돌아다녔다고. 모든 게 그런 식으로 괴상한 시대였어." 그는 수심에 찬 표정으로 잔을 흔들며 남은 커피 앙금을 빙빙 돌렸다. "그건 좋은 시절이기도 했지. 특별했어. 그런 시절이 끝났다는 게 슬플 때도 있을 정도로. 우리 네 사람은 가까웠어. 정말로. 모두 깊이 사랑했지."

"어이, 잠깐." 질이 말했다. "질투가 나려고 하잖아. 나하고 내 룸메이트는 정말로 서로를 싫어했다고." 그녀는 미소 지었다. "그래서 무슨 일이 일어났는데?"

테드는 어깨를 으쓱했다. "뻔한 결말이야. 졸업한 뒤에는 조금씩 소원해졌어. 그 낡은 저택에서 보낸 마지막 밤을 기억하고 있는데, 약을 엄청나게 해서 다들 정신들이 나간 상태였어. 서로에 대한 영원한 우정을 맹세했거든. 무슨 일이 일어나든 간에 서로의 사이는 결코 멀어지지 않을 거고, 우리들 중 누구라도 도움이 필요한 사태가 오면, 흐음, 다른 세 사람이 언제든 도와주기로 했어. 그리고 뭐랄까, 일종의 난교(亂交)로 그 서약을 맺었지."

질은 미소 지었다. "감동적이네. 설마 당신한테 그런 면이 있다고는 꿈에도 생각 못 했어."

"물론 오래가진 않았어." 테드는 말을 이었다. "노력이야 했지. 적어도 그건 인정해 달라고. 하지만 상황이 너무 변했어. 난 로스쿨로 진학해서 여기 시카고에 정착했어. 마이클은 뉴욕 시의 출판사에 취직했고, 지금은 랜덤하우스에서 편집장으로 일하고 있어. 결혼해서 애도 둘 낳고 이혼했지. 예전엔 편지 왕래가 있었지만 지금은 크리스마스카드를 보낼 뿐이야. 앤은 선생이 되었고 마지막 들은 소식으로는 피닉스에서 산다더군. 이미 사오 년 전의 일이야. 한번 다들 함께 모인 적이 있었는데 앤의 남편은 우리를 그리 마음에 들지 않아 했어. 앤이 그 난교 얘길 했던 모양이야."

"그리고 오늘 찾아왔다는 손님은?"

"멜로디 말이지." 테드는 한숨을 쉬었다. "골칫거리야. 대학에서야 정말 멋졌지. 배짱이 넘치고 예쁘기까지 한 진짜 자유로운 영혼이었거든. 하지만 졸업한 뒤로는 영 일이 풀리지 않았어. 2년쯤 화가로 먹고살아 보려고 했지만 실력이 충분하지 않은 탓에 결국 아무 결과도 내지 못했어. 남자 두 명과 사귀었다가 곧 파토가 났고, 싱글즈 바에서 만난 남자하고 단 1주 만에 결혼에 골인했지. 그땐 정말 끔찍했어. 술을 퍼마시고 멜로디를 때리는 게 일과였거든. 그런 걸 여섯 달쯤 견디다 견디다 못해 마침내 이혼했지. 전남편이란 작자는 그 뒤에도 1년쯤 자꾸 찾아와서 멜로디를 때리다가, 엄중한 법적 경고를 받은 뒤에야 사라졌어. 그 뒤로 멜로디는 마약에 빠졌는데, 중증이었어. 정신병원에 들어가야 할 정도였지. 퇴원한 뒤에는 또 똑같은 일의 연속이었어. 직장에 오래 붙어 있지도 못하고, 마약에서 손을 떼지도 못했던 거야. 남자와의 관계도 몇 주 이상은 가지 못했어. 그러면서 몸은 완전히 엉망이 됐고." 그는 고개를 설레설레 흔들었다.

질은 굳게 입을 다물었다. "아무래도 그 여성은 도움을 필요로 하는 것 같은데." 그녀는 말했다.

테드는 얼굴을 붉혔고, 화난 어조로 말했다. "내가 그걸 모른다고 생각해? 우리가 멜로디를 도와주려고 하지 않았을 것 같아? 하느님 맙소사. 멜로디가 예술가가 되고 싶어 했을 때 마이클은 자기가 일하는 페이퍼백 출판사에서 표지 그림 그리는 일을 두어 번 맡겼어. 그런데 마감을 아예 안 지키는 건 둘째 치고, 미술 담당자하고 악을 쓰면서 대판 싸움을 벌이기까지 했다고. 그 탓에 마이클은 직장에서 거의 잘릴 뻔했어. 나는 클리블랜드까지 비행기를 타고 가서 멜로디의 이혼소송을 공짜로 맡아 처리해 줬어. 두 달쯤 뒤에 또 가서 전남편에 대한 경찰의 접근 금지 명령을 받아 내려고 상당한 시간을 투자했지. 앤은 멜로디가 머물 곳이 없어지자 자기 집에서 먹고 자게 해 줬고, 마약 갱생 프로그램에 참가시켰어. 그 대가로 멜로디는 앤의 남자 친구를 유혹하려고 했지— 옛날 대학에서 그랬던 것처럼 '공유'할 생각이었다나. 우리들 모두가 돈을 빌려줬지만 한 푼도 갚은 적이 없어. 게다가 고민 상담자 역할까지 맡았지. 하느님, 정말이지 그걸 다 들어 주는 건 고역이었어. 몇 년 전 어떤 시기에는 매주 빠짐없이 전화를—대개는 수신자 부담으로—걸어 와서 자기가 겪은 새로운 비극에 관해 주절주절 늘어놓곤 했지. 전화로 엉엉 우는 것도 귀가 아프게 들었어야 했어. 아직도 TV에서 〈일일 여왕〉[1]을 하고 있다면 여러 번 우승을 차지하고도 남았을걸!"

"왜 손님이 온 걸 그렇게 내켜 하지 않는지 나도 슬슬 알 것 같아." 질

---

1 Queen for a Day. 1945년에 라디오 쇼로 시작된, 여성을 주요 대상으로 하는 인생 역경 상담 쇼.

은 메마른 어조로 말했다. "이제 어떻게 할 건데?"

"나도 모르겠어." 테드는 대꾸했다. "애당초 집 안에 들이는 게 아니었어. 최근에 몇 번 전화를 걸어 왔을 때는 받자마자 그냥 끊어 버렸는데, 상당히 효과가 있는 것 같았거든. 처음에는 나도 좀 켕겼지만 곧 익숙해졌어. 하지만 오늘 아침 봤을 때는 너무나 비참해 보여서 도저히 쫓아낼 엄두가 나지 않았던 거야. 결국은 모질게 나가서 한바탕 난리를 치르는 수밖에 없겠지만 말이야. 그것밖에는 방법이 없거든. 멜로디는 예전에 우리가 얼마나 좋은 친구 사이였고 영원한 우정이 어쩌고 하면서 나를 실컷 비난하고, 자살하겠다고 위협하겠지. 하지만 어쩌겠어, 내 팔자인걸."

"내가 도울 일은 없을까?" 질이 물었다.

"나중에 내가 마음을 추스르는 걸 도와줘. 그런 일이 있은 뒤에는 누가 곁에 있어 주면 좋거든. 소중한 옛 친구를 모진 세상 속으로 내쫓았지만 년 무정한 개자식이 아니라고 얘기해 줄 사람이 말이야."

● ○

그날 오후의 재판은 최악이었다. 테드의 머릿속은 온통 멜로디 생각뿐이었고, 그가 짜고 있는 전략 대부분은 지금 다루고 있는 사건이 아니라 어떻게 하면 그녀를 가장 고통 없이 쫓아낼 수 있을까 하는 방법에 관한 것이었기 때문이다. 지금까지 멜로디는 그의 마음이라는 무대에서 너무나도 자주 격렬한 플라멩코 춤을 춰 왔다. 더 이상 거머리처럼 달라붙어 그를 괴롭히는 걸 좌시해서, 정신적으로 만신창이가 될 생각은 없었다.

옆구리에 포장한 중국 음식이 든 종이 봉지를 끼고—레스토랑까지 데려가서 밥을 먹일 생각은 나지 않았으므로—아파트로 돌아온 그를 맞이한 것은 거실의 컨버세이션핏[2] 한복판에 알몸으로 앉아서 킥킥거리며 수상쩍은 흰 가루를 흡입하는 멜로디의 모습이었다. 그녀는 즐거운 표정으로 안으로 들어온 테드를 올려다보고 말했다. "너도 좀 할래? 코크를 손에 넣었거든."

"이런 쌍." 테드는 욕설을 내뱉었다. 그는 중국 음식과 서류 가방을 바닥에 떨어뜨리고 화가 머리끝까지 치솟은 모습으로 성큼성큼 융단 위를 가로질렀다. "너 지금 제정신이야?" 그는 고함을 질렀다. "염병할, 난 변호사라고. 내가 변호사 자격을 박탈당하는 걸 보고 싶어?"

멜로디는 조그만 정사각형 종잇조각 위에 쌓인 코카인을 빨대 모양으로 만 1달러 지폐로 흡입하는 중이었다. 테드가 그것들을 모두 빼앗자 멜로디는 울기 시작했다. 그는 화장실로 가서 1달러 지폐고 뭐고 전부 변기에 처넣고 흘려보냈다. 그러나 변기 구멍으로 빨려들어 가는 지폐를 잘 보니 1달러가 아니라 20달러짜리였다. 한층 더 화가 치밀었다. 거실로 돌아가자 멜로디는 여전히 울고 있었다.

"당장 멈춰." 그는 말했다. "더 이상 듣고 싶지 않아. 옷을 입으라고." 또 다른 의구심이 고개를 쳐들었다. "무슨 돈으로 그걸 샀어?" 그는 힐문했다. "도대체 어디서 난 돈이지?"

멜로디는 훌쩍였다. "물건을 좀 팔았어." 겁먹은 목소리였다. "네가 뭐

---

2 conversation pit. 아늑하게 대화할 수 있도록 바닥이 우묵하게 패인 공간.

멜로디의 추억

라고 할 것 같진 않아서. 좋은 코크였다고." 이러면서 몸을 움츠리고, 한쪽 팔로 얼굴을 가린다. 마치 테드가 그녀를 때리려고 한다는 듯이.

누구 물건인지는 물어볼 필요도 없었다. 알고 있었기 때문이다. 몇 년 전 마이클 상대로도 같은 장난을 쳤다는 얘기를 들은 적이 있다. 테드는 한숨을 쉬었다. "옷을 입어." 그는 피곤한 어조로 되풀이했다. "중국 음식을 사 왔어." 뭐가 없어졌는지는 나중에 확인해서 보험회사에 전화를 걸면 된다.

"중국 음식은 몸에 안 좋아." 멜로디가 말했다. "글루탐산나트륨이 잔뜩 들어 있어서 두통이 생겨, 테드." 하지만 그녀는 좀 비틀거리기는 했지만 순순히 일어나서 화장실 쪽으로 갔고, 몇 분 뒤에 홀터 톱에 무릎 아래를 잘라 낸 너덜너덜한 청바지를 입고 돌아왔다. 몸에 걸친 거라고는 그게 전부일 것이라고 테드는 짐작했다. 몇 년쯤 전에 속옷은 몸에 안 좋다는 얘기를 들었을 것이 뻔하니까.

테드는 글루탐산나트륨에 관한 그녀의 언급을 무시하고 접시 몇 개를 꺼내서 식탁에 중국 음식을 차렸다. 멜로디는 순순히 그것을 먹었다. 뭐든 간장에 숫제 담그기는 했지만 말이다. 그러면서 이따금 재미있는 농담이 생각났다는 듯이 킥킥거리다가, 갑자기 심각한 표정이 되어 다시 음식을 먹기 시작하는 식이었다. 포춘 쿠키를 반으로 가르자 그녀의 얼굴에 함박웃음이 떠올랐다. "이걸 봐, 테드." 그녀는 기쁜 어조로 말하고 식탁 너머로 과자 안에 들어 있던 종이 띠를 그에게 건넸다.

그는 종이에 쓰인 점괘를 읽었다. 옛 친구만큼 소중한 친구는 없다. 이렇게 쓰여 있다. "이런 염병할." 그는 중얼거렸다. 자기 것을 열어 볼 생각은 하지도 않았다. 멜로디는 그 이유를 알고 싶어 했다.

"너도 읽지그래, 테드." 멜로디가 말했다. "포춘 쿠키 점괘를 안 읽으면 불운이 찾아온다고 하잖아."

"읽고 싶지 않아. 옷이나 갈아입어야지." 그는 일어섰다. "아무 짓도 하지 말고 그냥 있어."

그러나 테드가 거실로 돌아오자 그녀는 전축으로 LP 앨범을 틀어 놓고 있었다. 적어도 팔아 치우지는 않아 다행이로군. 그는 안도했다.

"춤을 춰 줄까?" 멜로디가 물었다. "너하고 마이클 앞에서 춤을 춰 주던 거 기억나? 정말로 섹시하게 말이야……. 너도 내 춤이 정말로 끝내준다고 했잖아. 원한다면 아예 직업으로 삼을 수도 있겠다고 말이야." 그녀는 거실 한복판에서 몇 번 스텝을 밟더니 비틀거리며 거의 쓰러질 뻔했다. 추악하기 그지없다.

"앉아, 멜로디." 테드는 최대한 엄한 목소리를 냈다. "할 얘기가 있어."

멜로디는 자리에 앉았다.

"울면 안 돼." 그는 이렇게 운을 뗐다. "알겠어? 울지 말라고. 내가 뭐라고 하기만 하면 울음을 터뜨리는 통에 아예 할 얘기를 할 수가 없었잖아. 또 그런 식으로 했다간 얘기고 뭐고 이걸로 끝이야."

멜로디는 고개를 끄덕였다. "알았어. 안 울게, 테드. 오늘 아침보다 기분도 훨씬 나아졌어. 너하고 함께 있으니 기분도 나아진 것 같아."

"넌 나하고 '함께' 있는 게 아냐, 멜로디. 부탁이니 그런 말은 하지 마."

그녀의 눈에 눈물이 솟구쳤다. "넌 내 친구잖아, 테드. 너하고 마이클하고 앤. 진짜 특별한 친구들."

그는 한숨을 쉬었다. "뭐가 문제야, 멜로디? 왜 여기로 온 거지?"

"직장에서 쫓겨났어."

"웨이트리스 일?" 테드는 물었다. 3년 전 마지막으로 보았을 때 그녀는 캔자스시티의 바에서 웨이트리스 노릇을 하고 있었던 것이다.

멜로디는 당혹한 듯이 눈을 끔벅였다. "웨이트리스? 아냐, 테드. 그건 전에 하던 일이잖아. 캔자스시티에서. 기억 안 나?"

"아주 잘 기억하고 있지. 네가 쫓겨났다는 일이 뭔데?"

"거지 같은 일이었어. 공장 일. 아이오와 주. 디모인. 디모인은 정말 거지 같은 곳이야. 출근을 안 했는데 그대로 자르더라고. 그땐 몸이 좀 맛이 간 상태였어. 알지? 그래서 이틀쯤 쉬어야 했던 거야. 그 뒤에 다시 출근할 작정이었는데, 칼같이 잘라 버리더라고." 멜로디는 거의 눈물을 쏟기 직전이었다. "오랫동안 제대로 된 직장에 다닌 기억이 없어. 난 미술 전공이었는데. 기억나? 너하고 마이클하고 앤 모두 자기 방에 내가 그린 그림을 걸어 놓곤 했잖아. 아직도 내 그림들 가지고 있어, 테드?"

"응." 그는 거짓말을 했다. "어딘가에 보관해 뒀을 거야." 실제로는 몇 년 전에 모두 처분해 버렸다. 그것들을 보면 자꾸 멜로디 생각이 나서 끔찍했기 때문이다.

"하여튼 간에 직장에서 쫓겨났는데, 조니는 왜 돈을 벌어 오지 못하느냐고 성화였어. 조니는 내가 함께 살던 남자인데, 자기가 나를 먹여 살릴 생각은 없으니 빨리 직장을 얻으라고 했어. 하지만 난 그러지 못했어. 노력했지만, 그럴 수 없었던 거야, 테드. 그래서 조니는 여기저기 알아보더니 마사지 팔러를 하나 소개해 주더군. 나를 거기까지 데려가서 보여 주는데 아주 지저분하고 형편없는 곳이었어. 애초에 마사지 팔러 따위에서 일하고 싶은 생각도 없었고, 내가 미술 전공이었던 것 기억하지, 테드?"

"기억해, 멜로디." 테드는 대꾸했다. 뭔가 대답을 듣고 싶어 하는 것 같았기 때문이다.

멜로디는 고개를 끄덕였다. "그래서 싫다고 하니까 조니는 나를 집에서 내쫓았어. 그래서 갈 데가 없었는데, 너희들 생각이 났어. 너, 앤 그리고 마이클 생각이 말이야. 대학에서 마지막 날에 함께 맹세했던 거 기억해? 우리 넷 중에 누구라도 도움이 필요한 상황이 온다면······."

"기억해, 멜로디." 테드는 말했다. "너만큼 자주 그러진 않았지만, 잘 기억하고 있다고. 넌 우리가 절대로 그 일을 잊지 않도록 할 작정이로군. 안 그래? 하지만 그건 됐어. 이번엔 뭘 해 달라는 거야?" 무감동하고 차가운 목소리였다.

"테드, 넌 변호사잖아."

"그렇지."

"그래서 생각한 건데—." 그녀는 길고 앙상한 손가락으로 불안한 듯이 얼굴을 만지작거렸다. "나를 취직시켜 줄 수도 있지 않을까 생각했어. 비서라도 괜찮아. 네 사무소에서 일하는 수도 있겠군. 그럼 옛날처럼 매일 얼굴을 볼 수도 있겠고. 그것 말고도······." 갑자기 얼굴 표정이 밝아진다. "법정에서 재판 그림을 그리는 화가가 될 수도 있지 않을까? TV에서 패티 허스트[3]나 뭐 그런 유명한 재판 같은 걸 보도할 때, 사진 대용으로 쓰는 그런 그림 말이야. 난 잘 그릴 자신이 있어."

"그런 화가들은 TV 방송국 소속이야." 테드는 참을성 있게 말했다. "그리고 우리 사무소에는 빈자리가 없어. 멜로디, 미안하지만 너를 취직

---

3 미국의 언론 재벌 상속녀. 1974년에 국내 테러리스트 조직에 납치되었다가 나중에 그 조직의 범죄에 적극 가담한 죄목으로 유죄를 선고받았다.

시켜 주는 건 무리야."

멜로디는 이 소식을 놀라울 정도로 침착하게 받아들였다. "알았어, 테드. 그럼 내가 직접 일자리를 알아봐야겠지. 혼자서도 그럴 수 있어. 단지— 단지 여기 살게만 해 줘. 괜찮지? 다시 룸메이트가 되는 거야."

"하느님 맙소사." 테드는 고쳐 앉으며 팔짱을 꼈다. "안 돼." 단호한 어조였다.

멜로디는 얼굴에서 손을 떼고 애원하듯이 그를 응시했다. "제발 테드." 그녀는 속삭였다. "제발 부탁이야."

"안 돼." 이 단어는 공중에서 차갑고 가혹하게 맴돌았다.

"넌 내 친구잖아, 테드. 반드시 돕겠다고 약속했잖아."

"1주일은 머물 수 있지만, 그 이상은 안 돼. 나한테도 나 자신의 인생이 있어, 멜로디. 골칫거리도 있고 말이야. 네 골칫거리까지 떠맡는 건 이제 신물이 나. 우리 모두가 같은 마음이야. 이제 넌 골칫거리 이상도 이하도 아냐. 대학에서야 즐거웠지. 하지만 이젠 더 이상 즐겁지 않아. 지금까지 내가 널 도와주고 도와주고 또 도와준 게 도대체 몇 번이지? 쌍, 도대체 얼마나 더 도와줘야 해?" 말하는 동안에 점점 더 분통이 터졌다. "멜로디, 모든 건 변하기 마련이야." 그는 가차 없이 말을 이었다. "사람도 마찬가지야. 맛이 가 있었던 대학 시절에 했던 멍청한 약속 따위로 나를 영원히 옭아맬 수는 없어. 난 네 인생을 책임질 필요가 없다고. 염병할, 불쌍한 걸 자랑하지 말고 어른이 되라고. 내가 대신 해 줄 수도 없는 일이고, 네가 하는 헛소리에는 이제 신물이 나. 더 이상 네 얼굴조차도 보기 싫다고. 아직도 그걸 모르겠어, 멜로디?"

멜로디는 훌쩍였다. "그러지 마, 테드. 우린 친구잖아. 넌 내게 아주 특별한 사람이야. 너하고 마이클하고 앤만 있으면 난 절대 혼자가 아니라고. 모르겠어?"

"넌 혼자야." 그는 내뱉었다. 울화통이 터질 지경이다.

"아니, 난 혼자가 아냐. 내겐 친구들이, 아주 특별한 친구들이 있어. 나를 도와줄 친구들이. 넌 바로 그런 친구야, 테드."

"그런 친구였던 적도 있었지." 그는 대꾸했다.

멜로디는 이 말에 형언할 수 없는 상처를 받은 듯한 표정으로 그를 응시하며 입술을 바들바들 떨었다. 둑이 무너지듯 격렬한 울음의 마라톤을 시작하지 않을까 하는 생각이 언뜻 떠올랐을 정도였다. 그러나 그러는 대신 변화가 온 것은 얼굴 쪽이었다. 안색이 눈에 띄게 파리해지고, 입술이 천천히 말려 올라가면서 끔찍한 분노의 표정이 자리 잡았던 것이다. 화가 났을 때는 언제나 이런 흉측한 얼굴이 되곤 했다. "이 개 같은 자식." 그녀는 말했다.

테드는 이미 여러 번 겪어 본 일이었다. 그는 아무 말 없이 소파에서 일어나 홈 바 쪽으로 걸어갔다. "생각하지도 마." 그는 얼음을 넣은 유리잔에 시바스리걸을 따르며 말했다. "뭘 하나 던지는 즉시 집에서 쫓아낼 거야. 알았어, 멜로디?"

"이 더러운 자식." 멜로디는 되풀이했다. "넌 내 친구였던 적이 한 번도 없었어. 아무도 그런 작자는 없었던 거야. 넌 나를 속여서 너를 믿게 만들어서 나를 이용했을 뿐이야. 출세해서 잘난 인간이 된 지금은 난 아무것도 아니고, 아는 척하기도 싫다는 거지. 도와줄 생각도 없고. 도와주고 싶어 하지도 않았고."

"도와줬잖아, 몇 번씩이나." 테드는 지적했다. "나한테 진 빚이 2천 달러쯤 되는 것 같은데."

"돈. 이 돈밖에 모르는 개자식."

테드는 스카치를 홀짝이고 찌푸린 얼굴로 그녀를 보았다. "지옥에나 떨어져."

"정말로 그렇게 될지도 몰라." 이제는 얼굴이 숫제 백짓장처럼 새하얗게 변해 있었다. "2년 전에 전보를 보냈어. 너희들 세 사람한테 모두. 너희들이 필요해서. 너희들이 필요해지면 언제든 와 주겠다고 약속했잖아. 그렇게 약속했고 나하고 잤고 친한 친구로 지냈어. 하지만 나중에 전보를 보내도 넌 오지 않았잖아, 이 못된 자식. 넌 안 왔어. 너희들 중 아무도 안 왔어. 아무도!" 그녀는 절규하기 시작했다.

전보에 관해서는 까맣게 잊고 있었지만, 기억이 한꺼번에 몰려오기 시작했다. 전보 쪽지를 몇 번이나 읽어 본 뒤에야 마침내 수화기를 들고 마이클에게 전화를 걸었지만 그쪽에서는 받지 않았다. 그래서 마지막으로 한 번 더 읽은 다음 구깃구깃 뭉쳐서 변기에 흘려보냈던 것이다. 이번에는 다른 친구가 가면 되잖아. 이렇게 생각했던 것을 기억한다. 당시 테드는 아그래스 사(社)의 특허를 둘러싼 중대한 소송을 담당하고 있었기 때문에 그것을 놓아두고 떠날 엄두를 내지 못했던 것이다. 그러나 그것은 절망적인 상황에서 보내온 전보였고, 테드는 몇 주 동안이나 가책에 시달린 뒤에야 그 일을 마음속에서 털어 낼 수 있었다. "그땐 바빴어." 그는 반은 화나고 반은 변명하는 듯한 어조로 대답했다. "네가 또 다른 인생의 위기를 겪는 동안 곁에서 시중들어 주는 것보다 더 중요한 일들이 있었다고."

"그게 얼마나 끔찍했는지 알아!" 멜로디는 외쳤다. "너희들이 필요했는데 모두 나를 저버렸어. 난 자살하기 직전까지 갔다고."

"하지만 안 그랬잖아."

"그랬을 수도 있었어. 내가 자살해 버려도 너희들은 전혀 신경 안 썼겠지."

자살하겠다고 겁을 주는 것은 멜로디의 상투적인 수법이었다. 이미 백번은 경험한 일이다. 이번에는 받아들일 생각이 없었다. "자살했을 수도 있겠지." 그는 침착한 어조로 말했다. "그래도 우린 별로 신경 쓰지 않았을 거야. 그 부분은 네 생각이 옳다고 생각해. 네 시체는 발견되기 전까지 몇 주나 혼자 썩은 채로 방치되어 있었을 테고, 우린 반년이나 지나서야 그 소식을 들었겠지. 마침내 그 소식을 들은 뒤에는 나도 한두 시간은 과거를 추억하면서 슬픈 감정에 잠겼겠지만, 그다음엔 술을 퍼마시거나 여자 친구한테 전화를 거는 식으로 위안을 받고 얼마 지나지 않아 극복했을 거야. 그런 뒤에는 널 완전히 잊었겠지."

"죄책감을 느꼈을걸." 멜로디가 말했다.

"아니." 테드는 이렇게 대꾸하고 바로 돌아가서 다시 잔을 채웠다. "아냐. 죄책감 따윈 안 느꼈을 거야. 전혀. 내가 책임질 일도 아니고. 그러니까 멜로디, 자살하겠다고 위협하는 일 따윈 이제 그만두는 편이 나을 거야. 아무 소용도 없으니까."

멜로디의 얼굴에서 분노가 썰물처럼 빠져나갔다. 그녀는 작게 훌쩍이며 말했다. "제발 부탁이야, 테드. 그런 말은 하지 마. 나한테 신경 쓸 거라고, 나를 기억할 거라고 말해 줘."

테드는 찌푸린 얼굴로 그녀를 보았다. "싫어." 그를 탓하는 대신, 이렇게 측은한 표정으로 몸을 작게 움츠리고 연약한 모습으로 훌쩍일 경우

매몰차게 대하기는 한층 더 힘들었다. 그러나 그의 인생을 위해서라도, 이제는 마음을 독하게 먹고 매정하게 뿌리를 잘라 버려야 한다.

"내일 나갈게." 그녀는 순순히 말했다. "귀찮게 하진 않을 거야. 하지만 날 걱정해 준다고 말해 줘, 테드. 넌 내 친구고, 내가 필요로 하면 도우러 와 줄 거라고 말이야."

"난 안 갈 거야, 멜로디. 그런 일은 이제 끝났어. 또 더 이상 우리 집으로 오거나 전화질을 하거나 전보를 보내도 안 돼. 네가 그 어떤 트러블에 휘말렸다고 해도 말이야. 무슨 말인지 알겠어? 이해하냐고? 난 네가 내 인생에서 사라져 주는 걸 원해. 네가 떠나면 난 최대한 빨리 널 잊어버릴 거야. 왜냐고? 내게 넌 최악의 기억이기 때문이야."

멜로디는 마치 그에게 얻어맞기라도 한 것처럼 울음을 터뜨렸다. "안 돼! 제발 그렇게 말하지 마. 날 기억해 줘. 꼭 그래야 해. 나도 더 이상 널 귀찮게 하지 않을게. 다시는 안 보겠다고 약속할게. 단지 날 잊지 않고 기억하겠다고만 말해 줘." 그녀는 벌떡 일어섰다. "지금 당장 나갈게. 나가라니까 나갈 거야. 하지만 먼저 나하고 한 번만 자 줘. 부탁이야, 테드. 너한테 추억거리를 하나 남겨 주고 싶어서 그래." 그녀는 슬쩍 음탕한 웃음을 짓더니 힘겹게 홀터 탑을 벗기 시작했다. 구토감이 치밀어 올랐다.

그는 유리잔을 쾅 내려놓았다. "넌 미쳤어, 멜로디. 병원에서 치료받아야 하는 수준이야. 하지만 내가 거기까지 해 줄 수는 없고, 더 이상 이런 일을 좌시할 생각도 없어. 산책 나갔다 올게. 두 시간쯤. 내가 돌아올 때까지 떠나."

테드는 현관문 쪽으로 걸어갔다. 멜로디는 손에 홀터를 든 채로 우뚝 서서 그를 응시했다. 젖가슴은 작게 쪼그라든 듯한 느낌이었고, 왼쪽 가슴에는 한 번도 본 적이 없는 문신이 하나 새겨져 있었다. 그의 정욕을 자극하는 요소는 티끌만큼도 없었다. 그녀는 훌쩍였다. "그냥 나를 추억할 수 있는 걸 하나 남겨 주고 싶을 뿐이야." 그녀는 말했다.

테드는 문을 쾅 닫았다.

・○

그는 자정 무렵에야 술에 취해 뚱한 상태로 집에 돌아왔다. 멜로디가 아직도 안 가고 집에서 버티고 있다면 경찰을 불러서 끝장을 볼 심산이었다. 아파트 로비에는 방금 근무를 시작한 잭이 응접 데스크 뒤에 앉아 있었다. 테드는 가다가 멈춰 서서 아침에 멜로디를 왜 집까지 올려 보냈느냐고 거칠게 따졌다. 그러나 수위는 자기는 그런 적이 없다며 한사코 부인했다. "미스터 시렐리, 전 아무도 무단으로 들여보내지 않았습니다. 모든 손님은 일단 인터폰으로 확인한 다음에야 올려 보내는 걸 잘 아시지 않습니까. 여기서 일한 지 6년째가 되었지만 미리 연락도 않고 들여보낸 적은 없습니다." 테드는 격한 어조로 그럼 일전에 몰래 들어온 여호와의 증인은 뭐냐고 힐문했고, 결국 로비에서 고성이 오가는 사태가 벌어졌다.

이윽고 테드는 씩씩거리며 자리를 떴고, 엘리베이터를 타고 32층으로 올라갔다.

현관문 바깥쪽에 테이프로 그림 한 장이 붙어 있었다.

눈을 세차게 깜박이며 그것을 응시하다가 홱 잡아 뜯었다. 멜로디의 모습을 그린 캐리커처였다. 오늘 본 멜로디가 아니라, 대학에서 알고 지냈던 멜로디 말이다. 예리하고, 재미있고, 예쁜. 룸메이트였던 시절 그녀는 메모를 남길 때 언제나 이런 그림을 곁들이곤 했다. 지금도 이렇게 잘 그릴 수 있다니 의외였다. 얼굴 그림 밑에 대문자로 메시지가 쓰여 있었다.

나를 추억할 수 있는 걸 하나 남겨 줄게.

테드는 오만상을 찌푸리고 멜로디의 자화상을 내려다보며 버릴까 말까 고민했다. 이런 어정쩡한 감정이 도리어 화를 북돋았다. 그는 손아귀에 쥔 종이를 구겨 버리고 열쇠를 꺼내려고 호주머니를 뒤졌다. 적어도 집에선 나갔잖아. 이젠 다시는 안 봐도 될지도 모르고. 이렇게 메모를 남긴 것을 보니 떠났다는 얘기다. 앞으로 적어도 2년은 귀찮은 꼴을 안 봐도 될지 모르겠다.

안으로 들어가서 방 건너편에 있는 휴지통에 둥그렇게 구긴 종이를 던졌고, 쑥 들어가자 씩 웃었다. "2점." 그는 큰 소리로 말했다. 기분 좋은 취기가 올라온다. 그는 홈 바로 가서 칵테일을 만들기 시작했다.

하지만 뭔가 이상하다.

테드는 술을 젓던 손을 멈추고 귀를 기울였다. 그제야 수돗물 흐르는 소리를 들었다. 욕실 물을 틀어 놓은 채로 가 버린 것이다.

"염병할." 이렇게 말하자 갑자기 끔찍한 생각이 떠올랐다. 샤워를 하는지 뭘 하는지 모르겠지만 멜로디는 아직도 욕실에 있을지도 모른다는 생각이. 그러면서 완전히 맛이 간 상태로 울고 있다든지. "멜로디!" 테드는 외쳤다.

대답은 없었다. 물은 여전히 흐르고 있었다. 욕실이니 당연하지 않은가. 하지만 대답은 들리지 않았다.

"멜로디, 너 아직도 거기 있어? 빌어먹을, 대답하라고!"

정적.

테드는 술잔을 내려놓고 욕실을 향해 걸어갔다. 욕실 문은 닫혀 있었다. 그는 문밖에 섰다. 틀림없이 물이 쏟아지는 소리다. "멜로디." 그는 큰 소리로 말했다. "거기 있어, 멜로디?"

무응답. 테드는 두려워지기 시작했다.

손을 뻗어 문손잡이를 움켜잡았다. 쉽게 돌아갔다. 잠겨 있지 않다.

욕실 안은 수증기로 자욱했다. 거의 앞이 보이지 않을 정도였지만, 욕조에 샤워 커튼을 쳐 놓은 것이 보였다. 샤워 꼭지에서는 물줄기가 세차게 쏟아지고 있었다. 수증기의 양으로 판단하건대 델 정도로 뜨거운 물이다. 테드는 한 걸음 뒤로 물러나 욕실 안의 수증기가 걷히기를 기다렸다. "멜로디?" 그는 나직하게 말했다. 대답은 없었다.

"쌍." 두려움을 억누르려고 해 보았다. 그건 그냥 말버릇이었잖아. 그는 속으로 되뇌었다. 정말로 그랬을 리가 없다. 말만으로 그러는 작자들은 결코 실제로 그러지 않는다는 글을 어딘가에서 읽지 않았는가. 그냥 그에게 겁을 주려고 저러는 것이다.

재빨리 두 걸음 나아가서 샤워 커튼을 홱 잡아당겼다.

그녀는 욕조 안에 있었다. 뜨거운 물이 나신 위로 흘러내린다. 욕조에 길게 누워 있는 것도 아니었다. 그러는 대신 수도꼭지 옆에 비스듬히 쪼그리고 앉아 있었다. 아주 조그맣고 비참한 느낌으로. 반쯤 태아처럼 웅크린 자세였다. 가느다란 샤워 줄기들은 그녀의 두 손 위로 떨어지고 있었다. 그의 면도칼을 써서 손목을 그은 다음 물줄기 아래에 댔지만 그것만으로는 충분하지 않았다. 정맥을 가로로 절개한 상태였다. 제대로 하려면 세로로 그어야 한다는 건 누구나 아는 상식인데도. 그래서 다른 곳에 또 면도날을 댔다. 이제 그녀에게는 두 개의 입이 있었고, 이 두 개의 입은 그를 향해 열린 채로 미소 짓고 있었다. 피는 대부분 샤워로 씻겨 나간 탓에 어디에도 핏자국은 남아 있지 않았다. 그러나 턱 밑의 두 번째 입에서 여전히 빨간 피가 솟구쳐 나오고 있었다. 핏물이 그녀의 가슴을 따라 젖가슴의 꽃 문신 위로 흘러내리다가 샤워에 씻겨 나간다. 양쪽 뺨은 축 처진 축축한 머리카락으로 덮여 있었다. 멜로디는 미소 짓고 있었다. 너무나도 기쁜 표정으로. 수증기에 온통 뒤덮인 채로. 몇 시간이나 이 상태로 있었군. 그는 생각했다. 몸이 아주 깨끗하다.

테드는 눈을 감았다. 눈을 감아도 아무 소용이 없었다. 여전히 보인다. 앞으로도 언제나 보일 것이다.

다시 눈을 떴다. 멜로디는 여전히 미소 짓고 있었다. 그녀의 머리 위로 손을 뻗어 샤워 꼭지를 잠갔다. 셔츠 소매가 젖었다.

마비된 듯한 상태로 거실로 도망쳤다. 하느님. 그는 생각했다. 하느님. 누군가한테 연락해야 해. 신고해야 해. 더 이상은 못 견뎌. 경찰을 부르기로 마음먹었다. 수화기를 들어 올리고 버튼을 누르려다가 주저했다. 경찰은 도움이 안 돼. 그는 질의 집 번호를 눌렀다.

설명을 끝내자 수화기 반대편은 침묵에 휩싸였다. "하느님 맙소사." 이윽고 질은 말했다. "너무 끔찍해. 뭔가 내가 도와줄 일이라도?"

"우리 집으로 와 줘. 당장." 테드는 방치했던 칵테일을 찾아내서 서둘러 한 모금 마셨다.

질은 주저했다. "어— 있잖아 테드. 시체 다루는 일에는 자신이 없어. 그냥 우리 집에 오지그래. 내가 거기로 가는 건— 음, 알잖아. 앞으로 난 당신 집에서 샤워할 수 있을 것 같지도 않아."

"질." 그는 황망한 어조로 말했다. "난 당장 누군가가 필요해." 그는 겁에 질리고 불안한 웃음소리를 냈다.

"그러니까 우리 집에 오라니까." 질이 독촉했다.

"그냥 여기 내버려 두고 갈 수는 없잖아."

"누가 그러래. 경찰을 불러. 알아서 처리해 줄 거야. 그런 다음 여기로 와."

테드는 경찰에 연락했다.

● ○

"농담이라면 하나도 재미가 없군요." 순찰하다가 온 경찰이 말했다. 함께 온 그의 동료는 얼굴을 찌푸리고 있었다.

"농담?" 테드는 되물었다.

"샤워기 밑엔 아무것도 없지 않습니까. 아무래도 잠깐 함께 와 주셔야 하는 거 아닌지 모르겠군요."

"샤워기 밑에 아무것도 없었다고요?" 테드는 도저히 믿지 못하겠다는 투로 되풀이했다.

"내버려 둬, 샘." 동료 경관이 말했다. "술 냄새 풀풀 나는 거 보면 모르겠어?"

테드는 두 사람 곁을 후다닥 지나 욕실로 들어갔다.

욕조는 비어 있었다. 텅 비어 있다. 무릎을 꿇고 욕조 바닥에 손을 대 보았다. 말라 있다. 완전히. 하지만 그의 셔츠 소매는 여전히 축축했다.

"아냐." 그는 말했다. "아냐." 그는 황급히 욕실을 나와 거실로 되돌아갔다. 두 경관은 쓴웃음을 지으며 그런 그의 모습을 바라보았다. 현관 옆에 있었던 그녀의 여행 가방은 사라져 있었다. 식기는 모두 식기세척기 안에 있는 탓에 누군가가 팬케이크를 구웠는지 안 구웠는지를 확인할 도리가 없었다. 테드는 휴지통을 뒤집어 소파 위에 내용물을 모두 쏟아붓고 뒤지기 시작했다.

"침실로 가서 술이 깰 때까지 한숨 푹 자라고." 나이 든 쪽의 경관이 말했다. "내일 아침이 되면 기분도 나아질걸세."

"갑시다." 동료 경관이 말했다. 그들은 여전히 종이 쓰레기 사이를 뒤지고 있는 테드를 거실에 남겨 두고 떠났다. 그 그림. 그림. 그림이 없다.

테드는 빈 휴지통을 거실 반대편으로 내던졌다. 휴지통은 쨍 하는 소리와 함께 벽에 맞고 튕겨 나왔다.

그는 택시를 잡아타고 질의 집으로 갔다.

● ○

거의 동이 틀 무렵 그는 침대 위에서 느닷없이 상체를 일으켜 앉았다. 심장이 방망이질 치고, 입안이 두려움으로 바싹 말라 온다.

질은 졸린 목소리로 뭐라고 중얼거렸다. "질." 그는 그녀의 몸을 흔들며 말했다.

질은 눈을 깜박이며 그를 올려다보았다. "뭐야? 지금 몇 시야, 테드? 왜 그래?" 그녀는 담요를 끌어 올려 몸을 가리며 상체를 일으켰다.

"저 소리가 안 들려?"

"무슨 소리?"

그는 키득거렸다. "이 집 욕실에서 샤워 물소리가 나잖아."

그날 아침에는 거울도 없이 주방에서 수염을 깎다가 두 번 얼굴을 베였다. 방광이 욱신거려 올 정도로 오줌이 마려웠지만, 질이 샤워기는 꺼져 있다고 거듭 장담했음에도 불구하고 그는 욕실 문 너머에는 아예 발을 들여놓으려고 하지 않았다. 빌어먹을. 지금도 들린다. 그래서 사무소에 갈 때까지 억지로 참았다. 그쪽 화장실에 샤워 시설 따위는 없다.

질은 묘한 표정으로 그를 쳐다보았다.

● ○

자기 사무실로 들어간 테드는 책상 위를 정리하고 생각을 해 보려고 했다. 그는 분석적이고 좋은 두뇌를 가진 변호사가 아니던가. 그는 이 모든 경험을 논리적으로 설명하려고 시도했다. 그러면서 커피만 들이켰다. 잔뜩.

여행 가방도 없었잖아. 테드는 생각했다. 수위인 잭도 그녀 모습을 못 보았다고 했다. 시체도, 만화가 그려진 종이도 없다. 그녀를 본 사람은 아무도 없다. 샤워기 아래의 욕조는 말라 있었다. 식기를 쓴 흔적도 없다. 게다가 그는 술을 마시고 있었다. 그러나 하루 종일 퍼마신 것이 아니라 나중에 저녁을 먹고 몇 잔 걸친 것에 불과하다. 따라서 술 탓은 아니다. 그럴 리가 없다. 그림이 그려진 종이도 없다. 그녀를 본 사람은 테드, 그밖에는 없다. 그림도 없다. 나를 추억할 수 있는 걸 하나 남겨 줄게. 도와 달라는 전보 쪽지를 받은 적은 있지만 그대로 구겨서 변기에 흘려보냈다. 2년 전에 말이다. 샤워기 밑에는 아무것도 없었다.

테드는 수화기를 들어 올리고 말했다. "빌리, 아이오와 주 디모인의 신문사에 연결해 줘. 무슨 신문사라도 상관없어."

마침내 통화가 되었지만 자료실을 담당하는 여성은 어떤 정보든 전화로는 알려 주고 싶지 않은 듯했다. 그러나 그가 변호사 신분임을 밝히고 중요한 소송에 관련된 정보가 필요하다고 부탁하자 누그러졌다.

사망 기사는 매우 짧았다. 멜로디란 이름 대신에 단지 '마사지 팔러 종업원'으로 나와 있을 뿐이었다. 샤워기 밑에서 자살했다는 내용이었다.

"감사합니다." 테드는 말했다. 수화기를 내려놓고, 오랫동안 창밖을 바라보았다. 전망은 아주 좋았다. 호수와 스탠더드오일 사의 사옥이 잘 보인다. 다음에 무슨 일을 해야 할지를 곰곰이 생각해 보았다. 배 속이 공포로 딱딱하게 응어리진 기분이다.

오늘은 이만 조퇴하고 집에 가는 수도 있다. 그러나 집에 가면 샤워 물이 틀어져 있을 것이고, 늦든 빠르든 안 들어갈 수가 없는 일이다.

질의 집으로 가는 수도 있다. 질이 그래도 좋다고 한다면 말이지만. 어젯밤 일이 있는 뒤로는 태도가 급격히 쌀쌀해지지 않았는가. 함께 택시를 타고 출근하면서 정신과 의사를 추천해 주기까지 했다. 그녀는 이해 못 한다. 그 누구도 이해 못 해 줄 것이다……. 하지만…… 그는 다시 수화기를 집어 들고 기억을 떠올리려고 했다. 명함도 없고, 전화번호도 생각나지 않는다. 그만큼 소원해진 것이다. 그는 빌리를 불러냈다. "뉴욕시의 랜덤하우스 출판사에 전화를 걸어서, 거기서 편집자로 일하는 마이클 잉글하트 씨를 대 달라고 해 줘."

그러나 마침내 연결이 된 뒤에 전화선 너머에서 들려온 목소리는 낯설고 어딘가 냉담했다. "시렐리 씨? 마이클의 친구분 되시나요? 아니면 그가 담당한 저자 중 한 명이십니까?"

테드는 입안이 바싹 마르는 것을 자각했다. "친구입니다. 마이클은 지금 자리에 없습니까? 연락할 필요가 있어서. 좀…… 급한 용무입니다."

"유감이지만 마이클은 더 이상 여기서 일하지 않습니다." 목소리가 말했다. "며칠 전에 신경쇠약 발작을 일으켰습니다."

"그럼 설마……."

"살아 있습니다. 입원한 것으로 알고 있습니다. 혹시 그쪽 전화번호가 필요하시다면 찾아 드릴까요?"

"됐습니다. 안 그러셔도 됩니다." 전화를 끊었다.

피닉스 시의 전화 안내 서비스에 앤 케이라는 사람의 번호는 기재되어 있지 않았다. 생각해 보니 당연하다. 지금은 결혼해서 성이 바뀌어 있을 테니까 말이다. 그는 남자 쪽 성을 머리에 떠올려 보려고 했다. 그러기까지는 오랜 시간이 걸렸다. 뭔가 폴란드 쪽 이름이었는데. 마침내 생각이 났다.

집에 있을 것을 기대하지는 않았다. 오늘은 수업이 있는 날이었으므로. 그러나 송화 음이 세 번 울렸을 때 누군가가 전화를 받았다. "여보세요." 그는 말했다. "너야, 앤? 시카고에 있는 테드야. 앤, 할 얘기가 있어. 멜로디에 관한 거야. 앤, 나 좀 도와줘." 그는 숨도 쉬지 않고 말했다.

킥킥 웃는 소리. "앤은 지금 여기 없어, 테드." 멜로디가 말했다. "지금은 학교에 있는데, 퇴근한 뒤에는 남편을 만나러 가야 한대. 별거 중이라나. 하지만 여덟 시까진 돌아오겠다고 약속했어."

"멜로디." 그는 말했다.

"물론 앤 말을 믿어야 할지 말지는 모르겠지만 말이야. 너희들 셋은 워낙 약속을 잘 안 지키잖아. 하지만 돌아올지도 모르지. 나도 그랬으면 좋겠어, 테드.

 걔한테도 나를 추억할 수 있는 걸 하나 남겨 주고 싶거든."

원숭이 다이어트

The Monkey Treatment

케니 도체스터는 뚱뚱한 사내였다.

물론 언제나 뚱뚱했던 것은 아니다. 갓 태어났을 때는 적정 체중을 가진 완벽한 정상아였으니까 말이다. 그러나 케니의 경우 이런 상태는 오래가지 못했고, 얼마 되지도 않아 그는 터질 듯한 뺨에 젖살로 뒤룩뒤룩한 몸을 가진 유아로 성장했다. 향후 체중계 눈금은 내리막길, 아니 증가 일로를 걸었다. 케니는 순조롭게 통통한 어린이로 자라났고, 뚱뚱한 청소년이 되었고, 살진 돼지를 방불케 하는 대학 신입생이 되었다. 성인이 되었을 무렵에는 이런 중간 단계들을 모두 졸업하고 당당한 초고도비만의 영역에 도달해 있었다.

사람들이 뚱뚱해지는 데는 여러 이유가 있고, 개중에는 심리적인 것들도 있다. 케니의 이유는 비교적 단순했다. 케니 도체스터는 먹는 것을 좋아했던 것이다. 지인들에게 윙크를 하면서, 지금까지 마음에 안 든 음식은 단 한 번도 먹은 적이 없다고 선언하는 식으로 윌 로저스 흉내를 낼 정도였으니¹ 알 만하지 않는가. 케니는 소간과 자두 즙에는 질색했으므로 이 주장은 엄밀하게는 사실이 아니었지만 말이다. 어린 케니의 식탁에 어머니가 이 두 가지를 좀 더 자주 올려놓았다면, 어른이 된 케니를 이토록 꽉 붙잡고 놓아주지를 않는 엄청난 허리둘레와 체중과는 아예 인연을 맺지 않았을지도 모르겠다. 유감스럽게도 지나 도체스터 본인도 소간이나 자두 즙보다는 라자냐와 속을 채운 칠면조 구이라든지 고구마 튀김, 초콜릿 푸딩, 빌 코르동 블뢰², 버터를 발라 구운 옥수수, 엄청난 양의 블루베리 팬케이크 따위를 더 즐겨 만드는 (물론 이것들 모두를 한꺼번에 내놓은 것은 아니었지만) 경향이 있었지만 말이다. 일단 어린 케니가 소간 요리를 접시 위에 모두 토해 놓음으로써 자기 취향을 세상에 알린 뒤로는 그녀도 소간이나 자두 즙을 순순히 메뉴에서 뺐다. 이런 우여곡절 끝에, 어머니는 자기도 모르는 새에 사랑하는 아들을 원숭이 다이어트로 이어지는 부드럽고 기름진 길로 내몰았던 것이다. 그러나 이것은 이미 오래전의 일인 데다가 따지고 보면 불쌍한 어머니를 탓하기도 뭐했다. 그 많은 음식을 다 먹어 치우며 그런 경지까지 도달한 장본인은 다름 아닌 케니였으니까 말이다.

케니는 페퍼로니 피자를 좋아했고 그냥 아무것도 안 얹은 피자도 좋아했으며, 안초비를 위시해서 이것저것 할 것 없이 몽땅 얹은 잡탕 피자도 좋아했다. 소든 돼지든 바비큐한 갈비 한 짝을 통째로 먹어 치울 수도 있었다. 바비큐 양념은 진하면 진할수록 좋았다. 레어로 구운 프라임 립

---

1 미국의 영화배우이자 풍자 코미디언인 윌 로저스(1879~1935)의 자작 묘비명인 'I never met a man I didn't like'를 비튼 농담.
2 송아지 고기를 쓴 치즈 커틀릿의 일종.

에, 로스트 치킨에, 속에 쌀을 채워 구운 록코니시종(種) 닭도 무척 좋아했고, 고급 채끝 스테이크나 새우튀김이나 킬바사[3]도 마다하지 않았다. 햄버거의 경우는 이것저것 몽땅 끼워 넣고 프렌치프라이와 어니언 링을 곁들여 먹는 것을 즐겼다. 막역지우인 감자가 무슨 사고를 치더라도 케니가 등을 돌리는 일은 결코 없겠지만, 그는 파스타와 쌀밥, 설탕에 조렸거나 안 조린 참마, 하다못해 으깬 순무조차도 엄청 좋아했다. 케니가 이따금 "이놈의 디저트 때문에 난 망했어"라고 읊조리는 이유는 단것이라면 몸살이 나도록 좋아하기 때문이다. 특히 찐득한 초콜릿 케이크와 카놀리[4]와 생크림을 얹은 뜨거운 애플파이에는 아예 사족을 못 썼다. "이놈의 빵 때문에 난 망했어"라고 읊조릴 때도 있었는데, 이것은 디저트가 나올 가망이 없어 보일 때의 말버릇이었다. 이렇게 말하면서 사워 도우[5] 덩어리를 또 뜯어먹거나 또 다른 크루아상에 버터를 처바르거나 또 다른 마늘빵—이것은 그의 가장 특별한 약점 중 하나였다—에 손을 뻗치는 식이다. 그리고 케니는 특별한 약점을 잔뜩 가지고 있었다. 그는 고급 레스토랑과 패스트푸드 체인 양쪽의 권위자를 자처했고, 해당 주제에 관해 지치지도 않고 박학다식하게 논할 수 있었다. 그는 그리스 음식과 중국 음식과 일본 음식과 한국 음식과 독일 음식과 이탈리아 음식과 프랑스 음식과 인도 음식을 즐겼고, 그의 '문화적 지평을 넓혀 줄' 새로운 외국 요리가 나타나지는 않을지 언제나 촉각을 곤두세우고 있었다. 사이공이 함락당했을 때는 얼마나 많은 베트남 난민들이 새로운 식당을

---

3 마늘을 넣은 폴란드 소시지.
4 튀겨서 원통형으로 만 파스타 반죽 안에 리코타 치즈를 섞은 생크림을 넣은 이탈리아 디저트.
5 천연 효모 유산균의 작용으로 시큼한 맛이 나는 빵.

개업할지를 상상하며 꿍꿍이셈을 쳤을 정도이니 말 다했다. 여행을 가도 언제나 그 지역의 명물 요리를 배가 터지도록 먹는 일을 결코 게을리하지 않았고, 지인들 앞에서는 미국의 대도시 스물네 곳에 있는 최고의 맛집들 이름을 줄줄 늘어놓고, 거기서 어떤 맛있는 음식을 즐겼는지를 희희낙락하게 회상해 보이곤 했다. 그가 가장 좋아하는 작가는 제임스 베어드와 캘빈 트릴린이었다[6].

"난 맛있는 인생을 살고 있어!" 케니 도체스터는 활짝 웃으며 당당하게 말하곤 했다. 그리고 이 말은 사실이었다. 그러나 케니에게는 비밀이 하나 있었다. 자주 생각하는 것도 아니었고 입 밖에 내서 말하는 법도 결코 없었지만, 엄청난 양의 뒤룩뒤룩한 살 아래 숨겨진 마음속 깊은 곳에 이 비밀은 엄연히 존재했다. 아무리 갖은 양념을 하고, 믿음직한 맹우(盟友)인 포크의 가호에 기대더라도, 그런 것이 존재한다는 사실 자체를 부인할 수는 없었다.

케니 도체스터는 뚱뚱한 것이 싫었다.

마치 두 명의 연인을 앞에 두고 고뇌하는 꼴이었다. 케니는 맛난 음식에 대해 열정적이고도 한결같은 사랑을 쏟아부었지만, 다른 종류의 사랑, 즉 여자 사람과의 사랑도 꿈꾸고 있었던 것이다. 그러나 한쪽을 확실하게 손에 넣으려면 다른 쪽을 포기해야 한다는 사실을 케니는 자각하고 있었다. 결국 그의 은밀한 고민거리란 바로 이것이었다. 이런 상황이 야기한 딜레마를 풀어 보려고 내면의 고민에 빠지는 일도 잦았다. 날

---

6 전자는 20세기 미국의 저명한 요리 평론가, 후자는 음식 칼럼니스트 겸 소설가이다.

씬해져서 여자를 사귀는 것은 뚱보로 살면서 가재 비스크[7]만 알고 지내는 것보다 낫다고 느꼈지만, 그렇다고 후자를 완전히 부인할 용의는 없었다. 따지고 보면 양쪽 모두 행복의 원천이지 않는가. 게다가 어느 한쪽을 포기했지만 다른 한쪽을 얻는 데 실패한다면 그보다 비참한 일은 없을 것이다. 뚱뚱한 사람이 다이어트를 한답시고 코티지치즈만 먹는 광경만큼이나 케니를 의기소침하게 하고 슬프게 만드는 일은 없었다. 그런 불쌍한 작자들이 눈에 띄게 살을 빼는 꼴은 단 한 번도 못 봤다. 그런 작자들을 기다리고 있는 것은 결국 여자도 없고 가재 수프도 없는, 너무 끔찍해서 상상하기도 싫은 암울한 인생이라는 것이 케니의 평소 지론이었다.

그러나 이 모든 회의적인 태도에도 불구하고 내면의 고민이 너무 깊어진 탓인지 케니 도체스터는 이따금 나도 마음만 먹으면 못 하라는 법이 어디 있느냐는 식의 결연함으로 활활 불타오를 때가 있었다. 케니가 일시적인 '일탈'로 간주하는 이런 정신 상태는 깜짝 놀랄 정도로 아름다운 여자를 목격한다든지, 전혀 고생하지 않고도 놀랄 정도로 쉽게 살을 뺄 수 있다는 다이어트법이 개발되었다는 소식 따위를 들으면 종종 유발되곤 했다. 그런 기분에 빠지면 케니는 참지 못하고 다이어트에 돌입했다.

그런 연유로, 몇십 년 동안이나 남의 눈을 피해 온갖 종류의 다이어트 요법을 시도해 보았다. 오래간 것은 하나도 없었지만 말이다. 애트킨스 박사식 다이어트와 스틸맨 박사식 다이어트, 그레이프푸르트 다이어

---

7 bisque. 갑각류를 갈아 넣은 프랑스식 크림수프.

트에 현미 다이어트도 해 보았고, 정말 구역질 나는 액체 단백질 다이어트까지 감행했지만 아무 효과도 보지 못했다. 1주일 내내 '슬렌더'와 '시고' 다이어트식만 먹고 지낸 적도 있었지만 모든 맛을 시험해 본 뒤에는 물려 버렸다. 살 빼기 클럽에 가입해서 몇 번 회합에 참석한 적이 있었지만 동료 다이어터들을 만나도 아무 이득도 없다는 사실을 알게 된 뒤로는 그만두었다. 그들이 하는 얘기라고는 오로지 음식, 음식에 관한 것밖에는 없었기 때문이다. 단식투쟁에 돌입한 적도 있다. 단, 배가 고파 올 때까지만 말이다. 과즙 다이어트에, 애주가 (그는 애주가가 아니었지만) 다이어트에, 마티니와 생크림 (마티니는 뺐지만) 다이어트까지 안 해 본 다이어트가 없었다. 어느 최면술사는 케니가 가장 좋아하는 음식은 맛이 없으며 어차피 배도 안 고프다는 식으로 최면을 걸었지만 케니는 그것이 새빨간 거짓말임을 금세 간파하고 때려치웠다. 음식을 입에 넣으면 반드시 한 번은 포크를 내려놓도록 행동 교정도 받아 보았고, 음식을 조금만 담아도 듬뿍 있는 것처럼 보이도록 조그만 접시들만 써 보기도 했고, 자기가 무엇을 먹었는지를 모조리 공책에 기록하기까지 했다. 그 결과 공책이 산더미처럼 쌓였고, 설거지할 조그만 접시들이 잔뜩 늘어났으며, 포크를 내려놓자마자 번개처럼 다시 집어 드는 비상한 손재주가 생겼다. 그중에서 케니가 가장 마음에 들어 한 것은 가장 좋아하는 음식을 얼마든지 먹어도 된다는 다이어트였다. 그러니까, 줄곧 그 음식만 먹는다면 된다는 뜻이다. 이 경우의 유일한 문제는 자신이 진심으로 가장 좋아하는 음식이 무엇인지를 케니가 결정하지 못했다는 점이었다. 그래서 1주일 동안은 돼지갈비만 먹었고, 다음 주에는 피자만, 그다음 주에는 베이징 덕만 (돈이 많이 들어 간 주였다) 먹어 댄 통에 체중은 전혀 줄지 않았다. 케니 본인은 아주 환상적인 시간을 보냈지만 말이다.

케니 도체스터의 이런 일탈은 대부분 일이 주쯤 지속되었다. 그런 뒤에는 안개 속에서 빠져나온 사내처럼 주위를 둘러보고, 케니 자신은 비참함의 극에 달해 있지만 거의 살이 빠질 기색이 없고, 그토록 측은히 여기던 코티지치즈만 먹는 뚱보들 중 한 사람이 되어 버릴 급박한 위기에 처해 있다는 사실을 깨닫곤 했다. 그 시점에서 다이어트를 내팽개치고 집 밖에서 맛난 음식을 배불리 먹고, 향후 여섯 달 동안은 평소 때의 정상적인 케니로 살아가는 식이었다. 예의 은밀한 고민거리가 또다시 고개를 쳐들 때까지 말이다.

그러던 어느 금요일 저녁, 케니는 〈슬랩〉에서 헨리 머로니를 목격했다. 〈슬랩〉은 케니가 제일 좋아하는 바비큐 식당이었다. 이곳의 간판 메뉴는 케니가 너무나도 사랑하는 바비큐 소스를 듬뿍 바르고 겉을 새까맣게 태운 먹음직스러운 스페어 립이었다. 그리고 매주 금요일이 되면 〈슬랩〉은 단 15달러에 스페어 립을 무제한 제공했다. 대다수의 사람들에게는 너무 비싼 가격이지만, 스페어 립을 수도 없이 먹어 치울 수 있는 케니 입장에서는 바겐세일이나 마찬가지였다. 그리고 예의 금요일에 케니는 스페어 립 한 짝을 먹어 치우고, 맥주를 홀짝이고 빵을 뜯어 먹으며 두 짝째가 나오기를 기다리고 있었다. 그러던 중에 문득 고개를 들었다가, 옆의 부스 석에 앉아 있는 날씬하고 초췌한 사내가 다름 아닌 헨리 머로니라는 사실을 깨닫고 흠칫하며 놀랐던 것이다.

대경실색했다는 쪽이 더 정확했다. 마지막으로 보았을 때 헨리 머로니는 같은 살 빼기 클럽에서 툴툴거리던 동지였던 데다가, 케니보다 더 몸무게가 나가는 유일한 회원이었던 것이다. 고래처럼 엄청난 양의 살을 주체 못 하던 머로니는 회원들 앞에서 자신이 보니[8]라는 잔인한 별명으로 불린다는 사실을 고백했지만, 이제는 딱 들어맞는 별명처럼 느꼈다. 머로니는 살갗 밑으로 앙상한 갈비뼈가 드러나 보일 정도로 말라 있었을 뿐만 아니라, 발라 먹고 남은 뼈가 수북이 쌓인 식탁을 앞에 두고 있었기 때문이다. 케니 도체스터의 호기심을 강하게 자극한 것은 바로 이 부분이었다. 세상에, 도대체 얼마나 먹어 치운 것일까. 케니는 그것을 확인하려고 하나씩 세어 보기 시작했지만, 문제의 뼈들은 다 말라 가는 바비큐 소스가 조금 고여 있는 빈 접시 위에 워낙 난잡하게 흩어져 있는 탓에 얼마 되지도 않아 포기해야 했다. 그러나 전체적인 양만 보아도 머로니가 적어도 스페어 립 네 짝 내지 다섯 짝을 먹어 치웠다는 점은 명명백백했다.

케니 도체스터는 지인인 헨리 '보니' 머로니가 비법을 찾아냈음을 직감했다. 몇백 파운드나 살을 빼고도 앉은자리에서 스페어 립 다섯 짝을 해치울 수 있는 비법, 케니가 절실하게 터득하고 싶어 하는 다이어트의 오의(奧義)를 말이다. 그래서 케니는 자리에서 일어나서 머로니의 부스 석으로 갔고, 반대편 의자에 앉은 다음 말했다. "헨리가 맞지?"

머로니는 그제야 케니를 알아본 듯이 고개를 들었다. "어." 그는 지치고 힘없는 목소리로 말했다. "자네로군." 무척이나 피곤한 기색이었지만, 이토록 엄청난 감량을 했으니 당연한 일인지도 모른다. 머로니의 눈은 움푹 파인 잿빛 눈구멍 깊숙이 들어가 있었고, 그 많던 살은 늘어지고 접힌 희끄무레한 살갗으로 변해 있었다. 게다가 똑바로 앉을 힘조차도

---

8 Boney. 갈비씨라는 뜻이다.

없는지 양 팔꿈치를 식탁에 괸 구부정한 자세였다. 한마디로 끔찍한 몰골이었지만, 그렇게 많은 살을 뺐으니…….

"정말 좋아 보여!" 케니는 참지 못하고 불쑥 말했다. "어떻게 뺐어? 어떻게? 부탁이니 가르쳐 줘, 헨리. 정말로 알고 싶어."

"안 돼." 머로니는 속삭였다. "안 돼, 케니. 저리 가."

케니는 아연실색했다. "어이!" 그는 항의했다. "친구끼리 이러는 게 어디 있어, 헨리. 살 빼는 비법을 가르쳐 줄 때까지 난 이 자리를 떠나지 않을 거야. 자넨 그럴 의무가 있어. 우리가 얼마나 자주 함께 밥을 먹었는지 기억 안 나?"

"오, 케니." 머로니는 희미하고 다 죽어 가는 목소리로 말했다. "제발 부탁이니 가 줘. 제발. 자넨 모르는 편이 나아. 이건 너무…… 너무……." 머로니가 말꼬리를 흐린 순간 경련이 그의 얼굴을 훑고 지나갔다. 머로니는 신음했고, 마치 발작을 일으키기라도 한 것처럼 한쪽으로 고개를 뒤틀었고, 양손으로 식탁을 마구 두들겼다. "오오오오오."

"헨리, 어디 아파?" 케니는 당황하며 물었다. 보니 머로니가 과도한 다이어트의 부작용에 시달리고 있는 것은 확실해 보였다.

"오오오." 머로니는 갑자기 안도의 한숨을 내쉬었다. "아냐, 아냐. 난 멀쩡해." 그러나 목소리는 방금 한 말과는 딴판으로 전혀 설득력이 없었다. "사실 최고의 상태라고 해야겠지. 최고야, 케니. 내가 이렇게 날씬했던 건…… 날씬했던 건…… 어, 이렇게 날씬했던 적은 없었어. 기적이지." 그는 힘없이 미소 지었다. "조금만 있으면 난 목표에 도달할 거고, 그러면 이것도 끝날 거야. 난 목표에 도달할 수 있을 거야. 지금 얼마나 가는지는 실은 나도 몰라." 그는 자기 이마에 손을 갖다 댔다. "하지만 날씬해졌지. 정말로 날씬해졌어. 자네도 내가 괜찮아 보이지 않아?"

"그래그래." 케니는 조바심을 내며 맞장구쳤다. "하지만 어떻게 한 거야? 어떻게 했는지 좀 가르쳐 줘. 설마 그 엉터리 살 빼기 클럽에서 효과를 보진 않았겠고……."

"아냐." 머로니는 힘없이 말했다. "아니, 그게 아니라 원숭이 다이어트를 했어. 자, 여기 써 줄게." 그는 연필을 꺼내 냅킨 위에 주소를 끼적였다.

케니는 냅킨을 호주머니에 쑤셔 넣고 말했다. "원숭이 다이어트라고? 들어 본 적도 없는데. 그게 뭐야?"

헨리 머로니는 입술을 핥았다. "그치들은……." 그가 이렇게 운을 뗀 순간 또 다른 발작이 그를 엄습했다. 머리통이 기괴하게 여기저기로 꿈틀거렸다. "가." 머로니는 케니에게 말했다. "그냥 가. 그거 효과 있어, 케니. 맞아, 정말로. 원숭이 다이어트. 맞아. 더 이상 말할 수 없어. 주소는 줬잖아. 그럼 이만." 그는 식탁에 두 손바닥을 딛고 가까스로 몸을 일으켰고, 발을 질질 끌며 계산대 쪽으로 갔다. 실제보다 두 배는 더 나이를 먹은 사내의 발걸음이었다. 케니 도체스터는 그런 광경을 바라보며 머로니가 이 원숭이 다이어트라는 것을 너무 과하게 시행했다는 결론을 내렸다. 틱인지 경련인지 뭔지는 모르겠지만 예전에는 결코 그러는 것을 본 적이 없기 때문이다.

"어떤 일이든 사람은 모름지기 균형 감각을 유지해야 하는 법이지." 케니는 결연한 어조로 중얼거렸다. 호주머니를 툭 쳐서 냅킨이 제자리에 있는 것을 확인하고, 자신은 보니 머로니보다는 더 현명하게 행동할 것이라고 다짐한 다음 스페어 립 두 짝째가 기다리는 자기 부스 석으로 되돌아갔다. 그날 저녁 그는 스페어 립 네 짝을 먹었다. 내일부터 다이어트를 시작할 작정이라면 음식을 즐길 수 있을 때 잔뜩 먹어 두는 편이 낫다고 판단했기 때문이다.

다음 날은 토요일이었던 고로, 날씬하고 새로운 케니로 태어나는 것을 꿈꾸며 예의 원숭이 다이어트를 시험해 볼 시간 여유가 있었다. 케니는 아침 일찍 일어나자마자 욕실로 달려가서 디지털식 체중계로 체중을 재어 보았다. 그는 이 체중계를 각별히 아꼈다. 한눈에 들어오는 새빨간 숫자로 체중을 표시해 주기 때문에, 눈을 가늘게 뜨고 눈금의 숫자를 내려다볼 필요가 없었기 때문이다. 그날 아침 체중계는 367[9]이라는 숫자로 반짝였다. 지난번보다 몇 파운드가 더 늘었지만 이젠 상관없다. 원숭이 다이어트를 시작하면 곧 늘어난 살을 왕창 뺄 수 있을 테니까 말이다.

케니는 미리 전화를 걸어 토요일에도 영업을 하는지 알아보려고 했지만 곧 불가능하다는 사실을 깨달았다. 머로니가 써 준 것은 주소뿐이었고, 전화번호부에도 그 주소에 위치한 다이어트 센터나 헬스클럽이나 의료 클리닉 따위는 기재되어 있지 않았기 때문이다. 그래서 인명별 색인에서 '원숭이'로 시작되는 것을 찾아보았지만 아무 성과도 없었다. 결국은 직접 가 보는 수밖에 없다.

그러는 것조차 쉽지 않았다. 문제의 주소지는 부둣가에 인접한 치안이 안 좋기로 유명한 동네에 있는 탓에 거기까지 가려는 택시를 잡는 것도 쉽지 않았기 때문이다. 결국은 시 교통국에 승차 거부로 신고하겠다고 택시 기사를 위협한 뒤에야 겨우 목적을 달성할 수 있었다. 케니 도체스터는 시민으로서의 권리를 행사하는 데 주저하는 법이 없었다.

---

9 367파운드는 약 166킬로그램.

그러나 잠시 후 목적지가 가까워 오자 미심쩍은 느낌을 받기 시작했다. 주위의 거리는 더럽고 다 무너져 가는, 한마디로 말해 입맛 떨어지는 장소였고, 그런 장소에 자리 잡은 다이어트 센터 또한 기껏해야 위험천만한 돌팔이 요법이나 제공하는 곳일지도 모른다는 생각이 떠올랐기 때문이다. 예의 주소가 가리키는 문제의 블록이 쇠락한 상점가라는 사실을 알고 케니의 신경은 한층 더 날카로워졌다. 상점들 반은 문을 닫고 널빤지로 폐쇄되어 있었고, 나머지 반은 더럽고 우중충한 창문과 쇠문 뒤에 도사리고 있는 듯한 느낌이었다. 택시는 추레하기 그지없는 벽돌 건물 앞에 멈춰 섰다. 건물은 쓰레기로 가득한 공터와 공터 사이에 있었다. 가게 앞쪽의 판유리는 워낙 더러워서 안을 들여다볼 수도 없을 지경이었다. 출입문 위에서 빛바랜 코카콜라 간판이 앞뒤로 흔들리며 신음하듯이 삐걱거렸다. 그러나 주소 번호는 보니 머로니가 써 준 것이 맞다.

"다 왔습니다." 케니가 멍하니 입을 벌리고 택시 창문 너머를 내다보자 택시 기사가 조급한 어조로 내뱉었다.

"주소가 맞는지 확실하지 않군." 케니는 말했다. "가서 알아보고 올 테니 그때까지 여기서 기다려 주면 고맙겠네."

택시 기사는 고개를 끄덕였다. 케니는 옆으로 몸을 빼서 힘겹게 택시에서 내렸다. 두 걸음 걸었을 때 택시가 기어를 넣고 끼익 소리와 함께 길모퉁이에서 떠나가는 소리를 들었다. 케니는 몸을 돌리고 아연실색한 얼굴로 그 광경을 바라보았다. "어이, 그렇게 가 버리면……." 이렇게 말하려고 했지만 택시는 이미 떠나 버린 뒤였다. 저 자식, 반드시 교통국에 신고하고야 말겠어, 하고 케니는 결심했다.

그러나 이곳에 케니가 홀로 남겨졌다는 사실에는 변함이 없었다. 이렇게 멀리까지 와서 포기한다는 것은 바보짓이라는 생각이 들었다. 원숭이 다이어트를 하든 말든, 케니가 가게 안의 전화를 써서 다른 택시를 부르는 걸 가지고 누가 뭐라고 하진 않을 것이다. 케니는 용기를 쥐어짜서 더럽고 아무 간판도 없는 가게의 출입문으로 다가갔다. 문을 열자 종이 딸랑거렸다.

가게 안은 어두컴컴했다. 창문에 엉겨 붙은 먼지와 더께 때문에 햇볕이 거의 들지 않는 탓이다. 케니의 눈이 어둠에 적응하기까지는 조금 시간이 걸렸다. 겨우 주위가 보였을 때, 그는 자신이 누군가의 거실 안으로 걸어 들어왔다는 사실을 깨닫고 혼비백산했다. 버려진 상점 안에 집시 가족이 무단으로 들어와 살고 있는 것일까. 케니는 너덜너덜한 양탄자 위에 서 있었고, 주위 여기저기에는 구세군이 기꺼이 제공했을 법한 낡아 빠진 가구들이 널려 있었다. 방구석에 도사리고 있는 고색창연한 흑백 TV의 텅 빈 화면이 그를 응시한다. 방 안에서는 오줌 지린내가 코를 찔렀다. "죄송합니다." 케니는 당장이라도 어두운 구석에서 가무잡잡한 집시 청년이 걸어 나와 그를 칼로 찌를 것 같은 두려움을 느끼며 힘없이 중얼거렸다. 뒷걸음질 치며 뒤로 돌린 손으로 문손잡이를 더듬으려고 했을 때 안쪽 방에서 사내 하나가 걸어 나왔다.

"아!" 사내는 조그맣고 번득이는 눈으로 금세 케니를 알아보고 말했다. "아, 원숭이 다이어트!" 양손을 비비면서 씩 웃는다. 케니는 공포에 질렸다. 사내는 지금까지 케니가 목격한 사람 중에서도 가장 살이 찌고 추악한 위인이었기 때문이다. 거실로 나왔을 때도 옆으로 몸을 돌리고 입구를 비집고 나와야 했을 정도였다. 케니보다도 살이 쪘고, 과거의 보니 머로니보다 더 뚱뚱했다. 당장이라도 지방이 몸 밖으로 배어날 듯한 몸이었다. 게다가 다른 부분들도 혐오스럽기 그지없었다. 피부 색깔은 버섯을 연상케 했고, 콩알만 한 두 눈은 희끄무레하고 뒤룩뒤룩한 얼굴살 속에 묻혀서 숫제 보이지도 않을 지경이었다. 머리카락조차도 엄청난 살에 묻혀 버렸는지 거의 없었고, 웃통을 벗어부친 탓에 툭 튀어나온 채로 겹겹이 접혀 있는 엄청난 양의 맨살이 그대로 노출되어 있었다. 사내는 거대한 젖통을 덜렁거리며 재빨리 걸어 나와 케니의 팔을 움켜잡았다. "원숭이 다이어트!" 사내는 기대에 찬 어조로 되풀이하며 케니를 잡아당겼다. 케니는 망연자실한 눈으로 사내를 응시하다가, 상대가 미소 짓는 것을 보고 큰 충격을 받았다. 사내가 히죽 웃자 얼굴의 반이 입이 되어 버린 것처럼 보였기 때문이다. 반원 모양의 기괴한 입안에서, 빼곡히 늘어선 새하얀 이가 번들거린다.

"아니, 됐어." 케니는 가까스로 입을 열었다. "됐다고. 마음이 바뀌었어." 머로니가 뼈만 남을 정도로 앙상해졌든 말든 간에 이런 작자에게서 이른바 원숭이 다이어트라는 것을 시술받을 생각은 싹 사라져 있었다. 우선 이 요법 자체에 영 믿음이 가지 않았다. 시술자 본인이 저토록 지독하게 살이 쪘는데 어떻게 그 효능을 믿으란 말인가. 게다가 몸에 해로울 공산도 커 보였다. 원숭이 몸에서 추출한 호르몬이 어쩌고 하는 엉터리 약 따위를 쓸 게 뻔하다. **"됐다니까!"** 케니는 더 강한 어조로 되풀이하며 이 기괴한 인물의 팔을 뿌리치려고 했다.

그러나 아무 소용도 없었다. 사내는 케니보다 몸집만 큰 게 아니라 힘까지 상대가 안 될 정도로 장사였기 때문이다. 사내는 케니의 거듭되는 항의에도 아랑곳 않고 미친 사람처럼 히죽히죽 웃으며 방 너머까지 그를 끌고 갔다.

"뚱뚱해." 사내는 이렇게 우물거리며 손을 뻗더니 케니 몸의 불룩한 부분을 움켜잡았고, 마치 자신의 지적을 입증이라도 하겠다는 듯이 아플 정도로 세게 비틀었다. "뚱뚱. 뚱뚱. 뚱뚱. 안 좋아. 원숭이 다이어트 하면 날씬해져."

"어, 그렇다고 들었지만……."

"원숭이 다이어트." 어느새 케니의 등 뒤에 가 있던 사내는 이렇게 말하며 자기 몸으로 케니의 등을 밀어붙였다. 케니는 비틀거리며 커튼으로 칸막이 된 입구를 통과해서 안쪽 방으로 들어갔다. 오줌 지린내가 아까보다 더 강하게 코를 찔렀다. 욕지기가 치밀어오를 정도였다. 방 안은 칠흑처럼 어두워서 아무것도 보이지 않았지만 사방에서 부스럭 후다닥 하는 소리가 들려왔다. "쥐잖아." 쥐를 죽도록 무서워하는 케니는 낭패했고, 허공을 더듬으며 방금 지나온, 희미한 사각형 빛을 발하는 입구를 향해 몸을 날렸다.

거의 도달했을 무렵 느닷없이 등 뒤에서 높다랗게 찍찍거리는 소리가 들려왔다. 기관총처럼 날카롭고 빠르게 찍찍거린다. 그러자 같은 소리가 또 다른 곳에서 들려왔고, 또 다른 곳에서도 들려왔다. 곧 어둠은 귀청을 찢을 듯한 소음으로 가득 찼다. 케니는 양손으로 귀를 막고 비틀거리며 커튼 칸막이를 통과했지만, 원래 있던 방으로 나가자마자 무엇인가가 목덜미를 스치는 것을 느꼈다. 뭔가 따뜻하고 털이 난 것이. "히이이익!" 케니는 비명을 지르며 춤추듯이 펄쩍거렸고, 웃통을 벗은 거구의 광인이 진득이 기다리고 있는 앞쪽 방으로 뛰쳐나갔다. 케니는 좌우로 폴짝거리며 괴성을 발했다. "히이이익. 쥐, 쥐가 등에 붙었어. 떼어 줘. 당장 떼어 줘." 양손을 뒤로 돌려 떼어 내려고 했지만 워낙 재빠르게 요리

조리 피하는 통에 도무지 잡을 수가 없었다. 그러나 등 위에서 살아 움직이는 것만은 뚜렷하게 느낄 수 있었다. "도와줘! 제발!" 그는 소리를 질렀다. "쥐가 달라붙었어!"

가게 주인은 씩 웃어 보이며 고개를 가로저었다. 몇 겹이나 되는 턱이 흥겹게 덜렁거린다. "아냐, 아냐." 그는 말했다. "쥐 아냐, 뚱뚱이. 원숭이야. 원숭이 다이어트 하는 거야." 그러더니 한 걸음 걸어 나와 다시 케니의 팔꿈치를 움켜잡고 벽에 걸린 기다란 체경(體鏡) 앞으로 끌고 갔다. 방 안이 워낙 어두운 탓에 거울을 보아도 뭐가 뭔지 분간할 수가 없었다. 거울 너비가 충분하지 않아서 그의 양팔이 잘려 나갔다는 점을 제외하면 말이다. 사내는 뒤로 한 걸음 물러서더니 머리 위에 달린 끈을 잡아당겼다. 그러자 딸깍 소리가 나며 천장에 덩그러니 매달려 있던 알전구에 불이 들어왔다. 전구가 앞뒤로 흔들리는 통에 방 안에서 그림자가 난무했다. 케니 도체스터는 몸을 떨며 거울을 응시했다.

"오."

등에 원숭이 한 마리가 붙어 있었다.

실제로는 케니의 굵은 목에 두른 두 발을 삼중 턱 밑에서 단단히 꼬고, 어깨 위에서 목말을 타고 있다는 쪽이 더 정확했다. 케니는 원숭이 털이 목덜미를 스치고, 작고 따뜻한 원숭이의 두 손이 좌우에서 그의 귀를 살짝 잡고 있는 것을 느꼈다. 아주 조그만 원숭이였다. 거울을 들여다보니 머리 뒤에서 빼꼼 고개를 내밀고 히죽히죽 웃고 있다. 요리조리 잘 돌아가는 눈에 거친 갈색 털가죽 그리고 케니 입장에서는 섬뜩한 느낌을 금할 수 없는, 희게 번득이는 이빨이 잔뜩 보인다. 물건을 잡을 수 있는 기다란 꼬리가 마치 케니의 뒤통수에서 자라난 털북숭이 뱀처럼 쉴 새 없이 움직이고 있었다.

　케니의 가슴 속에서는 심장이 거대한 공기 해머처럼 방망이질하고 있었다. 이 장소, 이 사내, 이 원숭이를 포함한 모든 것이 끔찍했지만, 케니는 남은 힘을 모두 쥐어짜서 냉정을 유지하려고 노력했다. 결국 쥐는 아니었잖아. 이런 조그만 원숭이 따위가 그에게 해를 입힐 리가 없다. 게다가 목말을 탄 자세를 보아하니 필시 훈련받은 원숭이인 듯했다. 원래 주인도 이렇게 등에 태우고 다녔는데, 케니가 억지로 떠밀려 커튼 칸막이를 통과했을 때 주인이 왔다고 착각했던 것이리라. 어둠 속에서 뚱뚱한 사내는 모두 똑같아 보였을 것이다. 케니는 등으로 손을 돌려 원숭이를 떼어 내려고 했지만 왠지 잡을 수가 없었다. 거울에 비치는 상이 실제와는 거꾸로라는 사실도 일조했다. 케니는 육중한 몸으로 펄쩍펄쩍 뛰어 보았다. 착지할 때마다 방 전체가 진동하고 가구가 들썩일 정도로 세차게 뛰었지만, 그의 귀를 꽉 잡고 달라붙은 원숭이는 도무지 떨어져 나갈 생각을 안 했다.

　마침내 케니는, 이런 상황을 감안하면 (본인이 생각하기에는) 엄청나게 침착한 태도로 역겨운 가게 주인을 돌아보고 말했다. "주인장, 당신의 이 원숭이 말인데, 부탁이니 떼어 주시지 않겠습니까?"

　"아냐, 아냐." 사내가 말했다. "그거 날씬해져. 원숭이 다이어트. 날씬해지고 싶지 않아?"

　"물론 그러고야 싶죠." 케니는 언짢은 표정으로 말했다. "하지만 이게 말이 됩니까." 혼란스러웠다. 지금 등에 달라붙어 있는 원숭이는 이 원숭이 다이어트의 일부인 듯하지만, 그게 무슨 소용이 있는지 도무지 이해가 안 되었기 때문이다.

"가." 사내는 말하고 손을 올려 천장의 끈을 휙 잡아당겨 또다시 전구가 마구 흔들리게 만들었다. 그런 다음 케니를 향해 다가왔다. 케니는 불안한 표정으로 뒷걸음질 쳤다. "가." 사내는 케니의 팔을 또다시 움켜잡으며 같은 말을 되풀이했다. "가, 가. 원숭이 다이어트 해 줬어. 이제 가."

"어이, 어이!" 케니는 거칠게 외쳤다. "이거 놔! 이 원숭이를 떼어 달라고 하는 말이 안 들려? 난 이런 원숭이 필요 없다고! 무슨 뜻인지 모르겠어? 어어, 그렇게 밀지 말라고 했잖아. 난 경찰에 친구들이 있다고. 이런 짓은 도저히 묵과할 수 없어. 이거 놓으라고—."

그러나 아무리 항의해도 소용이 없었다. 사내는 고약한 냄새를 풍기는 희끄무레한 살로 이루어진 저항할 수 없는 해일처럼 모든 체중을 실어 케니를 문간까지 밀어붙였다. 사내가 문을 열자 또다시 종이 딸랑거렸다. 케니는 사내에게 밀려 눈이 아플 정도로 밝은 햇살 아래로 쫓겨 나왔다.

"이걸로 나한테 돈 받을 생각은 하지 마!" 케니는 몸을 비틀거리면서도 결연한 어조로 말했다. "단 한 푼도 못 내. 알겠어?"

"원숭이 다이어트 무료야." 사내는 히죽거리며 말했다.

"최소한 택시라도 부르게 해 달라고." 케니는 이렇게 운을 뗐지만 이미 문은 굳게 닫힌 뒤였다. 케니는 화난 표정으로 문으로 가서 휙 잡아당기려고 했지만 꿈쩍도 하지 않았다. 잠겨 있다. "이 문을 열어!" 케니는 고래고래 소리를 질렀지만 아무 대답도 없었다. 또 고함을 질렀다가, 그의 등을 향한 타인의 시선을 갑자기 느끼고 불안감에 사로잡혀 뒤를 돌아보았다. 길 반대편에 있는, 널빤지로 폐쇄된 주택의 현관에 세 명의 늙은 부랑자들이 앉아 있었다. 갈색 봉투에 든 술병을 돌려 마시면서 경계하는 듯한 눈초리로 케니를 바라보고 있다.

자신이 벌건 대낮에 등에 원숭이를 목말 태운 채로 서 있다는 사실을 케니 도체스터가 자각한 것은 바로 그때였다.

얼굴이 달아오르며 목덜미까지 벌게졌다. 이렇게 창피할 데가 있나. "애완용이야!" 케니는 억지웃음을 지으며 부랑자들을 향해 외쳤다. "그냥 애완용으로 기르는 거라고!" 여전히 그를 빤히 쳐다보고 있다. 케니는 굳게 잠긴 문을 마지막으로 한 번 더 노려보고 잰걸음으로 거리를 걷기 시작했다. 어딘가 남의 눈이 없는 곳으로 가야 한다.

길모퉁이를 돌자 두 채의 허름한 회색 다세대 주택 뒤에 있는 좁고 어두운 골목이 나왔다. 숨차 헐떡거리며 골목 안으로 들어갔다. 양철 쓰레기통 위에 털썩 앉아 손수건을 꺼내 이마를 닦았다. 그러자 등의 원숭이가 조금 자세를 바꾸는 것을 케니는 느꼈다. "내려가!" 그는 이렇게 외치며 또 한쪽 손을 등으로 돌려 원숭이의 목덜미를 움켜잡고 떼어 내려고 했지만, 원숭이는 다시 슬쩍 몸을 피했다. 손수건을 집어넣고 이번에는 양손으로 목덜미 쪽을 더듬었지만, 도무지 잡을 수가 없었다. 잠시 후에는 지친 나머지 그런 시도를 포기하고 생각을 해 보려고 했다.

다리야! 그는 생각했다. 내 턱을 감고 있는 다리! 그걸 잡으면 만사 오케이잖아! 그는 매우 침착하고 신중하게 손을 뻗어 원숭이의 다리를 만졌고, 살진 손으로 좌우의 다리를 하나씩 잡았다. 그런 다음 심호흡을 하고, 원숭이 다리가 마치 거대한 위시본[10]이라도 되는 것처럼 좌우로 거

---

10 wishbone. 닭 따위의 조류의 목과 가슴 사이에 있는 V 자 모양의 쇄골. 서양에서는 부적으로 쓰거나 반으로 잘라 그 길이로 점을 치는 풍습이 있다.

칠게 잡아당겼다.

원숭이가 그를 공격했다.

한쪽 손으로 그의 오른쪽 귀를 세차게 비튼다. 귀가 떨어져 나가는 줄 알았을 정도였다. 다른 손이 그의 왼쪽 관자놀이를 북 치듯 미친 듯이 난타한다. 케니 도체스터는 고통의 비명을 올리고 원숭이의 다리 — 그렇게 힘을 주었음에도 불구하고 원 위치에서 꿈쩍도 하지 않았던 — 에서 손을 놓았다. 그러자 원숭이는 때리는 것을 멈추고 그의 귀에서 손을 놓았다. 케니는 반은 안도하고 반은 좌절한 나머지 흐느꼈다. 너무나도 비참한 기분이었다.

원숭이를 떼어 내지 못했다는 패배감에 휩싸인 채로 그 더러운 골목 안에서 한참 앉아 있었다. 거리로 나가면 사람들이 대놓고 손가락질을 하며 그를 비웃거나 무례하고 모욕적인 언사를 중얼거리지 않을까 두려웠다. 뚱보로 살아가는 것만으로도 벅찬 마당인데, 등에 원숭이까지 태운 뚱보로서 이 잔인한 세상과 대면해야 한다면 얼마나 더 끔찍할까. 알고 싶은 마음도 생기지 않았다. 거리로 나가 창피를 당하고 조롱의 대상이 되느니, 차라리 이 어두운 골목 안에서 죽치고 있는 편이 낫다. 그가 죽거나 아니면 원숭이가 죽을 때까지 말이다.

그러나 이런 결심은 약 한 시간밖에는 가지 못했다. 케니 도체스터는 배고픔을 느꼈기 때문이다. 많은 사람이 그를 비웃겠지만, 어차피 줄곧 비웃음을 받으며 살아왔는데 무슨 상관이란 말인가? 케니는 일어나서 옷의 먼지를 털어 냈다. 원숭이는 그의 목 뒤에서 좀 더 편한 자세를 취했다. 케니는 그런 원숭이의 존재를 무시했고, 페퍼로니 피자를 먹으러 가려고 결심했다.

피자 가게를 찾는 것은 생각만큼 쉽지 않았다. 그가 와 있는 지독한 빈민가에는 술주정뱅이 부랑자들과 불량스러워 보이는 10대들과 다 타거나 널빤지로 폐쇄된 건물들이 넌더리 날 정도로 몰려 있었지만, 그 흔한 피자 가게는 어디에서도 눈에 띄지 않았기 때문이다. 택시도 없었다. 케니는 큰길가를 따라 힘차고 위엄 있는 걸음걸이로 걷기 시작했다. 좌우에는 눈길도 주지 않고, 통통하고 짧은 두 다리를 최대한 빨리 움직여서 좀 더 안전한 동네를 찾아 나섰던 것이다. 공중전화 박스와는 두 번 마주쳤다. 그때마다 케니는 반색하며 동전을 꺼내 택시를 부르려고 했지만, 두 전화 모두 고장이었다. 케니 도체스터는 분개했다. 공공 기물을 파손하는 자들은 쥐만큼이나 나쁜 놈들이다.

몇 시간이나 그렇게 걸었을까, 마침내 누추한 카페 하나와 마주쳤다. 창문에 쓰인 이름은 〈존의 그릴〉이었고, 출입문 위에 대문자로 'EAT'라는 네온사인이 달랑 붙어 있을 뿐이었다. 먹는 데는 도가 튼 케니는 세 블록 떨어진 곳에서도 이 사랑스러운 세 글자를 금세 알아보았다. 등댓불처럼 그를 인도하는 단어를. 케니는 가게 안에 발을 들여놓기도 전에 메뉴에 페퍼로니 피자 따위가 포함되어 있을 리가 없다는 사실을 깨닫고 있었지만, 그 무렵에는 뭘 먹어도 좋다는 심정이었다.

출입문을 밀고 들어간 순간 케니는 일말의 불안감을 느꼈다. 부분적으로는 걸맞지 않은 곳에 왔다는 자각 탓이었다. 음식을 먹고 있는 손님들이 모두 다 강도 같아 보인다. 그러는 한편, 등에 원숭이를 태우고 있는 탓에 아예 입장을 거부당할지도 모른다는 두려움이 있었다. 케니는 불편하기 그지없는 기분으로 잠시 문간에서 머뭇거리다가, 후미진 구석에 있는 조그만 식탁으로 재빨리 가서 앉았다. 저곳이라면 타인의 호기심 어린 눈길을 피할 수 있을지도 모른다. 머리가 허옇게 센, 빛바랜 분홍색 근무복을 입은 나이 든 웨이트리스가 결연하게 다가오는 것을 본 케니는 눈을 깔았고, 불안한 표정으로 소금 통과 후추 통과 케첩 통을 만지작거리며 끔찍한 운명의 순간이 오기를 기다렸다. 그녀가 식탁 앞에 버티고 서서, "어이, 아저씨, 그런 걸 데리고 들어오면 어떻게 해!"라고 선언하는 순간을 말이다.

그러나 그가 앉은 자리로 온 웨이트리스는 단지 앞치마 호주머니에서 전표 철을 꺼내더니 연필을 들고 서서 기다렸을 뿐이었다. "주문은?" 그녀가 재촉했다. "뭘 가져다줄까?"

케니는 놀란 얼굴로 그녀를 올려다보다가 이내 미소를 떠올렸다. 조금 말을 더듬다가 곧 정신을 차리고 베이컨 두 조각을 곁들인 치즈 오믈렛과, 커피와 우유 큰 잔과 시나몬 토스트를 주문했다. "해시 브라운스[11]도 함께 나와요?" 그는 기대에 찬 어조로 물었지만 웨이트리스는 고개를 가로젓고 주방 쪽으로 갔다.

저렇게 친절하고 멋진 웨이트리스가 있다니. 케니는 주문한 음식이 나오기를 기다리며 종이 냅킨을 뜯으면서 상념에 잠겼다. 이렇게 멋진 가게가 또 어디 있을까! 내 원숭이에 주목하는 사람들조차 없다! 정말이지 예의 바른 사람들이 아닌가.

곧 음식이 도착했다. "아이아." 웨이트리스가 포마이카 식탁 위에 그것을 차리자 케니는 말했다. 배가 고파 죽을 지경이었다. 우선 시나몬 토스트 한 조각을 집어 들고 입가로 들어 올렸다.

---

11 다진 감자와 양파를 섞어 프라이팬에서 지진 요리.

그러자 뒤통수 쪽에 있던 조그만 원숭이가 그것을 홱 낚아챘다.

케니 도체스터는 갑자기 빈 손을 열린 입가에 올린 채로 망연자실하게 앉아 있었다. 원숭이가 토스트를 시끄럽게 짭짭거리는 소리가 들려왔다. 다음 순간, 케니가 무슨 일이 일어나고 있는지를 아직 완전히 파악하기도 전에, 원숭이의 기다란 꼬리가 그의 겨드랑이 사이로 스르르 튀어나오더니 우유가 든 유리잔을 부여잡았고, 눈 깜짝할 새에 위로 들어올렸다. "야!" 케니는 말했지만 그것을 막기에는 몸놀림이 너무 굼떴다. 등 뒤에서 후루룩 꼴깍꼴깍 하는 소리가 들려오는가 싶더니 빈 유리잔이 왼쪽 어깨 위를 넘어 홱 날아왔다. 케니는 유리잔이 바닥에 떨어져 깨지기 전에 가까스로 공중에서 낚아챘고, 떨리는 손으로 식탁 위에 올려놓았다. 원숭이 꼬리가 슬그머니 식탁에 올라오더니 그의 베이컨을 향했다. 케니는 포크를 움켜잡고 꼬리를 찍으려고 했지만 원숭이 쪽이 더 빨랐다. 베이컨은 사라졌고, 딱딱한 포마이카를 찍은 애꿎은 포크 날만 구부러졌을 뿐이었다. 그 무렵 케니는 이것이 속도 경쟁이라는 사실을 깨닫고 있었다. 구부러진 포크를 팽개치고 녹은 치즈를 뚝뚝 흘리는 오믈렛 한 조각을 스푼으로 퍼내서 고개를 숙이며 최대한 빨리 입가로 가져오려고 했다. 그러나 원숭이 쪽이 더 빨랐다. 조그만 손이 어딘가에서 번개처럼 튀어나왔다. 다음 순간, 케니의 입에 들어가기 직전이었던 스푼에는 감질나게도 반쯤 녹은 콩알만 한 치즈 덩어리 하나밖에는 남아 있지 않았다. 다시 접시에 스푼을 박고 오믈렛을 퍼냈지만 아무리 재빨리 움직이려고 해도 소용이 없었다. 원숭이는 두 손뿐만 아니라 꼬리까지 자유자재로 구사했고, 한번은 조그만 원숭이 발로 케니가 먹으려던 것을 낚아채기까지 했던 것이다. 얼마 되지도 않아 케니 도체스터가 먹을 예정이었던 음식은 깨끗하게 사라져 있었다. 그는 기름으로 번들거리는 텅 빈 접시를 멍하게 내려다보며 눈물을 글썽였다.

어느새 웨이트리스가 곁에 와 있었다. "세상에, 정말 배가 고팠던 모양이네." 그녀는 전표 철에서 청구서를 뜯어내서 그의 앞에 내려놓았다. "이렇게 빨리 먹어 치운 사람은 처음이야."

케니는 그녀를 올려다보며 항의했다. "하지만 난 안 먹었어. 원숭이가 다 먹었다고!"

웨이트리스는 묘한 표정으로 그를 보며 머뭇머뭇 말했다. "원숭이가?"

"원숭이." 케니는 대꾸했다. 그를 바라보는 상대방의 눈초리가 마음에 들지 않았다. 마치 미친 사람이나 뭐 그런 걸 바라보는 표정이 아닌가.

"원숭이가 어디 있어?" 그녀가 물었다. "설마 무슨 동물 따위를 몰래 숨겨 들여온 건 아니지? 보건국 규정에 가게 안에 동물은 못 데리고 들어온다고 되어 있어."

"몰래라니, 내가 언제?" 케니는 짜증스럽게 대꾸했다. "자, 바로 여기 원숭이가 붙어 있잖……." 그는 하려던 말을 끝마치지 못했다. 바로 그 순간, 원숭이가 그를 때렸기 때문이다. 그냥 때린 게 아니라, 얼굴 왼쪽을 엄청난 힘으로 가격한 탓에 얼굴이 반쯤 돌아갔을 정도였다. 케니는 고통과 충격에 못 이겨 캑 하고 비명을 올렸다.

웨이트리스는 걱정스러운 표정이었다. "당신 괜찮아? 그렇게 얼굴을 뒤틀다가 설마 무슨 발작을 일으키는 건 아니지?"

"난 뒤틀지 않았어!" 거의 고함 소리에 가까웠다. "이 염병할 원숭이가 나를 때렸잖아! 안 보여?"

"아." 웨이트리스는 한 걸음 뒤로 물러나며 말했다. "알았어. 원숭이가 때린 거였구나. 정말 성가신 놈들이지. 안 그래?"

케니는 좌절한 나머지 식탁 위를 쾅쾅 내리쳤다. "됐어. 신경 쓰지 말아 줘." 그는 전표를 홱 집어 들고—원숭이는 그것까지 낚아챌 생각은 없는 듯했다—자리에서 일어섰다. "계산." 그는 지갑을 꺼내 들며 말했다. "이 가게에 전화 있지? 그걸로 택시 좀 불러 주겠어? 그래 줄 수는 있지?"

"물론이야." 웨이트리스는 이렇게 대꾸하고 계산을 하기 위해 금전등 록기 쪽으로 갔다. 카페 안에 있는 사람들 모두가 케니를 빤히 쳐다보고 있었다. "전혀 문제없어." 웨이트리스가 중얼거렸다. "택시. 당장 택시를 불러 줄 테니 조금만 기다려."

케니는 분통이 터지려는 것을 억누르며 기다렸다. 택시 기사는 케니의 등에 붙은 원숭이에 관해 아무 말도 하지 않았다. 케니는 집으로 직행하는 대신 그의 아파트에서 세 블록 떨어진 곳에 있는 단골 피자집 앞에서 내렸다. 가게 문을 부수기라도 할 듯이 황급히 박차고 들어가서 페퍼로니 피자 큰 것을 주문했다. 그러나 원숭이가 몽땅 먹어 버렸다. 케니는 원숭이를 혼란에 빠뜨릴 요량으로 양손에 한 조각씩을 들고 동시에 입가로 움직여 보기까지 했지만 아무 소용도 없었다. 유감스럽게도 원숭이 또한 두 개의 손을 가지고 있었던 데다가 그것들 모두를 케니보다 훨씬 더 빨리 움직일 수 있었기 때문이다. 피자가 완전히 사라져 버리자 케니는 잠시 생각을 하다가 웨이트리스를 불러 두 판째를 주문했다. 이번에는 안초비 피자 큰 것으로 말이다. 그러면서 그는 자신의 교묘한 술책을 자화자찬했다. 케니 도체스터는 자기 말고는 안초비 피자 따위를 좋아하는 사람을 한 명도 만나 본 적이 없었기 때문이다. 이 조그만 생선들이 나를 구원해 줄 거야, 하고 그는 생각했다. 피자가 도착하자 케니는 돌다리를 두드리는 심정으로 고춧가루 병을 집어 들고 대화재를 일으키고도 남을 정도의 엄청난 양을 뿌렸다. 그런 다음 자신에 찬 얼굴로 한 조각을 먹으려고 했다.

원숭이는 고춧가루를 듬뿍 뿌린 안초비 피자를 좋아했다. 케니 도체스터는 울음을 터뜨리기 직전까지 갔다.

피자 가게를 나와 〈슬랩〉으로, 거기서 다시 멋진 그리스 음식점으로, 거기서 다시 맥도날드로 갔다. 맥도날드에서 나와서는 실로 환상적인 초콜릿 에클레어를 만드는 빵집으로 갔다. 늦든 빠르든 간에 원숭이도 배가 부를 거야. 케니 도체스터는 생각했다. 그 조그만 원숭이가 먹어 봤자 얼마나 먹겠어? 그는 계속 음식을 주문하려고 결심했다. 그런다면 원숭이는 배가 불러 더 이상 못 먹는 상태에 도달하든지, 아니면 배가 터져 죽을 것이다.

그날 케니는 음식 값만으로 2백 달러 이상을 썼다.

그러나 단 한 입도 먹지 못했다.

마치 밑 빠진 독에 물을 붓는 꼴이었다. 설령 원숭이의 식욕에 한도가 있다고 해도, 그 한도가 케니의 지갑 한도보다 더 높다는 것은 명백했다. 결국은 패배를 인정하는 수밖에 없었다. 원숭이에게 아무리 음식을 잔뜩 먹여도 길들일 수는 없다는 사실을.

다른 방도가 없는지 궁리하던 중 마침내 아이디어가 하나 떠올랐다. 원숭이는 멍청하지 않은가. 엄청난 식욕을 가진, 눈에 안 보이는 원숭이조차도 예외는 아닐 것이다. 케니는 음흉한 미소를 지으며 집 근처의 슈퍼마켓으로 가서 바나나 푸딩 믹스 (왠지 적절하다는 생각이 들었기 때문이다) 한 상자와 쥐약 한 상자를 샀다. 기운차게 콧노래를 부르며 집으로 되돌아와서 쥐약을 잔뜩 섞은 푸딩을 끓이기 시작했다. 고맙게도 아무 냄새도 안 나는 쥐약이었다. 냄비 속에서 푸딩 믹스는 근사한 냄새를 풍겼다. 케니는 그것을 식히기 위해 디저트용 잔에 쏟아부은 다음, 한 시간쯤 텔레비전을 시청했다. 이윽고 그는 무심한 태도를 가장하며 자리에서 일어났고, 냉장고에서 꺼낸 푸딩과 커다란 스푼 하나를 가지고 돌아왔다. 다시 텔레비전 앞에 앉아서 푸딩을 듬뿍 떠낸 다음 열린 입가로 가져갔다. 거기서 동작을 멈췄다. 동작을 멈추고, 기다렸다.

원숭이는 꿈쩍도 하지 않았다.

마침내 배가 부른 것인지도 모른다. 케니는 독이 든 푸딩을 내려놓고 황급히 주방으로 돌아가서 찬장 구석에서 바닐라 웨이퍼 한 상자와 잊힌 채로 버려져 있던 피그 뉴턴[12] 몇 개를 찾아냈다.

원숭이는 그것들을 몽땅 먹어 치웠다.

케니의 뺨 위로 눈물 한 방울이 굴러떨어졌다. 원숭이는 그가 독이 든 푸딩을 얼마든지 먹도록 내버려 둘 심산인 듯했지만, 다른 음식을 허락할 생각은 전혀 없는 듯했다. 그는 멍하게 등 뒤로 손을 돌려 다시 원숭이를 움켜잡아 보려고 했다. 그 많은 음식을 먹었으니 동작이 좀 둔해졌을지도 모른다는 생각이 떠올랐기 때문이었지만, 헛된 희망에 불과했다. 원숭이는 그의 손을 요리조리 피했고, 그래도 끈질기게 잡으려고 하자 급기야는 그의 손가락을 물었다. 케니는 비명을 지르며 손을 홱 뺐다. 손가락에서 피가 나는 것을 보고 입에 넣었다. 원숭이는 적어도 그가 그러는 것까지는 막지 않았다.

---

12 Fig Newton. 무화과를 넣은 막대기 과자.

손을 씻고 일회용 반창고를 붙인 다음, 거실로 돌아와서 패배감에 시달리며 텔레비전 앞에 고단한 동작으로 털썩 앉았다. TV에서는 오래된 〈달리는 미식가〉[13] 프로가 재방송되고 있었다. 너무 힘들었다. 케니는 리모트컨트롤 단추를 꾹 눌러 채널을 돌렸고, 절망감에 시달리며 아무 생각도 없이 몇 시간을 바라보고만 있었다. 베티 크로커[14] 광고가 나왔을 때는 흐느껴 울었다. 마침내 심야방송 시간이 되자, 그 시간대에 곧잘 되풀이되곤 하는 공익 홍보 영상 하나를 보고 몸을 조금 움찔했다. 바로 저거야. 그는 생각했다. 다른 사람들의 도움의 받자.

수화기를 집어 들고 자살 방지 협회의 번호를 눌렀다.

어떤 여성이 전화를 받았다. 무척 친절하고 동정적이고, 아름다운 목소리를 가진 여성이었다. 케니는 있는 그대로 모조리 털어놓기 시작했다. 음식을 먹는 것을 방해하는 원숭이가 있는데, 이 원숭이는 다른 사람 눈에는 전혀 안 보이는 것 같고, 애당초 이런 일을 겪게 된 건······. 그러나 문제의 핵심에 들어가려던 순간 원숭이가 옆통수를 강타했다. 케니는 신음했다. "무슨 일이시죠?" 여자가 물었다. 원숭이가 한쪽 귀를 세게 잡아당겼다. 케니는 고통을 무시하고 통화를 이어 갔지만 원숭이가 워낙 집요하게 공격을 계속한 탓에 급기야는 몸을 부르르 떨고 흐느끼면서 수화기를 내려놓는 수밖에 없었다.

이건 악몽이야. 케니는 생각했다. 아주 끔찍한 악몽이 틀림없어. 이런 생각을 하며 힘겹게 일어나서 비틀거리며 침대로 갔다. 내일 아침에는

---

13 〈The Galloping Gourmet〉. 1969년에서 1971년 사이에 제작되어 전 세계에 수출된 캐나다의 인기 요리 프로그램.
14 미국의 식품 브랜드.

모든 게 정상으로 돌아가 있을 거고, 원숭이는 지독한 악몽에 불과해. 보나 마나 소화불량 탓이겠지.

무자비한 조그만 원숭이는 그가 제대로 자는 것조차도 허락할 생각이 없는 듯하다는 사실이 곧 판명되었다. 케니는 똑바로 누워서 깍지 낀 손을 얌전하게 배 위에 올려놓고 자는 습관을 가지고 있었다. 그러나 옷을 갈아입고 그런 자세를 취하려고 하자, 원숭이의 주먹이 그의 불쌍한 머리통을 마치 털이 난 우박처럼 미친 듯이 두들기기 시작했던 것이다. 케니의 육중한 몸과 베개 사이에서 짜부라질 생각은 추호도 없는 듯했다. 케니는 새된 소리로 고통의 신음을 흘리며 엎드렸다. 이런 자세는 너무 불편했던 탓에 제대로 잠이 오지 않았지만, 원숭이의 공격을 멎게 하려면 이 방법밖에는 없었다.

다음 날 아침 케니 도체스터는 천천히 잠에서 깨어났다. 뺨을 베개에 파묻은 자세였다. 오른쪽 팔은 몸에 눌려 감각이 없었다. 움직이는 것이 두려웠다. 모든 게 꿈이었던 거야. 그는 되뇌었다. 원숭이 따위는 존재하지 않아. 그런 말도 안 되는 일이 일어났을 리가 없어. 원숭이라니 참. 보니 머로니한테 그 '원숭이 다이어트' 어쩌고 하는 얘길 듣고 잤다가 악몽을 꿨던 거야. 등에 뭐가 있는 감각은 전혀 없었다. 그냥 보통 때와 똑같은 아침이었다. 게슴츠레 한쪽 눈을 떴다. 침실은 완벽하게 정상인 것처럼 보였다. 그래도 움직이는 것이 두려웠다. 원숭이 없이 이렇게 가만히 엎드려 있으니 실로 평온한 기분이다. 이런 기분을 즐기고 싶었다. 그래서 케니는 오랫동안 꼼짝도 않고 엎드려서 디지털시계의 숫자가 천천히 바뀌는 광경을 바라보고만 있었다.

이윽고 배 속이 꾸르륵거렸다. 매우 불만스러운 소리였다. 케니는 용기를 쥐어짰다. "원숭이 따윈 없어!" 그는 큰 소리로 선언하고 상체를 일으켜 앉았다.

원숭이가 움직이는 것을 느꼈다.

케니는 몸을 떨었다. 왈칵 눈물이 쏟아지려고 했지만 가까스로 참았다. 원숭이 따위가 이 케니 도체스터를 이기는 꼴을 묵과할 생각은 없어. 그는 되뇌었고, 오만상을 찌푸리고 슬리퍼를 신은 다음 느릿느릿한 발걸음으로 욕실로 들어갔다.

케니가 수염을 깎는 동안 원숭이는 등 뒤에서 신중하게 빼꼼 고개를 내밀고 있었다. 그는 욕실 거울 속의 원숭이를 쏘아보았다. 조금 자란 것 같았지만 어제 얼마나 많은 음식을 먹었는지를 감안하면 하등 이상할 것이 없었다. 과감하게 원숭이의 목을 따 버릴까 하는 생각이 들었지만 그가 쓰고 있는 노렐코 사의 전기면도기로는 역부족이라고 판단했다. 설령 나이프를 쓴다 해도, 거울을 보면서 등 뒤를 찌른다는 것은 너무 위험하고 불안하다.

욕실에서 나오기 전에 문득 생각이 나서 체중계 위에 올라섰다.

즉각 숫자가 반짝였다. 367. 어제와 마찬가지잖아, 하고 그는 생각했다. 원숭이는 전혀 무게가 안 나간단 말인가. 그는 미간을 찌푸렸다. 아니다. 그럴 리가 없다. 원숭이가 아무리 조그맣다고 한들 일이 파운드는 나갈 게 틀림없지만, 케니 쪽에서 살이 빠진 탓에 이런 결과가 나온 것이다. 그토록 오랜 시간을 쫄쫄 굶었으니, 적어도 약간은 살이 빠졌다고 생각하는 것이 논리적이다. 그는 체중계에서 내려온 다음 다시 확인해 보려고 재빨리 올라가 보았다. 여전히 367이라는 결과가 나왔다. 케니는 자신의 살이 빠졌음을 확신했다. 아마 그 고생을 한 보람이 조금은 있을지도 모른다. 이런 생각을 하니 묘하게 마음이 가벼워졌다.

아침 식사 덕택에 한층 더 마음이 가벼워졌다. 원숭이를 떠맨 이후 처음으로 조금이나마 음식을 먹는 데 성공했던 것이다.

주방에 들어갔을 때 프렌치토스트와 베이컨과 달걀 중 무엇을 먹을까 고민했지만 이런 고민은 오래가지 않았다. 어차피 아무것도 못 먹을 게 뻔하다고 판단했기 때문이다. 그래서 그는 음울한 체념에 빠진 채로 사발 하나를 꺼내서 콘플레이크와 우유를 쏟아부었다. 어차피 원숭이가 다 훔쳐 갈 게 뻔하니까 굳이 요리 따위에 힘을 쏟을 필요는 없잖아, 하고 그는 생각했다.

그는 최대한 빨리 스푼을 입으로 가져갔다. 원숭이가 그것을 낚아챘다. 케니는 이럴 것을 예상하고 있었다. 그러나 어차피 이렇게 될 것을 알고 있었음에도 불구하고, 원숭이의 손이 스푼을 낚아챈 순간 엄청난 애통함에 사로잡혔다. "안 돼." 그는 무익하게 항의해 보았다. "안 돼, 안 돼, 안 돼." 그 더러운 원숭이 놈의 입이 콘플레이크를 오독오독 씹는 소리가 들렸고, 우유가 목덜미로 흘러내리는 것을 느꼈다. 콘플레이크가 담긴 사발을 내려다보는 그의 눈에 눈물이 맺혔다. 너무나도 가까우면서, 너무나도 멀다.

그러자 아이디어가 하나 떠올랐다.

케니 도체스터는 상체를 휙 내밀며 사발에 그대로 얼굴을 처박았다.

원숭이는 그의 귀를 잡아 비틀고 관자놀이를 난타했지만, 케니는 개의치 않고 우유를 게걸스럽게 들이마시며 입 한가득 콘플레이크를 욱여넣었다. 화난 듯이 날아온 원숭이 꼬리에 맞은 사발이 주방 바닥에 떨어져 박살날 무렵, 케니는 이미 우유와 콘플레이크를 잔뜩 입에 넣고 우물거리고 있었다. 뺨이 터질 듯이 부풀어 오르고, 우유가 턱을 흘러내리고, 오른쪽 콧구멍에 콘플레이크 조각 하나가 들어가 있는 와중에도 케니는 천국에라도 와 있는 듯한 기분이었다. 최대한 빨리 씹고 삼키느라고 거의 질식할 뻔했다.

모든 것을 삼켜 버린 뒤에 그는 입술을 핥으며 승리에 찬 표정으로 일어섰다. "하, 하, 하." 그는 위엄에 찬 태도로 침실로 돌아가서 옷을 입었고, 침실 벽의 등신대 체경에 비친 원숭이를 바라보며 조소했다. 드디어 이겼다.

향후 몇 주 동안 케니 도체스터는 새로운 종류의 일과에 익숙해졌고, 원숭이와도 불편한 공존 관계를 맺었다. 케니가 상상했던 것보다는 쉬웠다. 식사 때를 제외하면 말이다. 입에 음식을 집어넣으려고 시도하지 않을 때는 원숭이가 존재한다는 사실을 거의 완전히 잊을 수 있을 정도였다. 출근한 케니가 서류를 넘기며 거래처에 전화를 걸고 있을 때 원숭이는 얌전히 어깨에 앉아 있었다. 직장 동료들은 케니의 원숭이를 못 보았든가, 아니면 굳이 언급하지 않을 정도로 예의 발랐든가 둘 중 하나였다. 유일하게 고생한 것은 휴식 시간에 케니가 치즈 데니시가 하도 먹고 싶었던 나머지 회사 밖에서 어리석게도 커피 노점상에게 다가갔을 때의 일이었다. 원숭이는 케니가 비틀거리며 되돌아오기 전에 데니시를 무려 아홉 개나 집어삼켰고, 노점상은 자기가 등을 돌리고 있는 사이에 케니가 그걸 다 먹어 치웠다고 주장했던 것이다.

거울을 안 보는 것만으로도—이것은 케니 도체스터가 그 어떤 흡혈귀 못지않게 열심히 지키게 된 습관이었다—이제는 하루 대부분의 시간을 원숭이 생각을 안 하고도 지낼 수 있게 되었다. 문제는 딱 하나였다. 하루에 세 번씩, 즉 아침, 점심, 저녁 식사 때마다 매번 마주치는 문제였지만 말이다. 이럴 때마다 원숭이는 강하게 자기주장을 하는 탓에 케니는 싫어도 거기 대응하는 수밖에 없었다. 몇 주가 흐른 뒤에는 사발에 넣고 먹을 수 있는 음식을 주문하는 버릇이 생겼다. 그러면 그가 '켈로그 작전'이라고 이름 붙인 행동을 실행에 옮길 수 있었기 때문이다. 이 술책을 동원하면 케니는 매일매일 적어도 몇 입은 음식을 섭취할 수 있었다.

물론 문제가 완전히 사라진 것은 아니었다. 공공장소에서 케니가 이 켈로그 작전을 수행하면 주위 사람들은 묘한 눈으로 그를 바라보았고, 때로는 그의 식탁 예절에 관해 신랄하게 비판하기까지 했기 때문이다. 케니가 자주 가던 칠리 전문점 주인은 케니가 칠리 사발에 얼굴을 박는 것을 보고 심장 발작을 일으켰다고 지레짐작했고, 나중에 발작이 아니었다는 것을 알고는 열화같이 화를 냈다. 다른 곳에서는 수프를 먹으려다가 화상을 입고 계속 얼굴을 붉히고 있는 듯한 몰골이 되어 버렸다. 결정타가 된 것은 케니가 이 세상에서 가장 좋아하는 해산물 레스토랑에서 다짜고짜 쫓겨났을 때의 일이었다. 단지 가재 비스크 사발에 코를 박고 시끄럽게 할짝거렸다는 이유 하나만으로 말이다. 케니는 길가에 우뚝 선 채로 그가 오랫동안 그곳에 얼마나 많은 돈을 쏟아부었는지를 큰 소리로 상기시키며 레스토랑 측을 격렬하게 규탄했다. 그 뒤로는 집에서만 식사하게 되었다.

켈로그 작전이 일정한 성공을 거두었음에도 불구하고 케니 도체스터는 여전히 등에 붙은 게걸스러운 원숭이에게 그가 먹으려고 한 음식의 9할을 강탈당했다. 처음에는 하도 배가 고픈 나머지 의기소침해지는 일이 잦았고, 하루 종일 원숭이를 쫓아낼 책략을 찾는 데만 골몰하고 있었다. 유일한 문제는 그 어떤 책략도 별로 효과를 보지 못했다는 점이었다.

케니는 토요일에 동물원의 원숭이 우리로 가 본 적이 있었다. 그가 등에 업은 원숭이가 자기 동료들을 보고 함께 놀려고 뛰어내리거나, 매력적인 이성 원숭이를 목격하고 꽁무니를 따라갈지도 모른다는 일말의 희망을 품고 말이다. 그러나 케니가 원숭이 우리로 다가가자마자 그곳에 수감되어 있는 모든 원숭이들은 친근감을 보이기는커녕 창살을 잡고 미친 듯이 찍찍거리고 절규하며 침을 뱉었고, 급기야는 위아래로 날뛰며 발광하기 시작했다. 케니의 원숭이도 같은 반응을 보였다. 우리의 원숭이들이 땅콩 껍질을 위시한 쓰레기를 던지기 시작하자 케니는 손으로 양쪽 귀를 틀어막고 도망쳤다. 집 근처의 술집을 방문해서 폭탄주를 여러 잔 주문한 적도 한 번 있었다. 워낙 독하다는 애기를 들었기 때문에, 등 위의 원숭이가 정신을 잃을 정도로 만취하면 쉽게 떼어 낼 수 있을지도 모른다는 생각이 들었기 때문이다. 그러나 이 실험 또한 상당히 불행한 결과를 가져왔다. 원숭이는 케니가 주문한 폭탄주를 숨 쉴 틈도 없이 들이켰지만, 세 잔째를 마신 뒤부터는 주크박스에서 흘러나오는 디스코 음악의 장단에 맞춰 케니의 정수리를 북 치듯이 두들기기 시작했기 때문이다. 다음 날 아침 깨질 듯한 두통에 시달리며 깨어난 쪽은 케니였다. 원숭이는 멀쩡한 듯했다.

어느 정도 시간이 흐르자 케니는 모든 술책을 포기했다. 잇단 실패에 의기소침했던 데다가 문제 자체도 초기에 비하면 왠지 덜 절박해졌기 때문이다. 사실 첫째 주가 지난 뒤에는 거의 공복감을 느끼지 않았다. 그러는 대신 짧게나마 몸이 쇠약해지는 경험을 했고, 거듭되는 현기증에 시달렸다. 그런 뒤에는 일종의 행복감이 찾아왔다. 기분이 아주 좋아졌던 것이다. 게다가 살이 빠지고 있었다!

　노파심에서 말해 두자면 그 사실은 체중계에는 나타나지 않았다. 매일 아침 그 위로 올라가서 볼 때마다 367이라는 숫자가 반짝였던 것이다. 그러나 그런 수치가 나오는 것은 케니 본인뿐만 아니라 등에 업은 원숭이의 체중까지 함께 재고 있었기 때문이었다. 살이 빠진 것은 자각하고 있었다. 무게와 허리둘레가 하루가 다르게 쑥쑥 줄어드는 것을 거의 몸으로 느낄 수 있을 정도였다. 직장 동료 몇 사람도 그 사실을 지적했다. 그러면 케니는 파안일소하며 고개를 끄덕이곤 했다. 동료들이 비법이 무엇인지를 물어보면 그는 윙크를 하고 이렇게 대답했다. "원숭이 다이어트야! 신비로운 원숭이 다이어트 덕이지!" 그 이상은 설명하지 않았다. 한번 설명하려고 했을 때 원숭이한테 엄청난 펀치를 얻어맞고 머리가 날아갈 뻔했기 때문이다. 직장 동료들은 케니의 묘한 경련에 관해 숙덕거렸다.

　마침내 모든 바지의 허리를 줄여 달라고 세탁소에 부탁해야 하는 날이 왔다. 내 인생에서 가장 즐거운 행위 중 하나로군, 하고 그는 생각했다.

　그러나 이런 기쁨도 세탁소에서 나오며 문득 옆으로 시선을 돌렸다가 창문에 비친 자기 모습을 본 순간에 씻은 듯이 사라졌다. 집 안의 거울은 이미 오래전에 모두 치워 놓았기 때문에 등에 올라탄 원숭이의 모습을 보고 큰 충격을 받았던 것이다. 몸집이 불어 있었다. 그것은 더 이상 조그만 원숭이가 아니었고, 이제는 마치 기형 침팬지처럼 소름 끼치게 자라난 상태로 그의 등에 업혀 있었다. 게다가 히죽히죽 웃는 얼굴은 케니의 뒤통수 옆으로 고개를 내민 것이 아니라 그의 정수리를 완전히 넘기고 있었다. 듬성듬성한 털 아래의 원숭이 몸은 지독하게 살이 쪄서 가로

세로의 치수가 거의 같아 보일 지경이었다. 긴 꼬리는 지면까지 늘어져 있었다. 케니가 공포에 질린 얼굴로 지켜보자 원숭이는 그를 쳐다보며 히죽히죽 웃었다. 최근 들어 요통에 시달린 것도 하등 이상할 것이 없군, 하고 케니는 생각했다.

골똘히 생각에 잠겨 천천히 걸어 집으로 돌아가는 그의 발걸음에서는 왔을 때의 쾌활함은 완전히 사라져 있었다. 동네 개들 몇 마리가 등의 원숭이를 향해 짖으며 뒤를 따라왔다. 케니는 무시했다. 개들이 동물원의 원숭이들과 마찬가지로 그의 원숭이를 볼 수 있다는 사실은 오래전에 깨닫고 있었다. 주정뱅이들도 볼 수 있는 것이 아닌지 그는 의심하고 있었다. 술집에 폭탄주를 마시러 갔을 때 어떤 사내 하나가 오랫동안 그를 쳐다보았기 때문이다. 물론 게 눈 감추듯이 잇달아 사라지는 폭탄주를 보고 놀라 쳐다본 것뿐일지도 모르지만.

아파트로 돌아온 케니는 베개를 턱 밑에 괴고 소파에 엎드려서 텔레비전을 켰다. 그러나 화면에는 거의 신경을 쓰지 않았다. 이 상황을 이해해 보려고 골똘히 생각하고 있었기 때문이다.

피자헛 광고도 그의 주의를 끌지는 못했다. 피자 조각이 녹은 치즈를 길게 끌며 오븐에서 나오는 대목에서는 멍하게나마 습관적으로 "아아아." 하고 말하며 장단을 맞추기는 했지만 말이다.

처음 프로그램이 끝나자 케니는 일어서서 스위치를 끈 다음 주방 식탁으로 가서 앉았다. 종이 한 장과 몽당연필을 가져와서 종이에 대문자로 신중하게 공식 하나를 써 넣은 다음 빤히 바라보았다.

나 + 원숭이 = 367파운드

이 공식에는 사람을 심란하게 만드는 모종의 무엇인가가 숨겨져 있어. 케니는 생각했다. 생각하면 생각할수록 마음에 들지 않았다. 그의 체중이 줄고 있는 것은 확실했고, 그 사실을 굳이 폄하할 생각도 없었다—그럼에도 불구하고, 이 공식의 음울한 불변성이 암시하는 것은, 체중 감량에 따르는 통상적인 이익을 케니 본인은 결코 만끽할 수 없으리라는 불길한 예감이었다. 아무리 살을 빼더라도 그는 계속해서 367파운드의 무게를 이고 돌아다녀야 하고, 그의 육체가 받는 부담 또한 전혀 바뀌지 않을 것이다. 날씬하고 늠름해져서 여자들한테 인기 만점의 인물이 된다는 희망도 이 원숭이가 있는 한 어떻게 현실이 될 수 있단 말인가? 케니는 그가 식당에서 저녁 데이트를 하는 광경을 상상해 보고 몸을 부르르 떨었다. "이러다가 나중에는 어떻게 되는 거지?" 그는 큰 소리로 자문했다.

원숭이가 꿈지럭거리며 사악하게 킥킥거렸다.

케니는 한일자로 꾹 입을 다물고 불만스러운 표정을 지었다. 이런 식으로는 안 돼. 그는 결심했다. 내일 당장 이 모든 일의 원흉을 찾아가기로 하자. 이렇게 굳게 결심한 다음 그는 잠자리에 들었다.

다음 날에 퇴근한 케니 도체스터는 택시를 잡아타고 원숭이 다이어트를 처음 시술받았던 구질구질한 동네로 돌아갔다.

가게는 사라져 있었다.

케니는 택시 뒷좌석에 앉은 채로 (이번에는 택시에서 냉큼 내리지 않을 만한 분별이 있었던 데다가, 택시 기사에게는 미리 두둑하게 팁을 준 상태였다) 당혹한 표정으로 눈을 껌벅였다. 그의 입에서 축축하고 가냘픈 신음 소리가 새어 나왔다. 이 주소가 맞다. 처음 여기 왔을 때 보았던 종이쪽지가 아직도 이렇게 남아 있지 않은가. 그러나 그가 처음 방문했던, 좌우에 공터를 끼고 현관 위에서 빛바랜 코카콜라 간판이 덜렁거리던 추레한 벽돌 건물이 있던 자리에는 잡초가 무성하고 온갖 쓰레기와 박살난 벽돌 따위가 널린 커다란 공터 하나가 남아 있을 뿐이었다. "아아, 말도 안 돼." 케니는 말했다. "이건 정말 아냐."

"손님 괜찮아요?" 운전대를 잡은 여성 택시 기사가 말했다.

"괜찮습니다." 케니는 중얼거렸다. "그냥…… 그냥 잠시만 기다려 주세요. 좀 생각을 해 봐야―." 그는 양손으로 머리를 움켜잡았다. 머지않아 지독한 두통에 시달릴 것 같은 예감이 들었다. 갑자기 힘이 빠지며 현기증이 몰려왔다. 그리고 배가 무척 고파 왔다. 미터기가 찰칵찰칵 돌아갔다. 기사는 휘파람을 불기 시작했다. 케니는 생각했다. 이 거리는 그 가게가 사라졌다는 점만 제외하면 처음 보았을 때 그대로가 아닌가. 더러운 것도 전혀 바뀌지 않았고, 늙은 주정뱅이들도 여전히 현관에 앉아 있고, 또…….

케니는 창문 유리를 내렸다. "거기 당신!" 그는 부랑자 한 명을 큰 소리로 불렀다. 부랑자는 그를 빤히 쳐다보았다. "여기로 와 줘!" 케니는 외쳤다.

중늙은이는 경계하는 듯한 표정으로 발을 끌며 길을 건너왔다.

케니는 지갑에서 1달러 지폐를 꺼내서 부랑자의 손에 쥐어 주고 말했다. "자, 이걸 받게나, 친구. 그걸로 최고급 선더버드[15]라도 사 마셔."

"이걸 왜 주는 거야?" 주정뱅이는 수상쩍은 듯이 되물었다.

"질문 하나에만 대답해 주면 돼. 몇 주 전만 해도 저기 서 있던―." 케

---

15 싸구려 캘리포니아 와인.

니는 그쪽을 가리켰다. "―건물 말인데, 어떻게 된 거야?"

부랑자는 재빨리 호주머니에 지폐를 쑤셔 넣고 말했다. "몇 년 동안이나 저기에 건물 따윈 없었어."

"아무래도 그럴 것 같다는 안 좋은 예감이 들었어." 케니는 말했다. "확실한 거 맞아? 내가 처음 여기 와 본 건 그리 오래전의 일이 아닌데, 그때는 내 눈으로 확실히―."

"건물 따윈 없었어." 주정뱅이는 단호하게 말하고 몸을 돌려 자리를 떴다. 그러나 몇 걸음 가지도 않아 멈춰 서더니 흘끗 뒤돌아보았다. "당신, 그 뚱보들 중 한 명이로군." 힐난하는 듯한 말투였다.

"그…… 어흠…… 과체중인 사람들이 어쨌다는 거지?"

"하루 종일 저 근처를 헤매고 돌아다녀. 게다가 제정신이 아냐. 허공에 대고 고함을 지르고, 무슨 동물들하고 노는 시늉을 하거든. 그래, 이제 당신 생각도 나는군. 그런 뚱보 중 한 사람이 맞았어." 부랑자는 오만상을 찌푸리고 당혹한 얼굴로 케니를 쳐다보았다. "하지만 그 많은 살을 이젠 좀 뺀 것처럼 보이네. 좋아 보여. 1달러 줘서 고마워."

케니 도체스터는 현관으로 되돌아간 부랑자가 동료들과 활기차게 대화하기 시작하는 광경을 바라보았다. 케니는 깊고 깊은 한숨을 내쉬며 창문 유리를 올렸고, 텅 빈 공터를 한 번 더 흘끗 본 다음 집으로 데려가 달라고 부탁했다. 그러니까, 그와 그의 원숭이를 말이다.

그로부터 몇 주가 흘렀다. 케니 도체스터는 마치 어디 홀린 사람처럼 일상생활을 소화했다. 직장으로 출근해서 서류를 뒤적이고, 동료들에게 중얼중얼 인사를 하고, 책략을 구사해서 빈약한 음식 몇 입을 먹으려고 악전고투했다. 거울은 피해 다녔다. 체중계의 숫자는 367을 유지했다.

그의 살은 마치 녹아내리는 것처럼 급격히 **빠졌다**. 턱은 축 늘어져 덜렁거렸고, 허리의 살갗은 마치 쓰고 버린 콘돔처럼 흐늘흐늘하고 비참하게 축 처져 있었다. 공복 탓에 잠시나마 졸도하는 일도 잦아졌다. 거리를 돌아다닐 때도 비틀거리고, 휘청거렸다. 가늘어지고 약해진 두 다리가 점점 커지는 원숭이의 무게를 제대로 지탱하지 못하는 탓이다. 시력도 많이 떨어졌다. 한번은 탈모가 시작된 줄 알고 덜컥 놀란 적도 있지만, 적어도 이것만은 착각이었음이 곧 판명되었다. 천만다행하게도 탈모가 시작된 것은 원숭이 쪽이었다. 그 탓에 집 안이 온통 털투성이가 되었고 가구도 엉망이 되었지만 말이다. 매일 청소기를 돌려도 거의 소용이 없었다. 얼마 지나지 않아 케니는 청소를 하려는 노력을 아예 포기했다. 그럴 여력이 없었기 때문이다. 사실, 이제는 무슨 일을 할 여력도 없었다. 의자에서 일어나는 일만 해도 힘이 부쳤다. 저녁 식사를 준비하는 일은 실현 불가능한 끔찍한 과업처럼 느껴졌지만— 이것만은 싫어도 건너뛸 수가 없었다. 먹이를 주지 않으면 원숭이에게 심하게 구타당했기 때문이다. 이제 케니 도체스터는 그 무엇도 중요하지 않다고 느꼈다. 매일 아침 체중계가 알려 주는 끔찍한 결과와, 그가 스카치테이프로 욕실 벽에 붙여 놓은 예의 공식을 제외하면 말이다.

나 + 원숭이 = 367파운드

그는 어디까지가 **나**이고, 어디까지가 **원숭이**인지 자문했지만, 두려워서 알고 싶지 않다는 것이 본심이었다. 그러던 어느 날, 케니는 문득 묘한 변덕에 사로잡혀 턱 아래에 있는 원숭이 다리를 홱 잡으려고 해 보았다. 워낙 살이 쪄서 동작이 굼뜨게 변한 탓에 이번만은 다리를 움켜잡고 등에서 떼어 낼 수 있을지도 모른다는 실낱같은 희망을 느꼈기 때문이다. 그러나 손에 잡힌 것은 케니 자신의 창백한 살뿐이었다. 원숭이 다리는 그 자리에 없는 듯했다. 끔찍하게 무거운 원숭이의 체중을 여전히 등에 느끼고 있었지만 말이다. 케니는 당혹한 나머지 자기 목과 가슴을 하릴없이 툭툭 쳐 보았다. 그러다가 아래를 내려다보았을 때 배가 들어간 덕에 자기 발을 볼 수 있다는 사실에 멍하게나마 생각이 미쳤다. 얼마나 오래전부터 그랬던 것일까. 두 발은 멀쩡해 보이는군. 케니 도체스터는 생각했다. 그것들이 지탱하는 두 다리는 걱정스러울 정도로 비쩍 말랐지만 말이다.

그의 마음은 천천히 처음 느낀 의문 쪽으로 되돌아갔다— 원숭이의 뒷다리는 어떻게 된 것일까? 케니는 미간을 찡그리고 한껏 머리를 굴려 이 의문을 풀어 보려고 했지만, 아무 생각도 떠오르지 않았다. 마침내 그는 새로 발견한 두 발을 침실용 슬리퍼에 집어넣고, 휘적거리며 집 안의 모든 거울을 보관해 놓은 벽장으로 갔다. 눈을 감은 채로 손을 뻗어 벽장 안을 뒤지다가, 마침내 침실 벽에 걸려 있었던 등신대 체경을 찾아냈다. 폭이 넓은 커다란 거울이었다. 케니는 손의 감촉에만 의존해서 그것을 끄집어낸 다음 몇 걸음 떨어진 곳의 벽 가로 가져와서 힘겹게 기대 놓았다. 그런 다음 숨을 멈추고 두 눈을 떴다.

거울 안에는 야윌 대로 야위어서 숫제 해골처럼 보이는 우중충한 사내가 병색이 완연한 구부정한 자세로 서 있었다. 그리고 그의 등에서 히죽거리며 웃고 있는 것은 고릴라만 한 괴물이었다. 그것도 아주 살이 찐 고릴라였다. 뱀을 연상시키는 길고 희끄무레한 꼬리와 길고 거대한 팔에, 털이 전혀 없는, 구더기처럼 희멀건 피부를 가지고 있었다. 다리는 달려 있지 않았다. 그 대신 괴물의 몸통은…… 그의 몸에 붙어 있었다. 그의 등에서 나무처럼 그대로 자라 있었던 것이다. 소름 끼치는 미소를 떠올린 입은 얼굴의 반을 차지하고 있었다. 잘 보니, 원숭이 다이어트를 시전해 준 가게의 추악하기 그지없는 주인과 흡사했다. 왜 이제 와서야 깨달은 것일까? 맞다. 틀림없다.

케니 도체스터는 고개를 돌려 거울을 외면했고, 잠자리에 들기 전에 원숭이를 위해 거한 저녁밥을 지어 주었다.

그날 밤 그는 꿈속에서 〈슬랩〉에서 모든 일의 시초가 된 보니 머로니와의 만남을 되풀이했다. 악몽 속에서는 머로니의 등에 올라탄 거대하고 사악하고 새하얀 존재가 스페어 립 덩어리를 잇달아 먹어 치웠지만, 케니는 예의 바르게 못 본 척하고 머로니와 가볍고 활기 넘치는 대화를 나눴다. 이윽고 돼지갈비가 동나자 괴물은 손을 뻗어 머로니의 팔을 들어 올리더니 그의 손부터 먹기 시작했다. 오도독오도독 뼈를 씹어 먹는 소리가 들렸지만 머로니는 아랑곳 않고 대화를 계속했다. 괴물이 머로니의 팔꿈치까지 먹어 치웠을 때 케니는 절규하며 잠에서 깼다. 온몸이 식은땀으로 뒤덮여 있었고, 침대에 오줌을 싼 자국까지 있었다.

그는 고통에 이를 악물며 몸을 일으켰고, 변기까지 가서 10분 동안 헛구역질을 했다. 단잠에서 깬 원숭이는 짜증이 났는지 건성으로 그의 뺨을 몇 대 때렸다.

그러자 케니 도체스터의 눈에 희미한 빛이 깃들었다. "보니." 그는 속삭였다. 최대한 빨리 엉금엉금 기어 침실로 돌아간 다음 일어서서 되는 대로 옷을 걸쳤다. 새벽 세 시라는 늦은 시각이었지만, 케니는 시간을 한시도 허비할 수 없다는 사실을 알고 있었다. 전화번호부로 주소를 확인한 다음 택시를 불렀다.

보니 머로니는 강변의 현대적인 고층 건물에 살고 있었다. 건물의 유리 벽면이 달빛을 반사하며 은빛으로 반짝인다. 비틀거리며 현관 로비로 들어간 케니는 야간 당직을 맡은 수위가 운 좋게도 앉은 자리에서 졸고 있다는 사실을 깨달았다. 살금살금 그 앞을 지나 엘리베이터를 타고 8층까지 올라갔다. 등의 원숭이가 몸을 뒤척이기 시작했다. 어딘지 불안하고 신경이 곤두선 기색이다.

케니는 머로니가 사는 아파트 현관문의 렌즈 구멍 바로 아래쪽에 달린 둥글고 검은 단추를 떨리는 손으로 꾹 눌렀다. 문 뒤에서 음악적인 차임벨 소리가 느닷없이 울려 퍼지며 새벽의 고요함을 깼다. 케니는 단추를 계속 누르고 있었다. 차임벨의 선율이 계속 이어졌다. 마침내 발소리가 들렸다. 육중하고, 위협적인 발소리가. 렌즈 구멍 덮개가 안에서 열렸다가 다시 닫혔다. 현관문이 활짝 열렸다.

아파트 안은 칠흑처럼 어두웠지만, 외벽에 면한 거실 벽 전체는 통유리인 덕에 달빛이 어둠을 희미하게 밝히고 있었다. 방금 문을 연 사내는 별빛과 도시의 불빛을 등지고 우뚝 서 있었다. 소름 끼칠 정도로 뒤룩뒤룩 살이 찐 거구. 살갗은 버섯처럼 희끄무레하고, 기름지고 넓적한 얼굴의 주름살 깊은 곳에 조그맣고 검은 두 눈이 박혀 있다. 엄청나게 큰 줄무늬 반바지 하나를 달랑 걸치고 있는 것을 제외하면 벌거숭이였다. 사내가 자세를 바꾸자 거대한 젖가슴이 출렁거렸다. 사내가 웃자 얼굴의 반이 입으로 변했다. 거대한 초승달처럼 희게 번득이는 이가 보인다. 사내는 케니와 케니의 원숭이를 보고 미소 지었다. 구토감이 치솟았다. 문간에 서 있는 존재의 체중은 케니의 등에 달려 있는 것보다 두 배는 더 나갈 것처럼 보였다. 케니는 몸을 떨었다. "어디 있어?" 그는 나직하게 속삭였다. "보니는 어디 있지? 그 친구한테 무슨 짓을 한 거야?"

　괴물은 웃음을 터뜨렸다. 킬킬거리면서 몸을 흔들자 덜렁덜렁한 젖이 마구 흔들린다. 케니의 등에 달려 있는 원숭이도 웃기 시작했다. 높다랗고 가냘프지만, 칼날처럼 날카롭게. 원숭이는 손을 아래로 뻗어 케니의 귀를 잡고 무자비하게 비틀었다. 갑자기 엄청난 공포와 엄청난 분노가 케니 도체스터의 마음을 가득 채웠다. 케니는 쇠약한 몸에 그나마 남아 있던 모든 힘을 쥐어짜서 무작정 앞으로 나아갔고, 앞을 가로막고 있던 비만한 거인 곁을 가까스로 빠져나가서 비틀거리며 아파트 안으로 들어갔다. "보니." 그는 큰 소리로 말했다. "어디 있어, 보니? 나야, 케니야."

　대답은 없었다. 케니는 방에서 방으로 돌아다녔다. 아파트는 더러웠고 쓰레기장을 방불케 할 정도로 어질러져 있었다. 보니 머로니의 모습은 어디에도 보이지 않았다. 케니가 헐떡이며 거실로 되돌아온 순간 원숭이가 갑자기 자세를 바꾼 탓에 그는 균형을 잃었고, 발을 헛디디며 바닥에 쾅 쓰러졌다. 양쪽 무릎에 격통을 느꼈다. 넘어지면서 크롬과 유리로 만든 커피 테이블의 가장자리를 잡으려다가 손까지 심하게 베였다. 케니는 흐느껴 울기 시작했다.

　현관문이 닫히는 소리가 나더니 이곳에 죽치고 살고 있던 괴물이 천천히 다가왔다. 케니는 눈물을 참으며 세차게 눈을 깜박였고, 달빛 속에서 매머드처럼 굵고 지방으로 문척문척한, 희끄무레한 두 다리가 다가오는 광경을 응시했다. 고개를 들었다. 산허리를 올려다보는 듯한 느낌이다. 한참, 한참 위로 올라간 곳에서 예의 소름 끼치는 흰 이가 히죽거리며 그를 내려다본다. "보니는 어디 있지?" 케니 도체스터는 속삭였다. "불쌍한 보니한테 대체 무슨 짓을 한 거야?"

히죽거리는 얼굴은 변하지 않았다. 괴물은 킬바사 소시지만큼이나 굵은 손가락들이 달린 투실투실한 손을 아래로 내리더니 헐렁한 줄무늬 반바지의 허리춤에 끼웠고, 서투른 손놀림으로 끌어 내렸다. 반바지는 낙하산처럼 천천히 내려오더니 발치에 떨어졌다.

"아, 안 돼." 케니 도체스터가 말했다.

괴물에게는 성기가 없었다. 그 대신에 두 다리 사이에 매달려 있던 것은 주름투성이의 살갗 주머니였다. 괴물의 사타구니에서 그대로 자라 있는 것처럼 보이는 그것은 이제는 구질구질한 반바지의 속박에서 벗어나 방바닥의 융단에 닿을 정도로 길게 축 늘어져 있다. 공포에 질려 바라보던 케니의 눈앞에서 주머니는 힘없이 흔들거리다가 꿈틀했다. 그러자 축 늘어진 살들이 잠깐 동안 조그만 팔과 다리로 분리되었다.

그러더니 눈을 떴다.

케니 도체스터는 절규했다. 어느새 벌떡 일어나서, 거실 한복판에서 히죽거리고 있는 추악한 존재로부터 휘청거리며 도망치려고 했다. 괴물의 사타구니에서 보니 머로니였던 존재가 작대기처럼 앙상한 두 팔을 애원하듯이 들어 올렸다. "아아, 안 돼에에에." 케니는 신음하며 흐느꼈고, 등에 원숭이의 엄청난 무게를 느끼며 마구 몸부림쳤다. 달빛이 스며든 어둑어둑한 거실 안에서, 이 미친 상황에서 도망칠 구석을 찾아 춤추 듯이 빙빙 돌았다.

통유리 벽 너머에서 도시의 불빛들이 그를 향해 손짓했다.

케니는 멈춰 서서 헐떡이며 그것들을 응시했다. 어떻게 그랬는지는 모르지만 그때 원숭이는 그의 생각을 읽은 것이 틀림없다. 느닷없이 케니를 난타하기 시작했기 때문이다. 귀를 세게 비틀고, 주먹으로 머리통 전체를 맹렬하게 때린다. 그러나 케니 도체스터는 전혀 개의치 않았다. 그는 거의 황홀해 보이는 미소를 떠올리며, 마지막 남은 힘을 쥐어짜서 달빛을 향해 무작정 돌진했다.

통유리가 박살나며 무수히 많은 반짝이는 파편을 흩뿌렸다. 케니는 바닥에 도달할 때까지 줄곧 미소 짓고 있었다.

● ○

아직도 살아 있다는 사실을 깨닫게 해 준 것은 냄새였다. 소독약 냄새를 맡고, 몸 아래에서 풀을 먹인 시트의 감촉을 느꼈던 것이다. 병원. 아지랑이처럼 전신을 감싼 고통 속에서 그는 생각했다. 지금 병원에 와 있다. 울고 싶은 기분이었다. 왜 안 죽었지? 도대체, 도대체 왜? 그는 눈을 뜨고 뭐라고 말하려고 했다.

갑자기 등장한 간호사가 케니의 이마에 손을 올려놓고 걱정스러운 듯이 내려다보았다. 케니는 그녀에게 죽여 달라고 애원하고 싶었지만 말이 나오지 않았다. 간호사는 자리를 떴다. 다시 돌아왔을 때는 다른 사람들을 대동하고 있었다.

가운 차림의 통통한 청년 하나가 머리맡에 서서 케니의 몸 여지저기를 만져 보았다. 케니의 입이 움직였지만 아무 소리도 나오지 않았다. "진정하십시오." 의사가 말했다. "도체스터 씨, 다 나을 테니 걱정 안 해도 됩니다. 하지만 완전히 회복하려면 상당히 시간이 걸릴 겁니다. 여긴 병원입니다. 정말 운이 좋았군요. 8층 높이에서 추락했는데도 살았으니까요. 보통은 즉사했을 겁니다."

난 죽고 싶어. 케니는 생각했다. 신중하게, 아주 신중하게 입을 움직여서 그렇게 말해 보았지만 아무도 그의 목소리를 듣지 못하는 듯했다. 혹시 원숭이한테 내 몸을 완전히 빼앗긴 건지도 몰라. 그래서 이젠 아예 말을 못 하는 건지도.

"뭐라고 말하려는 것 같은데요." 간호사가 말했다.

"그런 것 같군." 통통한 젊은 의사가 말했다. "도체스터 씨, 지금 무리하시면 안 됩니다. 정말로요. 친구분 일이 궁금하신 거라면 유감이지만 도체스터 씨만큼 운이 좋지는 않았다는 말씀을 드려야겠군요. 함께 추락했을 때 사망했습니다. 당신도 죽을 뻔했지만, 다행히도 친구분 몸 위에 떨어져서 산 겁니다."

케니의 얼굴에 떠오른 두렵고 당혹스러운 표정은 누구 눈에도 명백했음이 틀림없다. 간호사가 상냥하게 그의 팔에 손을 올려놓더니 타이르듯이 이렇게 말했기 때문이다. "함께 있었던 분, 그 뚱뚱한 사람 얘길 하는 거예요. 그 사람이 그토록 뚱뚱했던 것도 하늘의 도움이었다고 해야 할지도 모르겠네요. 커다란 베개처럼 쿠션 역할을 해 줬으니까요."

마침내 케니 도체스터는 다른 사람들이 무슨 얘기를 하고 있는지를 이해하고 흐느껴 울기 시작했다. 그러나 이번에 그가 몸을 떨며 흐느낀 것은 환희의 감정 때문이었다.

사흘 후 그는 가까스로 첫 번째 단어를 입 밖에 냈다. "피자." 목쉬고, 약하디약한 목소리였지만, 그는 자기 입에서 새어 나온 이 소리에 고양감을 느끼며 더 크게 말했고, 한층 더 큰 목소리로 되풀이했다. 얼마 지나지도 않아 케니는 간호사 호출 버튼을 누르며 소리쳤고, 또 누르면서 소리쳤다. "피자, 피자, 피자, 피자." 그의 이런 노래에 견디다 못한 병원

측에서 마침내 피자 한 판을 주문해 줄 때까지 그는 진정하려고 하지 않았다. 그렇게 맛있는 음식은 난생 처음이었다.

나이트플라이어

Nightflyers

나사렛 예수가 십자가에 못 박혀 죽음을 맞이했을 때 볼크린은 그의 고통으로부터 불과 1광년도 떨어지지 않은 곳을 지나 외우주(外宇宙)를 향해 나아갔다.

지구에서 '불의 전쟁'이 격렬하게 벌어지고 있었을 때 볼크린은 아직 이름도 붙지 않고 어로 작업조차 개시되지 않은 올드포세이돈 근처를 통과하고 있었다. 항성 간 우주 비행이 지구의 연합 국가를 연방 제국으로 변모시켰을 무렵 볼크린은 흐랑가 제국의 외변(外邊)에 진입했지만, 흐랑가 인들은 그 사실을 전혀 몰랐다. 그들은 우리와 마찬가지로 여기저기 흩어져 있는 항성들 주위를 도는 작고 밝은 세계들의 주민이었고, 항성계들 사이의 심연을 이동하는 존재에 관해서는 거의 흥미를 느끼지 않았던 데다가 그리 아는 바가 없었기 때문이다.

천 년 동안 격렬한 우주 전쟁이 이어졌지만 어떤 종류의 불과도 무관한 심연을 나아가는 볼크린은 그 사실을 몰랐고, 아무런 방해도 받지 않았다. 훗날 인류의 연방 제국은 와해되어 없어지고 흐랑가 인들은 〈대파국〉의 어둠 속으로 사라졌지만 볼크린은 어둠 따위에는 아랑곳하지 않았다.

클레로노마스가 탐사선을 타고 아발론에서 출항했을 때 볼크린은 그가 있는 지점에서 10광년 이내의 거리까지 접근했다. 클레로노마스는 수많은 발견을 했지만 볼크린만은 발견하지 못했다. 그 당시에도, 기나긴 세월이 흐른 뒤에 그가 다시 아발론으로 귀환하던 중에도.

내가 세 살배기였을 때, 클레로노마스가 이미 흙으로 돌아가서 나사렛 예수 못지않게 까마득한 옛날 사람이 되었을 무렵, 볼크린은 다른 인근을 통과했다. 그 행성에 거주하는 크레이 인 감응 능력자들 전원이 이상 행동을 보이고, 미동도 않고 앉아 빛을 발하며 깜박거리는 눈으로 하늘의 별들을 올려다보았던 것은 바로 그 무렵의 일이다.

내가 성인이 되었을 때, 타라를 통과해서 크레이 인들의 영역에서조차 벗어난 볼크린은 여전히 외우주를 향해 나아가고 있었다.

내가 나이를 먹고 인생의 황혼기에 접어들었을 때, 볼크린은 별들 사이에 검은 아지랑이처럼 드리워진 〈유혹자의 베일〉을 돌파하기 직전이었다. 그리고 우리는 끈질기고 끈질기게 그 뒤를 쫓았다. 아무도 발을 들여놓지 않는 검은 심연을 지나 허공을 가르며, 끝없이 이어지기만 하는 침묵의 공간을 뚫고, 나이트플라이어와 나는 추적을 계속한다.

● ○

그들은 궤도 시설의 부두와 그 앞에 정박한 우주선 사이를 잇는 투명한 연락용 튜브 내부의 무중력 공간을 손을 써서 천천히 나아갔다.

멜란사 지얼—일행 중에서는 자유낙하 상태에서 움직여도 전혀 어설프거나 불편한 기색이 없는 유일한 인물—이 문득 멈춰 섰다. 발아래에 펼쳐진 거대한 구체의 얼룩덜룩한 표면을 바라보며, 거대하고 장려한 호박색과 비취색의 행성 아발론의 전망을 만끽한다. 잠시 후 그녀는 씩 웃더니 미끄러지듯 우아한 동작으로 전진을 재개했고, 앞서 가던 일행을 금세 추월했다. 그들 모두가 우주선을 타 본 경험이 있었지만 이런 식으로 튜브를 통해 탑승하는 것은 처음이었다. 대부분의 우주선은 우주정거장에 수평으로 도킹해 있었지만, 캐롤리 드브라닌이 이번 임무를 위해 빌린 우주선은 너무 큰 데다가 구조까지 특이해서 정거장에서 직접 옮겨 타는 것은 불가능했다. 전방에 어렴풋이 보이는 문제의 우주선은 나란히 늘어선 세 개의 조그만 달걀형 구조물과 그 밑에 수직으로 붙어 있는 두 개의 커다란 구(球) 그리고 이들 사이를 잇는 원통형의 구동실(驅動室)로 이루어져 있었다. 구조물들은 모두 튜브로 연결되어 있었다. 새하얗고, 간결한 느낌이다.

에어록을 가장 먼저 통과한 사람은 역시 멜란사 지얼이었다. 잠시 후에는 뒤처져 온 사람들이 한 명씩 모습을 드러내고 우주선에 탑승하기 시작했다. 여자 다섯에 남자 넷. 모두 아발론의 〈인류지식학술원〉에 소속된 학자였지만, 이들의 배경은 각자의 전문 분야만큼이나 다양했다. 마지막으로 탑승한 사람은 허약해 보이는 젊은 텔레파시 능력자 테일라사머였다. 일행이 탑승 절차가 완료될 때까지 잡담을 하며 기다리는 동안 그는 불안한 듯이 주위를 둘러보다가 대뜸 말했다. "우린 감시당하고 있어."

에어록의 바깥쪽 문이 그들 뒤에서 닫히며 연락용 튜브가 떨어져 나갔다. 그러자 안쪽 문이 스르륵 열렸다. "나이트플라이어 호에 온 걸 환영하네." 우주선 내부에서 부드러운 목소리가 들려왔다.

그러나 그곳에는 아무도 없었다.

멜란사 지얼은 에어록에 면한 통로로 걸어 나갔다. "안녕?" 그녀는 의아한 표정으로 주위를 둘러보며 말했다. 캐롤리 드브라닌이 그녀 뒤를 따라 들어왔다.

"안녕하신가." 부드러운 목소리가 대답했다. 목소리는 어두워진 스크린 밑에 달린 통신 격자에서 흘러나왔다. "나는 나이트플라이어의 선장인 로이드 에리스야. 캐롤리, 다시 만나서 기쁘군. 새로 오신 분들도 만나서 반갑네."

"지금 어디서 말하는 건가요?" 누군가가 따져 물었다.

"내 거주 구획에서. 내 구획은 지금 우리가 있는 이 구형(球形) 생명 유지 모듈의 반을 차지하고 있다네." 로이드 에리스의 목소리가 온화하게 대꾸했다. "나머지 반은 로비 라운지 겸 도서실 겸 주방, 위생 설비 두 개, 2인용 선실 하나 그리고 좀 비좁은 1인용 선실 하나로 채워져 있지. 선실에 못 들어가는 사람은 옆의 구형 화물칸 안에 취침용 수면 그물을 걸어 놓고 자는 수밖에 없겠군. 나이트플라이어 호는 무역선이지 여객선으로 설계된 게 아니거든. 하지만 필요한 통로나 출입문을 모두 열어 놓았고, 화물칸 안에도 난방이나 수도가 들어오도록 해 놓았어. 그러는 쪽이 자네들도 더 편할 거 같았고. 자네들의 장비나 컴퓨터 시스템은 모두 화물칸에 실어 놓았지만 공간은 넉넉하니까 걱정할 필요는 없네. 다들 일단 짐을 푼 다음에 로비 라운지에서 함께 식사를 하면 어떨까?"

"당신도 거기 참여할 건가요?" 초심리학자가 성마른 어조로 물었다. 여위고 모난 얼굴을 한, 애거서 메리지-블랙이라는 여성이었다.

"그럴 작정이야." 로이드 에리스가 말했다. "어느 정도까지는."

● ○

만찬장에 나타난 것은 유령이었다.

할당된 취침 구획에 수면 그물을 걸고 개인 소지품을 정리해 놓은 뒤에 나가 보니 로비 라운지는 쉽게 찾을 수 있었다. 우주선의 이쪽 구역에서는 가장 큰 방이었기 때문이다. 한쪽 끝에는 취사도구를 완비하고 식료품으로 가득 찬 주방이 자리 잡고 있었다. 반대편에는 편한 의자 몇 개에 독서용 스크린이 두 개, 홀로그램 투사기가 하나 설치되어 있다. 벽에는 책과 음악 테이프와 크리스털 칩 들이 잔뜩 꽂혀 있었다. 라운지 한복판에는 열 명이 함께 앉을 수 있는 긴 식탁이 놓여 있었다.

식탁 위에는 김이 모락모락 나는 간단한 요리가 담긴 접시들이 차려져 있었다. 학자들은 의자에 앉아 음식을 나눠 먹으며 담소했다. 일단 탑승한 후에는 모두 긴장이 풀린 기색이었다.

선내의 중력 발생 장치가 가동 중이라서 한결 편해졌다는 이유도 있었다. 다들 무중력상태에서 이동하며 속이 울렁거리던 기억은 잊은 듯했다.

식탁의 상석을 제외한 모든 자리가 찼다.

유령은 바로 그 식탁의 상석에서 실체화했다.

모든 대화가 멎었다.

"여어." 유령이 말했다. 호리호리한 체격에, 파란 눈과 백발이 인상적인 청년의 입체 영상이었다. 느슨한 파스텔블루색의 벌룬슬리브 셔츠와, 부츠가 내장된 몸에 딱 맞는 흰 바지를 입고 있다. 적어도 20년은 유행에 뒤떨어진 복장이다. 뿌연 빛을 발하는 유령 너머로 그 뒤쪽의 광경이 그대로 보였다. 유령 본인의 눈은 전혀 그들을 향해 있지 않았다.

"홀로그램이잖아." 땅딸막하고 굴강한 체격의 외계공학자인 알리스 노스윈드가 말했다.

"로이드, 로이드, 이해 못 하겠군." 유령을 빤히 쳐다보던 캐롤리 드브라닌이 말했다. "이건 또 뭔가? 왜 영상을 투영한 거지? 직접 우리를 만나 볼 생각이 없다는 뜻인가?"

유령은 희미하게 웃으며 한쪽 팔을 들었다. "내 거주 구획은 저 벽 반대편에 있어. 유감스럽게도 지금 우리가 있는 구체를 반으로 가르는 벽에는 문도 없고, 에어록도 없다네. 난 대부분의 시간을 홀로 보내고, 프라이버시를 매우 소중하게 여기고 있어. 모두들 그 점을 이해해 주고, 나의 그런 선택을 존중해 주면 좋겠군. 하지만 이 배의 주인으로서 손님 대접을 소홀히 할 생각은 없네. 여기 이 라운지로는 내 영상을 직접 투사할 수 있네. 선내의 다른 곳에서 뭔가 필요해지거나 나와 얘기하길 원한다면 통신기를 쓰면 돼. 자, 식사를 하면서 계속 대화를 나누게. 나도 기꺼이 귀를 기울이겠네. 이 배에 승객이 탑승한 건 정말 오랜만이라서 말이야."

일행은 그의 희망에 부응하려고 노력했지만, 식탁 상석에 앉아 있는 유령은 그들의 마음에 긴 그림자를 드리웠다. 저녁 식사는 긴장 속에서 예정보다 빨리 끝났다.

●○

　　나이트플라이어 호가 항성 간 비행에 돌입한 시점부터 로이드 에리스는 줄곧 그의 승객들을 관찰했다.
　　며칠이 지나자 학자들 대다수는 통신 장치에서 흘러나오는 누구의 것인지도 알 수 없는 목소리와 로비 라운지에 홀연히 모습을 드러내는 홀로그램 유령의 모습에 익숙해졌다. 그러나 선장인 그가 이런 식으로 접촉해도 전혀 불편한 기색을 보이지 않는 사람은 멜란사 지얼과 캐롤리드브라닌뿐이었다. 로이드가 언제나 그들 곁에 있다는 사실을 알았다면 다른 사람들은 한층 더 불편해했을 것이다. 언제나, 모든 곳에서, 그는 관찰했다. 위생 설비들조차도 로이드의 눈과 귀로부터 자유롭지는 못했다.
　　로이드는 승객들이 일하고, 먹고, 자고, 성교하는 광경을 관찰했다. 지치지도 않고 그들 사이의 대화에 귀를 기울였다. 1주일도 지나지 않아 그는 아홉 명의 승객에 관해 충분한 정보를 얻었고, 급기야는 그들의 구지레하고 자질구레한 비밀까지 캐내기 시작했다.
　　사이버네틱스학자인 로미 쏘온은 자기 컴퓨터와 대화를 나눴고 사람들보다 오히려 컴퓨터와 있는 쪽을 선호하는 것처럼 보였다. 영리하고 눈치가 빨랐으며, 예민하고 표정이 풍부한 얼굴에 작지만 강인한 소년 같은 육체의 소유자였다. 학자들 대다수가 그녀에게서 매력을 느꼈지만 본인은 다른 사람이 자기를 만지는 것을 좋아하지 않았다. 섹스도 멜란사 지얼을 상대로 딱 한 번 했을 뿐이었다. 로미 쏘온은 금속 실을 자아 만든 부드러운 셔츠를 즐겨 입었으며, 그녀의 왼편 손목에는 컴퓨터에 직접 접속할 수 있는 인터페이스가 이식되어 있었다.

외계생물학자인 로잰 크리스토퍼리스는 퉁명스럽고 따지기를 좋아하는 사내였고, 동료들에 대해 느끼는 경멸의 감정을 겨우 억누르고 있는 냉소가이자 고독한 술꾼이었다. 키가 크고 구부정한 몸에, 못생긴 얼굴을 가지고 있었다.

언어학자인 대널과 린드란은 공개 석상에서는 연인이었고, 툭하면 손을 맞잡고 서로에게 기대기 일쑤였다. 하지만 자기들끼리만 있을 때는 격렬한 논쟁을 벌였다. 병적인 유머 감각의 소유자인 린드란은 대널의 가장 아픈 곳만 골라 공격하기를 즐겼고, 연인의 학자적 무능함을 곧잘 농담거리로 삼았다. 두 사람 모두 자주 섹스를 했지만 서로를 상대로 그랬다는 뜻은 아니다.

초심리학자인 애거서 메리지-블랙은 툭하면 지독한 우울증에 빠지는 경향이 있는 심기증 환자였다. 나이트플라이어 호의 좁은 선내에서 그녀의 이런 경향은 한층 더 악화되었다.

외계공학자인 알리스 노스윈드는 계속 뭔가를 먹었고 몸을 아예 안 씻었다. 그녀의 뭉툭한 손톱 밑에는 언제나 검은 때가 끼어 있었다. 출항 후 2주 동안 줄곧 같은 점프 수트[1]만 입고 있었고, 오직 섹스할 때만—그것도 잠깐만—벗었다.

텔레파스인 테일 라사머는 신경질적이고 감정 변화가 심했으며, 주위 사람들에 대해 두려움을 품고 있었지만, 돌발적으로 오만한 태도를 취하거나 동료들의 마음에서 슬쩍한 사념을 이용해서 비아냥거리는 버릇이 있었다.

---

1 바지와 상의가 붙은 작업복.

로이드 에리스는 이들 모두를 관찰하며, 연구했고, 그들과 함께 살며 그들을 통해 살았다. 단 한 사람도 소홀히 하지 않았다. 가장 마음에 안 드는 사람들조차도 예외가 아니었다. 그러나 나이트플라이어 호가 초광속 항행의 요동치는 소용돌이 속으로 돌입한 지 2주째가 되었을 무렵, 그는 두 명의 승객에게 주의력의 많은 부분을 쏟기 시작했다.

"내가 가장 알고 싶은 건 그들의 존재 이유라네." 캐롤리 드브라닌은 아발론을 출발한 지 2주째가 되던 어느 가짜 밤에 로이드를 향해 이렇게 말했다.

뿌옇게 빛나는 로이드의 유령은 조명을 어둡게 한 로비 라운지에 있는 드브라닌 곁에 앉아 상대방이 달곰씁쓸한 핫초콜릿을 마시는 광경을 바라보고 있었다. 다른 사람들은 모두 잠자리에 든 시간이었다. 항행 중인 우주선 내부에서 낮과 밤을 구분하는 것은 무의미하지만, 나이트플라이어 호는 통상적인 낮밤 주기를 유지했고 승객들 대다수도 그것에 따랐다. 관리자이자 박학한 제너럴리스트이자 이번 조사대의 대장인 드브라닌만은 예외였다. 드브라닌은 그만의 독자적인 일정에 따라 일하면서 최소한의 잠만 잤고, 그의 강박적인 취미―그가 추적 중인 볼크린―에 관해 토론하는 것을 밥 먹기보다 더 즐겼던 것이다.

"존재 가능성도 그 못지않게 중요하지 않을까, 캐롤리." 로이드가 대꾸했다. "자네가 말하는 그 외계인들이 실제로 존재한다고 정말로 확신하고 있어?"

"나는 확신하고 있네." 캐롤리 드브라닌은 윙크를 해 보이며 말했다. 키가 작고 호리호리한 사내. 짙은 회색 머리카락을 주의 깊게 빗어 넘겼고 옷차림은 거의 까다로울 정도로 단정했지만, 그런 겉모습과는 딴판으로 제스처가 풍부하고 좀 과하다 싶을 정도의 학구열을 발산하는 버릇이 있다. "그것만으로도 충분해. 다른 학자들까지 모두 나처럼 확신한다면 지금 이곳에는 자네의 조그만 나이트플라이어 호가 아니라 연구 우주선들이 떼를 지어 와 있었을 테니까 말이야." 그는 핫초콜릿을 홀짝이고는 만족스러운 한숨을 내쉬었다. "로이드, 노르 탈러시에 관해 들어 본 적이 있나?"

묘한 이름이었지만, 선내의 라이브러리 컴퓨터를 검색하는 데는 한순간밖에 안 걸렸다. "인류 우주의 반대편에 산다는 외계 종족이로군. 핀디 인과 다무시 인의 영역 너머를 지난 곳에 있다는. 전설의 존재일 가능성도 있어."

드브라닌은 껄껄 웃었다. "아냐, 아냐, 아냐! 자네의 라이브러리는 시대에 뒤떨어졌군. 다음번에 아발론을 방문할 때 업데이트할 필요가 있겠어. 노르 탈러시는 전설이 아니라 실존하는 종족일세. 까마득하게 먼 곳에 살긴 하지만 말이야. 노르 탈러시에 관한 정보는 얼마 안 되지만, 그들이 존재한다는 사실을 우리는 확신하고 있네. 자네나 내가 직접 만난 적은 없을지도 모르지만 말이야. 이번 일의 단초는 모두 그들에게서 나왔다네."

"얘기해 보게. 난 자네 연구에 관심이 있어, 캐롤리."

"난 〈학술원〉의 컴퓨터들을 써서 어떤 정보를 해독하던 중이었어. 댐 툴리언에서 20년 걸려 도착한 패킷이었는데, 그 일부에 노르 탈러시의 민간전승이 담겨 있더군. 얼마나 오랜 시간을 들여 그게 댐 툴리언까지 전달됐는지, 또 어떤 경로를 통해 전달됐는지는 나도 몰라— 민간전승의 시대를 특정해 봤자 어차피 큰 의미는 없고, 정말로 매력적이었던 건 그 내용이었으니까 말이야. 내가 가장 먼저 딴 학위가 외계신화학이었다는 걸 아나?"

"몰랐어. 계속 얘기해 보게."

"문제의 볼크린 이야기는 노르 탈러시의 신화에 포함되어 있었어. 나는 그걸 읽고 외경심을 느꼈다네. 은하계의 핵에서 어떤 불가사의한 기원을 가진 외계 종족이 출발해서, 은하계의 가장자리를 향해 범주(帆走)한다는 내용이지. 궁극적으로는 은하계들 사이의 아무것도 없는 공간에 돌입할 운명이지만, 항상 항성계들 사이의 심우주(深宇宙)만 골라 지나가기 때문에 행성의 중력권에는 결코 접근하는 법이 없고, 항성의 경우에도 1광년 이내로 접근하는 경우는 극히 드물다더군." 드브라닌은 잿빛 눈을 반짝이며 마치 전 은하계를 감싸려는 듯이 양손을 활짝 벌렸다. "그런 일을, 초광속 항법을 쓰지도 않고 하고 있다는 거야. 로이드, 진짜 경이로운 점은 바로 그거야! 광속의 불과 몇 분의 1에도 못 미치는 속도로 움직이는 우주선들을 타고 여행하는 종족이라니! 나를 사로잡은 세부 정보는 바로 그거였다네! 정말이지 나의 이 볼크린은 이질적이야—현명하고, 참을성이 있고, 긴 수명에 긴 안목을 가진 존재라고나 할까. 그보다 뒤떨어진 종족들을 종종 사로잡는 지독한 황급함과 정열과는 무관한 존재지! 볼크린의 우주선들이 도대체 얼마나 오래됐는지 상상해 보라고!"

"오래됐겠지." 로이드는 동의했다. "방금 우주선들이라고 말했는데, 그럼 한 척 이상이 있다는 얘긴가?"

"아, 물론일세. 노르 탈러시의 신화에 의하면 그들이 교역하는 우주 영역의 가장 안쪽 가장자리에서 낯선 우주선 한두 척이 먼저 출현했지만, 곧 다른 우주선들이 속속 나타나서 그 뒤를 따랐다는군. 몇백 척이나 되는 독립 우주선들이 자기 힘만으로 외부, 언제나 외부를 향해 나아갔다는 거야. 진행 방향은 언제나 한결같았네. 무려 1만 5천 표준년 동안 그들은 노르 탈러시의 영역에 있는 항성들 사이를 통과했고, 그 후로는 그곳을 떠나가기 시작했어. 신화에 의하면 볼크린의 마지막 우주선은 3천 년 전에 사라졌다는군."

"도합 1만 8천 년 걸렸다는 얘기로군." 로이드가 계산했다. "노르 탈러시가 그렇게 오래된 종족이야?"

"그들이 항성 간 비행을 시작한 건 그렇게 오래전의 일이 아냐." 드브라닌은 미소 지으며 말했다. "그 친구들 자신의 역사에 의하면, 노르 탈러시가 문명화한 종족으로 살아온 세월은 그 반밖에 안 된다네. 그 탓에 한동안은 나도 고민에 빠졌지. 볼크린 이야기는 전설이 틀림없다는 결론이 되어 버리거든. 멋진 전설이긴 하지만, 결국은 전설일 뿐이야.

하지만 도저히 무시하고 내버려 둘 수가 없더군. 그래서 시간 여유가 있을 때마다 난 연구를 계속했다네. 다른 외계 종족들의 우주 창조 신화와 비교 대조해서, 노르 탈러시 말고도 유사한 신화를 가진 종족이 없는지 찾아봤던 거야. 그걸로 논문을 하나 쓸까 하는 생각도 있었어. 상당히 유망한 연구 분야 같았거든.

그렇게 해서 도출한 결과는 깜짝 놀랄 만한 것이었네. 흐랑가 인들의 경우에는 관련 신화가 전무했어. 흐랑가 인들이 부리는 노예 종족들의 경우도 마찬가지였고. 따져 보면 이치에 맞아. 흐랑가 제국의 판도(版圖)는 인류의 그것보다 더 바깥쪽에 위치하고 있었으니까, 거기까지 도달하려면 일단 우리 인류의 영역을 지나야 하니까 말이야. 하지만 은하계에서 우리보다 안쪽에 위치한 종족들의 신화를 들여다보니까, 볼크린 이야기로 넘쳐났던 거야." 드브라닌은 흥분을 감추지 못하고 몸을 내밀었다. "아, 로이드, 정말이지 엄청난 이야기들이었어!"

"얘기해 보게." 로이드가 말했다.

"핀디 인들은 볼크린을 이이-위비이라고 부르는데, 번역하자면 '허공의 일족' 내지는 '검은 무리'쯤 되겠군. 모든 핀디 일족이 각각 똑같은 얘기를 하고, 그걸 믿지 않는 건 정신 결합 능력이 없는 벙어리 일족들뿐이었어. 볼크린의 우주선들은 엄청나게 크다더군. 그치들의 역사나 우리 인류의 역사에서 등장하는 그 어떤 우주선도 능가할 정도로 말이야. 게다가 모두 군함이라는군. 3백 척의 우주선을 보유했던 랄라-핀 휘하의 사라진 일족에 관한 얘기까지 있었어. 예의 이이-위비이와 마주쳤을 때 몰살당했다는 내용이지. 물론 몇천 년 전에 일어난 일이기 때문에 세부는 명확하지 않지만 말이야.

다무시 인들의 얘기는 좀 다르지만, 그들은 볼크린의 존재를 글자 그대로의 사실로 받아들인다네. 알다시피 다무시는 우리 인류가 지금까지 만나 본 것 중에서는 가장 오래된 종족인데, 그런 그들이 나의 볼크린에게 붙인 이름은 '심연의 종족'이라네. 로이드, 정말이지 매혹적인 이야기였어! 실로 매혹적이지! 거대한 검은 도시를 방불케 하는 배들이, 아무 소리도 없이 주위 우주보다 더 느린 속도로 천천히 움직이는 광경을 상상해 보게. 다무시 인들의 전설에 의하면 볼크린은 태곳적에 은하계의 핵에서 일어난 상상을 초월하는 전쟁으로부터 도망쳐 온 난민이라는군. 별들 사이의 허공에서 진정한 평화를 추구하기 위해, 자기들이 태어나 진화한 고향 행성과 항성 들을 버리고 영원히 방랑한다는 식이지.

아아스의 게스소이드 인의 전설도 비슷한 내용을 가지고 있는데, 단지 그 전쟁으로 인해 우리 은하계의 모든 생명이 말살당했다는 점이 달라. 볼크린은 일종의 신이고, 자기들이 지나가는 경로에 새로운 생명의 씨앗을 뿌리고 있다고 주장하는 거지. 볼크린은 신이 보낸 사자라거나 은하계의 핵에서 곧 나타날 모종의 끔찍한 존재로부터 도망치라는 경고를 건네주기 위해 온 지옥의 망령이라고 주장하는 종족들도 있지만."

"그런 이야기들은 서로 모순되지 않나?"

"아, 그래, 모순되지. 하지만 이 모든 이야기들은 본질적인 점에서는 일치하네— 태곳적에 건조된 준광속 우주선에 탄 볼크린이라는 존재가 다른 종족들의 단명(短命)한 제국들과 덧없는 영광들을 뒤로하고 영원히 밖을 향해 나아간다는 얘기 말이야. 중요한 건 바로 그 점일세! 나머지는 여분의 장식물에 불과해. 우리는 곧 진실을 발견할 수 있을 거야. 나는 노르 탈러시보다 한층 더 안쪽에 산다는 종족들에 관한 얼마 안 되는 정보까지 확인해 보았다네. 단라이, 울리시, 로헤나크처럼 그들 자신이 이미 반쯤 전설의 영역에 속해 있는 문명이나 종족뿐만 아니라 아예 아무것도 없는 걸로 알려진 곳까지 샅샅이 뒤져 보았던 거야. 그리고 거기서 또 볼크린 얘기를 찾아냈던 거지."

"전설의 전설이라고 해야 하나." 로이드가 촌평했다. 유령의 커다란 입에 미소를 떠올리고 있었다.

"맞아, 바로 그거야. 그 시점에서 나는 비(非)인류지성연구소 전문가들의 도움을 구했다네. 2년 동안 그 연구에만 매달렸는데, 필요한 정보는 모두 아발론의 〈인류지식학술원〉의 도서관이나 전자기록이나 기억 매트릭스에서 찾을 수 있었어. 전에는 아무도 돌아보지 않거나 아예 연관 지어 볼 생각을 안 했던 정보를 말이야.

볼크린은 인류 역사의 대부분이 진행되는 동안 인류의 지배 영역을 통과했네. 우주 비행의 여명기 이전부터 말이야. 우리 인류는 공간 자체의 구조를 비틀어서 상대성이론을 속여 넘기는 기술을 발견했지만, 볼크린은 우리의 이른바 '문명' 한복판을 그 거대한 우주 범선들을 몰고 통과하고 있었던 거야. 가장 인구 조밀한 인류 행성들 곁을, 광속 이하의 속도로 장중하고 완만하게 지나가고 있었던 거지. 은하계의 외연, 은하계 사이에 가로놓인 암흑 공간을 향해서 말이야. 경이로워. 실로 경이로워!"

"경이롭군!" 로이드도 맞장구쳤다.

캐롤리 드브라닌은 남은 핫초콜릿을 단숨에 들이켜고 로이드의 팔을 향해 손을 뻗었다. 그러나 그의 손은 실체가 없는 빛을 통과했을 뿐이었다. 그는 잠시 당혹스러운 표정을 짓다가 곧 멋쩍은 듯이 웃음을 터뜨렸다. "아, 로이드, 난 볼크린 얘기에만 너무 열을 올렸던 것 같군. 고지가 바로 앞이라서 그런 건지도 모르겠어. 십여 년 동안 자나 깨나 볼크린 생각만 하다가, 불과 한 달 뒤면 직접 만나서 내 지친 눈으로 그 영광스런 모습을 똑똑히 목도할 수 있는 지점까지 와 있으니까 말이야. 그런 다음, 그런 다음 그들과 의사소통을 할 수만 있다면, 우리 인류가 그토록 위대하고 그토록 기이하고 그토록 이질적인 존재를 향해 손을 뻗칠 수 있다면 얼마나 좋을까. 그게 바로 내 희망이라네, 로이드. 그들이 그렇게 행동하는 이유를 마침내 이해할 수 있으리라는 희망이지!"

로이드 에리스의 유령은 미소를 떠올렸고, 침착하고 투명한 눈으로 친구를 바라보았다.

● ○

 초광속 항행에 들어간 우주선 내부에 갇혀 지내는 승객들은 얼마 안 가서 침착함을 잃기 마련이다. 하물며 나이트플라이어 호처럼 작고 간소한 우주선 안에서는 말할 나위도 없다. 그런고로, 2주째가 끝나 갈 무렵 이들 사이에서 이런저런 추측이 난무하기 시작한 것도 전혀 이상한 일이 아니었다.
 "대체 이 로이드 에리스라는 작자의 정체가 뭐야?" 어느 날 밤 네 명이 모여 카드 게임을 하던 중에 외계생물학자인 로잰 크리스토퍼리스가 말했다. "왜 우리 앞에 안 나오는 거지? 저렇게 계속 격리된 상태로 남아 있으려는 저의가 도대체 뭐야?"
 "직접 물어보지그래." 남성 언어학자인 대널이 제안했다.
 "혹시 무슨 범죄자 같은 거 아냐?" 크리스토퍼리스가 말했다. "조금이라도 그 작자에 관한 정보가 있어? 당연히 없겠지. 드브라닌 쪽에서 다 알아서 처리했으니까 말이야. 드브라닌 영감이 노망이 들었다는 건 다들 잘 아는 바이고."
 "당신 차례야." 로미 쏘온이 말했다.
 크리스토퍼리스는 카드 한 장을 덮어 놓고 선언했다. "패스. 다시 뽑으라고." 그는 씩 웃었다. "에리스 얘기로 돌아가서, 그자가 우리 모두를 살해하려는 무시무시한 음모를 꾸미고 있지 않다는 보장은 있어?"
 "보나 마나 우리의 엄청난 재산을 노리고 그러는 거겠지." 여성 언어학자인 린드란은 이렇게 대꾸하고는 크리스토퍼리스가 방금 내려놓은 카드 위에 자기 카드를 올려놓았다. "콜." 그녀는 나직하게 말하고 미소 지었다. 그 광경을 구경하던 로이드 에리스도 미소 지었다.

●○

멜란사 지얼을 구경하는 일은 즐거웠다.
젊고 건강하며 매사에 능동적인 멜란사는 다른 사람들은 상대도 안 될 정도로 활력이 넘쳤다. 모든 면에서 크다고나 할까. 그녀는 그 어떤 동료보다 머리 하나는 컸고, 몸집도 큰 데다가 풍만한 가슴과 긴 다리를 가지고 있었다. 그녀가 움직이면 칠흑처럼 검게 반짝이는 피부 아래의 강인한 근육이 물 흐르듯 약동하는 것을 볼 수 있다. 식욕 또한 왕성해서 동료들보다 적어도 두 배는 더 먹는다. 그녀는 술을 마셔도 전혀 취한 기색을 보이지 않았고, 탑승 시에 가져와서 화물칸에 직접 설치해 놓은 운동기구를 써서 매일 몇 시간씩 규칙적인 운동을 하는 습관이 있었다. 출발한 지 3주째가 될 무렵에는 남자 승객 네 명 모두와 여자들 중 두 명과 섹스를 했다. 잠자리에서조차도 언제나 능동적이어서, 대부분의 파트너를 녹초로 만들었다. 로이드는 질리지도 않고 그녀를 구경했다.

"난 개량된 모델이거든." 평행봉 위에서 운동을 하다가 그녀는 로이드에게 이렇게 말한 적이 있었다. 맨살 위에서 투명한 땀이 반짝인다. 길고 검은 머리는 머리그물로 고정해 놓았다.

"개량된 모델?" 로이드는 되물었다. 화물칸 안으로 그의 홀로그램 상을 투영할 수는 없었지만, 멜란사는 운동하던 중에 벽의 통신 장치를 써서 그를 불렀던 것이다. 어차피 그가 보고 있었다는 사실도 모르는 채로.

멜란사는 동작 중에 정지했고, 두 팔과 등의 힘만 써서 공중에서 거꾸로 직립했다. "변형시켰다는 뜻이야, 선장님." 최근 들어 그녀는 로이드를 '선장님'이라고 부르는 버릇이 생겼다. "난 프로메테우스의 엘리트 계층에 속한 유전자공학의 마술사들 사이에서 태어났어. 그래서 개량되었던 거지. 내 몸은 보통 인간보다 두 배의 에너지를 필요로 하지만, 하나도 남기지 않고 써. 좀 더 효율적인 신진대사 능력과, 좀 더 강하고 튼튼한 몸과, 보통 인간보다 5할은 더 긴 기대 수명을 갖고 있지. 우리 고향 행성 사람들은 인류를 극단적으로 재설계하려다가 끔찍한 실수 몇 가지를 저지르기는 했지만, 이런 식의 사소한 개량에는 도가 텄거든."

멜란사는 운동을 재개했다. 민첩하고 매끄럽게, 아무 소리도 내지 않고. 그녀는 운동을 끝마치고 평행봉에서 휙 뛰어내렸다. 격한 숨을 몰아쉬며 잠깐 동안 서 있다가, 팔짱을 끼고 고개를 한쪽으로 기울이며 씩 웃는다. "내 인생 얘긴 이게 전부야, 선장님." 그녀는 머리그물을 벗고 긴 머리카락을 세차게 흔들었다.

"그게 전부일 리가." 통신기에서 흘러나온 목소리가 말했다.

멜란사 지얼은 웃음을 터뜨렸다. "물론 그렇지. 내가 왜, 도대체 무슨 이유로 아발론으로 망명했는지, 프로메테우스에 사는 우리 가족이 그 탓에 얼마나 골머리를 썩였는지 알고 싶어? 그게 아니면 혹시 문화외계학 분야에서 내가 쌓은 놀랄 만한 연구 업적에 관해 알고 싶은 거야? 그 얘기를 해 줘?"

"나중에 시간이 난다면 들려주게나." 로이드는 예의 바르게 말했다. "목에 걸고 다니는 그 수정 같은 건 뭔가?"

멜란사는 평소에 그것을 가슴 사이에 매달고 다녔지만, 운동을 하려고 옷을 벗을 때는 떼어 놓는 버릇이 있었다. 그녀는 그것을 다시 집어

들고 목에 걸었다. 검은 장식 선들이 들어 있는 녹색의 조그만 보석에 은제 사슬을 단 목걸이였다. 보석이 자기 몸에 닿자 멜란사는 잠시 눈을 감더니 씩 웃으면서 다시 떴다. "이 보석은 살아 있어. 지금까지 이런 걸 한 번도 본 적이 없어? 이건 '속삭이는 보석'이라고 해. 사이(psi) 능력을 써서, 어떤 기억이나 감각을 각인 보존한 거지. 보석이 내 몸에 닿으면 잠시나마 재경험할 수 있어."

"나도 그 이론은 잘 알아. 하지만 그게 이런 식으로 쓰이는지는 몰랐군. 그럼 거기엔 뭔가 소중한 기억이 들어 있는 거야? 혹시 당신 가족의 기억이라든지?"

멜란사 지얼은 타월을 낚아채서 전신의 땀을 닦기 시작했다. "내 보석에는 특별히 만족스러웠던 잠자리에서의 감각이 들어 있답니다, 선장님. 닿으면 흥분을 느껴. 아, 적어도 예전에는 그랬다고 해야 하나. '속삭이는 보석'의 효능은 시간이 흐를수록 희미해지고, 이것 역시 예전만큼 세지는 않으니까 말이야. 하지만 아직도 가끔 느낄 때가 있어. 사랑을 나눴다거나 힘든 운동을 한 경우는 꽤 자주. 방금 그랬던 것처럼 말이야."

"아." 로이드의 목소리가 말했다. "그래서 방금 흥분했다, 이건가? 그럼 지금부터 성교하러 갈 작정인지 물어봐도 될까?"

멜란사는 씩 웃었다. "당신이 내 인생의 어떤 부분에 관해서 듣고 싶어 하는지 난 잘 알아—내 격렬하고 정열적인 애정 생활이 궁금한 거겠지. 흠, 난 그럴 생각이 없어. 적어도 그쪽의 인생 이야기를 듣기 전까지는. 내 겸허한 성격 특성 중에는 지칠 줄 모르는 호기심도 포함되어 있거든. 그래서 말인데, 선장님, 당신 정체가 뭐야, 정말로?"

"난 자네 못지않게 개량된 존재라네." 로이드는 대꾸했다. "그 정도는 이미 알아차렸을 거라고 생각했네만."

멜란사는 웃음을 터뜨리고 통신 격자를 향해 타월을 내던졌다.

● ○

로미 쏘온은 연구팀의 컴퓨터실로 지정된 화물칸의 일각에 볼크린을 분석할 때 쓸 컴퓨터 시스템을 설치하면서 대부분의 시간을 보냈다. 외계공학자인 알리스 노스윈드도 종종 도와주러 왔다. 사이버네틱스학자인 쏘온이 휘파람을 불면서 일하는 동안, 노스윈드는 뚱한 침묵을 지키며 상대방의 지시에 따르곤 했다. 이 두 여성은 이따금 대화를 나눴다.

"에리스는 인간이 아닌 것 같아." 어느 날 디스플레이 화면 설치를 감독하던 로미 쏘온이 말했다.

알리스 노스윈드는 끙 하는 소리를 냈다. "뭐?" 크리스토퍼리스가 장광설을 늘어놓은 탓에, 실은 그녀도 에리스에 대해 내심 막연한 불안감을 느끼고 있던 참이었다. 그녀는 각지고 넓적한 얼굴을 찡그렸고, 부품 하나를 소정 위치에 찰칵 끼워 놓은 다음 뒤를 돌아보았다.

"우리하고 말을 나누긴 하지만 아예 모습을 보이려고 하지 않잖아." 사이버네틱스학자가 말했다. "이 배에는 승무원이 한 사람도 없고, 선장인 그를 제외하면 자동화된 것처럼 보여. 그렇다면 아예 완전히 자동화됐다고 볼 수는 없을까? 로이드 에리스는 상당히 정교한 컴퓨터 시스템이고, 진짜 AI[2]일지도 모른다는 데 돈을 걸어도 좋아. 소박한 프로그램

---

2 artificial intelligence. 인공지능.

하나를 동원해도 진짜 인간하고 구분이 안 될 정도로 그럴듯한 대화를 나눌 수 있잖아. 작심한다면 우리를 감쪽같이 속이는 건 아무것도 아닐지도 몰라."

외계공학자는 또다시 끙 하는 소리를 내고 하던 일을 재개했다. "그렇다면 왜 굳이 인간 흉내를 내야 하는 건데?"

"대다수 행성의 법체계는 AI에게 아무런 권리도 부여하지 않기 때문이겠지." 로미 쏘온이 대답했다. "선진적인 아발론에서조차도 우주선이 자기 자신을 소유할 권리는 없어. 나이트플라이어 호는 아마 당국에게 압류당해서 접속을 차단당하는 걸 두려워하고 있는지도 몰라." 그녀는 휘파람 소리를 냈다. "죽는 게 두려운 거야, 알리스. 그건 자기 인식과 의식적인 사고의 종언을 의미하거든."

"글쎄." 알리스 노스윈드는 고집스러운 어조로 말했다. "난 매일 기계를 상대로 일하는데, 스위치를 끄든 켜든 간에 아무 차이도 없어. 기계는 그런 것엔 연연하지 않으니까 말이야. 그런데 하필 왜 이 기계만 그런다는 거지?"

로미 쏘온은 미소 지었다. "컴퓨터는 이것하고 달라, 알리스. 의식, 생각, 삶— 거대 시스템들은 모두 그런 것들을 갖추고 있기 마련이지." 그녀는 오른손으로 자신의 왼쪽 손목을 슬쩍 잡더니 그곳에 박혀 있는 기기 한복판을 무심코 문질렀다. "감각도 거기 포함돼. 그 누구도 감각의 종언을 원하지는 않는 법이지. 너나 나 같은 존재에 비교하더라도 실제로는 그리 큰 차이가 없다는 뜻이야."

외계공학자는 동료를 흘끗 돌아보며 고개를 가로저었다. "차이가 없다?" 미심쩍은 듯한 단조로운 목소리였다.

로이드 엘리스는 이런 대화에 귀를 기울이며, 관찰했다. 무표정하게.

● ○

테일 라사머는 민감하고 신경질적인, 약골처럼 보이는 청년이었다. 어깨까지 축 늘어진 아마색 머리카락에 축축한 푸른 눈도 이런 인상을 강조했다. 평소에는 레이스가 잔뜩 달린 브이넥 셔츠에 그의 고향 행성의 하층 계급 사이에서는 아직도 유행 중인 코드피스[3] 따위로 공작새 뺨치게 요란하게 치장하는 버릇이 있었다. 그러나 캐롤리 드브라닌의 비좁은 개인용 선실을 방문했던 날에는 아무 장식도 없는 회색 점프 수트만 입고 있었다. 거의 우중충해 보일 정도였다.

"그걸 느낍니다." 라사머는 드브라닌의 팔뚝을 꽉 움켜잡고 말했다. 청년의 긴 손톱이 아플 정도로 살을 파고든다. "뭔가 잘못됐습니다, 캐롤리. 뭔가 아주 크게 잘못됐다고요. 이젠 점점 두려워지기 시작했습니다."

드브라닌은 흠칫하며 상대의 손을 세차게 뿌리쳤다. "그만해, 아프잖아. 어이, 친구, 도대체 뭣 때문에 그래? 두렵다고? 뭐가, 아니면 누가 두렵다는 거야? 도통 무슨 얘긴지 모르겠군. 두려워할 게 뭐가 있단 말이지?"

라사머는 희끄무레한 손으로 자기 얼굴을 감쌌다. "모릅니다. 모른다고요." 울부짖는 듯한 어조였다. "하지만 그게 거기 있다는 걸 느낍니다, 캐롤리. 난 뭔가를 감지하고 있습니다. 내가 우수하다는 건 잘 알지 않습니까. 그래서 나를 선택했던 게 아닙니까. 방금 내 손톱이 당신 팔을 파

---

[3] 남자가 바지 앞 살에 차는 중세 서양의 돌출 장식.

고들었을 때 금세 알아차렸습니다. 지금도 단속적으로 당신 마음을 읽을 수 있습니다. 당신은 내가 너무 흥분을 잘 한다고 생각하고, 그건 내가 좁은 장소에 갇혀 있기 때문이고, 내가 진정할 필요가 있다고 생각하고 있지 않습니까." 청년은 히스테릭하고 새된 웃음소리를 냈지만 금세 사그라들었다. "자, 이제 내가 얼마나 우수한지 아셨죠. 난 1급 인증을 받은 텔레파스고, 그런 내가 두렵다고 말하고 있는 겁니다. 그걸 감지하고, 느끼고, 꿈에서까지 보고 있습니다. 처음에 이 우주선에 탑승했을 때부터 이미 느끼기 시작했고, 그 이후 그런 느낌은 한층 더 악화되기만 했습니다. 뭔가 위험한 겁니다. 뭔가 예측할 수 없고, 마치 외계인처럼 이질적인 겁니다. 캐롤리, 이질적이라고요!"

"볼크린이로군!" 드브라닌이 말했다.

"아니, 그건 불가능합니다. 우린 지금 초광속 항행 중이고, 볼크린은 몇 광년이나 떨어진 곳에 있지 않습니까." 다시 신경질적인 웃음소리. "캐롤리, 난 그 정도로까지 우수하진 않습니다. 크레이 인들 얘기는 들어 봤지만, 난 일개 인간에 불과하니까요. 아닙니다. 내가 말하는 건 우리 가까이에 있습니다. 이 우주선 내부에."

"우리들 중 한 사람?"

"그럴지도 모릅니다." 라사머는 멍하게 뺨을 문지르며 말했다. "정확히 구별해 내진 못하겠지만."

드브라닌은 자애로운 표정으로 청년의 어깨에 팔을 얹었다. "테일, 자네가 받고 있다는 그 느낌 말인데— 그냥 피곤해서 그런 건 아닐까? 우리들 모두가 스트레스를 받고 있었잖아. 할 일이 아예 없으면 사람은 지치기 마련이니."

"내 몸에 손을 대지 마십시오." 라사머가 내뱉었다.

드브라닌은 재빨리 손을 뗐다.

"이건 진짜라니까요." 텔레파스는 고집스럽게 말했다. "애초에 데리고 오지 말았어야 했어, 어쩌고 하는 말도 안 되는 생각일랑 집어치우십시오. 난 이…… 이곳에 있는…… 다른 사람들 못지않게 안정적이란 말입니다. 그런데도 감히 어떻게 내 정신 상태부터 의심할 수 있단 말입니까. 다른 사람들 머릿속을 들여다볼 수 있다면 그런 생각은 아예 못 할 겁니다. 술에 절은 크리스토퍼리스가 어떤 추잡스러운 환상을 갖고 있는지 아십니까. 대널은 공포로 반쯤 맛이 가 있고, 기계밖에 모르는 로미 머릿속에는 금속과 빛과 차가운 회로밖에 없습니다. 정상이 아니죠. 지얼은 오만하기 이를 데 없고, 애거서는 하루 종일 자기 머릿속에서조차도 징징거리는 걸 멈추지 않고, 알리스의 머릿속은 워낙 공허해서 소처럼 아무 생각도 안 하고 삽니다. 그리고 당신, 당신은 다른 작자들과 접촉하거나 교류하는 데는 전혀 관심이 없습니다. 그런데도 안정적이라는 말이 나옵니까? 낙오자들입니다, 드브라닌. 당신 부하들은 모두 낙오자란 말입니다. 그러니까 나 같은 유능한 텔레파스한테 불안정하거나 제정신이 아니라는 식의 터무니없는 낙인을 찍을 생각일랑 아예 하지도 마십시오." 그는 열에 들뜬 듯한 푸른 눈으로 드브라닌을 쏘아보았다. "무슨 뜻인지 알겠습니까?"

"진정하게." 드브라닌이 말했다. "진정해, 테일. 그렇게 흥분하면 안 돼."

텔레파스는 아연실색한 표정으로 눈을 껌벅였다. 난폭했던 태도가 씻은 듯이 사라졌다. "흥분했다고요?" 그는 되물었다. "그렇군요." 그는 켕기는 듯한 표정으로 주위를 둘러보았다. "나도 힘듭니다, 캐롤리. 하지만 내 말에는 귀를 기울여야 합니다. 이건 경고입니다. 우린 지금 위험에 처해 있습니다."

"귀를 기울일 용의가 있네. 하지만 좀 더 확실한 정보 없이는 나도 행동에 나설 수가 없다는 걸 이해해 줘. 자네의 그 능력을 이용해서 그게 뭔지를 확인해 줘. 알지? 자넨 할 수 있어."

라사머는 고개를 끄덕였다. "예." 그는 말했다. "예." 텔레파스는 한 시간 넘게 조용히 얘기를 나눈 다음 얌전하게 자리를 떴다.

그러자마자 드브라닌은 초심리학자를 찾아갔다. 그녀는 약품 상자로 둘러싸인 자신의 수면 그물에 누워서 삭신이 쑤신다면서 신랄한 불평을 늘어놓고 있었다. "흥미롭네요." 드브라닌이 자초지종을 털어놓자 그녀가 말했다. "나도 뭔가 위협적인 게 있다는 느낌을 받고 있었어요. 아주 모호하고 흐릿한 것이긴 하지만. 그냥 기분 탓이라고 생각했었는데. 워낙 좁은 장소에 갇혀서 따분해진 탓이다, 뭐 이런 식으로 말이에요. 가끔 아무 이유 없이 기분이 언짢아지는 경험도 했고. 테일이 뭔가 구체적인 걸 지목하지는 않던가요?"

"그러진 않더군."

"선내를 돌아다니면서 테일하고 다른 사람들 마음에서 뭔가를 읽어낼 수 있는지 알아보기로 하죠. 하지만 그 말이 사실이라면, 가장 먼저 알아차린 사람이 테일이라는 건 사리에 맞아요. 테일은 1급이지만 난 3급에 불과하니까."

드브라닌은 고개를 끄덕였다. "아주 예민해졌다는 인상을 받았어. 자긴 다른 사람들 머릿속을 샅샅이 읽을 수 있다면서 별의별 얘기를 늘어놓더군."

"그런 건 무의미해요. 텔레파스는 주위 사람의 사념을 모두 읽을 수 있다고 주장하는 경우가 가끔 있는데, 그건 전혀 못 읽는다는 뜻이나 마찬가지예요. 실제로는 능력이 제대로 작동하지 않아서, 멋대로 상상한 타인의 감정이나 사념을 진짜라고 착각하는 거죠. 신중하게 관찰해야겠네요. 텔레파시 능력은 그런 식의 히스테리를 유발해서, 사념을 수신하는 대신에 거꾸로 방송하는 경우가 있으니까. 폐쇄된 환경에서는 아주 위험할 수 있어요."

캐롤리 드브라닌은 고개를 끄덕였다. "맞아. 맞는 얘기야."

선내의 다른 구획에서 귀를 기울이던 로이드 에리스는 미간을 찌푸렸다.

● ○

"그자가 우리한테 보내오는 그 홀로그램 영상이 어떤 옷을 입고 있었는지 기억해?" 로잰 크리스토퍼리스는 앨리스 노스윈드에게 물었다. 지금 화물칸 안에 있는 사람은 이들 두 사람뿐이었다. 그들은 젖지 않으려고 바닥에 깔아 놓은 매트 위에 앉아 있었다. 외계생물학자는 마약 담배에 불을 붙인 다음 동료에게 권했지만 노스윈드는 됐다는 듯이 손사래를 쳤다.

"적어도 10년 또는 그 이상 유행에 뒤처진 옷들이야. 우리 아버지가 올드포세이돈에서 어린 시절을 보낼 무렵 딱 그런 셔츠를 입고 있었지."

"고풍스러운 취향인 거겠지." 앨리스 노스윈드는 대꾸했다. "그래서? 그치가 뭘 입고 다니든 난 상관 안 해. 내겐 이런 점프 수트가 최고야. 편하니까. 다른 사람들이 어떻게 생각하든 간에 말이야."

"정말 상관 안 하는 것 같군." 크리스토퍼리스는 거대한 코를 찡그리며 말했다. 알리스는 그가 그러는 것을 보지 못했다. "흐음, 내가 지적하려던 건 그게 아냐. 혹시 그 영상이 진짜가 아니라면? 홀로그램으로는 뭐든 투영할 수 있잖아. 백 퍼센트 합성하는 것도 가능하고. 진짜 에리스는 그렇게 생기지 않았을 거라는 게 내가 내린 결론이야."

"정말?" 알리스는 이제야 흥미를 느낀 듯했다. 그녀는 몸을 돌려 희고 육중한 젖가슴을 그의 가슴에 바싹 갖다 대며 웅크렸다.

"실제로는 병든 기형의 몸을 갖고 있고, 자신의 진짜 모습을 다른 사람들에게 보여 주는 걸 창피하게 여기고 있다면?" 크리스토퍼리스가 말했다. "무슨 병을 앓고 있는 건지도 몰라. '느린 역병'에 걸린 사람의 육체는 끔찍하게 손상되지만, 죽을 때까지는 몇십 년이나 걸리잖아. 그것 말고 다른 전염병들도 있어— 인저병(人疽病), 신(新)한센병, 융해병, 랭멘병처럼 후보는 얼마든지 있지. 로이드가 자발적으로 자기 자신을 격리하는 건 바로 그 때문인지도 몰라. 격리. 생각해 보라고."

알리스 노스윈드는 미간을 찡그렸다. "자꾸 그렇게 에리스 얘기만 하니까 나까지 신경이 날카로워지잖아."

외계생물학자는 마약 담배를 한 모금 빨고 웃음을 터뜨렸다. "나이트플라이어 호로 오신 걸 환영한다고 해야 하나. 당신, 이제야 겨우 다른 사람들을 따라잡은 모양이군."

출발한 지 5주째가 되었다. 멜란사 지얼이 폰 하나를 6열로 전진시키자 로이드는 그 공격을 막을 수 없다는 사실을 깨닫고 패배를 시인했다. 이것으로 최근 여드레 동안 그의 전적은 8전 전패가 되었다. 멜란사는 로비 라운지에 책상다리를 하고 앉아 있었다. 체스 말들은 그녀가 마주 보고 있는 어두운 스크린 앞에 널려 있었다. 그녀는 웃음을 터뜨리고 말들을 옆으로 밀쳐놓았다. "너무 괴로워하지 마, 로이드. 난 개량된 모델이라서 언제나 세 수 앞을 읽는다고."

"내 컴퓨터하고 연계해야 하는 건지도 모르겠군. 그러더라도 당신은 결코 눈치 못 챌걸." 갑자기 그의 유령이 스크린 앞에 출현하더니 그녀를 향해 미소 지었다.

"세 수도 두기 전에 알아차릴 거야. 해 볼 테면 해 보라고."

그들은 1주일 전부터 나이트플라이어 호를 휩쓸기 시작한 체스 열(熱)의 마지막 희생자들이었다. 처음에 체스 세트를 꺼내 와서 시합을 하자고 사람들에게 권한 사람은 크리스토퍼리스였지만, 테일 라사머가 죽치고 앉아 한 사람도 빠짐없이 차례로 격파하자 다들 곧 흥미를 잃었다. 라사머가 독심 능력을 써서 이겼다고 다들 확신하고 있었지만, 텔레파스는 언제 폭발해도 이상할 것이 없는 예민한 정신 상태에 놓여 있었기 때문에 입 밖에 내서 그를 비난한 사람은 아무도 없었다. 그러나 멜란사만은 별 어려움 없이 라사머를 이길 수 있었다. "라사머는 그리 유능한 플레이어가 아냐." 그녀는 나중에 로이드에게 이렇게 말했다. "설령 내 머릿속을 읽으려고 한들 무의미한 횡설수설밖에는 안 들릴걸. 개량된 모델은 모종의 정신적 훈련을 받기 마련이고, 나도 충분히 내 마음을 차단할 수 있어." 그런 일이 있은 후 크리스토퍼리스와 다른 몇 명도 멜란사에게 도전해 보았지만, 역시 완패했다. 마지막에는 로이드도 끼워 달라고 부탁했다. 체스 판을 앞에 두고 로이드와 진득하게 체스를 둘 용의가 있는 사람은 멜란사와 캐롤리뿐이었다. 그러나 캐롤리의 실력은 바로 전의 수조차도 제대로 기억 못 하는 수준이었기 때문에 결국 멜란사와 로이드만이 정기적인 맞수가 되었다. 두 사람 모두 체스를 즐겼다. 이기는 사람은 언제나 멜란사였지만 말이다.

멜란사는 일어서서 주방 쪽으로 갔다. 로이드의 유령 같은 홀로그램 상이 앞에 있었지만 개의치 않고 그대로 통과해 버린다. 그녀는 지금까지 줄곧 홀로그램을 진짜처럼 대하는 것을 거부해 왔다. "다른 사람들은 내 주위로 돌아서 가는데." 로이드가 불평했다.

멜란사는 어깨를 으쓱해 보이고는 보존 칸막이에서 둥그런 맥주 튜브를 꺼냈다. "대체 언제가 되어야 항복하고 내가 격벽 너머를 방문하는 걸 허락해 줄 거야, 선장님?" 그녀가 물었다. "혼자 있으면 외롭지도 않아? 성적인 불만이나 폐소공포증은 안 느껴?"

"나는 태어나서 줄곧 나이트플라이어를 조종하면서 살아왔어, 멜란사." 로이드가 말했다. 무시당한 홀로그램 영상이 깜박이다가 사라졌다. "내가 폐소공포증이나 성적인 불만이나 고독 같은 것에 시달린다면 애당초 그런 삶 자체가 불가능했을걸. 당신은 개량된 모델이니까 진작 알아차리지 않았어?"

멜란사는 튜브를 짜서 한 모금 마시고는 부드럽고 음악적인 웃음소리를 냈다. "언젠가는 당신의 수수께끼를 풀고 말 거야, 선장님." 그녀는 짐짓 경고하듯이 말했다.

"그럼 그때까지 당신 인생에 관한 거짓말들을 좀 더 해 줬으면 좋겠군."

● ○

"목성에 관해 들어 본 적이 있어?" 술에 취해 화물칸에 걸어 놓은 수면 그물 위에 드러누워 있던 알리스 노스윈드가 따져 묻듯이 말했다.

"뭔가 지구하고 관련 있는 거 아냐." 린드란이 대꾸했다. "두 이름 모두 같은 신화 체계에서 비롯된 걸로 아는데."

"목성은 말이지……." 외계공학자는 커다란 목소리로 선언했다. "옛 지구와 같은 항성계 안에 있는 가스상(狀) 거대 행성이야. 그런 것도 몰라?"

"그런 사소한 지식 따위보다 더 중요한 일들이 많았거든." 린드란이 대꾸했다.

알리스 노스윈드는 아래쪽을 내려다보며 우쭐한 표정으로 히죽 웃었다. "지금부터 내가 하는 말을 잘 들으라고. 아주 옛날 옛적에, 초광속 비행을 갓 발견했을 때 인류는 이 목성을 탐사하기 직전이었어. 물론 그 뒤에는 가스상 거대 행성 따위에는 아무도 신경 안 썼지. 그냥 초광속 항행에 들어가서 거주 가능한 행성을 찾아낸 다음에 거기 이주하면 그만이었거든. 혜성이니 운석이니 가스 행성 따위는 완전히 무시당했어— 어차피 거기서 몇 광년 더 가 보면 거주 가능 행성들이 또 나오기 마련이니까 말이야. 하지만 그런 목성과 유사한 가스 행성들에 서식하는 생물이 있을지도 모른다고 생각한 사람들도 있었어. 무슨 얘긴지 알겠어?"

"네가 곤드레만드레 취했다는 걸 알겠어." 린드란이 대꾸했다.

크리스토퍼리스가 짜증스러운 표정으로 끼어들었다. "가스상 거대 행성에 지적 생물이 산다면, 거길 떠나고 싶은 마음이 전혀 없는 거겠지. 지금까지 인류가 조우한 모든 지적 생물들은 모두 지구를 닮은 행성에서 발생했어. 대다수는 산소를 호흡하고. 설마 볼크린이 가스 행성에서 발생했다고 주장하고 싶은 건 아니겠지?"

외계공학자는 상체를 일으켜 앉더니 의미심장한 미소를 떠올렸다. "볼크린 얘기가 아냐. 로이드 에리스 얘기를 하고 있었던 거야. 로비 라운지 앞쪽의 격벽을 한번 뚫어 보라고. 메탄하고 암모니아 가스가 새어 나올 테니까." 그녀는 공중을 어루만지듯이 양손을 휘저어 보이고는 방정스럽게 몸을 떨며 폭소했다.

● ○

컴퓨터 시스템은 완전 가동 중이었다. 사이버네틱스학자인 로미 쏘온이 앉아 있는 주(主) 콘솔은 특징이 없는 검은 플라스틱판이었지만, 그 위에서는 홀로그램 영상으로 투영된 반투명한 키보드 배열이 출현했다가 사라지는 일을 수없이 되풀이하고 있었다. 투영된 배열은 그녀가 해당 키보드를 두드리는 동안에도 변화를 거듭했다. 로미는 결정상(結晶狀)의 데이터 그리드에 둘러싸여 있었다. 줄줄이 늘어선 스크린들과 데이터 표시 패널들 위에서 수치가 열을 지어 행진하고, 기하학적 도형들이 장중하게 춤추듯이 움직인다. 이 이음매가 없는 검은 금속 기둥들이야말로 그녀의 컴퓨터 시스템의 마음과 영혼이 깃들어 있는 장소였다.

로미는 어스름한 실내에 앉아 즐거운 표정으로 휘파람을 불며 몇몇 단순한 루틴을 돌려 보았다. 명멸하는 키들 위에서 번개처럼 움직이는 손가락들의 속도가 한층 더 빨라졌다. "아." 잠시 후 그녀는 미소 지으며 말했다. 조금 뒤에는 그냥 "좋아"라고 말했다.

그런 다음 마지막 시스템 체크를 할 차례가 되었다. 로미 쏘온은 왼쪽 팔목의 금속 소매를 걷은 다음 콘솔 아래로 집어넣었고, 튀어나온 단자들을 찾아내서 접속했다. 인터페이스.

황홀감.

데이터 스크린들 위에서 다채로운 빛을 발하는 잉크 얼룩 같은 것들이 뒤틀리며 융합했다가 다시 분리된다.

다음 순간에는 이미 끝나 있었다.

로미 쏘온은 손목을 잡아 뺐다. 그녀 얼굴에 떠오른 미소는 수줍고 만족스러웠지만, 그 위로 희미하긴 하지만 곤혹스러운 표정이 떠올라 있었다. 엄지손가락을 손목에 이식된 접속 장치의 구멍에 갖다 대자 따뜻하고 저릿저릿한 감각이 온다. 로미는 몸을 부르르 떨었다.

시스템은 완벽하게 가동 중이었다. 하드웨어 상태도 양호했고, 소프트웨어 시스템도 모두 계획대로 차질 없이 기능하고 있었다. 인터페이스 접속도 흠잡을 데가 없었다. 지금까지 줄곧 그래 왔던 것처럼 그녀에게는 즐거움 그 자체였다. 시스템과 접속하면 그녀는 실제보다 훨씬 더 현명해지고 강해지며, 빛과 전기와 생의 활력으로 가득 찬다. 시원하고 깨끗하고 고양감을 불러일으키는 이런 체험을 하는 동안 그녀는 결코 혼자가 아니며, 작거나 약하지도 않다. 시스템과 직접 접속해서 자기 자신을 확장했을 때는 언제나 이런 식이었다.

그러나 이번에는 어딘가 달랐다. 순간적이나마 뭔가 차가운 것이 그녀를 건드렸던 것이다. 아주 차갑고 아주 무시무시한 존재. 그것이 곧 사라지기 직전, 그녀는 자기 시스템과 함께 짧게나마 그것을 뚜렷하게 보았던 것이다.

사이버네틱스학자는 고개를 세차게 흔들며 이런 말도 안 되는 생각을 머릿속에서 쫓아냈고, 다시 작업을 개시했다. 잠시 후 그녀는 다시 휘파람을 불기 시작했다.

○●○

6주째가 되었을 때 알리스 노스윈드는 간식을 만들다가 손을 심하게 베였다. 주방에 서서, 길쭉한 식칼로 향신료를 넣은 고기 스틱을 자르다가 느닷없이 비명을 질렀던 것이다.

대널과 린드란이 황급히 달려가 보니 그녀는 공포에 질린 눈으로 도마를 내려다보고 있었다. 왼손 검지의 첫 마디가 식칼에 잘려 나갔고, 그 상처에서 간헐적으로 선혈이 솟구치고 있었다. "배가 갑자기 흔들 했어." 알리스는 대널을 올려다보며 멍하게 말했다. "홱 하고 움직이는 거 못 느꼈어? 그 탓에 식칼이 옆으로 미끄러졌던 거야."

"지혈하게 뭘 좀 가져와." 린드란이 말하자 대널은 당황한 얼굴로 황급히 주위를 둘러보았다. "아, 됐어. 내가 가져올게." 린드란은 이렇게 말하고 자리를 떴다.

초심리학자인 애거서 메리지-블랙은 노스윈드에게 진통제를 투여하고 두 언어학자를 쳐다보았다. "사고가 나는 걸 봤어?"

"자기가 식칼을 쓰다가 그랬어." 대널이 말했다.

통로 안쪽 어딘가에서 미친 듯한 웃음소리가 들려왔다.

●○

"방금 진정시켜 놓고 왔어요." 메리지-블랙은 같은 날 느지막한 시간에 캐롤리 드브라닌에게 보고했다. "사이오닌-4를 주사했으니까 며칠 동안은 감수성이 무뎌질 거예요. 필요하다면 더 주사하면 되겠고."

드브라닌은 충격을 받은 기색이었다. "몇 번 얘기를 나눠 보면서 테일의 공포증이 점점 더 악화됐다는 걸 알고 있었지만, 이유가 뭔지는 본인도 꼬집어 말하지 못하더군. 그래도 그렇게까지 능력을 차단할 필요가 있었을까?"

초심리학자는 어깨를 으쓱했다. "점점 이성을 잃어 가고 있었으니까요. 테일 수준의 능력자가 선을 넘는다면 우리들까지 휘말릴 가능성이 있어요. 애당초 1급 텔레파스를 데려오지 말았어야 하는 건지도. 정신 상태가 저렇게 불안정해서야 원."

"우린 외계 종족하고 의사소통을 시도할 거잖아. 쉽지 않은 일이라는 건 자네도 잘 알 텐데. 볼크린은 우리 인류가 지금까지 조우한 그 어떤 외계 종족보다 더 이질적일 게 뻔해. 따라서 조금이라도 소통 가능성을 높이기 위해서는 1급의 능력이 필요했어. 성공한다면 우리가 얼마나 많은 걸 배울 수 있을지 상상해 보라고!"

"그럴듯하게 들리네요. 하지만 당신이 데려온 이 1급 텔레파스의 상태를 감안한다면 아예 아무 능력도 발휘하지 못할 가능성도 있어요. 하루의 반은 수면 그물 안에서 태아의 자세로 웅크리고 있고, 나머지 반은 공포로 반쯤 돌아 버린 상태로 사방을 쏘다니면서 꽥꽥거리는 판이니. 테일은 우리들 모두가 정말로 육체적인 위험에 처해 있다고 주장하지만, 도대체 그 이유가 뭔지, 원흉이 뭔지를 설명하지 못해요. 여기서 최악인 건 테일이 정말로 위험을 감지하고 있는 건지, 아니면 단지 극도의 망상 발작에 사로잡혀 있는 건지를 나도 확언할 수 없다는 점이군요. 고전적인 망상 증세를 보인다는 건 확실하지만. 그중에는 누군가에게 감시당하고 있다는 망상도 포함되어 있었어요. 테일의 상태는 우리나 볼크린이나 자기 자신의 능력과는 전혀 무관할 수도 있어요. 확언하진 못하겠지만."

"자네 능력으로 보기엔 어떤가?" 드브라닌이 말했다. "자네도 공감 능력자 아니었어?"

"그건 내 관할이에요." 그녀는 날카롭게 대꾸했다. "지난주에 그치와 섹스를 했어요. 최대한 가까운 곳에서 진단을 하거나 상대방의 초능력을 느낄 수 있는 방법으로는 그게 최고니까. 하지만 그런 상황에서조차도 아무 확신도 얻지 못했어요. 라사머의 마음속은 혼돈 그 자체고, 그가 느끼는 두려움은 너무나도 깊고 예리한 탓에 시트에까지 그 냄새가 옮을 지경이에요. 다른 사람들의 경우도 통상적인 긴장이나 좌절감을 제외하면 아무것도 읽을 수가 없군요. 하지만 난 3급에 불과하니까 그런 관찰은 별반 의미가 없어요. 내 초능력은 한정되어 있으니까. 드브라닌, 나 자신도 별로 기분이 안 좋다는 거 알죠. 이 배 안에서는 숨쉬기조차 힘들 정도예요. 공기가 너무 텁텁하고 무거운 데다가 머리까지 욱신거려요. 나도 침대에서 안정을 취해야 하는 상태라고요."

"응, 나도 잘 알아." 드브라닌은 황급하게 말했다. "자네 생각을 비판할 생각은 추호도 없었어. 힘든 상황에서 최선을 다했다는 것도 잘 알고. 테일이 다시 우리와 합류하려면 얼마나 걸릴까?"

초심리학자는 피곤한 듯이 관자놀이를 문질렀다. "드브라닌, 이번 임무가 끝날 때까지는 라사머를 줄곧 진정 상태에 놓아두자고 권고하고 싶네요. 미리 경고하겠는데, 미쳤거나 히스테리 상태에 빠진 텔레파스만큼 위험한 존재는 없어요. 노스윈드가 식칼을 다루다가 그런 사고를 당한 것도 실은 테일의 소행일지 모른다는 생각은 안 해 봤어요? 사고가 일어난 지 얼마 되지도 않아 고함을 지르기 시작했잖아요. 아마 순간적으로나마 알리스의 마음과 접촉한 건지도. 아, 물론 황당무계한 생각이라는 건 알지만 불가능하진 않아요. 내 얘기의 요점은, 위험한 짓은 아예 하지 말자는 거예요. 아발론으로 귀환할 때까지 라사머를 마비된 상태로 살려 둘 수 있는 양의 사이오닌-4의 재고도 충분하고."

"하지만— 로이드는 곧 초광속 항행을 마칠 거고, 그럼 우리는 볼크린하고 접촉하게 되잖아. 그럴 경우에 우리는 테일이 필요해. 그 친구의 초능력이 필요하다고. 꼭 그렇게 차단시켜 놓아야 하나? 다른 방법은 없었어?"

메리지-블랙은 오만상을 찌푸렸다. "다른 방법이 하나 있다면 에스페론을 주사해 보는 거겠죠. 그럼 라사머의 능력은 완전히 해방되고, 몇 시간 동안은 정신 감수성이 열 배 가까이 증대하니까. 그런 상태에서는 예의 위험에 온 정신을 집중해서 그 정체를 알아낼 가능성도 있어요. 망상에 불과했다면 문제는 해결된 거고, 진짜라면 거기 상응하는 조치를 취하면 그만이고. 하지만 사이오닌-4 쪽이 훨씬 더 안전해요. 에스페론은 지독하게 독한 약물인 데다가 부작용이 엄청나니까. 혈압이 극적으로 올라가고, 가끔은 과호흡이나 발작을 유발하는 경우도 있어요. 아예 심장이 멎는 사례조차 있었고. 라사머는 충분히 젊기 때문에 그런 쪽의 부작용은 크게 걱정 안 하지만, 그런 식의 능력 증강을 처리할 수 있는 감정적인 안정성을 갖고 있는 것 같지는 않군요. 사이오닌을 써도 어느 정도는 알아낼 수 있어요. 투여한 뒤에도 망상이 지속된다면 텔레파시와는 전혀 무관하다는 증거가 되니까."

"지속되지 않는다면?" 캐롤리 드브라닌이 물었다.

애거서 메리지-블랙은 심술궂은 미소를 지어 보였다. "라사머가 잠잠해지고, 위험이 어쩌고 하는 헛소리를 더 이상 늘어놓지 않는 경우 말인가요? 헛, 그렇다면 라사머는 더 이상 아무것도 감지하지 못한다고 봐야겠죠. 안 그래요? 바꿔 말해서, 약을 투여받기 전에는 당사자가 실제로 무엇인가를 줄곧 감지했고, 처음부터 진실을 말하고 있었다는 얘기가 되겠죠."

● ○

그날 밤 일행이 저녁 식사를 하기 위해 라운지에 모였을 때 테일 라사머는 말이 없었고 심란한 기색이었다. 흐리멍덩한 푸른 눈을 하고, 기계적으로 우적우적 음식을 씹는다. 식사가 끝나자 그는 실례한다고 말하며 침대로 직행했고, 눈 깜짝할 새에 기진맥진한 잠에 빠져들었다.

"쟤한테 무슨 짓을 한 거야?" 로미 쏘온이 메리지-블랙에게 물었.

"괜히 엿보기 좋아하는 마음을 차단했어." 그녀는 대답했다.

"2주 전에 그랬어야." 린드란이 말했다. "저렇게 온순하니까 다루기도 쉽잖아."

캐롤리 드브라닌은 음식에 거의 손을 대지 않았다.

● ○

가짜 밤이 찾아오자, 핫초콜릿 잔을 앞에 두고 음울한 생각에 빠져 있던 캐롤리 드브라닌 앞에 로이드의 유령이 출현했다. "캐롤리." 유령이 말했다. "자네의 팀이 가져온 컴퓨터를 내 우주선의 컴퓨터 시스템과 연결시킬 수는 없을까? 자네가 한 볼크린 얘기가 너무 흥미로워서, 시간 날 때 직접 연구해 보고 싶어서 말이야. 자네들 컴퓨터에 상세한 조사 결과가 들어 있는 거 맞지?"

"물론일세." 드브라닌은 건성으로 대꾸했다. "우리 쪽 시스템도 가동을 시작했으니까 나이트플라이어와 접속시키는 건 전혀 어렵지 않아. 로미한테 내일 그러라고 이르겠네."

방 안에서 침묵이 흘렀다. 캐롤리 드브라닌은 로이드의 존재도 거의 잊은 듯 핫초콜릿을 홀짝이며 멍하게 어둠을 응시했다.

"고민이 있군." 잠시 후 로이드가 말했다.

"응? 아, 그래." 드브라닌은 고개를 들었다. "미안하이, 친구. 이런저런 일로 머릿속이 뒤숭숭해서."

"테일 라사머 때문이로군. 그렇지?"

캐롤리 드브라닌은 눈 앞에 서 있는 희끄무레한 빛을 내는 인물을 오랫동안 응시하다가 마침내 짧고 경직된 동작으로 고개를 끄덕였다. "맞

아. 어떻게 그걸 알아차렸는지 물어봐도 될까?"

"난 나이트플라이어 호 안에서 일어나는 일이라면 뭐든 알고 있다네."

"우리를 감시하고 있었군." 드브라닌은 정색하며 힐난하는 듯한 어조로 말했다. "그렇다면 테일 말대로 우린 감시당하고 있었던 게 맞군. 로이드, 자네가 어떻게 그런 일을? 우릴 염탐하다니, 그건 정말 자네답지 않은 짓이야."

유령의 투명한 눈에는 생기가 없었고, 무엇인가를 바라보고 있는 것도 아니었다. "다른 사람들에겐 말하지 말게." 로이드가 경고했다. "캐롤리, 자넨 내 친구야. 친구라고 불러도 좋지? 감시한 건 그럴 만한 이유가 있어서였네. 하지만 그 이유를 알더라도 자네에겐 전혀 득이 될 게 없어서 굳이 알리지 않았던 거야. 딴마음이 있었던 건 아냐. 믿어 줘. 자넨 볼크린이 있는 곳으로 갔다가 안전하게 다시 돌아오기 위해 나를 고용했고, 나도 바로 그럴 작정이니까 말이야."

"자꾸 그런 식으로 얼버무리려고 하는군. 자넨 왜 우리를 염탐하는 거지? 모든 걸 감시하고 있나? 무슨 관음증이라도 있는 건가? 무슨 숨겨진 적의라도 있어? 그래서 우리하고 직접 어울리지 않는 거야? 감시만 하고 끝낸다는 보장은 어디 있나?"

"자네가 그런 의심을 갖고 있었다니 유감스럽군, 캐롤리."

"나도 자네의 그런 기만적인 행동이 유감스럽다네. 내 질문에 대답할 생각은 없나?"

"나는 모든 곳에 눈과 귀를 가지고 있다네. 이 나이트플라이어 안에서는 결코 내 감시에서 벗어날 수 없어. 그렇다고 해서 언제나 그런다는 뜻은 아냐. 자네의 동료들이 뭐라고 생각하든 간에 난 일개 인간에 불과하니까 말이야. 나도 잠을 자거든. 그때도 감시 모니터들은 계속 작동하지만 그걸 보고 있을 사람이 없다는 뜻이야. 내가 동시에 주의를 기울일 수 있는 영상이나 음성은 기껏해야 한두 개에 불과하네. 이따금 주의가 산만해져서 부주의해질 때도 있고 말이야. 캐롤리, 난 모든 걸 바라보지만, 결코 모든 걸 관찰하는 건 아냐."

"왜 그러는 건데?" 드브라닌은 핫초콜릿을 한 잔 더 따랐다. 손이 떨리는 것을 참느라고 힘이 들었다.

"그 질문에 대답할 의무는 없네. 나이트플라이어는 내 배니까 말이야."

드브라닌은 핫초콜릿을 홀짝이며 눈을 깜박였고, 결심한 듯이 고개를 끄덕였다. "정말 유감이로군, 친구. 그럼 나도 선택의 여지가 없어. 테일은 우리가 감시당하고 있다고 주장했고, 이제 나도 그의 말이 옳았다는 걸 아네. 테일은 우리가 위험에 처해 있다는 얘기도 했어. 뭔가 이질적인 것에 의한 위험이라고 말이야. 그게 바로 자네인가?"

투영된 상은 미동도 않고 침묵을 지켰다.

드브라닌은 혀를 끌끌 찼다. "결국 대답을 거부하겠다는 거로군. 아, 로이드, 나더러 도대체 어떻게 하라는 건가? 내 입장에서는 결국 테일의 말을 믿는 수밖에 없어. 우리 연구팀이 위험에 처해 있고, 그 원인은 바로 자네일지도 모른다는 얘기 말이야. 결국 이번 임무를 포기하는 수밖에 없겠군. 아발론으로 돌아가 줘, 로이드. 이게 내 결정이네."

유령은 힘없이 웃었다. "이렇게 다 와서 돌아가겠단 말인가, 캐롤리? 곧 우린 초공간에서 나갈 건데도?"

캐롤리 드브라닌은 목 깊은 곳에서 안타까움이 밴 신음 소리를 흘렸다. "내 볼크린." 그는 한숨을 쉬었다. "이렇게 다 와서— 아, 여기서 포기하는 건 나도 괴롭네. 하지만 달리 선택의 여지가 없어. 불가능해."

"가능하네." 로이드 에리스의 목소리가 말했다. "나를 믿어 줘, 캐롤리. 내가 부탁하는 건 단지 그뿐이야. 내가 악의를 전혀 갖고 있지 않다는 사실을 믿어 달라는 뜻이야. 테일 라사머는 위험이 닥쳤다고 얘기했을지도 모르지만, 지금까지 무슨 해를 입은 사람은 아무도 없지 않나. 안 그런가?"

"응." 드브라닌이 시인했다. "맞아. 알리스가 오늘 오후에 손을 베인 걸 무시하면 말이야."

"뭐라고?" 로이드는 잠시 주저했다. "손을 베였다고? 난 못 봤는데. 언제 그런 일이 일어났나?"

"아, 얼마 되지 않았네— 라사머가 비명을 지르고 악을 쓰기 시작하기 직전에 그랬다고 들었어."

"그랬었군." 로이드는 생각에 잠긴 어조로 말했다. "난 멜란사가 운동하는 걸 구경하던 중이었는데." 잠시 후 그가 말했다. "얘기를 나누고 있었지. 거기 정신이 팔려 있던 탓에 몰랐어. 어떤 상황이었는지 가르쳐 주겠나?"

드브라닌은 당시 상황을 설명했다.

"부탁이야, 캐롤리, 나를 믿어 줘." 로이드가 말했다. "그러면 자네를 볼크린이 있는 곳으로 데려다 줄게. 동료들을 진정시키고, 나는 전혀 위험스러운 존재가 아니라고 안심시키게. 라사머는 진정제를 투여해서 조용히 있게 하고 말이야. 알겠나? 그 부분이 제일 중요해. 문제는 라사머야."

"애거서도 거의 똑같은 충고를 하더군."

"알아. 나도 그녀 말에 찬성일세. 내 부탁을 들어주겠나?"

"글쎄." 드브라닌이 말했다. "자네 탓에 마음을 정하기가 쉽지 않군, 친구. 무슨 일이 일어나고 있는지를 알 수 없으니. 더 이상 얘기해 줄 마음은 없나?"

로이드 에리스는 대답하지 않았다. 유령은 말없이 기다렸다.

"흐음." 드브라닌이 마침내 입을 열었다. "얘기를 안 해 주는군. 정말이지 나도 괴로워. 얼마나 빨리 가능해지나, 로이드? 얼마나 빨리 내 볼크린을 만날 수 있느냐는 뜻이야."

"곧 가능해질 거야. 약 70시간 뒤에 초공간에서 나갈 예정이네."

"70시간이라. 정말 얼마 안 남았군. 지금 돌아가면 헛수고밖에는 안 되겠고." 드브라닌은 입술을 핥고 코코아 잔을 들어 올렸다. 그러나 잔은 비어 있었다. "그럼 계속 가세. 자네 부탁대로 하겠네. 자네를 믿고, 라사머에겐 계속 진정제를 투여하지. 자네가 우리를 감시하고 있다는 얘긴 발설하지 않겠네. 이걸로 충분한가? 그냥 볼크린한테만 데려다 줘. 내가 얼마나 그걸 고대하고 있었는지 아나!"

"알아. 잘 알지."

이렇게 말하고 유령은 사라졌다. 캐롤리 드브라닌은 어둑어둑한 로비 라운지에 홀로 앉아 있었다. 잔을 다시 채우려고 했지만 이유 없이 손이 떨리는 통에 핫초콜릿을 손가락에 부어 버렸다. 그는 잔을 떨어뜨리고 욕설을 내뱉으며 깊은 고민에 빠졌다.

● ●

다음 날에는 사람들 사이의 긴장이 높아지면서 사소한 알력이 수도 없이 발생했다. 린드란과 대널은 다른 사람들에게 다 들릴 정도로 쩌렁쩌렁하게 '사적'인 말싸움을 벌였다. 로비 라운지에서 세 사람이 시작한 전쟁 게임은 크리스토퍼리스가 멜란사 지얼이 사기를 치고 있다고 비난한 시점에서 엉망이 되었다. 로미 쏘온은 자기 컴퓨터 시스템이 평소와는 달리 선내의 컴퓨터에 제대로 연결이 안 된다면서 불평을 늘어놓았다. 알리스 노스윈드는 적대감으로 가득 찬 뚱한 얼굴로 붕대를 감은 자기 손가락을 응시하며 몇 시간 동안이나 라운지에 죽치고 있었다. 애거서 메리지-블랙은 통로를 배회하면서 너무 덥고, 온몸의 관절이 쑤시고, 선내의 공기는 텁텁한 데다가 연기로 가득 차 있고, 너무 춥다면서 불평했다. 캐롤리 드브라닌조차 의기소침했고 신경이 곤두서 있었다.

별 불만이 없어 보이는 사람은 테일 라사머뿐이었다. 사이오닌-4를 잔뜩 투여받은 탓에 몸놀림이 둔해지고 무기력한 상태였지만, 적어도 예전처럼 아무것도 아닌 일에 깜짝깜짝 놀라는 일은 없었다.

로이드 에리스는 나타나지 않았다. 목소리로도, 홀로그램 영상으로도.

그는 저녁 식사 자리에도 모습을 보이지 않았다. 학자들은 불안한 기색으로 식사를 했다. 당장이라도 자기 자리에 출현해서 식사 시의 대화에 끼어들지는 않을지 의심하는 기색이었다. 그들의 이런 기대는 식후의 핫초콜릿 주전자와 향료가 든 차와 커피가 식탁 위에 놓인 시점에서 불발로 끝났다.

"우리 선장님은 바쁜 모양이네." 멜란사 지얼이 등을 젖히며 말했다. 손에 쥔 브랜디 잔을 빙빙 돌리고 있다.

"곧 초공간 구동을 마치고 통상 공간으로 이행할 예정이야." 캐롤리 드브라닌이 말했다. "그래서 미리 준비할 일들이 많은 것이 틀림없어."

그러나 드브라닌도 내심 로이드의 부재에 조바심을 내고 있었다. 지금도 그와 그의 동료들을 감시하고 있는 것일까?

로잰 크리스토퍼리스가 헛기침을 했다. "그 작자 말고는 모두들 여기 와 있으니까, 좀 의논을 하기엔 좋은 기회일지도 모릅니다. 저녁 식사 때 얼굴을 안 보여서 이러는 건 물론 아닙니다. 어차피 음식을 먹는 것도 아니니. 얼어 죽을 홀로그램인데 먹든 말든 무슨 상관입니까. 차라리 잘된 건지도 모릅니다. 캐롤리, 말이 나온 김에, 다들 로이드 에리스에 관해 불안해하고 있다는 얘기는 해야겠습니다. 이 수상쩍은 사내에 관해서 당신은 뭘 알고 있습니까?"

"뭘 아느냐고?" 드브라닌은 진하고 씁쓸한 핫초콜릿을 자기 잔에 다시 따르고 천천히 홀짝이며 생각할 시간을 벌어 보려고 했다. "뭘 알아야 한다는 건데?"

"여기로 와서 우리하고 놀아 주지 않는다는 건 익히 알잖아요." 린드란이 메마른 어조로 말했다. "당신이 이 배를 빌리기 전에, 선장의 그런 기벽(奇癖)에 관한 소문을 들어 본 적이 없어요?"

"나도 그 질문에 대한 대답을 듣고 싶군요." 린드란의 동료 언어학자인 대널이 말했다. "아발론을 왕래하는 우주선은 수없이 많지 않습니까. 하필 거기서 에리스를 고른 이유가 뭡니까? 그치에 관해서 도대체 무슨 얘기를 들었기에?"

"무슨 얘기를 들었냐고? 거의 들은 얘기가 없다는 점을 시인해야겠군. 우주항 직원 몇 사람 그리고 몇몇 용선(傭船) 회사하고 얘기를 나눠 보긴 했지만, 로이드와 안면이 있는 사람은 아무도 없었어. 아발론을 모항으로 삼아서 무역을 하는 배가 아니거든."

"그것 참 편리하네요." 린드란이 말했다.

"그것 참 수상쩍군요." 대널이 덧붙였다.

"그렇다면 도대체 어디 출신인 거죠?" 린드란이 따져 물었다. "대널하고 난 상당히 주의 깊게 그가 말하는 표준 언어에 귀를 기울여 봤는데, 어조가 아주 단조로운 데다가 악센트라고 할 만한 건 전무하더군요. 출신지를 특정하는 데 도움이 되는 특이한 말투도 없었고."

"가끔 고색창연하게 들릴 때가 있습니다." 대널이 끼어들었다. "문장 구조가 어떤 지역을 연상시킬 때도 있고. 문제는 입을 열 때마다 매번 다른 지역을 연상시킨다는 겁니다. 아무래도 여행을 많이 한 것 같습니다."

"정말이지 뛰어난 추리력이야, 내 사랑." 린드란은 연인의 손을 어루만지며 말했다. "무역 상인은 곧잘 그러곤 하지. 아무래도 우주선을 소유하고 있으니까 말이야."

대널은 린드란을 쏘아보았지만 린드란은 개의치 않고 말을 이었다. "이건 진지한 질문인데, 그치에 관해 뭐라도 아는 게 있어요? 우리가 탄 이 나이트플라이어 호는 도대체 어디서 온 거죠?"

"나도 모르네." 드브라닌은 시인했다. "실은— 한 번도 물어볼 생각을 안 했어."

그의 연구팀 구성원들은 믿지 못하겠다는 듯이 서로를 흘끗 쳐다보았다. "한 번도 물어볼 생각을 안 했다?" 크리스토퍼리스가 말했다. "그럼 어떻게 이 배를 골랐던 겁니까?"

"마침 빌릴 수 있었거든. 행정 협의회는 내 연구 계획을 승인하고 필요한 학자들을 할당해 줬지만, 〈학술원〉의 우주선까지는 빌려주지 못했어. 예산상의 제약도 있었고."

애거서 메리지-블랙이 신랄하게 웃었다. "드브라닌 대장님이 방금 한 얘기를 아직도 이해 못 한 사람들을 위해서 설명하자면, 〈학술원〉은 볼크린 전설을 발굴해 낸 드브라닌의 외계신화학 연구를 높이 평가했지만, 실제로 그걸 찾으러 간다는 계획에 대해서는 뜨뜻미지근한 반응밖에는 안 보였다는 뜻이야. 이 소규모 탐사는 어차피 별다른 성과 없이 끝날 거라고 예상한 거지. 그래서 우리 대장님이 만족하고 고무될 정도의 조촐한 예산만 할당하고, 아발론에서 사라져도 별문제가 안 되는 인재들만 파견해 줬던 거야." 그녀는 주위를 돌아보았다. "다들 자기 자신을 돌아보라고. 계획 초기부터 드브라닌의 계획에 참가한 사람은 아무도 없지만, 다들 이번 유람 여행에 참가할 여유들이 있어서 온 거잖아. 게다가 우리들 중 1급 학자는 단 한 명도 없고."

"그건 당신 얘기겠지." 멜란사 지얼이 말했다. "난 이번 임무에 지원했다고."

"굳이 반론할 생각은 없어." 초심리학자가 말했다. "내 얘기의 요점은 나이트플라이어를 선택한 건 딱히 이상한 일이 아니라는 거야. 그냥 가장 싼 우주선을 찾아서 계약한 거 맞죠, 대장님?"

"계약이 가능했지만 내 제안을 거부한 배들도 있었어." 드브라닌이 말했다. "이런 얘기가 묘하게 들린다는 건 나도 인정하지만 말이야. 초광속 비행을 하는 도중에 항성계도 아닌 항성 간 공간으로 나오는 것에 대해 거의 미신에 가까운 두려움을 가진 선주들은 많다네. 그래도 몇몇 선주들은 이런 조건에 동의했고, 그중에서는 로이드 에리스가 제시한 조건이 가장 유리했어. 당장 출발이 가능하다는 이점도 있었지만."

"당장 떠나야 했다, 이거로군요." 린드란이 말했다. "안 그랬더라면 볼크린을 놓쳤을 테니까 말이에요. 은하계의 이 영역을 불과 1만 년 들여 통과 중이니까 마음이 급했다는 말씀이시죠? 몇천 년쯤 오차는 있겠지만."

누군가가 웃음을 터뜨렸다. 드브라닌은 곤혹스러운 기색을 감추지 못했다. "내가 출항을 연기할 수 있었다는 점에는 의심의 여지가 없어. 볼크린을 만나고 싶어서 안달하고 있었다는 점은 시인해야겠지. 그들의 거대한 우주선들을 직접 내 눈으로 보고, 오랫동안 내 머릿속을 맴돌던 질문들을 모두 해 보고, 도대체 그들이 그러는 이유가 뭔지를 알아내고 싶었던 거야. 출항을 연기하더라도 큰 문제는 없었을 거라는 지적도 인정하네. 하지만 굳이 그럴 필요가 어디 있나? 로이드는 친절한 선주고 유능한 조종사잖아. 다들 괜찮은 대우를 받았고."

"만난 적은 있어?" 알리스 노스윈드가 물었다. "출발 준비를 하면서 한 번이라도 대장 눈으로 본 적이?"

"자주 얘기를 나누긴 했지만 난 아발론에 있었고 로이드는 행성 궤도상에 계속 머물렀어. 화면을 통해서 본 적밖에 없네."

"홀로그램 영상 따윈 컴퓨터로 얼마든지 합성하는 게 가능해요." 로미 쏘온이 말했다. "내 시스템을 쓰면 나도 당신 화면에 어떤 종류의 얼굴이든 보낼 수 있잖아요, 캐롤리."

"아무도 이 로이드 에리스라는 인물을 목격한 적이 없다는 얘기로군." 크리스토퍼리스가 말했다. "처음부터 수수께끼투성이잖아."

"자기 프라이버시를 침해받지 않고 싶다고 했어." 드브라닌이 말했다.

"결국 우리를 피하겠다는 얘기네요." 린드란이 말했다. "도대체 뭘 숨기고 싶어서 그러는 걸까?"

멜란사 지얼이 웃음을 터뜨렸다. 모든 시선이 그녀에게 쏠리자 그녀는 씩 웃으며 고개를 설레설레 저었다. "로이드 선장은 완벽해. 기이한 임무에는 기이한 인물이 적격이라는 생각은 안 들어? 여기서 수수께끼에 매력을 느끼는 사람은 아무도 없어? 우린 지금 몇 광년이나 되는 거리를 날아가서, 은하계의 핵에서 출발해서 인류가 전쟁을 한 기간보다 더 오랫동안 은하계 외각을 향해 날아가고 있다는 가설상의 외계 우주선을 따라잡으려는 참이잖아. 그런데 다들 로이드 코에 점이 몇 개 있는지 세어 볼 수 없다는 이유 하나만으로 그렇게 기분 나빠 하는 거야?" 멜란사는 식탁 위로 상체를 내밀고 브랜디 잔을 다시 채웠다. "우리 어머니 말이 옳았어." 그녀는 혼잣말하듯이 말했다. "정상인들은 정상 이하가 맞아."

"멜란사 말이 옳은 건지도." 로미 쏘온은 생각에 잠긴 표정으로 말했다. "로이드가 무슨 괴짜 놀음을 하든 간에 그건 우리가 관여할 바가 아냐. 그치가 그걸 우리한테 강요하지만 않는다면 말이야."

"그래도 난 불편해." 대널은 힘없이 불평했다.

"우린 자기도 모르는 새에 범죄자나 외계인의 배를 타고 여행 중일 수도 있어." 알리스 노스윈드가 말했다.

"목성인 말이로군." 누군가가 이렇게 중얼거리는 소리를 듣고 외계공학자는 얼굴을 붉혔다. 긴 식탁 주위에서 실소가 일었다.

그러나 테일 라사머만은 은근슬쩍 자기 접시에서 고개를 들었다. 그는 킥킥 웃으며 말했다. "외계인." 푸른 눈동자가 마치 도망치려는 듯이 눈꺼풀 뒤로 넘어갔다가 다시 원래 상태로 돌아왔다. 열에 들뜬, 사나운 눈이었다.

메리지-블랙이 자기도 모르게 욕설을 내뱉었다. "약효가 떨어진 것 같아." 그녀는 재빨리 드브라닌에게 말했다. "선실로 돌아가서 약을 더 가져와야겠어요."

"약이라니, 무슨 약?" 로미 쏘온이 힐문했다. 드브라닌은 선내의 긴장에 기름을 붓는 일을 피하기 위해서 라사머의 망상이나 헛소리를 다른 사람들이 눈치채는 일이 없도록 지금까지 신중을 기해 왔지만, 결국 역효과가 나 버린 듯했다. "도대체 무슨 일이야?"

"위험해." 라사머가 말했다. 그는 곁에 앉은 로미에게 몸을 돌려 그녀의 팔뚝을 꽉 잡았다. 매니큐어를 칠한 긴 손톱이 셔츠의 은색 금속 천을 파고든다. "우린 위험에 처했어. 정말이야. 지금 그걸 감지하고 있어. 뭔가 이질적인, 외계인 같은 놈이야. 우리를 해칠 작정이야. 피. 피가 보여." 그는 웃었다. "피 맛 안 나, 애거서? 난 거의 피를 맛볼 수 있어. 그놈도 그럴 수 있고."

메리지-블랙이 자리에서 일어나서 "지금 라사머는 좀 상태가 안 좋아"라고 선언했다. "사이오닌을 써서 능력을 억제하고 망상 증세를 다스리고 있는 중이야. 그걸 좀 더 가지고 올게." 그녀는 문을 향해 갔다.

"능력을 억제해?" 크리스토퍼리스가 아연실색한 어조로 말했다. "뭔가를 경고하고 싶어 하잖아. 지금 뭐라고 말하는지 안 들려? 난 그게 뭔지 알아야겠어."

"사이오닌은 그만둬." 멜란사 지얼이 말했다. "대신 에스페론을 써 봐."

"내 일에 관여하지 마!"

"미안." 멜란사는 가볍게 어깨를 으쓱해 보였다. "하지만 내가 선수를 친 건 사실이잖아. 에스페론은 그 망상 증세를 해결해 줄 수 있어. 안 그래?"

"사실이야. 하지만—."

"게다가 지금 감지하고 있다고 주장하는 위협에 온 정신을 집중할 수도 있어. 그렇지?"

"에스페론의 특성이 뭔지는 잘 알아." 초심리학자는 발끈하며 말했다.

멜란사는 손에 쥔 브랜디 잔 뒤에서 미소 지으며 말했다. "물론 잘 알겠지. 하지만 내 얘길 더 들어 봐. 다들 로이드 일로 불안해하고 있잖아. 그치가 뭘 감추고 있든 간에, 그걸 알고 싶어서 안달하고 있어. 로잰은 벌써 몇 주째 별의별 이야기들을 꾸며 냈고, 지금은 그중 뭐든 믿을 용의가 있어 보여. 알리스는 얼마나 신경이 곤두서 있었으면 자기 손가락을 잘라 버렸고. 우리 모두 쉬지 않고 언쟁을 벌이고 있어. 우리가 하나의 팀으로 협력해서 일할 생각이라면 그런 식의 두려움은 하등 도움이 되지 않아. 그러니까 이번 한 방으로 끝내 버리는 거야. 그건 어렵지 않아." 그녀는 테일을 가리켰다. "저기 앉아 있는 건 1급 텔레파스야. 에스페론을 써서 그 능력을 증폭시키면 우리 선장님의 일대기를 줄줄 늘어놓을 걸. 우리가 따분해져서 입 닥치라고 할 때까지 말이야. 그러는 동시에 쟤도 자기 마음을 갉아먹고 있는 악마를 퇴치할 수 있겠고."

"우린 지금 감시당하고 있어." 텔레파스는 낮고 다급한 목소리로 말했다.

"안 돼." 캐롤리 드브라닌이 말했다. "테일의 능력은 계속 억제되어야 하네."

"캐롤리." 크리스토퍼리스가 말했다. "이젠 한계를 넘었습니다. 우리들 대부분은 불안해하고 있고, 당사자인 이 친구는 공포에 질려 있지 않습니까. 여기서 로이드 에리스의 수수께끼에 종지부를 찍을 필요가 있다고 생각합니다. 한 방에 말입니다. 멜란사 말이 옳습니다."

"우리에게 그럴 권리는 없네." 드브라닌이 말했다.

"그럴 필요가 있어요." 로미 쏘온이 말했다. "멜란사가 한 말에 나도 찬성."

"맞아." 앨리스 노스윈드가 맞장구쳤다. 두 언어학자들도 고개를 끄덕이고 있었다.

드브라닌은 로이드에게 했던 약속을 떠올리며 회한 섞인 감정을 곱씹었다. 그러나 이제는 선택의 여지가 없어 보인다. 초심리학자와 눈을 마주치고 그는 한숨을 쉬었다. "그럼 그러게. 에스페론을 가져와."

"나를 죽일 거야." 테일 라사머가 절규하며 자리에서 벌떡 일어났다. 로미 쏘온이 그의 팔에 손을 얹고 달래려고 하자 그는 커피 잔을 움켜잡고 그녀의 얼굴을 향해 내던졌다. 그를 제압하기 위해서는 세 사람의 힘이 필요했다. "서둘러." 크리스토퍼리스는 몸부림치는 텔레파스를 잡아 누른 채로 외쳤다.

메리지-블랙은 몸을 부르르 떨고 로비 라운지에서 나갔다.

● ○

그녀가 돌아왔을 때 다른 사람들은 라사머를 식탁 위에 억지로 눕혀 놓고 기다리고 있었다. 긴 금발을 옆으로 걷어 내서 목의 혈관을 노출시킨다.

메리지-블랙은 라사머 곁으로 다가갔다.

"멈춰." 로이드가 말했다. "그럴 필요는 없어."

희미한 빛을 발하는 그의 유령이 긴 식탁 상석의 빈 의자 위에 출현했다. 초심리학자는 손에 쥔 분사식 주사기에 에스페론 앰풀을 끼워 넣으려다가 흠칫하며 얼어붙었다. 알리스 노스윈드는 화들짝 놀라며 잡고 있던 라사머의 팔을 놓았다. 텔레파스는 도망치려고 하지 않고 식탁 위에 누운 채로 격한 숨을 몰아쉬고 있었다. 그의 퀭하고 푸르스름한 눈은 마치 로이드의 갑작스런 출현에 놀란 듯이 투영된 홀로그램 상에 못 박혀 있었다.

멜란사 지얼은 브랜디 잔을 들어 올리며 인사했다. "우우. 저녁 식사를 건너뛰었네요, 선장님."

"로이드." 캐롤리 드브라닌이 말했다. "미안하이."

유령의 아무것도 보지 않는 눈은 반대편 벽을 향하고 있었다. "놓아줘." 통신 격자에서 목소리가 흘러나왔다. "내가 프라이버시를 지키려는 게 자네들에게 그토록 위협적이라면, 내 거창한 비밀들을 알려 주는 수밖에 없겠군."

"우리를 감시하고 있었던 게 맞아." 대널이 말했다.

"말해 봐." 알리스 노스윈드가 의심이 가득한 어조로 말했다. "당신 정체가 뭐야?"

"자네의 그 가스상 거대 행성 운운하는 얘긴 마음에 드는군." 로이드가 말했다. "유감스럽게도 진실은 그보다 덜 극적이지만 말이야. 난 정상적인 호모사피엔스 종에 속하는 중년 남이거든. 더 정확하게 알아야겠다면, 표준년으로 68세가 되네. 자네들이 지금 보고 있는 홀로그램은 좀 예전 것이긴 해도 진짜 로이드 에리스의 모습이 맞고. 실제로는 영상보다 더 나이를 먹었지만, 컴퓨터 시뮬레이션을 써서 승객들에게는 좀 더 젊은 모습을 보이는 습관이 있어서 말이야."

"그래요?" 로미 쏘온의 얼굴 일부는 뜨거운 커피에 덴 탓에 붉게 변해 있었다. "그럼 왜 그렇게 비밀스럽게 구는 거예요?"

"대답하려면 우리 어머니 얘기부터 해야겠지." 로이드는 대꾸했다. "이 나이트플라이어 호는 원래 어머니 것이었다네. 행성 뉴홈의 우주 조선소에서 어머니의 설계에 맞춰 특별히 주문 제작한 거야. 어머니는 자유 무역상이었네. 그것도 상당히 성공한 케이스였어. 어머니는 베스라는 행성의 빈한한 가정 출신인데, 여기서는 까마득하게 멀지만 그래도 자네들 중 몇몇은 이름을 들어 본 적이 있을지도 몰라. 어머니는 열심히 일해서 한 계단씩 올라갔고, 마침내 우주선의 선장 지위에 올랐어. 이례적이고 위험한 화물 수송을 맡는 걸 주저하지 않았기 때문에 곧 큰 재산을 모을 수 있었다네. 주요 무역로에서 크게 벗어난 곳까지 간다든지, 통상적인 배송지보다 훨씬 더 먼 곳까지 한 달이든 1년이든 2년이든 마다 않고 화물을 운송하는 식으로 말이야. 그런 계약은 정기항로를 왕복하는 것보다 위험하지만 수익성이 높아. 어머니는 자신이나 부하 승무원들이 모항으로 자주 못 돌아와도 전혀 개의치 않았다네. 우주선이야말로 집이었으니까 말이야. 고향인 베스에 관해서는 떠나자마자 깨끗이 잊어버렸고, 가급적이면 같은 행성을 두 번 방문하는 일을 피할 정도였어."

"모험심이 풍부했다는 얘기네." 멜란사 지얼이 말했다.

"아냐." 로이드가 대꾸했다. "반사회적이라서 그랬던 거야. 어머니는 사람을 안 좋아했거든. 전혀. 승무원들은 어머니를 전혀 좋아하지 않았고, 어머니 역시 마찬가지였어. 어머니의 가장 큰 꿈은 승무원들을 고용할 필요에서 아예 해방되는 것이었지. 그리고 충분한 재산이 쌓이자마자 그 꿈을 실행에 옮겼어. 그 결과물이 바로 이 나이트플라이어 호라네. 뉴홈에서 이 배에 처음으로 탑승한 이래 어머니는 다른 인간과 다시는 물리적으로 접촉하지 않았고, 행성 표면을 걷지도 않았네. 지금은 내 것이 된 이 거주 구획에서 화상 통화나 레이저통신을 써서 모든 거래를 진행했던 거야. 자네들은 정신병자라고 할지도 모르겠군. 그리고 그건 틀린 지적이 아냐." 유령은 희미한 웃음을 떠올렸다. "하지만 흥미로운 인생을 살긴 했어. 고립을 자초한 뒤에도 말이야. 어머니가 도대체 얼마나 많은 세계를 목격했는지 상상이 가나, 캐롤리? 어머니한테서 직접 얘기를 들을 수 있었다면 자넨 부러움으로 몸부림쳤겠지. 그러는 건 이제 불가능하지만 말이야. 어머니는 자기가 죽은 뒤에 다른 사람들이 자기 경험을 이용하거나 그걸 가지고 즐거움을 느끼는 것이 두려워서 기록 대부분을 파기했거든. 본디부터 그런 성격이었어."

"그럼 당신은?" 알리스 노스윈드가 말했다.

"적어도 한 사람하고는 물리적으로 접촉했을 거 아닌가요?" 린드란이 씩 웃으며 끼어들었다.

"실은 어머니라는 건 정확한 호칭이 아니라네." 로이드가 말했다. "난 그녀의 이성(異性) 클론이거든. 어머니는 30년 동안 이 배를 홀로 몰고 다니다가 따분해졌던 거야. 난 그녀의 반려자이자 연인이 될 예정이었다네. 나를 만들어 내는 일은 완벽한 소일거리가 될 수 있었고 말이야. 하지만 어머니는 어린애를 기를 인내심까지는 없었고, 나를 직접 키우고 싶은 생각도 전혀 없었어. 그래서 복제 과정을 완료한 뒤에는 태아 상태인 나를 영양 보급 탱크 안에 밀봉하고 컴퓨터에 연결해 놓았던 거야. 컴퓨터가 내 선생 노릇을 해 줬네. 출산 전에도, 출산 후에도 말이야. 실제로는 출산한 게 아니지만. 정상적인 태아였다면 이미 태어났을 시점을 훨씬 지난 시기까지도 나는 탱크 안에 남아서 성장했고, 학습했다네. 출산을 인위적으로 늦춘 상태로, 꿈속을 헤매는 것처럼 맹목적으로, 관을 통해 영양을 공급받으면서 말이야. 나는 사춘기에 도달했을 무렵에야 해방될 예정이었네. 그녀는 그때쯤이면 내가 반려 역할을 할 수 있을 거라고 생각했거든."

"세상에, 그런 끔찍한 일을 당하다니." 캐롤리 드브라닌이 말했다. "로이드, 친구, 난 정말 몰랐어."

"나도 안쓰러워, 선장님." 멜란사 지얼이 말했다. "어린 시절을 박탈당했다는 얘기잖아."

"딱히 그립거나 하진 않아." 로이드는 말했다. "어머니도 안 그립고. 그녀의 계획은 결국 물거품이 됐다네. 나를 복제한 지 몇 달 만에 죽었거든. 내가 아직 탱크 안의 태아였을 무렵에 말이야. 만에 하나 그런 일이 일어날 경우에 대비해서 배의 컴퓨터를 프로그램하기는 했지만. 이 배는 초공간에서 나와서 엔진을 끄고 11표준년 동안 항성 간 공간을 떠다녔어. 컴퓨터가 나를—." 로이드는 말을 멈추고 미소 지었다. "방금 난 '컴퓨터가 나를 인간으로 만들어 주는 동안'이라고 말할 작정이었어. 흐음, 하여튼 컴퓨터가 현재의 나를 만들어 줬다고 해야겠지. 그런 우여곡절 끝에 나는 이 나이트플라이어 호를 물려받은 거라네. 태어난 다음 이 배의 작동 방식이나 나 자신의 출생의 비밀에 익숙해지기까지는 몇 달이 더 걸렸지만."

"실로 흥미롭군." 캐롤리 드브라닌이 말했다.

"그러게요." 여성 언어학자인 린드란이 말했다. "하지만 왜 그렇게 혼자 틀어박혀서 밖으로 나오지 않는지에 대한 설명은 안 되잖아요."

"아, 설명이 돼." 멜란사 지얼이 말했다. "선장님, 덜 개량된 일반인들을 위해서 좀 더 설명해 주지그래."

"우리 어머니는 행성을 혐오했다네." 로이드가 말했다. "공기에서 풍기는 악취, 먼지, 박테리아, 불규칙한 기후, 다른 사람들의 모습 따위가 모두 싫었던 거지. 그래서 우리 두 사람만을 위한 무결점 환경을 조성했던 거야. 최대한 무균 상태에 가까운 환경을 말이야. 중력도 혐오했다네. 중력 발생 장치를 장비할 여유도 없는 고물 무역 우주선에서 몇십 년이나 일해 봤던 덕에 어머니는 무중력에 익숙했고, 오히려 그쪽을 더 선호했지. 난 바로 그런 조건하에서 태어나서 성장했다네.

내 몸 안에는 면역 체계가 전혀 없어서, 난 그 어떤 세균에 대해서도 생득적인 저항력을 갖고 있지 않아. 자네들과 신체적으로 접촉한다면 난 아마 감염증으로 죽거나 적어도 큰 병에 걸려 쓰러질 게 뻔해. 내 몸의 근육은 빈약하다 못해 위축된 상태라네. 나이트플라이어 선상의 중력은 내가 아니라 자네들이 편하라고 발생시킨 거야. 지금처럼 중력이 있는 상태는 내겐 엄청난 고통이라네. 지금 이 순간에도 내 실물은 전 체중을 지탱해 주는 부양식 의자에 앉아 있어. 하지만 여전히 고통은 심하고, 내장도 고장이 났는지 어딘가 좀 이상해. 내가 승객들을 잘 받아들이지 않는 이유 중 하나는 바로 그거라네."

"당신도 인류에 관한 어머니의 의견에 공감해?" 메리지-블랙이 물었다.

"아니. 난 사람이 좋아. 나라는 존재에 대해서는 받아들이지만 그걸 선택한 건 내가 아니니까. 나는 내게 가능한 유일한 방법으로 인간의 삶을 경험한다네— 대리 만족을 통해서 말이야. 평소 나는 엄청난 양의 책, 음악, 홀로 드라마 따위를 소비하네. 소설이든 연극이든 역사든 장르를 가리지 않아. 드림더스트를 흡입해 본 적도 있지. 어쩌다가 용기를 내서 승객을 태울 때도 있는데, 그럴 때는 승객들이 살아온 인생을 최대한 많이 흡수하려고 한다네."

"24시간 내내 이 우주선을 무중력상태에 놓는다면 더 자주 승객을 태울 수도 있지 않나요?" 로미 쏘온이 지적했다.

"사실이야." 로이드는 예의 바르게 맞장구쳤다. "하지만 행성에서 태어난 사람들 대부분은 내가 중력을 불편해하는 것 못지않게 무중력상태를 못 견뎌 하더군. 인공 중력 발생 장치가 아예 없거나 있어도 안 쓰려는 선주의 배에 타려는 승객은 극소수라네. 드물게 그걸 시도하는 경우에도 결국은 앓아눕거나 진정제에 절은 상태로 남은 여정을 보내는 경우가 대부분이야. 그래 봤자 소용없어. 기밀식 환경 보호복을 입고 부양식 의자를 타고 나가면 승객들과 직접 교유할 수 있다는 건 나도 아네. 실제로도 그래 봤지. 그랬더니 내 참여도는 느는 게 아니라 도리어 줄어들더군. 다들 나를 신체장애자, 거리를 두고 조심스레 대해야 하는 인물로 대하거든. 그건 내 목적과는 부합하지 않기 때문에 결국 고립 쪽을 선호하는 걸세. 난 기회가 있을 때마다 그런 식으로 내 배에 탑승한 외계인들을 연구한다네."

"외계인들?" 노스윈드가 당혹한 어조로 되물었다.

"내겐 자네들 모두가 외계인이야." 로이드는 대답했다.

나이트플라이어 호의 로비 라운지에 침묵이 흘렀다.

"이런 일이 일어나서 유감이네, 친구." 캐롤리 드브라닌이 말했다. "자네의 사적인 영역까지 건드릴 생각은 없었어."

"유감이라." 애거서 마리지-블랙이 말했다. 그녀는 얼굴을 찡그리며 에스페론이 든 앰풀을 분사식 주사기 안에 밀어 넣었다. "흠, 충분히 그럴듯하게 들리긴 하지만, 그게 사실이라는 보장이 있을까? 여전히 증거는 없고 옛날얘기 하나를 새로 들었을 뿐이잖아. 저 홀로그램은 자기가 목성에서 온 괴물이라고 할 수도 있었고, 컴퓨터나 병적인 전쟁범죄자를 자처할 수도 있어. 무슨 소리를 늘어놓든 간에 우리에겐 그걸 증명할 방법이 없다는 뜻이야. 아니— 한 가지 방법이 있긴 하군." 그녀는 식탁 위에 누워 있는 테일 라사머를 향해 재빨리 두 걸음 다가갔다. "여기 이 친구는 여전히 치료를 받을 필요가 있고 우린 여전히 확증이 필요해. 이미 여기까지 온 마당에 지금 중지해도 아무 의미가 없을 것 같고 말이야. 이렇게 한 방에 끝낼 수 있는데 계속 그런 불안을 품고 있을 필요는 없잖아?" 그녀는 축 늘어진 텔레파스의 머리를 한쪽으로 밀쳤고, 정맥을 찾아내더니 대뜸 주사기를 갖다 댔다.

"애거서." 캐롤리 드브라닌이 말했다. "자네도 로이드 얘기를 들었잖나······. 그러니까 이번 일은 중지하는 편이 낫지 않을까?"

"멈춰." 로이드가 말했다. "중지해. 이건 명령이야. 이 배의 선장으로서 내리는 명령이라고. 당장 멈추지 않으면······."

"······않으면?" 쉭 하는 소리가 울려 퍼졌다. 주사기를 떼자 텔레파스의 목에 남은 빨간 자국이 보였다.

테일 라사머가 팔꿈치를 괴고 반쯤 몸을 일으키자 메리지-블랙이 다가갔다. "테일." 그녀는 최대한 직업적인 어조로 말했다. "로이드한테 정신을 집중해. 넌 그럴 수 있어. 우린 네가 얼마나 우수한지 잘 알아. 잠깐만 기다리면 에스페론 덕에 모든 게 명확하게 열릴 거야."

텔레파스의 새파란 눈은 흐릿했다. "충분히 가깝지가 않아." 그는 중얼거렸다. "1급, 난 1급 인증을 받았어. 우수해. 다들 알다시피 난 우수해. 하지만 그걸 발휘하려면 가까이에 있어야 해." 그는 몸을 떨었다.

초심리학자는 라사머의 몸에 팔을 둘렀고, 그의 몸을 쓰다듬으며 구슬렸다. "에스페론을 쓰면 감지 범위가 늘어날 거야. 테일, 느껴 봐. 네 힘이 점점 더 강해지는 걸 느껴 보란 말이야. 이제 느낄 수 있어? 이젠 모든 것이 명확하지 않아?" 그녀는 안심시키는 듯이 단조로운 목소리로 말을 이었다. "지금 내가 무슨 생각을 하는지도 다 들릴 거야. 하지만 그런 건 아무래도 좋아. 여기 있는 다른 사람들의 생각도 마찬가지야. 그런 잡념, 생각, 욕구, 두려움 따위는 모두 옆으로 밀어 놓는 거야. 예의 위험이 뭔지를 기억해? 기억이 나지? 그게 뭔지를 알아내. 테일, 그 위험이 뭔지를 가서 알아내는 거야. 저기 저 격벽 너머를 투시하고, 그 너머에 뭐가 있는지 우리에게 알려 줘. 로이드에 관해서 얘기해 줘. 로이드가 한 말이 사실인지, 그걸 확인해 달라는 뜻이야. 넌 우수해. 우리도 잘 알아. 그러니까 얘기해 줘." 숫제 주문을 외우는 듯한 말투였다.

라사머는 그녀의 팔을 뿌리치고 자기 힘으로 벌떡 상체를 일으켜 앉았다. "느낄 수 있어." 눈빛이 갑자기 정상으로 돌아왔다. "뭔가— 머리가 쑤셔— 두려워!"

"두려워하지 마." 메리지-블랙이 말했다. "에스페론은 두통하고는 무관하고, 단지 너를 더 강하게 만들어 줄 뿐이야. 다들 함께 있잖아. 그러니까 두려워할 필요는 전혀 없어." 그녀는 텔레파스의 이마를 쓰다듬었다. "그러니까 뭐가 보이는지 얘기해 줘."

테일 라사머는 로이드의 유령을 겁에 질린 어린 소년 같은 눈으로 바라보았다. 혀끝이 아랫입술을 핥는다. "그건—."

다음 순간 그의 두개골이 폭발했다.

• ○

히스테리와 혼란.

텔레파스의 머리통이 엄청난 힘으로 폭발하면서 사방에 피와 뼈와 살점이 튀었다. 영원에 가까운 순간 그의 몸통은 식탁 위에서 미친 듯이 몸부림쳤다. 목의 동맥이 시뻘건 선혈을 뿜어 대고, 사지가 기괴한 춤을 추듯이 꿈틀거린다. 머리통이 아예 사라져 버렸지만 몸은 여전히 움직임을 그치지 않았다.

가장 가까운 곳에 있던 애거서 메리지-블랙은 분사식 주사기를 떨어뜨리고 입을 멍하게 벌린 채로 우뚝 서 있었다. 텔레파스의 피를 흠뻑 뒤집어쓴 데다가 온몸 여기저기에 살점과 뇌수가 덕지덕지 붙어 있었다. 오른쪽 눈 아래의 피부에는 길쭉한 뼈의 파편이 꽂혀 있었고, 거기서 흘러나오는 그녀 자신의 피가 그의 피와 섞여 흘러내렸다. 그러나 본인은 전혀 그 사실을 눈치채지 못한 듯했다.

로잰 크리스토퍼리스는 뒤로 벌렁 넘어졌다가 후다닥 일어나더니 벽가에 바싹 등을 갖다 댔다.

대널은 쉴 새 없이 절규했고, 린드란이 피에 젖은 연인의 뺨을 후려갈기고 조용히 하라고 명령한 뒤에야 겨우 입을 다물었다.

알리스 노스윈드는 무릎을 꿇고 묘한 언어로 기도하기 시작했다.

캐롤리 드브라닌은 핫초콜릿 잔을 쥔 채로 꼼짝도 않고 앉아 있었다. 눈을 깜박이면서, 멍하게 이 광경을 응시한다.

"어떻게 해 줘." 로미 쏘온이 신음했다. "누구든 이걸 어떻게 해 줘." 라사머의 팔 하나가 힘없이 움직이다가 그녀의 몸을 스쳤다. 쏘온은 비명을 지르며 몸을 뺐다.

멜란사 지얼은 브랜디 잔을 밀어놓고 말했다. "정신 차려." 그녀는 내뱉었다. "죽었으니까 무서워하지 않아도 돼."

충격으로 얼어붙은 드브라닌과 메리지-블랙을 제외한 모든 사람이 일제히 그녀를 쳐다보았다. 멜란사는 로이드의 홀로그램이 어느새 사라졌다는 사실을 갑자기 깨달았다. 그녀는 싹싹한 어조로 명령을 내리기 시작했다. "대널, 린드란, 로잰— 침대 시트든 뭐든 가져와서 저걸 감싼 다음에 밖으로 가지고 나가. 알리스, 너하고 로미는 물하고 스펀지를 가져와. 여길 청소해야지." 사람들이 그녀의 지시에 따라 황급히 움직이는 동안 멜란사는 드브라닌 곁으로 갔다. "캐롤리." 그녀는 상냥하게 그의 어깨에 손을 얹었다. "괜찮아, 캐롤리?"

그는 잿빛 눈을 깜박이며 그녀를 올려다보았다. "난— 응, 응, 괜찮아. 난 애거서한테 하지 말라고 했는데. 멜란사, 정말이야."

"맞아, 그랬지." 멜란사 지얼은 이렇게 대꾸하고 안심하라는 듯이 그의 어깨를 툭 친 다음 식탁을 돌아 애거서 메리지-블랙에게 갔다. "애거서." 그러나 이름을 불러도 초심리학자는 아무 반응도 보이지 않았다. 양어깨를 잡고 마구 흔들어 대도 마찬가지였다. 눈이 퀭했다. "쇼크 상태로군." 멜란사는 선언하고, 메리지-블랙의 뺨에서 튀어나온 가느다란 뼛조각을 보고 미간을 찌푸렸다. 냅킨으로 얼굴의 피를 닦아 준 다음 조심스레 뼛조각을 제거한다.

"시체는 어떻게 하지?" 린드란이 물었다. 시트를 가져와서 둘둘 말아 놓은 상태였다. 시체는 겨우 꿈틀거리는 것을 멈췄지만, 피가 여전히 새어 나오며 시트를 붉게 물들이고 있었다.

"화물칸에 넣어 둬." 크리스토퍼리스가 제안했다.

"안 돼." 멜란사가 말했다. "그건 위생적이지 않아. 썩잖아." 잠시 생각하다가, "우주복을 입고 구동실로 운반해서, 뭔가로 고정해 놓는 편이 낫겠군. 필요하다면 시트를 찢어서 쓰든지 해. 배의 그 구획은 진공상태잖아. 거기 보관하는 게 가장 좋아."

크리스토퍼리스는 고개를 끄덕였다. 세 사람은 힘을 합쳐 라사머의 무거운 시체를 운반하기 시작했다. 멜란사는 메리지-블랙 쪽을 돌아보았지만 이내 고개를 돌렸다. 천 조각으로 식탁에서 피를 닦아 내고 있던 로미 쏘온이 갑자기 격렬하게 구토하기 시작했다. 멜란사는 욕설을 내뱉고 "누가 가서 쟤를 좀 도와줘"라고 내뱉었다.

캐롤리 드브라닌은 그제야 몸을 꿈쩍했다. 일어서서 로미의 손에서 피에 젖은 천 조각을 떼어 낸 다음 선실로 데려간다.

"나 혼자서 이걸 어떻게 다 치워." 알리스 노스윈드가 불평하며 넌더리 난다는 듯이 몸을 돌렸다.

"그럼 여기 와서 우릴 도와." 멜란사가 말했다. 멜란사와 알리스는 초심리학자를 반은 잡아끌고 반은 떠메다시피 하며 라운지 밖으로 데려갔고, 몸을 씻어 주고 옷을 벗긴 다음 그녀 자신의 재고에서 꺼내 온 약물을 주사해서 재웠다. 그런 뒤에 멜란사는 분사식 주사기를 들고 다른 사람들을 찾아다녔다. 노스윈드와 로미 쏘온에게는 약한 진정제를 놓았다. 대널의 경우에는 조금 더 강한 것을 놓아 줄 필요가 있었다.
 그들이 다시 모인 것은 세 시간 뒤의 일이었다.

● ○

 그들은 가장 큰 화물칸 안에 모였다. 일행 중 세 사람의 수면 그물이 걸려 있는 곳이다. 여덟 명 중 일곱 명이 참석했다. 애거서 메리지-블랙은 여전히 의식이 없는 상태로 자고 있었다. 혼수상태에 빠졌거나 강한 쇼크에 못 이겨 쓰러진 것인지도 모르지만 말이다. 그것을 확인해 줄 수 있는 사람은 없었다. 나머지 사람들은 그럭저럭 정신을 차린 듯했지만 예외 없이 창백하고 헬쑥한 얼굴을 하고 있었다. 모두가 옷을 갈아입은 상태였다. 알리스 노스윈드조차도 예전 것과 똑같긴 하지만 새 점프 수트를 입고 왔다.
 "도저히 이해 못 하겠어." 캐롤리 드브라닌이 말했다. "도대체 무슨 일이……."
 "로이드가 죽인 거야." 노스윈드는 쓰디쓴 어조로 말했다. "비밀이 발각될 것 같으니까 그냥— 그냥 박살낸 거지. 다들 똑똑히 봤잖아."
 "그런 얘긴 못 믿어." 캐롤리 드브라닌은 고뇌에 찬 어조로 말했다. "도저히 못 믿겠어. 로이드하고 난 얘기를 나눴다네. 자네들이 잠든 밤 시간에 수없이 많은 얘기를 나눴지. 로이드는 상냥하고 호기심이 많고 예민한 친구야. 몽상가지. 볼크린에 관해서도 잘 이해해 줬어. 그 친구가 그런 짓을 할 리가 없어. 불가능해."

"그 일이 일어났을 때 홀로그램이 잽싸게 사라지는 걸 봤어." 린드란이 말했다. "그 뒤로도 별말이 없고."

"우리들 자신도 이상할 정도로 말수가 적어졌잖아." 멜란사 지얼이 말했다. "지금은 어떻게 판단해야 할지 모르겠지만, 아무래도 난 캐롤리 편을 들고 싶군. 테일이 죽은 게 선장님 탓이라는 증거는 없잖아. 뭔가 우리는 이해 못 하는 것이 있어."

알리스 노스윈드는 끙 하는 소리를 내고 경멸하는 듯한 어조로 "증거라고?"라고 말했다.

"사실 난……." 멜란사는 개의치 않고 말을 계속했다. "누군가의 탓이라는 확신조차 없어. 에스페론을 투여받기 전까지는 아무 일도 일어나지 않았잖아. 혹시 에스페론 탓이었을 가능성은 없을까?"

"부작용치곤 좀 과한 거 아닌가." 린드란이 중얼거렸다.

외계생물학자인 로잰 크리스토퍼리스는 미간을 찌푸렸다. "이건 내 전문 분야가 아니지만, 부작용일 것 같지는 않군. 에스페론이 육체적으로도 초능력적으로도 극단적일 정도로 강한 효력을 발휘하는 건 사실이지만, 그 정도로까지 극단적이라는 얘긴 못 들어 봤어."

"그럼 뭐야?" 로미 쏘온이 말했다. "그럼 누가 테일을 죽였다는 거지?"

"아마 본인의 초능력이 흉기로 작용했을 공산이 커 보이는군." 외계생물학자가 말했다. "약물이 그 위력을 증강한 건 틀림없어 보이고. 테일의 주요 능력은 정신 감응이지만, 에스페론은 당사자에게 잠재된 기타 초능력들까지 발현시키는 경향이 있다고 알려져 있으니까."

"이를테면?" 로미가 따져 묻듯이 말했다.

"생물학적 통제력. 텔레키네시스[4] 따위야."

멜란사 지얼은 크리스토퍼리스보다 더 자세하게 알고 있었다. "에스페론은 어차피 혈압치를 엄청나게 올려. 체내의 피를 모두 뇌로 올려 보내는 탓에 두개골 내의 압력은 한층 더 높아지고. 그런 현상이 일어나는 것과 동시에 머리통 주위의 기압을 낮추고, 테키[5]를 써서 짧게나마 진공 상태를 유발했다고 생각하면 어때. 생각해 보라고."

그들은 생각해 보았다. 그 결론을 마음에 들어 하는 사람은 아무도 없었다.

"도대체 누가 그런 짓을 할 수 있단 말인가?" 캐롤리 드브라닌이 말했다. "그런 현상은 본인이 직접 유발하지 않는 이상 불가능해. 자기 자신의 초능력이 통제를 벗어나서 폭주했다는 얘기밖에는 안 되잖나."

"아니면 자기보다 더 강한 초능력으로 그러는 걸 강요당했든가." 알리스 노스윈드가 고집스럽게 말했다.

"그 어떤 인간 텔레파스도 그런 수준의 능력을 가지고 있지는 않네. 다른 사람의 몸과 마음과 영혼을 설령 한순간만이라도 마음대로 조종할 수 있는 사람은 없어."

"동감이야." 억센 체구를 가진 외계공학자가 대답했다. "그런 인간 텔레파스는 존재하지 않아."

"그럼 가스 행성인의 소행이라는 건가?" 로미 쏘온이 비아냥거리는 투로 말했다.

---

4 telekinesis. 염동력.
5 teke. 텔레키네시스의 약어.

알리스 노스윈드는 사이버네틱스학자를 노려보았다. "네가 원한다면 크레이 인 감응 능력자라든지 기스얀키 흡혼귀(吸魂鬼) 따위의 용의자 후보를 반 다스는 열거해 줄 수 있지만, 그럴 필요는 없어. 내가 염두에 두고 있는 건 흐랑가의 '마인드', 이거 하나뿐이거든."

이것은 불온하기 그지없는 생각이었다. 모든 사람들은 침묵했고, 나이트플라이어 호의 제어실 안에 적대적이며 엄청난 정신 조작 능력을 가진 흐랑가의 '마인드'가 숨어 있는 광경을 상상하며 불안한 듯이 몸을 뒤척였다. 침묵을 깬 것은 멜란사 지얼의 입에서 흘러나온 짧고 조롱하는 듯한 웃음소리였다. "그림자를 보고 깜짝깜짝 놀라는 거야? 알리스, 조금이라도 머리를 써 본다면 네가 방금 한 말이 얼마나 황당한지 이해할 수 있을 거야. 설마 그조차도 힘겹다고 하진 않겠지. 모두들 외계 언어나 심리, 생물, 기술 따위에 도가 튼 외계학 전문가가 아니었어? 하는 짓으로만 봐서는 도저히 그렇게 보이지 않지만 말이야. 우리 인류는 흐랑가 제국을 상대로 천 년 동안이나 전쟁을 벌였지만, 흐랑가 인의 '마인드'를 상대로 의사소통에 성공한 예는 단 한 번도 없어. 만약에 로이드 에리스의 정체가 흐랑가 인이라면, 〈대파국〉 이래 몇 세기 동안 놀랄 정도로 능숙하게 대화하는 법을 터득했다고 봐야 하는 건가?"

알리스 노스윈드는 얼굴을 붉혔다. "네 말이 옳아. 너무 신경이 곤두섰나 봐."

"제군." 캐롤리 드브라닌이 말했다. "공황이나 히스테리에 사로잡혀 행동하면 안 되네. 방금 끔찍한 일이 일어난 건 사실이야. 우리 동료들 중 하나가 죽었고, 그 원인이 뭔지 알 수 없는 판이니. 하지만 원인이 규명될 때까지는 계속 이번 임무를 이어 가는 수밖에 없네. 지금은 결백할지도 모르는 사람을 상대로 성급한 행동을 일으킬 때가 아냐. 일단 아발론으로 귀환한 뒤에 조사를 요청하면 진상을 밝힐 수 있을지도 몰라. 고인의 유해는 아직 부검이 가능한 상태가 맞나?"

"에어록을 통해서 구동실 안에 안치해 놓았으니까 부패하지는 않을 겁니다." 대널이 말했다.

"돌아가는 중에도 자세히 살펴볼 수 있겠군." 드브라닌이 말했다.

"지금 당장 돌아가야 해." 노스윈드가 말했다. "에리스한테 당장 배를 돌리라고 해!"

드브라닌은 충격을 받은 기색이었다. "그럼 볼크린은 어떻게 하고! 내 계측이 정확하다면 1주만 더 있으면 접촉이 가능해지는데? 아발론으로 귀환하려면 6주가 걸리네. 그러니까 그 존재 여부를 파악하는 데 1주쯤 더 투자할 가치는 있지 않나? 테일도 자기 죽음이 헛수고로 끝나는 걸 원하진 않을 거야."

"죽기 전에 테일은 외계인들이니 위협이 어쩌고 하면서 횡설수설하고 있었어." 노스윈드는 고집스럽게 말했다. "그리고 지금 우린 어떤 외계인들을 만나기 위해 날아가고 있어. 그런데 문제의 외계인들이 바로 그 위협이라면? 아마 이 볼크린이란 놈들은 흐랑가의 '마인드'보다 더 강력한 능력을 갖고 있을지도 모르고, 다른 존재를 만나거나 조사 대상이 되거나 관찰당하는 걸 원하지 않을지도 몰라. 그러면 캐롤리 당신은 어쩔 건데? 그런 생각을 조금이라도 해 본 적 있어? 당신이 수집한 그 외계 종족의 전설 말인데— 볼크린을 만난 뒤에 끔찍한 일이 일어났다는 종족들도 많지 않았어?"

"전설이잖나. 미신의 영역이야." 드브라닌이 말했다.

"어떤 전설에서는 핀디 인 일족 하나가 통째 사라졌다는 얘기도 있었지." 로잰 크리스토퍼리스가 끼어들었다.

"다른 종족의 두려움을 무조건 받아들일 수는 없지 않나." 드브라닌이 반박했다.

"아마 그런 얘긴 사실무근일지도 모르지." 노스윈드가 말했다. "하지만 그런 종류의 위험을 무릅쓰고 싶어? 난 아냐. 도대체 뭘 위해서 그래야 한단 말이지? 당신이 수집한 정보는 허구이거나 과장됐거나 틀렸을지도 모르고, 해석이나 계산에 근본적인 오류가 있을 수도 있어. 그새에 항로를 바꿨을 수도 있겠군— 통상 공간으로 나가 보니 몇 광년 안에서도 볼크린은 코빼기도 안 보였다, 뭐 이런 일이 일어날 수도 있겠고."

"아." 멜란사 지얼이 말했다. "무슨 얘긴지 이해하겠어. 볼크린은 어차피 거기 없을 테니까 더 이상 가 봤자 소용없다는 거로군. 게다가 볼크린은 위험할 수도 있고."

드브라닌은 미소 지었다. 린드란은 웃음을 터뜨렸다. "안 웃겨." 알리스 노스윈드는 항의했지만, 더 이상 반론하려고 하지는 않았다.

"내가 말하고 싶은 건 이거야." 멜란사는 말을 이었다. "우리가 초광속 항행을 멈추고 통상 공간으로 나가 볼크린을 찾는다고 해서 우리가 이미 처해 있을지도 모르는 위험이 눈에 띄게 증가하는 건 아냐. 설령 돌아간다고 해도, 어차피 통상 공간으로 나가서 귀환 침로를 재설정해야 하고. 게다가 우린 이 볼크린을 만나기 위해 정말 먼 길을 왔어. 내가 호기심을 느끼는 것도 사실이고." 멜란사는 동료들을 한 사람씩 쳐다보았지만, 입을 열어 반론하는 사람은 아무도 없었다. "그럼 계속 가자는 걸로 알겠어."

"하지만 로이드는?" 크리스토퍼리스가 따져 물었다. "그자에 관해서는 어떻게 하면 되지?"

"우리가 지금 뭘 할 수 있는데?" 대닐이 물었다.

"예전처럼 선장님으로 대우해 줘야 해." 멜란사는 잘라 말했다. "통신 회선을 열고 얘기를 나눠 볼 필요는 있겠지만. 로이드가 솔직하게 대화에 응한다면 우리를 괴롭히던 수수께끼를 어느 정도는 풀 수 있을지도 몰라."

"아마 그 친구도 우리들만큼이나 충격을 받고 낙담하고 있을걸세." 드브라닌이 말했다. "우리가 자기를 비난하고, 해치려 한다고 생각하고 두려워하고 있을지도 몰라."

"그 작자가 살고 있는 선내 구획까지 뚫고 들어가서 강제로라도 끌어내는 편이 낫지 않을까." 크리스토퍼리스가 말했다. "연장도 있잖아. 우리를 괴롭혀 온 모든 의구심을 단박에 불식해 버리는 거야."

"그러다가 로이드가 죽을 수도 있어." 멜란사가 말했다. "로이드 입장에서는 무슨 짓을 하더라도 우리를 저지할 수 있는 이유가 생기고 말이야. 로이드는 이 배를 통제하고 있어. 우리가 적이라고 판단한다면 얼마든지 과격한 행동에 나설 수 있다고." 그녀는 세차게 고개를 가로저었다. "안 돼, 로잰. 로이드를 공격하는 건 논외야. 그러는 대신 안심시켜야 해. 아무도 그와 대화하는 데 관심이 없다면 내가 나서겠어." 반대하는 사람은 없었다. "좋아. 하지만 다시 다짐해 두겠는데, 절대로 어리석은 행동에 나서지는 마. 그냥 지금까지 하던 대로 하고, 평상시처럼 행동하라는 뜻이야."

캐롤리 드브라닌은 찬성이라는 듯이 고개를 끄덕였다. "이제 로이드하고 불쌍한 테일 일은 잊고 당면한 과제에 집중하자고. 준비할 것도 많지 않나. 이 배가 초광속 구동을 마치고 통상 공간으로 나가는 즉시 우리가 가져온 센서 장비를 선외에 전개할 준비가 되어 있어야 해. 그래야지 신속하게 목표물을 포착할 수 있으니까 말이야. 볼크린에 관해 알고 있는 모든 정보도 미리 복습해 둬야겠군." 드브라닌은 두 언어학자들을 돌아보며 이들이 해야 할 예비적인 연구에 관해 의논하기 시작했다. 얼마 지나지 않아 사람들 사이의 화제는 볼크린에 관한 것으로 옮겨 갔다. 그 과정에서 그들이 느끼던 두려움도 조금씩 사그라들기 시작했다.

로미 쏘온은 손목에 이식된 기계장치를 문지르며 조용히 사람들의 말에 귀를 기울였지만, 생각에 잠긴 듯한 그녀의 눈빛에 주목한 사람은 아무도 없었다.

이들을 면밀히 관찰하던 로이드 에리스조차도 눈치채지 못했다.

・●

멜란사 지얼은 혼자서 로비 라운지로 돌아왔다.

누군가가 조명을 끄고 간 탓에 실내는 어두웠다. "선장님?" 그녀는 나직하게 말했다.

그가 그녀 앞에 출현했다. 어렴풋한 빛을 발하는 몸, 어느 곳도 바라보고 있지 않는 눈. 그가 입은 얇은 구식 옷은 모두 희거나 빛바랜 청색이었다. "여어, 멜란사." 통신 격자에서 부드러운 목소리가 흘러나왔다. 그와 동시에 유령의 입도 소리 없이 움직인다.

"다 듣고 있었지, 선장님?"

"응." 조금 놀란 목소리였다. "멜란사, 나는 나이트플라이어 호 내부에서 일어나는 모든 일을 보고, 들어. 단지 이 로비 라운지에만 국한된 게 아냐. 통신기나 스크린이 켜져 있을 때만 그러는 것도 아니고. 언제부터 알고 있었어?"

"언제부터?" 멜란사는 미소 지었다. "로이드의 수수께끼에 대해 앨리스가 가스상 거대 행성이라는 해답을 내놓은 걸 당신이 칭찬했을 때부터. 그 얘기가 나왔을 때 통신 장치는 꺼져 있었으니 당신이 알 리가 없었는데도 말이야. 따라서……."

"그런 실수는 한 번도 저지른 적이 없는데. 캐롤리한테야 말했지만 그건 의도적이었어. 미안해. 줄곧 스트레스를 받고 있어서."

"나도 당신 말을 믿어, 선장님. 하여튼 됐어. 난 개량된 모델이라는 거 잊었어? 이미 몇 주 전부터 짐작하고 있었어."

한동안 로이드는 아무 말도 없었다. 이윽고, "나를 안심시킨다고 했는데, 언제 시작할 거야?"

"지금 그러고 있잖아. 아직도 안심이 안 돼?"

뿌연 유령은 어깨를 으쓱했다. "캐롤리하고 당신이 그 사내를 살해한 건 내가 아니라고 믿는다는 점은 기쁘군. 그 부분을 제외하면 난 두려워. 상황은 빠르게 통제 불능 상태로 가고 있어, 멜란사. 애거서는 왜 내 말에 귀를 기울이려고 하지 않는 거지? 그 친구의 능력을 억제하라고 캐롤리한테 그렇게 신신당부했는데. 애거서한테도 주사를 놓지 말라고 했고. 계속 경고했잖아."

"그치들도 두려운 거겠지. 뭔가 끔직한 계획이 들통 나는 걸 막으려고, 단지 겁을 주려고 그랬다고 생각했을 수도 있어. 난 잘 모르겠어. 어

나이트플라이어 379

떤 의미에서는 내 잘못이지만. 에스페론을 추천한 건 나니까 말이야. 그걸 쓰면 테일도 편안해지고, 당신에 관해 뭔가 얘기해 줄 수 있으리라고 생각했던 거야. 호기심을 느끼고 있었거든." 멜란사는 미간을 찌푸렸다. "호기심 때문에 죽은 거나 다름없군. 결국은 내 손에도 피를 묻힌 꼴이 되어 버렸어."

멜란사의 눈은 라운지의 어둠에 익숙해지고 있었다. 홀로그램이 발하는 희미한 빛 덕택에 사건이 일어난 식탁을 볼 수 있었다. 접시와 찻잔들, 차갑게 식어 버린 홍차와 핫초콜릿 주전자들 사이에서 굳어 가고 있는 거무스름한 피가 보인다. 액체가 뚝뚝 떨어지는 소리도 희미하게 들렸지만, 그것이 피인지 커피인지는 알 수 없었다. 멜란사는 몸을 부르르 떨었다. "더 이상 여기 있고 싶지 않아."

"나가고 싶으면 그래도 돼. 어딜 가든 함께 있을 수 있으니까."

"아니, 됐어. 그냥 여기 있을래. 우리가 어디로 가든, 당신이 언제나 거기서 대기하고 있지는 않는 편이 낫다는 생각이 들어. 계속 그렇게 입을 다물고 모습을 안 보일 작정이라면 말이야. 내가 부탁하면 선내의 감시 장비들을 모두 꺼 줄 용의가 있어? 이 라운지는 제외해도 상관없어. 그래 준다면 틀림없이 다른 사람들 기분도 나아질 거야."

"감시 사실을 모르는데도?"

"늦든 빠르든 알아차릴 거야. 다들 있는 데서 가스 행성 얘기를 꺼냈잖아. 몇몇은 이미 알아차렸을지도 몰라."

"내가 입으로만 껐다고 주장해도 당신 쪽에서 그걸 확인할 방도는 없을 텐데."

"믿을 용의가 있어." 멜란사 지얼이 말했다.

침묵. 유령은 그녀를 응시했다. "원한다면 그렇게." 잠시 후 로이드의 목소리가 말했다. "자, 전부 껐어. 이제는 이 라운지에서 일어나는 일만 보고 들을 수 있어. 자, 멜란사, 이젠 당신이 동료들을 통제겠다고 약속할 차례야. 몰래 음모를 꾸민다거나 내 거주 구획으로 뚫고 들어온다거나 하는 일이 없도록 말이야. 그럴 수 있겠어?"

"가능할 것 같아."

"내가 한 얘기를 믿어?" 로이드가 물었다.

"아. 정말이지 그건 기이하고 놀라운 얘기였어, 선장님. 그게 거짓말이었다면 난 언제든 당신 거짓말에 귀를 기울일 용의가 있어. 듣기만 해도 가슴이 뛰거든. 사실이었다면 당신은 정말 기이하고 경이로운 사내라고 생각해."

"사실이야." 유령은 조용하게 말했다. "멜란사……."

"응?"

"내가 당신을…… 관찰했다는 사실이 마음에 걸려? 당신이 모르는 동안에도 구경하고 있었다는 사실이?"

"조금은. 하지만 이해할 수 있을 것 같아."

"난 당신이 성교하는 장면도 구경했는데."

그녀는 씩 웃었다. "아, 그거 하난 자신 있어."

"잘은 모르겠지만, 보긴 좋더군."

침묵. 멜란사는 오른쪽에서 희미하게 들려오는 액체가 뚝뚝 떨어지는 소리를 듣지 않으려고 노력했다. "응." 한참을 주저한 뒤에야 그녀는 말했다.

"응이라니? 뭐가?"

"응, 로이드." 그녀는 말했다. "가능하다면 당신하고도 섹스했을 거야."

"내 생각을 어떻게 읽었지?" 로이드는 갑자기 두려워진 듯이 반문했다. 불안감 그리고 공포에 가까운 감정으로 가득 찬 목소리였다.

"진정해." 멜란사는 깜짝 놀란 얼굴로 말했다. "난 단지 개량된 모델일 뿐이라고. 그걸 짐작하는 건 별로 어렵지 않았어. 내가 한 말 기억 안 나? 난 언제나 당신보다 세 수 앞을 읽는다고 했잖아."

"그럼 텔레파스는 아니라는 거야?"

"아냐. 걱정 마."

로이드는 한참을 곰곰이 생각하는 기색이었다. "이제야 좀 안심이 되는군." 잠시 후 그가 말했다.

"다행이네."

"멜란사." 그는 말을 이었다. "한 가지만 충고하고 싶어. 너무 앞의 수만 읽는 건 현명한 선택이 아닌 경우가 있어. 무슨 뜻인지 알겠어?"

"오? 글쎄, 잘 모르겠어. 그렇게 말하니까 뭔가 좀 무섭네. 그러니까 나를 안심시켜 줘. 이제 당신 차례야, 로이드 선장."

"무슨 차례?"

"여기서 무슨 일이 일어났던 거지, 실제로는?"

로이드는 아무 말도 하지 않았다.

"당신이 뭔가 알고 있다는 거, 알아." 멜란사가 말했다. "라사머한테 에스페론을 주사 못 하게 하려고 우리들 앞에서 자기 비밀까지 털어놓았잖아. 비밀이 들통 난 뒤에도 그러지 말라고 명령했어. 왜 그랬던 거야?"

"에스페론은 매우 위험한 약물이니까."

"단지 그뿐만은 아니었어, 선장님. 내 질문을 피하지 마. 도대체 무엇이 테일 라사머를 죽인 거지? 아니, 무엇이 아니라 누구라고 해야 하나?"

"내가 아냐."

"그럼 우리들 중 한 사람이야? 아니면 볼크린?"

로이드는 아무 말도 하지 않았다.

"이 배에 외계인이 하나 타고 있는 거야?"

침묵.

"우린 위험에 처해 있어? 혹시 나도? 난 두렵지 않아. 그렇다면 어리석은 건가?"

"난 사람이 좋아." 마침내 로이드가 입을 열었다. "견딜 수만 있다면 승객을 싣는 걸 좋아하지. 그런 다음 구경한 게 사실이야. 그건 딱히 흉악한 범죄도 아니잖아. 나는 특히 당신하고 캐롤리가 좋아. 그러니까 당신들 몸에 무슨 일이 일어나는 걸 결코 좌시하지 않을 거야."

"무슨 일이 일어날 수 있는데?"

로이드는 침묵했다.

"로이드, 다른 사람들은 또 어떻게 하고? 크리스토퍼리스하고 노스윈드, 대널하고 린드란, 로미 쏘온도 지켜 줄 거야? 아니면 캐롤리하고 나만?"

대답은 없었다.

"어쩌 오늘은 말수가 적네." 멜란사가 촌평했다.

"난 스트레스를 받고 있어." 로이드의 목소리가 대답했다. "그리고 어떤 일들은 모르고 있는 편이 더 안전해. 멜란사 지얼, 이제 잠자리에 들라고. 얘긴 이미 충분히 나눴어."

"알았어, 선장님." 멜란사는 유령을 향해 씩 웃으며 한쪽 손을 들어 올렸다. 유령의 손도 올라왔고, 검고 따스한 살이 희끄무레한 광채와 스치며 녹아들더니 하나가 되었다. 멜란사 지얼은 몸을 돌렸다. 그녀가 몸을 떨기 시작한 것은 안전하게 조명된 통로로 다시 나온 뒤의 일이었다.

● ○

가상의 심야.

잡담이 사그라들자 학자들은 하나둘씩 자러 갔다. 캐롤리 드브라닌조차도 일찌감치 잠자리에 들었다. 로비 라운지에서 일어난 일 탓에 좋아하는 핫초콜릿을 마실 기력조차도 사라진 듯했다.

두 언어학자는 마치 테일 라사머의 소름 끼치는 죽음 앞에서 자기들이 살아 있다는 사실을 확인하려는 듯이 격렬하고 시끄러운 사랑을 나눈 뒤에야 곯아떨어졌다. 로잰 크리스토퍼리스는 한동안 음악을 듣고 있었다. 그러나 이제는 모두 꼼짝도 않고 자고 있었다.

나이트플라이어 호의 내부가 침묵으로 가득 찼다.

가장 큰 화물칸의 어둠 속에는 세 개의 취침용 수면 그물이 나란히 걸려 있었다. 멜란사 지얼은 자면서 이따금 몸을 뒤틀었다. 마치 무슨 악몽에 사로잡히기라도 한 것처럼 열에 들뜬 얼굴이었다. 알리스 노스윈드는 똑바로 누워서 커다랗게 코를 골고 있었다. 살집이 많고 튼실한 그녀 가슴에서 푸푸 새어 나오는 숨소리를 듣고 있으면 어딘가 안심이 되는 기분이다.

로미 쏘온은 뜬눈으로 곰곰이 생각하고 있었다.

이윽고 그녀는 몸을 일으키고 벌거벗은 채로 조용히 바닥에 내려섰다. 고양이처럼 가볍고 신중한 몸놀림이었다. 꽉 끼는 바지를 입고, 검은 금속으로 만들어진 소매가 넓은 웃옷을 머리부터 뒤집어쓰고, 은제 사슬로 허리를 조인 다음 짧은 머리를 한 번 흔든다. 부츠는 신지 않았다. 맨발 쪽이 조용하기 때문이다. 작고 부드러운 발. 굳은살 따위는 전혀 없다.

한복판의 수면 그물로 가서 알리스 노스윈드의 어깨를 흔들었다. 코고는 소리가 뚝 그쳤다. "응?" 외계공학자가 말하고 짜증스럽게 끙 하는 소리를 냈다.

"따라와." 로미 쏘온이 속삭이며 손짓을 해 보였다.

노스윈드는 눈을 끔벅거리며 귀찮은 듯이 일어섰고, 사이버네틱스학자 뒤를 따라 문밖 통로로 나갔다. 점프 수트를 입은 채로 자고 있었던 탓에 앞쪽 이음매가 거의 사타구니 근처까지 열려 있다. 그녀는 얼굴을 찡그리고 이음매를 봉인했다. "염병할." 그녀는 중얼거렸다. 부스스하고 언짢은 표정이었다.

"로이드 말이 사실인지 아닌지 확인할 수 있는 방법이 하나 있어." 로미 쏘온은 신중한 어조로 말했다. "멜란사 마음에는 들지 않겠지만 말이야. 해 볼 생각 있어?"

"뭐?" 노스윈드는 되물었지만, 얼굴을 보니 흥미를 느낀 투가 역력했다.

"따라와." 사이버네틱스학자가 말했다.

그들은 소리 없이 선내를 이동해서 컴퓨터실로 갔다. 시스템에는 전원이 들어와 있었지만 휴면 상태였다. 그들은 조용히 방 안으로 들어갔다. 텅 비어 있다. 데이터 격자 내부의 크리스털 회로들 위에서는 보드랍게 흐르는 빛들이 서로 마주쳐 합류하고, 다시 떨어져 나가는 일을 반복하고 있다. 다채롭고 희미한 광채를 발하는 강들이 검은 대지 위를 종횡무진으로 가로지르고 있는 듯한 광경이다. 방 안은 어둑어둑했고, 귀에 들리는 소리라고는 인간의 가청역 근처에서 웅웅거리는 나직한 소음뿐이었다. 이런 정적은 로미 쏘온이 컴퓨터실 안을 가로지르며 이곳저곳의 키를 누르고 스위치를 딱딱 올려 소리 없이 빛을 발하는 광류(光流)의 방향을 지시한 뒤에야 깨졌다. 기계가 조금씩 깨어나기 시작한다.

"지금 뭐 하는 거야?" 알리스 노스윈드가 말했다.

"캐롤리는 나더러 우리 컴퓨터들을 이 배의 시스템에 연결해 놓게 했어." 로미 쏘온은 작업을 계속하며 대꾸했다. "로이드가 볼크린에 관한 데이터를 연구하고 싶어 한다나. 좋아, 그래서 하라는 대로 했지. 그게 뭘 뜻하는지 알겠어?" 그녀가 몸을 움직이자 셔츠에서 금속끼리 맞닿는 나직한 소리가 났다.

외계공학자인 알리스 노스윈드의 넙적한 얼굴에 흥분한 기색이 떠올랐다. "지금 두 시스템이 결합되어 있다는 거로군!"

"바로 그거야. 로이드는 볼크린에 관해 알아볼 수 있고, 우린 로이드에 관해 알아볼 수 있게 된 거지." 로미 쏘온은 미간을 찡그렸다. "나이트플라이어 호의 하드웨어에 관해 좀 더 정보가 있으면 좋겠지만, 내 힘만으로도 어떻게든 들어갈 수 있을 것 같아. 드브라닌이 가져온 시스템도 상당히 사양이 높거든."

"에리스한테서 제어권을 탈취할 수 있을 정도로?"

"탈취해?" 로미 쏘온은 의아한 어조로 되물었다. "또 술 마시고 있었던 거야, 알리스?"

"아냐. 진지한 질문이야. 네 시스템을 통해 이 우주선의 제어장치로 침입해서 에리스를 제압하고, 그치가 내리는 명령을 모두 취소시키고, 나이트플라이어 호가 우리 명령에만 반응하도록 할 수 있느냐는 얘기야. 우리가 제어권을 손에 넣으면 더 안전해지지 않아?"

"글쎄." 사이버네틱스학자는 미심쩍은 어조로 말했다. "시도야 해 볼 수 있겠지. 하지만 굳이 그래야 하는 이유가 뭐야?"

"만일의 경우에 대비하기 위한 거야. 실제로 그걸 발동시킬 필요는 없어. 비상사태가 발생할 것에 대비해서 그럴 수 있는 능력만 갖추고 있으면 돼."

로미 쏘온은 어깨를 으쓱했다. "다들 비상사태나 가스상 거대 행성 운운하는데, 난 로이드에 관해서 더 이상 걱정하고 싶지 않을 뿐이야. 라사머를 죽인 게 그치인지 아닌지 확인하고 싶을 뿐이라고." 그녀는 가로세로 1미터 길이의 정방형 스크린 여섯 개가 제어 콘솔을 둥글게 에워싸고 있는 계기반 쪽으로 가더니 스크린 하나를 작동시켰다. 긴 손가락들이 제어반 위를 소리 없이 훑자 홀로그램 키들이 명멸했다. 키보드 전체가 모양을 바꾸더니, 또 바꾼다. 사이버네틱스학자의 예쁜 얼굴에 곰곰이 생각하는 듯한 진지한 표정이 떠올랐다. "들어왔어." 그녀가 이렇게 말하자 빨갛게 번득이는 문자들이 검고 깊은 스크린 위를 흘러가기 시작했다. 두 번째 스크린에 나이트플라이어 호의 선체 구조도가 뜨더니 회전했고, 반으로 갈라졌다. 우주선의 구체 모듈들은 로미의 재빠른 손가락이 명하는 대로 각도와 크기를 바꿨다. 아래쪽에는 사양을 나타내는 수치가 딸려 있었다. 사이버네틱스학자는 이런 것들을 잠시 바라보다가 양쪽 스크린을 정지시켰다.

"이걸 봐." 로미가 말했다. "바로 이게 이 우주선의 하드웨어 사양이야. 너의 그 가스 행성인들이 도와주지 않는 이상, 탈취니 뭐니 하는 생각은 버리는 게 나을걸. 나이트플라이어 호의 컴퓨터 시스템은 우리가 가지고 온 조그만 시스템보다 훨씬 더 크고 똑똑해. 조금 생각해 보면 이치에도 맞는다는 걸 알 수 있을 거야. 이 배는 로이드를 제외하면 완전히 자동화되어 있잖아."

로미 쏘온의 양손이 다시 움직이면서 다른 두 개의 스크린에도 불이 들어왔다. 그녀는 길게 휘파람을 불더니 나직한 목소리로 그녀의 검색 프로그램들을 격려했다. "하지만 로이드라는 인물이 정말로 존재하는 건 맞는 것 같아. 아무리 봐도 이건 로봇 우주선의 구조가 아니거든. 빌어먹을, 그럴 거라고 자신하고 있었는데." 로미는 다시 화면에 흘러가기 시작한 문자들을 관찰했다. "이건 생명 유지 장치의 사양이야. 뭔가 실마리가 되어 줄지도 모르겠군." 그녀가 손가락 하나를 내밀자 화면 하나가 또 얼어붙었다.

"수상쩍은 부분은 하나도 없잖아." 알리스 노스윈드는 실망한 어조로 말했다.

"표준적인 폐기물 처리 장치에 용수(用水) 재생 장치. 식량 가공 처리 장치에는 영양 보조용 단백질하고 비타민 저장고가 딸려 있군." 로미는 또 휘파람을 불기 시작했다. "이산화탄소를 흡수 처리하기 위한 레니의 이끼와 네오그래스 배양 탱크도 있어. 산소 발생 장치지. 따라서 메탄이나 암모니아를 호흡하는 것 같진 않군. 네 추측이 틀려서 유감이야."

"컴퓨터하고나 섹스하라고!"

사이버네틱스학자는 미소 지었다. "해 본 적 있어?" 다시 손가락이 움직인다. "뭘 찾아봐야 하는데? 공학자는 너잖아. 수상쩍은 부분이란 뭘 의미해? 뭔가 실마리가 될 만한 걸 줘."

"영양 공급 탱크라든지 인간 복제 장치 따위가 있는지 확인해 봐." 외계공학자가 말했다. "그것들의 사양을 알 수 있다면 로이드가 거짓말을 했는지 안 했는지 확인할 수 있을 거야."

"글쎄." 로미 쏘온이 말했다. "오래전의 얘기라잖아. 더 이상 필요하지 않으니까 처분해 버렸을 수도 있어."

"로이드의 경력을 찾아보라고. 그자 어머니 것도. 외부와 어떤 거래를 했는지, 교역을 했다는 게 사실인지 알아봐. 기록은 남겼을 거 아냐. 회계장부라든지, 손익계산서, 화물 송장, 뭐 그런 것들을 말이야." 알리스 노스윈드는 흥분한 목소리로 말하며 뒤에서 사이버네틱스학자의 어깨를 움켜잡았다. "일지, 항해일지가 있을 거야! 틀림없어. 그걸 찾아봐!"

"알았어." 자기 시스템과 확고하게 연결된 로미 쏘온은 즐거운 듯이 휘파람을 불며 흥미로운 듯이 데이터의 흐름을 주시했다. 그러자 그녀 앞의 스크린이 새빨갛게 변하더니 깜박이기 시작했다. 로미는 씩 웃고 유령 키를 하나 눌렀다. 그러자 키보드가 녹아내리면서 그녀의 손 아래에서 변형했다. 그녀는 다른 쪽을 시도해 보았다. 세 개의 스크린이 또 빨갛게 변하더니 깜박이기 시작했다. 그녀 얼굴에서 미소가 사라졌다.

"뭐야?"

"보안망." 로미 쏘온이 대꾸했다. "조금 있으면 돌파할 수 있어. 보라고." 그녀는 또 키보드의 형태를 바꾼 다음, 또 차단당할 것에 대비해서 다른 프로그램에 첨부해 놓은 상태의 검색 프로그램을 새로 투입했다. 또 하나의 스크린이 빨갛게 번득였다. 그녀는 자기 컴퓨터에 지금까지 수집한 데이터를 입력해 놓고 다른 촉수를 내보냈다. 또다시 빨간 스크린이 명멸했다. 눈이 아플 정도로 밝게. 이제는 모든 스크린이 시뻘겋게 변해 있었다. "아주 똑똑한 보안 프로그램이로군." 그녀는 감탄한 듯이 말했다. "항해일지를 단단히 보호하고 있어."

알리스 노스윈드는 끙 하는 소리를 냈다. "완전히 차단당한 거야?"

"이쪽의 반응이 너무 느려서 그래." 로미 쏘온은 아랫입술을 자근거리며 생각에 잠겼다. "그걸 고칠 방법이 하나 있지." 그녀는 미소 짓고 팔목을 감싼 부드러운 검은 금속 천을 올려붙였다.

"뭐 하는 거야?"

"보고만 있어." 로미는 콘솔 아래로 팔을 밀어 넣고 단말들을 찾아내서 접속했다.

"아." 그녀는 낮게 쥐어짜듯이 말했다. 그녀의 마음이 나이트플라이어 호의 컴퓨터 시스템 안을 질주하며 모든 차단 벽 사이를 빠져나가면서, 깜박이던 빨간 화면들이 하나씩 사라졌다. "다른 시스템의 보안망 사이를 빠져나가는 것처럼 큰 쾌감은 없을 거야. 남자 위에 슬쩍 올라타는 것 같다고나 할까." 개개의 일지가 눈에도 보이지 않을 정도로 빠르게 화면을 흘러간다. 알리스 노스윈드가 육안으로 읽는 것은 무리였지만, 로미는 그럴 수 있었다.

다음 순간 그녀의 몸이 경직했다. "오." 거의 속삭임에 가까웠다. "추워." 그녀가 고개를 흔들자 그 감각은 사라졌지만, 귀청을 찢을 듯한 경보가 그녀의 귀를 직격했다. "빌어먹을. 다들 깨어 버리겠군." 알리스의 손가락이 자기 어깨를 잡고 아플 정도로 세게 파고드는 것을 느끼고 옆을 홀끗 올려다보았다.

잿빛 강철 패널이 통로로 이어지는 입구 위로 거의 아무 소리도 내지 않고 스르르 내려오면서 시끄러운 경보가 그쳤다. "저건 또 뭐야?" 로미 쏘온이 말했다.

"비상용 기밀문(氣密門)이야." 알리스 노스윈드가 생기를 결여한 목소리로 말했다. 우주선의 구조에 관해서는 물론 잘 알고 있다. "진공상태에서 화물을 싣거나 꺼낼 때 쓰이는 거지."

두 사람의 시선이 머리 위에서 완만한 곡선을 그리고 있는 대형 화물용 에어록을 향했다. 거지반 열려 있던 에어록의 안쪽 문은 그들이 보고 있는 사이에 천장 격벽 안으로 완전히 들어갔다. 그러자 바깥쪽 문이 좌우로 빼꼼 열리며 틈새가 생겨났고, 이것은 곧 반 미터까지 넓어졌다. 그 너머에서 망막이 타오를 정도로 눈부신 빛을 발하는 왜곡된 무(無)의 공간이 모습을 드러낸다.

"오." 로미 쏘온은 냉기가 팔을 타고 흘러 오르는 것을 느끼며 말했다. 더 이상 휘파람을 불고 있지는 않았다.

● ○

사방팔방에서 경보가 울려 퍼진다. 승객들이 움찔거리며 잠에서 깨기 시작했다. 멜란사 지얼은 비틀거리며 수면 그물 아래로 내려가서 벌거벗은 채로 황급히 통로로 달려 나갔다. 잠기운은 씻은 듯이 사라져 있었다. 캐롤리 드브라닌은 졸린 눈으로 상체를 일으켜 앉았다. 초심리학자는 약물에 의한 깊은 잠에 빠진 채로 몸을 뒤척이며 뭐라고 중얼거렸다. 로잰 크리스토퍼리스는 놀라서 소리를 질렀다.

멀리서 금속이 우그러지고 찢겨 나갔다. 우주선 전체를 훑고 지나간 격렬한 진동은 두 언어학자를 수면 그물 밖으로 내던졌고, 멜란사를 넘어뜨렸다.

나이트플라이어 호의 제어 구획에는 아무 특징도 없는 흰 벽으로 둘러싸인 구형의 방이 하나 있고, 그 한복판에는 그보다 작은 구—부유식 제어 콘솔—가 하나 떠 있다. 벽은 우주선이 초광속 구동 중일 때는 언제나 공백 상태를 유지했다. 시공간의 일그러지고 눈부신 저변(底邊)을 직접 보는 것은 인간에게는 고통 이상도, 이하도 아니기 때문이다.

그랬던 방 안에서 어둠이 고개를 들었다. 입체 투영상이 되살아나며 차가운 칠흑의 공간과 별들이 그 주위를 가득 채운다. 상하좌우의 구분 없이, 깜박이지도 않고 눈부신 빛을 발하는 차가운 광점들. 컴퓨터가 투영한 이 밤의 대해(大海)에서 유일하게 실체를 가진 물체는 그 한복판에 떠 있는 제어구(制御球)뿐이었다.

나이트플라이어는 통상 공간에 나와 있었다.

멜란사 지얼은 다시 일어나서 휴대용 통신기를 켰다. 시끄럽게 울려 퍼지는 경보 탓에 잘 들리지가 않는다. "선장님." 그녀는 외쳤다. "무슨 일이야?"

"모르겠어." 로이드의 목소리가 대답했다. "지금 알아보고 있어. 기다려."

멜란사 지얼은 기다렸다. 비틀거리며 통로로 나온 캐롤리 드브라닌이 눈가를 문지르며 눈을 끔벅였다. 뒤이어 로잰 크리스토퍼리스도 나왔다. "뭐야? 뭐가 잘못된 거야?" 그는 이렇게 따져 물었지만 멜란사는 고개를 가로저었을 뿐이었다. 린드란과 대널도 곧 나타났다. 메리지-블랙과 알리스 노스윈드와 로미 쏘온의 모습은 보이지 않았다. 학자들은

3번 화물칸으로 통하는 기밀문을 불안한 표정으로 쳐다보았다. 잠시 후 멜란사는 크리스토퍼리스에게 가서 애거서의 상태를 확인해 달라고 부탁했다. 그는 몇 분 뒤에 돌아왔다. "애거서는 여전히 의식이 없는 상태야." 귀청을 찢을 듯이 시끄러운 경보 탓에 그는 고함을 지르듯이 말했다. "여전히 약물에 취해 있어. 하지만 몸을 뒤척이면서 가끔 소리를 지르더군."

"알리스하고 로미는?"

크리스토퍼리스는 어깨를 으쓱했다. "안 보여. 당신 친구 로이드한테 물어보라고."

경보음이 스러지면서 통신 장치가 켜졌다. "우린 지금 통상 공간에 나와 있네." 로이드의 목소리가 말했다. "하지만 배가 손상을 입었어. 초광속 항행 중에 3번 화물칸하고 당신들의 컴퓨터실에 구멍이 났던 거야. 초공간 난류에 휘말려 그대로 뜯겨 나간 것 같군. 배의 컴퓨터가 자동적으로 초광속 구동을 멈추고 배를 통상 우주로 내보냈어. 우리 입장에선 천만다행한 일이지. 안 그랬더라면 구동력 탓에 이 배 전체가 산산조각 났을지도 모르니까."

"로이드." 멜란사가 말했다. "노스윈드하고 쏘온이 안 보여."

"화물칸에 구멍이 났을 때 당신들의 컴퓨터는 사용 중이었던 것 같군." 로이드는 신중한 어조로 말했다. "죽었다고 봐야겠지만, 확언할 수 있는 건 아냐. 멜란사의 요청으로 난 감시 장치 대부분을 끄고 로비 라운지 것만 남겨 두었거든. 그래서 무슨 일이 일어났는지 도통 알 수가 없어. 하지만 이 배는 작으니까, 그들이 눈에 띄지 않는다면 최악의 경우를 상정하는 수밖에 없겠군." 그는 잠시 말을 멈췄다. "이게 위안이 될지는

나이트플라이어 393

모르겠지만, 두 사람은 아무 고통도 없이 즉사했을 거야."

"네가 죽인 거잖아." 붉게 얼굴이 상기된 크리스토퍼리스가 화난 어조로 말했다. 그러고는 뭔가 더 말하려고 했지만, 멜란사는 손을 뻗어 단호하게 그의 입을 틀어막았다. 두 언어학자는 한참 동안 의미심장한 눈으로 서로를 바라보았다. "어떤 식으로 그 일이 일어났는지는 알아, 선장님?" 멜란사가 물었다.

"응." 로이드는 주저하며 대꾸했다.

외계생물학자도 이제 눈치를 챈 듯했기 때문에 멜란사는 손을 떼고 숨을 쉬게 해 주었다. "로이드?" 그녀는 재촉하듯이 말했다.

"정신 나간 소리처럼 들릴지도 모르지만, 당신 동료들은 화물칸의 화물용 에어록을 열었던 것 같아. 물론 고의적으로 그런 것 같진 않지만. 그쪽의 시스템 인터페이스를 써서 나이트플라이어의 저장 데이터하고 제어장치에 침입하는 중이었는데, 안전장치를 모두 해제해 놓았더군."

"흐음." 멜란사가 말했다. "끔찍한 비극이로군."

"응. 아마 당신이 생각하는 것보다 더 끔찍할지도 몰라. 아직도 난 내 배가 어느 정도의 손상을 입었는지 파악 못 했거든."

"해야 할 일이 있는데 잡아 두면 안 되겠네." 멜란사가 말했다. "우리들 모두 큰 충격을 받았어. 지금은 모두 정상적으로 대화를 나눌 수 있는 상태가 아냐. 우선 당신 배의 상태를 확인해 보고, 좀 더 적절한 시점에 다시 얘기를 나누기로 해. 괜찮지?"

"응." 로이드는 말했다.

멜란사는 통신 장치를 껐다. 따라서 이론상으로는 로이드는 더 이상 그들을 보지도 못하고, 그들의 목소리를 듣지도 못한다는 얘기가 된다.

"저자 말을 믿어?" 크리스토퍼리스가 내뱉듯이 말했다.

"나도 모르겠어." 멜란사 지얼이 말했다. "하지만 다른 화물칸들도 3번 화물칸처럼 얼마든지 진공에 노출될 수 있다는 걸 알았으니, 내 수면 그물을 선실 안으로 옮겨야겠어. 2번 화물칸에 사는 사람들한테도 내 예를 따르라고 권고하고 싶군."

"현명하군." 린드란은 짧고 날카롭게 고개를 끄덕이며 말했다. "모두 거기로 옮겨 가자고. 불편하겠지만 이런 사건을 겪은 다음엔 더 이상 화물칸에서 세상모르고 잘 수 있을 것 같진 않아."

"4번 화물칸에 있는 수납공간에서 우리 우주복을 꺼내 오는 편이 낫겠군." 대널이 제안했다. "가까운 곳에 두는 거야. 만일의 경우를 위해서."

"그러고 싶다면 그렇게 해." 멜란사가 말했다. "모든 에어록이 동시에 열리는 상황도 불가능하지는 않으니까 말이야. 우리가 예방책을 강구해 놓은 걸 가지고 로이드가 뭐라 할 계제도 아니고." 그녀는 음울한 미소를 떠올렸다. "오늘 이 순간부터 우리가 비이성적으로 행동한다 해도 뭐랄 사람은 없어."

"그놈의 얼어 죽을 농담을 할 때가 아냐, 멜란사." 크리스토퍼리스가 말했다. 그의 얼굴은 여전히 붉게 물들어 있었고, 목소리는 공포와 분노로 가득 차 있었다. "이미 세 사람이나 죽었어. 애거서도 아마 돌아 버렸거나 긴장증에 걸린 것 같고, 남은 우리들도 위험에—."

"사실이야. 하지만 우린 여전히 무슨 일이 일어나고 있는지를 모르지." 멜란사가 지적했다.

"로이드가 우리를 죽이려고 한다니깐!" 크리스토퍼리스가 절규했다. "도대체 그자의 정체가 뭔지도 모르겠고 또 우리한테 털어놓은 얘기가 사실인지 아닌지도 모르지만, 난 그런 것에는 상관 안 해. 흐랑가의 '마인드'든, 볼크린이 보낸 복수의 천사든, 재림 예수든 난 상관 안 한다고. 그게 무슨 상관이야? 우린 죽어 가고 있잖아!" 그는 다른 사람들을 차례로 둘러보았다. "우리들 중 누구든 다음번 희생자가 될 수 있어. 누구라도 죽을 수 있는 거야. 그러니까…… 계획을 세워서 뭔가 행동에 나서야 해. 그렇게라도 해서 이번 일에 완전히 종지부를 찍을 필요가 있어."

"한 가지 지적하고 넘어가야겠는데……." 멜란사는 나직하게 말했다. "로이드가 정말로 여기 있는 감각 센서들을 껐는지 안 껐는지 우리가 실제로 확인할 방도가 없다는 건 알지. 지금 이 순간에도 우리를 보고, 우리 대화에 귀를 기울이고 있을 가능성이 있다는 얘기야. 물론 그러지야 않겠지만 말이야. 로이드는 안 그러겠다고 내게 약속했고, 나도 그 약속을 믿거든. 결국은 신뢰의 문제로 귀결된다는 뜻이야. 하지만 로잰, 당신은 로이드를 믿는 것 같지 않군. 믿지 않는다면, 그가 무슨 약속을 하든 안심 못 한다는 뜻이 되고. 그런고로, 당신의 관점에서 보자면 당신이 방금 늘어놓은 종류의 얘기는 아예 입 밖에 내지 않는 편이 현명하다고 할 수 있어." 그녀는 작위적인 미소를 지어 보였다. "내가 뭘 암시하는지 이해하겠어?"

크리스토퍼리스는 입을 열었다가 닫았다. 왠지 키가 크고 못생긴 물고기가 입을 뻐끔거리는 듯한 광경이다. 그는 아무 말도 하지 않았지만, 여기저기를 향해 두 눈을 굴리고 있었다. 얼굴이 한층 더 붉어졌.

린드란은 희미한 미소를 떠올렸다. "이제는 이해한 것 같아."

"그럼 우리 컴퓨터는 날아가 버렸단 얘기로군." 갑자기 캐롤리 드브라닌이 낮은 목소리로 말했다.

멜란사는 그를 쳐다보았다. "유감이지만 그런 것 같아, 캐롤리."

드브라닌은 자기 머리를 쓰다듬었다. 자신의 몰골이 얼마나 어수선한지를 지금 와서야 조금 자각한 듯하다. "그럼 볼크린은 어떻게 되는 거지." 그는 중얼거렸다. "컴퓨터도 없이 어떻게 연구를 진행하라는 거야?" 잠시 후 그는 고개를 끄덕였다. "내 선실에 손목에 차는 소형 컴퓨터가 하나 남아 있는데, 그것만으로도 충분할지 몰라. 아니, 충분해야 해. 지금 우리가 어디까지 와 있는지 로이드에게 물어봐야겠군. 실례하겠네, 제군. 미안하지만 슬슬 가 봐야겠어." 그는 다른 데 정신이 팔린 듯한 산만한 표정으로 혼잣말을 중얼거리며 자리를 떴다.

"우리 말에 아예 귀를 닫고 있잖아." 대널이 믿지 못하겠다는 듯이 말했다.

"우리들 모두가 죽어 버리면 정말 심란해하겠군." 린드란이 끼어들었다. "그럼 볼크린을 찾는 걸 도와줄 사람이 아무도 안 남을 테니까 말이야."

"그냥 가게 내버려 둬." 멜란사가 말했다. "캐롤리는 우리들 못지않게 마음의 상처를 입었어. 아니, 우리보다 더할지도 몰라. 단지 그걸 다른 식으로 표현하고 있을 뿐이야. 강박관념을 보호막처럼 쓰고 있는 거야."

"아. 그럼 우리 보호막은 뭔데?"

"인내심이 아닐까." 멜란사 지얼은 대꾸했다. "우리들 중 죽은 사람들은 모두 로이드의 비밀을 억지로 캐내려고 했을 때 사망했어. 우린 안 그랬던 덕에 이렇게 여기서 그치들의 죽음에 관해 논의할 수 있잖아."

"그 점이 수상쩍다는 생각은 안 들어?" 린드란이 물었다.

"수상쩍다마다. 난 지금 내가 느끼고 있는 의구심을 증명해 줄 방법까지 하나 알고 있지. 우리들 중 누구든 로이드의 말이 사실인지 아닌지를 확인하려고 또 시도해 주기만 하면 돼. 그 인물이 죽는다면 이 의구심은 사실임이 입증되는 거지." 멜란사는 어깨를 으쓱했다. "하지만 나 자신은 그런 시도를 할 생각이 없으니 양해해 줘. 그리고 싶은 충동을 느낀다고 해서 내 충고에 따를 필요는 없지만 말이야. 어떤 결과가 나올지 흥미진진하거든. 그럼 그때까지는 화물칸에서 나가 잠이라도 좀 자 둬야겠군." 멜란사는 몸을 돌려 성큼성큼 통로로 나갔다. 남은 사람들은 서로의 얼굴을 빤히 쳐다보았다.

"오만한 년 같으니라고." 대널은 멜란사가 떠나자 거의 혼잣말하듯이 중얼거렸다.

"정말로 그자가 우리 대화를 엿듣고 있다고 생각해?" 크리스토퍼리스가 두 언어학자를 보며 속삭였다.

"단어 하나도 빼먹지 않을걸." 린드란은 상대방의 당황한 표정을 향해 미소를 떠올렸다. "가자, 대널. 안전한 장소로 가서 자자고."

대널은 고개를 끄덕였다.

"하지만." 크리스토퍼리스가 말했다. "뭔가 대책을 강구해야 하잖아. 계획을 세우고, 우리들 자신을 지켜야—."

린드란은 그를 향해 한 번 더 지독한 경멸의 시선을 보낸 다음, 대널의 손을 끌고 통로로 나갔다.

● ○

"멜란사? 캐롤리?"

그녀는 금세 잠에서 깼다. 자기 이름을 나직하게 속삭이는 것을 들었을 뿐이었지만, 각성은 거의 순간적이었다. 그녀는 비좁은 싱글베드 위에서 몸을 일으켜 앉았다. 그 곁에서 새우잠을 자고 있던 캐롤리 드브라닌이 신음 소리를 내며 몸을 뒤집었고, 연달아 하품을 했다.

"로이드?" 그녀가 물었다. "지금 아침이야?"

"멜란사, 우린 지금 가장 가까운 별에서 3광년 떨어진 항성 간 공간에서 표류하고 있어." 벽에서 흘러나온 나직한 목소리가 대꾸했다. "그런 맥락에서 '아침'이란 단어는 의미가 없지. 하지만 맞아, 지금은 아침이야."

멜란사는 웃음을 터뜨렸다. "당신 지금 '표류'하고 있다고 했어? 손상이 얼마나 심한데?"

"심각하지만 위험할 정도는 아냐. 3번 화물칸은 완전히 박살나서 깨진 달걀 반쪽처럼 선체에 매달려 있지만, 손상 자체는 제한적이었어. 구동장치들은 멀쩡하고, 당신들의 컴퓨터 시스템이 파괴되었을 때도 나이트플라이어의 컴퓨터는 영향을 안 받은 것 같아. 그럴지도 모른다고 걱정하고 있었거든. 전자적인 죽음이 다른 기계에 트라우마를 남기는 현상에 관해 들은 적도 있고."

드브라닌이 말했다. "어? 로이드?"

멜란사는 다정하게 그의 팔을 쓰다듬었다. "나중에 얘기해 줄게, 캐롤리. 지금은 그냥 자. 로이드, 상당히 심각한 말투인데, 뭔가 또 문제라도 있는 거야?"

"귀환 비행이 마음에 걸려, 멜란사." 로이드가 말했다. "나이트플라이어를 다시 초공간으로 돌입시킨다면, 전혀 그걸 견디는 걸 염두에 두고 건조된 적이 없는 부분이 초공간 난류에 직접 노출되게 돼. 선체의 균형도 뒤틀려 있고 말이야. 수치로 보여 줄 수도 있지만, 여기서 가장 중요한 건 초공간 난류가 끼치는 영향이야. 특히 3번 창고로 통하는 이음매의 기밀(氣密) 상태가 마음에 걸려. 모의실험을 좀 해 봤는데, 그 압력을 견딜 수 있을지 자신이 없어. 이음매가 터진다면 이 우주선 전체가 두 동강이 날 수도 있어. 그럼 엔진들만 따로 떠나가 버리고, 남은 부분들은— 설령 생명 유지 모듈이 멀쩡하다고 해도, 오래 지나지 않아 모두 죽어 버리겠지."

"알았어. 그럼 우리가 할 수 있는 일이 뭐야?"

"하나 있어. 노출된 부분들은 쉽게 보강할 수 있거든. 떨어져 나간 선체 외각은 외부의 왜곡력을 견딜 수 있도록 두꺼운 장갑으로 이루어져 있었어. 그것들을 가져와서 노출된 부위를 덮는 거야. 일종의 조잡한 방패라고 할 수 있겠지만, 내가 계산한 바에 의하면 그걸로도 충분해. 제대로 설치만 한다면 뒤틀린 균형도 어느 정도 수정하는 게 가능하겠고. 에어록들이 열렸을 때 외각이 잔뜩 뜯겨 나갔지만 그 파편은 여전히 선체에서 일이 킬로미터밖에는 안 떨어진 곳을 맴돌고 있거든."

이런 대화가 진행되는 사이에 캐롤리 드브라닌도 마침내 완전히 깨어난 듯했다. "우리 탐사대는 네 대의 진공 썰매를 보유하고 있네, 친구. 우리가 그 떨어져 나간 외각들을 회수해 올 수 있어."

"다행이로군. 하지만 캐롤리, 가장 큰 걱정거리는 그게 아냐. 우리 배는 어느 한도 안에서는 자기 수리 능력을 발휘할 수 있지만, 이번에 입은 손상은 그런 기능 따위로 대처할 수 있는 규모가 아냐. 내 손으로 직접 고쳐야 해."

"자네가?" 드브라닌은 깜짝 놀란 얼굴로 말했다. "로이드, 자네한테

들은 얘기를 감안하면— 그러니까, 자네의 근육이나 육체적 약점을 감안하면— 이번 일은 자네에겐 너무 벅차지 않나. 우리가 해도 충분하잖아!"

로이드는 관대한 어조로 대꾸했다. "캐롤리, 내가 장애인인 건 중력장 안에서뿐이라네. 무중력상태야말로 내 본령인 걸 잊었나. 수리에 착수하기 전에는 나도 힘을 좀 비축할 필요가 있기 때문에 일시적으로 나이트플라이어 호의 인공 중력을 꺼 놓을 작정이네. 그러니까 자네 생각은 기우야. 난 그런 일을 할 능력도 있고, 필요한 도구뿐만 아니라 고성능의 전용 중력 썰매도 갖고 있다네."

"당신이 뭘 걱정하는지 알 것 같아." 멜란사가 말했다.

"그렇다니 기쁘군." 로이드가 말했다. "그럼 나의 이 질문에도 대답해 줄 수 있겠지. 내가 안전한 내 거주 구획 밖으로 나오더라도 당신 동료들이 나를 해치는 일이 없도록 할 수 있겠어?"

캐롤리 드브라닌은 이 말에 크게 충격받은 기색이었다. "오, 로이드, 로이드, 어떻게 그런 말을 할 수 있나? 우린 학자이자 과학자이지, 범죄자나 군인 나부랭이가 아냐. 짐승이 아닌 인간이란 말일세. 그런 우리가 어떻게 자네를 위협하거나 자네에게 해를 끼친단 말인가?"

"인간이 맞아." 로이드는 대꾸했다. "하지만 인간은 나한텐 이질적인 존재야. 게다가 나를 의심하고 있고. 캐롤리, 근거도 없는 장담을 하지는 말아 줘."

캐롤리는 말을 잇지 못하고 더듬거렸다. 멜란사는 그런 그의 손을 잡고 조용히 하라고 타이른 다음 말했다 "로이드, 난 당신한테 거짓말을 할 생각은 없어. 밖으로 나온다면 당신은 실제로 좀 위험해질지도 몰라.

하지만 난 당신이 일단 밖으로 나왔다는 사실 하나만으로 우리 친구들을 기쁘고 즐겁게 해 줄 거라는 희망을 품고 있어. 우리가 당신 말이 사실이라는 걸 직접 눈으로 확인하고, 당신이 인간에 불과하다는 걸 알게 된다면 말이야." 그녀는 미소 지었다. "설마 자기 눈으로 본 뒤에도 못 믿겠어?"

"믿겠지." 로이드는 대꾸했다. "하지만 그것만으로 모든 의심이 사라질까? 그치들은 동료 셋이 죽은 건 내 책임이라고 확신하고 있잖아. 안 그래?"

"확신은 너무 강한 표현이야. 의심하고, 두려워하고 있어. 공포에 질려 있는 거지. 그럴 만한 이유도 있어. 다름 아닌 나도 두려울 정도니."

"그건 나도 다르지 않아."

"실제로 무슨 일이 일어났는지를 안다면 내 두려움도 좀 줄어들 텐데. 얘기해 주지 않겠어?"

침묵.

"로이드, 만약—."

"난 몇 가지 실수를 저질렀어, 멜란사." 로이드는 암울한 어조로 말했다. "하지만 나 혼자만 그랬던 게 아냐. 에스페론을 주사하는 걸 막기 위해 난 최선을 다했지만 실패했어. 알리스와 로미의 경우에도 내가 두 사람을 보고, 듣고, 두 사람이 무슨 일을 할 작정이었는지를 깨달았다면 살릴 수 있었을지도 몰라. 하지만 멜란사, 나로 하여금 감시 장치를 끄게 한 사람은 바로 당신이잖아. 볼 수도 없는데 내가 무슨 도움을 줄 수 있었겠어. 당신이 정말로 세 수 앞을 내다보는 게 사실이라면, 그런 결과가 나올 것까지 계산에 넣고 있었던 거야?"

멜란사 지얼은 잠시 가책을 느꼈다. "메아 쿨파[6]. 내게도 책임 일부가 있다는 거 알아, 선장님. 믿어 줘, 내가 그걸 자각하고 있다는 걸. 하지만 규칙이 뭔지도 모르는 상황에서 세 수 앞을 내다보는 건 쉽지 않아. 그러니까 규칙이 뭔지 가르쳐 줘."

"지금 난 장님에 귀머거리나 다름없어." 로이드는 그녀의 요구를 무시하고 말했다. "답답해서 미칠 지경이야. 이렇게 장님에 귀머거리로 계속 남아 있다면 난 아무 도움도 되어 줄 수 없어. 다시 감시 장치를 켜겠어, 멜란사. 당신이 그걸 못 받아들이겠다면 유감이군. 난 당신이 받아들여 줬으면 하니까 말이야. 하지만 당신이 찬성하든 안 하든 내겐 눈과 귀가 필요해."

"다시 켜." 멜란사는 생각에 잠긴 어조로 말했다. "그건 내 오판이었어, 선장님. 애당초 꺼 달라는 부탁을 한 것이 잘못이었어. 그땐 상황을 제대로 이해 못 했고, 다른 사람들에 대한 내 통제력을 과대평가하고 있었거든. 인격적인 약점이라고나 할까. 개량된 모델은 곧잘 자기들이 뭐든 할 수 있다고 믿어 버리곤 하지." 아까부터 너무나도 빨리 머리를 굴리고 있는 탓에 거의 구토감이 몰려올 지경이었다. 그녀는 스스로의 오판으로 인해 다른 사람들을 오도했고, 그 결과 자기 손에 더 많은 피를 묻혀 버렸다. "이젠 좀 더 잘 이해할 수 있을 것 같긴 하지만."

"뭘 이해해?" 캐롤리 드브라닌이 어리둥절한 표정으로 되물었다.

"그건 이해하는 게 아냐." 로이드는 단호하게 잘라 말했다. "멜란사 지얼, 결코 모든 걸 이해한다고 지레짐작하면 안 돼! 앞 수를 너무 많이 내

---

6 Mea culpa. 라틴어로 '(다) 내 잘못이다'라는 뜻.

다 보는 건 현명하지도, 안전하지도 않아." 어딘가 사람을 불안하게 만드는 어조였다.

멜란사는 그 부분도 이해했다.

"뭐라고?" 캐롤리가 말했다. "무슨 소리들을 하고 있는 건지 이해 못하겠군."

"나도 그래." 멜란사는 주의 깊게 대답했다. "나도 마찬가지야, 캐롤리." 그녀는 그의 뺨에 가볍게 입을 맞췄다. "제대로 이해하는 사람은 아무도 없어. 그렇지?"

"맞아." 로이드가 말했다.

멜란사는 고개를 끄덕이고 안심하라는 듯이 캐롤리의 어깨에 팔을 둘렀다. "로이드, 손상을 수리하는 문제에 관해선데, 우리가 어떤 보장을 하든 간에 당신은 밖으로 나오는 수밖에 없을 것 같아. 지금 같은 상황에서 다시 초공간으로 돌입하는 위험을 무릅쓸 수는 없는 일이고, 그렇다고 우리들 모두가 죽을 때까지 여기서 표류하고 있을 수도 없는 일이잖아. 달리 무슨 선택이 있겠어?"

"나한테는 하나 있지." 로이드는 진지하기 그지없는 어조로 말했다. "당신들 모두를 죽이는 방법이 있어. 그게 나 자신과 내 배를 구할 수 있는 유일한 방법이라면."

"그래 보시죠." 멜란사가 말했다.

"더 이상 죽느니 사느니 하는 소리는 하지 말자고." 드브라닌이 말했다.

"캐롤리, 자네 말이 옳아." 로이드가 말했다. "난 아무도 죽이고 싶지 않아. 하지만 난 보호받을 권리가 있어."

"보호받게 될 거야." 멜란사가 말했다. "캐롤리가 선체 외각 파편들을 회수해 오라고 사람들을 설득해 줄 거야. 나는 당신을 보호해 줄게. 당신 곁에 머물면서 말이야. 누군가가 당신을 공격하려고 하면 우선 나부터 뚫고 지나가야 할 거야. 그러는 건 쉽지 않아. 또 내가 곁에서 작업을 도와줄 수도 있어. 그럼 작업이 세 배는 더 진척될걸."

로이드는 예의 바른 어조로 대답했다. "내 개인적인 경험에 의하면 행성 출신자 대다수는 무중력상태에서는 몸놀림이 서투른 데다가 쉽게 지쳐 버려. 그러니까 나 혼자 일하는 게 더 효율적일 거야. 경호원 역할을 해 주겠다는 당신 제안은 기꺼이 받아들일 생각이지만."

"내가 개량된 모델이라는 걸 잊었어, 선장님?" 멜란사가 말했다. "자유낙하 상태에서도 침대 위 못지않게 유능하다고. 도울 수 있어."

"정말이지 고집이 세군. 그럼 그렇게 해. 잠시 후 중력 발생 장치의 전원을 끌 거야. 캐롤리, 자네는 동료들에게 가서 준비하라 이르게. 진공 썰매들을 배 밖으로 내보내고, 우주복을 입으라고 말이야. 나는 3표준시 뒤에 나이트플라이어 호 밖으로 나가겠네. 이 중력의 고통에서 어느 정도 회복된 뒤에 말이야. 내가 나가기 전에 모든 사람이 배 밖으로 나가 있어야 해. 이 조건을 받아들이겠나?"

"응." 캐롤리가 말했다. "애거서를 제외하면 가능해. 그녀는 아직 의식을 되찾지 못했다네, 친구. 그러니까 문제를 일으킬 염려는 없어."

"안 돼. 애거서를 포함한 모든 사람이 나가 있어야 해. 함께 밖으로 데려가게."

"하지만 로이드!" 드브라닌이 항의했다.

"선장은 당신이니까 당신 말대로 할게." 멜란사 지얼은 단호한 어조로 말했다. "애거서를 포함해서 모든 사람이 우주선 밖으로 나갈 거야."

우주선 밖으로 나가 보니 마치 어떤 거대한 짐승이 별들을 한입 베어 문 듯한 광경이 눈앞에 펼쳐졌다.

멜란사 지얼은 나이트플라이어 호 곁에서 부유하는 그녀의 썰매 위에서 별들을 바라보며, 기다렸다. 항성 간 심우주에서도 그리 달라 보이지는 않는다. 별들은 차갑게 얼어붙은 광점들이다. 깜박이지도 않고, 준엄하며, 같은 항성임에도 불구하고 대기를 통해 춤추며 깜박이는 것처럼 보일 때보다 훨씬 더 냉랭하고 무정한 인상을 준다. 지표(指標) 역할을 해 주는 주성(主星)이 아예 없다는 사실만이 그녀가 어디 있는지를 알려 주는 증표였다. 사람이 탄 배는 결코 멈춰 서지 않는 항성계들 사이의 간극. 볼크린이 상상을 초월할 정도로 오래된 우주선들을 몰고 느리게 나아가는 공간. 아발론의 태양을 찾아보려고 했지만 어디를 바라봐야 할지 알 수 없었다. 별자리들은 모두 낯설었고, 자신이 어느 쪽을 향하고 있는지도 도무지 가늠할 수가 없었다. 뒤쪽이든 앞쪽이든 위쪽이든 간에, 별들은 모든 방향을 향해 끝없이 펼쳐져 있었기 때문이다. 그녀는 아래쪽, 바꿔 말해서, 그녀가 딛고 서 있는 썰매 바닥과 나이트플라이어 호 너머의 공간을 흘끗 내려다보았다. 이질적인 별들이 더 펼쳐져 있을 것을 기대하며. 그러자마자 그 베어 문 듯한 광경이, 거의 물리적인 힘으로 그녀의 시선을 직격했던 것이다.

멜란사는 밀물처럼 몰려오는 현기증에 저항했다. 그녀는 나락 위에 떠 있었다. 검게 아가리를 벌린, 별빛도 없고 광막한 우주의 구멍 위에.

허공.

그제야 생각이 났다. 저건 〈유혹자의 베일〉, 검은 가스 구름의 집합일 뿐이다. 딱히 무슨 실체를 가진 것도 아니고, 외연의 별빛을 가로막고 있는 은하계 규모의 오염 지대에 불과하다. 그러나 이렇게 가까이서 보니 광활하다는 느낌을 넘어서 무시무시할 정도였다. 멜란사는 낭떠러지에서 추락하는 듯한 감각이 몰려오는 것을 자각하고 억지로 시선을 뗐다. 그것은 그녀와 연약한 나이트플라이어 호의 은백색 선각 아래에 펼쳐진 심연이었다. 당장이라도 그들을 집어삼킬 듯한.

멜란사는 두 갈래진 조종간 위의 조작 스위치를 눌러 썰매를 선회시킴으로써 〈베일〉이 발아래가 아니라 옆으로 오도록 했다. 이러니 좀 낫다. 그녀는 측면의 광막한 벽을 무시하고 나이트플라이어 호에 정신을 집중했다. 어둠 속을 홀로 밝히는 이 우주선은 좀 볼품없기는 해도 그녀의 우주에서는 가장 큰 물체였다. 박살난 화물용 구체 탓에 전체적으로 균형이 깨진 느낌을 준다.

칠흑의 우주 공간을 누비며 떨어져 나간 선체 외각의 파편들을 추적해서 붙잡고, 힘겹게 끌고 오는 다른 썰매들의 모습이 눈에 들어왔다. 언어학자 커플은 같은 썰매를 몰고 여느 때와 마찬가지로 힘을 합쳐 일하고 있었다. 로잰 크리스토퍼리스는 뚱한 침묵을 지키며 단독으로 작업 중이다. 함께 일하겠다는 승낙을 받아 내기 위해서 멜란사는 거의 물리력으로 그를 위협하기 직전까지 갔다. 외계생물학자는 이번 작업 또한 새로운 음모에 불과하다고 확신했기 때문이다. 일단 그들이 우주선 밖으로 나가기만 하면 나이트플라이어 호는 그들을 내버려 두고 초광속 구동에 들어갈 것이며, 차가운 우주 공간에 버려진 그들은 우주복 안에서 완만한 죽음을 맞이할 게 뻔하다는 얘기였다. 술기운도 그의 이런 의

구심을 부추기고 있었다. 참다못한 멜란사와 캐롤리가 억지로 우주복을 입혔을 때도 그는 술 냄새를 풍기고 있었다. 캐롤리도 직접 썰매 한 대를 몰고 있었다. 무언의 승객 하나를 태운 채로. 캐롤리의 썰매 본체에 단단히 고정해 놓은 여압복 안에서 깊은 잠에 빠져 있는 인물은, 재차 약물을 투여받은 애거서 메리지-블랙이었다.

동료들이 힘겹게 일하는 동안 멜란사 지얼은 이따금 통신회선으로 그들과 대화하며 로이드 에리스가 오기를 기다렸다. 무중력상태에 익숙하지 않은 두 언어학자는 끊임없이 불평을 하는 것만으로도 모자라 자기들끼리도 말다툼을 벌였다. 그럴 때마다 캐롤리가 중재에 나섰다. 크리스토퍼리스는 별말이 없었고, 말을 걸더라도 날 선 욕설이 돌아오는 것이 고작이었다. 여전히 화가 풀리지 않은 듯했다. 멜란사는 그가 시야를 휙휙 가로지르는 것을 바라보았다. 몸에 밀착하는 검은 방호복을 입고, 썰매의 제어반 앞에 작대기처럼 꼿꼿이 서 있다.

나이트플라이어 호의 앞부분에 있는 가장 큰 구체 꼭대기의 원형 에어록이 조리개처럼 열리더니 마침내 로이드 에리스가 모습을 드러냈다.

멜란사는 접근해 오는 로이드의 모습을 흥미 어린 시선으로 바라보았다. 마음속으로는 각기 전혀 닮지 않은 반 다스의 인물을 차례로 떠올리고 있었다. 점잖고 교양 있는, 너무 격식을 차린 로이드의 목소리는 이따금 그녀의 고향 행성인 프로메테우스의 '검은 귀족'들을 연상시킨다. 인간 유전자를 가지고 놀며 복잡기괴한 서열 다툼을 벌이는 마술사들. 너무나도 순진한 언사로 인해 미숙한 청년을 떠올리는 경우도 있었다. 로이드의 유령은 피곤해 보이는 표정을 한 날씬한 청년이지만, 지금은 그 희끄무레한 그림자 같은 인물보다 훨씬 더 나이를 먹었다는 것을 알고 있다. 하지만 멜란사 입장에서는 그의 목소리를 들으며 노인의 모습을 상상하는 것은 쉽지 않았다.

로이드가 접근해 오자 멜란사는 신경이 살짝 곤두서는 것을 자각했다. 그가 탄 썰매와 그가 입은 우주선은 그녀와 그녀 동료들의 것과는 달라도 너무 달랐기 때문이다. 너무 이질적이다. 그러나 그녀는 그 즉시 이런 생각을 억눌렀다. 겉모습이 다르다고 해서 무슨 의미가 있는 것은 아니지 않은가. 로이드가 몰고 오는 썰매는 대형이었다. 긴 타원형의 판 아래로 튀어나온, 관절이 달린 여덟 개의 긴 조작지(操作肢)들은 마치 금속 거미의 다리를 연상케 한다. 제어반 하부에서 주둥이처럼 위협적으로 튀어나온 물체는 강력한 절단용 레이저였다. 그의 우주복은 학자들이 입고 있는 〈학술원〉제의 정교한 작업용 우주복보다 훨씬 더 육중했다. 견갑골 사이로 솟아오른 부분은 파워 팩인 듯하고, 양어깨와 헬멧 위에 방사상(放射狀)의 방열 핀이 비스듬히 튀어나와 있는 탓에 전체적으로 구부정한 기형의 거한 같은 인상을 준다.

그러나 마침내 얼굴이 보일 정도로 가깝게 접근한 로이드의 얼굴은 전혀 이상할 것이 없는 보통 얼굴이었다.

멜란사가 받은 첫인상은 아주 새하얗다는 것이었다. 짧게 자른 백발. 날카로운 윤곽을 가진 턱에는 드문드문 흰 수염이 나 있다. 거의 눈에 보이지 않을 정도로 엷은 눈썹 아래에서 침착하지 못하게 움직이는 두 눈. 크고 새파란 눈동자가 인상적이다.

피부는 희고 주름 하나 없어서, 나이를 먹은 느낌이 전혀 없었다.

불안해 보이는군. 그녀는 생각했다. 조금 두려워하는 느낌도 있고.

로이드는 자기 썰매를 그녀의 썰매 근처로 접근시킨 다음 3번 화물칸이었던 것의 우그러진 잔해 사이에 정지시키고 손상 부위를 둘러보았다. 그들 주위에는 예전에는 피와 살과 유리와 금속과 플라스틱이었던 것의 잔재가 부유하고 있었다. 이제는 서로 녹아 붙고 타고 얼어붙은 탓에 뭐가 뭔지 구분하기가 쉽지 않았지만 말이다. "할 일이 많군." 로이드가 말했다. "슬슬 시작할까?"

"우선 얘기 좀 해." 멜란사는 이렇게 대꾸하고 자기 썰매를 접근시키며 손을 뻗었지만, 그들 사이에 두 대의 진공 썰매의 폭넓은 기부(基部)가 가로놓인 탓에 손을 맞잡기에는 너무 멀었다. 멜란사는 썰매를 후진시킨 다음 180도 뒤집었다. 이제 두 사람은 각각 위와 아래에서 서로의 머리를 마주 보는 꼴이 되었다. 멜란사는 다시 그에게 접근해서 자신의 썰매를 그의 썰매 바로 위에/아래에 정지시켰다. 장갑을 낀 손이 서로 닿았고, 스쳤고, 다시 떨어져 나갔다. 멜란사는 고도를 조절했다. 그들의 헬멧이 접촉했다.

"자, 이제 당신을 만졌군." 로이드는 떨리는 목소리로 말했다. "지금까지 누군가를 만지거나 그쪽에서 나를 만진 적은 한 번도 없었어."

"오, 로이드, 엄밀하게 말해서 이건 만진 게 아냐. 우주복이 가로막고 있잖아. 하지만 언젠가는 만질 거야. 정말로. 약속할게."

"그럴 수는 없어. 불가능해."

"방법을 찾아낼 거야." 그녀는 단호하게 말했다. "자, 이제 통신기를 끄라고. 이렇게 헬멧을 맞대기만 해도 대화는 가능해."

로이드는 눈을 끔벅이고 혀 스위치를 써서 통신기를 껐다.

"자, 이제 말을 나눌 수 있어." 멜란사가 말했다. "우리끼리만."

"난 내키지 않아, 멜란사. 이건 너무 노골적이잖아. 위험한 짓이야."

"달리 방법이 없어, 로이드. 난 알아."

"나도 알아, 멜란사. 언제나 세 수 앞을 내다본다 이거로군. 체스 둘 때 생각이 나는군. 하지만 이건 훨씬 더 심각한 게임이고, 모르는 척하는 쪽이 더 안전할 수 있어."

"그 부분은 나도 이해해, 선장님. 완전히 확신하지 못하는 것들도 있지만 말이야. 그 얘기를 할 수 없을까?"

"안 돼. 그 부탁만은 하지 말아 줘. 그냥 내가 하라는 대로 해. 당신들 모두는 파멸의 위기에 처해 있지만, 나라면 보호해 줄 수 있어. 그리고 당신들이 실상을 모르면 모를수록 나도 안전해지고." 투명한 안면 덮개 뒤의 얼굴 표정은 암울했다.

멜란사는 거꾸로 보이는 상대방의 눈을 응시했다. "범인은 당신의 거주 구획 어딘가에 숨어 있는 제2의 승무원일 수도 있겠지만, 나는 그런 설명은 믿지 않아. 범인은 우주선이 맞지? 우리를 죽이고 있는 건 당신의 우주선이지, 당신이 아니었어. 문제는, 그런 설명은 전혀 이치에 맞지 않는다는 점이야. 나이트플라이어 호를 통제하는 사람은 당신이잖아. 그런데 어떻게 우주선이 독자적으로 행동할 수 있었던 거야? 그리고 왜? 동기가 뭐지? 테일 라사머는 어떤 방법으로 죽인 거야? 알리스하고 로미의 경우는 금세 이해할 수 있었지만, 테일은 초능력으로 살해당한 게 맞아? 우주선이 초능력을 가지고 있다? 그것만은 도저히 받아들일 수가 없어. 우주선일 리가 없어. 하지만 아무리 생각해도 그런 결론밖에는 안 나오는 거야. 내가 이해하는 걸 도와줘, 선장님."

로이드는 고뇌의 빛이 역력한 표정으로 눈을 깜박였다. "애당초 승객 중에 텔레파스가 있다는 얘기를 캐롤리한테 들었을 때 아예 계약하지를 말았어야 했어. 너무 위험하거든. 하지만 나도 볼크린을 보고 싶었고, 캐롤리의 열정적인 설명에 감동을 받기도 했고." 그는 한숨을 쉬었다. "당신은 이미 너무 많은 걸 이해하고 있어, 멜란사. 더 이상은 나도 얘기해 줄 수가 없어. 그런다면 아예 당신을 보호할 수 없게 되니까 말이야. 그냥 우주선이 오작동을 일으켰다, 이렇게만 알고 있어. 너무 깊이 파고들면 위험해. 내가 제어반 앞에 앉아 있는 한은, 당신이나 다른 사람들이 해를 입는 걸 막을 수 있다고 생각해. 그러니까 날 신뢰해 줘."

"신뢰란 양방향으로 기능하는 거 아니었어?" 멜란사가 말했다.

로이드는 손을 들어 그녀를 밀쳐 내더니 혀로 다시 통신기를 켰다. "가십은 이 정도로 해 두자고." 그는 들으란 듯이 말했다. "할 일이 쌓여 있어. 자, 당신이 정말로 얼마나 개량됐는지를 실제로 보여 줘."

다시 분리된 헬멧 안에서 멜란사 지얼은 나직하게 욕설을 내뱉었다.

● ○

로잰 크리스토퍼리스는 뒤틀린 금속 파편을 자력으로 바닥에 고정해 놓은 진공 썰매를 몰고 나이트플라이어 호를 향해 나아갔다. 로이드가 대형 작업용 썰매를 타고 배 밖으로 나왔을 때는 멀리서 바라보고 있었다. 멜란사 지얼이 로이드에게 다가가서, 그녀가 탄 썰매를 뒤집음으로써 헬멧의 안면 덮개를 로이드의 그것에 갖다 댔을 무렵에는 더 가까운 곳까지 가 있었다. 크리스토퍼리스는 그들 사이의 나직한 대화를 엿들었고, 멜란사가 로이드를 언젠가는 만지겠다고 약속하는 것을 들었다. 에리스, 그 괴물을, 살인자를 말이다. 크리스토퍼리스는 끓어오르는 분노를 억지로 삼켰다. 그러더니 두 사람은 통신회선을 끊었다. 크리스토퍼리스뿐만 아니라 다른 사람들도 함께 쓰는 공용 회선에서 아예 나가 버렸던 것이다. 그러나 그녀는 여전히 그 정체를 알 수 없는 곱사등이 우주복 안의 인물에 매달린 자세로 부유하며, 마치 연인끼리 입을 맞추듯이 상대방과 얼굴을 맞대고 있었다.

크리스토퍼리스는 더 가까이로 썰매를 몰고 가서 고정 장치를 풀었고, 파편이 그들 쪽으로 흘러가게 만들었다. "자, 받아. 또 다른 걸 가지고 올게." 그는 혀로 헬멧의 통신기를 끄고 혼자서 욕설을 내뱉었다. 그는 나이트플라이어 호의 구형 모듈과 연락 튜브들 주위로 썰매를 몰았다.

이유는 알 수 없지만 다들 한통속이야. 로이드하고 멜란사 그리고 아마 드브라닌 그 늙은이까지 가담했는지도 모르겠군. 그는 뚱한 기분으로 생각했다. 멜란사는 처음부터 에리스를 보호했고, 동료들이 힘을 합쳐 행동에 나서려고 했을 때도 적극 가로막지 않았는가. 로이드가 누구인지, 또는 무엇인지를 알아냈을 공산이 크다. 그런 여자를 믿을 수는 없는 일이다. 그녀와 동침했을 때의 일을 머리에 떠올리자 소름이 쫙 끼쳤다. 정체가 무엇이든 간에 멜란사와 로이드는 동류(同類)인 것이 틀림없다. 불쌍한 알리스는 죽었고, 멍청한 쏘온과 그 얼어 죽을 텔레파스도 죽었지만, 멜란사는 아직도 로이드 그자에게 딱 붙어서 원래 동료들에게 적대하고 있었다. 로잰 크리스토퍼리스는 깊은 공포와 분노에 사로잡혔다. 반쯤 취한 상태로.

다른 사람들은 모두 반쯤 융해된 채로 빙빙 도는 금속 조각들을 쫓는데 바빴기 때문에 곧 시야에서 사라졌다. 로이드와 멜란사는 서로에게 몰두하느라고 정신이 없고, 무인이 된 우주선은 취약한 상태로 남아 있다. 드디어 기회가 온 것이다. 에리스가 모든 승객을 자기보다 먼저 배 밖으로 내보내겠다고 고집을 피운 것도 하등 이상한 일이 아니었다. 우주로 나와서 나이트플라이어 호의 제어실과 단절된 상태로 있는 그는 일개 인간에 불과하기 때문이다. 게다가 약한 인간이다.

크리스토퍼리스는 혹박한 미소를 떠올리며 동료들의 눈이 미치지 않는 화물 구체 주위를 돌았고, 구동실의 커다랗게 입을 벌린 아가리 속으로 들어갔다. 대기에 의한 부식을 방지하기 위해 완전히 진공에 노출된 긴 터널을 통과한다. 대다수의 우주선과 마찬가지로 나이트플라이어 호는 삼중 추진 시스템을 갖추고 있다. 이착륙 시에 쓰는 중력장 발생 장치와 (중력 함정 밖에서는 물론 아무 쓸모도 없다) 심우주에서의 준광속 이동을 위한 핵융합 엔진 그리고 거대한 항성 간 구동장치의 세 가지이다. 그가 모는 썰매의 전조등이 주위를 에워싼 핵융합 고리들 사이에서 번득이다가 항성 간 구동장치의 밀폐된 실린더들 측면을 밝고 긴 빛줄기로 훑었다. 시공간의 구조를 일그러뜨리는 이 거대한 엔진은 금속과 크리스털의 그물에 감싸여 있었다.

터널 끝에서는 밀폐된 거대한 원형의 문이 기다리고 있었다. 강화 금속으로 이루어진 주(主) 에어록이다.

썰매를 착륙시킨 크리스토퍼리스는 자기를 띤 썰매 본체에서 힘겹게 부츠 창을 떼어 낸 다음 터널 표면으로 내려왔고, 에어록으로 다가갔다. 이게 가장 힘든 부분일지도 모르겠군, 하고 그는 생각했다. 머리통이 없는 테일 라사머의 시체는 에어록 곁의 거대한 지주에 끈으로 느슨하게 묶여 있었다. 소름끼치는 문지기처럼 말이다. 에어록의 개방 사이클이 완료될 때까지 그는 줄곧 동료의 시체를 바라보고 있어야 했다. 시선을 딴 데로 돌려도 어느새 그쪽으로 눈이 향해 있는 것을 퍼뜩 깨닫는 식이었다. 시체는 마치 처음부터 머리가 없었던 것처럼 자연스러워 보였다. 크리스토퍼리스는 생전의 라사머의 모습을 머리에 떠올려 보려고 했지만 이목구비가 어땠는지 도통 생각이 나지 않았다. 그는 불편한 듯이 몸을 뒤척이다가 잠시 후 에어록의 바깥문이 스르르 열리자 안도하며 안으로 들어갔다.

지금 그는 나이트플라이어 호 안에 혼자 와 있다.

본디 신중한 성격인지라 우주복은 계속 입고 있기로 했다. 헬멧을 위로 올려 갑자기 느슨해진 금속 섬유를 등 뒤에 두건처럼 늘어뜨리긴 했지만 말이다. 필요하다면 언제든 재빨리 다시 쓸 수 있다. 외계생물학자는 학자들의 장비를 보관해 놓은 4번 화물칸에서 찾고 있던 것을 찾아냈다. 휴대용 레이저 절단기. 완전히 충전되고 언제든 쓸 수 있는 상태였다. 저출력이긴 하지만 이것으로도 충분하다.

무중력상태에 놓인 인간 특유의 느리고 어설픈 동작으로 통로를 더듬어 가며 마침내 어두워진 로비 라운지에 도달했다.

로비 내부는 추웠다. 얼굴 피부를 찌르는 냉기를 애써 무시하고, 문간에서 일단 정지한 다음 손으로 문틀을 밀치며 실내로 진입했다. 바닥에 안전하게 고정되어 있는 가구들 위로 천천히 날아간다. 목표 지점으로 부유해 가던 중에 무엇인가 축축하고 차가운 것이 그의 얼굴에 닿았다. 그는 화들짝 놀랐지만, 미처 확인해 보기도 전에 그것은 그의 몸에서 떨어져 나갔다.

다시 같은 일이 일어났을 때 크리스토퍼리스는 그것을 홱 붙잡았고, 그 정체를 깨닫고는 잠시 구토감에 시달렸다. 잊고 있었다. 아무도 라운지를 청소해 놓지 않았다는 사실을. 그래서 고인의…… 잔해가 아직도 라운지 안을 떠다니고 있었던 것이다. 피와 살점과 뼈의 파편과 뇌수가 라운지 전체에 널려 있었다.

반대편 벽에 도달한 그는 팔을 써서 정지했고, 목표 지점을 향해 내려가기 시작했다. 금속 격벽을 향해서. 벽인 만큼 따로 출입문은 없지만, 금속판 자체는 그리 두껍지 않을 것이다. 그 너머에는 제어실이 있다. 그곳에 가면 컴퓨터에 접속해서 안전과 권력을 손에 넣을 수 있다. 로잰 크리스토퍼리스는 자기 자신을 복수심이 강한 사내로 간주하지는 않았다. 로이드 에리스를 해칠 생각은 없었다. 어차피 그가 판단을 내릴 계제도 아니었다. 단지 나이트플라이어 호의 통제권을 손에 넣고, 에리스가 접근 못 하도록 우주복 안에 그대로 가둬 두면 그만이다. 그런 뒤에는 더 이상의 인명 피해 없이 아발론으로 귀환할 작정이었다. 〈학술원〉 당국자들은 자초지종을 들은 다음 에리스를 조사해서 시시비비를 가리고, 유무죄 여부를 따진 다음 필요한 조치를 취해 줄 것이다.

절단용 레이저에서 연필심처럼 가는 심홍색 광선이 흘러나왔다. 크리스토퍼리스는 씩 웃으며 레이저를 격벽에 갖다 댔다. 한참 걸리겠지만 인내심이라면 자신이 있었다. 워낙 조용히 들어왔기 때문에 다른 사람들은 그가 없다는 사실을 눈치채지 못할 것이다. 설령 눈치챈다 해도 어딘가 다른 곳으로 썰매를 몰고 가서 선체 파편을 회수하고 있다고 지레짐작할 것이 뻔하다. 에리스가 수리를 마치려면 몇 시간, 또는 며칠이나 걸릴 수도 있었다. 레이저광선의 반짝이는 날이 금속과 접촉한 곳에서 연기가 흘러나오기 시작했다. 크리스토퍼리스는 끈기 있게 작업을 계속했다.

무엇인가가 그의 시야 가장자리에서 움직였다. 흘끗 눈에 들어왔을 뿐이라서 거의 신경을 쓰지 않았다. 뇌의 일부나 뼛조각이겠지, 하고 그는 생각했다. 머리카락이 아직도 붙어 있는 피투성이 살점일지도 모른다. 끔찍하긴 하지만 걱정할 만한 것은 아니다. 그는 생물학자가 아니던가. 피와 뇌수와 살점 따위는 신물이 나도록 보아 왔다. 그보다 더 끔찍하고 더 소름 끼치는 것들도 포함해서 말이다. 그는 과거에 수없이 많은 외계인을 해부해 본 경험이 있었다. 키틴질 외각과 악취를 풍기며 맥동하는 점액질의 소화 주머니와 독이 있는 돌기 따위를 일일이 절개해 보았던 것이다. 익숙하다 못해 넌더리가 날 정도로 말이다.

그러자 또다시 어떤 움직임이 그의 눈을 끌었다. 마치 그를 집적거리듯이. 크리스토퍼리스는 본의 아니게 그쪽으로 시선이 향하는 것을 막을 수 없었다. 왠지 안 보려야 안 볼 수가 없었기 때문이다. 에어록 근처에 있던 머리 없는 시체를 무시할 수 없었던 것처럼. 그는 그것을 보았다.

눈알이었다.

크리스토퍼리스는 몸을 떨었다. 그러다가 레이저가 한쪽으로 휙 미끄러졌고, 한참을 씨름한 뒤에야 현재 절단 중인 홈 위로 겨우 되돌려 놓을 수 있었다. 심장이 방망이질한다. 그는 마음을 가라앉히려고 노력했다. 전혀 두려워할 필요가 없다. 여기엔 아무도 없고, 만에 하나 로이드가 돌아온다 해도 이 레이저를 무기로 쓰면 그만이다. 에어록이 날아가더라도 우주복을 입고 있으니까 상관없다.

그는 또다시 눈알을 쳐다보며 의지의 힘으로 두려움을 떨쳐 내려고 했다. 저건 눈알, 테일 라사머의 눈알에 불과하다. 새파랗고 핏발이 섰지만 아직 멀쩡한 상태로 남아 있는. 그 녀석이 살아 있을 때와 마찬가지로 축축하게 젖어 있지만, 초자연적인 데는 어디에도 없다. 로비 라운지 안에서 떠다니는 다른 시체 조각들 사이에 있는 죽은 고깃덩어리에 불과한 것이다. 아니, 도대체 왜 청소도 안 해 놓은 거야. 크리스토퍼리스는 화난 표정으로 생각했다. 이런 건 승객에 대한 예의가 아니지 않나. 미개하다.

눈알은 공중에서 움직이지 않았다. 다른 시체 조각들은 방 내부의 공기 흐름을 따라 부유하고 있었지만, 눈알만은 정지한 상태였다. 까닥거리거나 회전하는 것도 아니었다. 눈알의 시선은 크리스토퍼리스에게 못 박혀 있었다. 그를 응시하고 있었다.

크리스토퍼리스는 욕설을 내뱉고 레이저로 격벽을 절단하는 작업에 정신을 집중했다. 이제 1미터쯤 잘라 낸 상태였다. 그는 수직 방향으로 새롭게 잘라 내기 시작했다.

눈알은 무감동하게 그런 광경을 바라보고 있었다. 크리스토퍼리스의 인내심이 갑자기 바닥났다. 레이저 손잡이를 놓고 그 손을 뻗어 눈알을 잡았고, 방 너머로 내던졌다. 그러다가 그는 몸의 균형을 잃고 뒤로 벌렁 넘어갔고, 레이저를 놓쳤다. 무슨 육중한 새라도 되는 것처럼 양팔을 우스꽝스럽게 퍼덕이다가, 식탁 가장자리를 붙잡고 겨우 멈춘다.

레이저는 방 한복판에서 커피포트와 인간 육체의 파편들 사이에 뜬 채로 천천히 회전하고 있었다. 여전히 작동 중이었다. 저건 말이 안 된다. 손에서 놓쳤을 때 자동적으로 꺼져야 정상이 아닌가. 고장이 난 거로군. 크리스토퍼리스는 불안한 표정으로 생각했다. 레이저광선이 훑고 지나간 융단의 가느다란 홈에서 연기가 피어오르기 시작했다.

크리스토퍼리스는 레이저의 총구가 그를 향해 움직이고 있다는 사실을 깨닫고 전율했다.

그는 양 손바닥을 식탁에 대고 힘껏 눌러 억지로 몸을 끌어 올렸고, 까닥거리며 안전한 천장 쪽으로 떠올랐다.

레이저는 아까보다 더 빠르게 움직이고 있었다.

천장을 손으로 힘껏 밀쳐 낸 그는 벽에 격돌했고, 고통스러운 나머지 끙 하는 신음을 흘리며 바닥을 박차고 튀어 올랐다. 레이저는 빠르게 돌면서 그를 쫓고 있었다. 크리스토퍼리스는 또다시 위로 펄쩍 뛰어올랐다. 천장에 부딪쳐 다시 튕겨 나올 것을 예상하고 마음의 준비를 했다. 광선 줄기가 그를 향해 휙 돌았지만 충분히 빠르지 않았다. 저렇게 다른 방향을 향해 쏘고 있을 때 뒤로 가서 움켜잡기로 하자.

그는 그쪽으로 다가가서 손을 뻗다가 눈알을 보았다.

레이저 바로 위에 떠 있었다. 그를 응시하면서.

로잰 크리스토퍼리스의 입에서 작은 훌쩍임이 새어 나왔다. 레이저를 잡으려던 손이 잠시 주춤했다. 오래 그러지는 않았지만, 충분히 오랫동안. 다음 순간 진홍색 광선 줄기가 위로 올라왔다.

깃털처럼 가볍고 뜨거운 손길로 목을 애무당하는 느낌.

• ○

크리스토퍼리스가 사라졌다는 사실을 사람들이 깨달은 것은 한 시간은 족히 지난 뒤의 일이었다. 가장 먼저 알아차린 사람은 캐롤리 드브라닌이었다. 그는 통신 장치를 써서 외계생물학자를 호출했지만 응답이 없자 다른 사람들과 상의했다.

로이드 에리스는 방금 설치한 장갑판으로부터 자기 썰매를 후퇴시켰다. 멜란사 지얼은 로이드의 얼굴 덮개 너머로도 그의 입이 굳게 닫히며 주름이 잡히는 것을 알 수 있었다.

소음이 들려온 것은 바로 그때였다.

고통과 공포로 가득 찬 날카로운 고함 소리가 울려 퍼지더니 신음 소리와 훌쩍이는 소리가 들려왔다. 자기 피로 익사하기 직전의 사내가 내는 듯한, 소름 끼치게 질퍽거리는 소리. 그들 모두가 들었다. 소음은 그들의 헬멧 내부를 가득 채웠다. 이런 단말마의 소음 속에서 거의 뚜렷하게 들려온 단어 비슷한 것. "도와줘."

"방금 그거, 크리스토퍼리스야." 여자 목소리였다. 린드란이다.

"다쳤군." 대널이 덧붙였다. "도와 달라면서 울고 있어. 저게 안 들려?"

"대체 어디서—?" 누군가가 입을 열었다.

"우주선 안이야." 린드란이 말했다. "우주선으로 돌아간 게 틀림없어."

로이드 에리스가 말했다. "어리석은 친구 같으니라고. 그렇게 경고했는데도—."

"가서 확인해 봐야 해." 린드란이 선언했다. 대널은 린드란과 함께 운반 중이던 선체 외각의 파편을 썰매에서 떼어 냈다. 파편은 빙빙 돌며 멀어져 갔다. 그들이 탄 썰매가 방향을 바꿔 나이트플라이어를 향해 내려가기 시작했다.

"멈춰." 로이드가 말했다. "자네들이 원한다면 내가 직접 내 방으로 돌아간 다음에 거기서 확인해 보는 수도 있지만, 자네들은 지금 들어가면 안 돼. 내가 괜찮다고 할 때까지 밖에서 기다려."

소름 끼치는 비명은 계속되었다.

"엿이나 먹어." 린드란은 열린 통신회선에서 로이드를 향해 내뱉었다.

캐롤리 드브라닌도 황급히 썰매를 움직여 언어학자들을 따라가고 있었지만, 그들보다 더 멀리 떨어진 곳에 가 있었기 때문에 우주선까지 돌아가려면 한참 걸릴 것이 뻔했다. "로이드, 그게 무슨 소린가. 저 친구가 도움을 필요로 하고 있다는 걸 모르겠어? 저 신음 소리를 들어 보게. 큰 부상을 입은 거야. 가서 도와줘야 해. 부탁이네, 친구."

"안 돼." 로이드는 말했다. "캐롤리, 멈춰! 로잰이 혼자서 우주선으로 돌아갔다면 이미 죽었을 거야."

"그걸 어떻게 알지?" 대널이 힐문했다. "당신이 그렇게 되도록 꾸며 놓은 거야? 우리가 당신 지시에 안 따를 경우에 대비해서 덫을 놓았다든지 해서?"

"그게 아냐." 로이드는 말했다. "내 말을 듣게. 어차피 지금은 도와주고 싶어도 도와줄 수 없어. 도와줄 수 있는 사람은 나밖에 없었지만, 내 말에 귀를 기울이지 않았던 거지. 제발 나를 믿어 줘. 멈춰." 절망으로 가득 찬 목소리였다.

멀리서 드브라닌의 썰매가 속도를 늦췄다. 언어학자들은 그러지 않았다. "지금까지 너무 많이 귀를 기울여 준 결과가 바로 이거야." 린드란이 말했다. 흐느낌과 신음 소리, 가래가 끓는 듯한 소름 끼치는 소리, 착란한 듯한 고함 소리와 간원이 뒤죽박죽이 된 외부 소음이 워낙 시끄러운 탓에 거의 고함치듯이 말하고 있다. 그들의 우주는 고뇌로 가득 차 있었다. "멜란사." 린드란은 말을 이었다. "에리스를 그 자리에서 움직이지 못하게 해. 우린 신중하게 선내로 진입해서 무슨 일인지 알아볼 작정이야. 하지만 그때 그 작자가 제어반 앞에 가 있으면 안 돼. 알았어?"

멜란사 지얼은 주저했다. 귀청이 찢어질 듯한 소음이 고막을 강타하는 통에 생각을 하는 것조차 쉽지 않았다.

로이드는 썰매를 홱 돌려 그녀를 마주 보았다. 뚫어질 듯한 그의 시선을 그녀는 전신으로 느꼈다. "저들을 멈춰. 멜란사, 캐롤리, 그러라고 명령해 줘. 내가 얘기해도 안 들을 거야. 지금 자기들이 무슨 짓을 하는지 모르고 있어." 고뇌에 찬 목소리였다.

로이드의 얼굴을 보던 중 멜란사는 결심했다. "최대한 빨리 선내로 돌아가, 로이드. 가서 할 수 있는 일을 해. 나는 저치들을 중간에서 막아 볼게."

"너, 지금 누구 편을 드는 거야?" 린드란이 멜란사에게 힐문했다.

로이드는 심연 위로 그녀를 바라보며 고개를 끄덕였지만 멜란사는 이미 행동에 나선 뒤였다. 그녀는 선체 파편과 그 밖의 잔해가 잔뜩 널린 작업 구획에서 썰매를 후진시켜 완전히 빠져나온 다음 재빨리 가속을 개시했다. 나이트플라이어 호의 선체 주위를 돌아 구동실로 갈 작정이었다.

그러나 우주선으로 접근하던 중에 이미 늦었다는 사실을 깨달았다. 언어학자들은 처음부터 너무 가까운 곳에 있었고, 이미 그녀보다 훨씬 더 일찍 움직이고 있었던 것이다.

"멈춰." 멜란사는 단호한 목소리로 말했다. "크리스토퍼리스는 이미 죽었어."

"그럼 지금 살려 달라고 울부짖는 건 그치의 유령이라는 얘기네." 린드란이 대꾸했다. "네 부모는 네 몸 여기저기를 손보다가 아무래도 청력 유전자를 고장 낸 모양이군."

"저 배는 안전하지 않아."

"쌍년." 돌아온 대답은 이것뿐이었다.

캐롤리는 썰매를 몰고 헛된 추적을 계속했다. "자네들, 제발 멈춰 서게. 이렇게 부탁하지 않나. 일단 머리를 맞대고 의논하자고."

돌아온 것은 소음뿐이었다.

"난 자네들의 상급자야." 캐롤리는 말했다. "이건 명령이야. 배 밖에서 기다리게. 내 말이 안 들리나? 이건 명령이라고. 〈인류지식학술원〉의 이름으로 명령하겠네. 부탁이야, 친구들. 제발 멈추게."

멜란사는 린드란과 대닐이 구동실로 이어지는 긴 터널 안으로 사라지는 광경을 속수무책으로 바라보았다.

다음 순간 그녀는 검은 아가리 근처에서 썰매를 멈췄고, 그들을 쫓아 나이트플라이어 호 안으로 들어갈까 말까 망설였다. 에어록이 완전히 열리기 전에 따라잡을 가능성은 있다.

쉴 새 없이 이어지는 소음을 뚫고, 로이드의 쉰 목소리가 이 무언의 갈등에 대답했다. "그냥 거기 있어, 멜란사. 더 이상 들어가지 마."

멜란사는 뒤를 돌아보았다. 로이드의 썰매가 다가오고 있었다.

"여기서 뭘 하려는 거야? 로이드, 당신의 전용 에어록을 써. 빨리 안으로 들어가야지!"

"멜란사." 그는 침착한 어조로 말했다. "그건 불가능해. 배가 나한테 아예 반응하지를 않아. 그래서 에어록을 열 수가 없어. 수동 오버라이드 기능이 있는 에어록은 구동실의 주 에어록밖에는 없어. 선외로 쫓겨난 꼴이지. 내 제어 콘솔로 갈 때까지 당신이나 캐롤리는 배 안에 들어가면 안 돼."

멜란사 지얼은 언어학자들이 모습을 감춘 구동실의 어두운 터널 속을 들여다보았다.

"도대체 어떻게 해야—."

"제발 돌아오라고 말해, 멜란사. 호소하는 거야. 아직 시간이 남아 있을지도 몰라."

멜란사는 교신을 시도했다. 캐롤리 드브라닌도 교신을 시도했다. 고통과 구원을 간청하는 일그러진 음향은 여전히 들려오고 있었지만, 대널과 린드란과는 전혀 연락이 닿지 않았다.

"통신기를 꺼 놓았어." 멜란사는 격분한 어조로 말했다. "우리 말을 아예 안 듣겠다는 건가. 그게 아니라면 저…… 저 소리를 듣고 싶지 않아서일지도 몰라."

로이드의 썰매와 드브라닌의 썰매가 동시에 그녀 곁에 도착했다. "로이드, 자네 여기서 왜 이러고 있나?" 드브라닌이 말했다. "왜 아직도 못 들어간 거지? 도대체 무슨 일이 일어나고 있는 거야?"

"알고 보면 단순하다네, 캐롤리." 로이드가 대답했다. "난 밖으로 쫓겨났어. 바꿔 말해서—."

"바꿔 말해서?" 멜란사가 다그쳤다.

"—어머니는 그들을 처리할 때까지 방해받고 싶지 않은 거야."

● ○

두 언어학자는 크리스토퍼리스가 버리고 간 썰매 곁에 자기들 것을 주차시키고 황급히 에어록을 통과했다. 머리가 없는 소름 끼치는 문지기 쪽에는 거의 눈길을 주지 않았다.

선내로 들어가자 그들은 잠시 멈춰 서서 헬멧을 벗은 다음 뒤로 넘겼다. "여전히 그 소리가 들려." 대널이 말했다. 선내에서 울려 퍼지는 크리스토퍼리스의 흐느낌은 밖에서 듣던 것보다 희미했다.

린드란은 고개를 끄덕였다. "라운지 쪽에서 들려오고 있어. 서둘러야 해."

그들은 격벽을 발로 차고 손으로 잡아당기며 무중력상태의 통로를 1분 만에 주파했다. 흐느낌 소리가 점점 더 커지고 가까워졌다. "저 안에 있어." 라운지 입구까지 왔을 때 린드란이 말했다.

"응." 대널이 맞장구쳤다. "하지만 혼자 있는 거 맞아? 무기가 필요할지도. 혹시…… 로이드는 거짓말을 했고, 그 밖에도 승무원이 하나 더 있을지도 모르잖아. 우리 몸을 지켜야 해."

린드란은 기다릴 생각이 없었다. "우린 두 명이잖아. 빨리 가자고!" 그녀는 크리스토퍼리스를 부르며 문간 안으로 돌진했다.

안은 어두웠다. 그나마 있는 빛은 통로에서 흘러들어 오는 것이었다. 조금 뒤에야 눈이 어둠에 적응했다. 모든 것이 혼란스러웠다. 방향감각을 잃은 탓에 어디가 벽이고 천장이고 바닥인지 도무지 분간할 수가 없었다. "로잰." 그녀는 현기증을 느끼며 동료를 불렀다. "어디 있어?" 라운지는 텅 비어 있는 것처럼 보였지만, 조명 상태나 불안감 탓에 착각하고 있는 것인지도 모른다.

"소리를 따라가 보면 어떨까?" 문가에 매달려 있던 대널이 제안했다. 그는 족히 1분 동안 신중하게 라운지 안을 들여다본 다음에야 손으로 벽 가를 더듬으며 전진하기 시작했다.

나이트플라이어 425

흐느낌 소리가 마치 대널의 말에 반응이라도 한 듯이 갑자기 커졌다. 그러나 처음에는 한쪽 구석에서만 들리던 흐느낌이 다음 순간에는 다른 쪽에서 들려왔다.

린드란은 조바심을 내며 동료를 찾으려고 방 한복판을 가로질렀다. 주방 근처의 벽에 몸이 스쳤을 때 대널이 불안해하며 무기가 필요하다고 말했던 것이 생각났다. 그녀는 취사도구가 어디 들어 있는지 알고 있었다. "자." 잠시 후 린드란은 대널을 향해 몸을 돌리며 말했다. "자, 식칼을 찾아냈어. 이제 안심이 되지?" 그녀는 보라는 듯이 식칼을 휘두르다가 칼날로 주먹만 한 액체 방울을 건드렸다. 그것이 터지며 백여 개는 되는 작은 액체 방울로 나뉘어졌다. 그중 하나가 그녀의 얼굴 가까이를 지나갔을 때 혀끝을 대 보았다. 피다.

하지만 라사머는 한참 전에 죽지 않았는가. 그치가 흘린 피는 지금쯤 다 말라 있어야 하는데, 하고 그녀는 생각했다.

"하느님 맙소사." 대널이 말했다.

"뭐야?" 린드란이 힐문했다. "찾았어?"

대널은 마치 거대한 곤충이라도 된 것처럼 벽에 딱 붙은 채로 슬금슬금 문간으로 되돌아가고 있었다. "당장 여기서 나가, 린드란." 그가 경고했다. "서둘러!"

"왜?" 이렇게 말했지만 그녀도 몸의 떨림을 멈출 수 없었다. "뭐가 문제야?"

"비명 소리를 들어 봐. 벽이야, 린드란. 벽. 거기라고."

"좀 조리에 맞게 얘기해 봐." 그녀는 야단치듯이 말했다. "정신 차리라고."

대널은 횡설수설하고 있었다. "아직도 모르겠어? 저 소리는 벽에서 들려오고 있잖아. 통신 장치에서 나오는 소리야. 다 가짜야. 합성한 거라고." 대널은 문간에 도달하자마자 안도의 한숨을 내쉬며 머리부터 통로로 뛰어들었고, 그녀를 기다리는 시늉조차 하지 않고 통로로 나갔다. 손바닥으로 미친 듯이 바닥을 밀고 발을 버둥거리며 무턱대고 나아간다.

린드란은 그제야 정신을 차리고 연인 뒤를 따라가려고 했다.

그녀 앞의 문간 쪽에서 소리가 들려왔다. "도와줘." 로잰 크리스토퍼리스의 목소리가 말했다. 신음 소리와 당장이라도 숨이 넘어갈 것처럼 꿀렁거리는 끔찍한 소리를 듣고 그녀는 흠칫 멈춰 섰다.

옆쪽에서 단말마의 신음을 연상시키는 소름 끼치는 꿀렁거림이 들려왔다. "아아아." 문 쪽에서 들려오는 소음에 화답하듯이 한층 더 큰 신음 소리가 울려 퍼졌다. "도와줘."

"도와줘, 도와줘, 도와줘." 그녀 배후의 어둠 속에서 크리스토퍼리스가 말했다.

발치에서 기침 소리와 약한 신음 소리가 들려왔다.

"도와줘." 모든 목소리가 합창했다. "도와줘, 도와줘, 도와줘." 녹음한 거야, 하고 그녀는 생각했다. 녹음한 걸 재생하고 있는 거야. "도와줘, 도와줘, 도와줘, 도와줘." 모든 목소리들이 점점 더 높다랗게 울려 퍼졌고, 단어들은 비명으로 변했다. 그리고 비명은 꿀렁거리고, 쌕쌕거리고, 헐떡이는 단말마의 소음이 되어 끝났다. 그러고는 멈췄다. 그냥 꺼 버린 것처럼.

린드란은 칼을 쥔 채로 바닥을 박차고 문간을 향해 부유했다.

식탁 아래에서 뭔가 검고 소리 없는 것이 기어 나오더니 우뚝 서서 그녀를 가로막았다. 그녀와 문간의 빛 사이를 그것이 가로지른 순간 그녀는 똑똑히 보았다. 로잰 크리스토퍼리스였다. 아직도 우주복 차림이지만 헬멧을 뒤로 넘기고 있다. 그는 손에 든 무엇인가를 들어 올리더니 그녀를 겨냥했다. 레이저였다. 그것도 단순한 절단용 레이저다.

린드란은 그를 향해 느리게 공중을 활강하고 있었다. 피하는 것은 불가능했다. 공중에서 마구 팔을 휘저으며 멈춰 보려고 했지만 그럴 수 없었다.

상당히 가까워졌을 때 로잰의 턱 아래에 두 번째 입이 생겨 있는 것을 보았다. 길게 찢어지고 검게 탄 상처. 마치 그녀를 향해 히죽히죽 웃고 있는 것처럼 보인다. 그가 움직이자 조그만 핏방울들이 휘날렸다.

● ○

대널은 공포에 사로잡혀 미친 듯이 통로를 나아갔다. 사방의 벽이나 문간에 부딪친 탓에 멍든 상처투성이였다. 패닉과 무중력 탓에 몸이 말을 듣지 않는다. 그렇게 도망치면서도 린드란이 따라올 것을 예상하고 뒤를 흘끗흘끗 돌아보았지만, 그녀 대신에 뭔가 다른 것이 쫓아올지도 모른다는 생각을 하니 죽도록 무서웠다. 그렇게 뒤를 돌아볼 때마다 그는 균형 감각을 잃고 고꾸라지는 일을 반복했다.

주 에어록이 열리기까지는 머릿속이 아득해질 정도로 오랜 시간이 걸렸다. 몸을 떨며 기다리던 중에 그의 맥박도 점점 정상으로 돌아오기 시작했다. 등 뒤에서 들려오던 예의 소음은 사그라들었고, 누가 그를 쫓아오는 기색도 없었다. 대널은 억지로 마음을 가다듬었다. 일단 에어록의 기밀실로 들어가자 라운지로 통하는 안쪽 문이 굳게 닫혔다. 안도감이 몰려왔다.

아까는 왜 그토록 겁에 질렸는지 이상하게 느껴질 지경이었다.

그러자 부끄러움이 몰려왔다. 린드란을 내버려 두고 혼자만 도망치다니. 도대체 무엇 때문에? 뭐가 그렇게 두려웠단 말인가? 텅 빈 라운지가? 벽에서 들려오는 소음이? 그러자 합리적인 설명이 단박에 떠올랐다. 불쌍한 크리스토퍼리스는 부상을 입은 채로 아직도 살아 있고, 선내 어딘가에서 통신기에 대고 고통을 호소하고 있는 것이다.

대널은 멋쩍은 듯이 고개를 설레설레 흔들었다. 앞날이 더 걱정이었다. 그를 조롱하기를 밥 먹기보다 즐기는 린드란이 그를 그냥 가만히 놓아둘 리가 없었다. 그래도 지금 돌아가서 사과하는 편이 낫겠다. 적어도 어느 정도는 벌충이 되지 않겠는가. 대널은 단호하게 손을 뻗쳐 바깥쪽 문을 열기 시작한 에어록의 작동을 멈췄고, 작동 순서를 역전시켰다. 빨려 나갔던 공기 일부가 다시 기밀실 안으로 세차게 흘러들었다.

선내에 면한 안쪽 문이 말려 올라가자 처음 느꼈던 두려움이 언뜻 되살아났다. 라운지에서 나온 무엇인가가 나이트플라이어 호의 통로에서 그를 기다리고 있을지도 모른다는 극심한 공포의 감정. 대널은 이 감정을 직시하고 의지의 힘으로 털어 냈다. 왠지 강해진 기분이다.

통로로 걸어 나가자 린드란이 기다리고 있었다.

묘하게 침착한 그녀의 얼굴에는 분노도, 경멸의 표정도 떠올라 있지 않았다. 그래도 그는 손을 써서 그녀 쪽으로 나아가며 용서를 구하는 문구를 떠올려 보려고 했다. "대체 그때 내가 왜—."

거의 나른해 보일 정도로 우아한 동작으로 그녀는 등 뒤로 돌렸던 손을 뺐다. 식칼이 치명적인 호(弧)를 그리며 번득였다. 그녀의 우주복 가슴 한복판에 아직도 연기가 피어오르는 구멍이 하나 나 있다는 사실을 뒤늦게 깨달은 것은 바로 그때였다.

● ○

"당신 **어머니**라고?" 멜란사 지얼은 도저히 믿기지 않는다는 어조로 반문했다. 우주선 너머의 허공에 무방비하게 부유한 채로.
 "우리가 하는 얘긴 다 들을 수 있어." 로이드는 대꾸했다. "하지만 이 시점에서는 더 이상 상관이 없겠군. 로잰은 뭔가 매우 어리석고 매우 위협적인 행동에 나선 것이 틀림없어. 그래서 그녀는 당신들 모두를 죽이려고 결심한 거야."
 "그녀, 그녀라니. 그게 도대체 무슨 뜻이지?" 드브라닌은 의아한 어조로 되물었다. "로이드, 설마 자네 어머니가 아직도 살아 있다고 고백하려는 건 아니겠지. 자네가 태어나기도 전에 죽었다고 하지 않았나."
 "맞아, 캐롤리. 내가 한 말은 거짓이 아냐."
 "맞아." 멜란사가 말했다. "나도 동감이야. 그렇다고 모든 진실을 얘기해 준 것 같지는 않지만."
 로이드는 고개를 끄덕였다. "어머니는 죽었네. 하지만 그녀의— 그녀의 영혼은 아직도 살아서 나의 나이트플라이어 호를 움직이고 있는 거야." 그는 한숨을 쉬었다. "그녀의 나이트플라이어 호라고 하는 편이 더 적절할지도 모르겠군. 좋게 얘기해도 난 미약한 통제력밖에는 갖고 있지 못하니까."

"로이드." 드브라닌이 말했다. "영혼 따위는 존재하지 않아. 실체가 없어. 사후의 생 따위는 존재하지 않아. 차라리 내 볼크린 쪽이 그 어떤 유령보다 더 현실적이라는 걸 잊지 말게."

"나도 유령 따위는 안 믿어." 멜란사가 짤막하게 말했다.

"그럼 뭐든 좋으니 적당한 이름으로 부르게나." 로이드가 말했다. "내가 쓴 용어는 적절하다고 생각하지만 말이야. 하여튼 어떤 표현을 쓰든 간에 현실이 바뀌는 건 아냐. 우리 어머니, 또는 우리 어머니의 일부는 여전히 나이트플라이어 호 안에서 살고 있으니까 말이야. 그리고 어머니는 예전에 그랬던 것처럼 자네들을 죽이기 시작했어."

"로이드, 자네 도대체 무슨 소리를 하는 건가." 드브라닌이 말했다.

"쉿, 캐롤리. 선장님이 자기 입으로 설명하게 내버려 둬."

"응." 로이드는 말했다. "나이트플라이어 호는 매우— 매우 선진적인 우주선이라네. 완전히 자동화되고, 자기 수리 기능까지 갖춘 거대한 기계지. 어머니가 승무원들을 고용할 필요에서 아예 해방되려면 그럴 필요가 있었던 거야. 전에도 언급했듯이 나이트플라이어는 뉴홈에서 건조되었다네. 나는 한 번도 방문한 적이 없지만, 뉴홈의 기술은 최첨단을 달리는 걸로 알려져 있어. 아발론조차도 이 배를 복제하지는 못할 거라는 생각이 드는군. 그럴 만한 능력을 가진 행성은 극소수일걸."

"요점이 뭐야, 선장님?"

"요점은— 요점은 컴퓨터야, 멜란사. 그런 목적을 위해서는 엄청난 고성능 컴퓨터를 설치할 필요가 있었어. 실제로 그렇게 됐고. 그건 보장해도 좋아. 크리스털 매트릭스 코어, 레이저 그리드식 데이터 검색, 완전한 감각 확장성. 그리고 그 밖의 다른— 특징들을 갖고 있지."

"나이트플라이어 호는 인공지능이라는 거야? 로미 쏘온도 그걸 의심하고 있던데."

"그 생각은 틀렸어. 내가 이해하는 한 이 우주선은 인공지능이 아냐. 하지만 뭔가 그에 근접한 존재이긴 해. 어머니가 인격 각인 장치를 내장시켰거든. 그런 다음 자기 자신의 기억, 욕망, 기벽, 애정 그리고— 그리고 증오로 중앙 크리스털을 가득 채웠던 거야. 그래서 안심하고 컴퓨터에게 내 교육을 맡길 수 있었던 거지. 이제 무슨 얘긴지 알겠지? 컴퓨터는 마치 어머니가 직접 교육하는 것처럼 나를 교육시킬 수 있었어. 어머니에게 인내심이 있었다면 내게 해 줬을 일들을 대신 해 줬던 거지. 그 밖의 다른 방식으로도 프로그램해 놓았고."

"프로그램을 삭제할 수는 없었나, 친구?" 캐롤리가 물었다.

로이드의 목소리는 절망감에 가득 차 있었다. "물론 시도는 해 봤어, 캐롤리. 하지만 난 시스템 쪽으로는 영 소질이 없고, 프로그램들은 너무 복잡한 데다가 하드웨어가 너무 정교한 탓에 그런 시도는 번번이 실패로 돌아갔어. 적어도 세 번은 완전히 지웠다고 생각했지만, 결국 다시 표면으로 떠오르더군. 일종의 유령 프로그램이라서 추적하고 싶어도 추적할 수가 없어. 자기 마음대로 나타났다가 사라지는 유령이나 마찬가지야. 무슨 얘긴지 알겠어? 어머니의 기억과 인격은 나이트플라이어 호를 움직이는 프로그램들과 너무나도 밀접하게 얽혀 있어서, 중앙 크리스털을 파괴해서 시스템 전체를 말소해 버리지 않는 이상 절대로 그녀를 쫓아내지 못한다는 뜻이야. 하지만 그런 짓을 한다면 나는 완전히 무력해져. 다시 프로그램하는 일 따위는 불가능하고, 어차피 컴퓨터가 가동하지 않는다면 구동장치와 생명 유지 장치를 포함한 이 우주선 전체가 완전히 기능을 정지하게 돼. 그럴 경우 나는 나이트플라이어 호를 떠나는 수밖에 없지만, 오래 못 가서 죽겠지."

"진작 얘기해 줬으면 정말 좋았을 텐데." 캐롤리 드브라닌이 말했다. "아발론에 사이버네틱스학자는 얼마든지 있고, 개중에는 진짜 천재들도 있다네. 거기서라면 자넨 도움을 받고, 전문가의 조언도 받을 수 있었어. 로미 쏘온도 도움이 되어 줬을지도 몰라."

"캐롤리, 전문가의 조언은 이미 받아 봤어. 시스템 전문가를 두 번이나 선상으로 초대했지. 첫 번째 전문가는 방금 내가 자네한테 한 얘기를 하더군. 프로그램들을 완전히 삭제하지 않는 한은 불가능하다고 말이야. 두 번째 전문가는 뉴홈에서 훈련받은 여성이었는데, 어쩌면 가능할지도 모른다는 의견이었어. 그녀는 우리 어머니에게 살해당했다네."

"여전히 뭔가를 숨기고 있는 것 같은데." 멜란사 지얼이 말했다. "당신이 말하는 그 사이버네틱스의 유령이 마음대로 에어록을 여닫거나 그걸 써서 고의적으로 사고를 일으킬 수 있다는 것까진 알겠어. 하지만 그녀가 테일 라사머한테 한 짓은 어떻게 설명할 거야?"

"궁극적으로는 내 책임이겠지." 로이드는 대꾸했다. "고독감을 못 이기고 엄청난 오판을 저질렀던 거야. 나는 자네들을 지킬 수 있다고 생각했다네. 설령 자네들 중에 텔레파스가 있다고 해도 말이야. 24시간 동안 감시하고, 위험한 행동에 나서지 못하도록 경고하는 걸로 충분하다고 생각했어. 만약 어머니가 어떤 식으로든 개입하려고 든다면 주 제어 콘솔을 써서 명령을 직접 철회시킬 작정이었지. 보통은 그걸로 충분했으니까. 언제나 그랬던 건 아니고, 보통은. 이번 항해에 나서기 전에 어머니는 다섯 번밖에 사람을 죽이지 않았어. 처음 세 명이 살해된 건 내가 아직 어렸을 때의 일이었는데, 그로 인해 난 어머니를 알게 됐고, 그녀가 이 배 안에 존재한다는 사실을 알게 되었던 거야. 그 세 사람 중에도 텔레파스가 한 명 있었어.

내가 좀 더 분별 있게 행동했어야 했어, 캐롤리. 삶에 대한 내 갈망이 자네들 모두를 파멸로 몰아넣었던 거야. 난 나 자신의 능력을 과대평가했고, 자기 정체가 노출될 가능성에 대해 어머니가 느끼는 두려움을 과소평가했어. 위협을 느끼면 어머니는 공격에 나서고, 텔레파스들은 언제나 그녀에게 위협으로 작용해. 텔레파스들은 어머니를 감지할 수 있거든. 악의에 찬 어렴풋한 존재로서 말이야. 뭔가 차갑고 적대적이고 비인간적이라는 인상을 받는다더군."

"맞아." 캐롤리 드브라닌이 말했다. "테일도 바로 그렇게 말하더군. 외계인 같은 이질적인 존재가 틀림없다고 했어."

"유기체의 정신 구조에 익숙한 텔레파스 입장에서 어머니가 이질적으로 느껴지는 건 전혀 이상할 것이 없어. 사실 그녀가 깃들어 있는 건 인간의 뇌가 아니니까 말이야. 그게 정확히 뭔지는 나도 설명하지 못하겠어 — 결정화된 기억의 복합체, 서로 맞물린 프로그램들의 섬뜩한 네트워크, 회로와 영혼의 융합. 그래, 왜 외계인처럼 느껴지는지 알 것 같아."

"컴퓨터 프로그램이 어떻게 인간 머리통을 폭발시킬 수 있는지는 아직 설명 안 했어." 멜란사가 말했다.

"그 질문에 대한 해답은 당신의 가슴 사이에 걸려 있어, 멜란사."

"내 '속삭이는 보석'?" 그녀는 의아한 표정으로 말하고는 우주복과 옷 위로 그것을 만졌다. 차가운 감촉과 함께 모호하게 에로틱한 인상이 몰려오는 것을 느끼고 그녀는 몸을 떨었다. 마치 로이드가 방금 언급한 것만으로도 보석이 되살아난 듯한 느낌이다.

"당신한테 듣기 전까지는 나도 '속삭이는 보석'에 관해서는 잘 몰랐어." 로이드가 말했다. "하지만 기본 원리는 동일해. 초능력자가 각인해 준 거라고 했잖아. 그렇다면 초능력을 보존할 수 있다는 것도 알겠지. 내 컴퓨터의 중앙 코어는 공명(共鳴) 크리스털로 이루어져 있어. 당신의 그 조그만 보석보다 몇십 배는 더 크지. 죽음이 닥쳐오자 어머니는 거기에 스스로를 각인했다고 생각해."

"'속삭이는 보석'에 각인할 수 있는 사람은 초능력자밖에 없는데." 멜란사가 말했다.

"두 사람 모두 '왜'라는 질문에는 관심이 없는가 보군." 로이드가 말했다. "우리 어머니가 왜 그토록 인간 혐오에 빠졌는지를 한 번도 묻지 않았어. 실은 어머니는 초능력을 갖고 태어났어. 아발론에서 그랬더라면 1급 초능력자 판정을 받고 테스트와 훈련을 거쳐 상찬(賞讚)의 대상이 됐겠지. 타고난 능력을 살리고, 그에 합당한 보상을 받는 식으로 말이야. 유명 인사가 되었을지도 몰라. 1급보다 더 강했을 가능성도 있거든. 하지만 그런 능력은 사후가 되어서야 획득한 건지도 모르겠군. 나이트플라이어에 지금처럼 연결된 후에 말이야.

지금 와서 이런 설명을 해도 별 의미는 없겠지만. 어머니는 아발론이 아니라 베스에서 태어났다네. 초능력을 뭔가 이질적이고 위험한 걸로 인식하는 행성에서 말이야. 그래서 그치들은 그걸 억지로 '치료'했던 거지. 약물에, 전기 충격에, 최면 학습까지 동원해서, 능력을 발휘하려고 하면 어머니가 지독한 고통에 시달리도록 만들었어. 그보다 덜 양심적인 방법들도 쓴 걸로 알고 있네. 물론 어머니는 타고난 능력을 잃거나 하지는 않았어. 어머니가 잃은 건 단지 그걸 더 효율적으로 쓰고, 의식적으로 통제하는 능력뿐이었네. 그렇게 해서 초능력은 억압받고 불규칙한 상태로 어머니 내부에 남겨졌던 거지. 그건 수치심과 고통의 원천이 되었고, 감정적으로 큰 스트레스를 받으면 격렬하게 발현하곤 했어. 게다가 5년 동안이나 시설에 갇혀 치료를 받은 탓에 거의 돌아 버린 상태였어. 어머니가 사람을 싫어하게 되었어도 하등 이상할 게 없지."

"어떤 능력이었는데? 텔레파시?"

"아냐. 아, 약간의 초보적인 독심 능력은 갖고 있었을지도 모르겠군. 모든 초능력자는 완전히 발달한 능력뿐만 아니라 다른 잠재 능력들도 몇 개씩 갖고 있다는 얘길 어디선가 읽은 적이 있거든. 하지만 어머니는 사람 마음을 읽지는 못했어. 약간의 공감(共感) 능력은 있었지만, 그놈의 '치료' 덕에 묘하게 뒤틀려 버려서 타인의 감정은 어머니를 글자 그대로 구토하게 만들었을 뿐이야. 하지만 고향 행성이 5년 동안 박살내고 파괴하려고 했던 어머니의 진짜 능력은 테키였어."

멜란사 지얼은 무의식중에 욕설을 내뱉었다. "그래서 중력을 그렇게 싫어했던 거구나! 무중력 하에서 텔레키네시스는—."

"맞아." 로이드가 대신 끝맺었다. "나이트플라이어 호를 중력이 있는 상태에 두면 나한테는 고문이지만, 어머니의 능력은 제한을 받는다네."

로이드가 이 마지막 언급을 한 뒤에 흐른 침묵 속에서, 각자는 검은 원통형의 구동실을 내려다보았다. 캐롤리 드브라닌은 자기 썰매 위에서 어색하게 몸을 움직였다. "대널하고 린드란이 안 돌아오는군." 그는 말했다.

"아마 죽었을걸세." 로이드는 무감동하게 말했다.

"그럼 이제 우린 어떻게 해야 하지? 계획을 세워야 해. 여기서 한없이 기다릴 수는 없잖아."

"첫 번째 질문은 내가 뭘 할 수 있는가야." 로이드 에리스가 대꾸했다. "방금 내가 모든 걸 가감 없이 털어놓았다는 걸 알지. 자네들은 알 권리가 있었으니까 말이야. 무지가 보호막 역할을 해 주던 시기는 이미 지났어. 사태가 좌시할 수 없는 수준에 도달했다는 점은 명백해. 너무 많은 사람이 죽었고, 자네들 모두 그걸 목격했으니까 말이야. 어머니는 자네들을 아발론까지 살려 보내지 않을 작정이네."

"사실이야." 멜란사가 말했다. "하지만 당신은 어떻게 할 건데? 우리 선장님의 지위도 위태로워진 건가?"

"그게 바로 문제의 핵심이라고 해야겠지." 로이드는 시인했다. "여전히 세 수 앞을 읽고 있는 것 같군, 멜란사. 그것만으로 충분할지는 확신이 안 가지만 말이야. 이 게임에서 당신의 적수는 네 수 앞까지 읽고 있는 데다가 아군의 폰들은 대부분 사로잡힌 상태야. 아무래도 체크메이트가 임박했다는 불길한 생각이 드는군."

"내가 적수의 킹을 설득해서 탈영하게 만들지 않는 이상 그렇게 될 거라는 얘기지?"

그녀는 로이드가 희미한 미소를 떠올린 것을 알 수 있었다. "그쪽 편을 든다면 아마 나까지 죽이려 들 거야. 내가 꼭 필요한 건 아니거든."

캐롤리 드브라닌은 이 말을 이해하는 데 조금 시간이 걸리는 듯했다. "하지만— 달리 무슨 방법이—."

"내 썰매에는 레이저가 달려 있다네. 자네들 것에는 안 달려 있고. 지금 당장 이 자리에서 자네들을 죽인다면 그 대가로 나이트플라이어로 안전하게 돌아가는 걸 허락받을 수도 있어."

멜란사의 시선이 3미터 떨어진 썰매들 사이의 공간을 가로질러 로이드의 그것과 교차했다. 그녀의 양손은 분사 제어장치에 살짝 얹혀 있었다. "시도해 보시죠, 선장님. 하지만 개량 모델을 죽이는 건 쉽지 않다는 걸 잊으면 안 돼요."

"당신을 죽일 생각은 없어, 멜란사 지얼." 로이드는 진지한 어조로 말했다. "난 68표준년을 살아왔지만 그건 도저히 제대로 된 삶이라고 할 수 없었어. 이젠 지쳤다고나 할까. 그런데 당신이 그런 휘황찬란한 거짓말을 술술 늘어놓는 걸 들은 거야. 정말로 나를 만질 용의가 있어?"

"응."

"그런 접촉을 하려면 난 많은 위험을 무릅써야 해. 하지만 어떤 의미에서는 그런 위험은 위험이라고 할 수도 없겠지. 여기서 패배한다면 어차피 모두 죽은 목숨이니까 말이야. 만약 승리한다면, 흐음, 그래도 난 죽을 운명이야. 아발론에서 기다리는 작자들은 나이트플라이어를 파괴할 거고, 설령 거기서 살아남더라도 난 궤도 병원에서 기형아로 살아가야 하겠지. 그러는 것보다는 차라리 죽는 편이 나아."

"우리가 새 배를 건조해 줄게." 멜란사가 약속했다.

"거짓말 하고는." 로이드는 이렇게 대꾸했지만, 어조만은 쾌활했다. "하여튼 그런 건 상관없어. 난 어차피 인생이라고 할 만한 걸 살아오지 않았고, 죽는 것도 두렵지 않아. 캐롤리, 만약 우리가 이긴다면 자네의 그 볼크린 얘기를 한 번 더 해 줘야 해. 그리고 멜란사는 나하고 체스를 두고, 내 몸을 만질 수 있는 방법을 찾아내고, 또……."

"섹스하는 방법을 찾아낸다?" 그녀는 상대의 말을 대신 끝맺으며 씩 웃었다.

"그럴 용의가 있다면." 그는 나직하게 말하고 어깨를 으쓱했다. "흐음, 어머니는 이미 이 모든 대화를 엿들었어. 우리가 지금부터 무슨 계획을 세우든 간에 주의 깊게 귀를 기울이고 있을 게 뻔하니까 계획 따위는 무의미해. 제어실의 에어록은 배의 컴퓨터에 직결되어 있으니까 나를 들여보내 줄 가능성이 있어. 따라서 우린 다른 사람들 뒤를 쫓아 구동실로 들어가서, 주 에어록을 통해 선내로 진입한 다음에 그나마 주어진 작은 기회를 활용해 봐야겠지. 내 제어 콘솔에 도달해서 다시 중력을 되살릴 수 있다면 성공할 가능성도 없지는 않아. 실패한다면—."

그의 말은 나직한 신음 소리에 가로막혔다.

한순간 멜란사는 나이트플라이어가 또 그들을 향해 울부짖는 것이라고 생각했다. 같은 전술을 두 번 쓸 정도로 멍청하다는 것이 의외였지만 말이다. 그러자 신음 소리가 또 들려왔다. 캐롤리 드브라닌의 썰매 뒤쪽에서 나는 소리였다. 그들이 까맣게 잊고 있던 네 번째 동료가 결박된 채로 몸부림치고 있었다. 드브라닌이 황급히 다가가서 결박을 풀어 주자 애거서 메리지-블랙은 벌떡 일어섰다. 그 반동으로 거의 썰매 위로 떠오르려는 것을 드브라닌이 손을 움켜잡고 끌어당겼다. "괜찮아? 내 목소리가 들려? 혹시 통증을 느끼나?"

투명한 안면 덮개 아래에서, 그녀는 공포에 질린 커다란 눈으로 캐롤리와 멜란사와 로이드를 번갈아 바라보았고, 곧 부서진 나이트플라이어호 쪽을 보았다. 멜란사는 애거서가 발광해 버렸을지도 모른다는 의구심을 느꼈다. 메리지-블랙이 입을 연 것은 멜란사가 그 사실을 드브라닌에게 경고하려고 했을 때의 일이었다.

"볼크린!" 애거서는 단지 이렇게 한마디 했을 뿐이었다. "아, 볼크린!"

구동실 입구에서 고리 모양의 핵융합 엔진들이 희미한 빛을 발하기 시작했다. 멜란사 지얼은 로이드가 숨을 훅 들이켜는 소리를 들었다. 그녀는 자기 썰매의 분사 제어장치를 거칠게 비틀었다. "서둘러." 그녀는 외쳤다. "나이트플라이어가 움직이려는 것 같아."

● ○

구동실의 긴 터널을 3분의 1쯤 주파했을 때 로이드의 썰매가 그녀의 썰매 곁으로 다가왔다. 검고 육중한 로이드의 장갑 우주복은 경직되고 위협적인 인상을 주었다. 두 썰매는 나란히 전진하며 원통형의 초광속 구동장치와 사이버 웹 옆을 통과했다. 전방에 흐릿하게 조명된 주 에어록과 그 곁에 있는 소름 끼치는 문지기의 모습이 보인다.

"에어록에 도달하는 즉시 내 썰매를 뛰어넘어." 로이드가 말했다. "난 이 무장 썰매에 탄 채로 가야겠어. 하지만 에어록 안은 썰매 두 대가 모두 들어가기에는 좁아."

멜란사 지얼은 위험을 무릅쓰고 재빨리 등 뒤를 돌아보았다. "캐롤리, 어디 있어?"

"아직도 밖에 있다네, 친구." 대답이 돌아왔다. "난 못 가겠어. 용서해줘."

"함께 있어야 해!"

"안 돼." 드브라닌이 말했다. "이렇게까지 목표에 근접했는데 그런 위험을 무릅쓸 수는 없어. 여기까지 와서 그렇게 비극적이고 허망한 결말을 맞을 수는 없어, 멜란사. 다 와서 실패하는 건 도저히 참을 수 없어. 죽는 건 두렵지 않지만, 우선 내 눈으로 볼크린을 똑똑히 봐야겠어. 지금까지 얼마나 오래 기다렸는데."

"우리 어머니는 배를 움직일 작정이야." 로이드가 끼어들었다. "캐롤리, 그럼 자넨 뒤에 홀로 남겨질 거야."

"기다릴 거야." 드브라닌이 대답했다. "볼크린은 반드시 올 거고, 난 이대로 여기서 기다리겠어."

곧 대화는 끊겼다. 에어록에 거의 도달했기 때문이다. 두 썰매 모두 속도를 늦추다가 정지했다. 로이드 에리스는 손을 내밀고 수동으로 에어록을 개방하기 시작했다. 그동안 멜란사 지얼은 로이드의 거대한 타원형 작업 썰매 뒤로 부유했다. 에어록의 바깥문이 옆으로 스르르 열리자 두 사람은 미끄러지듯이 기밀실 안으로 들어갔다.

"안쪽 문이 열리면 공격이 시작될 거야." 로이드는 침착한 어조로 말했다. "영구적인 비품들은 모두 내장되거나 용접되어 있고, 혹은 볼트로 단단히 고정되어 있지만, 당신의 연구팀이 가지고 들어온 물품의 경우는 그렇지 않아. 어머니는 그것들을 무기로 쓸 거야. 또 나이트플라이어의 컴퓨터에 직결되어 있는 문이나 에어록이나 그 밖의 장비들도 조심해야 해. 우주복을 절대로 벗으면 안 된다는 건 굳이 지적하지 않아도 알겠지?"

"응." 그녀는 대꾸했다.

로이드가 썰매를 조금 아래쪽으로 움직이자 조작지들이 기밀실의 바닥에 닿으며 금속적인 소리를 냈다.

안쪽 문이 쉭 하는 소리를 내며 열리자 로이드는 썰매의 분사 장치를 작동시켰다.

안에서는 대널과 린드란이 핏빛 아지랑이 속을 부유하며 기다리고 있었다. 대널의 몸은 사타구니에서 목까지 일직선으로 째져 있었다. 희끄무레한 내장이 뱀의 무리처럼 화난 듯이 꿈틀거린다. 린드란은 여전히 식칼을 쥐고 있었다. 두 사람은 생전에는 결코 가능하지 않았던 우아한 동작으로 공중을 부유하며 접근해 왔다.

로이드는 가장 앞쪽의 조작지들을 들어 올려 그들을 옆으로 튕겨 내며 돌진했다. 격벽에 폭넓은 핏자국을 남기며 떨어져 나간 대널의 동체에서 더 많은 내장이 밖으로 흘러나왔다. 린드란은 칼을 놓쳤다. 로이드는 이들을 남겨 두고 가속했고, 피 구름을 뚫고 통로를 향해 돌진했다.

"뒤쪽은 내가 봐 줄게." 멜란사는 이렇게 말하고 몸을 돌려 로이드와 등을 맞댔다. 두 시체는 이미 한참 뒤에 처져 있었다. 아무 쓸모도 없어진 식칼이 공중에 둥둥 떠 있다. 멜란사가 이제는 안전해졌다고 로이드에게 말하려고 한 순간, 식칼이 느닷없이 방향을 바꾸더니 눈에 보이지 않는 어떤 힘에 떠밀린 듯이 그들 뒤를 쫓아왔다.

"옆으로 틀어!" 그녀는 외쳤다.

썰매가 급격히 한쪽으로 움직였다. 식칼은 1미터는 족히 떨어진 공간을 통과해서 쨍 하는 소리를 내며 격벽을 스쳐 지나갔다.

그러나 바닥에 떨어지지는 않았고, 다시 그들을 향해 날아왔다.

라운지가 전방에서 모습을 드러냈다. 어둡다.

"문이 너무 좁아." 로이드가 말했다. "썰매를 버리는 수밖에—." 그가 이렇게 말한 순간 썰매가 충돌했다. 두 사람의 몸은 문간에 정통으로 썰매를 박아 넣은 반동에 못 이겨 옆으로 튕겨 나갔다.

한순간 멜란사는 버둥거리며 통로에 떠 있었다. 머리가 핑핑 돈다. 어디가 위고 어디가 아래인지 도무지 알 수 없었다. 다음 순간 칼날이 그녀를 덮쳤고, 우주복의 어깨 부분을 찢고 뼈에 이르는 상처를 입혔다. 그녀는 격통과 함께 따뜻한 피가 솟구치는 것을 느꼈다. "쌍." 그녀는 비명을 질렀다. 칼이 핏방울을 흩뿌리며 다시 날아왔다.

번개처럼 앞으로 튀어 나간 멜란사의 손이 그것을 움켜잡았다.

그녀는 뭐라고 알아들을 수 없는 말을 중얼거리며 칼을 쥐고 있던 보이지 않는 손으로부터 그것을 빼앗았다.

로이드는 가까스로 썰매의 균형을 되찾고 어떤 조작에 몰두하고 있는 듯했다. 그의 배후에 있는 라운지의 어둠 속에서 반쯤 인간처럼 보이는 검은 그림자가 나타나는 것을 멜란사는 흘끗 보았다.

"로이드!" 멜란사가 경고를 발했다. 그림자가 조그만 레이저를 작동시켰다. 연필심처럼 가느다란 광선이 로이드의 가슴을 직격했다.

로이드도 자신의 발사 버튼을 눌렀다. 썰매에 달린 고출력 레이저가 굵고 눈부신 광선을 발사했다. 광선은 크리스토퍼리스의 무기를 새까맣게 태우고 그의 오른팔과 가슴의 일부까지 태워 없앴다. 맥동하며 공중을 가른 고출력 레이저광선은 라운지의 반대편 격벽에 연기를 발생시키기 시작했다.

로이드는 잠시 레이저의 출력을 조정한 다음 격벽에 구멍을 뚫기 시작했다. "5분 이내에 뚫을 수 있을 거야." 그는 짧게 내뱉었다.

"괜찮아?" 멜란사가 물었다.

"다친 덴 없어. 내 우주복의 장갑은 당신 것보다 훨씬 더 두꺼운 데다가, 어차피 저 친구가 쏜 건 출력이 낮은 장난감이야."

멜란사는 통로 쪽으로 주의를 돌렸다.

언어학자들은 통로 좌우에 둥둥 뜬 채로 손을 써서 그녀에게 다가오고 있었다. 양쪽에서 한꺼번에 달려들 작정인 듯하다. 멜란사는 몸 여기저기의 근육을 움직여 보았다. 찌르는 듯한 통증과 함께 어깨가 비명을 올린다. 그것만 제외하면 몸 상태는 아주 좋았다. 거의 무모할 정도의 활력이 넘치는 느낌이랄까. "시체들이 또 쫓아오고 있어." 그녀는 로이드에게 말했다. "내가 가서 처리하고 올게."

"그래도 괜찮을까? 두 명이나 되잖아."

"난 개량된 모델이라고." 멜란사는 대꾸했다. "저치들은 이미 죽어 있고." 그녀는 썰매를 박차고 대널을 향해 높고 우아한 궤도를 그리며 천천히 날아갔다. 그는 그녀를 막으려는 듯이 두 손을 들어 올렸다. 멜란사는 그것들을 옆으로 쳐 내며 대널의 한쪽 팔을 뚝 부러지는 소리가 날 때까지 뒤로 꺾었고, 그와 동시에 그의 목 깊숙이 칼을 박아 넣었다. 다음 순간에야 그녀는 이것이 얼마나 무의미한 행동이었는지를 깨달았다. 그의 목에서 흘러나온 피가 구름처럼 주위에 퍼졌지만 그는 여전히 마구 팔을 휘둘렀다. 그녀를 깨물려는 듯이 이를 기괴하게 딱딱거리며.

멜란사는 칼을 잡아 빼고 대널의 팔을 움켜잡은 다음 괴력에 가까운 힘을 발휘해서 통로 너머로 내동댕이쳤다. 대널은 균형을 잃고 미친 듯이 회전하며 자신이 뿌린 핏빛 아지랑이 속으로 사라졌다.

멜란사는 느긋하게 회전하며 반대편으로 날아갔다.

린드란의 손이 뒤에서 그녀를 움켜잡았다.

멜란사의 안면 덮개를 마구 할퀴기 시작한 손톱에서 피가 흘러나오며 투명한 플라스틱 위에 여러 줄기의 빨간 자국을 남겼다.

멜란사는 몸을 홱 돌려 린드란의 팔을 움켜잡았고, 통로 안쪽에서 몸부림치고 있는 대널을 향해 내던졌다. 충돌의 반작용으로 린드란의 몸이 팽이처럼 회전하며 튕겨 나간다. 멜란사는 양팔을 벌리며 억지로 제자리에 멈춰 섰다. 현기증을 참으며 격한 숨을 몰아쉰다.

"다 뚫었어." 로이드가 말했다.

멜란사는 몸을 돌려 그쪽을 보았다. 라운지의 벽에 뚫린 가로세로 1미터 길이의 정방형 구멍에서 연기가 피어오르고 있었다. 로이드는 레이저의 동력을 끊고 양손으로 문틀을 움켜잡은 다음 구멍을 향해 몸을 날렸다.

귀청을 찢을 듯한 날카로운 음파가 멜란사의 고막을 강타했다. 그녀는 고통에 못 이겨 몸을 푹 꺾었다. 혀끝을 내밀어 통신기를 끈 뒤에야 자비로운 정적이 찾아왔다.

라운지에서는 비가 내리고 있었다. 취사도구, 유리잔과 접시, 인체의 파편 따위가 한꺼번에 방 안으로 쏟아져 내렸지만, 로이드의 장갑 우주복에는 아무 손상도 입히지 못하고 그대로 튕겨 나왔다. 급히 로이드의 뒤를 따라가려고 했던 멜란사는 속수무책으로 물러났다. 저 죽음의 비를 맞는다면 그녀의 가볍고 얇은 우주복은 갈가리 찢길 것이 뻔했기 때문이다. 반대편 벽에 도달한 로이드는 우주선의 은밀한 제어 구획 안으로 사라졌다. 그녀는 홀로 뒤에 남았다.

나이트플라이어 호가 흔들, 하더니 갑작스럽게 가속했다. 그 탓에 짧게나마 중력 비슷한 것이 생겨났다. 멜란사는 옆으로 튕겨 나갔다. 다친 어깨가 썰매에 격돌하며 고통이 몰려왔다.

통로 전체에서 문들이 열리고 있었다.

대널과 린드란이 또다시 그녀를 향해 다가오고 있었다.

● ○

나이트플라이어는 핵융합 분사의 빛을 발하는 먼 별이었다. 그들은 암흑과 냉기에 에워싸여 있었고, 발치 너머로는 〈유혹자의 베일〉의 끝없는 공허가 펼쳐져 있었다. 그러나 캐롤리 드브라닌은 두렵지 않았다. 묘하게 예전과는 다른 인물로 변모한 느낌이다.

허공은 기대감으로 가득 차 있었다.

"그들이 다가오고 있어." 그는 속삭였다. "초능력과는 인연이 없는 나조차도 느낄 수 있어. 크레이 인들의 전승은 사실이었어. 몇 광년이나 떨어진 곳에서도 감지할 수 있어. 정말이지 경이롭군!"

애거서 메리지-블랙은 작게 쪼그라든 듯한 모습이었다. "볼크린." 그녀는 중얼거렸다. "지금 와서 그게 무슨 소용이 있어. 난 아파. 배는 가벼웠고. 드브라닌, 머리가 욱신거려." 그녀는 두려운 듯이 작은 흐느낌을 발했다. "테일도 그렇게 말했지. 그— 그 일이 일어나기 직전에, 내가 주사를 놓으려고 할 때 말이야. 머리가 쑤신다고 했어. 정말 끔찍하게 아파."

"조용히 해, 애거서. 두려워하지 마. 내가 여기 이렇게 함께 있잖아. 기다려. 우리가 앞으로 목격할 것에 관해서만 생각해. 그것에 관해서만!"

"지금 그들을 느낄 수 있어." 초심리학자가 말했다.

드브라닌은 열성적인 어조로 물었다. "그럼 얘기해 줘. 우리가 탄 이 조그만 썰매를 써서 접근하면 돼. 방향을 가르쳐 줘."

"응." 그녀는 동의했다. "응. 알았어."

●○

중력이 되돌아왔다. 주위의 우주는 눈 깜짝할 새에 거의 정상으로 돌아왔다.

멜란사는 바닥으로 추락하면서 능숙하게 착지했고, 몸을 굴려 고양이처럼 민첩하게 일어섰다.

통로의 열린 문들 너머에서 불길하게 부유하고 있던 물체들도 시끄럽게 덜그럭거리며 일제히 바닥에 떨어졌다.

아지랑이처럼 엷게 공중을 떠돌던 피는 이제 통로 바닥을 미끌미끌하게 뒤덮고 있었다.

공중에서 바닥으로 쿵 떨어진 두 시체는 꼼짝도 하지 않았다.

로이드가 벽에 내장된 통신 장치를 통해 말했다. "성공했어."

"알아." 멜란사가 대꾸했다.

"지금 주 제어 콘솔 앞에 와 있어. 수동 오버라이드를 써서 중력을 되살렸고, 컴퓨터 기능들을 가능한 한 끄고 있어. 하지만 아직 안전해진 건 아냐. 어머니는 나를 꼭뒤 지를 다른 방법을 찾아내려고 할 거야. 지금은 순전히 완력으로만 억누르고 있는 상태에 가깝기 때문에 그 어떤 것도 놓치면 안 돼. 만약 내 주의력이 한순간이라도 흐트러진다면……. 멜란사, 당신 우주복 말인데, 구멍이 났어?"

"응. 어깨를 칼로 찔렸어."

"다른 것으로 갈아입어. 지금 당장. 내가 반대 명령을 계속 내리고 있는 덕에 에어록들은 기밀 상태를 유지하겠지만, 불필요한 위험을 무릅쓸 여유는 없어."

멜란사는 이미 통로를 질주하며 우주복과 장비 들이 수납된 화물칸을 향해 가고 있었다.

"새 우주복으로 갈아입은 뒤에는……." 로이드는 말을 이었다. "시체들을 모두 질량 변환 장치에 집어넣어. 구동실 에어록 옆에 있는 해치를 쓰면 돼. 그 밖에도 주위를 굴러다니는 물체들도 필요 불가결한 것들만 빼고 모두 변환시켜 버려. 계측 장치라든지, 책, 테이프, 식기―."

"칼." 멜란사가 제안했다.

"물론 칼도."

"아직도 우린 텔레키네시스로 공격받을 위험이 있는 거야, 선장님?"

"어머니의 힘도 중력장 안에서는 비교가 안 될 정도로 약해져." 로이드가 말했다. "엄청난 힘을 쏟아부어야 가능할걸. 나이트플라이어의 동력을 끌어온다 해도 기껏해야 한 번에 물체 하나를 움직일 수 있을 뿐이야. 게다가 어머니가 투사할 수 있는 양력(揚力)은 무중력상태에서의 그것에 비하면 극히 미약해. 하지만 그 힘이 어디로 가지는 않는다는 걸 명심해야 해. 게다가 나를 우회해서 다시 중력 발생 장치를 끄는 방법을 찾아낼 가능성도 있어. 내가 여기 있으면 순식간에 중력을 되살릴 수 있지만, 아무리 짧은 시간 계속된다고 해도 무기로 쓰일 가능성이 있는 물건들은 모조리 치워 놓아야 해."

멜란사는 화물칸에 도달했다. 우주복을 벗어 던지고, 어깨의 통증 탓에 몸을 움찔거리면서도 기록적으로 짧은 시간 내에 새것으로 갈아입었다. 출혈이 심했지만 지금은 무시하는 수밖에 없다. 그녀는 벗어 놓은 우주복과 두 아름은 되는 과학 장비를 끌어모아서 질량 변환실 안에 처넣었다. 그런 다음에는 시체들 쪽으로 주의를 돌렸다. 대널의 경우는 아무 문제도 없었다. 린드란은 대널을 변환실에 집어넣는 멜란사의 배후에서 통로를 기어 왔고, 자기 차례가 오자 약하게 몸부림을 쳤다. 나이트플라이어의 힘이 완전히 사라지지는 않았다는 섬뜩한 증거였다. 멜란사는 린드란의 약한 저항을 쉽게 제압하고 변환실 안에 억지로 밀어 넣었다.

크리스토퍼리스의 불타서 엉망이 된 시체도 꿈틀꿈틀 저항하며 그녀를 향해 이를 딱딱거렸지만, 별문제는 되지 않았다. 그녀가 라운지 안을 치우고 있을 때 식칼이 빙빙 돌며 그녀를 향해 날아왔다. 하지만 워낙 속도가 느렸기 때문에 멜란사는 그냥 옆으로 쳐 낸 다음 변환 장치에 집어넣을 물건들 옆에 쌓아 두었다. 그녀는 애거서 메리지-블랙이 두고 간 약품과 분사식 주사기를 옆구리에 끼고 선실들을 돌아다니기 시작했다. 로이드가 비명을 올린 것은 바로 그때였다.

다음 순간 눈에 보이지 않는 거대한 손 같은 힘이 그녀의 가슴을 꽉 움켜잡았고, 몸부림치는 그녀를 바닥으로 끌어 내렸다.

● ○

무엇인가가 별들을 가로지르고 있었다.

드브라닌은 까마득하게 먼 곳에 있는 그것을 어렴풋하게나마 볼 수 있었다. 아직 세부까지 알아볼 수 있을 정도는 아니었지만 말이다. 그러나 우주 공간의 별빛 일부를 차단할 정도로 거대한 물체가 그곳에 존재한다는 사실에는 의심의 여지가 없었다. 게다가 그들을 향해 일직선으로 다가오고 있다.

연구팀이, 컴퓨터가, 텔레파스가, 전문가들이, 관측 계기가 이 자리에 없는 것이 정말로 한탄스러웠다.

그는 분사 스위치를 힘껏 누르고 그의 볼크린을 마중하기 위해 돌진했다.

● ○

멜란사 지얼은 바닥에 납작이 들러붙은 온몸이 욱신거리는 것을 자각하며 힘겹게 우주복의 통신회선을 열었다. 로이드와 연락해야 한다. "거기 있어? 무슨 일이 일어…… 일어나고 있는 거야?" 그녀 몸을 짓누르는 압력은 엄청났고, 지금 이 순간에도 착실하게 증대하고 있었다. 몸을 움직이는 것은 거의 불가능했다.

한참 뒤에야 고통에 찬 대답이 띄엄띄엄 돌아왔다. "허점을…… 찔렸어……." 로이드는 가까스로 말했다. "말하면…… 아파……."

"로이드―."

"그녀가…… 테키를…… 써서…… 내 눈앞의…… 제어반…… 다이얼…… 조작해서…… 중력을…… 두 배…… 세 배…… 높였어……. 난…… 그걸…… 다시…… 되돌리기만…… 되돌리기만…… 하면…… 되는데……."

침묵. 이윽고 멜란사가 거의 절망에 사로잡히기 직전에 또다시 로이드의 목소리가 들렸다. 단 한마디만.

"못 해……."

가슴을 체중의 열 배는 되는 물체에 짓눌리고 있는 듯한 기분이었다. 지금 로이드가 어떤 끔찍한 고통을 겪고 있는지 상상하는 것은 어렵지 않았다. 로이드의 육체에는 표준 중력인 1G조차도 고통스럽고 위험스러운 것이다. 설령 손을 뻗으면 닿는 곳에 조정 다이얼이 있다 해도, 그의 빈약한 근육으로 그것을 조작하는 것은 불가능하다는 사실을 멜란사는 알고 있었다. "왜." 그녀는 운을 뗐다. 적어도 말을 하는 행위만은 로이드만큼 힘들지는 않은 듯했다. "왜 그녀는…… 중력을…… 올린 거야……. 그러면…… 자기도…… 약해지잖아……. 안 그래?"

"응……. 하지만…… 조금…… 있으면…… 한 시간…… 1분…… 내…… 내…… 심장이…… 터질 거고…… 그러면…… 그다음엔…… 넌 혼자가…… 되니까…… 중력…… 끄고…… 너를 죽일 거야……."

멜란사는 고통을 무릅쓰고 팔을 뻗었고, 몸을 질질 끌다시피 하며 통로의 반을 나아갔다. "로이드…… 기다려……. 지금 가고 있어……." 그녀는 또다시 앞으로 기어가기 시작했다. 아직도 옆구리에 끼고 있는 애거서의 약물 키트가 말도 안 될 정도로 무겁게 느껴졌다. 그녀는 바닥에 그것을 떨구고 옆으로 밀쳐 내려고 했다. 마치 1백 킬로그램은 나가는 것 같다. 그녀는 흠칫하며 생각을 바꿨다. 키트의 뚜껑을 연다.

주사 앰풀은 모두 종류별로 깔끔하게 분류되어 있었다. 앰풀에 붙은 딱지를 재빨리 훑어보며 아드레날린이나 합성 스팀 따위의 유무를 확인한다. 로이드가 있는 곳까지 갈 만한 힘을 부여해 줄 수 있는 것이라면 뭐든 좋다. 그녀는 흥분제 몇 개를 찾아냈고, 그중에서 가장 강한 것을 골라냈다. 고통에 찬 느릿느릿한 동작으로 그 앰풀을 분사식 주사기에 끼우려던 그녀의 시선이 우연히 여분의 에스페론을 향했다.

여기서 왜 망설였는지는 멜란사 본인도 알지 못했다. 에스페론은 키트 안에 보관된 여섯 종류의 초능력 관련 약물 중 하나에 불과했다. 어차피 그녀에게는 하등 도움이 안 되는 것들이지만, 에스페론을 본 순간 왠지 마음이 뒤숭숭해졌던 것이다. 무엇인지 생각이 날 듯하면서도 나지 않는 것이 안타까웠다. 머릿속을 정리하려고 하던 중에 어떤 소리가 들려왔다.

"로이드." 멜란사는 말했다. "당신 어머니…… 이런 높은 중력에서는…… 테키를 못 쓰니까…… 아무것도…… 못 움직이는 거 아니었어?"

"글쎄." 로이드는 대답했다. "만약…… 모든…… 힘을…… 최대한…… 집중한다면…… 가능할지도……. 왜?"

"왜냐하면……." 멜란사 지얼은 암담한 어조로 말했다. "왜냐하면 뭔가가…… 누군가가…… 저 에어록을 지나오고 있거든."

　　　　　　　　　　○●

"제 예상과는 달리 진정한 우주선은 아니었습니다." 캐롤리 드브라닌이 말하고 있었다. 아발론의 〈학술원〉에서 설계된 그의 우주복에는 인코더가 내장되어 있었고, 지금 그는 후학을 위해 논평을 남기는 중이었다. 죽음이 임박했다는 사실을 자각하니 묘하게도 평소보다 더 침착해진 느낌이다. "그 물리적인 규모는 상상하기 힘들 정도고, 추정하는 것조차 쉽지 않습니다. 그저 광막하다는 단어밖에는 안 떠오르는군요. 지금 제게는 손목 컴퓨터밖에 없기 때문에 계측 장치 없이 정확하게 측량하는 것은 불가능합니다만, 대략 보기에 그 폭은 최소 1백에서 최대 3백 킬로미터는 되어 보입니다. 물론 이것 모두가 딱딱한 고체는 아닙니다. 전혀 그렇지 않습니다. 섬세하고 가벼워 보이는 저 물체는 우리가 아는 우주선과는 전혀 닮지 않았고, 그렇다고 도시를 닮지도 않았습니다. 저건 ─ 아, 정말로 아름답다라는 표현밖에는 생각나지 않는군요 ─ 결정체(結晶體)와 거미줄처럼 섬세한 물질로 이루어져 있는데, 자체적으로 희미한 빛을 발산하는 탓에 마치 살아 있는 것처럼 보입니다. 복잡하고 정교한, 거대한 거미줄을 연상케 하는 이 우주선을 보고 있으면, 옛날 초광속 항행이 발명되기 직전에 한 번 쓰인 적이 있던 고색창연한 광자 범선이 뇌리에 떠오릅니다. 하지만 이 거대한 구조물은 단단한 고체가 아니기 때문에 빛을 받고 움직이는 건 불가능합니다. 엄밀하게 말하자면 우주선이라고 할 수도 없겠군요. 구조물 전체가 진공에 노출되어 있는 데다가, 눈에 보이는 기밀 선실이라든지 생명 유지 모듈 따위도 전혀 눈에 띄지 않으니까요. 모종의 이유로 인해 제 시야에서 벗어나 있다면 물론 얘기는 달라지지만, 글쎄요, 저는 그렇게 생각하지 않습니다. 그렇게 보기엔 너무 개방적이고, 약해 보이기 때문입니다. 속도는 상당히 빠릅니다. 측정 기구가 없어서 그 속도를 재어 볼 수 없는 것이 안타깝긴 하지만, 이곳에 와 있다는 사실만으로도 저는 충분히 만족합니다. 이제 이 구조물의 진로에서 벗어나기 위해서 제가 탄 썰매를 수직 방향으로 이동시킬 생각입니다만, 성공할 것 같지는 않군요. 저건 우리 썰매보다 훨씬 더 속도가 빠르니까요. 물론 광속에 도달할 정도라는 얘긴 아닙니다. 광속보다 한참 느린 속도이긴 하지만, 나이트플라이어 호의 통상 공간용 핵융합 엔진의 최대 속도보다는 훨씬 빠른 걸로 추정됩니다. 물론 이건 추정에 불과하지만 말입니다.

볼크린의 우주선은 눈에 보이는 추진 수단을 갖고 있지 않습니다. 사실 그 부분이 제일 궁금하군요. 저 물체는 몇천 년 전에 레이저를 쏘아 발사한 광자 돛이고, 항해 도중 뭔가 상상을 초월하는 대재앙에 직면해서 갈가리 찢기고, 썩어 버린 것일지도 모릅니다. 아니, 그럴 것 같지는 않군요. 저 광막한 그물의 중앙부 근처에서 희미하게 빛나는 베일은 너무나도 대칭적이고, 너무나도 아름답기 때문입니다.

겉모습을 묘사해야겠군요. 좀 더 정확성을 기할 필요가 있다는 건 저도 잘 압니다만, 워낙 흥분한 탓에 쉽지가 않습니다. 구조물의 크기는 아까 말했듯이 거대해서, 폭이 몇백 킬로미터에 달합니다. 개략적인 모양은—어디 세어 볼까요—맞군요, 팔각형입니다. 중심점에 해당하는 중앙부는 밝습니다. 엄밀하게는 작고 어두운 부분이 그보다 훨씬 더 넓은 밝은 부분으로 둘러싸인 형태인데, 이 어두운 부분만은 완전히 고체인 것처럼 보입니다. 그에 비해 빛을 발하는 부분은 반투명하군요. 그걸 통해서 조금 변색되긴 했지만 별빛이 보입니다. 자색편이(紫色偏移)에 가깝습니다. 베일, 저는 저것들을 베일이라고 부르겠습니다. 중심점에서 바깥쪽의 베일을 향해 여덟 개의 긴—엄청나게 긴—가시 같은 축이 튀어나와 있는데, 이 가시들 사이의 간격은 완전히 동일하지는 않습니다. 따라서 정팔각형은 아니라는 얘기가 되는데— 아, 이제 더 잘 보입니다. 긴 가시 하나가 움직이고 있군요. 아, 베일도 아주 천천히 출렁거리고 있습니다. 그렇다면 저 가시는 가동식이라는 얘기가 되는데, 베일은 저런 가시들 사이의 공간을 거미그물처럼 빙빙 돌면서 메우고 있습니다. 하지만 그물 자체에도 어떤 패턴이, 기묘한 패턴이 있는 것처럼 보입니다. 거미가 만드는 단순한 거미줄과는 다릅니다. 그물의 선을 훑어보아도 그 패턴에 무슨 질서가 있는 것 같지는 않지만, 포기하지 않고 찾아본다면 반드시 그런 질서를 찾아낼 수 있을 것 같다는 생각이 듭니다.

빛들이 보입니다. 빛들 얘기는 안 했던가요? 중심점 부분에 있는 빛들이 가장 밝지만, 그 밖의 부분에서 나는 빛들은 그렇게 밝지는 않고 어두운 보라색에 가깝습니다. 가시(可視) 방사선일 수도 있겠지만, 그리 많은 양은 아닙니다. 자외선으로 이 우주선을 스캔해 보면 확인 가능하겠지만, 계측 기기가 없는 탓에 불가능합니다. 이 빛들은 움직이고 있습니다. 베일도 물결치는 것처럼 보이고, 빛들은 개개의 가시를 따라 각기 다른 속도로 계속 움직이고 있습니다. 이따금 다른 빛들이 그물막의 패턴 전체를 가로지르는 것도 보입니다. 이 빛들의 정체가 뭔지는 모르겠습니다. 일종의 커뮤니케이션 도구일지도 모르겠군요. 이렇게 방사되는 빛들의 원천이 우주선 내부에 있는지 외부에 있는지는 모르겠습니다. 그런데— 아! 방금 다른 빛이 하나 출현했습니다. 가시들 사이에서 별이 폭발하는 듯한 섬광이 반짝였는데, 지금은 이미 사라져 보이지 않습니다. 다른 보라색 빛들보다 더 밝은, 남색에 가까운 빛이었습니다. 정말이지 무력감을 느끼는군요. 이렇게 아무것도 모르는 채로 남아 있어야 하다니. 하지만 정말 아름답습니다, 나의 볼크린은.

전설에 의하면, 그들은— 사실 저건 그들에 관한 전설과는 상관이 없어 보입니다. 적어도 현실상으로는. 저 구조물의 크기라든지, 저 빛들은…… 전설에서 볼크린은 종종 빛과 결부되어 왔습니다만, 기록 자체가 워낙 모호한 탓에 레이저식 추진 시스템을 묘사했든 단순한 외부 조명을 묘사했든 별 차이가 없는 수준입니다. 설마 이런 것일 줄은 꿈에도 몰랐습니다. 아, 이런 수수께끼가 존재할 수 있다니! 세부를 자세히 관찰하기에는 아직 거리가 너무 멉니다. 워낙 거대한 탓에 제가 그 진로 밖으로 피할 수 있을 것 같지는 않습니다. 아무래도 우리 쪽을 향해서 방향을 튼 것 같은데, 그건 제 착각일 수도 있습니다. 단지 그런 인상을 받았다고나 할까요. 측정 기기, 측정 기기가 있었으면 정말 좋았을 텐데. 아마 그물막 한복판의 어두운 부분이야말로 우주선의 본체에 해당하는 생명 유지 캡슐일지도 모릅니다. 볼크린은 그 안에 있겠죠. 제 연구팀이 이 자리에 함께 오지 못한 것이 안타깝습니다. 테일, 불쌍한 그 친구는 특히. 그는 1급 텔레파스였기 때문에, 여기 왔더라면 볼크린과 접촉해서 성공적으로 의사소통을 했을지도 모릅니다. 그럼 엄청난 비밀을 알아내고, 엄청난 광경을 목격할 수 있었을 텐데! 저 우주선이 얼마나 오래되었고, 저 태곳적 종족이 얼마나 오랜 세월을 살아왔으며, 얼마나 오랫동안 이렇게 외우주를 향해 나아왔는지를 떠올리면…… 저는 외경심을 느낍니다. 이런 존재와 의사소통을 한다는 건 우리 인류에게는 엄청난 선물, 상상하기조차 힘든 엄청난 선물이겠지만, 문제는 상대방이 너무 이질적이라는 점입니다."

"드브라닌." 애거서 메리지-블랙이 낮고 다급한 어조로 말했다. "저걸 못 느끼겠어?"

캐롤리 드브라닌은 마치 낯선 사람을 보듯이 그녀를 바라보았다. "그럼 자넨 저들을 느낄 수 있단 말이야? 자넨 3급이었지. 그런데도 지금은 강하게 저들을 느낄 수 있어?"

"그건 오래전, 아주 오래전의 얘기야." 초심리학자가 대꾸했다.

"사념을 투사할 수 있어? 저들에게 말을 걸어 봐, 애거서. 저들 정체가 뭐야? 저기 중앙 부분에 있는 거야? 어두운 부분에?"

"응." 메리지-블랙은 이렇게 대답하고 웃음을 터뜨렸다. 여전히 새되고 발작적인 그녀의 웃음소리를 듣고서야 드브라닌은 그녀의 몸 상태가 지극히 안 좋다는 사실을 떠올렸다. "그래, 드브라닌. 저 중앙 부분이 맞아. 파동은 바로 저기서 오고 있어. 문제는 당신 생각이 틀렸다는 점이지만. 저건 '저들'이 아냐. 당신이 찾아낸 전설은 모두 거짓말, 헛소리에 불과했던 거야. 당신의 볼크린을 이토록 가까이서, 이토록 근접해서 목격한 사람은 역사상 우리가 처음이라고 해도 난 놀라지 않을 거야. 다른 목격자들, 당신의 그 기록들을 남긴 외계인들은 단지 저 존재를 느꼈을 뿐이라고. 먼 곳에서, 마음속 깊은 곳에서, 꿈이나 계시를 통해서 볼크린의 성질에 관해 조금 느꼈던 거고, 그런 인상을 자기들 입맛에 맞게 해석했던 거지. 우주 함대, 전쟁, 영원히 우주를 나아가는 종족, 그런 것들은 모두— 모두—"

"친애하는 애거서, 그게 무슨 뜻이지? 도통 무슨 소린지 모르겠군. 이해 못 하겠어."

"그렇겠지." 메리지-블랙이 말했다. "무슨 소린지 모르겠지?" 그녀는 갑자기 부드러운 목소리로 말했다. "나처럼 느낄 수가 없어서 그래. 지금은 정말 뚜렷하게 느낄 수 있어. 평소 텔레파스들은 이렇게 느끼는 거구나. 특히 에스페론을 잔뜩 주사한 텔레파스는."

"뭘 느낀다는 거지? 뭘?"

"저건 '저들'이 아냐, 캐롤리. 단지 '저것'에 불과해. 저건 살아 있는 단일체야. 하지만 지성(知性)을 아예 갖고 있지 않다는 건 보장해도 좋아."

"지성이 없다고?" 드브라닌이 반문했다. "아냐, 그건 자네 생각이 틀렸어. 정확하게 해석하고 있지 않은 거야. 저게 단 하나의 생물이라는 자네의 지적, 단 하나의 거대하고 경이로운 우주 여행자라는 지적까지는 받아들일 용의가 있어. 하지만 그런 존재가 어떻게 지성을 결여할 수 있단 말이지? 자넨 자기 마음으로 저걸 감지했어. 저것의 마음을, 저것이 방사하는 텔레파시 파를. 자네뿐만 아니라 크레이 인 감응 능력자들을 위시한 온갖 초능력자들이 감지했던 것을. 아마 저것이 방사하는 사념은 너무나도 이질적이라서 자네가 제대로 읽지 못하는 건지도 몰라."

"그럴지도 모르지. 하지만 내가 지금 읽고 있는 사념은 그리 심하게 이질적이라고는 할 수 없어. 단지 동물적인 사념에 불과해. 워낙 느리고 어둡고 기괴한 데다가 사념이라고 하기도 뭐할 정도로 희미하다고. 싸늘하게 식어 있던 것이 까마득하게 먼 곳에서 조금 꿈틀하는 느낌이랄까. 저것의 뇌가 거대하다는 건 나도 인정하겠어. 하지만 저건 의식적인 사고를 하기 위해 쓸 수 있는 뇌가 아냐."

"그게 무슨 뜻이야?"

"저게 어떤 추진 시스템을 쓰고 있는지 생각해 보라고, 드브라닌. 아직도 못 느끼겠어, 저 파동을? 내 머리 뚜껑이 날아가 버리지 않나 걱정될 정도로 강력하다고. 당신의 저 빌어먹을 볼크린이 무엇으로 은하계를 횡단하고 있는지 아직도 모르겠어? 또 저게 왜 중력 함정을 피해 다니는지? 어떤 방식을 써서 저렇게 움직이고 있는지 상상이 안 돼?"

"모르겠어." 입으로는 이렇게 부인했지만, 어렴풋한 이해의 빛이 얼굴에 떠오른 것까지 숨기지는 못했다. 드브라닌은 동료에게서 고개를 돌리고 볼크린의 광막한 거체를, 무수히 많은 광년, 광세기(光世紀), 영겁의 세월이 흐르는 동안 물결치는 베일 여기저기에서 빛을 발하며 여기까지 온 존재를 응시했다.

다시 그녀를 돌아보면서 그는 단 하나의 단어를 중얼거렸다. "텔레키네시스."

그녀는 고개를 끄덕였다.

○●○

멜란사 지얼은 분사식 주사기를 들어 올려 자신의 정맥에 주사하려고 악전고투했다. 주사기가 쉭 하는 소리를 내면서 약물이 체내로 몰려들어 오는 것을 느꼈다. 그녀는 조금이라도 기력을 북돋기 위해 드러누운 다음 생각을 해 보려고 노력했다. 에스페론. 에스페론. 그게 왜 그토록 중요한 것일까? 그 약물 탓에 라사머는 죽어 버렸다. 원래 능력뿐만 아니라 약점까지 배가시킴으로써, 그의 내부에 잠재된 다른 능력들에 의해 희생된 것이다. 초능력. 문제는 언제나 초능력으로 귀결된다.

에어록의 안쪽 문이 열리더니 머리가 없는 시체가 걸어 들어왔다.

시체는 경련하듯이 단속적으로 움직였다. 바닥에서 결코 발을 떼지 않고 질질 끄는 모습이 심히 부자연스러웠다. 위에서 내리누르는 중력을 이기지 못한 듯 움직일 때마다 몸이 아래로 자꾸 늘어진다. 한 걸음 한 걸음이 느닷없었고, 어색했다. 정체 모를 섬뜩한 힘이 글자 그대로 한쪽 발을 앞으로 홱 잡아당기고, 그다음에는 다른 쪽 발을 잡아당기는 식이다. 시체는 경직된 양팔을 옆구리에 붙인 채로 슬로모션을 보는 것처럼 움직였다.

어쨌든 움직였던 것이다.

멜란사는 남은 힘을 쥐어짜서 반대편으로 기어가기 시작했다. 그러면서도 다가오는 시체에서 결코 눈을 떼지 않았다.

머릿속에서 온갖 사념이 교차하며 해결책을, 이 체스 문제의 해법을 찾기 위해 고투했지만, 뾰족한 수는 나오지 않았다.

시체는 그녀보다 빨리 움직이고 있었다. 눈에 띄게, 확실하게 가까워지고 있다.

멜란사는 일어서려고 했다. 끙 하는 소리를 내며 무릎을 꿇은 자세를 취하자 심장이 방망이질했다. 그런 다음 한쪽 무릎을 펴면서 억지로 일어서려고 했다. 양쪽 어깨를 짓누르는 엄청난 중압을, 마치 역기를 드는 것처럼 들어 보려고 했다. 난 강해. 그녀는 되뇌었다. 난 개량된 모델이잖아.

그러나 한쪽 다리에 모든 체중을 싣자 근육이 견디지 못했다. 그녀는 꼴사납게 나뒹굴었다. 바닥에 격돌했을 때는 마치 건물 옥상에서 아래로 추락한 듯한 느낌을 받았다. 날카로운 뚝 소리와 함께 찌르는 듯한 고통이 팔 전체를 타고 올라왔다. 안 다친 쪽의 팔이었다. 넘어지면서 그것을 딛고 충격을 완화해 보려고 했던 것이다. 엄청나게 강렬한 고통이 어깨를 직격했다. 눈물이 쏟아지려는 것을 참고, 비명을 억지로 집어삼킨다.

시체는 통로 중간께까지 와 있었다. 두 다리가 부러진 채로 그랬다는 사실을 그녀는 깨달았다. 그런 일에는 전혀 개의치 않고 말이다. 지금 시체를 움직이는 것은 힘줄이나 뼈나 근육보다 훨씬 더 강한 힘이었다.

"멜란사…… 목소리가 들렸는데…… 방금…… 멜란사가 맞아?"

"쉿." 그녀는 야단치듯이 로이드를 말을 가로막았다. 대화를 나눌 여력은 없다.

멜란사는 지금까지 습득한 기술을 총동원해서 의지의 힘으로 고통을 몰아냈다. 힘없이 발을 뻗자 부츠 코가 바닥을 긁는다. 그녀는 어깨의 불타는 듯한 감각을 무시하고, 안 부러진 쪽의 팔을 써서 몸을 앞쪽으로 끌어당겼다.

시체는 가차 없이 다가왔다.

그녀는 로비 라운지의 문간을 넘어 추락한 썰매 밑으로 기어들어 갔다. 시체의 전진을 조금이라도 늦추고 싶었기 때문이다. 테일 라사머였던 물체는 불과 1미터 뒤까지 육박하고 있었다.

모든 일의 단초가 된 사건이 일어났던 라운지의 어둠 속에서, 멜란사 지얼은 마지막으로 남아 있던 힘을 소진했다.

몸이 부르르 떨리더니 축축한 융단 위를 털썩 덮치는 것을 느꼈다. 멜란사는 자신이 더 이상 움직일 수 없다는 사실을 자각했다.

문 너머에서 시체가 뻣뻣하게 멈춰 섰다. 썰매가 마구 흔들리기 시작했다. 이윽고 금속끼리 마찰하는 소리와 함께 썰매 전체가 뒤로 미끄러졌다. 경련하듯이 미끄러지며, 아주 조금씩이나마 뒤로 빠져나가기 시작했던 것이다.

초능력. 욕을 퍼부으며 울고 싶은 심정이었다. 그녀에게도 초능력이 있으면 얼마나 좋을까 하는 헛된 상상이 몰려왔다. 그걸 써서, 텔레키네시스의 힘으로 그녀를 끈질기게 따라오는 저 시체를 한 방에 날려 버리는 것이다. 난 개량된 모델 아니었어? 그녀는 절망감에 시달리며 생각했다. 하지만 그 개량만으로는 불충분했다. 그녀의 부모는 딸에게 손에 넣을 수 있었던 모든 유전적인 선물을 건네주었지만, 초능력까지는 무리였다. 초능력 유전자는 천문학적으로 희귀하고, 열성유전인 데다가—.

—그제야 갑자기 깨달았다.

"로이드." 그녀는 남은 의지력을 모두 쥐어짜서 말했다. 흐느낀 탓에 얼굴이 축축했고, 두려워서 미칠 지경이었다. "그 다이얼을…… 테키를 써서 돌려. 로이드, 텔레키네시스를 쓰라고!"

희미하고 자신 없는 대답이 돌아왔다. "못 해……. 나한테는…… 어머니…… 오직…… 어머니만이…… 난 아냐……. 아냐……. 어머니만……."

"어머니 얘기를 하는 게 아냐." 그녀는 절박한 어조로 말했다. "당신이…… 언제나…… 어머니라고 부르는 탓에…… 잊고 있었어. 어머니가 아니잖아……. 정확하게는…… 당신은 복제된 클론이야……. 똑같은 유전자를 가졌어……. 그러니까 당신한테도 있어……. 그 능력이."

"없어." 그는 말했다. "단 한 번도……. 아무래도 여자에게만……. 반성유전(伴性遺傳)인지도……."

"아냐! 그건 사실이 아냐. 난 알아……. 난 프로메테우스 인이라고, 로이드……. 프로메테우스 인 앞에서 감히 유전학을 논하지 마……. 할 수 있어!"

썰매가 30센티미터쯤 위로 튀어 오르더니 옆으로 기울었다. 길이 열렸다.

시체가 그녀를 향해 전진했다.

"해 보고 있는데……." 로이드가 말했다. "아무 반응도…… 소용없어!"

"그 여자가 당신을 '치료'한 탓이야." 멜란사는 쓰디쓴 어조로 내뱉었다. "자기가…… 치료받은 것보다 더…… 확실하게…… 태아였을 때…… 하지만 그건 단지…… 억제되었을 뿐…… 할 수 있어!"

"어떻게…… 해야…… 가능한지…… 모르겠어……."

시체가 그녀 바로 뒤로 와서 우뚝 섰다. 희끄무레한 양손이 떨렸고, 경련했고, 경련하듯이 위로 홱 움직였다. 매니큐어를 바른 긴 손톱들을 발톱처럼 벌리고, 들어 올리기 시작한다.

멜란사는 욕설을 내뱉었다. "**로이드!**"

"미안해……."

그녀는 몸을 떨며 흐느꼈고, 절망하며 주먹을 꽉 쥐었다.

그러자마자 중력이 느닷없이 사라졌다. 먼, 아주 먼 곳에서 로이드의 비명 소리가 들렸다. 그리고 정적이 흘렀다.

○●

"아까보다 더 자주 섬광들이 발생하고 있습니다." 캐롤리 드브라닌이 구술했다. "단지 제가 더 가까이 온 덕분에 잘 보이는 것일 수도 있습니다만. 남색과 짙은 보라색 섬광이 터졌다가 금세 사라집니다. 가시들 사이의 그물막 위에서 말입니다. 그물막은 일종의 역장(力場)일지도 모른다는 생각이 듭니다. 섬광은 수소 입자로 이루어진 희박하고 극히 가벼운 성간물질이고, 가시들 사이에 쳐진 역장인 그물막과 접촉해서 짧게나마 가시 영역에서도 관찰 가능한 섬광을 발하는 것이 아닐까요. 물질을 에너지로 변환하고 있는 겁니다. 볼크린의 먹이라고나 할까요.

볼크린은 우주 공간의 반을 가득 채운 것처럼 끝이 없습니다. 피하려야 피할 수가 없을 것 같군요. 아, 슬프지만 애거서는 죽었습니다. 안면 덮개 안쪽에 피가 보이고, 아무 말도 하지 않는군요. 이제 어두운 부분이 거의 보입니다. 거의, 거의. 묘한 상상을 하게 되는군요. 한복판에 있는

나이트플라이어

건 얼굴, 쥐를 연상시키는 작은 얼굴입니다. 입도 코도 눈도 없지만 왠지 얼굴처럼 보이는데, 저를 응시하고 있는 것 같습니다. 베일의 움직임은 실로 관능적입니다. 그물막이 우리 주위를 감싸기 시작합니다.

아, 빛, 빛입니다!"

• ○

양손을 축 늘어뜨린 시체가 공중에 뜬 채로 어색하게 상하로 까닥거렸다. 무중력상태에서 빙글빙글 돌던 멜란사는 갑자기 강렬한 구토감을 느꼈다. 쥐어뜯듯이 헬멧을 벗어 넘기고, 몰려오는 메스꺼움을 억누르며 나이트플라이어의 맹렬한 공격에 대비하려고 했다.

그러나 테일 라사머의 시체는 미동도 않고 공중에 떠 있었다. 어두워진 로비 라운지 내부에서 움직이는 물체는 전혀 없었다. 이윽고 멜란사는 정신을 차리고 힘겹게 시체 쪽으로 다가갔다. 자신 없는 동작으로 슬쩍 밀어 본다. 시체는 라운지 반대편으로 천천히 부유했다.

"로이드?" 불안한 어조였다.

대답은 없었다.

구멍 가장자리를 잡고 제어실로 들어갔다.

그리고 그곳에서 장갑 우주복을 입은 채 매달려 있는 로이드 에리스를 발견했다. 몸을 흔들어 보았지만 꼼짝하지도 않는다. 멜란사 지얼은 몸을 떨며 로이드의 우주복을 관찰했고, 그것을 분해하기 시작했다. 그의 몸에 손이 닿았다. "로이드." 그녀는 말했다. "자. 느껴 봐, 로이드. 이게 내 손이야. 느껴 봐." 로이드의 우주복은 쉽게 분해할 수 있었다. 그녀는 우주복 조각들을 내던졌다. "로이드. 로이드."

 죽었어. 죽어 버렸어. 심장이 견디지 못한 것이다. 주먹을 가슴으로 때리고, 마구 두들겨서 소생시켜 보려고 했다. 그러나 심장은 뛰지 않는다. 죽어 버렸어.

 멜란사 지얼은 로이드의 시체에서 몸을 뗐다. 눈물로 앞이 보이지 않는다. 제어 콘솔로 다가가서 흘끗 아래쪽을 내려다본다.

 죽어 버렸어.

 그러나 중력 발생기의 다이얼은 '0'에 맞춰져 있었다.

 "멜란사." 벽에서 부드러운 목소리가 흘러나왔다.

● ○

 나는 나이트플라이어의 결정화(結晶化)된 영혼을 만진 적이 있다.

 심홍색의 크리스털 다면체. 내 머리통만큼이나 크고 손을 대면 얼음처럼 차갑다. 그 붉은 심부(深部)에서 흐릿한 광채를 발하는 두 개의 불꽃이 격렬하게 타오르고 있다. 불꽃들은 이따금 소용돌이치는 것처럼 보인다.

 제어 콘솔들 사이로 기어들어 가서, 손상을 주는 일이 없도록 보호 장치와 사이버 네트를 신중하게 우회한 끝에 그 거대한 크리스털을 움켜잡았던 것이다. 그곳에 그녀가 깃들어 있다는 사실을 알고 있었으므로.

 그러나 그녀를 소거하지는 못했다.

 로이드의 유령이 그러지 말아 달라고 부탁했기 때문이다.

 어젯밤 우리가 라운지에서 브랜디를 홀짝이며 체스를 두던 중 또 그 얘기가 나왔다. 물론 로이드는 마시지 못하지만, 유령을 내게 보내서 미소 짓고, 자기 말들을 어디로 움직이면 되는지 지시한다.

그러면서 그는 내게 제안했다. 내가 배 밖으로 나가서, 먼 옛날 중단되었던 수리를 끝마쳐 주기만 한다면, 나이트플라이어는 안전하게 초공간으로 돌입할 수 있고, 그러면 그는 아발론 또는 내가 원하는 어떤 세계로든 나를 데려가 주겠다고 말이다. 이미 천 번도 넘게 그런 제안을 받은 것 같다.

천 번도 넘게 나는 그의 제안을 거절한다.

로이드가 예전보다 더 강해졌다는 데는 의심의 여지가 없다. 결국 그들의 유전자는 동일했으므로. 그들의 능력 또한 동일하다. 죽기 직전 그도 마지막 힘을 쥐어짜서 거대한 크리스털에 스스로를 각인시키는 데 성공했다. 이제 우주선 안에는 그 두 사람이 살고 있고, 이들은 곧잘 다툰다. 이따금 그녀 쪽이 그의 허를 찌를 때도 있고, 그럴 경우 나이트플라이어는 묘하고 불규칙한 행동을 보인다. 선내의 중력이 오르락내리락하거나 완전히 사라질 때가 있다. 내가 자고 있을 때 담요가 목에 감기거나 어두운 구석에서 갑자기 물건이 날아오는 경우도 있다.

그러나 최근 들어 이런 일들은 많이 줄어들었다. 설령 그런 일이 일어나더라도 로이드나 내가 저지한다. 우리 두 사람이 있으면 나이트플라이어는 우리 것이다.

로이드는 혼자서도 충분히 강하다고 주장한다. 이제 내 도움은 필요 없고, 혼자서도 그녀를 견제할 수 있다고 말이다. 글쎄. 체스 판에서는 여전히 열 번에 아홉 번은 내가 이긴다.

그 밖에도 염두에 두어야 할 일들이 있다. 이를테면 우리의 연구 활동

같. 캐롤리가 이것을 본다면 뿌듯해할 것이다. 볼크린은 곧 〈유혹자의 베일〉의 아지랑이 속으로 돌입할 것이고, 우리는 그 뒤를 바싹 따라가고 있다. 관찰하고, 기록하고, 옛 친구인 드브라닌이 하고 싶어 했던 기타 모든 일들을 하면서 말이다. 결과는 모두 배의 컴퓨터에 저장해 놓았고, 시스템이 소거될 경우에 대비해서 기록 테이프와 종이에도 모두 복사해 놓았다. 〈베일〉로 들어간 볼크린이 어떻게 살아갈지에 관해서도 큰 흥미를 느낀다. 그곳의 성간물질 농도는 이 생물이 영겁에 가까운 세월 동안 섭식해 온 온 우주 공간의 옅은 수소 가스와는 비교도 안 될 정도로 높기 때문이다.

우리는 볼크린과 여러 번 의사소통을 시도해 보았지만 단 한 번도 성공하지 못했다. 아예 지성을 갖고 있지 않다는 것이 내 생각이다. 그리고 최근 들어 로이드는 그것의 방식을 흉내 내서, 온 힘을 끌어모아 텔레키네시스로 나이트플라이어를 움직이려는 시도를 해 보기 시작했다. 묘하게도 그의 어머니도 그의 이런 시도에 합류할 때가 종종 있다. 아직 한 번도 성공하지 못했지만, 계속 노력해 볼 작정이다.

우리는 지금까지 계속 이렇게 일해 왔다. 우리의 연구 결과가 인류에게 전달될 것임을 우리는 확신한다. 로이드와 상의해서 계획을 하나 짜 놓았기 때문이다. 내가 죽기 전에, 죽을 시기가 다가오는 것을 느끼면, 나는 중앙 크리스털을 파괴하고 컴퓨터의 기억을 소거할 것이다. 그런 다음에는 가장 가까운 거주 행성을 향해 수동으로 항로를 설정해 놓을 작정이다. 그 시점에서 나이트플라이어는 진정한 유령선이 된다. 문제없다. 시간적인 여유는 듬뿍 있으니까. 게다가 나는 개량된 모델이 아니던가.

다른 안을 실행에 옮길 생각은 없다. 로이드가 그러자고 줄기차게 조르는다는 사실이 내심 기쁘지만 말이다. 내 힘으로 수리를 끝마칠 수 있다는 점에는 의심의 여지가 없고, 또 로이드도 나 없이 이 배를 제어하면서 연구를 계속할 수 있을지도 모른다. 하지만 그런 것은 중요하지 않다.

나는 너무나도 많은 실수를 저질렀다. 에스페론 건도 그렇고, 선내의 감시 모니터를 끄게 한 일, 다른 사람들을 통제하려고 했던 일. 이것들 모두 나의 잘못이었고, 내 오만함hubris의 대가였다. 이런 잘못을 자각하는 것은 괴롭다. 마침내 그와 살갗을 맞댔을 때, 처음이자 마지막으로 그의 몸을 만졌을 때, 그의 몸에는 아직도 온기가 남아 있었다. 하지만 이미 숨이 끊어진 상태였다. 결국 그는 영영 나의 손길을 느끼지 못했던 것이다. 내 입으로 약속하고도 지키지 못했다.

하지만 다른 약속은 지킬 수 있다.

나는 그를 그녀 곁에 결코 혼자 내버려 두지 않을 것이다.

앞으로도 영원히.

미트하우스 맨

Meathouse Man

I
미트하우스에서

첫 경험은 채광장에서 그곳으로 직행해서 치렀다. 시체를 다루는 동료들과 함께였다. 트레이거보다는 나이를 먹은, 거의 어른에 가까운 치들이다. 콕스가 이 그룹에서는 가장 나이가 많고 일터에서도 선배였다. 싫든 좋든 따라와야 한다고 트레이거에게 말한 사람도 바로 콕스였다. 그러자 동료 하나가 웃음을 터뜨리며 트레이거는 뭘 해야 하는지도 모를 거라고 비웃었다. 그러나 일종의 리더였던 콕스는 그렇게 말한 동료를 쿡쿡 찔러 입을 다물게 만들었다. 봉급날이 되자 트레이거는 직장 동료들을 따라 미트하우스로 갔다. 두려웠지만 내심 기대하고 있었다. 트레이거는 아래층에 있던 사내에게 대금을 치르고 방 열쇠를 받았다.

불안한 표정으로 몸을 떨면서 어둑어둑한 방으로 들어갔다. 다른 사람들은 트레이거가 그녀하고만 (아니, 그것하고만이라고 말해야지, 하고 그는 되뇌었고, 그러는 즉시 또 까먹었다) 있을 수 있도록 남겨 두고 각자의 방으로 들어간 뒤였다. 트레이거가 들어온 곳은 흐릿한 빛을 발하는 전구가 달랑 하나 달린, 허름하고 우중충한 작은 방이었다.

트레이거는 행성 스크라키의 거리를 돌아다니는 모든 사람과 마찬가지로 땀과 유황의 악취를 풍겼지만, 그 부분만은 어쩔 수 없었다. 우선 몸을 씻으면 좋겠지만 이 방에 욕실 따위는 딸려 있지 않았다. 세면대 하나에 어스름한 조명 아래에서도 확연하게 더러워 보이는 시트를 간 더블베드, 그리고 시체 하나가 있을 뿐이다.

그녀는 벌거벗고 침대 위에 누워 있었다. 두 눈은 퀭하고, 옅게 호흡하고 있다. 다리를 벌린 자세였다. 트레이거는 생각했다. 언제나 저런 자세로 있는 걸까, 아니면 전에 온 사내가 저런 모습으로 놓아두고 간 걸까? 모르겠다. 어떻게 하면 되는지는 알고 있었지만 (물론 그도 알고 있었다—콕스가 준 책들을 읽어 보았고, 그런 영화도 보았고, 그 밖의 온갖 것들을 본 경험이 있지 않았던가) 그것 외는 달리 아는 것이 거의 없었다. 아마 시체를 다루는 방법을 제외하면 말이다. 그것만은 자신 있었다. 그는 행성 스크라키의 최연소 조작원이었지만, 그럴 만한 이유가 있었다. 어머니가 죽었을 때 그는 조작원 양성 학교에 입학해야 했고, 강제적으로 그 기술을 배웠던 것이다. 그런 연유로, 시체 조작원은 그의 직업이 되었다. 그러나 이런 일은 한 번도 해 본 적이 없어서 (물론 어떻게 하면 되는지는 알고, 그 애긴 이미 했다) 이번이 첫 경험이었다.

천천히 침대로 다가가서 슬쩍 앉자 침대 스프링이 성대하게 삐걱거렸다. 그녀의 몸에 손을 대 보니 따뜻했다. 당연하다. 엄밀하게 말하자면 시체가 아니고 육체는 멀쩡하게 살아 있으니까 말이다. 희고 육중한 젖가슴 아래에서는 심장이 박동하고, 숨도 쉬고 있다. 단지 뇌가 없을 뿐이다. 제거된 뇌가 있던 자리에는 죽은 자를 위한 합성 뇌가 들어 있다. 이제 그녀는 고깃덩어리였고, 유황빛 하늘 아래에서 그가 매일 부리는 작업반과 마찬가지로 시체 조작원이 통제하는 여분의 육체에 불과했다. 그녀는 여자가 아니다. 따라서 트레이거가 아직 미성년, 스크라키의 악취를 풀풀 풍기고 개구리를 연상시키는 못생긴 얼굴에 턱까지 튀어나온 소년이라는 사실은 전혀 문제가 되지 않는다. 따라서 그녀는 (아니, '그것'이라고 해야지) 그런 일에 신경을 쓰지 않고, 신경을 쓸 수도 없다.

이 사실에서 용기를 얻고 발정한 소년은 시체 조작원의 옷을 벗어 던지고 여자 고깃덩어리가 누워 있는 침대 위로 올라갔다. 극도로 흥분한 상태였다. 그녀의 몸을 어루만지고 관찰하는 동안에도 그의 손은 덜덜 떨리고 있었다. 피부가 아주 하얗고 머리카락은 검고 길지만 아무리 좋게 봐 줘도 미인이라고는 할 수 없었다. 우선 얼굴이 너무 크고 넙적하다. 입은 힘없이 열려 있었고, 팔다리는 군살로 축 처져 있었다.

그녀의 거대한 젖가슴 한복판의 굵고 검은 젖꼭지 주위에 남겨진 잇자국들은 지난번 손님이 깨물었을 때 생긴 것이다. 트레이거는 머뭇거리며 잇자국을 만졌고, 손가락 끝으로 훑어 보았다. 그러고는 자신이 망설였다는 사실에 무안해하며 한쪽 젖가슴을 움켜잡으며 쥐어짰고, 머릿속에서 진짜 여자가 고통으로 비명을 올리는 광경이 떠오를 때까지 세게 꼬집었다. 시체는 움직이지 않았다. 그는 젖꼭지를 쥐어짜는 손을 떼지 않은 채로 그녀 위에 올라탄 다음 다른 쪽 젖가슴을 입에 물었다.

그러자 시체가 반응했다.

그를 향해 세차게 허리를 들어 올리며 육중한 팔을 뾰루지투성이인 그의 등에 두르고 끌어당겼던 것이다. 트레이거는 신음하며 여자의 가랑이로 손을 뻗쳤다. 뜨겁고 축축한 흥분 상태다. 트레이거는 몸을 떨었다. 어떻게 이런 일이 가능한 것일까? 정말로 마음이 없는데도 어떻게 이토록 흥분할 수 있는 것일까? 그게 아니라면 몸 안에 무슨 윤활유 관이라도 삽입해 놓았단 말인가?

조금 뒤에는 뭐라도 좋다는 기분이 되었다. 자기 하복부를 더듬어 페니스를 찾아내서 그녀 안에 집어넣고 힘껏 찔렀다. 시체가 두 다리로 그를 감싸면서 힘차게 허리를 들어 올렸다. 기분이 좋다. 정말로. 자기가 직접 하는 것과는 비교가 안 될 정도로 좋다. 마음 구석으로는 그녀가 이토록 젖어 있고 흥분하고 있다는 사실이 왠지 뿌듯했다.

몇 번 움직이는 것으로 끝이었다. 오래 지속하기에는 너무나도 젊고 신참인 데다가 너무 열성적이었기 때문이다. 그는 어차피 몇 번 움직이는 것만으로도 충분했지만, 그녀의 경우 또한 마찬가지였다. 그들은 동시에 절정에 도달했다. 흰 피부가 새빨갛게 물들더니 그에게 밀착한 그녀의 몸이 활처럼 휘면서 소리 없이 떨렸다.

그런 다음에는 또다시 시체처럼 가만히 누워 있었다.

트레이거는 녹초가 되고 만족한 상태였지만 아직 시간이 남아 있었던 데다가 치른 돈에 상응하는 대가를 얻으려고 다짐하고 있었다. 그래서 그녀의 몸을 철저하게 탐험했다. 찌를 수 있는 모든 곳을 찔러 보고, 모든 곳을 만져 보고, 몸을 뒤집어 놓고 샅샅이 구경했다. 그럴 때면 시체는 죽은 고깃덩이처럼 움직였다.

처음 보았을 때처럼 다리를 벌린 채로 위를 바라보고 누운 자세로 그녀를 놓아두고 방에서 나왔다. 미트하우스의 예절이다.

●○

　지평선은 끝없이 이어지는 공장으로 완전히 뒤덮여 있다. 유황빛을 띤 거무스름한 하늘을 배경으로, 트림하듯이 연거푸 매연을 뿜어 대는 거대한 공장들이 발하는 붉은 그림자가 명멸한다. 소년은 이런 광경을 보고는 있었지만 거의 주의를 기울이지 않았다. 자동 쇄석기 꼭대기에서 안전띠로 몸을 고정하고, 노란색 칠이 군데군데 삭은 금속 몸통에 맹수처럼 날카로운 다이아몬드와 듀랄로이제 이빨을 장비한 2층 건물 높이의 괴물 같은 기계를 모는 일에 바빴기 때문이다. 소년의 시야는 삼중상(三重像)으로 인해 흐릿해져 있었다. 물론 눈앞의 제어반—운전대와 연료 공급 스위치와 밝게 채색된 굴삭기 조종간, 발밑의 정련 장치에서 문제가 발생하는 즉시 그에게 알려 주는 경보등의 열(列), 브레이크와 비상용 브레이크 따위—은 그의 망막에서 또렷하고 정확한 초점을 맺고 있었다. 그러나 그가 보고 있는 것은 이것들뿐 아니라 흐릿하고 희미한 잔상들까지 포함하고 있었다. 그가 앉아 있는 조종실 내부의 실제 광경이, 거의 동일한 다른 두 개의 조종실 안에서 시체의 손이 서투르게 제어반 위를 움직이는 광경과 겹쳐 보였던 것이다.
　트레이거가 시체의 손들을 느리고 신중하게 움직이는 동안 그의 마음의 다른 부분은 그 자신의 손, 진짜 손들이 꼼짝도 하지 않도록 유념하고 있었다. 허리띠에 찬 시체 제어장치가 희미하게 윙윙거렸다.
　좌우에서 전진해 온 두 대의 다른 자동 쇄석기들이 트레이거 양 측면의 소정 위치에 자리 잡았다. 두 시체의 손이 두 개의 브레이크를 잡아당기자 쇄석기들은 웅웅거리며 정지했다. 거대한 구덩이로 이어지는 사면 가장자리에 나란히 멈춰 선 세 대의 기계는 어둠 속으로 곧 내려가려는 상처투성이의 낡아 빠진 저거노트[1]처럼 보였다. 새로운 바위와 광석의 층이 벗겨져 나가면서 구덩이는 매일 착실하게 확장되고 있었다.

예전에 이 자리에는 산맥이 있었다지만, 트레이거는 본 적이 없다.

남은 작업은 쉬웠다. 자동 쇄석기들이 정렬한 지금, 시체 작업원들을 실시간으로 동시에 움직이는 일은 정상적으로 훈련받은 조작원에게는 식은 죽 먹기였다. 문제가 복잡해지는 것은 복수의 시체들이 각각 다른 일들을 하고 있는 경우다. 그러나 유능한 시체 조작원이라면 그런 일도 가능해진다. 숙련자일 경우는 여덟 명을 한꺼번에 움직이는 것마저 불가능하지 않았다. 단 한 명의 시체 조작원에게 한 사람의 의식(意識)과 여덟 개의 합성 뇌를 통해 움직이는 여덟 구의 시체를 링크하는 것이다. 죽은 자들은 한 개, 오로지 한 개의 제어장치에만 동조되어 있으며, 가까운 곳에서 그 제어장치를 착용한 상태로 시체적 사념을 떠올리는 조작원은 그런 그들을 제2의 몸처럼 부릴 수 있다. 또는 자기 몸처럼. 충분히 우수하다면 말이지만.

트레이거는 얼굴의 여과 마스크와 귀마개를 재빨리 점검했고, 연료 공급 스위치에 손을 갖다 대고 작동시킨 다음 레이저 칼날과 드릴을 켰다. 그의 시체들도 그의 움직임을 되풀이했다. 그러자 행성 스크라키의 황혼 녘을 맥동하는 빛이 갈랐다. 귀마개를 했음에도 불구하고, 가동을 시작한 광석 굴착 장치가 아래를 향해 움직이며 내는 끔찍한 소음을 들을 수 있었다. 자동 쇄석기 앞쪽에 부착된, 바위를 집어삼키는 거대한 아

---

[1] juggernaut. 인도 크리슈나의 신상(神像)을 실은 마차. 여기서는 저지할 수 없는 괴물을 의미한다.

가리의 너비는 쇄석기 본체의 높이조차 능가했다.

우르릉거리고 끽끽거리면서, 트레이거와 그의 시체 작업원들은 완벽한 진형을 갖춘 채로 구덩이 속으로 내려갔다. 그들이 이 평원 끝에 자리 잡은 공장에 도달할 무렵이면 몇 톤에 달하는 금속이 지면에서 뜯겨져 나와 용해되고, 정련되고, 가공될 것이다. 그러는 동안 아무 쓸모도 없는 바윗덩어리들은 가루로 분쇄되어 이미 정상적으로 호흡하는 것이 불가능해진 공기 중으로 날려 가게 된다. 트레이거는 땅거미가 질 무렵 가공된 강철을 지평선 끝으로 배달할 예정이었다.

나는 우수한 조작원이야. 자동 쇄석기들이 사면을 내려가기 시작했을 때 트레이거는 생각했다. 그러나 미트하우스에서 일하는 조작원은 — 그녀는 정말이지 예술가임이 틀림없다. 트레이거는 어딘가의 지하실에 자리를 잡고 일하는 그녀의 모습을 상상했다. 홀로그램과 정신 감응 회로 따위를 경유해서 자기 시체들을 격렬하게 움직임으로써 모든 고객들을 만족시키는 광경을 말이다. 그게 사실이라면, 그의 섹스가 그토록 완벽했던 것은 단지 요행으로 보아야 하는 걸까? 요행이 아니었다면 그녀는 언제나 그렇게 유능한 걸까? 하지만 어떻게, 도대체 어떻게 하면 근처에 얼씬하지도 않고 십여 구의 시체에게 각기 다른 일을 시키고, 모두 흥분한 상태를 유지시키고, 각 고객의 욕구와 리듬에 맞춰 그토록 정확하게 대응할 수 있단 말인가?

배후의 공기는 검고 돌가루로 자욱했다. 귀청이 절규하는 듯한 기계의 작동 음으로 가득 찼고, 먼 지평선 너머에서는 기어 다니며 바위를 먹는 노란 개미들 위에서 성난 듯이 붉은빛을 발하는 벽이 보였다. 트레이거는 맹렬하게 진동하는 자동 쇄석기 위에 있었음에도 불구하고, 평원을 가로지를 때까지 줄곧 발기한 채로 있었다.

●○

　시체들은 모두 회사 소속이라서 회사의 시체 창고에 수용된다. 그러나 트레이거에게는 자기 방이 있었다. 강철과 콘크리트로 이루어진 거대한 저장고 내부의 공간을 수없이 분할해서 만든 좁다란 공간이었다. 트레이거가 안면을 튼 이웃은 극소수에 불과했지만, 어떤 의미에서는 모두 아는 사이였다. 그들 모두가 시체 조작원이었기 때문이다. 숙소는 어둑어둑한 복도와 끝없이 이어지는 닫힌 문으로만 이루어진 세계였다. 로비 겸 휴게실은 공기와 플라스틱만 있는 휑한 공간에 불과했고, 주민이 이곳에 모이는 일은 결코 없었기에 먼지만 잔뜩 쌓여 있었다.
　숙소의 저녁은 길고, 숙소의 밤은 영원히 계속된다. 트레이거는 그의 정방형 방 안에 부착할 여분의 조명 패널을 구입했다. 이것들을 모두 켜놓으면 하도 밝게 불타오르는 통에 가뭄에 콩 나듯 오는 방문객들은 언제나 눈이 부시다고 불평하곤 했다. 그러나 더 이상 책을 읽는 것이 불가능해질 정도로 피곤한 시점은 늦든 빠르든 오기 마련이다. 그럴 때면 불을 끄는 수밖에 없었다. 그러면 어둠은 또 찾아왔다.
　오래전에 죽어서 거의 기억도 나지 않는 그의 아버지는 엄청난 양의 책과 테이프를 유산으로 남겼고, 트레이거는 여전히 그것들을 가지고 있었다. 사방의 벽이 책과 테이프로 가득 차 있었고, 거기서 삐져나온 것들은 침대 발치와 욕실 문 양쪽에 무더기로 쌓여 있었다. 간간이 콕스를 위시한 다른 동료들과 함께 외출해서 술을 마시고, 농담을 하고, 진짜 여자를 찾아 배회하는 일도 있었다. 트레이거는 최대한 동료들처럼 행동해 보려고 노력했지만, 언제나 위화감에 시달렸다. 그래서 대부분의 밤은 자기 방에서 책을 읽으며 음악을 듣고, 기억하고 생각하면서 보냈다.

불을 끄고 어둠 속에서 오랫동안 깊은 생각에 잠길 때도 있었다. 머릿속이 두려움으로 뒤죽박죽이 된 느낌을 받는다. 봉급일이 다가오고 있었고, 그러면 콕스는 미트하우스로 가자고 또 재촉할 것이 뻔하다. 물론 그도 그러고 싶었다. 그곳에서 기분 좋고 흥분에 찬 경험을 했기 때문이다. 처음으로 남자다운 자신감을 느끼기까지 했다. 하지만 그런 행위는 너무 쉽고, 싸구려 같고, 더럽다. 세상에는 그보다는 더 나은 것이 있지 않겠는가? 사랑이든 그 밖의 무슨 이름으로 부르든 간에, 하여튼 그런 것이? 진짜 여자를 상대하는 편이 훨씬 좋다는 점에는 의심의 여지가 없다. 그리고 미트하우스에서 살아 있는 여자를 찾을 수 있을 리가 만무하다. 미트하우스 밖에서도 매한가지겠지만, 애당초 그에게는 그런 일을 시도해 볼 용기 자체가 없었다. 하지만 일단 시도해 봐야 한다. 무조건. 안 그런다면 도대체 어떤 종류의 인생이 그를 기다리고 있을 것 같은가?

그는 침대 시트를 덮은 채로 거의 아무 생각 없이 자위를 하면서 다시는 미트하우스로 되돌아가지 않으려고 굳게 다짐했다.

● ○

그러나 며칠 후 콕스는 그의 그런 결정을 대놓고 비웃었다. 결국은 따라가는 수밖에 없었다. 그런다면 적어도 무엇인가를 증명할 수 있을 듯한 기분이 들었기 때문이다.

이번에는 할당받은 방도, 시체도 달랐다. 밝은 주황색 머리카락을 한 검고 뚱뚱한 여자였다. 처음 시체보다 덜 매력적이라니, 설마 이런 일이 가능할 줄은 몰랐다. 그러나 트레이거는 여전히 의욕적으로 그녀를 안았다. 지난번보다 더 오래 하기까지 했다. 이번에도 시체는 완벽하게 반응했다. 그녀의 율동은 그의 동작 하나하나에 완벽하게 대응했다. 마치 그가 무엇을 원하는지를 정확하게 알고 있는 것처럼.

그 뒤로도 방문은 이어졌다. 두 번. 네 번. 여섯 번. 이제 그는 동료들과 마찬가지로 미트하우스의 단골이 되어 있었고, 더 이상 그 사실을 고민하지도 않았다. 콕스를 위시한 동료들은 그런 그를 묘하게 미적지근한 태도로 받아들였지만, 그들을 향한 트레이거의 혐오감은 도리어 강해졌을 뿐이었다. 나는 저 작자들보다는 나아, 하고 그는 생각했다. 미트하우스에서도 거리낌 없이 행동할 수 있고, 그들 못지않게 효율적으로 담당 시체들이나 자동 쇄석기들을 조작할 수 있는 데다가, 여전히 생각을 하면서 꿈을 꾸지 않는가. 때가 되면 그들 모두를 뒤로하고 스크라키를 떠나 뭔가 다른 일을 시작할 작정이었다. 콕스와 그 친구들은 일생 동안 미트하우스의 단골로 남아 있을 것이다. 그러나 트레이거는 자신이 그런 그들보다 더 나은 인간이 될 수 있다고 확신했다. 그리고 믿었다. 언젠가는 사랑을 찾을 수 있을 거라고.

미트하우스에서 사랑을 찾지는 못했지만 섹스는 점점 더 좋아지기만 했다. 어차피 처음부터 완벽하긴 했지만 말이다. 시체들과 동침하면 트레이거는 결코 불만을 느끼는 법이 없었다. 그는 그가 지금까지 읽거나 듣거나 꿈꿔 오던 모든 것을 실행해 보았다. 시체는 그가 머리에 떠올리기도 전에 그의 욕구가 무엇인지를 알고 있었다. 천천히 하고 싶을 때는 천천히 움직였다. 그가 빠르고 세고 격렬하게 하고 싶을 때는 완벽하게 부응해 주었다. 그는 상대방의 구멍이라는 구멍을 모두 이용했다. 그런 그를 향해 어느 것을 갖다 댈지 그들은 언제나 숙지하고 있었다.

이런 일이 계속되면서 미트하우스의 조작원에 대한 그의 존경심은 다달이 높아져만 갔고, 급기야는 숭배의 영역에 도달했다. 언젠가는 어떤 식으로든 그녀를 직접 만날 수 있지 않을까 하는 희망을 품었을 정도였다. 아직도 소년에 불과하고 절망적일 정도로 순진했던 트레이거는 자신이 그녀를 사랑하게 되리라고 자신했다. 그런 다음 그녀를 미트하우스에서 빼내서, 시체 따위는 없는 청정한 세계로 데려가서 함께 행복해질 수 있을 거라고 말이다.

하루는 잠깐 방심한 순간 콕스와 그 친구들에게 이런 생각을 털어놓고 말았다. 콕스는 트레이거를 빤히 바라보더니 고개를 설레설레 저으며 히죽 웃었다. 누군가가 옆에서 킥킥거리는가 싶더니 급기야는 그들 모두가 폭소를 터뜨렸다. "트레이거, 이 멍청한 녀석." 콕스는 잠시 뒤에야 겨우 말했다. "좆같은 조작원 따위는 없어! 설마 너, 피드백 회로에 관해 들어 본 적이 없다고 말할 생각은 아니겠지?"

폭소의 와중에서도 그는 설명해 주었다. 개개의 시체가 침대에 내장된 제어장치에 어떻게 동조되어 있고, 각 고객은 어떤 식으로 자기 시체를 조작하며, 미트하우스의 여자들이 조작원이 아닌 사람들에게는 왜 죽은 채로 꼼짝도 하지 않는지를 말이다. 그제야 소년은 왜 그곳에서의 섹스가 언제나 완벽했는지를 깨달았다. 그는 그가 상상했던 것 이상으로 우수한 조작원이었던 것이다.

그날 밤, 자기 방으로 돌아간 트레이거는 모든 조명 패널이 발하는 백

열광을 홀로 받으면서 자기 자신을 마주 보았다. 그러고는 구토감을 느끼며 등을 돌렸다. 자기 자신이 우수한 조작원이라는 것은 알고, 또 그 사실을 자랑스럽게 여기고 있었지만, 나머지는…….

미트하우스 탓이야. 그는 이렇게 결론했다. 미트하우스에는 함정이 숨겨져 있다. 그를 파멸시키고, 그의 인생과 꿈과 희망을 파괴할지도 모르는 함정이. 다시는 그곳으로 돌아가지 않으려고 결심했다. 그것은 너무나도 손쉬운 도피처이기 때문이다. 그러는 대신 콕스, 아니 그 작자들 모두에게 증명해 보일 것이다. 더 어려운 길로 나아가서 위험을 무릅쓰고, 필요하다면 고통까지 느낄 용의가 그에게 있다는 사실을. 그런다면 기쁨, 나아가서는 사랑마저 얻을 수 있을지도 모른다. 지금까지는 그런 길에서 너무 벗어나 있었다.

트레이거는 미트하우스로 돌아가지 않았다. 그러는 대신 강해지고 과감해지고 우월한 기분을 느끼며 자기 방으로 돌아왔다. 그곳에서 몇 년을 보내며 그는 책을 읽었고, 꿈을 꿨고, 인생이 시작되기를 기다렸다.

1
내가 스물하고 하나였을 때

그의 첫사랑은 조우시였다.

그녀는 아름답다. 예전부터 그렇게 아름다웠고, 본인도 자기가 아름답다는 사실을 잘 알고 있었다. 이 모든 요소들이 그녀를 형성하고, 지금의 그녀를 만들어 냈다. 조우시는 자유로운 영혼이었다. 적극적이며 자신감에 찬 승리자였다. 서로를 처음 만났을 때는 트레이거와 마찬가지로 스무 살에 불과했지만, 그보다 더 크고 풍성한 인생을 살아온 데다가 해답을 가지고 있는 것처럼 보였다. 그런 그녀를 보자마자 트레이거는 사랑에 빠졌다.

그럼 트레이거 쪽은 어땠을까? 아직 조우시를 만나기 전이지만, 이미 몇 년 전에 미트하우스를 버리고 떠나온 트레이거는? 그는 키도 크고 어깨도 넓어진 데다가 살집이 좋은 근육질의 우람한 사내로 성장해 있었다. 내면적으로는 기분 변화가 심했고, 과묵하고 자립적이었다. 지금은 광석 채광장에서 다섯 명이나 되는 시체 작업원들을 한꺼번에 부리고 있었다. 콕스나 기타 어떤 사람들보다도 많이. 밤이면 책을 읽었다. 자기 방에서 읽을 때도 있었고, 로비로 나가서 읽을 때도 있었다. 로비가 누군가를 만나러 가는 장소라는 사실은 이미 잊은 지 오래였다. 안정되고, 견고하고, 무감동한 사내. 그것이 바로 트레이거다. 트레이거는 다른 사람을 건드리지 않았고, 다른 사람들도 그를 건드리지 않았다. 고문에 가까운 고뇌조차도 이제는 멈췄다. 흉터는 내부에 엄연히 남아 있었지만 말이다. 그러나 트레이거는 그곳에 그런 흉터가 존재한다는 사실조차 거의 모른다. 결코 들여다보는 일이 없기에.

잘 적응한 상태였다. 그의 시체들에게.

하지만— 완전히 적응한 것은 아니었다. 내면에 여전히 꿈을, 무엇인가를 믿고, 무엇인가를 갈망하고, 무엇인가를 동경하는 마음을 품고 있었으므로. 그의 이런 소망은 미트하우스로부터, 동료들이 선택한 식물과도 같은 삶으로부터 그를 떼어 놓기 충분할 정도로 강했다. 황량하고 고독한 밤이 오면 이런 욕구는 한층 더 강해지곤 했다. 그러면 트레이거는 텅 빈 느낌의 침대에서 일어나 옷을 갈아입고 몇 시간 동안이나 복도를 산책하곤 했다. 호주머니에 깊이 손을 찔러 넣은 자세로, 그의 배 속 깊은 곳에서 무엇인가가 몸부림치고, 발톱으로 할퀴고, 훌쩍이는 것을 느끼면서. 이런 산책이 끝날 무렵이면 언제나 새롭게 다짐하곤 했다. 내일부터는 자신의 삶을 바꿔 놓겠다는.

그러나 문제의 내일이 오면 정적이 깔린 잿빛 복도들의 기억도 반쯤 잊히고, 그를 괴롭히던 악령들의 존재도 희미해지기 마련이었다. 그래서 포효하며 마구 진동하는 여섯 대의 자동 쇄석기를 몰고 구덩이 내부를 가로지르는 일에 전념할 수 있었다. 그가 다시 그런 감정에 사로잡히려면 몇 달은 더 지나야 했다.

그러던 중 조우시를 만났다. 그들의 첫 만남은 이랬다.

매장량이 풍부한, 아직 손을 대지 않은 새로운 채광장에서의 일이었다. 박살난 바위와 잡석 들이 한가득 널려 있는 이 들판은 몇 주 전까지만 해도 나지막한 야산들이 자리 잡고 있었던 곳이지만, 지금은 회사 소속의 스키머[2]들이 날아와서 체계적으로 핵 발파작업을 시행한 덕에 평탄하게 변했다. 그 자리에 이제 자동 쇄석기들이 들어오려는 참이었고, 트레이거의 5인조 작업반은 가장 먼저 도착한 선발대의 일부였다. 트레이거는 완전히 변해 버린 경치를 보고 처음에는 고양감을 느꼈다. 예의 오래된 구덩이의 지하자원이 거의 소진된 지금, 새로이 힘을 겨룰 수 있는 일터가 주어졌기 때문이다. 먼지바람을 타고 커다란 돌덩어리와 들

---

[2] 주로 저공으로 비행하는 비행정.

쭉날쭉한 바위 파편, 야구공만 한 돌맹이들이 날카롭게 절규하며 날아오는 이 들판 전체가 매력적인 위험으로 가득 차 있는 것처럼 보였다. 가죽점퍼와 여과 마스크와 보안경과 귀마개로 완전무장한 트레이거는 여섯 대의 기계와 여섯 개의 육체를 동시에 움직이면서 강렬한 긍지를 느꼈다. 그는 바위를 분쇄해서 후속대를 위한 길을 냈고, 기는 듯한 속도로 힘겹게 전진하면서도 눈에 띄는 광석이 있으면 모조리 채굴했다.

그러던 어느 날, 부하의 눈이 보내오는 잔상이 갑자기 그의 주의를 끌었다. 시체가 모는 자동 쇄석기 한 대의 조종석 제어반에서 빨간 경보등이 번득이고 있다. 트레이거는 그의 손과 마음 그리고 다섯 쌍의 시체 손을 써서 명령을 실행시켰다. 그러자마자 여섯 대의 기계는 동시에 멈췄지만, 뒤이어 또 다른 경보등에 불이 들어왔다. 잠시 후 세 번째, 네 번째의 경보등이 잇달아 켜졌고, 급기야는 해당 제어반의 경보등 열두 개가 모조리 새빨갛게 번득이기 시작했다. 자동 쇄석기 한 대가 작동을 멈춘 것이다. 트레이거는 욕설을 내뱉으며 바위 들판 너머에 우뚝 서 있는 문제의 쇄석기를 바라보았고, 그것을 모는 시체를 써서 그 제어반을 걷어찼다. 그러나 경보등들은 여전히 점등 상태를 유지했다. 트레이거는 레이저통신을 써서 기술자를 불렀다.

그녀가 상처투성이의 검은 금속으로 덮인 물방울 모양의 1인용 스키머를 몰고 현장에 도착했을 무렵 트레이거는 이미 안전띠를 모두 풀고 조종석 밖에 나와 있었다. 자동 쇄석기 측면의 금속 고리들에 발을 딛고 지상으로 내려와서, 산란한 바위들을 누비고 정지한 자동 쇄석기가 있는 곳까지 걸어갔던 것이다. 조우시가 도착한 순간에는 그 조종석으로 올라가려던 참이었다. 그들은 노란 금속제 산의 기슭에 해당하는 무한

궤도 그늘에서 합류했다.

한눈에 현장 경험이 풍부하다는 것을 알 수 있었다. 그녀는 시체 조작원의 일체형 작업복과 귀마개와 육중한 보안경을 착용하고, 얼굴에는 흙먼지로 찰과상을 입지 않도록 그리스를 잔뜩 발라 놓은 상태였다. 그럼에도 불구하고 그녀는 아름다웠다. 새기커트를 한 짧은 갈색 머리카락이 강풍에 휘날려 흐트러진다. 그녀가 보안경을 벗자 밝은 녹색의 눈이 드러났다. 그녀는 지체 없이 일을 시작했다. 극히 사무적인 말투로 자기소개를 하고 트레이거에게 몇 가지 질문을 던진 다음 패널 뚜껑을 열고 보수용 공간으로 기어들어 가서 엔진과 광석 제련 및 정련 장치 내부의 점검에 착수했던 것이다. 얼마 걸리지도 않아서, 10분쯤 뒤에는 이미 기계 밖으로 나와 있었다.

"여기 들어가면 안 돼." 그녀는 머리를 뒤로 홱 젖혀 보안경을 가린 머리카락을 걷어 냈다. "댐퍼가 맛이 간 탓에 원자로가 과열됐거든."

"아." 트레이거는 말했다. 고장 난 자동 쇄석기 따위는 이미 까맣게 잊고 있었지만, 상대에게 좋은 인상을 주고 싶었다. 뭔가 예리하고 지적인 대답을 한다든지 해서 말이다. "혹시 폭발하는 건가?" 그는 물었고, 그러는 즉시 방금 자신이 한 말이 예리하지도 않고 전혀 지적이지도 않다는 사실을 깨달았다. 물론 폭발 따위는 일어나지 않는다. 원자로는 폭주하더라도 그런 식으로는 작동하지 않는다는 사실을 그도 잘 알고 있지 않은가.

그러나 조우시는 재미있어하는 기색이었다. 짧게 미소 짓더니—조우시 특유의 씩 웃는 표정을 그는 이때 처음 보았다—처음으로 단순한 시체 조작원이 아닌 트레이거를, 개인으로서의 그를 똑바로 쳐다보았던 것이다. "아니. 그냥 혼자서 녹아내릴 뿐이야. 차체에도 자체 방호벽이 내장되어 있으니까 밖으로 방사능이 새어 나올 염려도 없어. 그냥 안으로 들어가지만 않으면 돼."

"알았어." 침묵. 이제 무슨 말을 해야 할까? "그럼 난 어떻게 할까?"

"남은 작업반만 가지고 일해야겠지. 이 쇄석기는 폐차해야 해. 오래전에 완전 분해해서 정비했어야 했어. 대충 봐도 여러 번 땜질 처방을 한 흔적이 있더군. 정말 멍청해. 고장 나고 고장 나고 또 고장이 났는데도 계속 현장으로 되돌려 보냈던 거야. 어딘가 잘못됐다는 것쯤은 진작 알아차렸어야 하는 거 아냐? 그렇게 자주 고장이 났는데도 다시 제대로 작동할 거라고 생각하다니, 자기기만의 극치라고 해야 하나."

"그렇군." 트레이거가 이렇게 말하자 조우시는 또 그를 보며 씩 웃었고, 패널 뚜껑을 닫고 몸을 돌렸다.

"잠깐." 그는 말했다. 아차 하기도 전에 거의 무의식중에 튀어나온 말이었다. 조우시는 몸을 돌리더니 고개를 갸우뚱 기울이며 묻는 듯한 눈으로 그를 보았다. 그러자 주위의 강철과 돌과 바람이 트레이거의 마음에 갑작스러운 용기를 불어넣었다. 유황빛 하늘 아래에서, 그의 꿈은 평소 때보다 덜 불가능해 보였던 것이다. 혹시. 그는 생각했다. 혹시.

"어, 난 그렉 트레이거라고 해. 나중에 다시 볼 수 있을까?"

조우시는 씩 웃었다. "물론 좋아. 오늘 밤에 여기로 오라고." 그녀는 자기 주소를 가르쳐 주었다.

그녀가 떠나고 나서 자신의 자동 쇄석기에 올라탄 트레이거는 그가 직접 부리는 여섯 개의 강인한 육체에 깃든 불과 활력에 고양했고, 거의 환희에 가까운 감정을 느끼며 바위를 박살내기 시작했다. 멀리 보이는 검붉은 빛조차도 거의 해돋이처럼 느껴질 지경이었다.

●○

　조우시 집을 방문해 보니 그녀의 친구들도 와 있었다. 일종의 파티였다. 조우시는 파티를 자주 열었고 트레이거는—그날 밤 이후로는—한 번도 빠지지 않고 그녀의 파티에 참석했다. 조우시는 그에게 말을 걸어 주었고, 함께 웃어 주었고, 그를 좋아해 주었다. 트레이거의 삶은 예전과는 급격하게 달라졌다.
　그는 조우시와 함께 한 번도 본 적이 없었던 스크라키의 다른 지역을 구경했고, 한 번도 해 본 적이 없는 일들을 해 보았다.
　—그녀와 함께 밤거리에 모여든 군중 사이에 서서, 창도 없는 콘크리트 건물들 사이에서 새어 나오는 뉘런 불빛과 흙바람을 받으며, 기름투성이의 정비공들이 덜컹거리는 노란 견인 트럭을 몰고 도로를 오르락내리락하며 경주하는 것을 구경하고, 돈을 걸고, 목청이 터져라 환호했다.
　—그녀와 함께 묘하게 조용하고 희고 깔끔한 지하 관청가를 산책했고, 외부 성계인들과 사무원들과 회사 중역들의 거주지이자 일터를 지나가는 밀폐 냉방식 복도를 산책했다.
　—그녀와 함께 오락 몰로 가서 겉모습은 거대하고 낮은 창고 건물 같지만 내부는 형형색색의 불빛과 게임실과 간이식당과 테이프 판매점과 시체 조작원들이 들락거리는 무수한 술집들로 가득 찬 공간을 배회했다.
　—그녀와 함께 숙소의 체육관으로 가서 그보다는 덜 숙련된 조작원들이 부리는 시체들이 서로를 향해 서투르게 주먹다짐을 하는 광경을 구경했다.
　—그녀와 그녀의 친구들과 함께 어둡고 조용한 선술집 내부에 대화

와 웃음소리로 활기를 불어넣었고, 그러던 중 콕스와 똑같이 생긴 사내가 방 건너편에서 자신을 빤히 바라보는 것을 알아차린 트레이거는 미소 지으며 조우시 쪽으로 조금 더 몸을 기울였다.

조우시가 자기 주위로 즐겨 불러 모으는 다른 작자들은 안중에도 없었다. 여섯 명, 여덟 명, 또는 열 명씩 몰려 충동적으로 놀러 나가는 경우에도 트레이거는 조우시의 데이트 상대는 자기 한 사람뿐이며, 다른 사람들은 단지 곁가지일 뿐이라고 치부했다.

그러다가 아주 드물게, 그의 방이나 그녀의 방에서 어느새 두 명만 함께 있을 때가 있었다. 그럴 때는 대화를 나눴다. 먼 세계들이나 정치, 시체, 스크라키에서의 삶, 두 사람 모두 탐독한 책들, 스포츠, 게임, 공통의 지인들 따위에 관해서 말이다. 두 사람 사이에는 공통점이 아주 많았다. 트레이거는 조우시와 많은 이야기를 나눴다. 그러나 의미심장한 얘기는 결코 하지 않았다.

물론 그는 그녀를 사랑했다. 첫째 달부터 그런 것이 아닌가 의심했고, 얼마 지나지도 않아 그 사실을 확신하게 되었다. 그는 그녀를 사랑했다. 이것은 진짜 감정, 그가 그토록 고대하던 진짜 사랑이었던 데다가, 바로 그가 상상했던 대로 일어났다.

하지만 이 사랑은 고뇌를 수반했다. 그녀에게 고백할 수가 없었기 때문이다. 십여 번이나 시도했지만, 그럴 때마다 도저히 입이 떨어지지 않았다. 그녀가 그의 사랑에 호응해 주지 않는다면 그는 어떻게 하란 말인가?

밤에는 여전히 백열한 빛과 책과 고통으로 가득 찬 좁은 방에서 홀로 시간을 보냈다. 이제는 예전보다 도리어 더 고독했다. 판에 박힌 일상이 주던 평온함을, 시체들을 상대하는 반쪽 인생을 박탈당하고, 망각했기 때문이다. 낮이 되면 거대한 자동 쇄석기를 몰고, 시체들을 움직이고, 바위를 분쇄하고, 광석을 녹이면서도, 머릿속으로는 조우시에게 할 말을 미리 연습하고 있었다. 그러면서 그녀의 입에서 나올 대답에 관해 몽상했다. 그녀도 나와 마찬가지로 옴짝달싹도 못 하고 있어. 그는 생각했다. 물론 과거에 다른 남자들을 사귀긴 했지만 결코 사랑은 아니었어. 그녀가 정말로 사랑하는 사람은 바로 나야. 하지만 나 못지않게 도저히 입이 떨어지지 않는 거야. 나부터 마음의 벽을 깨고 그렇게 입 밖에 내서 말할 용기를 찾아낼 수만 있다면, 모든 게 잘될 거야. 그는 스스로를 향해 매일 이렇게 말했고, 깊고 재빠르게 지면을 파고들어 갔다.

그러나 집으로 돌아오면 그런 확신도 스러졌다. 그러면 지독한 절망감을 느끼면서 스스로를 속이고 있었다는 사실을 인정하는 수밖에 없었다. 그녀와는 단순한 친구 이상도 이하도 아니었고, 그 이상의 관계로는 결코 발전할 수 없을 것이다. 그런데 왜 스스로를 속이려고 하나? 힌트는 이미 충분히 얻지 않았는가. 그들은 연인 사이였던 적도 없고, 앞으로도 결코 연인 사이가 되지는 않을 것이다. 용기를 쥐어짜서 그녀의 몸에 살짝 접촉해 본 적도 몇 번 있었지만, 그럴 때마다 그녀는 미소 지으며 뭔가 핑계를 대고 몸을 뺐기 때문에 그녀에게 거절당했다는 확신을 가질 수가 없었다. 하지만 충분히 미루어 짐작할 수는 있었다. 어둠 속에서 그를 갈가리 찢는 것은 바로 이런 일이었다. 이제는 매주 복도를 배회하는 버릇이 생겼다. 침울한 표정을 하고 절망감에 시달리며, 누구든 좋으니 말을 걸고 싶었지만 그 방법을 모르는 상태로. 오래된 상처들이 또다시 피를 흘리기 시작했다.

적어도 날이 샐 때까지는 그랬다. 기계들에게 돌아가서 다시 믿음을 가질 때까지는. 스스로를 믿어야 한다는 사실을 그는 알고 있었고, 큰 소리로 입 밖에 내서 그렇게 말하기까지 했다. 자기 연민은 이제 그만. 그러는 대신 무엇이든 행동에 나서야 한다. 조우시에게 고백하자. 언젠가는.

그런다면 그녀는 너를 사랑해 줄 거야. 낮이 외쳤다.

그런다면 그녀는 너를 비웃을걸. 밤이 대꾸했다.

트레이거는 그녀 뒤를 쫓으며 1년을 그렇게 흘려보냈다. 고통과 희망으로 점철된 1년, 그가 진정한 삶을 경험했던 1년이었다. 밤의 어두운 두려움과 낮의 밝은 목소리도 이 지적에 대해서만은 이구동성으로 찬성했다. 트레이거는 지금 살아 있었다. 조우시를 만나기 전의 공허한 시절로는 결코 되돌아가지 않는다. 미트하우스로도 결코 돌아가지 않는다. 적어도 그 정도의 진전은 이뤘다. 스스로를 변화시킨다면, 언젠가 그녀에게 고백할 수 있을 정도로 강해질 것이다.

● ○

조우시와 두 친구가 그날 밤 그의 방에 들렀지만, 친구들은 일찍 떠나야 했다. 뒤에 남은 두 사람은 한 시간 남짓하게 얘기를 나눴다. 공허한 얘기를. 이윽고 그녀가 떠날 때가 되었다. 트레이거는 집까지 바래다주겠다고 말했다.

긴 복도를 걸어가며 줄곧 그녀의 허리에 팔을 두르고 있었다. 그러면서 그녀의 얼굴을 바라보았다. 밝은 곳에서 어두운 곳으로 이동할 때 그녀의 뺨 위에서 빛과 그림자가 춤추듯이 움직이는 모습을. "조우시." 그는 운을 뗐다. 기분이 정말 좋다. 정말 좋고, 따스하다. 그러던 중 말이 나왔다. "난 너를 사랑해."

그러자 그녀는 멈춰 서서 몸을 뺐고, 한 걸음 물러섰다. 입이 조금 열리더니 알 수 없는 표정이 눈가를 스치고 지나갔다. "오, 그렉." 그녀는 말했다. 나직하게. 슬프게. "그러면 안 돼, 그렉. 안 돼. 그러지 마." 그러고는 고개를 가로저었다.

조금 몸을 떨면서 소리 없는 말을 중얼거리며 트레이거는 손을 내밀었다. 조우시는 그의 손을 잡지 않았다. 그는 그녀의 뺨에 살며시 손을 갖다 댔다. 그러자 그녀는 말없이 몸을 휙 뺐다.

다음 순간, 난생 처음으로, 오열이 북받쳐 올라왔다. 눈물이 그 뒤를 따랐다.

조우시는 그를 자기 방으로 데려갔다. 서로를 마주 보고 방바닥에 앉아서, 결코 서로에게 손을 대는 일 없이 그들은 얘기를 나눴다.

J : ……오래전부터 알고 있었어……그렉, 그래서 단념하게 하려고 했지만, 대놓고 말할 수는 없었던 데다가……너한테 상처를 주고 싶지 않았어……우린 좋은 친구잖아……걱정하지 마……

T : ……나도 알고 있었어……절대로 그런 일은 일어나지 않으리라는……나 자신을 속였지만……설령 사실이 아니라고 해도 믿고 싶었고……미안해, 조우시, 미안해, 미안해, 미안해미안해미안해……

J : ……처음 만났을 때의 너로 돌아가는 게 두려워서……그러면 안 돼, 그렉, 약속해 줘……포기하지 않겠다고……믿겠다고……

T : 왜?

J : ……믿는 걸 그만두면, 아무것도 남지 않아……죽는 거야……넌 그러

지 않을 수 있어……좋은 조작원이니까……스크라키를 떠나서 뭔가 새로운 걸 찾아본다면……여기선 제대로 살아갈 수가 없어……누군가를 넌 찾을 수 있을 거야, 틀림없이 찾을 수 있으니까, 단지 믿음을 가지고, 계속 믿는다면……

T : ……너를……영원히 너를 사랑할 거야, 조우시……영원히……그런데 어떻게 다른 여자를……너 같은 사람은 절대 찾지 못할 거야, 절대로……넌 특별해……

J : ……오, 그렉……그런 사람들은 많아……찾아보기만 한다면……마음을 열고……

T : (웃음)……마음을 열어?……다른 사람하고 이렇게 제대로 얘기를 나눠 본 것조차 난생 처음인 마당에……

J : ……필요하다면 다시 나와 얘기해……이렇게 얘기를 나눌 수 있잖아……지금까지 애인은 얼마든지 있었고, 어딜 가든 나하고 자고 싶어 하는 작자들투성이였지, 그러니까 우린 그냥 친구 사이로 있는 쪽이 나아……

T : ……친구 사이라……(웃음)……(눈물)……

II
언젠가라는 그 약속

불은 이미 오래전에 사그라들었고, 스티븐스와 삼림 감독원은 이미 잠자리에 들었지만 트레이거와 도널리는 여전히 공터 가장자리에 수북이 쌓인 재 주위에 앉아 있었다. 다른 사람들을 깨우지 않으려고 나직하게만 말했지만, 두 사람의 목소리는 어지럽게 움직이는 밤공기 속에서 사라지지 않고 오래 머물렀다. 아직 벌채되지 않은 채로 그들의 배후에서 검게 솟아 있는 숲은 죽은 듯이 미동도 하지 않는다. 행성 벤달리아의 야생동물들은 낮에 몰려왔던 벌채 트럭의 일단이 내는 소음에 놀라 이미 달아난 뒤였다.

"……벌채 트럭에 탄 여섯 명을 한꺼번에 조종하다니. 나도 그게 쉽지 않다는 것쯤은 압니다." 도널리가 말하고 있다. 창백한 얼굴을 한 소심한 젊은이였지만 무척이나 자의식이 강했다. 트레이거는 도널리의 딱딱한 말투에서 과거의 자신을 떠올리고 있었다. "투기장에 출전하면 성공할 텐데."

트레이거는 고개를 끄덕였다. 생각에 잠긴 표정으로, 손에 쥔 작대기를 써서 재를 이리저리 움직인다. "나도 그걸 염두에 두고 벤달리아에 왔어. 검투사 경기에도 가 봤지. 딱 한 번뿐이었지만 말이야. 한 번만으로도 마음을 바꾸기엔 충분했어. 아마 나도 잘할 수 있겠지만, 실제로 그걸 할 생각만 해도 구역질이 나더군. 흠, 여기서 이렇게 일하면서 받는 봉급은 내가 스크라키에서 벌던 돈의 발치에도 미치지 못하지만, 이 일은 뭐랄까, 깨끗하잖아. 무슨 뜻인지 알지?"

"알 것 같습니다. 하지만 잘 아시잖습니까, 투기장에서 싸우는 건 진짜 인간이 아니라는 걸. 그냥 고깃덩어리에 불과합니다. 거기서 뭘 하든 간에, 결국은 시체를 그 마음과 마찬가지로 죽은 상태로 만드는 것에 불과합니다. 그렇게 보는 쪽이 논리적이지 않을까요?"

트레이거는 쿡쿡 웃었다. "돈, 자넨 너무 논리적이라서 탈이야. 그보다는 감정에 더 충실해야 하지 않을까. 다음에 기디언에 가면 검투장에서 한번 시합을 구경해 보라고. 추악하다고 느낄 거야. 정말로. 전투용 도끼나 장검이나 모닝스타³를 쥔 시체들이 비틀거리면서 서로의 몸을 베고 찍는 광경을 떠올려 봐. 그건 도살, 단지 도살에 불과해. 게다가 관중은 시체들이 서로에게 일격을 가할 때마다 환호를 올리고 폭소하더군. 폭소한다고! 그건 도저히 내 취향이 아냐." 트레이거는 세차게 고개를 가로저었다. "절대로."

도널리는 논쟁에서 물러난 적이 없었다. "하지만 그러지 말라는 법이 어디 있나요? 여전히 이해 못 하겠습니다, 그렉. 당신은 그 일을 잘할 수 있으니까 최고의 검투 조련사 자리에 오를 겁니다. 여기 일꾼들을 부리는 걸 봤으니 익히 압니다."

트레이거는 고개를 들고 그의 대답을 말없이 기다리고 있는 청년을 잠시 관찰했다. 조우시가 했던 말이 다시 떠올랐다. 마음을 열어. 열어야 해. 그는 더 이상 과거의 트레이거, 친구도 없이 고독하게 스크라키의 조작원 숙소에 틀어박혀 살던 트레이거가 아니다. 이제 그는 성장했고, 변했다.

"여자를 하나 알고 지낸 적이 있어." 트레이거는 신중하게 단어를 골라 가며 느린 어조로 말했다. 마음 열기. "스크라키에 살았을 때의 일이야. 난 그 여자를 사랑했지. 하지만 뭐랄까, 잘되지 않았어. 아마 그래서 이 행성으로 온 건지도 모르겠군. 누군가 다른 사람을, 뭔가 더 나은 걸

---

3 가시 돋친 철구가 달린 철퇴.

찾아서 말이야. 그런 것들이 모두 내 결정에 영향을 끼쳤다고나 할까." 트레이거는 잠시 말을 멈추고 정확한 표현을 찾아보려고 노력했다. "그 여자, 조우시라는 이름이었는데, 난 그녀가 나를 사랑해 주기를 원했어." 이렇게 말하는 건 쉽지 않았다. "나를 향한 애정과 존경, 뭐 그런 걸 원했던 거지. 지금은 뭐랄까, 맞아, 투기장에서도 난 시체들을 아주 잘 움직일 수 있겠지. 하지만 조우시라면 그런 일을 하는 사람을 결코 사랑할 수 없을 거야. 물론 이미 흘러간 과거의 일이긴 하지만, 그래도……. 지금 난 그런 여자를 찾고 싶지만, 투기장의 시체 조작원 노릇을 하면서 그러는 건 불가능해." 트레이거는 느닷없이 일어섰다. "나도 잘 모르겠어. 하지만 내겐 중요한 일이야. 언젠가는 조우시, 아니면 조우시 같은 누군가를 만나고 싶어. 가급적 빠른 시일 안에."

도널리는 달빛을 받으며 조용히 앉아 있었다. 논리 따위는 갑자기 아무 쓸모도 없어졌다는 사실을 자각하며, 입술을 자근자근 씹으며 트레이거를 바라본다. 이미 오래전에 공허한 복도의 기억을 묻어 버린 트레이거는 홀로 숲 속으로 걸어갔다.

● ○

긴밀하게 짜인 작업반이었다. 조작원이 셋, 삼림 감독원 하나 그리고 시체가 열셋. 그들은 매일 숲을 밀어냈고, 트레이거는 언제나 그 선두에서 일했다. 벤달리아의 황무지를, 블랙브라이어 나무와 딱딱한 잿빛 쇠못나무와 둥글납작하고 고무처럼 질긴 골절나무들을, 뒤얽히고 적대적인 숲을, 트레이거는 여섯 명의 시체 작업원들과 그들이 운전하는 벌채 트럭을 써서 밀어붙였다. 공중 부양식의 벌채 트럭들은 스크라키에서 그가 조종하던 자동 쇄석기보다 더 작고 빠를 뿐만 아니라 구조가 복잡하고 조작이 쉽지 않았다. 트레이거는 이런 트럭 여섯 대를 시체들의 손을 써서 조종했고, 일곱 대째는 자기 손으로 조종했다. 절규하는 벌채 날과 레이저 칼날들 앞에서 숲으로 이루어진 황무지의 벽은 매일 무너졌다. 도널리는 산더미만 한 이동식 제재기(製材機)를 몰고 트레이거 뒤를 따라오며 쓰러진 나무들을 기디언과 벤달리아의 다른 도시들에서 쓸 재목으로 분단했다. 그러면 세 번째 시체 조작원인 스티븐스가 화염 방사포로 그루터기를 태우고, 바위를 녹이며, 새 농지를 조성하기 위한 토양 펌프를 작동시키는 식이었다. 삼림 감독원이 작업 전체를 감독했다. 벌채 과정은 정밀하고 완벽했다.

힘들지만 청결한 일. 트레이거는 낮이면 힘차게 일했다. 그 과정에서 그의 몸은 날씬해지고, 거의 운동선수 못지않게 단련되었다. 얼굴의 선도 예리해지고 살갗은 볕으로 그을렸다. 벤달리아의 뜨겁고 눈부신 햇볕 아래에서 그는 점점 갈색으로 변해 갔다. 그의 시체들은 이제 거의 그의 일부나 다름없었다. 너무나도 쉽게 그것들을 움직이고, 그것들이 탄 벌채 트럭들을 조종했다. 마치 사람이 자기 수족을 움직이는 것처럼 자연스럽게. 이따금 통제력이 너무나도 완벽해지고 반응들이 너무나도 뚜렷하고 강해지면, 트레이거는 자신이 시체 작업원들을 제어하는 조작원이 아니라 일곱 개의 몸을 가진 인간인 것처럼 느낄 때조차 있었다. 숲에서 부는 후텁지근한 바람을 타고 움직이는 일곱 개의 강인한 육체. 그는 그들의 땀과 노력에서 고양감을 느꼈다.

그리고 일이 끝난 뒤의 저녁 시간도 좋았다. 트레이거는 그런 시간에서 일종의 평온함을 찾았다. 스크라키에서는 결코 경험할 수 없었던 소속감을. 기디언에서 교대로 파견을 나오는 삼림 감독원들은 우호적이고 괜찮은 사람들이었다. 스티븐스는 입에서 농담이 끊이지 않았고 심각한 얘기 따위와는 아예 인연이 없었다. 그와 함께 일하면 언제나 유쾌했다. 그리고 도널리, 자의식이 강하며 조용하고 논리적인 이 청년과는 친구 사이가 되었다. 도널리는 동정적이며 정이 많았고, 트레이거의 말에 곧잘 귀를 기울여 주는 좋은 청자(聽者)였다. 그리고 마음을 연 트레이거는 좋은 화자였다. 트레이거가 조우시 얘기를 하며 자기 영혼을 정화할 때면 도널리의 눈에는 부러움에 가까운 빛이 깃들곤 했다. 그리고 트레이거는 알고 있었다. 아니, 적어도 알고 있다고 생각했다. 도널리야말로 자기 자신, 예전의 트레이거라는 사실을. 조우시를 만나기 전에는 자기 생각을 입 밖에 내서 말하지도 못하던 트레이거라는 사실을.

그러나 며칠에서 몇 주 동안이나 대화를 나눈 뒤에는 도널리도 자기 생각을 말할 수 있게 되었다. 그러면 트레이거는 귀를 기울이며 서로의 고뇌를 공유했다. 그러면 기분이 좋아졌다. 트레이거는 친구를 돕고 있었다. 힘을 주고 있었다. 친구도 그를 필요로 하고 있었다.

밤이 되면 두 사내는 쌓인 재 주위에 앉아 서로의 꿈을 교환했다. 그렇게 해서 약속과 거짓말로 점철된 희망의 태피스트리를 자아냈던 것이다.

그러나 밤은 여전히 찾아왔다.

역시 밤이 가장 안 좋았다. 이 시간대가 오면 트레이거는 오랫동안 홀로 산책하는 버릇이 생겼다. 조우시가 트레이거에게 많은 것을 주었다고 한다면, 그 과정에서 무엇인가를 빼앗아 간 것도 사실이었다. 그녀는 과거에 트레이거가 가지고 있던 묘한 무감동함을 빼앗아 갔던 것이다.

아무 생각도 하지 않음으로써 마음의 고통을 지워 버리는 능력을 말이다. 스크라키에서 살았을 때는 간간이 복도를 배회했을 뿐이었다. 그러나 숲 속에 온 뒤로는 훨씬 더 자주 배회했다.

그런 일은 모든 대화가 끊기고 도널리가 잠든 뒤에 일어났다. 조우시가 텐트 안에 홀로 있는 그의 마음속을 방문했던 것이다. 천 일 동안 그는 팔베개를 하고 텐트의 플라스틱 천을 응시하며 그녀에게 고백했던 그날 밤을 재체험했다. 그는 그녀의 뺨에 천 번 손을 갖다 댔고, 그녀가 몸을 홱 빼는 광경을 천 번 바라보아야 했다.

그런 생각을 하면서도 잊으려고 고투했지만 결국은 굴복할 운명이었다. 그런 경험을 한 뒤에는 마음이 뒤숭숭한 나머지 자리에서 일어나 텐트 밖으로 나가기 일쑤였다. 그는 벌채된 지역을 가로질러 말없이 우뚝 서 있는 숲 속으로 걸어 들어갔다. 낮은 가지들을 밀치고 덤불에 발을 채이면서도 물가에 이를 때까지 계속 걸어갔다. 녹조로 뒤덮인 호수나 콸콸 흐르며 달빛 아래에서 기름처럼 번질거리는 개울 가장자리에 앉은 다음, 수면을 향해 돌을 던졌다. 밤의 어둠을 향해 낮고 세차게 돌을 던지고, 그것이 수면을 철썩 때리는 소리에 귀를 기울였다.

그렇게 몇 시간 동안이나 돌을 던지며 곰곰이 생각에 잠겼다. 언젠가는 해가 뜨리라는 사실을 스스로 확신할 수 있을 때까지.

● ○

기디언. 행성 벤달리아의 심장. 인간 대신 시체들이 일해야 하는 불쾌하고 가혹한 환경을 가진 슬래그, 스크라키, 뉴피츠버그 등의 시체 세계들로 통하는 관문. 검은색과 은색의 초고층 건물들과, 낮에는 햇살을 반사하며 반짝이고 밤에는 부드러운 빛을 발하는 조각들이 공중을 떠다니는 곳. 수많은 화물 우주선들이 눈에 보이지 않는 불기둥에 실려 부산하게 오르내리는 광대한 우주항(宇宙港)과, 반들반들하게 연마된 보도가 착종하는 쇼핑몰과, 잿빛으로 부드럽게 번득이는 쇠못나무 숲의 도시. 기디언.

부패의 도시. 시체 도시. 고기 시장으로 유명한 곳.

그런 명성을 가진 이유는, 화물선들이 벤달리아가 현찰을 지불하고 십여 개의 세계에서 매입한 범죄자와 부랑자와 말썽꾼 들로 이루어진 인간 화물을 싣고 오기 때문이다. (단거리 항로를 운행하던 중에 실종된 관광선에 관한 섬뜩한 소문도 있었다.) 고층 건물들의 정체는 병원과 시체 보관소였다. 남녀가 죽음을 맞이하고 시체가 새로 태어나 걷는 곳이다. 그리고 쇠못나무를 깔아 만든 산책로 양쪽에는 시체 판매소와 미트하우스들이 잔뜩 늘어서 있다.

특히 벤달리아의 미트하우스는 먼 곳에서까지 그 명성이 자자했다. 시체들이 아름답다는 보장이 있었기에.

트레이거는 넓은 잿빛 대로를 사이에 두고 바로 그런 장소를 마주 보는 야외 카페의 파라솔 아래에 앉아 있었다. 그는 달콤씁쓸한 와인을 홀짝이며, 휴가 기간이 어떻게 그토록 빨리 지나가 버렸는지 의아해했다. 그러면서 자꾸 길 너머로 눈이 가려는 것을 참고 있었다. 혀끝에 감도는 와인은 미지근했고, 두 눈은 불안한 기색이 역력했다.

트레이거와 미트하우스 사이의 대로변을 따라 이름 모를 사람들이 움직인다. 벤달리아, 스크라키, 슬래그 출신의 검은 얼굴을 한 시체 조작원들. 통통하게 살진 상인들, 옛 지구나 제피로스 같은 청정 세계에서 와서 넋을 잃은 듯이 두리번거리는 관광객들. 개중에는 트레이거는 상상도 할 수 없는 이름이나 직업이나 용무로 인해 이곳에 와 있는 낯선 이들도 많았다. 트레이거는 카페에 앉아 와인을 들이켜며 거리를 바라보던 중에 주위로부터 완전히 단절된 듯한 느낌에 사로잡혔다. 그는 이런 사람들과 접촉하고, 손을 뻗을 수가 없다. 어떻게 해야 할지를 몰랐기 때문이다. 그런 일은 불가능하고, 시도해 봤자 성공할 리가 없다. 지금 당장 자리에서 일어나 거리를 돌아다니는 사람을 아무나 움켜잡을 수는 있겠지만, 제대로 소통하는 것은 여전히 불가능하다. 낯선 사람은 그의 손을 뿌리치고 도망칠 것이 뻔하기 때문이다. 그의 휴가는 언제나 예외 없이 이런 식이었다. 기디언 시내의 술집들을 빠짐없이 돌아다니며 수도 없이 접촉을 시도해 보지만, 제대로 된 반응이 돌아온 적은 한 번도 없었다.

어느새 와인이 떨어졌다. 트레이거는 멍한 눈으로 빈 잔을 응시했다. 눈을 깜박이며 손아귀의 잔을 돌린다. 그러더니 느닷없이 일어나서 대금을 지불했다. 양손이 떨린다.

너무 오래 참았어. 그는 대로를 가로지르며 생각했다. 조우시, 용서해 줘.

· ○

트레이거가 황무지의 캠프로 돌아간 직후 그의 시체들은 각자의 벌채 트럭을 마치 광인이라도 된 것처럼 몰았다. 그러나 그는 야영지의 모닥불 앞에서도 묘하게 말이 없었고, 밤이 되어도 도널리와 대화를 나누려고 하지 않았다. 이에 마음 상한 도널리는 당혹스러웠던 나머지 숲 속으로 걸어 들어간 트레이거를 따라갔고, 느른하게 흐르는 죽음처럼 새까만 개울 기슭에 앉아 있는 친구와 마주쳤다. 트레이거의 발치에는 수면에 던질 돌들이 잔뜩 쌓여 있었다.

T : ……들어가 버렸어……그렇게 실컷 허세를 떨고, 다짐한 뒤에도……들어가 버렸어……

D : ……걱정 마십시오……나한테 한 말들을 떠올려 보십시오……계속 믿으면 된다고……

T : ……예전에는 믿었지. 예전에는 말이야……그러는 건 어렵지 않았어……조우시가……

D : ……나한테도 단념하지 말라고, 그러면 안 된다고 말하지 않았습니까……나한테 했던 말, 조우시한테 들었던 말을 전부 되풀이해 보십시오……언젠가는 짝을 찾을 수 있을 거라고……계속 찾기만 한다면……포기하는 건 죽는 거나 다름없고……단지 필요한 건……마음을 여는 일……시도할 용기……자기 연민 하지 않기……당신한테서 그런 얘기를 수없이 들었습니다……

T : ……주둥이로 나불거리는 것보다 실천하는 것이 얼마나 어려운지를 보여 주는 산 증거랄까……

D : ……그렉……미트하우스 따위엔 가지 않고……꿈을 잊지 않고……그런 작자들과는 다른……

T : (한숨)……그래……하지만 쉽지 않아……도대체 내가 왜 이래야 하는 거지?……

D : ……차라리 예전의 당신으로 돌아가고 싶다?……고민하지도 않지만, 살아 있지도 않은……지금 나처럼?……

T : ……아냐……아냐……자네 말이 옳아…….

2

순례자, 위로 아래로

 그녀의 이름은 로렐이었다. 조우시와는 전혀 닮지 않았다. 딱 한 가지를 제외하면. 트레이거는 그녀를 사랑했다.
 예뻤냐고? 트레이거는 그렇게 생각하지 않았다. 적어도 처음에는. 우선 키가 너무 크다. 그보다 15센티미터는 족히 더 컸고, 몸도 약간 육중한 편이었으며, 용모에 이르러서는 약간이 아니라 많이 떨어지는 편이었다. 그래도 머리카락만은 정말 아름다웠다. 겨울에는 적갈색이었다가 여름에는 금빛으로 반짝이는 머리카락. 허리에 닿을 때까지 길고 곧은 이 머리카락은 바람에 휘날리면 놀랄 정도로 아름답게 변신한다. 그러나 그녀는 아름답지 않다. 적어도 조우시가 아름다웠던 것처럼은. 하지만 묘하게도 시간이 흐를수록 그녀는 아름답게 변해 갔다. 아마 살이 빠져서일지도 모르고, 그녀와 사랑에 빠진 트레이거의 눈이 편애한 탓인지도 모르겠다. 혹은 너는 아름답다는 트레이거의 말이 그녀를 실제로 아름답게 만들었기 때문일지도. 트레이거는 현명하다는 그녀의 믿음이 실제로 그에게 현명함을 내려 준 것처럼 말이다. 이유가 뭐였든 간에, 어느 정도 서로를 알고 지낸 뒤부터 로렐은 정말로 아름답게 변했다.

트레이거보다 다섯 살 어린 그녀는 수수하고 순진했으며, 매사에 적극적이었던 조우시와는 대조적으로 수줍음을 많이 탔다. 로렐은 머리가 좋고 로맨틱한 몽상가였다. 놀랄 정도로 신선하며 열의에 차 있었고, 안쓰러울 정도로 자신감을 결여하고 있었으며, 새로운 경험을 하고 싶어 하는 절실한 욕구로 가득 차 있었다.

그녀는 행성 벤달리아의 오지에 살다가 얼마 전 삼림 감독원이 되기 위해 기디언으로 온 참이었다. 트레이거는 다시 휴가를 얻어 예전에 같은 작업반에서 일하다가 지금은 삼림 감독 학원의 교관이 된 지인을 방문하던 중이었다. 그녀를 처음 만난 곳은 교관실이었다. 트레이거는 낯선 사람들과 미트하우스로 가득한 도시에서 2주나 되는 휴일을 보낼 예정이었다. 로렐도 혼자였다. 트레이거는 로렐을 위해 휘황찬란하고 퇴폐적인 기디언 시내를 안내해 주면서 매끄럽고 세련된 어른이 된 기분을 느꼈다. 로렐 또한 기대했던 대로의 반응을 보였다.

2주는 금세 지나갔다. 마침내 마지막 날이 되자 갑자기 두려워진 트레이거는 그녀를 기디언 시내를 관통하는 강가의 공원으로 데려갔다. 그들은 강가의 낮은 돌벽에 함께 앉았다. 가깝지만, 몸이 닿을 정도는 아니었다.

"시간이 너무 빨리 흐르는군." 그는 이렇게 말하고 쥐고 있던 돌을 수면을 향해 스치듯이 힘껏 던졌다. 생각에 잠긴 얼굴로, 철벅이며 수면 아래로 가라앉는 돌을 바라본다. 그런 다음 그녀를 쳐다보았다. "신경이 곤두섰나 봐." 그는 웃으며 말했다. "난— 로렐, 난 떠나고 싶지 않아."

그녀는 표정이 없었다. (경계하는 듯한 표정?) "이 도시는 정말 멋졌어요." 그녀는 동의했다.

트레이거는 고개를 세차게 흔들었다. "아냐. 아냐! 도시 얘길 한 게 아냐. 네 얘기를 한 거야, 로렐. 아무래도 난…… 흐음……."

로렐은 그를 향해 미소를 떠올렸다. 밝고 아주 즐거운 눈빛으로. "알아요."

트레이거는 도저히 믿을 수 없었다. 손을 뻗어 그녀의 뺨에 갖다 댄다. 그녀는 고개를 돌리고 그의 손에 입을 맞췄다. 두 사람은 서로를 바라보며 미소 지었다.

●○

트레이거는 퇴직하기 위해 숲의 캠프로 날아갔다. "돈, 돈, 자네도 꼭 그녀를 만나 봐야 해!" 그는 외쳤다. "자, 자네도 그럴 수 있어. 나도 성공했잖아. 계속 믿고, 계속 시도한 끝에 말이야. 너무 기분이 좋아서 창피할 지경이군."

뻣뻣하고 논리적인 도널리는 친구를 보며 미소를 지어 보였다. 이런 홍수 같은 행복감에는 어떻게 대처해야 할지 도무지 알 수 없었다. "어떻게 할 건데요?" 그는 조금 어색한 어조로 물었다. "투기장에 취직?"

트레이거는 웃음을 터뜨렸다. "설마. 그 일에 관해서 내가 어떻게 느끼는지 알면서. 하지만 다른 일을 찾았어. 우주항 근처에 극장이 하나 있는데, 시체 배우들을 써서 무언극을 한다는군. 거기 취직했지. 쥐꼬리 같은 봉급이긴 하지만, 로렐 곁에 있을 수 있어. 중요한 건 그거니까 말이야."

• ○

 밤이 되어도 그들은 거의 잠을 자지 않았다. 그러는 대신 대화를 하고, 포옹하고, 사랑을 나눴다. 그들의 섹스는 기쁨이자 게임이었고, 장려한 발견이었다. 육체적으로는 미트하우스에서 받는 쾌감에 결코 미치지 못했지만, 트레이거는 전혀 신경을 쓰지 않았다. 그는 그녀에게 마음을 여는 법을 가르쳤다. 그의 모든 비밀을 털어놓았다. 급기야는 더 얘기해 줄 비밀이 없어서 안타까워질 때까지.
 "불쌍한 조우시." 밤이면 로렐은 그에게 따스한 몸을 밀착시키며 곧잘 이렇게 말하곤 했다. "뭘 얻지 못했는지를 모르잖아. 난 운이 좋았어. 이 세상에 당신 같은 남자는 없어."
 "아냐." 트레이거가 말했다. "운이 좋은 사람은 바로 나야."
 그들은 웃음을 터뜨리며 누가 옳은지 논쟁을 벌였다.

• ○

 도널리도 기디언으로 와서 극장에 취직했다. 트레이거 없는 벌채 작업은 전혀 즐겁지 않다고 그는 말했다. 세 사람은 함께 많은 시간을 보냈다. 트레이거의 얼굴은 행복한 나머지 숫제 빛이 날 지경이었다. 그는 친구들을 로렐과 공유하고 싶었다. 도널리에 관해서는 이미 여러 번 언급했다. 자신이 얼마나 행복해졌는지를 도널리에게 보여 주고 싶었다. 믿음이 어떤 위업을 이룰 수 있는지를 보여 주고 싶었던 것이다.
 "나도 로렐이 좋아요." 도널리는 미소 지으며 말했다. 로렐이 집에 없었던 첫 번째 밤이었다.

"다행이군." 트레이거는 고개를 끄덕이며 대답했다.

"그 정도가 아닙니다. 그렉, 정말로 좋다는 뜻입니다."

● ○

그들은 함께 정말로 많은 시간을 보냈다.

● ○

"있잖아, 그렉." 어느 날 밤 침대 위에서 로렐이 말했다. "내가 보기에 돈은…… 뭐랄까, 나한테 관심이 있는 것 같아. 무슨 뜻인지 알지?"

트레이거는 몸을 뒤집고 팔꿈치로 턱을 괴었다. "맙소사." 걱정스러운 목소리였다.

"어떻게 대처해야 할지 모르겠어."

"조심스럽게 대처해야겠지." 트레이거가 대답했다. "무척이나 상처받기 쉬운 성격이거든. 여자한테 관심을 가진 것도 아마 이번이 처음일 거야. 그러니까 너무 심하게 대하진 마. 내가 겪었던 걸 겪게 할 필요는 없으니까 말이야."

● ○

섹스는 결코 미트하우스만큼 좋지 않았다. 어느 정도 시간이 흐르자 로렐도 내성적으로 변했다. 사랑을 나눈 뒤에 그냥 잠들어 버리는 밤도 점점 늘어났다. 밤을 새워 새벽까지 이야기를 나누던 시절은 과거의 것이 되었다. 아마 더 이상 나눌 말이 없어진 탓인지도 모르겠다. 트레이거는 그가 시작한 이야기를 그녀가 알아서 미리 끝맺는 경향이 생겨났음을 눈치챘다. 이미 그녀에게 해 버린 이야기 말고 다른 이야기를 새로 꺼내 주는 것은 이제 거의 불가능했다.

● ○

"정말로 그렇게 말했어?" 트레이거는 침대 밖으로 나와 전등을 켜고 찌푸린 얼굴로 앉았다. 로렐은 침대 시트를 턱까지 끌어 올렸다.

"그래서, 당신은 뭐라고 대답했는데?"

로렐은 망설였다. "얘기해 줄 수 없어. 돈하고 나 사이의 일이거든. 돈은 내가 나중에 당신한테 모조리 털어놓는 건 공평하지 못하다고 했어. 나도 그 말에 찬성이고."

"찬성이라고! 하지만 나도 모조리 털어놓잖아. 그때 우리가 한 약속은……."

"알아. 하지만……."

트레이거는 고개를 설레설레 젓고, 화를 내던 아까보다는 풀이 죽은 목소리로 말했다. "로렐, 도대체 무슨 일이 일어나고 있는 거야? 갑자기 두려워졌어. 내가 당신을 사랑한다는 걸 잊었어? 어떻게 모든 게 그렇게 빨리 변할 수 있는 거야?"

로렐의 표정이 부드러워졌다. 상체를 일으키고 앉아 그를 향해 손을 뻗치자 풍만하고 부드러운 젖가슴을 가리고 있던 침대 시트가 아래로 흘러내렸다. "오, 그렉. 걱정하지 마. 나도 당신을 사랑해. 앞으로도 줄곧 사랑할 거고. 하지만 난 그 아이도 사랑하니까 이러는 건지도 몰라. 무슨 뜻인지 알지?"

기분이 누그러진 트레이거는 그녀의 품으로 들어가서 정열적으로 입을 맞췄다. 그러다가 갑자기 몸을 뗐다. "어이." 떨리는 목소리를 감추려는지 짐짓 엄한 말투였다. "당신은 어느 쪽을 더 사랑하는데?"

"물론 당신이야. 앞으로도 줄곧."

그는 미소 지으며 다시 입을 맞추기 시작했다.

○●○

"이미 아시는 것 같으니—." 도널리가 말했다. "얘기를 나누는 수밖에 없겠군요."

트레이거는 고개를 끄덕였다. 두 사람은 극장 뒷무대에 서 있었다. 트레이거의 시체 중 셋이 그의 등 뒤로 걸어오더니 마치 경비원처럼 팔짱을 끼고 우뚝 섰다. "좋아." 트레이거는 도널리를 똑바로 바라보며 미소 대신에 갑자기 단호한 표정을 떠올렸다. "로렐은 나더러 아무것도 모르는 시늉을 해 달라고 부탁하더군. 자네가 죄책감에 시달리고 있다나. 하지만 돈, 아무것도 아닌 시늉을 하는 건 나도 힘들어. 그러니 이젠 모든 걸 터놓고 얘기할 시기가 온 것 같군."

도널리의 새파란 눈이 무대 바닥을 향했다. 그는 호주머니에 양손을 집어넣고 말했다. "당신 마음을 상하게 하고 싶지는 않습니다."

"그럼 그러지 마."

"하지만 나도 죽은 사람 시늉을 할 생각은 없습니다. 안 죽었으니까요. 나도 그녀를 사랑합니다."

"돈, 자넨 내 친구가 아니었어? 누군가 다른 사람을 사랑하라고. 이런 식으로 가다간 자네한테 남는 건 상처밖에 없어."

"그녀와의 공통점은 당신보다 내가 더 많습니다."

트레이거는 상대방의 얼굴을 빤히 쳐다보았다.

도널리는 그를 올려다보았다. 그러다가 갑자기 당혹한 표정으로 다시 고개를 푹 숙였다. "잘 모르겠습니다, 그렉. 로렐도 어차피 당신 쪽을 더 사랑한다고 자기 입으로 말하더군요. 그 이상을 바란 게 잘못이었습니다. 마치 친구를 배신한 듯한 기분입니다. 난……."

트레이거는 상대를 바라보다가 마침내 나직하게 웃었다. "이런 염병할. 나도 이런 기분이 되긴 싫어. 이봐, 돈, 자넨 날 배신하지 않았어. 그러니까 그런 식으로 얘기하지는 말라고. 그녀를 사랑한다면 결국 이러는 수밖에 없었을 거라는 생각이 드는군. 단지 모든 게 잘 풀리기를 바랄 따름이야."

그날 밤 로렐과 잠자리에 든 그는 말했다. "난 그 친구가 걱정스러워."

● ○

볕에 그을어 가무잡잡했던 그의 얼굴이 지금은 잿빛으로 변해 있었다. "로렐?" 그는 속삭였다. 도저히 믿기지 않는다는 듯한 목소리였다.

"난 더 이상 당신을 사랑하지 않아. 미안해. 하지만 사랑하지 않는다는 말은 사실이야. 그땐 진짜 사랑인 것처럼 느꼈지만, 지금은 거의 꿈이 되어 버린 듯한 기분이야. 정말로 당신을 사랑했는지도 확실하지 않아."

"도널리 때문이군." 그는 굳은 어조로 말했다.

로렐은 얼굴을 붉혔다. "돈을 절대로 나쁘게 말하면 안 돼. 당신이 그이를 깎아내리는 소리를 듣는 건 이제 진절머리가 나. 돈은 당신에 관해서는 좋은 얘기밖에 안 한다고."

"오, 로렐, 모두 잊었어? 예전에 우리가 무슨 얘길 했는지, 무슨 기분을 느꼈는지? 난 당신이 나를 사랑한다고 했을 때의 나와 전혀 달라진 게 없어."

"하지만 난 성장했어." 로렐은 적금색(赤金色)의 머리카락을 뒤로 홱 넘기며 단호하고 무정한 어조로 말했다. "내가 뭐라고 했는지는 한마디도 빠짐없이 기억하고 있어. 하지만 난 더 이상 그런 식의 감정을 가지고 있지 않다고 했잖아."

"그러지 마." 그는 그녀를 향해 손을 뻗었다.

그녀는 뒤로 물러섰다. "손대지 마. 그렉, 이미 말했잖아. **끝났다고.** 이제 나가 줘. 곧 돈이 올 거야."

● ○

조우시 때보다 끔찍했다. 천 배는 더.

Ⅲ
방황

 그는 극장에 머물려고 무던히 애를 썼다. 극장 일이 좋았고, 친구들도 많았기 때문이다. 하지만 그러는 것은 불가능했다. 매일 출근해서 친근한 미소를 떠올리는 도널리와 마주쳐야 했고, 그날의 쇼가 끝나면 로렐이 와서 서로 팔짱을 끼고 퇴근할 때조차 있었다. 트레이거는 우뚝 선 채로 그런 광경을 목도하면서도 아무 내색도 하지 않으려고 노력했다. 내부의 일그러진 존재가 절규하며, 속을 마구 할퀴는 것을 느끼면서 말이다.
 결국 그만두었다. 이제 다시는 그들을 볼 일이 없을 것이다. 긍지를 지킬 수 있다.

● ○

 밤하늘은 기디언의 불빛으로 밝게 조명된 데다가 웃음소리로 가득했지만, 공원은 어둡고 조용했다.
 트레이거는 나무 한 그루를 등지고 뻣뻣하게 서 있었다. 시선은 강을 향하고 있었다. 양손으로 자기 몸을 껴안은 자세로, 석상처럼 꿈쩍도 하지 않았다. 숨을 쉬는 기색도 거의 없었고, 눈동자조차도 움직이지 않았다.
 공원의 낮은 석벽 앞에서 무릎을 꿇고 있던 시체는 벽면이 피로 미끌미끌해지고 양손이 너덜너덜하게 으깨진 살점 덩어리가 될 때까지 벽을 때렸다. 시체의 주먹이 벽을 강타하는 소리는 이따금 허옇게 드러난 뼈가 돌을 스치는 날카로운 소리를 제외하면 둔하고 축축했다.

● ○

부스 안으로 들어가기도 전에 그는 선금으로 요금을 지불해야 했다. 그리고 그들이 그녀를 찾아내서 연결해 줄 때까지 무려 한 시간을 하릴없이 기다려야 했다. 하지만 마침내, 마침내 이렇게 말할 수 있었다. "조우시."

"그렉." 그녀는 특유의 표정으로 씩 웃으며 말했다. "전화가 걸려 왔을 때 알아차렸어야 했어. 그 먼 벤달리아에서 여기까지 전화를 걸어 올 사람이 달리 누가 있겠어? 잘 지내?"

그는 얘기했다.

그녀의 미소가 사라졌다. "오오, 그렉, 정말 안됐어. 하지만 그런 일 가지고 너무 상심하지 마. 계속 노력해 보라고. 다음번 여자는 더 나을 거야. 원래 그런 법이니까."

그녀의 위로도 위안이 되어 주지는 못했다. "조우시, 거긴 어떻게 지내? 내가 보고 싶어질 때가 있어?"

"아, 물론이지. 그럭저럭 잘 지내. 그래 봤자 여긴 스크라키지만. 네가 지금 있는 곳이 훨씬 나으니까 거길 떠날 생각은 하지 마." 그녀는 화면 밖 어딘가를 흘끗 보더니 다시 그렉 쪽으로 시선을 돌렸다. "이제 끊어야 돼. 안 그러다간 넌 엄청난 통신 요금을 물어야 하잖아. 전화해 줘서 기뻤어, 그렉."

"조우시." 트레이거는 운을 뗐지만 화면은 이미 검게 변해 있었다.

● ○

　이따금 밤이 되면 도저히 참을 수가 없었다. 그럴 때는 집의 화상 전화 앞으로 가서 로렐을 불러냈다. 로렐은 누가 걸었는지를 알면 예외 없이 눈을 찌푸리고 대뜸 접속을 끊어 버렸다.
　그러면 트레이거는 어두운 방 안에 우두커니 앉아서 과거에는 그의 목소리가 그녀를 얼마나, 얼마나 행복하게 해 줬는지를 회상하곤 했다.

● ○

　기디언의 거리는 심야에 호젓하게 산책을 하기에는 걸맞은 장소가 아니다. 가장 호젓한 밤 시간대에도 눈부시게 조명되어 있고 산 자들과 죽은 자들로 발 디딜 틈이 없이 붐비기 때문이다. 그리고 대로변과 철책에 둘러싸인 산책길 주위에는 온통 미트하우스가 널려 있었다.
　조우시의 위로는 설득력을 잃었다. 미트하우스로 간 트레이거는 꿈을 포기하고 싸구려 위안거리를 찾았다. 로렐과 지낸 관능적인 밤과 풋내기 시절의 어설픈 섹스는 과거의 것이 되었다. 트레이거는 상대방을 세차고 빠르게, 거의 난폭할 정도로 다뤘고, 무언의 흉포함을 가지고 돌진했고, 예외 없이 완벽한 오르가슴에 도달했다. 이따금 극장 시절을 떠올렸을 때는 시체에게 짧고 에로틱한 촌극을 연기하게 만들어서 기분을 돋우곤 했다.

고뇌의 밤.

그는 또다시 복도에, 행성 스크라키의 시체 조작원 숙소의 낮고 어둑어둑한 복도에 와 있었다. 그러나 이 복도들은 이리저리 구불구불 뒤틀려 있는 탓에 트레이거는 이미 오래전에 길을 잃은 상태였다. 복도를 가득 채운 잿빛 안개는 퀴퀴한 부취(腐臭)를 풍겼고, 점점 더 짙어져만 갔다. 조금 있으면 앞이 아예 안 보일지도 모른다는 두려움을 느낄 정도였다.

그는 빙빙 돌고 오르락내리락하면서 전진을 계속했지만 복도는 한없이 계속되었다. 게다가 그 어디로도 통해 있지 않았다. 검고 음침한 직사각형의 문들. 이것들은 손잡이가 없었고 영원히 굳게 닫혀 있었다. 그는 아무 생각도 하지 않고 대부분의 문을 지나쳤지만, 한두 번은 문틈에서 빛이 새어 나오는 것을 보고 멈춰 선 적도 있었다. 그 앞에서 귀를 기울이다가 무슨 소리가 들려오면 미친 듯이 문을 두들겼다. 그러나 대답은 단 한 번도 돌아오지 않았다.

결국은 살갗이 타는 듯한 느낌을 받을 정도로 마냥 짙어지기만 하는 검은 안개를 뚫고 다시 걷기 시작했고, 굳게 닫힌 문을 수없이 지나치다가, 마침내 힘이 빠져 피투성이가 된 발을 내려다보며 흐느끼기 시작했다. 그러면 전방으로 한없이 이어지는 길고 긴 복도를 한참 간 곳에 열린 문이 하나 보이곤 했다. 그 문에서는 눈이 아플 정도로 백열한 빛이 흘러나왔고, 밝고 쾌활한 음악 소리와 사람들의 웃음소리가 들려왔다. 그러면 트레이거는 격통으로 욱신거리는 두 발과 유독한 안개로 인해 불타는 듯한 폐에도 아랑곳 않고 달리기 시작했고, 문이 열린 방에 도달할 때까지 전력으로 질주했다.

그러나 마침내 도달한 그를 맞은 것은 그의 방이었다. 텅 비어 있는.

● ○

함께 살던 짧은 기간 중에, 야외로 나가서 별빛 아래에서 사랑을 나눈 적이 한 번 있다. 나중에 그녀가 그의 품으로 파고들었던 것을 기억한다. 그는 그녀의 몸을 상냥하게 쓰다듬으며 물었다. "무슨 생각 해?"

"우리 생각." 로렐은 이렇게 말하고 부르르 떨었다. 바람이 세차고 차갑다. "그렉, 난 가끔 두려워질 때가 있어. 우리들한테 무슨 일이 일어나서 모든 걸 망쳐 버릴지도 모른다는 생각 때문에. 절대로 날 버리고 떠나가면 안 돼."

"걱정 마. 절대 안 그럴 거니까."

그리고 지금, 매일 밤 잠이 찾아오기 전에 그는 그녀가 했던 그 말로 자기 자신을 고문했다. 아름다운 추억은 그에게 재와 눈물만을 가져다주었다. 나쁜 추억은 무언의 격렬한 분노를 몰고 왔다.

그는 유령 곁에서 잠들었다. 초자연적으로 아름다운 유령, 죽어서 스러진 꿈의 빈 껍질 곁에서. 아침이 될 때마다 그녀를 보았다.

● ○

그들이 미웠다. 그렇게 미워하는 자기 자신도 미웠다.

3
듀발리에의 꿈

그 여자 이름은 뭐라도 상관없다. 어떻게 생겼는지도 중요하지 않다. 중요한 것은 오직 그녀가 존재하며, 트레이거가 다시 노력했고, 억지로 스스로를 설득하며 포기하지 않았다는 사실이다. 다시 노력했던 것이다.

하지만 무엇인가가 빠져 있었다. 마법이?

그가 하는 말은 똑같았다.

사람은 얼마나 여러 번 같은 말을 되풀이할 수 있는 것일까. 트레이거는 곰곰이 생각했다. 마치 처음 입 밖에 냈을 때 못지않은 굳은 확신을 가지고, 도대체 얼마나 여러 번 그런 말들을 되풀이할 수 있단 말인가? 한 번? 두 번? 아니면 세 번? 아니, 백 번? 정말로 백 번이나 그런 말을 되풀이하는 작자들은 사랑에 그만큼 도가 튼 것일까? 그게 아니라면 단지 자기 자신을 속이는 일에 도가 튼 것일까? 실은 이미 오래전에 그 꿈을 포기했고, 뭔가 다른 걸 가리키기 위해 같은 말을 쓰는 식으로?

그는 그런 말들을 하며 손을 뻗었고, 그녀의 몸을 부드럽게 껴안고 입을 맞췄다. 그런 말들을 하면서도 마음속으로는 그 어떤 믿음보다 무겁고 확고하며 암울한 사실을 자각하고 있었다. 그는 그런 말들을 하며 노력했지만, 더 이상 진심으로 그럴 수가 없었던 것이다.

그리고 그녀도 그를 향해 같은 말을 되돌려 주었지만, 트레이거는 이것들이 그에게 아무 의미도 없다는 사실을 깨달았다. 두 사람은 각자가 듣고 싶었던 일들을 되풀이해서 여러 번 입에 담았지만, 두 사람 모두 자기들이 그러는 척하고 있을 뿐이라는 사실을 알고 있었다.

그들은 엄청나게 노력했다. 그러나 그가 자기 역할에 사로잡혀 같은 대목을 거듭 되풀이해 연기해야 하는 배우처럼 손을 내밀었을 때, 손을 뻗어 그녀의 뺨을 만졌을 때— 그 살갗은 매끄럽고 부드러우며 사랑스러웠다. 그리고 눈물에 젖어 있었다.

IV
메아리

"당신 마음을 상하게 하고 싶지는 않습니다." 도널리가 죄진 것처럼 머뭇거리며 말한다. 도리어 트레이거 쪽에서 친구의 마음을 상하게 했다는 사실에 죄책감을 느낄 지경으로.

트레이거가 그녀의 뺨에 손을 대자 그녀는 몸을 홱 뺐다.

"너한테 상처를 주고 싶지 않았어." 조우시가 이렇게 말하자 트레이거는 슬픔에 사로잡혔다. 조우시한테서는 너무나도 많은 것을 받았다. 그런데 그가 그녀에게 준 것이라고는 죄책감밖에는 없다. 그렇다. 그가 마음의 상처를 입은 것은 사실이지만, 더 강한 사내였다면 결코 그녀에게 그 사실을 내색하지 않았을 것이다.

그가 그녀의 뺨에 손을 대자 그녀는 그의 손에 입을 맞췄다.

"미안해. 하지만 사랑하지 않는다는 말은 사실이야." 로렐이 말한다. 트레이거는 망연자실했다. 그가 무엇을 했단 말인가? 무슨 잘못을 저질러서 둘 사이의 관계를 망쳐 놓았단 말인가? 로렐은 예전에는 그토록 그들의 사랑을 확신했는데. 두 사람은 그토록 기쁨에 가득 차 있었는데.

그녀의 뺨에 손을 대자 그녀는 흐느꼈다.

사람은 얼마나 여러 번 같은 말을 되풀이할 수 있는 것일까. 그의 목소리가 메아리쳤다. 처음 입 밖에 냈을 때 못지않은 굳은 확신을 가지고, 도대체 얼마나 여러 번 그런 말들을 되풀이할 수 있단 말인가?

바람은 검었고 먼지로 자욱했다. 하늘이 진홍색 불길로 번득이며 고통스럽게 맥박 친다. 어둠 속에서, 나락 속에서, 보안경과 여과 마스크를 쓴 짧은 갈색 머리의 젊은 여자가 대꾸한다. "고장 나고 고장 나고 또 고장이 났는데도 계속 현장으로 되돌려 보냈던 거야. 어딘가가 잘못됐다는 것쯤은 진작 알아차렸어야 하는 거 아냐? 그렇게 자주 고장이 났는데도 다시 제대로 작동할 거라고 생각하다니, 자기기만의 극치라고 해야 하나."

적수의 시체는 거대하고 검었다. 몇 달 동안이나 훈련을 해 온 몸통에서 우람한 근육이 물결친다. 트레이거가 지금까지 대결한 적수 중 가장 크다. 시체는 어색하게 허리를 굽힌 자세로 손에 쥔 장검을 번득이며 톱밥을 깐 투기장 위를 천천히 가로질렀다. 트레이거는 투기장 반대편 상단에 있는 자기 의자에 앉아서 그것이 다가오는 광경을 바라보았다. 상대편 조련사는 신중하고 조심스러웠다.

트레이거 자신의 날씬하지만 억센 금발의 시체는 피에 젖은 투기장 바닥의 흙에 모닝스타의 쇠사슬을 길게 늘어뜨린 채로 우뚝 서서 기다리고 있다. 적절한 때가 오면 트레이거는 자기 시체를 충분히 빠르게 움직일 수 있다. 적도 그것을 알고, 관중도 안다.

검은 시체가 갑자기 장검을 들어 올리더니 앞으로 달려 나왔다. 긴 리치와 속도를 이용해서 한 방에 끝장낼 요량인 것이다. 그러나 검은 시체가 휘두른 칼날이 원래 노렸던 공간을 정확하게 갈랐을 때 트레이거의 시체는 이미 그 자리에 없었다.

투기장 위쪽에 편하게 앉아서/투기장 안에서 피와 톱밥으로 지저분해진 발을 딛고 서서—트레이거가/시체가—명령을 발하자/모닝스타를 휘두르자—가시가 박힌 거대한 철구가 공중으로 올라가며 거의 느긋하게, 거의 우아해 보이는 원을 그리더니, 자세를 가다듬고 몸을 돌리던 적수의 뒤통수를 강타했다. 피와 뇌수로 이루어진 꽃이 갑자기 활짝 피어난다. 관중의 환호가 터져 나온다.

트레이거는 투기장 밖으로 시체를 내보낸 다음 일어서서 박수갈채를 받는다. 열 번째 승리였고, 곧 챔피언의 지위를 얻게 된다. 워낙 혁혁한 기록을 세운 탓에 더 이상 도전을 거부당하는 일도 없다.

● ○

그녀는 아름답다. 그의 반려자, 그의 연인은. 짧은 금발에 호리호리하고 우아한 몸. 늘씬한 다리와 작고 단단한 젖가슴은 마치 운동선수 같다. 눈은 밝은 녹색이고, 언제나 그를 따듯하게 받아들인다. 그리고 그녀의 미소에는 묘하게 에로틱한 순진무구함이 깃들어 있다.

그녀는 침대에서 그를 기다린다. 투기장에서 돌아오는 그를, 열성적으로, 장난스럽게, 사랑스럽게 기다린다. 그가 들어오면 그녀는 상체를 일으켜 앉은 다음 침대 시트를 허리에 두른 채로 그를 향해 미소 짓는다. 문간에서 그는 감탄한 듯이 그녀의 젖꼭지를 감상한다.

그런 그의 시선을 눈치채고 그녀는 수줍은 듯이 젖가슴을 가리며 얼굴을 붉힌다. 트레이거는 이런 행동이 가짜 수줍음이고, 장난이라는 것을 알고 있다. 침대 옆으로 다가가서 손을 뻗어 그녀의 뺨을 어루만졌다. 그녀의 피부는 매우 부드럽다. 그녀는 그의 손에 얼굴을 비빈다. 그러면 트레이거는 그녀의 양손을 잡아당기며 양쪽 젖가슴에 한 번씩 부드럽게 입을 맞추고, 그녀의 입에 그리 부드럽지 않게 입을 갖다 댄다. 그녀는 정열적으로 그의 입맞춤에 반응한다. 두 사람의 혀가 춤추듯 움직인다.

그들은 사랑을 나눈다. 그와 그녀는. 느리고 관능적으로, 깊고 깊은 사랑을 담아, 끝없는 포옹을 나눈다. 서로의 욕구를 아는 두 육체가 완벽하게 리듬을 맞춰 물 흐르듯 매끄럽게 움직인다. 트레이거가 찌르면 그녀의 몸도 앞으로 나오며 그 동작을 받아들인다. 그가 손을 뻗으면 그녀의 손도 거기 있다. 그들은 함께 절정에 도달하고 (조작원의 뇌가 유발하는 양자의 오르가슴은 언제나, 언제나 동시에 일어나므로) 그녀의 가슴과 귓불이 새빨갛게 물든다. 그들은 입을 맞춘다.

이윽고 그는 그녀에게 말을 건다. 그의 사랑, 그의 반려자에게. 사랑을 한 다음에는 언제나 얘기를 나눠야 한다. 오래전에 터득한 일이다.

"넌 운이 좋아." 이따금 그가 이렇게 말하면 그녀는 몸을 바싹 갖다 대며 그의 가슴에 수없이 작은 입맞춤을 퍼붓는다. "아주 운이 좋지. 내 사랑, 바깥세상은 거짓투성이거든. 반짝거리는 어리석은 꿈을 보여 주고, 그걸 믿고 쫓으라고 가르쳐. 너에겐, 모든 사람에게는 짝이 있다고 하면서 말이야. 하지만 그 말은 완전히 틀렸어. 우주는 공평하지 않아. 공평했던 적은 한 번도 없어. 그럼 왜 그런 거짓말을 믿게 하려는 걸까? 그 탓에 사람들은 있지도 않은 허상을 찾아 헤매고, 그러다가 실패하면 다음

기회가 있다는 얘길 듣기 마련이지. 하지만 그건 터무니없는 헛소리, 공허한 개소리에 불과해. 자기 꿈을 찾아내는 사람은 아무도 없어. 그건 자기기만이야. 계속 그런 헛소리를 믿을 수 있도록 자기 자신을 속여 넘기기 위한. 그런 건 절망에 빠진 작자들이 지푸라기를 잡는 심정으로 서로를 향해 쏟아 내는 거짓말이야. 그렇게 해서라도 확신을 가져 보려는 거지."

하지만 잠시 뒤에는 더 이상 말을 걸 수가 없다. 그녀의 입맞춤이 아래로, 더 아래로 이동했기 때문이다. 이제 그녀는 그를 자기 입에 받아들인다. 그러면 트레이거는 그의 연인을 향해 미소 지으며 그녀의 머리카락을 상냥하게 쓰다듬는다.

• ○

당신이 듣게 될 휘황찬란하고 잔혹한 거짓말 중에서도 가장 잔혹한 거짓말. 그 이름은 사랑이다.

서양배처럼 생긴 사내

The Pear-Shaped Man

서양배처럼 생긴 사내는 계단 밑에 살았다. 어깨는 좁고 축 늘어졌지만, 엉덩이 하나만은 놀랄 정도로 크고 푸짐했다. 아니, 그렇게 보이는 것은 사내가 걸친 옷 때문인지도 모르겠다. 사내의 벌거벗은 몸을 보았다는 사람은 전무하고, 또 그런 모습을 보고 싶다는 사람도 전무하지만 말이다. 사내는 접단이 넓고 엉덩이 부분이 닳아서 번들거리는 갈색 폴리에스터제 더블 니트 바지를 즐겨 입었다. 바지는 헐렁헐렁했고, 축 늘어진 커다란 호주머니는 무슨 잡동사니를 그렇게 많이 넣었는지 언제나 옆으로 돌출해 있었다. 게다가 사내는 바지를 불뚝 튀어나온 배 위까지 추어올리고 가느다란 갈색 가죽 벨트로 가슴 주위를 꽉 졸라매는 버릇이 있었다. 최대한 높이 추어올리는 통에 축 늘어진 양말 윗단이 고스란히 드러났고, 양말 위의 희끄무레한 살갗까지 노출하는 일도 잦았다.

입고 있는 셔츠는 언제나 반소매였고, 대개 흰색이나 하늘색이었다. 가슴 호주머니에는 언제나 빅(Bic) 펜을 잔뜩 넣고 다녔다. 파란 잉크를 쓰는 일회용 싸구려 볼펜 말이다. 볼펜 뚜껑은 모두 잃어버렸든가 아니면 내버린 듯했다. 셔츠의 가슴 호주머니 부근은 예외 없이 잉크 얼룩투성이였기 때문이다. 머리통은 서양배를 연상시키는 호리병 같은 몸통 위에 또 다른 서양배가 하나 얹혀 있는 광경을 연상케 했다. 이중 턱에, 터질 듯 부풀어 오른 양쪽 뺨. 머리통은 정수리께로 올라가면서 거의 뾰족해지는 듯한 인상을 준다. 넓고 납작한 코는 기름으로 번들거리는 커다란 모공투성이였다. 조그만 푸른 눈 사이의 간격은 매우 좁았다. 검고 듬성듬성한 머리카락은 힘없이 축 늘어졌고 비듬이 잔뜩 얹혀 있다. 전혀 머리를 감은 기색이 없는데, 대야와 무딘 칼을 동원해서 본인이 직접 깎는다고 하는 사람들도 있다. 게다가 이 서양배처럼 생긴 사내는 냄새를 풍겼다. 달콤하면서도 시큼한 냄새, 오래된 버터와 쉬어 버린 고기와 쓰레기통에서 썩어 가는 채소의 악취를 섞어 놓은 듯한 농밀한 냄새였다. 입을 열어 말을 할 때는 높다랗고 가냘픈, 귀에 거슬리는 소리를 낸다. 어딘가 사람을 불안하게 하는 목소리지만, 그보다 한층 더 섬뜩한 것은 그의 얼굴에 떠오르는 작고 경직된 미소다. 미소 지을 때는 결코 이를 드러내지 않지만, 두꺼운 입술은 언제나 축축하게 젖어 있는 것처럼 보인다.

물론 당신도 이 사내를 알고 있다. 누구든 서양배를 닮은 뚱뚱한 사내를 한 명쯤은 알고 있지 않은가.

● ○

제시가 그런 사내와 마주친 것은 앤젤라와 함께 이 동네에 있는 아파트 1층으로 이사 온 당일의 일이었다. 앤젤라와 정신과 지망인 그녀의 의대생 남자 친구 도널드는 소파를 아파트 안에 들여놓던 중에 건물 정면 현관의 문이 닫히지 않도록 괴어 놓은 벽돌을 실수로 걷어차 버렸다. 그때 제시는 렌트해 온 이삿짐 운반용 U-홀 트럭에서 혼자 힘으로 안락의자를 꺼내 들고 쿵쾅거리며 현관 계단을 올라가던 중이었다. 의자를 껴안은 채로 계단을 다 올라가서 등으로 현관문을 밀려다가, 그제야 문이 닫혀 있다는 사실을 깨달았던 것이다. 워낙 덥고 화끈거리는 탓에, 그녀는 짜증을 못 이기고 당장이라도 분통을 터뜨리기 직전까지 갔다.

바로 그 순간의 일이었다. 현관 계단 밑에 자리 잡은 반지하 층에서 서양배처럼 생긴 뚱뚱한 사내가 모습을 드러내고는 현관 계단 발치의 보도로 올라왔고, 예의 작고 푸르스름하고 축축한 눈으로 그녀를 올려다보았던 것이다. 제시가 의자를 옮기는 것을 도와주려는 기색은 보이지 않았다. 인사를 하거나 대신 문을 열어 주겠다는 제안도 하지 않았다. 그러는 대신 그는 단지 눈을 끔벅이고, 이를 전혀 드러내지 않는 예의 경직되고 축축한 미소를 떠올렸을 뿐이었다. 그러면서 칠판 위에서 분필이 미끄러졌을 때 나는 소리 못지않게 귀에 거슬리는 높다란 목소리로, 이렇게 말했던 것이다. "아아아, 여기 있었군." 그러더니 대뜸 몸을 돌려 그 자리를 떠났다. 걸을 때는 몸이 조금씩 좌우로 흔들리는 것이 보였다.

제시는 안락의자를 잡고 있던 손을 놓았다. 의자는 쿵쿵거리며 두 계단 아래로 떨어진 다음 뒤집혔다. 7월의 찌는 듯한 무더위에도 불구하고 오싹하는 한기를 느꼈다. 그녀는 떠나가는 서양배처럼 생긴 사내의 뒷모습을 응시했다. 그를 본 것은 그때가 처음이었다. 제시는 아파트로 들어가서 도널드와 앤젤라에게 그 사내 얘기를 했지만, 그들은 별로 개의치 않는 투였다. "살다 보면 모든 여자는 서양배처럼 생긴 사내와 한 번쯤 마주치기 마련이지." 앤젤라는 도시에서 살아온 여성 특유의 냉소적인 어조로 말했다. "나도 소개팅에서 틀림없이 한 번은 그런 작자와 마주쳤을걸."

함께 살지는 않지만 앤젤라와 함께 밤을 보내는 일이 워낙 잦아서 마치 동거인처럼 느껴지는 도널드는 좀 더 즉각적인 일에 정신이 팔려 있었다. "이 안락의자 어디다 갖다 놓을까?" 그가 물었다.

대충 정리가 끝난 뒤에 맥주를 마시고 있었을 때, 릭과 몰리 커플과 헤더슨 부부가 집들이를 빙자해서 놀러 왔다. 몰리가 곁에 없을 때 릭은 제시에게 기꺼이 모델이 되어 주겠다는 제안을 (눈을 끔벅거리고, 팔꿈치로 쿡쿡 찌르면서) 했고, 도널드는 과음한 탓에 소파에서 곯아떨어졌고, 헤더슨 부부 사이의 말다툼은 아내인 로린이 울음을 터뜨리고 남편인 제프가 씩씩거리며 아파트를 뛰쳐나가는 것으로 끝났다. 바꿔 말해서, 평소 때와 하등 다를 바가 없는 평범한 밤이었다고나 할까. 제시는 서양배처럼 생긴 사내에 관해 까맣게 잊었다. 오래 그러지는 못했지만 말이다.

다음 날 아침 앤젤라는 도널드를 흔들어 깨운 다음 함께 아파트를 나섰다. 앤지는 시내의 대형 로펌에서 비서로 일하러, 돈은 정신의학 수업을 듣기 위해서. 제시는 프리랜서로 일하는 프로 삽화가였다. 그녀는 집에서 일했지만, 앤젤라와 도널드와 엄마와 서양 문명에 속한 기타 다른 사람들의 관점에서 보면 전혀 일하지 않는 것이나 마찬가지였다. "나 대신 장 좀 봐 올래?" 앤지는 출근하기 직전에 이렇게 말했다. 무거운 이삿짐을 줄인다는 명목으로, 그들은 이사 오기 전의 2주 동안 냉장고 안에 있던 음식을 거의 먹어 치웠던 것이다. "오늘 하루 종일 집에 있을 거니까 괜찮지? 너도 먹을 게 다 떨어졌다는 건 알잖아."

그런 연유로, 제시는 길모퉁이에 있는 산티노의 슈퍼마켓에서 식료품을 잔뜩 실은 카트를 밀고 있었다. 손님으로 붐비는 통로에서 서양배처럼 생긴 사내를 두 번째로 목격한 것은 바로 그때였다. 사내는 계산대에서 산티노의 손에 동전을 한 냎씩 올려놓고 있었다. 제시는 당장 유턴해서 사내가 떠날 때까지 쇼핑에 몰두하는 시늉을 하고 싶은 충동을 느꼈지만, 바보짓이라는 생각이 들었기 때문에 그만두었다. 이미 필요한 물건은 모두 산 데다가, 다 큰 어른이 할 짓이 아니다. 어차피 지금 열려 있는 계산대는 사내가 서 있는 한 곳밖에는 없었다. 제시는 결연한 표정으로 사내 뒤로 가서 줄을 섰다.

산티노는 건네받은 동전을 낡은 금전등록기의 서랍에 털어 놓고 사내가 산 것들을 종이봉투에 담았다. 플라스틱제의 커다란 코카콜라 병 하나에, 치즈두들스[1]의 1파운드 봉지였다. 서양배처럼 생긴 사내는 종이봉투를 건네받던 중에 제시를 보았고, 예의 축축하고 조그만 미소를 떠올렸다. "역시 치즈두들스가 최고지." 그는 말했다. "좀 줄까?"

"아니, 됐어요." 제시는 예의 바르게 거절했다. 서양배처럼 생긴 사내는 남학생들이 아무렇게나 걸치고 다니는 책가방을 연상케 하는 볼품없는 가죽 가방에 갈색 종이봉투를 집어넣더니 가방을 들고 뒤뚱거리며 가게에서 나갔다. 거구에 성기고 희끗희끗한 머리를 한 가게 주인 산티노는 금전등록기의 키를 눌러 제시가 카트에 넣은 식료품을 계산하기 시작했다. "실로 인상적인 친구야. 안 그래?" 산티노가 물었다.

"뭐 하는 사람인데요?" 제시는 물었다.

---

[1] Cheez Doodles. 반죽한 치즈를 옥수수 전분과 섞어 길쭉하게 튀겨 낸 과자의 상품명.

산티노는 어깨를 으쓱했다. "글쎄, 나도 잘 몰라. 다들 서양배처럼 생긴 사내라고 부르더군. 아주 옛날부터 이 동네에 살았는데, 매일 오전마다 우리 가게로 와서 콜라 한 병에 치즈두들스 봉지 큰 거를 사 가지. 치즈두들스가 떨어진 날이 있었는데, 치토스 아니면 감자 칩 같은 것도 좀 맛보면 어떠냐고 충고했던 적이 있어. 하지만 아예 귀를 기울이려고 하지 않더군."

제시는 곤혹스러운 표정을 떠올렸다. "설마 콜라하고 치즈두들스만 먹고 살 리가 없잖아요. 뭔가 다른 먹을거리도 사 먹겠죠."

"나하고 내기할까?"

"그럼 어딘가 다른 데서 사는 거겠죠, 뭐."

"내 가게 말고 다른 슈퍼는 여기서 아홉 블록이나 떨어진 곳에 있다고. 잡화점 찰리한테 들은 얘긴데, 그치는 매일 오후 네 시 반에 찰리의 가게에서 초콜릿 아이스크림소다 한 잔을 마시고 간다는군. 우리가 아는 한 그치가 먹는 음식이라곤 그게 전부야." 산티노는 총액 키를 땡 하고 눌렀다. "79달러 82센트. 최근 이사 왔어?"

"저 사람 바로 윗집에 살아요." 제시는 고백했다.

"축하해." 산티노가 말했다.

제시는 늦은 아침 시간까지 장 본 것들을 찬장에 챙겨 넣었고, 여분의 침실을 그림 작업을 하기 위한 화실로 꾸며 놓았다. 그런 다음 피루엣 출판사를 위한 페이퍼백용 표지 그림을 꺼내서 별로 내키지 않는 기색으로 붓질을 하는 둥 마는 둥 하다가, 점심을 차려 먹고 설거지를 했다. 그녀는 전축의 전원을 꽂고 칼리 사이먼의 앨범에 귀를 기울이면서 거실의 가구 반수를 이리저리 옮겨 놓았다. 결국은 자신이 안절부절못하고 있다는 사실을 인정하는 수밖에 없었다. 이럴 바에야 차라리 아파트 건물 안을 돌아다니면서 주민들과 인사나 나누는 편이 낫다. 대도시에서 그런 일을 하는 사람은 드물다는 사실을 잘 알고 있었지만, 아무리 오래 도시 생활을 했더라도 마음속 깊은 곳에는 여전히 그녀가 나고 자란 작은 지방 소읍(小邑)의 습관이 자리 잡고 있었다. 또 주위 사람들과 알고 지내면 기분상 더 안전해진 느낌을 받지 않는가. 그래서 우선 반지하 층에 사는 서양배처럼 생긴 사내부터 찾아가려고 결심하고, 그곳으로 이어지는 지하 계단에 발을 들여놓았다. 그러자 갑자기 묘한 감정이 몰려왔다. 제시는 사내의 초인종 옆에 명패가 없다는 사실을 퍼뜩 깨달았다. 갑작스런 충동만으로 여기까지 왔다는 사실이 후회스러웠다. 그녀는 도망치듯 다시 위로 올라와서 지상 층에 사는 다른 주민들과 통성명을 했다.

 주민들도 모두 그 사내에 대해 알고 있었다. 대다수는 친해져 보려고 한두 번은 말을 걸어 보았다고 했다. 복도를 사이에 두고 제시와 같은 1층 아파트에서 12년이나 살아온 새디 윈브라이트라는 이름의 노파는 그 사내는 아주 조용하다고 했다. 널찍한 2층 아파트에서 몸이 불편한 어머니와 함께 사는 빌 피버디는 서양배처럼 생긴 사내는 보기에도 섬뜩하다는 의견이었다. 특히 그 보일락 말락 한 미소가 말이다. 야간에 일을 나가서 심야에 귀가하는 피트 퍼메티에 의하면 반지하 층에는 어떤 시간이든 항상 전등이 켜져 있다고 한다. 서양배처럼 생긴 사내가 모든 창문을 판자로 막아 버렸다는 점을 감안하면 확인이 쉽지는 않았겠지만 말이다. 제스와 지니 해리스 부부는 그들의 쌍둥이 아이들이 사내의 반지하 아파트로 내려가는 계단 근처에서 노는 것을 탐탁지 않게 여겼고, 아예 말조차 나누지 말라고 단단히 일러두었다고 했다. 산티노의 슈퍼마켓에서 한 블록 떨어진 곳에서 의자 두 개짜리 조그만 이발소를 운영하는 이발사 제프리스도 사내와 안면이 있었지만 딱히 손님으로 와 주는 걸 바라지는 않는다고 했다. 아파트 주민들 모두 예외 없이 그를 서양배처럼 생긴 사내라고 불렀다. 그게 그의 이름이었다. "하지만 도대체 뭐 하는 사람인데요?" 제시가 이렇게 물어보아도 모른다는 대답이 돌아왔을 뿐이었다. "뭐로 먹고살죠?" 제시는 이런 질문도 했다.

"생활 보호금을 받으면서 살고 있는 것 같아." 새디 윈브라이트가 말했다. "어쩐지 불쌍해. 아무래도 정신박약 같거든."

"그걸 낸들 알 리가 있나." 피트 퍼메티의 반응은 이랬다. "일 따윈 아예 안 하는 게 확실해. 보나 마나 동성애자나 뭐 그런 거겠지."

"마약 밀매인이 아닐까 하는 의심이 들 때도 있어." 이발사 제프리스가 말했다. 그가 익숙한 약물이라고 해 봤자 기껏해야 이발소에 비치된 위치헤이즐[2] 정도였지만 말이다.

"포르노 소설이라도 써서 파는 거 아닐까." 빌리 피버디가 억측했다.

"아무 일도 안 해요." 지니 해리스가 말했다. "우리 남편하고도 이런 얘길 한 적이 있는데, 부랑자처럼 박스나 줍고 다닐 게 뻔해요."

제시는 그날 밤 앤젤라와 저녁을 먹으며 서양배처럼 생긴 사내와 다른 아파트 주민들 얘기를 했고, 주민들이 피력한 의견을 들려주었다. "실은 변호사였다든지." 앤지가 말했다. "그런데 넌 그런 일에 왜 그렇게 신경을 쓰는 거야?"

제시는 말문이 막혔다. "나도 잘 모르겠어. 보고 있자면 자꾸 소름이

---

2 witch hazel. 하마메리스 덤불에서 추출한 지혈 및 피부 상처 치료액.

끼쳐서 그래. 우리 집 바로 아래층에 미친 사람이 살고 있다는 게 마음에 안 드는 걸지도."

앤젤라는 어깨를 으쓱했다. "고혹적인 대도시에서의 삶이라는 게 다 그렇지, 뭐. 전화국에선 아직도 전화선 놓아 주러 안 왔어?"

"다음 주에나 오지 않을까." 제시가 대꾸했다. "고혹적인 대도시에서의 삶이라는 게 다 그렇지, 뭐."

● ○

제시는 곧 서양배처럼 생긴 사내를 피할 방법은 없다는 사실을 알게 되었다. 블록 모퉁이를 돌아간 곳에 있는 빨래방에 가면, 사각팬티와 잉크 얼룩이 진 반팔 셔츠 한 뭉치를 세탁기에서 돌리면서 자동판매기에서 콜라와 치즈두들스를 사고 있는 그 사내와 마주치는 식이었다. 무시해 보려고 했지만, 그쪽으로 고개를 돌릴 때마다 예의 축축한 미소를 떠올리고 그녀를 뚫어지게 바라보는 사내와 눈이 마주치곤 했다. 사내는 건조기에 집어넣은 제시의 속옷을 바라보고 있었는지도 모르지만 말이다.

어느 날 오후 신문을 사려고 길모퉁이 잡화점에 들렀을 때는 민걸상에서 삐져나온 살진 엉덩이를 내밀고 아이스크림소다를 홀짝이고 있는 그 사내와 마주쳤다. "이 가게에서 직접 만든 거야." 사내는 귀에 거슬리는 높다란 목소리로 말을 걸어왔다. 제시는 얼굴을 찌푸리고 신문 값을 치른 다음 가게에서 나왔다.

앤젤라가 도널드와 데이트하러 간 어느 날 저녁, 제시는 낡은 페이퍼백 소설을 한 권 꺼내 들고 현관 계단으로 나가 앉았다. 잠시 독서를 하다가 내키면 주민들과 담소하면서 거리에서 부는 시원한 산들바람을 쐴 생각이었다. 독서에 몰두해 있던 그녀는 갑자기 희미하지만 불쾌한 냄새를 맡았다. 책에서 고개를 드니 1미터도 떨어지지 않은 곳에 바로 그 사내가 서서 그녀를 바라보고 있었다. "무슨 용건이라도?" 그녀는 책을 덮으며 퉁명스럽게 말했다.

"아래로 내려가서 우리 집을 구경하고 싶지 않아?" 서양배처럼 생긴 사내는 예의 높다랗고 앵앵거리는 듯한 목소리로 말했다.

"됐네요." 제시는 이렇게 대꾸하고 자기 아파트로 퇴각했다. 그러나 반 시간 뒤에 창밖을 내다보니 사내는 여전히 갈색 가방을 껴안고 처음과 동일한 자리에 우뚝 서서 석양빛을 받으며 그녀 집의 창문을 올려다보고 있었다. 제시는 이 광경을 목격하고 강한 불안감에 사로잡혔다. 빨리 앤젤라가 돌아와 줬으면 좋겠지만, 적어도 몇 시간은 더 기다려야 한다는 사실을 알고 있었다. 사실 앤지는 도널드의 집에서 아예 자고 올 공산이 더 크다.

제시는 무더운 날씨에도 불구하고 창문을 꼭 닫았고, 현관문이 잠겨있는지를 확인한 다음 작업을 하기 위해 화실로 갔다. 그림을 그리면 서양배처럼 생긴 그 사내를 머릿속에서 떨쳐낼 수 있을 것이다. 어차피 주말까지는 피루엣 출판사로 완성된 표지화를 보내야 한다.

제시는 표지화의 배경을 마무리하고 여주인공이 걸친 가운의 세부를 그리면서 남은 저녁 시간을 보냈다. 다 그린 다음 남주인공을 보니 어딘가 좀 어색했기 때문에 그쪽도 좀 손질하기로 했다. 로맨스 소설의 표지화에 단골로 등장하는 억센 턱 선과 검은 머리를 가진 정력적인 남자였지만, 제시는 여기에 조금 더 개성을 부여하려고 마음먹었다. 일에 전념하면서 시간은 기분 좋게 흘러갔다. 앤지가 열쇠로 문을 여는 소리를 듣고서야 퍼뜩 정신을 차렸을 정도였다.

제시는 물감들을 치우고 씻은 다음 잠자리에 들기 전에 홍차를 한 잔 마시려고 결심했다. 앤젤라는 뒷짐을 쥔 자세로 거실 안에 서서 킥킥거리고 있었다. 알딸딸한 정도가 아니라 상당히 취한 기색이었다. "뭐가 그렇게 웃겨?" 제시가 물었다.

앤젤라는 또 킥킥 웃었다. "어이 제시, 나한테까지 그런 걸 숨기면 안 되지. 새 애인이 생겼는데 얘기를 안 해 주는 게 어디 있어."

"지금 무슨 소리를 하는 거야?"

"집에 오니까 글쎄 현관 계단 위에 서 있지 뭐야." 앤지는 씩 웃으며 거실을 가로질러 제시에게 다가왔다. "그러면서 이걸 전해 달래." 앤지는 등 뒤에 감추고 있던 손을 앞으로 내밀었다. 통통한 주황색 굼벵이들이 손바닥에 잔뜩 얹혀 있었다. 손가락 사이로 삐져나와 똬리를 트는 듯한, 옥수수와 치즈로 만든 길쭉한 과자들. 앤지의 손바닥에는 주황색 가루가 잔뜩 묻어 있었다. "너한테 전해 달래." 앤지는 같은 말을 되풀이하며 웃었다. "너한테."

● ○

그날 밤 제시는 길고 끔찍한 꿈에 시달렸지만, 낮이 되자 극히 일부밖에는 기억이 나지 않았다. 그녀는 현관 계단 밑에 있는 서양배처럼 생긴 사내의 아파트로 들어가는 문 앞에 서 있었다. 어둠 속에서 홀로 선 채로, 어떤 일이 일어나기를 기다린다. 무엇인가 끔찍하고, 무엇인가 최악의 일이 일어나는 것을 그렇게 기다리고 있었던 것이다. 그러자 천천히, 너무나도 천천히 문이 열리기 시작했다. 불빛이 그녀의 얼굴을 훑는다. 제시는 와들와들 몸을 떨며 잠에서 깼다.

● ○

위험한 인물일 수도 있어. 다음 날 아침 제시는 라이스 크리스피 시리얼과 홍차를 앞에 둔 채로 생각했다. 전과가 있을지도 모르고, 정신 병력이 있을 가능성조차 있다. 따라서 확인해 봐야 한다. 하지만 그러기 위해서는 우선 사내의 이름을 알 필요가 있었다. 경찰에 전화를 걸어서 "서양배처럼 생긴 사내에 관한 정보를 줄 수 있어요?"라고 대뜸 물을 수는 없는 일이므로.

앤젤라가 출근한 후 제시는 거실 앞 창가에 의자를 가져다 놓고 앉아서 감시를 개시했다. 우편은 보통 오전 열한 시경에 도착한다. 이윽고 그녀는 우편배달부가 현관 층계를 올라와서 현관 로비의 커다란 우편함에 우편물을 집어넣는 소리를 들었다. 그러나 서양배처럼 생긴 사내는 자기 우편물을 따로 받는다는 사실을 제시는 알고 있었다. 그의 집 문의 초인종 바로 아래에 따로 우편함이 붙어 있는 것을 보았기 때문이다. 그녀의 기억이 정확하다면 열쇠로 잠가 놓는 형식의 우편함도 아니었다. 우편배달부가 떠나자마자 제시는 벌떡 일어나서 건물 밖으로 나갔고, 반지하 층으로 통하는 계단을 재빨리 내려갔다. 서양배처럼 생긴 사내의 모습은 없었다. 사내의 지하 아파트로 통하는 문은 아파트 건물 정면 현관 계단 밑으로 가면 있다. 거기서 조금 더 안쪽으로 들어간 곳에는 내용물이 차고 넘치는 함석 쓰레기통이 놓여 있었다. 코를 찌르는 달콤한 부취가 여기까지 흘러온다. 지하층 아파트의 문 위쪽은 유리창이었지만 판자를 못 박아 놓은 탓에 안을 들여다볼 수는 없었다. 계단 밑의 공간은 어두웠다. 어둠 속에서 사내의 우편함을 더듬다가 벽돌 벽에 손등을 부딪친 탓에 관절 부분의 살갗이 까졌다. 손끝이 헐거운 금속 뚜껑을 스친다. 제시는 우편함 뚜껑을 열고 얇은 편지봉투 두 개를 꺼냈다. 수취인 이름을 읽으려고 햇살이 미치는 곳으로 나가 가늘게 눈을 떴다. 양쪽 봉투 모두 수취인은 '입주자'로 되어 있었다.

그것들을 다시 우편함에 쑤셔 넣으려던 순간 문이 열렸다. 서양배처럼 생긴 사내는 자기 집 실내에서 비쳐 오는 밝은 불빛을 등지고 서 있었다. 그녀를 보며 미소 짓는다. 너무나도 가까이에 서 있는 탓에 코의 모공 수를 일일이 세고 아랫입술이 침으로 번들거리는 것을 뚜렷이 볼 수 있을 정도였다. 사내는 아무 말도 없었다.

"저……." 제시는 깜짝 놀란 얼굴로 말했다. "저…… 실은…… 배달 실수로 그쪽 편지가 내 우편함으로 왔어요. 우편배달부가 바뀌었든가 뭐 그랬던 건지도. 그래서, 그래서 이렇게 직접 가져온 거예요."

서양배처럼 생긴 사내는 자기 우편함에 손을 넣었다. 그러다 그의 손이 한순간 제시의 손을 스쳤다. 사내의 살갗은 부드럽고 축축했고, 묘하게 차가웠다. 서로의 살갗이 접촉하자마자 그녀의 팔 전체에 소름이 돋았다. 사내는 두 통의 편지를 그녀의 손에서 받아 들고 흘긋 보고는 바지 호주머니에 쑤셔 넣었다. "그냥 쓰레기 편지야." 서양배처럼 생긴 사내는 새된 목소리로 말했다. "이런 쓰레기를 보내는 걸 허락하다니. 이런 일은 멈춰야 해. 내 물건들을 보고 싶어? 안에 들어오면 보여 줄 게 있어."

"저……." 제시가 말했다. "아뇨, 됐어요. 이제 슬슬 가 봐야……. 그럼 이만." 그녀는 재빨리 몸을 돌려 계단 아래에서 햇살이 내리쬐는 보도로 올라왔고, 서둘러 아파트 건물 안으로 들어왔다. 그러는 내내 그의 시선을 느끼고 있었다.

그날은 줄곧 일했고, 다음 날도 줄곧 일만 했다. 그러면서도 혹시 그 사내가 서 있을지도 모른다는 두려움 탓에 결코 밖을 내다보지 않았다. 목요일이 되자 그림이 완성되었다. 제시는 피루엣 출판사로 그림을 직접 가져다준 다음에 시내에서 저녁을 먹기로 했다. 쇼핑도 좀 할까. 이 아파트와 서양배처럼 생긴 사내에게서 하루만이라도 떨어져 있으면 이렇게 곤두선 신경도 가라앉고 기분이 나아질지도 모른다. 아무래도 너무 과민해진 듯하다. 사실, 그 사내가 실제로 무슨 짓을 저지른 것은 아니지 않는가. 보기만 해도 너무나도 징그럽다는 것이 문제였지만.

피루엣 출판사의 미술 담당 편집장인 에이드리언은 평소 때처럼 그녀를 크게 환영했다. "역시 우리 제시로군." 그는 그녀를 포옹하고 나서 말했다. "다른 화가 친구들도 모두 자네 같으면 좋을 텐데 말이야. 마감을 어기는 법이 절대로 없고, 언제나 최상의 작품만을 주는 자네야말로 진짜 프로야. 자, 내 사무실로 가자고. 우선 그림을 구경한 다음에 새 일감에 관해 의논하고, 밀린 얘기를 하도록 하지." 그는 비서에게 전화를 받지 말라고 이르고 편집자들이 서식하는 조그만 방들이 늘어선 미로 속으로 그녀를 데려갔다. 에이드리언 본인은 넓은 창문이 두 개나 있는 널찍한 모서리 방을 독차지하고 있었다. 피루엣 출판사에서 그가 어떤 지위에 있는지를 보여 주는 증거라고나 할까. 그는 의자에 앉으라고 제시에게 손짓하고는 허브티를 한 잔 따라 주었고, 그녀가 가지고 온 폴더를 받아 들었다. 표지 그림을 꺼내서 손에 쥐더니 멀찍이서 바라본다.

침묵은 너무 길게 이어졌다.

에이드리언은 의자를 끌어내서 등받이에 그림을 기대 놓았고, 몇 걸음 뒤로 물러나서 다시 감상했다. 턱수염을 쓰다듬으며 이리저리 고개를 갸우뚱거린다. 그런 그를 바라보는 제시의 마음속에서 희미한 경보가 울렸다. 평소의 에이드리언이라면 좀 과하다 싶을 정도로 칭찬을 늘어놓았을 텐데. 제시는 이런 침묵이 마음에 들지 않았다. "뭔가 문제라도?" 그녀는 찻잔을 내려놓으며 말했다. "혹시 마음에 안 드세요?"

"오." 에이드리언은 이렇게 말하고 손바닥을 내밀더니 옆으로 흔들어 보였다. "잘 그렸다는 점에는 의심의 여지가 없어. 기술적으로는 아주 훌륭해. 세부 묘사도 좋고."

"복식 관련해서는 철저하게 연구를 했어요. 그 당시의 옷을 충실하게 재현했다는 건 보면 아시겠고."

"응, 그건 문제없어. 여주인공도 평소와 다르지 않은 뛰어난 미인이고 말이야. 나도 이 여자가 입은 보디스[3]를 당장이라도 찢어 내고 싶은 충동을 느낄 정도야. 특히 이 유방 그리는 솜씨는 정말 일품이로군, 제시."

제시는 자리에서 일어났다. "그럼 뭐가 걸리는 건데요? 전 벌써 여기서 3년째 표지 그림을 그려 왔잖아요. 문제가 생겼던 적은 한 번도 없었는데."

"흐음." 에이드리언은 고개를 설레설레 저으며 미소 지었다. "실은 별거 아냐. 아무래도 이런 그림을 너무 많이 그려 본 탓인지도 모르겠군.

---

3 bodice. 고전적인 드레스의 상체 부분.

그런 경향에 관해서는 나도 잘 알아. 모두가 엇비슷한 탓에 싫증이 난다고 해야 하나. 이렇게 열렬한 포옹 장면을 매번 그리다 보면 얼마 지나지 않아 실험을 해 보고 싶어지기 마련이지. 뭔가 조금 특이한 걸 시도해 본다거나 하는 식으로 말이야." 그는 그녀를 향해 손가락을 흔들어 보였다. "하지만 그러면 안 돼. 우리 독자들은 늘 똑같은 닳아빠진 플롯에, 늘 똑같은 표지 그림이 붙어 있는 물건을 원하거든. 왜 그랬는지는 충분히 이해하지만, 지금 이 상태로는 안 돼."

"아니, 도대체 어디가 실험적이라는 거예요?" 제시는 발끈하며 말했다. "몇 년 전부터 수없이 그려 왔던 거잖아요. 이 그림의 도대체 어디가 안 된다는 거죠?"

에이드리언은 정말로 깜짝 놀란 듯했다. "어, 물론 남자 주인공 얘기야. 일부러 그런 줄 알았는데." 그는 그림을 향해 손짓을 해 보였다. "이 남자 주인공을 보라고. 거의 못생겼잖아."

"뭐라고요?" 제시는 그림 가까이로 다가갔다. "지금까지 내가 수도 없이 그려 온 거잖아요. 여자만 보면 환장하는 재수 없는 남자."

에이드리언은 이마를 찌푸렸다. "이걸 뭐라고 해야 할지. 자, 잘 봐." 그는 일일이 지적하기 시작했다. "여기 옷깃 위쪽 말인데, 아주 미묘하긴 하지만 이 부분은 마치 이중 턱처럼 보이지 않아? 게다가 이 아랫입술을 좀 보라고! 질감은 완벽하지만, 뭐랄까, 징그럽지 않나. 침인지 뭔지 모를 걸로 축축하게 젖어 있는 것처럼 보여. 우리 피루엣 사가 출판하는 로맨스 소설의 남주인공들은 강간에 약탈도 마다않고, 여자를 유혹하거나 위협하는 일도 밥 먹듯이 하지만 절대로 침을 흘리지는 않아, 제시. 그냥 각도가 안 좋아서 그렇게 보이는 건지도 모르겠지만, 아무리 들여다봐도……." 에이드리언은 잠시 말을 멈추고 더 가까이서 그림을 들여다보더니 고개를 설레설레 저었다. "아니, 이건 각도 탓이라고 할 수도 없군. 이 친구의 머리통 말인데, 아래턱에 비해서 위로 갈수록 확실하게 좁아지잖아. 마치 핀 대가리처럼 뾰족해! 제시, 피루엣에서 내는 책 표지에 핀 대가리를 넣을 수는 없는 일이지. 게다가 뺨도 너무 부풀어 오른 느낌이야. 마치 추운 겨울에 대비해서 도토리를 잔뜩 머금고 있는 듯한 형상이로군." 에이드리언은 고개를 설레설레 흔들었다. "지금 이것 가지고서는 안 돼, 제시. 하지만 별 큰 문제는 아니니 걱정할 필요는 없어. 그림의 다른 부분은 아주 좋으니까, 집으로 가지고 가서 내가 지적한 것들을 수정해 주기만 하면 돼. 어때?"

제시는 공포에 질린 표정으로 자기가 그린 그림을 응시하고 있었다. 마치 그것을 처음 보기라도 하는 듯이 말이다. 에이드리언이 방금 한 말, 그가 한 모든 지적은 사실이었다. 물론 아주 미묘한 차이이기는 했다. 흘깃 보았을 때는 정상적인 피루엣 남주인공처럼 보이기 때문이다. 하지만 아주 작게나마 어딘가 어긋난 곳을 느낄 수 있었고, 좀 더 가까이서 보면 노골적이고 오해의 여지가 없는 차이가 엄연하게 존재했다. 어떻게 그랬는지는 모르지만, 서양배처럼 생긴 사내가 그녀의 그림에 몰래 침범해 들어왔던 것이다. "저……." 제시는 가까스로 입을 열었다. "저, 방금 하신 말씀이 다 맞아요. 다시 그릴게요. 도대체 무슨 일이 일어났는지 저도 잘 모르겠어요. 실은 같은 아파트 건물에 좀 오싹하게 생긴, 다들 서양배처럼 생긴 사내라고 부르는 남자가 사는데, 그 작자 때문에 신경이 곤두섰나 봐요. 맹세코 고의적으로 이렇게 그린 건 아녜요. 머릿속이 온통 그 남자 생각으로 가득 차 있는 탓에 무의식중에 그림에까지 영향을 끼친 건지도."

"나도 이해해." 에이드리언이 말했다. "흠, 아까 말했듯이 그리 큰 문제가 아니니까 조금 수정만 해 주면 돼. 하지만 마감일이 지나 버렸다는 게 문제로군."

"이번 주말에 작업에 들어가서 월요일까지 보낼게요." 제시는 약속했다.

"그래 준다면야 더할 나위가 없지. 그럼 다른 일감들 얘기를 하자고." 그는 그녀에게 레드징거제 차를 한 잔 더 따라 주었다. 그들은 자리에 앉아 잡담을 하기 시작했다. 에이드리언의 사무실 밖으로 나왔을 때는 제시의 기분도 한결 나아진 상태였다.

그런 다음 단골 술집에서 칵테일을 한 잔 마시고 친구 몇 사람을 만난 뒤에 처음 가 보는 멋진 일식당에서 근사한 저녁을 먹었다. 집에 돌아왔을 때는 주위에 이미 어둠이 깔려 있었지만, 서양배처럼 생긴 사내의 모습은 어디에도 없었다. 제시는 폴더를 옆구리에 끼고 열쇠를 찾아내서 현관 자물쇠를 열었다.

안으로 한 걸음 발을 들여놓자마자 희미한 소리와 함께 발밑에서 무엇인가가 부스러지는 소리가 났다. 현관의 빛바랜 파란 융단 위에서 주황색 굼벵이처럼 보이는 것들이 우글거리고 있었다. 그녀가 밟아 으깬 것은 바로 그것이었다.

● ○

또 꿈에 그 사내가 등장했다. 지난번과 거의 동일한, 형체가 없는 끔찍한 꿈이었다. 제시는 현관 계단 아래의 어두운 공간에 서 있었다. 온갖 것들이 우글거리는 쓰레기통 옆에 우뚝 서서, 사내의 지하 아파트로 통하는 문이 열리기를 기다리고 있었다. 죽도록 무서웠다. 노크를 하거나 문을 열 엄두가 아예 안 날 정도로 무서웠지만, 도무지 발이 떨어지지가 않았다. 마침내 문이 혼자서 스르르 열렸다. 사내가 그곳에 서서 미소를, 예의 미소를 떠올리고 있다. "여기 머물고 싶어?" 사내가 말하자 마지막 단어가 메아리쳤다. 싶어? 싶어? 싶어? 사내가 그녀를 향해 손을 뻗었다. 그녀의 뺨에 닿은 사내의 손가락들은 굼벵이처럼 부드럽고 물컹물컹했다.

다음 날 아침 제시는 영업 개시 시간에 맞춰 〈시티와이드 부동산〉의 사무실을 방문했다. 접수를 담당하는 여자는, 에드워드 셀비는 고객에게 아파트를 보여 주기 위해 외근 중이라고 했다. 언제 돌아올지는 모른다는 얘기였다. "괜찮아요." 제시는 말했다. "그때까지 기다릴게요." 응접실에 앉아 잡지를 뒤적이며 그녀의 재력으로는 절대 손에 넣을 수 없는 단독주택들의 사진을 찬찬히 훑어본다.

셀비는 열한 시가 되기 직전에 도착했다. 제시를 보더니 언뜻 놀라는 기색이었지만 곧 직업적인 미소를 떠올렸다. "제시, 이렇게 반가울 수가. 뭔가 도움이 필요한 일이라도 생겼습니까?"

"일단 들어가서 얘기해요." 제시는 잡지를 던져 놓으며 대꾸했다.

그들은 셀비의 책상으로 갔다. 셀비는 아직 직급이 낮은 탓에 동료 중개인과 사무실 하나를 나눠 쓰고 있었다. 하지만 그녀는 외근 중이었기 때문에 방에는 그들 두 사람뿐이었다. 셀비는 자기 의자에 등을 기댔다. 갈색 곱슬머리에 하얀 이가 인상적인 호남이었다. 애비에이터형 은테 안경의 렌즈 뒤의 눈은 신중한 느낌을 준다.

제시는 상체를 내밀었다. "서양배처럼 생긴 사내 일이에요."

셀비는 한쪽 눈썹을 추켜올렸다. "아, 그 사람 말이군요. 무해한 기인입니다."

"어떻게 그걸 확신해요?"

셀비는 어깨를 으쓱했다. "아직 누군가를 살해했다는 소식은 들은 기억이 없으니까요."

"그 사람에 관해 얼마나 잘 알아요? 우선, 본명이 뭐죠?"

"좋은 질문이군요." 셀비는 이렇게 말하며 씩 웃었다. "우리 〈시티와이드 부동산〉의 직원들 모두가 그냥 서양배처럼 생긴 사내로 알고 있습니다. 본명은 들어 본 기억이 없군요."

"아니, 그런 말도 안 되는 소리가 어디 있어요?" 제시는 힐난하듯이 말했다. "설마 그 사람이 보내는 수표 서명란에도 **서양배처럼 생긴 사내**라고 쓰여 있다는 얘긴가요?"

셀비는 헛기침을 했다. "흠, 아닙니다. 실은 수표는 아예 안 씁니다. 매달 1일이 되면 집세를 받으러 그 친구 아파트를 직접 방문하는데, 문을 노크하면 열고 금방 나와서 현금으로 지불해 줍니다. 그것도 1달러 지폐로만 말입니다. 일일이 지폐를 세어 가면서, 문간 앞에 서 있는 내 손바닥 위에 한 장씩 올려놓는 식이죠. 제시, 솔직히 말해서 난 그 친구 아파트에 한 번도 들어가 본 적이 없습니다. 그럴 마음도 별로 없고요. 좀 묘한 냄새가 난다고나 할까. 무슨 뜻인지 알죠? 하지만 우리 회사 입장에서는 우량 세입자입니다. 언제나 꼬박꼬박 집세를 내고, 집세가 오르더라도 결코 불평하는 일이 없으니까요. 게다가 현금만 주니 부도수표를 건네받을 위험도 전무하고." 그는 농담이라는 것을 알리려는 듯이 이를 드러내며 활짝 웃어 보였다.

제시는 웃을 기분이 아니었다. "처음에 그 아파트를 빌렸을 때 이름을 댔을 거 아녜요."

"거기까진 소관이 아니라서." 셀비가 말했다. "내가 그 건물을 담당한 지는 6년밖에 안 됐으니까요. 그 친구는 그보다 훨씬 더 오랫동안 거기서 살았고."

"임차 계약서를 확인할 수는 없나요?"

셀비는 미간을 찌푸렸다. "흐음, 찾아보면 어딘가에 있겠죠. 하지만 그 친구 이름을 꼭 알아야 하는 이유가 뭡니까? 무슨 문제로 그러시는 건지? 서양배처럼 생긴 사내가 도대체 무슨 짓을 했다는 겁니까?"

제시는 등을 젖히고 팔짱을 꼈다. "나를 계속 쳐다봐요."

"흐음." 셀비는 신중한 어조로 말했다. "흠, 뭐랄까, 당신이 워낙 매력적이라서 그러는 거 아닐까요, 제시. 저도 한 번 데이트 신청을 하지 않았습니까."

"그거하곤 달라요. 그쪽은 정상인이잖아요. 나를 바라보는 그 시선이 문제인 거예요."

"시선만으로 옷을 벗긴다든가?" 셀비가 끼어들었다.

제시는 당혹했다. "아니, 그런 건 아녜요. 성적인 건 아니니까. 적어도 우리가 성적이라고 하는 것하고는 달라요. 어떻게 설명해야 할지는 나도 잘 모르겠네요. 하여튼 계속 자기 아파트로 내려와서 구경하라고 졸라요. 언제나 집 근처를 맴돌면서."

"흐음, 그 친구도 같은 건물에 살고 있지 않습니까."

"그래서 불안하다는 거예요. 내 그림 속으로까지 몰래 들어왔고."

셀비는 이번에는 양쪽 눈썹을 모두 추켜올렸다. "당신 그림 속으로까지 들어왔다?" 어딘가 묘하게 걸리는 어조였다.

제시는 점점 더 불편해지고 있었다. 뭐랄까, 첫째 단추부터 잘못 꿴 느낌이랄까. "그러니까, 별일 아닌 것처럼 들리겠지만, 그 사람을 보면 정말 섬뜩하다고요. 입술은 언제나 축축하게 번들거리는 데다가, 웃을 때도, 두 눈도 섬뜩해요. 깩깩거리는 목소리도 그렇고. 게다가 그 냄새. 맙소사, 직접 집세를 받으러 가니까 그쪽도 맡아 본 적이 있을 거 아녜요."

부동산 중개인은 속수무책이라는 듯이 양손을 펼쳐 보였다. "몸에서 역한 냄새가 난다고 해서 법에 저촉되지는 않습니다. 임차 계약에서조차도 문제 삼을 수가 없고."

"어젯밤 몰래 1층 현관으로 들어와서 내가 밟은 현관 융단 위에 치즈 두들스 한 무더기를 남겨 두고 갔다고요."

"치즈두들스?" 셀비의 목소리에 비꼬는 듯한 느낌이 깃들었다. "하느님 맙소사, 치즈두들스라니! 어떻게 그런 극악무도한 짓을! 경찰에는 신고했습니까?"

"안 웃겨요. 그 사람이 건물 안에서 도대체 뭘 하고 있었다고 생각해요?"

"거기 살지 않습니까."

"지하층에 살잖아요. 따로 전용 문이 있으니까 위층 현관 복도로 들어올 필요는 전혀 없어요. 어차피 1층 현관문 열쇠는 정식 주민 여섯 명만 가지고 있어야 하는 거 아닌가요."

"내가 아는 한 그런 열쇠를 갖고 있는 사람은 없습니다만." 셀비는 이렇게 말하고 메모지를 끄집어냈다. "흐음, 적어도 그 점은 고려해 볼 필요가 있겠군요. 그럼 이렇게 하면 어떻습니까. 건물 현관문의 자물쇠를 다른 걸로 교체해 놓겠습니다. 그리고 지하실 사내한테는 그 열쇠를 건

네지 않을 겁니다. 이걸로 만족하십니까?"

"조금은." 제시는 약간 누그러진 어조로 말했다.

"절대로 못 들어간다는 보장은 못 합니다." 셀비가 주의를 주었다. "어떤 식인지는 잘 알잖습니까. 주민들 자신이 자물쇠를 테이프로 봉한다든지, 고정쇠로 현관을 계속 열어 놓는 경우도 종종 있습니다. 단지 편리하다는 이유 하나만으로. 그러니까……."

"걱정 마세요. 그런 일이 일어나도록 좌시하진 않을 테니까. 그런데 그 사람 이름은 알 수 있나요? 계약서를 확인해 줄래요?"

셀비는 한숨을 쉬었다. "따지고 보면 이건 프라이버시 침해에 해당하지만, 확인해 보죠. 개인적인 호의에서 그러는 거니까, 잊으면 안 됩니다." 그는 의자에서 일어나 반대편 벽에 있는 검은 금속제 캐비닛으로 갔다. 서랍 하나를 열고 여기저기를 뒤지더니 법정 규격의 서류철을 하나 꺼냈다. 휙휙 넘겨 보면서 자기 책상으로 돌아온다.

"어때요?" 제시는 조바심을 내며 물었다.

"흐으으으음." 셀비가 말했다. "이건 당신 계약서고, 이것들은 다른 주민들 겁니다." 그는 처음 서류로 돌아가서 한 장씩 확인해 보기 시작했다. "윈브라이트, 피버디, 퍼메티, 해리스, 제프리스." 셀비는 파일 수를 세어 보더니 제시를 올려다보며 어깨를 움츠렸다. "그 친구 계약서는 없군요. 흐음, 어차피 지하층 아파트는 좁고 싸구려인 데다가 거의 영구적으로 살고 있었으니. 계약서를 실수로 어디 딴 데 두었든지, 아니면 계약서 자체가 처음부터 아예 없었을 가능성도 있습니다. 월 단위 계약의 경우에는 전혀 선례가 없는 일도 아니고……."

"그거 참 희소식이네요. 그래서 아무 일도 하지 않을 작정인가요?"

"자물쇠를 교체할 겁니다. 그 이상은 기대하지 않는 편이 나을 겁니다. 같은 아파트 주민한테 치즈두들스를 권했다고 쫓아낼 수는 없는 일이잖습니까."

● ○

제시가 집에 돌아왔을 때 서양배처럼 생긴 사내는 예의 낡아 빠진 가방을 한쪽 옆구리에 끼고 현관 계단 위에 서 있었다. 그녀가 다가오는 것을 보고 미소 짓는다. 나한테 손을 대도록 내버려 둬야 해. 그녀는 생각했다. 내가 지나갈 때 손을 대도록 내버려 두고, 그 즉시 저 조그맣고 뾰족한 머리가 현기증을 느낄 정도로 신속하게 경찰에 폭행 신고를 하는 거야. 그러나 서양배처럼 생긴 사내는 그녀를 잡으려는 시늉조차 하지 않았다. "아래층에 당신한테 보여 줄 것들이 있어." 사내는 현관 계단을 오르는 제시에게 말했다. 그에게서 30센티미터도 떨어지지 않은 곳을 지나가야 했던 그녀는 코를 찌르는 악취에 압도당했다. 이스트와 썩은 채소를 떠올리게 하는 농후한 냄새였다. "내 물건들을 보고 싶지 않아?" 등 뒤에서 사내가 말했다. 제시는 현관 자물쇠를 열고 안으로 들어가자마자 등 뒤로 문을 쾅 닫았다.

저런 작자 생각을 하면 안 돼. 집 안으로 들어와서 홍차를 한 잔 마시며 제시는 다짐했다. 할 일도 많지 않은가. 월요일까지 에이드리언에게 표지를 건네주겠다고 약속한 걸 잊으면 안 된다. 그녀는 화실로 들어가서 커튼을 쳤고, 표지 그림에서 서양배처럼 생긴 사내의 흔적을 하나도 남김없이 말소해 버릴 심산으로 수정을 개시했다. 이중 턱을 지워 버린 다음 억센 턱으로 바꿨고, 팽팽하고 축축한 입술을 처음부터 다시 그렸다. 머리카락도 더 검게 칠해서 바람에 날리게 함으로써 처음처럼 정수리가 그렇게 뾰족해 보이지 않도록 했다. 광대뼈를 높이고, 얇은 칼날을 연상시킬 정도로 날카롭게 튀어나오도록 했다. 그 탓에 이제 남자의 얼굴은 거의 수척해 보일 지경이었다. 눈 색깔까지 바꿨다. 애당초 왜 이렇게 힘없고 푸르스름하게 보이도록 그렸던 것일까? 이번에는 녹색, 그것도 깔끔하고 상쾌한 녹색으로 칠했다. 의지력이 강하고, 활력으로 가득 찬.

거의 자정이 되어서야 일이 끝났다. 제시는 녹초가 되었지만, 뒤로 물러서서 자기 작품을 감상하면서 큰 기쁨을 느꼈다. 사내는 이제는 피루엣의 진짜 주인공답게 영웅적으로 변모해 있었다. 대담무쌍한 악당이고 말썽꾼이지만, 거칠고 억센 겉모습 뒤에 내성적이고 우울하며 시적인 영혼을 숨기고 있는 사내. 이제는 어디를 보아도 서양배를 연상시키는 구석은 전혀 없었다. 에이드리언도 만족할 것이다.

제시는 일종의 기분 좋은 피로를 느끼며 만족감에 휩싸인 채로 잠들었다. 아마 셀비 말이 옳았던 것인지도 모른다. 상상력이 너무 풍부한 나머지, 자기도 모르는 새에 서양배처럼 생긴 사내에게 과도하게 신경을 썼던 것이다. 그러나 옛날 그대로의 힘들고 정직한 작업이 예의 형체를 알 수 없는 공포에 대한 완벽한 해독제 역할을 해 주었다. 오늘 밤에는 꿈도 꾸지 않고 푹 잘 수 있으리라고 제시는 확신했다.

● ○

그녀의 확신은 빗나갔다. 꿈속은 안전하지 않았다. 그녀는 또다시 사내의 문 앞에서 몸을 떨며 서 있었다. 너무나도 어둡고, 너무나도 지저분하다. 쓰레기통이 풍기는 농후한 쉰내에 숨이 막힐 지경이었고, 그늘진 곳에서 무엇인가가 살금살금 움직이는 소리까지 들은 것 같았다. 문이 열리기 시작했다. 서양배처럼 생긴 사내는 미소 짓더니 차갑고 부드러운, 애벌레 같은 손가락들을 그녀에게 갖다 댔다. 그녀의 팔뚝을 잡은 손이 그녀를 안으로, 안으로, 안으로 이끈다…….

● ○

다음 날 아침 열 시에 앤젤라가 방문을 노크했다. "선데이 브런치야." 그녀는 문 뒤에서 큰 소리로 말했다. "돈이 와서 지금 와플을 굽고 있어. 초콜릿 칩하고 신선한 딸기를 써서 말이야. 베이컨하고 커피하고 오렌지 주스도 있어. 와서 먹지 않을래?"

제시는 침대 위에서 상체를 일으켜 앉았다. "돈? 지금 와 있어?"

"어제 여기서 잤어." 앤젤라가 말했다.

제시는 침대 밖으로 나와서 물감이 잔뜩 묻은 청바지를 입었다. "돈이 만들어 주는 브런치를 내가 마다할 리가 없잖아. 어제 너희들이 집에 온 것도 모르고 있었어."

"네 화실 문을 열어 보니까 미친 듯이 그림을 그리고 있었어. 내가 온 것도 까맣게 모르고 말이야. 네가 가끔 보이는 그 엄청나게 집중한 표정 있잖아, 그런 표정에, 혀끝까지 옆으로 빼어 물고 있더라고. 그래서 예술가의 작업은 방해하지 않는 편이 낫다고 판단했던 거지." 앤젤라는 킥킥 웃었다. "하지만 내 방의 침대 스프링이 삐걱거리는 소리조차도 못 들을 정도였다니, 도무지 상상이 안 되는군."

아침 식사는 호화로움 그 자체였다. 이따금 앤젤라가 정신과 의사 지망생인 도널드의 도대체 어디가 좋아서 사귀는지 이해가 안 될 때도 있었지만, 식사 시간만은 절대로 그런 생각이 들지 않는다. 도널드는 정말로 뛰어난 요리사였다. 열한 시경, 앤젤라와 도널드가 식후의 커피를 홀짝이고 제시가 홍차를 마시고 있을 때 밖의 복도에서 소음이 들려왔다. 무슨 일인지 알아보려고 나갔던 앤젤라가 돌아와서 말했다. "누가 와서 현관 자물쇠를 바꾸고 있었어. 뭐 때문에 저러는지는 모르겠지만 말이야."

"세상에, 이렇게 빨리 오다니." 제시가 말했다. "그것도 주말에. 초과 근무 수당을 줘야 하나. 설마 셀비가 이렇게 빨리 처리해 줄지는 몰랐어."

앤젤라는 호기심 어린 표정으로 제시를 보았다. "뭔가 짐작 가는 일이라도 있는 거야?"

그래서 제시는 부동산 중개인을 만나러 간 일, 서양배처럼 생긴 사내와 마주쳤던 일 등에 관해 모두 털어놓았다. 앤젤라는 한두 번 킥킥거렸고, 도널드는 현명한 정신과 의사의 얼굴 표정을 떠올렸다. "하지만 제시." 그녀의 이야기가 끝나자 그가 말했다. "좀 과잉 반응 했다는 생각은 안 들어?"

"안 들어." 제시는 퉁명스럽게 대꾸했다.

"내 질문을 그렇게 피하지 마. 정말로 솔직하게, 네가 한 일들을 객관적으로 바라보라고. 그 사내가 너한테 한 일이 도대체 뭔데?"

"아무 일도 안 했어. 앞으로도 그런 상태를 유지할 거고." 제시는 내뱉듯이 말했다. "난 네 의견을 물어본 기억이 없는데."

"굳이 물어보고 그럴 필요는 없잖아. 우린 친구 사이가 아니었어? 아무것도 아닌 일에 친구가 동요하는 걸 그냥 보고 있을 수가 없어서 그래. 네 얘기를 들어 보니 기인이긴 하지만 무해한 이웃 사람에 대해서 네가 일종의 공포증을 발달시키고 있다는 생각이 드는군."

앤젤라가 킥킥거렸다. "그 작자는 너한테 반했을 뿐이야. 정말이지 여러 사람 애를 끓이는 여자야, 넌."

제시는 짜증스러워지기 시작했다. "너도 치즈두들스를 선물로 받으면 그렇게 웃긴다는 생각 못 할걸." 그녀는 화난 어조로 말했다. "그 작자에겐 뭔가…… 뭐랄까, 어딘가 잘못된 데가 있어. 지금도 그걸 느낄 수 있어."

도널드는 양손을 펼쳐 보였다. "어딘가 잘못됐다고? 그 점만은 부인하기 힘들군. 그 사내가 다른 사람들과 어울리는 방법을 거의 습득하지 못했다는 점은 명백하니까 말이야. 육체적인 매력 따윈 전무하고, 칠칠치 못하고, 복장이나 개인위생 면에서도 정상적인 표준과는 한참 거리가 있지. 매우 특이한 식사 습관을 가지고 있고 다른 사람들과 교류하는 데 엄청난 어려움을 겪고 있어. 매우 고독한 인물일 공산이 크고, 중증의 신경증에 시달리고 있다는 점에는 의심의 여지가 없어. 하지만 그렇다고 해서 그 인물이 살인자나 강간마가 되는 건 아니잖아, 안 그래? 왜 그 친구한테 그렇게 강박적으로 집착하는 거야?"

"난 집착하거나 하진 않았어."

"누가 봐도 그렇구먼." 도널드가 말했다.

"사랑에 빠진 게 틀림없어." 앤젤라가 놀렸다.

제시는 벌떡 일어났다. "난 그자에게 집착하고 있지 않아!" 그녀는 외쳤다. "이 얘긴 이제 이걸로 끝이야."

●○

그날 밤 꿈속에서 제시는 사내의 집 내부를 처음으로 보았다. 사내는 그녀를 안으로 끌어당겼다. 그녀는 저항하려고 했지만 몸이 말을 듣지 않았다. 지하 방 내부는 매우 밝게 조명되어 있는 데다가 무덥고 견디기 힘들 정도로 습했다. 그녀가 안으로 들어간 순간 마치 어떤 거대한 짐승의 아가리 안으로 들어온 것처럼 방 안의 공기도 덩달아 움직이는 느낌을 받았다. 주황색 벽들은 여기저기 칠이 벗겨져 있었고 묘하게 달콤한 냄새를 풍겼다. 사방에 빈 플라스틱제 콜라 병과 먹다 남은 치즈두들스 사발이 잔뜩 널려 있었다. 그리고 서양배처럼 생긴 사내가 말했다. "내 물건들을 봐. 다 가져도 돼." 그러고는 옷을 벗기 시작했다. 그가 단추를 끄르고 반팔 셔츠를 벗어 던지자 죽은 사람처럼 희고 전혀 털이 나지 않은 살갗과 덜렁거리는 두 개의 젖통이 드러났다. 오른쪽 가슴은 볼펜에서 새어 나온 잉크로 얼룩져 있었다. 그리고 그는 미소, 예의 미소를 떠올리며 가느다란 벨트를 풀었고, 갈색 폴리에스터 바지의 앞 지퍼를 내렸고, 제시는 절규하며 잠에서 깼다.

●○

월요일 아침에 제시는 수정한 표지화를 포장한 다음 신속 배달 서비스편으로 피루엣 출판사 앞으로 보냈다. 시내로 직접 갈 기력이 나지 않았기 때문이다. 출판사를 방문하면 에이드리언은 잡담을 시작할 게 뻔하지만 제시는 지금 그리 사교적인 기분이 아니었다. 앤젤라는 서양배처럼 생긴 사내 일을 가지고 줄곧 그녀를 놀렸고, 그 탓에 기분이 매우 언짢아진 상태였다. 제시를 이해해 주는 사람은 아무도 없는 듯했다. 서양배처럼 생긴 사내에게는 어딘가 잘못된 부분이 있었다. 뭔가 심각하고, 소름 끼치는 부분이. 그걸 가지고 농담할 때가 아니었다. 제시는 그가 엄청나게 무시무시한 인물이라는 사실을 어떤 식으로든 증명할 필요가 있었다. 우선 그자의 본명을 알아내고, 무엇을 숨기고 있는지를 확인해야 한다.

사립탐정을 고용하는 방법도 있었지만 문제는 탐정이 매우 비싸게 먹힌다는 점이었다. 남의 힘에 기대지 않고 그녀 혼자서도 할 수 있는 일이 틀림없이 있을 것이다. 다시 우편함을 뒤져 볼 수도 있다. 그럴 경우는 가스와 전기 요금 청구서가 배달되는 날까지 기다리는 편이 낫겠지만 말이다. 사내의 아파트에는 전등이 있으니까 전기회사는 그의 본명을 알고 있을 것이다. 유일한 문제는 전기 요금 청구서가 2주 뒤에나 도착할 것이라는 점이었다.

제시는 거실 창문들이 활짝 열려 있는 것을 퍼뜩 깨달았다. 커튼조차 완전히 걷혀 있었다. 앤젤라가 아침에 출근하기 전에 그랬음이 틀림없다. 제시는 잠시 주저하다가 창가로 갔다. 창문을 닫고 고정쇠로 잠근 다음, 그 옆의 창문도 닫고 잠갔다. 좀 더 안전해진 기분이다. 그녀는 절대 창밖을 내다보지 말자고 다짐했다. 아예 내다보지 않는 편이 낫다.

하지만 어떻게 내다보지 않을 수 있단 말인가? 내다보았다. 사내는 그곳에 있었다. 아래쪽 보도에 서서 이쪽을 올려다보고 있다. "와서 내 걸 구경해도 돼." 사내는 예의 높다랗고 가냘픈 목소리로 말했다. "처음 봤을 때부터 네가 내 걸 갖고 싶어 한다는 걸 알고 있었어. 보면 너도 마음에 들어 할 거야. 이걸 나눠 먹어도 돼." 그는 부풀어 오른 호주머니에 손을 집어넣더니 치즈두들스 한 개를 꺼내서 그녀 쪽으로 내밀었다. 소리없이 입을 우물거리며.

"당장 거길 떠나지 않으면 경찰을 부를 거야!" 제시는 외쳤다.

"너한테 줄 게 있어. 우리 집에 와서 그걸 가져도 돼. 내 호주머니에 들어 있는 거야. 그걸 줄게."

"헛소리하지 마. 당장 거길 떠나. 경고하겠는데, 날 건드리지 마." 제시는 한 걸음 뒤로 물러나서 커튼을 쳤다. 커튼을 치니 실내가 어두워졌지만, 서양배처럼 생긴 사내가 안을 들여다볼 수 있도록 방치하는 것보다는 훨씬 낫다. 제시는 전등을 켜고 페이퍼백을 집어 든 다음 읽어 보려고 했다. 빠르게 책장을 넘기던 중에, 문득 단어들이 전혀 머리에 들어오지 않는다는 사실을 깨달았다. 책을 내팽개치고 성큼성큼 주방으로 가서 통밀 빵으로 참치 샌드위치를 만들었다. 뭔가 다른 것도 곁들여 먹고 싶었지만 딱히 생각이 나지 않는다. 결국 그녀는 오이 피클을 하나 꺼내서 4등분했고, 접시 위에 가지런히 배열한 다음 찬장을 뒤져 감자 칩을 찾아냈다. 그런 다음 신선한 우유를 유리잔에 듬뿍 따르고 식탁에 앉아 점심을 먹기 시작했다.

샌드위치를 한입 베어 문 그녀는 오만상을 찌푸리고 옆으로 밀어놓았다. 묘한 맛이 났기 때문이다. 마요네즈가 상하기라도 한 것일까. 피클도 너무 시었고, 감자 칩은 축축하고 푸석푸석한 데다가 너무 짰다. 어차피 감자 칩은 별로 먹고 싶지도 않았다. 이런 게 아니라 뭔가 다른 것을 먹고 싶다. 그 조그만 주황색 치즈 과자 같은 것을. 그녀는 머릿속에 뚜렷하게 그 모습을 떠올릴 수 있었고, 거의 맛볼 수조차 있었다. 입에 침이

고였다.

그러다가 지금 자기가 무슨 생각을 하고 있는지를 퍼뜩 깨닫고 토할 뻔했다. 그녀는 벌떡 일어서서 샌드위치고 뭐고 전부 쓰레기통에 쓸어 넣었다. 여길 나가야 해. 그녀는 공황에 빠진 상태로 생각했다. 영화를 보러 가든지 뭘 하든지 해서, 몇 시간만이라도 그 서양배처럼 생긴 사내 일을 잊는 것이다. 어딘가의 독신자용 바에서 적당한 상대를 찾아내서 함께 자는 것도 좋을지 모른다. 그 남자의 집에서, 이 아파트에서 멀리 떨어진 곳으로 가서 말이다. 서양배처럼 생긴 사내와는 멀리 떨어진 곳에서. 바로 그거다. 이 아파트가 아닌 곳에서 하룻밤을 보내면 기분 전환이 될 것이다.

그녀는 창가로 가서 커튼을 젖히고 슬쩍 밖을 내다보았다.

서양배처럼 생긴 사내는 미소를 지은 채 좌우의 발에 교대로 체중을 실으며 서 있었다. 옆구리에 원래 모습을 알아볼 수 없을 정도로 우그러진 가죽 가방을 끼고 있었다. 부풀어 오른 바지 호주머니가 보였다. 제시는 소름이 끼치는 것을 자각했다. 정말로 혐오스러워, 하고 그녀는 생각했다. 하지만 저런 자에게 포로로 잡혀 있을 생각은 추호도 없었다.

그녀는 몇몇 소지품을 챙기고 만일의 경우에 대비해서 작은 스테이크용 칼을 핸드백 안에 집어넣은 다음 성큼성큼 집 밖으로 나갔다. "이 가방에 뭐가 들어 있는지 보고 싶어?" 그녀가 현관문을 나서자 서양배처럼 생긴 사내가 물었다. 제시는 무시하기로 결심했다. 아예 대답하지 않고 상대가 그 자리에 없는 것처럼 행동한다면, 그도 결국 싫증을 내고 더이상 그녀를 귀찮게 하지 않을지도 모른다. 제시는 성큼성큼 계단을 내려가서 아래쪽 보도로 나갔다. 서양배처럼 생긴 사내는 뒤에 바짝 붙어서 따라왔다. "그치들이 주위에 잔뜩 있어." 사내가 속삭였다. 그녀는 숨차게 한두 걸음 내달으며 따라오는 사내의 냄새를 맡았다. "잔뜩 있지. 다들 나를 보고 웃지. 이해도 못 하면서, 다들 내 걸 가지고 싶어 하는 거야. 증거를 보여 줄 수도 있어. 저기 우리 집으로 내려가면 있어. 네가 그걸 보고 싶어 한다는 것도 알아."

제시는 계속 무시했다. 그는 버스 정류장까지 그녀 뒤를 따라왔다.

● ○

영화는 안 보느니 못한 졸작이었다. 점심을 건너뛴 탓에 배가 고팠다. 영화관의 매점 카운터에서 콜라 하나와 버터 팝콘을 샀다. 콜라 컵은 4분의 3이 으깬 얼음이었지만, 여전히 맛이 있었다. 팝콘은 먹지 못했다. 팝콘에 끼얹은 합성 버터에서 풍기는 희미하게 시큼한 냄새를 맡자 서양배처럼 생긴 사내 생각이 났기 때문이다. 두 개까지 집어 먹었지만 구역질이 나는 탓에 결국 포기했다.

하지만 조금 시간이 흐른 뒤에는 기분이 나아졌다. 남자는 자기 이름이 잭이라고 했다. 지역 TV 뉴스 프로그램의 음향 담당이었고, 흥미로운 얼굴을 가지고 있었다. 편안한 미소, 클라크 게이블처럼 큼지막한 귀에 매력적인 잿빛 눈동자. 눈가의 잔주름이 오히려 친근한 느낌을 준다. 그는 술을 한잔 산 다음 그녀의 손을 잡았는데, 그러는 동작이 조금 어색한 것이 마치 이런 상황 자체에서 조금 수줍음을 느끼는 듯한 기색이었다. 그런 점이 오히려 제시의 마음에 들었다. 몇 잔을 더 마신 다음 그는 자기 집에서 저녁을 먹자고 제안했다. 뭐 거창한 건 아냐, 하고 그는 말했다. 냉장고에 있는 콜드미트로 커다란 샌드위치를 만들어 주고, 자기 손으로 직접 제작한 특제 건축을 구경시켜 주겠다는 얘기였다. 제시의 귀에는 아주 괜찮은 제안으로 들렸다.

잭의 집은 미드타운에 있는 고층 아파트의 23층에 있었다. 창문 너머로 수평선 위를 나아가는 돛단배들이 보인다. 잭은 전축에 린다 론스태드의 새 앨범을 걸어 놓고 샌드위치를 만들러 갔다. 제시는 돛단배들을 바라보았다. 이제야 긴장이 좀 풀리는 느낌이다. "맥주하고 아이스티가 있는데." 잭이 주방에서 큰 소리로 말했다. "뭐가 좋아?"

"콜라." 그녀는 무심코 말했다.

"콜라는 없는데. 맥주하고 아이스티밖에 없어."

"아." 왠지 조금 짜증이 났다. "그럼 아이스티."

"알았어. 호밀 빵이 좋아 통밀 빵이 좋아?"

"뭐라도 상관없어." 돛단배들은 매우 우아하게 움직였다. 언젠가 그림으로 묘사하고 싶은 광경이다. 잭도 그릴 수 있다. 몸이 꽤 좋아 보이니까 말이다.

"자, 여기 있어." 잭은 쟁반을 들고 주방에서 나오며 말했다. "배가 고프다면 좋겠군."

"배고파 죽을 지경이야." 제시는 이렇게 대꾸하며 창가에서 몸을 돌렸다. 그녀는 잭이 음식을 차리고 있는 식탁으로 다가갔다가 얼어붙었다.

"왜 그래?" 잭이 흰 사기 접시를 내밀며 물었다. 접시 위에는 실로 거대하다고밖에는 할 수 없는 샌드위치가 놓여 있었다. 델리카트슨에서 사 온 신선한 호밀 빵에 햄과 스위스 치즈를 끼우고 머스터드를 듬뿍 친. 그리고 접시의 남은 부분에는 부풀어 오른 듯한 주황색 치즈두들스가 가득 채워져 있었다. 마치 꿈틀거리며 샌드위치를 향해 슬금슬금 다가오고 있는 것처럼 보인다. 그녀를 향해. "제시?" 잭이 물었다.

그녀는 당장이라도 질식할 듯한 불명료한 비명을 지르며 거칠게 접시를 밀쳐 냈다. 잭은 손에서 접시를 놓쳤다. 햄과 스위스 치즈와 빵과 치즈두들스가 사방으로 흩어졌다. 치즈두들스 한 조각이 제시의 다리를 스치고 지나갔다. 그녀는 몸을 홱 돌리고 아파트에서 뛰쳐나왔다.

●○

제시는 그날 밤을 호텔방에서 혼자 보냈지만 제대로 잠을 이루지 못했다. 그녀의 아파트에서 이토록 멀리 떨어진 이곳에서조차도 꿈에서 도망칠 수는 없었기 때문이다. 예전 꿈과 똑같았다. 똑같았지만, 밤을 거듭할 때마다 점점 더 길어지고, 점점 더 방 안 깊숙이 들어가는 듯했다. 그녀는 현관 계단 위에 서서 기다리며, 두려워하고 있었다. 문이 열리고, 그가 그녀를 안으로 잡아당긴다. 주황색 실내는 따스했고, 공기 중에서는 구취를 연상시키는 고약한 냄새가 났다. 서양배처럼 생긴 사내의 얼굴에는 미소가 떠올라 있었다. "내 물건들을 구경해도 돼." 사내가 말했다. "내 걸 가져도 돼." 그리고 사내는 옷을 벗기 시작했다. 우선 셔츠를 벗자 시체처럼 새하얀 피부가 드러났고, 파란 잉크 얼룩이 있는 육중한 젖가슴이 드러났다. 벨트를 끄르자 폴리에스터 바지가 아래로 미끄러지며 발목 주위에 둥그렇게 쌓였고, 호주머니에 들어 있던 온갖 잡동사니가 방바닥에 산란했다. 사내의 몸은 정말로 서양배를 닮아 있었다. 단지 입고 다니는 옷 때문이 아니었다. 그리고 마지막으로 사각팬티가 스르르 내려가자 제시는 자기도 모르게 아래쪽을 보았다. 털도 없고, 조그맣고, 노리끼리한 굼벵이 같은 것이 치즈두들스를 빼닮았다. 그것을 조금 움직이면서 서양배처럼 생긴 사내가 말하고 있었다. "지금 당장 네 것들을 줘, 나한테 줘, 네 것들을 보여 줘." 그런데도 그녀는 도망치지 못했다. 발이 떨어지지 않는다. 하지만 손, 그녀의 손만은 움직였다. 그녀는 옷을 벗기 시작했다.

호텔의 보안 담당자가 방문을 쾅쾅 두들기는 소리에 꿈에서 깼다. 그는 무슨 일이 일어났는지, 그녀가 왜 비명을 지르고 있는지 힐문했다.

● ○

그녀는 서양배처럼 생긴 사내가 아침에 산티노의 가게에 가는 시간에 맞춰서 아파트로 돌아갔다. 집 안은 텅 비어 있었다. 앤젤라는 출근하기 전에 또 거실 창문들을 활짝 열어 놓았다. 제시는 창문을 모두 닫고 잠근 다음 커튼을 쳤다. 운이 좋으면 서양배처럼 생긴 사내는 그녀가 집에 돌아왔다는 사실을 전혀 알아차리지 못할 것이다.

집 밖은 이미 찌는 듯이 더웠다. 정말로 무더운 날이 될 듯하다. 제시의 몸은 땀투성이였고 더러웠다. 옷을 모두 벗어 침실의 광주리에 던져 넣고 차가운 물을 틀어 놓은 샤워기 아래에 한참 서 있었다. 얼음장처럼 차가웠던 탓에 피부가 아플 지경이었지만, 그것은 청량한 아픔이었던 덕에 다시 기운이 솟아났다. 그녀는 머리를 말린 다음 보송보송하고 거대한 파란색 타월로 감쌌고, 맨 마룻바닥에 젖은 발자국을 남기며 터벅터벅 침실로 돌아갔다.

이런 찌는 듯한 날에는 홀터 탑에 무릎 아래를 자른 청바지만 입으면 족하다고 판단했다. 오늘 할 일은 확고하게 예정을 잡아 두었다. 우선 옷을 입은 다음 화실에서 조금 일을 하고, 그 뒤에는 책을 읽거나 TV 드라마를 보거나 할 작정이었다. 외출할 생각은 없었다. 창밖조차도 내다보지 않을 것이다. 서양배처럼 생긴 사내가 또 지켜볼 작정으로 있다면 길고 무덥고 따분한 오후를 경험하게 될 것이다.

제시는 짧은 청바지와 흰색 홀터 탑을 꺼내서 침대 위에 올려놓았고, 젖은 타월을 침대 기둥에 걸어 놓은 다음 새 팬티로 갈아입기 위해 옷장으로 갔다. 분홍색 비키니 팬티를 휙 집어 들면서 슬슬 세탁을 해야겠다고 멍하게 생각했다.

치즈두들스 한 개가 굴러떨어졌다.

제시는 화들짝 놀라며 물러섰다. 몸이 와들와들 떨린다. 안에 들어 있었어. 그녀는 황망한 표정으로 생각했다. 비키니 팬티 안에 들어 있었던 것이다. 팬티 천이 치즈 가루로 노랗게 얼룩져 있었다. 치즈두들스는 굴러떨어진 장소에 그대로 있었다. 열린 서랍 속의 속옷 위에. 그녀는 공포를 닮은 감정에 사로잡혔다. 혐오감을 이기지 못하고 비키니 팬티를 둥글게 뭉쳐서 내던졌다. 다른 팬티를 움켜잡고 털어 보자 또 다른 치즈두들스가 튀어나왔다. 그다음 팬티에서도. 그다음 것에서도. 제시는 히스테릭한 비명에 가까운 흐느낌을 발하면서도 그 일을 계속했다. 다섯 번째 팬티. 여섯 번째. 아홉 번째. 그것으로 다였다. 하지만 그것만으로도 충분했다. 누군가가 그녀의 옷장 서랍을 열고 팬티를 모두 꺼낸 다음 그걸로 치즈두들스 한 개씩을 신중하게 쌌고, 다시 집어넣은 것이다.

이런 섬뜩한 장난을 치다니. 그녀는 생각했다. 앤젤라다. 앤젤라의 짓이 틀림없다. 도널드도 가담했을지 모른다. 이들은 서양배처럼 생긴 사내에 관한 제시의 고민을 하나의 크나큰 농담으로 여기고 있기 때문에, 정말로 제시가 맛이 가는지 보려고 이런 장난을 친 것이 틀림없다.

문제는 앤젤라일 리가 없다는 사실이었다. 제시는 앤젤라가 그런 짓을 할 리가 없다는 사실을 알고 있었다.

제시는 엉엉 울기 시작했다. 둥글게 뭉친 팬티를 바닥에 내동댕이치고 방에서 뛰쳐나왔다. 그녀의 발에 밟힌 치즈두들스 조각들이 융단 위에서 부스러졌다.

거실로 나왔지만 어디로 가야 할지 알 수 없었다. 침실로 돌아갈 수는 없다. 적어도 지금 당장 그러는 것은 논외였다. 앤젤라가 돌아올 때까지 기다리는 수밖에 없다. 하지만 커튼을 쳐 놓았음에도 불구하고 창가로 가기는 싫었다. 그자가 보고 있을 것이 뻔했기 때문이다. 제시는 사내의 존재를 느꼈고, 창문을 올려다보는 사내의 시선을 느꼈다. 그제야 그녀는 화들짝 놀라며 자신이 벌거벗었음을 자각했고, 손으로 위아래를 가렸다. 그녀는 창가에서 불안한 동작으로 뒷걸음질 쳤고, 화실로 도망쳤다.

화실 안으로 들어가니 문에 커다란 사각형 소포가 기대어져 있었다. 테이프로 붙여 놓은 메모는 앤젤라가 쓴 것이었다. '제시, 어제 저녁에 도착한 거야.' 이 문장 뒤에는 날아오르는 듯한 머리글자로 커다랗게 'A'라는 서명이 있었다. 제시는 멍한 눈으로 소포를 응시했다. 이해할 수 없다. 소포는 피루엣 출판사에서 보낸 것이었다. 그녀가 그린 그림. 서둘러 수정해서 다시 보냈던 그 표지화였다. 에이드리언은 그것을 다시 그녀에게 되돌려 보낸 것이다. 왜?

알고 싶지 않았다. 하지만 알아야 했다.

제시는 황급히 갈색 포장지를 길게 쭉쭉 찢어 내기 시작했다. 그녀가 그린 표지화가 드러났다. 에이드리언이 남긴 메시지가 그림 가장자리의 여백에 쓰여 있었다. 필체를 보니 그의 것이 맞다. 이렇게 휘갈겨 썼다. '어이, 이런 농담은 재미없어. 전부 없던 일로 하자고.'
"안 돼." 제시는 훌쩍이며 뒷걸음질 쳤다.
그녀의 그림이 맞다. 낯익은 배경, 진부하기 그지없는 포옹, 그토록 공들여 고증한 옛날 복식. 하지만 아니다, 이걸 그린 사람은 그녀가 아니다. 누군가가 바꿔치기한 것이다. 이건 그녀의 작품이 아니었다. 표지의 여주인공은 그녀였다. 그녀, 그녀가 맞다. 날씬하고 강인한 몸매. 금모래색 머리카락과 환희로 가득 찬 녹색 눈. 그리고 그런 그녀를 으스러져라 포옹하고 있는 사람은 바로 그였다. 그 사내였다. 침으로 번들거리는 입술과 새하얀 피부. 물결처럼 주름이 잡힌 셔츠의 레이스 앞섶은 파란 잉크로 얼룩져 있었고, 벨벳 상의에는 비듬이 잔뜩 떨어져 있었으며, 정수리로 갈수록 뾰족해지는 머리에서는 개기름이 흐르고, 그녀의 머리카락을 움켜쥔 그의 손가락들은 노랗게 얼룩져 있었고, 그는 희미하게 웃으며 그녀를 세게 껴안았고, 그녀의 입은 열려 있었고, 눈은 반쯤 감겨 있었고, 사내는 그였고, 여자는 그녀였다. 그리고 그림 밑바닥에는 그녀 자신의 서명이 되어 있었다.
"안 돼." 제시는 되풀이했다. 뒷걸음질 치다가 이젤에 걸려 넘어졌다. 그녀는 방바닥에서 동그랗게 몸을 웅크리고 쓰러진 채로 흐느꼈다. 몇 시간 뒤에 앤젤라가 그녀를 발견했을 때도 같은 상태였다.

앤젤라는 제시를 소파에 눕히고 찬물에 적신 수건을 그녀의 이마에 갖다 댔다. 도널드는 찌푸린 얼굴을 하고 거실로 이어지는 제시의 화실 문간에 서 있었다. 제시를 흘끗 보았다가, 그녀의 그림으로 시선을 돌렸다가, 다시 제시를 쳐다본다. 앤젤라는 달래는 듯한 소리를 내며 제시의 손을 잡고 찻잔을 쥐여 주었다. 마침내 제시의 히스테리도 조금씩 누그러지기 시작했다. 도널드는 팔짱을 낀 채로 오만상을 찌푸렸다. 마침내 제시의 눈물이 다 마르자 그는 말했다. "그놈의 강박 증세를 너무 오랫동안 방치했어."

"그러지 마." 앤젤라가 말했다. "잔뜩 겁을 먹었잖아."

"그건 나도 알아." 도널드가 말했다. "그래서 뭔가 대책을 강구해야 한다는 거야. 앤지, 제시는 자기가 꾸며 낸 망상에 사로잡혀 있어."

제시는 뜨거운 모닝선더 티가 든 찻잔을 입가로 가져오던 중에 이 말을 듣고 딱 동작을 멈췄다. "내가 꾸며 낸 망상이라고?" 그녀는 도저히 믿지 못하겠다는 투로 되물었다.

"그래." 도널드가 대꾸했다.

도널드의 자기만족적인 말투를 듣고 제시는 느닷없이 엄청난 분노에 사로잡혔다. "이 멍청하고 무지한 냉혈한 새끼." 그녀는 고함을 질렀다. "내가 꾸며 낸 망상이라니. 내가 꾸며 낸 거라니. 내가 꾸며 낸 거라니. 어떻게 내 앞에서 내가 꾸며 냈다는 말을 할 수 있는 거지." 그녀는 도널드의 커다란 머리통을 노리고 찻잔을 내던졌다. 도널드는 재빨리 몸을 숙였다. 찻잔이 박살나면서 유백색의 벽 위로 긴 갈색 줄이 세 갈래 흘러내렸다.

"괜찮아. 화를 참지 말고 계속 발산시켜." 도널드는 말했다. "네가 얼마나 동요하고 있는지 나도 알아. 좀 더 차분해진 다음에 합리적으로 의논을 해 보면 네가 직면한 문제의 뿌리를 찾아낼 수 있을지도 몰라."

앤젤라가 팔을 잡자 제시는 상대의 손을 뿌리치며 일어섰다. 양손 모두 꽉 주먹을 쥐고 있었다. "내 침실로 들어가서 직접 확인해 봐, 멍청아. 당장 들어가서 주위를 둘러보고, 돌아와서 뭘 봤는지 내게 얘기해 보란 말이야."

"네가 그걸 원한다면." 도널드는 이렇게 대꾸하고 침실 안으로 들어갔다가 잠시 후 다시 나왔다. "보고 왔어." 그는 참을성 있는 어조로 말했다.

"그래서?" 제시가 힐문했다.

도널드는 어깨를 으쓱했다. "엉망진창이야. 방바닥에는 온통 팬티가 널려 있고, 으깨어진 치즈 과자가 잔뜩 떨어져 있더군. 그게 무슨 뜻인지 얘기해 줄래?"

"우리 아파트에 침입했다고!" 제시가 말했다.

"서양배처럼 생긴 사내가?" 도널드는 쾌활한 어조로 되물었다.

"당연하잖아. 그 작자 말고 또 누가 있어!" 제시는 외쳤다. "우리가 집을 비운 사이에 몰래 들어와서, 내 침실로 가서 내 물건들을 실컷 뒤진 다음에 내 속옷 안에 치즈두들스를 하나씩 집어넣었어. 여기 와 있었다고! 내 물건들을 만지러 왔던 거야."

도널드는 참을성 있고 동정심 가득한 현자 같은 표정을 떠올렸다. "친애하는 제시, 방금 네가 우리한테 한 말을 곰곰이 되씹어 봐."

"곰곰이 되씹을 여유 따윈 없어!"

"물론 있어. 함께 철저하게 생각해 보자고. 넌 서양배처럼 생긴 사내가 여기 왔다고 생각하는 거지?"

"그래."

"왜?"

"내 방에서…… 그런 짓을 하려고. 구역질이 나. 구역질 나는 사내야."

"흐으음." 돈은 말했다. "그럼 어떻게 그랬던 걸까? 아파트 현관의 자물쇠를 교체했던 거 생각나지? 그럼 이 건물 안으로는 아예 들어올 수도 없잖아. 우리가 있는 이 아파트의 열쇠를 가졌던 적도 없고 말이야. 억지로 문을 따고 들어온 흔적도 없어. 그렇다면 어떻게 치즈두들스 봉지를 가지고 여기로 들어올 수 있었을까?"

제시는 기다렸다는 듯이 말했다. "앤젤라는 거실 창문을 열어 놓고 갔어."

앤젤라는 움찔하며 놀란 기색을 보였다. "열어 놓고 간 거 맞아." 그녀는 시인했다. "세상에, 제시, 정말로 미안해. 날씨가 너무 더워서. 그냥 바람을 좀 쐬고 싶어서 그랬을 뿐이야. 설마 그런……."

"보도 쪽에서 침입해 들어오기에는 거실 창문들은 너무 높은 위치에 있어." 도널드가 지적했다. "창문을 통해 들어오려면 사다리나 그런 걸 딛고 올라와야 했을 거야. 그것도 백주 대낮에, 통행인들로 계속 붐비는 보도에서 말이야. 나갈 때도 같은 방법을 써야 했을걸. 그것 말고도 방충망을 제거해야 하는 문제도 있고. 그리 몸이 날랜 친구 같지는 않던데."

"그렇게 한 게 틀림없어." 제시는 물러서지 않았다. "여기 들어온 건 사실이잖아. 안 그래?"

"네가 그렇게 생각한다는 건 알아. 난 네 감정을 상하게 하려는 게 아니라, 단지 그걸 탐색해 보고 싶을 뿐이야. 혹시 이 서양배처럼 생긴 사내를 한 번이라도 이 아파트 안에 들인 적이 있어?"

"그랬을 리가 없잖아!" 제시는 말했다. "도대체 뭘 암시하고 싶은 거야?"

"암시가 아냐, 제스. 단지 상상해 봐. 그 사내가 네 옷장 서랍에 숨길 작정인 치즈 과자를 가지고 거실 창틀을 넘어오는 광경을. 좋아. 그럴 경우 그 사내는 어디가 네 방인지를 어떻게 알아냈을까?"

제시는 미간을 찌푸렸다. "그 작자는…… 글쎄…… 여기저기 뒤져 보았겠지."

"그렇게 해서 무슨 실마리를 찾을 수 있다는 건데? 이 아파트에는 침실이 세 개 있어. 그중 하나는 화실로 쓰이고, 나머지 두 방에는 여자 옷들이 잔뜩 있지. 그런데 어떻게 정확하게 네 침실을 골라냈을까?"

"양쪽 모두 건드렸을지도 몰라."

"앤젤라, 가서 네 침실 상태를 확인해 볼래?" 도널드가 물었다.

앤젤라는 주저하는 기색을 보이며 일어섰다. "흠. 알았어." 제시와 도널드는 1분쯤 뒤에 앤젤라가 돌아올 때까지 서로의 얼굴을 응시하고 있었다. "전혀 건드린 흔적이 없어." 앤젤라가 말했다.

"어떻게 어느 쪽이 내 방인지 알아냈는지 내가 알 게 뭐야." 제시가 말했다. "내가 아는 건 그 자식이 그랬다는 사실뿐이야. 틀림없어. 그게 아니라면 실제로 일어난 일을 어떻게 설명할 거야? 또 내가 꾸며 냈다고 할 거야?"

도널드는 어깨를 으쓱했다. "글쎄. 모르겠어." 그는 침착한 어조로 대꾸하고 어깨 너머로 화실 쪽을 흘낏 들여다보았다. "하지만 좀 이상한 게 하나 있어. 저기 있는 그림, 너하고 그 사내를 그린 그림 말인데, 그 자짓인 게 사실이라면 다른 날을 골라서 그랬던 것이라는 얘기가 돼. 네가 원래 그림을 모두 수정한 뒤에, 하지만 그걸 피루엣 출판사로 보내기 전에 그랬다는 뜻이야. 게다가 아주 잘 그렸잖아. 거의 네가 그린 것만큼."

억지로 그 그림 생각을 안 하려고 애를 쓰던 제시는 격하게 반박하려고 입을 열었지만, 아무 말도 나오지 않았다. 그녀는 입을 다물었다. 눈가에 또 눈물이 맺히기 시작했다. 피곤하고, 당혹스럽다. 갑자기 강렬한 고독감이 몰려왔다. 앤젤라는 도널드 곁에 가서 섰다. 두 사람 모두 그녀를 쳐다보고 있었다. 제시는 속절없이 자기 손을 내려다보며 말했다. "이제 어떻게 해야 하나요? 하느님, 도대체 어떻게 해야 하는 거죠?"

하느님에게서는 대답이 없었다. 대답한 사람은 도널드였다. "네가 해야 할 유일한 일은." 그는 싹싹한 어조로 말했다. "내면의 두려움을 직시하는 거야. 그렇게 해서 그 두려움을 쫓아 버리는 거지. 지하층으로 내려가서 그 친구한테 말을 걸고, 그 친구를 알기 위해 노력해 봐. 다시 위층으로 올라올 무렵이면 그 친구를 가엾게 여기거나, 경멸하거나, 혐오하고 있겠지만, 더 이상 두려워하지는 않을 거야. 단지 한 사람의 인간, 그것도 상당히 불쌍한 인간에 불과하다는 걸 깨닫게 될 테니까 말이야."

"정말 그래도 괜찮을 것 같아, 돈?" 앤젤라가 물었다.

"틀림없어. 제시, 넌 너의 강박관념을 직시하고, 극복해야 해. 거기서 자유로워지려면 그 방법밖에는 없어. 그러니까 지하층으로 가서 서양배처럼 생긴 사내를 만나."

● ○

"걱정할 필요는 전혀 없어." 앤젤라가 되풀이했다.

"남의 일이라고 그렇게 쉽게 말하기야."

"제시, 네가 안으로 들어가자마자 돈하고 건물 밖으로 나와서 현관 계단에 앉아 있을게. 네가 부르면 들리는 곳에 말이야. 긴급 상황에서는 아주 작게 소리치기만 하면 돼. 그럼 우리 둘이서 당장 뛰어 내려갈게. 그러니까 엄밀하게 말해서 넌 혼자 가는 게 아냐. 게다가 그 칼, 아직도 네 핸드백에 들어 있지?"

제시는 고개를 끄덕였다.

"그럼 됐잖아. 예전에 날치기범이 네 숄더백을 낚아채려고 했을 때 생각나지? 넌 그 작자를 백으로 흠씬 두들겨 패 줬잖아. 만에 하나 이 서양배처럼 생긴 작자가 뭔가 엉뚱한 짓을 하려고 해도, 넌 충분히 몸을 피할 수 있을 정도로 몸놀림이 빨라. 수틀리면 칼로 찌르고 도망치면 그만이야. 고함을 쳐서 우리를 불러. 그러니까 넌 완벽하게 안전해."

"아마 네 말이 옳겠지." 제시는 작게 한숨 쉬며 말했다. 친구들 말이 옳다는 사실을 제시도 알고 있었다. 솔직히 말이 안 되지 않는가. 그 사내는 지저분하고 고약한 냄새를 풍기는, 매력이라고는 눈곱만큼도 없는 작자가 아니던가. 아마 조금 지능이 떨어질지도 모르지만, 그녀가 다루기에 벅차거나 두려워할 만한 인물이 아니었다. 그런 존재 때문에 미쳤다는 소리를 듣고 싶지는 않다. 그녀의 이 황당한 강박관념은 그녀를 산 채로 집어삼키기 직전이었다. 그러니까 지금 당장 끝장을 봐야 한다. 도널드의 말은 하나도 틀린 게 없었다. 지금까지 줄곧 그런 망상을 만들어 낸 사람은 다름 아닌 그녀였다. 이제 그 망상을 직시하고, 끝장을 봐야 한다. 걱정할 필요는 없고 두려워할 필요도 전혀 없다는 친구들의 말은 완벽하게 이치에 맞는다. 서양배처럼 생긴 그 사내가 그녀에게 무슨 짓을 할 수 있단 말인가? 도대체 뭐가 그리 끔찍하단 말인가? 없다. 그런 건 없다.

앤젤라가 제시의 등을 밀었다. 제시는 심호흡을 한 다음 현관문 손잡이를 꽉 잡았고, 문을 열고 무겁고 축축한 저녁 공기 속으로 발을 내디뎠다. 걱정할 필요는 전혀 없다.

그런데도 왜 이토록 두려운 것일까?

● ○

밤의 장막은 아직 완전히 주위를 덮지는 않았지만, 현관 계단 밑으로는 이미 와 있었다. 계단 밑은 언제나 밤이기 때문이다. 아침 햇살은 계단에 가로막히고, 오후 햇살은 건물 그림자로 차단된다. 껌껌하다. 너무나도 껌껌하다. 시멘트 바닥의 금 간 곳에 발이 걸려 비틀거렸다. 한쪽 발끝이 금속제 쓰레기통 옆을 차면서 쨍 하는 소리가 울려 퍼진다. 결코 해가 비치지 않는 이곳에서 파리나 구더기나 그보다 더 끔찍한 것들이 꿈틀거리며 알을 까는 광경을 상상하면서 제시는 몸을 부르르 떨었다. 아니, 그런 생각을 하면 안 돼. 저건 그냥 뜨뜻하고 축축한 어둠 속에서 썩어 가면서 쉰내를 풍기는 쓰레기에 불과해. 그러니까 그런 생각은 하지 마. 어느새 문 앞이었다.

노크를 하려고 손을 들어 올렸지만, 다음 순간 또 두려움에 사로잡혔다. 몸이 움직이지 않는다. 전혀 두려워할 필요가 없어. 그녀는 되뇌었다. 전혀. 그 위인이 그녀에게 무슨 짓을 할 수 있단 말인가? 그러나 문을 두드리려고 해도 몸이 전혀 말을 듣지 않았다. 그녀는 숨이 턱 막히는 것을 느끼며 한 손을 들어 올린 자세로 문 앞에 우뚝 서 있었다. 덥다. 숨이 막힐 정도로 덥다. 이러다가는 질식해 버릴 것이다. 이 문 앞을 떠나 숨을 쉴 수 있는 곳으로 탈출해야 한다.

어둠이 수직으로 가늘게 갈라지면서 노란 불빛이 새어 나왔다. 안 돼. 제시는 생각했다. 아아, 제발 그만.

문이 열리고 있었다.

왜 저렇게 천천히 열려야 한단 말인가? 꿈에서 본 것처럼 천천히, 천천히 열리고 있다. 애당초 저 문이 왜 열려야 한단 말인가?

눈이 부실 정도로 밝은 조명. 문이 열렸을 때 제시는 자기도 모르게 가늘게 눈을 뜨고 있었다.

서양배처럼 생긴 사내가 문간에서 그녀를 향해 미소 짓고 있다.

"저······." 제시는 입을 열었다. "저, 그러니까······."

"이제야 왔네." 서양배처럼 생긴 사내는 가냘프고 높은 목소리로 말했다.

"나한테서 뭘 원하는 거야?" 제시는 참지 못하고 불쑥 말했다.

"여자가 여기 올 거라는 걸 알았어." 사내는 마치 제시가 앞에 없는 것 같은 투로 말했다. "내 걸 가지고 싶어서 온다는 걸 알고 있었지."

"아." 제시는 말했다. 도망치고 싶었지만, 발이 떨어지지 않았다.

"들어오라고." 사내는 이렇게 말하고 손을 들어 그녀의 얼굴에 갖다 댔다. 다섯 개의 통통한 구더기가 그녀의 뺨 위를 가로질러 머리카락 속에서 꼼지락거린다. 사내의 손가락은 치즈두들스 같은 냄새를 풍겼다. 사내의 새끼손가락이 그녀의 귀에 닿더니 귓속으로 파고들려고 했다. 다른 쪽 손도 움직였다는 사실을 알아차린 것은 사내가 그녀의 팔죽지를 움켜쥐고 쑥쑥 잡아당겼기 때문이다. 사내의 손은 축축하고 차가웠다. 제시는 홀쩍였다.

"들어와서 내 물건들을 구경해. 꼭 그래야 해. 꼭 그래야 하는 거 알지." 그러자 어느새 그녀는 방 안에 들어와 있었다. 등 뒤에서 문이 닫혔다. 이제 그녀는 서양배처럼 생긴 사내와 함께 홀로 방 안에 남겨졌다.

제시는 정신을 차리려고 했다. 전혀 두려워할 필요가 없어. 되풀이해서 이렇게 되뇌었다. 기도하듯이, 주문 외우듯이, 읊조리듯이. 전혀 두려워할 필요가 없어. 이자가 나한테 뭘 할 수 있겠어. 뭘 할 수 있겠어? 기억 자 모양의 방은 천장이 낮고 지저분했다. 구역질 나는 달콤한 냄새가 코를 찌른다. 천장에 나란히 매달린 소켓에서는 네 개의 알전구가 밝게 빛났고, 한쪽 벽에 일렬로 늘어선 갓 없는 낡은 전등들도 눈부신 빛을 발하고 있었다. 반대편 벽 가에는 다리가 세 개만 남은 카드 게임용 탁자가 놓여 있었다. 네 번째 다리가 있던 자리에는 부서진 TV를 괴어 놓았고, 깨진 브라운관 속에서 튀어나온 전선들이 대롱거리고 있다. 탁자 위에는 치즈두들스가 가득 든 커다란 사발이 놓여 있었다. 제시는 구토감이 치밀어 오르는 것을 느끼며 그 광경을 외면했다. 뒤로 물러서려고 하다가 빈 콜라 병에 발이 채여 넘어질 뻔했다. 그러나 서양배처럼 생긴 사내가 부드럽고 축축한 손으로 그녀를 잡고 똑바로 세웠다.

제시는 사내의 손을 뿌리치며 뒷걸음질 쳤다. 손을 핸드백에 넣고 칼자루를 잡는다. 그러자 기분이 나아졌다. 더 강해진 기분이랄까. 널빤지로 폐쇄한 창가로 다가가자 밖에서 말을 나누고 있는 도널드와 앤젤라의 목소리가 희미하게 들렸다. 그토록 가까운 곳에서 지인들의 목소리가 들려왔다는 사실도 도움이 되었다. 제시는 있는 힘을 다 쥐어짜서 말했다. "어떻게 이런 식으로 살아요? 청소를 도와줄 사람이 필요해요? 혹시 어디 아픈가요?" 억지로 이렇게 말하는 것은 정말로 쉽지 않았.

"아픈가요?" 서양배처럼 생긴 사내가 되물었다. "사람들이 내가 아프다고 해? 그건 거짓말이야. 그치들은 나에 관해 언제나 거짓말밖에는 안 해. 어떻게 해서든 더 이상 못 그러게 해야 하는데." 저렇게 웃지만 않으면 얼마나 좋을까. 소름 끼치게 축축한 입술. 하지만 사내의 얼굴에서는 결코 미소가 사라지지 않았다. "여기 올 걸 알고 있었어. 자, 너를 위한 거야." 그는 호주머니에서 꺼집어낸 것을 내밀었다.

"됐어요." 제시가 말했다. "배 안 고파요. 정말로." 하지만 그녀는 자신의 공복감을 자각했다. 배가 고파 죽을 지경이었다. 그녀는 어느새 사내의 손가락 사이에 있는 굵은 주황색 과자를 빤히 쳐다보고 있었다. 갑자기 미칠 정도로 그것이 먹고 싶어졌다. "됐어요." 다시 이렇게 말했지만 아까보다는 약한, 거의 속삭임에 가까운 어조였다. 치즈 과자는 바로 눈 앞에 있었다.

입이 힘없이 벌어졌다. 혀에 그것을 느꼈다. 치즈 가루의 깔깔함을, 과자의 달콤함을. 이 사이에서 그것이 오도독 씹히는 것을 느꼈다. 그것을 삼킨 다음 아랫입술에 묻어 있던 마지막 주황색 가루까지 모두 핥았다. 더 먹고 싶었다.

"너라는 걸 알고 있었어." 서양배처럼 생긴 사내가 말했다. "이제 네 것들은 모두 내 거야." 제시는 사내를 응시했다. 악몽에서 본 것과 똑같다. 서양배처럼 생긴 사내는 손을 들어 셔츠의 조그만 흰색 플라스틱 단추들을 끄르기 시작했다. 그녀는 필사적으로 말을 해 보려고 했다. 사내가 어깨를 움츠리며 셔츠를 벗는다. 양 겨드랑이에 둥글고 커다란 땀자국이 난 노란색 속셔츠가 드러났다. 사내는 그것을 바닥에 벗어 던졌다. 그가 다가온다. 희고 육중한 젖을 덜렁거리며. 오른쪽 젖에는 파랗고 커다란 얼룩이 져 있었다. 사내의 입술 사이에서 작고 거무스름한 혀가 밀려 나왔다. 희고 살진 손가락들이 춤추는 민달팽이 무리처럼 움직이며 허리띠를 끄르기 시작한다.

"이것들을 너한테 줄게." 사내가 말했다.

나이프 자루를 움켜잡은 제시의 손 관절은 새하얗게 변해 있었다. "그만." 제시는 속삭였다.

사내의 바지가 바닥에 떨어졌다.

견딜 수가 없었다. 도저히, 도저히. 제시는 나이프를 핸드백에서 꺼내서 머리 위로 높이 치켜들었다.

"그만!"

"아아." 서양배처럼 생긴 사내가 말했다. "그거였군."

제시는 그를 찔렀다.

칼날이 사내의 부드럽고 흰 살에 뿌리까지 푹 박혔다. 제시는 칼날을 아래로 누르며 뽑았다. 살갗이 갈라지며 거대하고 시뻘건 상처가 입을 벌렸다. 서양배처럼 생긴 사내는 예의 희미한 미소를 떠올리고 있었다. 피는 나오지 않았다. 전혀. 부드럽고 두꺼운 사내의 살은 모두 희끄무레한 죽은 고기에 불과했기에.

사내가 더 가까이 다가오자 제시는 또다시 그를 찔렀다. 사내는 이번에는 손을 뻗어 그녀의 손을 쳐 냈다. 칼은 사내의 목에 꽂혀 있었다. 사내가 천천히 그녀에게 다가오자 목에 꽂힌 칼의 칼자루가 앞뒤로 흔들렸다. 사내가 하얗고 죽은 팔들을 뻗자 그녀는 사내를 밀쳤다. 그녀의 손이 마치 축축한 썩은 빵으로 만들어진 듯한 사내의 몸에 통째로 푹 박혔다.

"오." 사내가 말했다. "오. 오. 오."

제시가 입을 열어 비명을 지르려고 하자 서양배처럼 생긴 사내는 예의 축축하고 두꺼운 입술로 그녀의 입술을 꽉 덮어 그녀가 내는 모든 소리를 삼켜 버렸다. 사내의 푸르데데한 눈이 그녀를 빨아들였다. 사내의 혀가 앞으로 훽 튀어나오는 것을 느꼈다. 둥글고 검고 기름진 느낌. 곧 그것은 그녀의 내부로 뱀처럼 스르르 들어오며 그녀의 모든 것을 만지고, 맛보고, 느끼고 있었다. 그녀는 부드럽고 축축한 살의 바다에서 익사하기 직전이었다.

●○

그녀는 문이 닫히는 소리를 듣고 깨어났다. 빗장을 찰칵하고 지르는 작은 소리였지만 그것만으로도 깨기에는 충분했다. 눈을 뜨고 상체를 일으켰다. 너무나도 움직이기 힘들었다. 몸이 무겁고 피곤하다. 밖에서 사람들이 웃는 소리가 들렸다. 그녀를 향한 웃음이었다. 멀리 떨어진 곳에서 들려오는 희미한 웃음소리였지만, 그것이 그녀를 향한 것이라는 사실을 그녀는 알고 있었다.

손을 허벅지 위에 올려놓고 있었다. 그녀는 그것을 바라보고 눈을 깜박였다. 손가락을 꿈틀거리자 다섯 개의 살진 구더기처럼 움직인다. 손톱 밑에 뭔가 부드럽고 노란 물질이 끼어 있었고, 손가락 끝 근처에는 구질구질한 노란 얼룩이 배어 있었다.

눈을 감고 몸을 더듬어 보았다. 부드럽고 육중한 곡선을, 두꺼운 부분들을, 기묘한 언덕들과 골짜기들을 더듬었다. 손으로 누르자 살은 안으로, 안으로, 안으로 들어갔다. 그녀는 힘없이 일어섰다. 방바닥에 그녀의 옷들이 흩어져 있었다. 한 개씩 몸에 걸친 다음 방을 가로질렀다. 그녀의 가죽 가방은 문간 옆에 놓여 있었다. 그것을 집어 들어 옆구리에 꼈다. 필요해질지도 모르니까. 그렇다, 이 가방이 있으면 편리했다. 그녀는 문을 밀치고 따뜻한 밤의 공기 속으로 나갔다. 머리 위에서 목소리들이 들려왔다. "……말이 다 맞았어." 여자 목소리. "내가 그렇게 어리석었다니 믿기지 않을 정도야. 사실 그 작자에게 불길한 곳 따위는 전혀 없었어. 이젠 그냥 애처로울 뿐이야. 도널드, 너한텐 정말 뭐라고 감사해야 할지 모르겠어."

그녀는 현관 계단 밑에서 나와 우두커니 서 있었다. 발이 너무 아팠다. 좌우의 발에 번갈아 체중을 실었다. 이제 사람들은 하던 얘기를 멈추고 그녀를 빤히 쳐다보고 있었다. 앤젤라와 도널드 그리고 청바지에 워크 셔츠 차림의 날씬하고 예쁜 여자가.

"돌아와."

그녀는 말했다. 높고 가냘픈 목소리로.

"그것들을 돌려줘. 네가 갖고 갔잖아. 내 것들을. 당장 돌려줘."

예쁜 여자가 웃는 소리는 콜라 잔 속에서 얼음이 딸랑거리는 소리를 연상케 했다.

"당신, 지금까지 우리 제시한테 너무 귀찮게 굴었어." 도널드가 말했다.

"내 물건을 갖고 갔다니까." 그녀는 말했다. "제발."

"아까 제시가 거기서 나오는 걸 봤지만 당신 물건 따윈 갖고 있지 않았어." 도널드가 말했다.

"내 것들을 모두 가지고 갔어." 그녀는 말했다.

도널드는 얼굴을 찌푸렸다. 금갈색 머리에 녹색 눈을 가진 여자가 또 웃더니 도널드의 팔에 손을 갖다 댔다. "그렇게 심각한 얼굴 하지 마, 돈. 딱 보기에도 좀 아니잖아."

그들의 얼굴을 쳐다보고, 그들 모두가 적대적이라는 사실을 그녀는 자각했다. 가죽 가방을 가슴에 끌어안는다. 그들은 그녀의 물건을 모두 빼앗아 갔다. 정확히 무엇을 빼앗아 갔는지는 기억이 안 났지만, 그의 물건들이 든 이 가방까지 빼앗길 수는 없다. 그녀는 몸을 돌렸다. 그제야 자신이 공복이라는 사실을 깨달았다. 뭔가를 먹고 싶다. 그러자 그가 치즈두들스를 반 봉지 남겨 놓았다는 사실이 떠올랐다. 아래에. 현관 계단 밑 반지하에.

아래층으로 내려가면서 서양배처럼 생긴 사내는 그들이 그녀에 관해 얘기하는 소리를 들었다. 그는 문을 열고 그곳에 머물기 위해 안으로 들어갔다. 반지하 방에서는 집 냄새가 났다. 그는 자리에 앉아 무릎 위에 가방을 올려놓았고, 먹기 시작했다. 커다란 손으로 움켜잡은 치즈두들스를 한입 가득 우적거리며 오늘 아침에 땄던—아니, 오늘이 아니라 어제 그랬는지도 모르겠다—플라스틱 병에 든 뜨뜻미지근한 콜라로 병나발을 불었다. 정말 좋다. 이게 얼마나 좋은지 아는 사람은 아무도 없다. 그치들은 그를 비웃으며 웃지만 사실을 전혀 모른다. 그가 가진 멋진 것들에 관해 전혀 모르는 것이다. 아무도 그걸 모른다. 아무도. 단지 언젠가 그는 그치들과는 조금 다른 누군가를 볼 것이다. 그의 것들을 건네줄 누군가를, 자기 것들을 전부 그에게 줄 누군가를. 그렇다, 그건 마음에 든다. 그녀가 누군지는 보면 알 수 있다.

    그때 무슨 말을 해야 하는지도 안다.

| 해설 |

그림자와 씨앗

김상훈(SF평론가)

《조지 R. R. 마틴 걸작선: 꿈의 노래》(이하《꿈의 노래》) 2권인《하이브리드와 호러》는 마틴의 판타지와 호러 그리고 그의 영원한 대표작으로 여전히 팬들의 큰 사랑을 받고 있는 〈샌드킹〉(1979) 등의 호러 SF를 수록한 작품집이다. 마틴이 작가로서 완전히 자리를 잡은 1970년대 중반에서 1980년대 중반까지의 중단편들을 거의 발표순으로 나열했다는 사실만 놓고 보면 그의 호러 작품집인《죽은 자들이 부르는 노래》(1983)와 걸작선의 성격이 강한《아이들의 초상》(1987) 사이 어딘가에 위치한 작품집에 해당한다고도 할 수 있다. 뚜렷한 장르 인식을 바탕으로 특정 작품들을 선정했다는 점에서는 1980년대부터 전통적인 잡지를 따라잡으며 단편 시장의 새로운 주력으로 각광받기 시작한 소재별 앤솔러지와의 친연성도 눈에 띈다.

본서의 제4장 〈거북이 성의 후예〉에 수록된 세 편의 판타지는 모두 톨킨풍의 하이 판타지를 의식하고 쓰인 것들이지만, 마틴의 창작적 원점이자 가장 미국적인 판타지라고 할 수 있는 히로익 판타지의 필수 요소인 물리적 액션이나 (호러 부흥 이전의) 괴기소설의 요소를 짙게 함유하고 있다는 점이 이채롭다. 톨킨의《반지의 제왕》에 감화받고 자란 젊은 작가들이 대거 데뷔함으로써 미국 독서계에 공전절후의 판타지 붐이 일어나고, 그 결과 판타지가 SF의 그늘에서 벗어나 하나의 독립된 장르로 완전히 자리를 잡은 시기가 1980년대 중반이라는 사실을 감안한다면, SF로 잔뼈가 굵은 마틴 입장에서는 당연한 선택이었는지도 모른다. 해당 장르에 특화된 발표 매체가 아직 많지 않았던 데다가, 국내 시장에서는 완전히 정착되지도 않은 하이 판타지에 천착하는 것은 프로 작가로서는 결코 쉽지 않은 선택이기 때문이다. 기본적으로는 단편 작가로 간주되던 마틴이《왕좌의 게임》(1996)을 통해 진정한 장편 작가로 거듭나기까지 십 년 가까운 '숙성' 기간을 거쳤던 것 역시 같은 맥락에서 이해될 수 있다. 그런 연유로, 본서에 실린 세 편의 판타지 단편은 작가 본인이 토로했듯이 "애정"의 산물인 동시에, 새로운 장르의 가능성에 대한 실험적 시도라는 양면적인 가치를 지닌다.

오랫동안 마틴의 판타지 데뷔작으로 회자되어 온 〈라렌 도르의 외로운 노래〉(1976)는 이제는 그의 트레이드마크가 된 감이 있는 사랑과 고독과 비애라는 감정을 응축시킨 듯한 아름다운 소품이다. 혹자는 〈얼음과 불의 노래〉의 종교적 설정과의 표면적인 유사성을 지적하기도 하지만,《꿈의 노래》1권을 이미 읽은 독자들이라면 오히려 슈퍼히어로물인 동시에 히로익 판타지인 〈어둠이 두려운 아이들〉의 러브크래프트적 세계관을 바탕으로 마틴 특유의 감성적인 접근법이 최대한 발휘된 작품이라는 지적 쪽에 더 공감할 터이다. 마틴의 애독서 중 하나였던 로저 젤라즈니의 병행 세계(parallel world) 판타지 《앰버 연대기》(1970~1978)의 영향 또한 무시할 수 없다.

웨스테로스를 연상시키는 무대에서 펼쳐지는 〈아이스 드래곤〉(1980)은 본질적으로 보수적인 스토리의 한계에도 불구하고 훗날 〈얼음과 불의 노래〉를 통해 훨씬 더 극적인 형태로 구현된 갈등과 상징 구조의 씨앗을 내포하고 있다는 점에서 팬들 사이에서는 여전히 활발한 토론의 대상이 되고 있으며, 2006년과 2014년에는 삽화를 포함한 아동용 하드커버판으로 재출간되기까지 했을 정도로 주목도가 높다. 《꿈의 노래》에 실린 판타지 중에서는 아마 가장 은유적이고 독창적인 작품이라고 할 수 있는 〈잃어버린 땅에서〉(1982)는 마틴 특유의 약동하는 색채 묘사가 단어 단위로까지 침출된 듯한 일품이다. 코스믹호러를 방불케 하는 음울한 세계관에 호러의 가장 인기 있는 소재 중 하나인 마녀와 늑대인간을 이식한 초자연적 기담(奇譚)이라고도 할 수 있는데, 2017년 현재 이 단편의 짧지만 강렬한 줄거리에 주목한 독일의 영화감독 콘스탄틴 베르너에 의해 영화화가 진행 중이다. (실제 시나리오는 이 단편에 〈라렌 도르의 외로운 노래〉와 1권에 수록된 〈비터블룸〉을 결합한 것이 될 예정이며, 밀라 요보비치가 주역으로 발탁되었다.)

〈샌드킹〉(1979)은 제5장 〈하이브리드와 호러〉의 첫 번째 수록작이자 휴고상, 네뷸러상, 로커스상의 3관왕에 빛나는 걸작이다. 시대적으로나 내용상으로나 제3장 〈머나먼 별빛의 노래〉의 말미에 위치했어야 마땅한 〈천 개의 세계〉 시대의 대표작이지만, 마틴의 작품 세계의 기본적 속성이라고 해도 무방할 장르의 이종교배(異種交配)를 가장 뚜렷하게 구현하고 있다는 측면에서 제5장의 핵심을 이루기에 모자람이 없다. (여담이지만 〈샌드킹〉은 20여 년 전 서울창작판 《토털호러》(1993)에 실린 필자의 번역을 통해 한국 독자들에게 처음으로 조지 R. R. 마틴의 이름을 알린 작품이기도 하다.) 이 노벨레트의 결말에 도사리고 있는 반전이랄까 공포가 너무나도 강렬하고 인상적인 탓에 일찌감치 영상화되고 수많은 걸작선과 앤솔러지에 재수록되었던 것은 누구든 수긍할 수 있는 대목일 것이다. 베트남전의 상흔이 채 아물지도 않았던 1970년대 미국 사회 특유의 내향적인 분위기를 주인공의 내면에서 우러나오는 악(惡)과 병치함으로써 '일상의 공포'라는 호러의 명제를 달성하는 마틴의 노련한 수완은, 그가 왜 노동절 그룹 최고의 기교파 작가로 꼽혔는지를 여실히 보여 준다고 해도 과언이 아니다.

〈멜로디의 추억〉(1981)은 작가 〈서문〉에 나와 있듯이 동료 작가이자 옛 연인이기도 한 리사 터틀[1]과 함께 〈윈드헤이븐〉 시리즈를 쓰던 중에

---

[1] 제3장의 〈서문〉에서 마틴이 언급한, 참담한 실패로 끝난 대(大)연애의 한쪽 당사자이다.

탄생한 작품이며, 당시 판타지와 더불어 하나의 독립된 장르로서 음성의 기운을 보이고 있던 모던 호러의 전형적인 예를 보여 준다.

〈원숭이 다이어트〉(1983)는 제목이 말해 주듯 다이어트의 공포를 직시한 유쾌한(?) 호러물이며, 자매편이라고 해도 무방할 정도로 비슷한 소재를 다루면서도 어둡고 폐쇄적인 분위기가 앞서는 브램 스토커상 수상작 〈서양배를 닮은 사내〉(1987)와는 달리 존 콜리어풍의 경묘한 문체가 인상적인 단편이다.

종종 '우주판 〈샤이닝〉'이라고 불리는 중편 〈나이트플라이어〉(1980)는 〈샌드킹〉과 마찬가지로 호러의 관습을 충실하게 따르면서도 〈천 개의 세계〉의 세계관과 정교하게 맞물리는 화려하며 깊이 있는 이야기를 구축하는 데 성공한 역작이며, 〈아날로그〉의 독자상과 더불어 로커스상과 세이운상을 수상했다. 로버트 콜렉터가 감독한 1987년의 영화판은 배우들의 분투에도 불구하고 기대에 미치지 못하는 엉성한 각본으로 (마틴을 포함한) 팬들의 원성을 산 것으로 악명이 높다.

〈미트하우스 맨〉(1976)은 초기작인 〈두 번째 종류의 고독〉(1972)의 연장선상에 있는 자전적인 작품이다. 마틴이 이것을 자작 '하이브리드' 작품의 필두에 놓은 것은 과학기술을 써서 시체를 활성화시킨다는 SF적 아이디어뿐만 아니라 짝사랑에 좌절해 본 사람이라면 누구나 공감할 만한 호러[恐怖心]가 갈등의 핵심에 자리 잡고 있기 때문이리라.

〈멜로디의 추억〉과 〈원숭이 다이어트〉 등이 쓰인 1980년대 초는 영어권을 필두로 전 세계의 출판계에서 장르화한 호러소설들이 맹위를 떨치던 시기였고, 호러 장편 《피버 드림》(1982)의 비평적, 상업적 성공에 고무된 마틴은 높은 고료를 주는 슬릭 잡지[2]로의 진출을 모색하고 있었다. 그러나 뚜렷한 목적의식 없이 SF나 판타지나 로맨스에 필적하는 시장 개척을 목표로 양적 확장에만 급급하던 출판사들의 섣부른 전략은 판에 박은 듯한 조악품의 범람으로 이어졌고, 원래부터 충성도가 그리 높지 않았던 독자층은 빠르게 이 '새로운' 장르에서 이탈하거나 호러 영화 쪽으로 눈을 돌렸다. 한바탕 광풍이 휩쓸고 지나간 자리에 남은 것은 스티븐 킹, 댄 시먼즈, 딘 쿤츠, 램지 캠벨, 클라이브 바커 등 처음부터 확고한 장르적 뿌리를 가지고 있던 극소수의 거장들뿐이었다. 결국 10년도 채우지 못하고 용두사미로 끝난 1980년대의 호러 붐은 일시적인 시장의 위축으로 이어졌지만, 마틴의 경우는 비슷한 시기에 발표했던 야심작 《아마겟돈 래그》(1983)의 참담한 실패에서 비롯된 생활고라는 좀 더 핍박한 사정에 직면해 있었다. 단편 작가로서의 명성은 여전했지만, 시장 전체가 단편에서 안정된 고료를 보장하는 장편 위주로 이행하던 시기였던 것이 작가로서의 전망에 부정적인 영향을 끼쳤다고나 할까. 결과적으로 이 사건은 마틴의 작가 인생의 가장 큰 전환점으로 작용하며, 그 전말은 《꿈의 노래》의 다음 권인 제3권 《터프의 맛》에 자세하게 기록되어 있다.

---

[2] Slick Magazine. 주로 중산층 이상의 일반 독자들을 대상으로 하는 잡지를 일컫는 미국 출판계의 용어로, 고급 광택지에 인쇄되었기 때문에 조잡한 종이에 인쇄되고 주로 청년층을 대상으로 했던 염가의 펄프 잡지와 종종 비견되곤 한다.

조지 R. R. 마틴 저작 목록[1]

장편

1. 스러져 가는 빛(Dying of the Light, 1977)
2. 윈드헤이븐(Windhaven, 1981) - 리사 터틀과 공저
3. 피버 드림(Fevre Dream, 1982) - 국내판(2014)
4. 아마겟돈 래그(The Armageddon Rag, 1983)
5. 망자의 손(Dead Man's Hand, 1990) - 존 J. 밀러와 공저. 〈와일드카드〉 #7
6. 헌터스 런(Hunter's Run, 2008) - 가드너 도즈와, 대니얼 에이브러햄과 공저

작품집

1. 리아에게 바치는 노래(A Song for Lya and Other Stories, 1976)
2. 별과 그림자의 노래(Songs of Stars and Shadows, 1977)
3. 샌드킹(Sandkings, 1981)
4. 죽은 자들이 부르는 노래(Songs the Dead Men Sing, 1983)
5. 나이트플라이어(Nightflyers, 1985)
6. 터프 항해기(Tuf Voyaging, 1986)

---

1 국내 미출간 작품인 경우는 원칙적으로 원제를 병기했으며, 본서에 포함된 중단편들은 볼드체로 표시했다.

7. 아이들의 초상(Portraits of His Children, 1987)
8. 사중주(Quartet, 2001)
9. GRRM: 조지 R. R. 마틴 걸작선(GRRM: A RRetrospective, 2003) - 본서
10. 드림송(Dreamsongs, 2007) - 9를 두 권으로 분책한 판본
11. 스타레이디 / 패스트 프렌드(Starlady / Fast-Friend, 2008)

중단편(연도별)

1967년	• 어둠이 두려운 아이들 - 〈스타 스터디드 코믹스〉 10호(팬진)
1971년	• 영웅 - 〈갤럭시〉 2월호
1972년	• 샌브레타로 나가는 출구 - 〈판타스틱〉 2월호
	• 두 번째 종류의 고독 - 〈아날로그〉 12월호
1973년	• 어둡고, 어두운 터널(Dark, Dark Were the Tunnels) - 〈버텍스〉 12월호
	• 야간 근무(Night Shift) - 〈어메이징〉 1월호
	• 오버라이드(Override) - 〈아날로그〉 9월호
	• 지엽적 사건(A Peripheral Affair)
	- 〈매거진 오브 팬터지 앤드 사이언스 픽션〉 1월호
	• 슬라이드쇼(Slide Show) - 《Omega》 앤솔러지
	• **새벽이 오면 안개는 가라앉고** - 〈아날로그〉 5월호
1974년	• FTA - 〈아날로그〉 5월호
	• 스타라이트를 향해 달려라(Run to Starlight) - 〈어메이징〉 12월호
	• **리아에게 바치는 노래** - 〈아날로그〉 6월호. 〔휴고상 수상〕
1975년	• 일곱 번 말하노니, 살인하지 말라 - 〈아날로그〉 7월호
	• 마지막 슈퍼볼 게임(The Last Super Bowl Game) - 〈갤러리〉 2월호
	• 흡혈귀들의 밤(Night of the Vampyres) - 〈어메이징〉 5월호
	• 도주자들(The Runners) - 〈매거진 오브 판타지 앤드 사이언스 픽션〉 9월호
	• 윈드헤이븐의 폭풍(The Storms of Windhaven) - 〈아날로그〉 5월호. 〈윈드헤이븐〉 시리즈. 리사 터틀과 공저
1976년	• 노온의 괴수 - 《Andromeda 1》 앤솔러지. 〈터프〉 시리즈
	• 컴퓨터가 돌격! 이라고 외쳤다(The Computer Cried Charge!) - 〈어메이징〉 1월호
	• 패스트 프렌드(Fast-Friend) - 《Faster than Light》 앤솔러지

- …단 하루의 어제를 위해(…for a single yesterday) - 《Epoch》 앤솔러지
- 구더기의 저택에서(In the House of the Worm)
  - 《Ides of Tomorrow》 앤솔러지
- **라렌 도르의 외로운 노래** - 〈판타스틱〉 5월호
- **미트하우스 맨** - 《Orbit 18》 앤솔러지
- 그레이워터 스테이션(Men of Greywater Station)
  - 〈어메이징〉 3월호. 하워드 월드롭과 공저
- 그 누구도 뉴피츠버그를 떠나지 않는다(Nobody Leaves New Pittsburg)
  - 〈어메이징〉 9월호
- 별 고리의 다채로운 불길 역시(Nor the Many-Colored Fires of a Star Ring)
  - 《Faster than Light》 앤솔러지
- 패트릭 헨리와 목성과 조그만 빨간 벽돌 우주선(Patrick Henry, Jupiter, and the Little Red Brick Spaceship) - 〈어메이징〉 12월호
- 스타레이디(Starlady) - 《Science Fiction Discoveries》 앤솔러지
- **재로 된 탑** - 《Analog Annual》 앤솔러지

1977년
- **비터블룸** - 〈코스모스〉 11월호
- **스톤 시티** - 《New Voices in Science Fiction》 앤솔러지
- 전쟁터에서 보낸 주말 - 《Pastimes》 앤솔러지

1978년
- 그의 이름은 모세(Call Him Moses) - 〈아날로그〉 2월호. 〈터프〉 시리즈

1979년
- **샌드킹** - 〈옴니〉 8월호. 〔휴고상, 네뷸러상 수상〕
- 군함(Warship) - 〈매거진 오브 판타지 앤드 사이언스 픽션〉 4월호. 조지 플로런스-거스리지와 공저
- **십자가와 용의 길** - 〈옴니〉 6월호 〔휴고상 수상〕

1980년
- **아이스 드래곤** - 《Dragons of Light》 앤솔러지
- **나이트플라이어** - 〈아날로그〉 4월호 〔세이운상 수상〕
- 외날개(One-Wing) - 〈아날로그〉 1월호, 2월호. 〈윈드헤이븐〉 시리즈. 리사 터틀과 공저.

1981년
- 추락(The Fall) - 〈어메이징〉 5월호. 〈윈드헤이븐〉 시리즈. 리사 터틀과 공저.
- **수호자** - 〈아날로그〉 10월호. 〈터프〉 시리즈
- 니들맨(The Needle Men) - 〈매거진 오브 판타지 앤드 사이언스 픽션〉 10월호
- **멜로디의 추억** - 〈트와일라이트 존 매거진〉 4월호

1982년
- 마감 시간(Closing Time) - 〈아이작 아시모프스 SF 매거진〉 11월호
- 잃어버린 땅에서 - 《Amazons II》 앤솔러지

- 불완전한 베리에이션 - 〈어메이징〉 1월호

1983년
- 원숭이 다이어트 - 〈매거진 오브 판타지 앤드 사이언스 픽션〉 7월호

1985년
- 떡과 생선(Loaves and Fishes) - 〈아날로그〉 10월호. 〈터프〉 시리즈
- 하늘의 양식(Manna from Heaven) - 〈아날로그〉 12월호. 〈터프〉 시리즈
- 역병의 별(The Plague Star) - 〈아날로그〉 1월호, 2월호. 〈터프〉 시리즈
- **아이들의 초상**
  - 〈아이작 아시모프스 SF 매거진〉 11월호. 〔네뷸러상, SF크로니클상 수상〕
- 두 번째 방문(Second Helpings) - 〈아날로그〉 11월호. 〈터프〉 시리즈
- **포위전** - 〈옴니〉 10월호

1986년
- **유리꽃** - 〈아이작 아시모프스 SF 매거진〉 9월호
- 막간극 1~5(Interlude 1~5) - 《Wild Cards》 앤솔러지. 〈와일드카드〉 시리즈 #1
- **셸게임** - 《Wild Cards》 앤솔러지

1987년
- 주비 1~7(Jube 1~7) - 《Aces High》 앤솔러지. 〈와일드카드〉 시리즈 #2
- **서양배를 닮은 사내** - 〈옴니〉 10월호. 〔브램 스토커상 수상〕
- 겨울의 한기(Winter's Chill) - 《Aces High》 앤솔러지. 〈와일드카드〉 시리즈 #2

1988년
- 모두가 왕의 말(All the King's Horses)
  - 《Down and Dirty》 앤솔러지. 〈와일드카드〉 시리즈 #5
- **재이비어 데스몬드의 후기** - 《Aces Abroad》 앤솔러지. 〈와일드카드〉 시리즈 #4
- **스킨 트레이드** - 《Night Visions 5》 앤솔러지. 〔세계 환상문학상 수상〕

1996년
- 드래곤의 피(Blood of the Dragon)
  - 《아시모프스 사이언스 픽션》 7월호. (《왕좌의 게임》에서 발췌.) 〔휴고상 수상〕

1998년
- 떠돌이 기사 - 《Legends》 앤솔러지. (《세븐킹덤의 기사》〔은행나무, 2014〕에 수록).

2000년
- 드래곤의 길(Path of the Dragon)
  - 〈아시모프스 사이언스 픽션〉 12월호. (《검의 폭풍》에서 발췌)

2001년
- 온통 검고 희고 빨간(Black and White and Red All Over)
  - 중편집 《사중주(Quartet)》에 수록된 미완성 장편의 일부
- 스타포트(Starport) - 중편집 《사중주》. 드라마 대본

2003년
- **죽음의 유산** - 《GRRM》에 수록 (1968년작)

- 크라켄의 촉수(Arms of the Kraken) – 〈드래곤〉 #305. 《까마귀의 향연》의 외전
- **요새** – 《GRRM》(1968년작)
- **도어웨이즈** – 《GRRM》. 드라마 대본
- 캐멀롯의 마지막 수호자(The Last Defender of Camelot)
  – 《GRRM》 한정판에 수록된 〈환상특급〉의 대본(로저 젤라즈니 원작)
- **인적 드문 길** – 《GRRM》. 〈환상특급〉 오리지널 대본

2004년
- 그림자 쌍둥이(Shadow Twin) – 6월에 SciFi.com에 연재된 중편이며 장편 《헌터스 런》(2008)의 뼈대가 되었다. 가드너 도즈와, 대니얼 에이브러햄과 공저.
- 맹약기사 – 《Legends II》 앤솔러지. 《세븐킹덤의 기사》(은행나무, 2014)에 수록

2005년
- 캘리밴의 장난감(The Toys of Caliban)
  – 〈서브테레이니언 #1〉에 수록된 〈환상특급〉의 대본(테리 매츠 원작)

2008년
- 십자군(Crusader) – 《Inside Straight》 앤솔러지. 〈와일드카드〉 #18

2009년
- 타른 하우스의 밤(A Night at the Tarn House)
  – 《Songs of the Dying Earth》 앤솔러지

2010년
- 신비기사 – 《Warriors》 앤솔러지. 《세븐킹덤의 기사》(은행나무, 2014)에 수록

2013년
- 겨울의 바람(The Winds of Winter) – 《드래곤과의 춤》 영문판에 수록.
  (미출간 〈얼음과 불의 노래〉 제6부에서 발췌)

2014년
- 와일드카드: 로우볼(Wild Cards: Lowball) – 〈라이트스피드(Lightspeed)〉 10월호(해당 앤솔러지에서 발췌)

〈와일드카드〉 시리즈[2]

1. Wild Cards(1987)
2. Aces High(1987)
3. Jokers Wild(1987)
4. Aces Abroad(1988)
5. Down and Dirty(1988)
6. Ace in the Hole(1990)

---

[2] 조지 R. R. 마틴이 창시한 슈퍼히어로물의 설정에 입각한 SF 앤솔러지 시리즈이며, 편찬자인 마틴을 포함한 여러 작가의 중단편과 장편을 포함하고 있다.

7. Dead Man's Hand(1990)
9. Jokertown Shuffle(1991)
11. Dealer's Choice(1992)
13. Card Sharks(1993)
15. Black Trump(1995)
17. Death Draws Five(2006)
19. Busted Flush(2008)
21. Fort Freak(2011)
23. High Stakes(2016)

8. One-Eyed Jacks(1991)
10. Double Solitaire(1992)
12. Turn of the Cards(1993)
14. Marked Cards(1994)
16. Deuces Down(2002)
18. Inside Straight(2008)
20. Suicide Kings(2009)
22. Lowball(2014)

〈얼음과 불의 노래〉 시리즈

장편
1. 왕좌의 게임(A Game of Thrones, 1996)
   - 국내판 구판(2000), 신판(2005), 개정판(2016)
2. 왕들의 전쟁(A Clash of Kings, 1999)
   - 국내판 구판(2006), 신판(2006), 개정판(2017)
3. 검의 폭풍(A Storm of Swords, 2000) - 국내판(2005)
4. 까마귀의 향연(A Feast for Crows, 2005) - 국내판(2012)
5. 드래곤과의 춤(A Dance with Dragons, 2011) - 국내판(2013)
6. The Winds of Winter - 근간
7. A Dream of Spring - 근간

외전(Tales of Dunk and Egg)
- 세븐킹덤의 기사(A Knight of the Seven Kingdoms, 2015) - 국내판(2014)

자료집
- 얼음과 불의 세계(World of Ice and Fire, 2014)
  - 일라이오 M. 가르시아 Jr., 린다 앤턴슨과 공저

조지 R. R. 마틴 걸작선: 꿈의 노래 2
하이브리드와 호러

1판 1쇄 발행 2017년 6월 7일
1판 2쇄 발행 2024년 8월 21일

지은이 · 조지 R. R. 마틴
옮긴이 · 김상훈
펴낸이 · 주연선

총괄이사 · 이진희
편집 · 심하은 백다흠 강건모 이경란 최민유 윤이든 양석한
디자인 · 김서영 이지선 권예진
마케팅 · 장병수 김한밀 최수현 김다은
관리 · 김두만 유효정 신민영

(주)은행나무
121-839 서울특별시 마포구 양화로11길 54
전화 · 02)3143-0651~3 | 팩스 · 02)3143-0654
신고번호 · 제 1997-000168호(1997. 12. 12)
www.ehbook.co.kr
ehbook@ehbook.co.kr

ISBN 979-11-89982-25-6 04840
ISBN 978-89-5660-187-8 (세트)

• 이 책의 판권은 지은이와 은행나무에 있습니다. 이 책 내용의 일부 또는 전부를 재사용하려면 반드시 양측의 서면 동의를 받아야 합니다.

• 잘못된 책은 구입처에서 바꿔드립니다.

제1권
머나먼 별빛의 노래

1 습작 시대
A Four-Color Fanboy
어둠이 두려운 아이들
요새
죽음의 유산

2 때 묻은 프로
The Filthy Pro
영웅
샌브레타로 나가는 출구
두 번째 종류의 고독
새벽이 오면 안개는 가라앉고

3 머나먼 별빛의 노래
The Light of Distant Stars
리아에게 바치는 노래
재로 된 탑
일곱 번 말하노니,
살인하지 말라
스톤 시티
비터블룸
십자가와 용의 길

제2권
하이브리드와 호러

4 거북이 성의 후예
The Heirs of Turtle Castle
라렌 도르의 외로운 노래
아이스 드래곤
잃어버린 땅에서

5 하이브리드와 호러
Hybrids and Horrors
샌드킹
멜로디의 추억
원숭이 다이어트
나이트플라이어
미트하우스 맨
서양배를 닮은 사내

제3권
터프의 맛

6 터프의 맛
A Taste of Tuf
노온의 괴수
수호자

7 할리우드의 매혹
The Siren Song of Hollywood
환상 특급: 인적 드문 길
도어웨이즈

8 와일드카드 셔플
Doing the Wild Card Shuffle
셸게임
재이비어 데스몬드의 수기

제4권
갈등하는 마음

9 갈등하는 마음
The Heart in Conflict
포위전
스킨 트레이드
불완전한 배리에이션
유리꽃
아이들의 초상